미라클 크리크

미라클 크리크

MIRACLE CREEK

앤지 김Angie Kim 장편소설 | 이동교 옮김

문학동네

일러두기

1. 주석은 모두 옮긴이주다.
2. 본문 중 고딕체나 볼드체는 원서에서 이탤릭체나 대문자로 강조한 부분이다.

한국의 독자들에게

『미라클 크리크』는 나의 데뷔작이다. 처음으로 출간된 책이고, 처음 써보려고 했던 책이기도 하다. 그렇기에 책 속의 무수한 맥락들이 내 인생의 궤적과 맞닿아 있는 아주 사적인 책이다. 첫번째 맥락은 다들 눈치챘겠지만, 변호사였던 내 첫 직업이다. 재판정에서의 경험 덕분에 나흘에 걸친 살인 사건 공판을 둘러싼 수수께끼 같은 이 이야기의 토대를 마련할 수 있었다. 또다른 맥락은 어려서부터 병치레가 잦았던 세 아들을 키우는 엄마로서 겪은 보다 최근의 경험들이다. (지금은 셋 다 건강하다.) 아들 하나는 고통스러운 궤양성대장염을 자주 앓아서 네 살 때 『미라클 크리크』에 등장하는 실험적 의료 기술인 고압산소 치료를 받은 적도 있다.

하지만 나라는 사람과 가장 밀접하고 내가 누구인가와 관련된 가장 근본적인 맥락은 이민자로서의 내 정체성이다. 나는 침술사인 아버지와 전업주부인 어머니의 외동딸로 태어나 서울에서 살다가 열한 살이 되던 1980년에 가족과 함께 볼티모어로 이민했다. 이상한 일이었다. 한국에서 우리 가족은 가진 게 별로 없었고—그래서 세 식구가 실내 수도 시설이 없는 남의 집 셋방살이를 했다—이모의 미국 집은 컬러 TV, 침대가 있는 내 방, 실내 화장실과 샤워 시설, 냉장고, 전자레인지 등을 갖춘 객관적으로도 훨씬 잘사는 집이었는데도 불구하고 한국이 그립고 돌아가고 싶었으니 말이다. 한국에서 단순한 일상을 보내던 나날이 무척이나 행복했다. 학교 끝나고 친구들과 집에 돌아오는 길에 햇살을 머금은 해바라기 씨를 따고, 방과후에는 엄마와 공기놀이를 하거나 저녁을 먹은 뒤 아빠와 바둑을 두고, 쉬는 시간에는 친구들과 사방치기와 줄넘기 놀이를 하고, 폭신한 리놀륨 장판 위에 크레파스로 그린 건반 위에서 피아노 연습을 하며 눈을 감고 머릿속에 울리는 음악을 듣던 나날들. 연탄불을 땐 장판에 엎드려 누워 배로 전해지는 온기를 느끼며 양 팔꿈치가 닿은 장판 위에 둥그런 자국이 생긴 것도 모른 채 몇 시간이고 책을 읽던 것이 나는 그리웠다.

한국어를 쓰는 나와 영어를 쓰는 나는 다른 사람이었다. 한국에서 친구들과 어울리던 똑똑한 소녀였던 나는 영어로 말하기는커녕 알아듣지도 못하는 상태로 아는 사람 하나 없는 미국 중학교에 떨어진 이방인이 되었다. 나는 내 목소리와 함께 친구들과 부모를 잃었다. 부모님이 치안이 좋지 않은 볼티모어 다운타운 지역의 식료품점에서 일하며 숙식까지 해결하는 동안 나는 이모, 이모부와 지냈기 때문이다. 당시 나의 성장 경험이 미국이라는 나라에 적응하느라 고군분투하고, 그러는 사이 서로 멀어져가는 메리 유와 그녀의 가족 이야기에 고스란히 녹아 있다. 놀라운 사실은 이 책을 쓰고 부모님과 공유하는 과정에서 그들을 이해하고, 잃었던 친밀감을 되찾을 수 있었다는 것이다.

내 첫 소설 『미라클 크리크』는 20개의 언어로 번역되는 행운을 누리고 있다. 그러나 이 책이 한국어로 번역될 거라는 소식을 들은 날, 나는 눈물을 참지 못했다. 초등학교에서 배운 것을 (대부분은 아닐지라도) 많이 잊은 지금, 내가 한국어판을 읽을 수 있을지 확신은 없지만 그럼에도 불구하고 한국어는 내 근본에 남아 있고, 그 리듬이 지금도 내가 말하고 읽고 쓰는 방식에 큰 영향을 주기 때문이다. 그뿐만 아니라 한국에 있는 나의 이모와 고모, 삼촌, 그리고 사촌들이 나와 나의 인생이 담겨 있는 이 책을 읽을 생각을 하니, 여기 미국에 사는 우리 부모님과 나의 또다른 엄마나 다름없는 이모 헬렌, 그리고 다른 친척들이 그들의 모국어로 이 책을 읽을 거라는 생각을 하니 마치 꿈이 실현된 기분이다. 나의 유년 시절 고향을 그리며 살아온 사십여 년의 세월을 지나서 마침내 집으로 돌아가는 꿈 말이다.

책을 읽어준 독자분들께 이루 말할 수 없는 감사의 마음을 전한다. 이 책이 마음에 드셨으면, 하고 바란다.

앤지 김(김수연)

짐을 위해, 언제나

그리고

나의 엄마Um-ma와 아빠Ap-bah를 위해,
두 분의 희생과 사랑을 기리며

| 차 례 |

한국의 독자들에게 ⋯⋯⋯⋯⋯ 5

사건 ⋯⋯⋯⋯⋯⋯⋯⋯⋯⋯⋯⋯ 15

재판: 첫째 날 ⋯⋯⋯⋯⋯⋯⋯ 25

재판: 둘째 날 ⋯⋯⋯⋯⋯⋯⋯ 121

재판: 셋째 날 ⋯⋯⋯⋯⋯⋯⋯ 233

재판: 넷째 날 ⋯⋯⋯⋯⋯⋯⋯ 327

그후 ⋯⋯⋯⋯⋯⋯⋯⋯⋯⋯⋯ 499

감사의 말 ⋯⋯⋯⋯⋯⋯⋯⋯⋯ 511

옮긴이의 말 ⋯⋯⋯⋯⋯⋯⋯ 515

고압산소 투여: 정상 기압보다 고압의 산소를 투여한다. 시술은 100퍼센트의 산소를 전달할 수 있게 기압이 일반적인 기압의 세 배가 되도록 특별히 고안한 체임버에서 이루어진다. (⋯) 고압산소 투여의 유용성을 제한하는 요소는 화재 위험성과 감압시 폭발 위험성 등이 있다. (⋯) 고압산소요법으로 불리기도 한다.

『모스비 의학대사전』(개정9판, 2013년)

사건

버지니아주, 미라클 크리크
2008년 8월 26일 화요일

남편이 내게 거짓말을 시켰다. 큰 거짓말은 아니었다. 남편이나 나나 처음에는 그것을 거짓말로 여기지 않았다. 그 정도로 사소한 일이었다, 그가 원한 것은. 경찰이 시위대를 풀어준 참이었고, 남편이 나가서 그들이 되돌아오지 않는지 확인하는 동안 그의 의자에 앉아 있기만 하면 되는 일이었다. 동료들끼리 으레 하는 대로, 식료품점에서 내가 식사를 하거나 남편이 담배를 피울 때 우리끼리 하던 대로, 잠시 자리만 맡아주면 되는 일이었다. 그러나 내가 그의 의자에 앉으면서 책상에 부딪혔고, 그 바람에 책상 위에 걸려 있던 남편의 자격증이 살짝 비뚤어졌다. 마치 이건 으레 있는 일이 아니라고, 여태껏 그가 내게 맡기고 자리를 비운 적이 없는 데는 이유가 있는 거라고 일깨워주는 것처럼.

남편이 내 위쪽으로 손을 뻗어 자격증을 바로 하는 동안 그의 눈은 그 안에 적힌 글자들을 읽고 있었다. 박 유, 미라클 서브마린 LLC, 공인 고압산소 기사. 여전히 시선은 자격증에 둔 채 내가 아니라 그

글자들에 말하듯이 그는 말했다. "내가 다 해놨어. 환자들은 체임버 안에 있고 산소도 들어갔어. 당신은 그냥 여기 앉아 있기만 하면돼." 그리고 나를 쳐다봤다. "그것만 하면 돼."

나는 알 수 없는 손잡이와 스위치로 가득한 체임버의 제어반을 넘어다보았다. 지난달에 우리 부부가 연하늘색 페인트를 칠하고 헛간 안에 설치한 체임버였다. "안에서 환자들이 인터폰을 하면 어떡해?" 내가 물었다. "그럼 당신 금방 온다고 말할게……"

"안 돼. 내가 자리를 비운 걸 환자들이 알면 안 돼. 누가 물으면나 여기 있다고 해. 내내 여기 있었다고."

"하지만 무슨 문제라도 생기면……"

"무슨 문제가 생긴다고 그래?" 남편이 말했다. 그의 목소리는 명령처럼 단호했다. "내가 금방 온다니까. 그리고 안에서 인터폰 할일 없어. 아무 일도 없을 거야." 그걸로 됐다는 듯 그는 걸어나갔다. 문간에 선 그가 나를 돌아보았다. "아무 일도 없을 거야." 조금 더 수그러진 목소리로 그는 같은 말을 반복했다. 이번에는 애원처럼 들렸다.

헛간 문이 쾅 닫히는 순간 나는 그가 미쳤다고 소리치고 싶었다. 어떻게 하필이면 오늘 같은 날—시위대와 그들의 방해 공작, 그로 인한 정전에 경찰까지—이렇게나 문제가 많이 생긴 날 아무 일도 없을 거라고 말할 수 있느냐고. 문제가 너무 많이 생겨서 더는 생길 수 없다고 생각했던 걸까? 하지만 인생이란 그렇지가 않았다. 비극으로 비극을 예방할 수 없고, 불운의 씨앗은 골고루 뿌려지지 않으며, 나쁜 일들은 뭉텅이나 무더기로 던져져 인생을 주체할 수 없이 엉망진창으로 만든다. 그 모든 일을 겪고도 그는 어떻게 그걸 모를 수가 있을까?

저녁 8시 2분부터 8시 14분까지 나는 그가 시킨 대로 그의 의자에 앉아서 아무 말도, 아무 일도 하지 않았다. 얼굴에 땀이 맺힌 채로. 냉방이 되지 않는 체임버 안에 갇힌 여섯 명의 환자를 생각했다. (발전기는 오직 압력과 산소 장치, 인터폰만 작동시켰다.) 그리고 아이들이 얌전히 있게 해주는 휴대용 DVD 플레이어에 감사했다. 나는 남편을 믿자고 혼자 되뇌면서 계속 기다렸다. 시계를 보고, 문을 봤다가, 다시 시계를 보며 그가 돌아오기만을 기도했다. (그는 돌아와야만 했다!) 〈바니〉 쇼가 끝나고 환자들이 다른 DVD를 틀어달라고 인터폰을 하기 전에. 쇼의 엔딩곡이 막 시작되었을 때 내 휴대폰이 울렸다. 박이었다.

"시위대가 다시 왔어." 그가 속삭였다. "또 이상한 짓 못하게 지키고 있어야 할 것 같아. 치료 시간이 끝나면 당신이 산소 밸브를 잠가. 손잡이가 보이지?"

"응, 하지만……"

"그 손잡이를 시계 반대 방향으로 끝까지 꽉 잠가. 잊어버리지 않게 알람을 맞춰놔. 큰 시계로 8시 20분이야." 그리고 그는 전화를 끊었다.

나는 산소라고 표시된 손잡이를 만져보았다. 서울에서 살던 옛날 아파트의 삐걱거리는 수도꼭지처럼 변색된 황동색 손잡이였다. 얼마나 차가운지 깜짝 놀랐다. 내 시계를 큰 시계와 맞추고 시간을 8시 20분에 설정한 다음 알람 버튼을 찾았다. 바로 그때, 내가 그 조그만 버튼을 누르려는 찰나에, DVD 플레이어의 건전지가 나갔고 깜짝 놀란 나는 시계에서 손을 떼버렸다.

그 순간을 생각하고 또 생각한다. 그때 내가 알람 버튼을 눌렀더라면 그 모든 것—사람들의 죽음, 마비, 재판—을 막을 수 있었을까? 그날 밤 내 탓이라 할 만한 더 큰 실수들이 있었는데도 왜 계속 그 순간이 떠오르는지 내가 생각해도 이상하다. 어쩌면 그 순간의 사소함, 대수롭지 않아 보인다는 것이 동력이 되어 '만약에'라는 의문을 촉발하는 것인지도 모른다. 만약에 내가 DVD에 정신이 팔리지 않았더라면? 만약에 내 손가락이 백만분의 일 초만 더 빨리 움직여서 DVD가 꺼지기 전에, 엔딩곡이 흘러나오는 중간에 알람을 켤 수 있었더라면? 난 널 사랑해, 넌 날 사랑해, 우린 행-복-한 가-족—

그 순간의 공허함, 소리의 완전한 부재가 묵직하고 갑갑하게 나를 덮쳤고 사방에서 짓눌렀다. 마침내 다시 소리가 들렸을 때—체임버에 난 창문에 뼈마디를 탁탁탁 두들기는 소리가 났을 때—나는 안도하다시피 했다. 하지만 노크 소리는 거세져서 주먹으로 세 번씩 두드리는 것 같은 소리가 되었고, 날 꺼내줘요!라는 암호를 외치는 듯한 그 소리는 곧이어 있는 힘껏 쿵쿵쿵 내리치는 소리로 바뀌었다. 나는 그것이 TJ가 머리를 박는 소리라는 걸 깨달았다. 자주색 공룡 바니를 끔찍이 사랑하는 자폐아 TJ는 처음 만난 날 나를 꼭 끌어안았다. TJ의 엄마는 아들이 누군가를 안았다는 걸 놀라워했고 (아이는 사람들과 닿는 걸 싫어한다), 아마도 바니와 똑같은 자줏빛인 내 티셔츠 때문일 거라고 했다. 그후로 나는 그 옷만 입었다. 매일 밤 손빨래한 그 티셔츠를 TJ의 치료 시간에 맞춰 입고 있으면 아이는 매번 내 품에 안겼다. 사람들은 내게 친절하다고 했지만 사실 나를 위해 하는 일이었다. 아이가 내 몸에 팔을 휘감고 꼭 끌어안는 느낌이 좋았기 때문이다. 이제는 안으려고만 하면 몸에 닿지 않게 멀찍이 떨어져서 팔을 흐느적거리는 딸이 예전에 그랬던 것처럼. TJ의 정수리에 입을 맞추면 연하고 곱슬곱슬한 붉은 머리칼이

18

내 입술을 간지럽히는 게 좋았다. 내게 그토록 달콤한 포옹을 해주는 아이가 지금 강철 벽에 머리를 박고 있다.

TJ는 미친 게 아니었다. 아이 엄마는 아들이 장염 때문에 만성 통증이 있는데 말을 할 줄 모르니 증세가 심해지면 통증 완화를 위해 할 줄 아는 유일한 행동을 하는 거라고 했다. 그게 바로 박치기였다. 아이는 그 새로운 급성 통증으로 오래된 통증을 몰아냈다. 더는 가려움을 견딜 수 없을 때 피가 나도록 긁고 나면 백배쯤 거세진 통증에서 짜릿한 쾌감을 느끼는 것과 같은 원리였다. 아이 엄마가 그 이야기를 하는 동안 TJ는 창문에 얼굴을 대고 밖을 내다보고 있었다. 여덟 살밖에 안 된 저 아이가 쇳덩이에 머리를 처박아야 할 정도로 극심한 통증을 겪는다는 생각에 가슴이 찢어질 것 같았다.

그 고통의 소리는 쿵쿵쿵 울리고 또 울렸다. 끈질기고 점점 더 집요하게. 한 번 쿵 할 때마다 진동을 발산했고, 그 울림이 형상과 질량을 갖춘 육체적인 뭔가를 만들어냈다. 그것이 나를 관통했다. 내 피부를 둥둥 울리며 내 안으로 들어와 내면을 뒤흔들었고 심장이 그 리듬에 맞춰 더 빠르게, 더 세게 고동치게 했다.

그 소리를 멈춰야 했다. 그것이 문 잠긴 체임버 안에 환자 여섯을 내버려둔 채 헛간을 뛰쳐나온 나의 변명이다. 감압하고 체임버를 열어 TJ를 꺼내주고 싶었지만 방법을 몰랐다. 게다가 인터폰이 울렸을 때 TJ의 엄마가 내게 (혹은 박에게) 잠수를 멈추지 말라고, 아이를 진정시켰다고, 제발, 빌어먹을, 새 건전지를 넣고 〈바니〉 DVD를 틀어달라고 애원했다. 지금 당장! 헛간에서 뛰어서 이십 초 거리에 있는 우리집 어딘가에 새 건전지가 있었고, 산소를 끄기까지는 오 분의 시간이 있었다. 그래서 나는 나왔다. 입을 가리고 목소리를 변조해 억양이 심한 남편의 낮은 목소리로 말했다. "건전지를 교체하겠습니다. 잠시만 기다리세요." 그리고 헛간을 뛰쳐나왔다.

현관문이 살짝 열려 있었고 불현듯 나는 메리가 집에서 아침에 내가 시킨 청소를 하고 있을지 모른다는 무모한 희망에 휩싸였다. 마침내 오늘 제대로 굴러가는 일이 하나쯤 있을 모양이라고. 하지만 집에 들어갔을 때 딸은 없었다. 건전지가 어디 있는지 전혀 알지 못하는 나는 도와줄 사람 하나 없이 혼자였다. 예상했던 상황이었지만 순간의 무모한 희망이 내 기대를 하늘까지 끌어올렸다가 바닥으로 내동댕이쳤다. 진정하자, 속으로 되뇌면서 창고로 쓰는 회색 철제 캐비닛을 뒤지기 시작했다. 코트. 안내서. 전선. 건전지는 없었다. 문을 세게 닫아버리자 캐비닛이 흔들렸고, 얄팍한 철제의 울림과 철컹이는 소리에 TJ의 박치기가 떠올랐다. 강철에 박아대다가 잘 익은 수박처럼 쪼개지는 아이의 머리가 내 머릿속에 그려졌다.

고개를 저어서 그 생각을 쫓아버렸다. 그리고 딸이 싫어하는 딸애의 한국 이름을 외쳤다. "매-희-야!" 대답이 없었다. 없을 줄 알았지만 화나기는 매한가지였다. "매-희-야!" 다시 더 크게, 음절 하나하나를 길게 늘여 딸의 이름을 외쳤다. 그 외침이 내 목을 아프게 긁고 귓전에서 울리는 TJ의 박치기 환청을 몰아내야 했다.

나는 이 상자, 저 상자 온 집안을 들쑤시고 다녔다. 건전지를 찾지 못한 채 일분일초가 지날 때마다 내 좌절감은 점점 커졌고 아침에 딸과 다퉜던 일을 생각하게 되었다. 나는 딸한테 네가 더 도와야 한다고 말했고―그애는 열일곱이다!―딸은 한마디 대꾸도 없이 나가버렸다. 남편이 늘 딸애의 편만 드는 것도 생각했다. ("애한테 요리나 청소를 시키자고 모든 걸 포기하고 미국까지 온 게 아니잖아." 남편은 매번 그렇게 말했다. '그래, 그건 내 일이지.' 나는 말하고 싶었다. 하지만 말하지 않았다.) 메리가 눈알을 굴리는 것, 헤드폰을 쓰고 안 들리는 척하는 것도 생각했다. 분노가 가라앉지 않도록 머릿속을 어지럽히고 박치기 소리를 몰아낼 무언가를 계속 생각했다. 딸을 향한 분노는 오래된 담요처럼 친숙하고 편안했다. 그것이 나의 공황을 달래 둔한 염려로 누그러뜨렸다.

메리가 잠을 자는 구석에 놓인 상자를 발견하고 지그재그로 닫힌 덮개를 억지로 열어 안에 든 것을 전부 쏟아버렸다. 십대의 쓰레기. 나는 본 적 없는 영화의 찢어진 티켓, 나는 만난 적 없는 친구들 사진, 기다렸단 말이야. 내일은 어때?라고 휘갈겨쓴 쪽지가 맨 위에 놓인 종이 한 뭉치.

소리를 지르고 싶었다. 건전지는 대체 어디 있는 거야? (머릿속 한구석에서는, 누가 그런 쪽지를 보냈니? 남자애야? 뭘 기다린다는 건데?) 바로 그때 내 휴대폰이 울렸고—남편이었다—화면의 시계가 8시 22분을 가리켰다. 기억이 났다. 알람! 산소!

전화를 받았을 때 나는 왜 산소를 아직 안 껐는지 설명하려 했다. 곧 끌 거라고, 별일 아니라고, 당신도 가끔 한 시간 넘게 산소를 틀어놓지 않느냐고. 하지만 말이 다르게 나왔다. 구토처럼 주체할 수 없이 줄줄 흘러나왔다. "메리가 아무데도 없어. 우리가 이러는 것도 다 그애 때문인데, 여기 한 번을 안 붙어 있어. 그애 도움이 필요한데, 메리가 도와줘야 DVD 건전지를 찾는단 말이야. 지금 TJ 머리가 깨지게 생겼어."

"당신은 애를 꼭 안 좋게만 보더라. 메리 여기서 나 도와주고 있어." 남편이 말했다. "그리고 건전지는 부엌 싱크대 밑에 있어. 하지만 환자들 놔두고 가면 절대 안 돼. 내가 메리를 보내서 가져가라고 할게. 메리, 가봐라, 지금 당장. D 건전지 네 개 챙겨서 헛간으로 가져다줘. 내가 곧 가서……"

나는 전화를 끊어버렸다. 가끔은 아무 말도 하지 않는 게 더 나을 때가 있었다.

그리고 부엌으로 달려갔다. 그의 말대로 건전지는 그곳에, 쓰레기인 줄 알았던 봉투 속 흙먼지와 검댕이 잔뜩 묻은 작업용 장갑 밑에 있었다. 어제만 해도 깨끗했던 장갑이었다. 남편은 대체 뭘 하고 다니는 걸까?

나는 고개를 저었다. 건전지를 찾았다. 이제 TJ에게 가야 했다.

밖으로 달려나왔을 때 공기 중에 퍼져 있는 낯선 냄새—젖은 나무가 타는 듯한 냄새—가 코끝을 찔렀다. 사방이 어스레해서 잘 보이지는 않았지만 멀리서 헛간을 향해 뛰어가는 남편이 눈에 들어왔다.

남편 앞에서 메리가 전력 질주를 하고 있었다. 나는 딸을 불렀다. "메리, 안 뛰어도 돼. 건전지 찾았어." 하지만 딸은 계속 뛰었고, 집이 아니라 헛간을 향하고 있었다. "메리, 그만 뛰라니까." 내가 말했지만 메리는 듣지 않았다. 딸은 헛간 문을 지나쳐 헛간 뒤로 갔다. 이유는 알 수 없지만 그애가 거기 있는 게 왠지 겁이 나서 나는 다시 딸을 불렀다. 이번에는 한국 이름으로, 나긋하게. "매-희-야." 나는 딸을 부르며 달려갔다. 아이가 뒤를 돌아보았다. 그애 얼굴의 무언가가 나를 멈춰 세웠다. 왠지 모르게 빛나는 것 같았다. 넘어가는 태양의 바로 앞에 선 것처럼 아이의 피부를 뒤덮은 주황색 섬광이 일렁였다. 얼굴을 쓰다듬으며 말하고 싶었다. "정말 예쁘구나."

그때 메리 뒤에서 소리가 났다. 탁탁 터지는 것 같은 소리, 하지만 조금 더 부드럽고 조용한 것이 꼭 비상하는 기러기떼의 날개 수백 개가 다 같이 하늘을 향해 날쌔게 펄럭이는 것 같은 소리였다.

그것들을 보았다고 생각했다. 바람에 파문을 일으키며 흐릿한 제비꽃색 하늘로 높이, 더 높이 날아오르는 잿빛 장막을. 그러나 눈을 깜빡였을 때 하늘은 텅 비어 있었다. 나는 소리가 난 쪽으로 달렸고 이윽고 딸은 봤지만 나는 보지 못했던 것, 딸이 뛰어서 다가가고 있었던 것이 보였다.

화염.

연기.

헛간 뒷벽—불타고 있었다.

내가 왜 뛰거나 비명을 지르지 않았는지, 메리가 왜 그러지 않았는지 이유는 모르겠다. 그러고는 싶었다. 그러나 온통 새빨갛고 주홍빛인 불보라에 시선을 빼앗긴 채 한 발짝 한 발짝 천천히, 조심스럽게 가까이 다가갈 수밖에 없었다. 타닥타닥 튀면서 흩날리는 불꽃은 파트너를 바꿔가며 스텝 댄스를 추듯 이리저리 타래치고 있었다.

쾅 하고 폭발음이 들렸을 때 나는 무릎이 풀려 털썩 주저앉고 말았다. 하지만 눈으로는 줄곧 딸을 좇고 있었다. 매일 밤, 불을 끄고 잠을 청하며 눈을 감으면 그 순간의 그애가, 내 딸 매희가 떠오른다. 헝겊 인형처럼 내팽개쳐진 딸의 몸이 허공에 호를 그리며 날아갔다. 정교하게. 우아하게. 부드러운 풀썩 소리와 함께 딸의 몸이 땅에 떨어지기 직전에 아이의 말총머리가 높이 솟구쳤다. 어릴 적 매희가 줄넘기를 할 때 그랬던 것처럼.

일 년 후

재판: 첫째 날

2009년 8월 17일 월요일

영 유

재판정으로 들어서는 그녀는 신부가 된 기분이었다. 방안을 가
득 메운 사람들이 일제히 고개를 돌리고 숨죽인 채 그녀의 입장을
지켜본 건 그녀의 결혼식이 마지막이었고 유일했다. 청중의 다채로
운 머리색이나 그녀가 통로를 걷는 동안 영어로 수군대는 말소리
만 아니었어도 그녀는 자신이 여전히 한국에 있다는 착각을 했을지
모른다. "저기 봐, 주인네야." "딸은 몇 달 동안 혼수상태였다더라,
불쌍한 것." "주인 남자는 마비가 왔대, 너무 끔찍해."
작은 재판정에는 심지어 낡은 교회처럼 통로 양쪽에 삐걱거리는
목재 장의자들이 놓여 있었다. 그녀는 스무 해 전에 자신의 결혼식
에서 그랬던 것처럼 고개를 숙였다. 관심의 중심에 서본 일이 거의
없었던 터라 뭔가가 잘못된 것처럼 느껴졌다. 아내의 미덕은 겸손
하고 주변과 잘 섞이고 눈에 잘 띄지 않는 것이지, 야살스레 사람들
의 입방아에 오르내리는 것이 아니었다. 그래서 신부들이 면사포를
쓰는 게 아닌가? 빤히 쳐다보는 시선들로부터 자신을 보호하고 붉

게 상기된 뺨을 가리려고. 그녀는 옆을 흘끗 보았다. 오른편 검사석 뒤에 낯익은 얼굴들이 보였다. 환자들의 가족이었다.

환자들이 다 같이 모인 건 딱 한 번뿐이었다. 지난해 7월, 헛간 밖에서 가졌던 오리엔테이션 날. 그녀의 남편 박은 헛간 문을 열고 새로 페인트칠한 하늘색 고압산소 체임버를 선보였다. "여러분," 박은 자랑스러운 듯 말했다. "미라클 서브마린을 소개합니다. 순산소. 고압. 치유. 다 됩니다." 좌중의 박수가 쏟아졌다. 엄마들은 울었다. 그리고 이제 똑같은 사람들이 여기 침울하게 앉아 있었다. 한때 그들의 얼굴을 차지했던 기적을 향한 희망은 마트 계산 줄에 서서 타블로이드지에 손을 뻗는 이들의 호기심으로 대체되었다. 그리고 연민이 보였다―그녀를 향한 연민인지 자신들을 향한 연민인지 알 수 없었다. 영은 분노를 예상했지만 걸어오는 그녀를 보고 그들은 미소를 지었다. 여기서 그녀 역시 피해자라는 걸 상기해야 했다. 사람 둘을 죽인 폭발로 비난을 받는 피고인은 그녀가 아니었다. 그녀는 박이 매일같이 하던 말을 되새겼다. 그날 저녁에 그들이 헛간을 비운 것이 화재의 원인이 아니라고, 환자들 곁에 있었어도 폭발을 막지 못했을 거라고. 그녀는 그들에게 미소로 화답하려 애썼다. 그들의 지지는 좋은 것이었다. 그녀도 알았다. 하지만 부정 행위로 따낸 상처럼 과분하고 부적절하게 느껴졌고, 기분이 들뜨는 대신 신이 모든 것을 지켜보고 있다가 불의를 바로잡고 어떻게든 거짓말에 대한 대가를 치르게 할지 모른다는 걱정이 그녀를 무겁게 짓눌렀다.

목재 분리대 앞까지 갔을 때 영은 분리대를 뛰어넘어 피고인석에 앉고픈 충동과 싸워야 했다. 그러나 검사석 뒤에 그녀의 가족들과 함께, 그날 밤 미라클 서브마린에 갇혔던 맷과 테리사 옆에 앉았다. 병원에서 마지막으로 본 뒤 그들을 한참 동안 보지 못했다. 하지만 아무도 인사를 하지 않았다. 다들 시선을 떨구고 있었다. 그들은 피해자들이었다.

*

법원이 위치한 파인버그는 미라클 크리크의 옆 동네였다. 이상했다. 이름들이란. 기대하는 것과 정반대를 가리킨다는 것이. 미라클 크리크는 기적이 일어날 곳 같아 보이지는 않았다. 그곳에서 수년째 사는 사람들이 지루해서 미쳐버리지 않은 걸 기적으로 친다면 모를까. '미라클'이라는 이름과 마케팅 기대 효과(그리고 값싼 대지)에 이끌려, 동양인이—어쩌면 이민자가—전무하다는 사실에도 불구하고 그들은 미라클 크리크까지 오게 되었다. 워싱턴 D.C.에서 겨우 한 시간 거리인 그곳은 덜레스공항과 같은 현대성이 집중된 곳으로부터 한 시간만 운전하면 금방 닿을 수 있었지만 문명에서 몇 시간은 떨어진 것 같은 외딴 촌락의 분위기를 풍겼다. 완전히 다른 세상이었다. 콘크리트 보도 대신 흙먼지 날리는 오솔길이 있었고, 자동차 대신 소들이 다녔으며, 강철과 유리로 된 고층빌딩 대신 허름한 나무 헛간이 있었다. 마치 흐릿한 흑백영화 속으로 들어간 것 같았고, 다 쓰고 버려진 것 같은 분위기가 있었다. 처음 미라클 크리크와 마주했을 때 영은 주머니 속 쓰레기란 쓰레기는 전부 털어서 가능한 한 멀리 던져버리고 싶은 충동을 느꼈다.

반면 파인버그는 그 단순한 이름과 미라클 크리크와의 근접성에도 불구하고 매력적이었다. 형형색색으로 페인트칠한 샬레 스타일의 상점들이 좁은 돌길을 따라 줄지어 서 있었다. 메인 스트리트에 늘어선 상점들을 보고 영은 서울에서 자신이 제일 좋아했던 시장을 떠올렸다. 농산물로 유명한 그곳의 빛의 행렬이 그녀의 머릿속을 지났다—시금치의 초록, 고추의 빨강, 비트의 보라, 단감의 주홍. 그 현란한 빛의 향연이 천박하게 느껴질 수도 있었지만 실은 그 반대였다. 야단스러운 색조들이 한꺼번에 옅어진 듯 전체적으로 우아하고 사랑스러운 느낌이었다.

언덕 밑에 자리한 법원 양옆으로 포도밭이 언덕배기까지 일직선으로 펼쳐졌다. 기하학적 정확성이 자로 잰 듯한 편안함을 주었고, 질서정연하게 심어진 포도나무들 한복판에 정의의 건물이 우뚝 서 있다는 것이 어쩐지 잘 어울렸다.

그날 아침, 법원의 장대한 흰색 기둥들을 응시하며 영은 이것이 자신이 기대했던 미국에 가장 근접하다고 생각했다. 한국에서, 그녀가 먼저 메리를 데리고 볼티모어로 가야 한다는 박의 말을 처음 들었을 때, 그녀는 서점에 가서 미국의 사진들—국회의사당, 맨해튼의 고층빌딩, 이너하버—을 훑어보았다. 미국에 건너와 오 년을 살면서 그녀는 그런 광경을 한 번도 본 적이 없었다. 첫 사 년간은 이너하버에서 3킬로미터 떨어진 식료품점에서 일했지만, 사람들이 '게토'라고 부르는 그 동네에는 여기저기에 깨진 유리병이 널브러져 있고 집들은 창문이 판자로 막혀 있었다. 방탄유리창이 달린 자그만 금고 형태의 공간, 그것이 그녀가 아는 미국의 전부였다.

그토록 절박하게 탈출하고자 했던 가혹한 세계가 이제는 그리울 지경이라니 우스웠다. 미라클 크리크는 본토박이들만 사는 섬과 같은 동네였다(조상 몇 대를 거슬러올라가는 토박이라고들 했다). 그들의 환영을 받기까지 시간이 걸릴 것으로 예상한 영은 특별히 다정해 보이는 한 이웃과 친분을 쌓는 데 집중했다. 하지만 시간이 흐르면서 그녀는 깨달았다. 그들은 다정한 게 아니라는 걸. 그들은 예의 있게 불친절한 것이었다. 영은 그런 부류를 잘 알았다. 그녀의 엄마가 그런 부류에 속하는 사람이었다. 체취를 감추기 위해 향수를 쓰듯 그런 부류는 불친절을 감추기 위해 예의를 썼다. 심할수록 더 많이 써야 했다. 그들의 경직된 과잉 예의가―그 집 여자의 늘 입술을 굳게 다무는 미소와 그 집 남자의 매번 말끝마다 "부인"이라고 하는 말투가―영을 멀찍이 밀어내고 그녀의 이방인 지위를 공고히 했다. 그녀의 볼티모어 단골들은 물건이 너무 비싸다, 음료수가 너무 미지근하다, 햄이 너무 얇게 썰렸다, 사사건건 불평하고 욕하는 진상들이 대부분이었지만 적어도 그들의 무례함에는 솔직함이 있었고, 그들이 지르는 고함에는 포근한 친밀함이 있었다. 티격태격하는 형제자매처럼. 서로 감출 것이 없었다.

박이 미국에 와 합류한 뒤 지난해부터 그들은 미라클 크리크에서 운전해 갈 만한 D.C. 지역의 한인 타운인 애넌데일에 집을 보러 다녔다. 화재로 그 모든 것이 날아갔다. 그리고 그들은 여전히 '임시' 숙소에서 지내는 중이었다. 책에서 본 사진들과는 동떨어진 다 쓰러져가는 판잣집. 영이 여태껏 미국에서 가본 가장 멋진 곳은 화재 이후 박과 메리가 몇 달간 누워 있었던 병원이었다.

*

재판정은 시끄러웠다. 소음의 주범은 사람들―피해자들, 변호인들, 기자들, 그리고 아무도 모르는 아무개들―이 아니라 판사석 뒤편 양옆의 창문에 달린 구형 에어컨 두 대였다. 에어컨은 잔디 깎는 기계처럼 털털거렸고, 동시에 작동하지 않고 시간차를 두고 작동해서 번갈아가며 켜졌다 꺼졌다 했다. 이쪽이 켜졌다, 다음에는 저쪽이 켜졌다, 그리고 다시 이쪽이 켜졌다 하면서 웬 요상한 기계 짐승들이 교미 신호를 주고받는 듯한 소리가 났다. 에어컨이 돌아가면, 그래서 덜거덕거리고 윙윙대는 소리가 나면 영은 고막이 근질거렸다. 새끼손가락을 귓속 깊숙이 찔러넣고 뇌까지 긁고 싶었다.

로비에 붙은 명판에는 법원이 이백오십 년 된 사적이며 기부를 원하면 파인버그법원 보존협회에 문의하라고 적혀 있었다. 영은 이 낡은 건물의 현대화를 막겠다는 유일무이한 목적 아래 모인 사람들의 협회 생각에 머리를 내둘렀다. 미국인들은 몇백 년 묵은 물건에 대한 자부심이 대단했다. 물건이 오래됐다는 것 자체만으로도 가치가 있다는 투였다. (물론 그 철학이 사람한테 적용되지는 않았다.) 그들은 세계가 미국을 높이 평가하는 이유가 나라가 오래돼서가 아니라 새롭고 현대적이기 때문이라는 사실을 깨닫지 못하는 듯했다. 한국인들은 정반대였다. 서울이었다면 현대화협회가 이 법원의 '앤티크' 견목 마루와 소나무 탁자들을 전부 대리석과 매끈한 강철 소재로 바꿔버렸을 것이다.

"모두 자리에서 일어나주십시오. 존경하는 프레더릭 칼턴 3세 재판장님의 주재로 스카이라인 카운티 형사법정의 개정을 선포합니다." 법원 경위가 선언하자 박을 제외한 모두가 자리에서 일어났다. 휠체어에 앉아 팔걸이를 움켜쥔 박의 손과 손목에 푸르스름한 정맥이 불거진 것으로 보아 팔로 몸무게를 지탱하려는 것 같았다. 영은 도울까 하다가 일어서는 것처럼 기본적인 것마저 도움을 받아야 한다는 게 박에게는 아예 일어서지 못하는 것보다 더 큰 굴욕일 거라는 생각에 그만두었다. 박은 어떻게 보이느냐에 아주 많이 신경을 썼고, 규칙과 기대에 순응했다. 참으로 한국인다운 습성으로,

이상하게도 영은 전혀 신경쓰지 않는 것들이었다(유복한 친정 덕분에 그런 것들에 개의치 않고 살 수 있었던 거라고 박은 말하곤 했다). 하지만 그녀는 우뚝 선 사람들 사이에 홀로 앉아 있는 박의 좌절감을 이해했다. 어린애처럼 무력해진 기분일 것이다. 그녀는 자신의 팔로 박의 몸을 가리고 그의 수치심을 숨겨주고픈 욕구를 억눌러야 했다.

"지금부터 버지니아 연방법에 의거하여 사건 번호 49621호, 피고인 엘리자베스 워드의 형사재판을 시작하겠습니다." 재판장이 개정하며 판사봉을 두드렸다. 약속이나 한 듯 에어컨 두 대가 동시에 꺼졌고, 나무 벽에 부딪힌 소리의 공명이 비스듬한 천장을 따라 울리며 고요 속에 맴돌았다.

이로써 엘리자베스가 피고라는 사실이 공식화되었다. 영은 가슴 한편이 얼얼했고, 잠자던 안도와 희망의 세포가 깨어나 온몸에 지지직거리는 전류를 흘려보내 그녀의 인생을 장악하려던 공포를 날려버리는 느낌이 들었다. 박의 결백이 증명되고 엘리자베스가 체포된 지 거의 일 년이 다 되어가지만 영은 그것이 믿기지 않았고, 이 모든 게 함정이 아닐까 싶어 재판이 시작된 오늘까지도 실은 자신과 박이 진짜 피고였다는 발표가 날 것 같았다. 하지만 기다림의 시간은 끝났고, 검사는 며칠에 걸쳐 제시될 '압도적인' 증거에 따라 엘리자베스에게 유죄가 선고될 것이라고 했다. 그들은 보험금을 타서 삶을 재건하면 된다고 했다. 정체된 삶은 이제 끝이었다.

배심원들이 입장했다. 영은 그들을 응시했다. 남자 일곱과 여자 다섯으로 구성된 이 열두 명은 사형의 당위성을 믿고 치사 주사를 놓는 죽음의 평결에 기꺼이 찬성표를 던질 수 있는 사람들이었다. 영은 그 사실을 지난주에 들었다. 그날따라 검사의 기분이 유독 좋아 보이기에 왜 그런지 물었더니 그는 엘리자베스에게 호의적일 가능성이 있는 배심원들이 사형 반대론자라는 이유로 자격을 상실했다고 말했다.

"사형이요? 교수형처럼요?" 영이 되물었다.

혐오감을 동반한 그녀의 공포가 필시 드러났던 모양인지 에이브는 미소를 거두었다. "아뇨, 치사 주사요, 정맥에 약물을 주입하는 거죠. 고통은 없습니다."

그는 엘리자베스가 꼭 사형을 받는다는 건 아니라며 그저 하나의 가능성일 뿐이라고 설명했지만 영은 여전히 이곳에서 엘리자베스를 보게 될 것이 두려웠다. 그녀의 얼굴에는 자신의 삶을 끝낼 수 있는 힘을 가진 사람들을 대면하는 공포가 뻔히 드러날 것이다.

이제 영은 피고인석에 앉은 엘리자베스를 애써 응시하려 하고 있었다. 금발 머리를 땋아서 올리고 짙은 녹색 정장과 진주 목걸이 차림에 펌프스힐을 신은 그녀는 변호사처럼 보였다. 전에 알던 모습—대충 하나로 묶은 머리에 구깃구깃한 운동복을 입고 짝이 안 맞는 양말을 신은—과 영 딴판이어서 하마터면 못 알아보고 지나칠 뻔했다.

그들을 찾아온 환자 부모들 중 돌보기가 제일 수월한 아동의 엄마였던 엘리자베스의 행색이 가장 엉망이었던 걸 생각하면 아이러니했다. 그녀의 외동아들인 헨리는 예의바른 소년으로, 다른 소아 환자들과는 달리 걷고 말하는 게 가능했으며, 대소변을 가렸고, 투정도 부리지 않았다. 오리엔테이션 날 자폐와 뇌전증이 있는 쌍둥이의 엄마가 "죄송하지만 헨리는 여기 왜 왔어요? 너무 멀쩡해 보이는데" 하고 물었을 때 엘리자베스는 불쾌하다는 듯 인상을 썼다. 그녀는 헨리의 질환 목록—강박장애, ADHD, 감각장애와 자폐스

펙트럼장애, 불안장애―을 읊으며 온종일 실험적인 치료법을 알아보며 사는 게 얼마나 고된 일인지 토로했다. 영양보급관을 달고 휠체어에 앉은 아이들 앞에서 그런 불평을 늘어놓는 것이 어떻게 보일지 전혀 모르는 모양이었다.

칼턴 판사는 엘리자베스에게 일어설 것을 명했다. 영은 판사가 혐의를 낭독하면 엘리자베스가 울음을 터뜨리거나 최소한 얼굴을 붉히고 고개를 떨굴 것으로 예상했다. 하지만 그녀는 얼굴을 붉히지도, 눈을 깜빡이지도 않은 채 배심원단을 똑바로 쳐다보고 있었다. 영은 그녀의 무표정한 얼굴을 살피며 충격 때문에 현실감각이 없어진 게 아닐까 생각했다. 그러나 엘리자베스는 망연자실하기보다는 평온해 보였다. 행복에 가까워 보였다. 어쩌면 엘리자베스의 근심 가득한 찌푸린 표정에만 익숙해진 영의 눈에 그것이 부재한 그녀의 얼굴이 만족스러운 기색을 띠는 것으로 보이는 것인지도 모른다.

혹은 어쩌면 신문기사들이 옳았는지도 모른다. 아들을 없애버리고 싶은 마음이 간절했던 그녀가 이제 아들이 죽어서 마침내 마음의 평화를 찾은 것인지도. 어쩌면 그녀는 줄곧 괴물이었는지도.

맷 톰프슨

오늘 이 자리에 서지 않을 수만 있다면 그는 무엇이든 내놓았을 것이다. 오른팔 전부는 힘들어도 남아 있는 세 손가락 가운데 하나쯤은 기꺼이 포기했을 것이다. 이미 손가락이 잘린 괴물인데 하나 더 잘린다고 대수겠는가? 기자들도 보고 싶지 않았고, 손으로 얼굴을 가리는 실수를 범했을 때 플래시를 터뜨릴 카메라들은 딱 질색이었다. 빵 반죽 같은 그의 남은 오른손을 뒤덮은 번뜩거리는 화상 흉터에 플래시가 터지는 장면을 상상한 맷은 움찔했다. "저기 봐, 그 불임 의사야"하는 수군거림도 듣기 싫었고, 일전에 그를 빤히 쳐다보고 무슨 퍼즐을 풀듯 고개를 갸우뚱거리며 "아내분과 입양을 고려한 적은 없습니까? 한국에는 백인 혼혈아가 많다고 들었는데요"라고 묻던 검사 에이브와 대면하고 싶지도 않았다. 그의 부상 부위만 보면 시선을 떨구고 쯧쯧대는 장인, 장모와 말을 섞기도 싫었고, 겉으로 드러나는 모든 결함에 수치심을 느끼는 부모에게 재닌이 퍼붓는 악담도 듣고 싶지 않았다. 재닌은 그것 역시 그녀의 부

36

모가 가진 '한국인 특유의' 편견과 편협이라고 진단했다. 무엇보다 그는 미라클 서브마린 사람들을 보고 싶지 않았다. 다른 환자들은 물론 엘리자베스도 보기 싫었고, 메리 유는 결코, 절대로 보고 싶지 않았다.

에이브가 자리에서 일어나 걸어가서 영이 분리대에 걸쳐놓은 손 위에 손을 얹었다. 그가 다정하게 손을 토닥이자 영은 미소를 지어 보였다. 이에 박은 이를 악물었고 에이브가 그를 향해 미소를 짓자 화답하려는 듯 입술을 죽 당겼지만 딱히 미소 같아 보이지는 않았다. 맷은 자신의 한국인 장인처럼 박도 아프리카계 미국인을 탐탁지 않게 여기고, 흑인을 대통령으로 뽑은 것이 미국의 가장 큰 흠이라고 생각하는 것은 아닐까 추측했다.

처음 에이브를 만났을 때는 맷도 놀랐다. 미라클 크리크와 파인버그는 너무 시골이었고 백인 위주의 동네처럼 보였기 때문이다. 배심원들은 전부 백인이었다. 판사도 백인이었다. 경찰관도, 소방관도 전부 백인. 흑인 검사가 있을 거라고 기대할 만한 곳이 아니었다. 그런가 하면 이른바 의료기기라는 소형 잠수함을 운영하는 한국인 이민자가 있을 것으로 기대하는 곳도 아니었다. 하지만 유씨 가족이 있었다.

"배심원 여러분, 저는 본 사건의 담당 검사 에이브러햄 패털리입니다. 검사로서, 제가 피고인 엘리자베스 워드에 대응해 버지니아 연방을 대변합니다." 에이브가 오른손 검지로 엘리자베스를 가리키자 그녀는 마치 자신이 피고인이라는 사실을 몰랐다는 듯 화들짝 놀랐다. 맷은 에이브의 검지를 보면서 그가 자기처럼 저 손가락을 잃게 된다면 어떻게 할까 궁금해졌다. 손가락을 절단하기 직전에 외과 의사가 말했다. "수술 후에도 하시는 일에는 큰 지장이 없으니 얼마나 다행입니까. 피아니스트나 외과 의사라고 생각해보세요." 맷은 그 생각을 아주 많이 해봤다. 대체 어떤 직업을 가져야 오른손 검지와 중지를 절단하고도 크게 지장을 받지 않을 수 있을까? 전에는 변호사라는 직업을 '큰 지장이 없는' 범주에 넣었겠지만 엘리자베스가 삿대질 같은 간단한 몸짓만으로도 기가 죽는 것, 손가락이 에이브에게 힘을 실어주는 것을 보고 나니 확신이 없어졌다.

"무엇이 피고인을 오늘 이 자리에 있게 했습니까? 이미 피고인의 혐의 내용을 모두 들었을 것입니다. 방화, 구타, 살인미수." 에이브는 엘리자베스를 향해 시선을 한 번 던진 뒤 몸을 틀어 배심원석을 정면으로 마주했다. "그리고 살인."

"피해자들은 여러분께 기꺼이 이야기할 준비를 하고 여기 이 자리에 앉아 있습니다." 에이브가 방청석의 첫번째 줄을 가리켰다. "그들 자신은 물론이고, 본 사건의 최대 피해자이자 피고인의 오랜 친구였던 킷 커즐라우스키와 피고인의 여덟 살짜리 아들 헨리 워드에게 무슨 일이 있어났는지 말입니다. 애석하게도 두 사람은 사망했기에 직접 말씀드릴 수가 없습니다.

2008년 8월 26일 저녁 8시 25분경 미라클 서브마린의 산소 탱크가 폭발했고 그로 인해 걷잡을 수 없는 화재가 발생했습니다. 당시 서브마린 내부에 여섯 명, 인접 지역에 세 명이 있었습니다. 그 사고로 두 사람이 목숨을 잃었습니다. 네 명이 심각한 부상을 입었고, 신체가 마비되거나 절단되어 몇 달간 병원 신세를 져야 했습니다.

그날 피고인은 아들과 산소 탱크 안에 있어야 했습니다. 하지만 그러지 않았습니다. 모두에게 아프다고 말했습니다. 머리가 아프다, 속이 갑갑하다, 이런저런 일 때문이다. 그러면서 다른 환자의 보호자인 킷에게 자신이 쉬는 동안 아들을 봐달라고 부탁했습니다. 그런 다음 근처 개울가로 가서 가져온 와인을 마셨습니다. 이때 피고인이 피운 담배는 화재를 일으킨 것과 동일한 브랜드이고, 피고인이 사용한 성냥 역시 화재에 쓰인 성냥과 같은 브랜드입니다."

에이브는 배심원들을 쳐다보았다. "방금 제가 말씀드린 것 모두 반박의 여지가 없는 사실입니다."

에이브는 입을 다물고 강조를 위해 뜸을 들인 뒤에 "반박의, 여지가, 없습니다"라고 단어 하나하나를 또박또박 말했다. "여기 피고인이," 그는 또다시 검지로 엘리자베스를 가리켰다. "전부 인정했습니다. 의도적으로 바깥에 남았다, 꾀병을 부렸다, 아들과 친구가 안에서 불타는 동안 와인을 마셨다, 폭발을 야기한 것과 동일한 성냥과 담배로 흡연했다, 아이팟으로 비욘세 노래를 듣고 있었다."

*

맷은 자신이 왜 첫번째 증인인지 그 이유를 알고 있었다. 에이브가 개요를 설명할 필요성을 이야기한 적이 있었다. "고압이니 산소니 그런 건 복잡하기만 합니다. 의사이시니 모두의 이해를 도울 수 있을 겁니다. 게다가 사건 현장에 계셨죠. 그러니 당신이 제격입니다." 제격이든 아니든 맷은 자신이 첫 타자로 정황을 설명해야 한다는 사실에 분개했다. 그는 에이브가 서브마린 치료를 사이비라고 생각하면서도 '이렇게 멀쩡한 미국인이자 실제 의대를 졸업한 진짜 의사인 이 사람도 했으니 그리 이상한 것은 아닙니다'라고 말하고 싶어한다는 걸 알았다.

"증인은 왼손을 성경 위에 올리고 오른손을 드십시오." 법정 경위가 말했다. 맷은 오른손을 성경 위에 올리고 왼손을 든 다음 경위의 눈을 똑바로 바라봤다. 왼손과 오른손도 분간 못하는 머저리라고 생각하든 말든. 그편이 자신의 해괴한 오른손을 들어서 모두를 움찔하게 하고 그들의 시선이 쓰레기장 위의 새들처럼 머물 곳을 찾지 못해 배회하는 모습을 보는 것보다 나았다.

에이브는 쉬운 질문부터 시작했다. 고향이 어디인지(메릴랜드주 베세즈다), 대학은 어디를 나왔는지(터프츠대학교), 의대는 어디를 다녔는지(조지타운 의대), 레지던트는 어디서 했는지(같은 학교), 펠로우십은(같은 학교), 전문의 자격증은(방사선과), 병원 인가는 어디서 취득했는지(페어팩스) 물었다. "자, 처음 폭발에 대해 들었을 때 제일 먼저 떠올랐던 질문을 해야겠습니다. 대체 미라클 서브마린이 뭡니까? 왜 잠수함이 바닷가도 아니고 버지니아 한복판에 있어야 했던 거죠?" 배심원 몇이 자기만 궁금했던 게 아니라 다행이라는 듯 미소를 지었다.

맷은 입술을 당겨 웃어 보였다. "미라클 서브마린은 실제 잠수함이 아닙니다. 그저 유리창이나 해치, 강철 벽으로 비슷하게 디자인을 한 거죠. 실제로는 고압산소요법hyperbaric oxygen therapy을 위한 체임버 형태의 의료기기입니다. H-B-O-T, 줄여서 '에이치봇'이라고도 부릅니다."

"작동 원리를 설명해주시겠습니까?"

"밀폐된 공간의 내부 공기압을 정상 기압의 1.5배에서 3배가량 높이면 안에 있는 사람은 100퍼센트의 산소를 들이마실 수 있습니다. 그렇게 되면 고압으로 인해 고용량의 산소가 체내 혈액과 체액, 그리고 조직에 용해됩니다. 손상된 세포를 복구하는 데는 산소가 필요한데 이렇게 추가 산소를 깊이 침투시키면 빠른 치유와 재생이 가능해집니다. 다수의 병원에서 HBOT 서비스를 제공하고 있습니다."

"그렇지만 미라클 서브마린은 병원 체임버가 아니지 않습니까. 그 둘이 다른 겁니까?"

맷은 가운을 입은 치료사가 운행하는 살균 소독된 병원 체임버를 떠올린 뒤 낡은 헛간에 비뚤게 설치된 유씨의 녹슨 체임버를 생각했다. "그렇지는 않습니다. 병원에서는 보통 한 사람이 누울 수 있는 투명한 튜브형 치료기를 사용합니다. 미라클 서브마린은 더 크기 때문에 환자 네 명과 그들의 보호자까지 함께 입실할 수 있어서 비용이 훨씬 저렴합니다. 게다가 개인 운영 시설에서는 일반 병원에서 치료받을 수 없는 비인가 질환들도 치료가 가능합니다."

"어떤 질환들 말씀입니까?"

"종류가 다양합니다. 자폐, 뇌성마비, 불임, 크론병, 신경장애." 맷은 목록 중간에 일부러 숨긴 증상―불임―을 듣고 뒤에서 킥킥거리는 웃음소리를 들은 것 같았다. 아니면 정자 분석 이후에 재닌이 처음 HBOT를 제안했을 때 비웃었던 자신의 웃음소리가 기억난 것인지도 몰랐다.

"감사합니다, 닥터 톰프슨. 증인은 미라클 서브마린의 첫번째 환자였습니다. 그 이야기를 해주실 수 있습니까?"

맙소사, 해줄 수 있느냐고? 맷은 재닌이 유씨 가족이나 HBOT는 물론이고 그녀가 그에게 기대하는 '헌신'에 대해서는 일언반구도 없이 얼마나 완벽하게 판을 짜서 처가댁 저녁식사 자리에 자신을 데려갔는지 얼마든지 말해줄 수 있었다. 빌어먹을 매복 작전이었다.

"지난해 처가에서 박을 처음 만났습니다." 그는 에이브에게 말했다. "제 장인과 박의 부친이 동향 출신이라 양가가 친했습니다.

어쨌든 그 자리에서 박이 HBOT 사업을 시작할 예정이고 장인이 거기에 투자한다는 사실을 들었습니다." 모두 식탁에 빙 둘러앉아 있었고 맷이 들어서자 유씨 가족은 왕족을 맞이하듯이 서둘러 자리에서 일어났다. 긴장한 듯한 박이 딱딱한 미소를 지어 보이자 그의 각진 얼굴형이 더욱 두드러졌고, 악수하며 맷의 손을 잡았을 때는 손가락 관절이 삐뚤빼뚤한 산맥처럼 불거졌다. 그의 아내인 영은 시선을 내리깔고 허리를 살짝 굽혔다. 유씨 부부의 열여섯 살짜리 딸 메리는 오밀조밀한 얼굴에 비해 눈이 커다란 게 제 엄마의 판박이였지만 장난꾸러기처럼 곧잘 웃었다. 마치 자기는 비밀을 안다는 듯이, 맷이 그 비밀을 알게 되었을 때 어떤 반응을 보일지 궁금해 죽겠다는 듯이 웃어댔는데 머지않아 궁금증이 풀릴 참이었다.

맷이 자리에 앉기가 무섭게 박이 말했다. "HBOT를 아십니까?" 그 말은 이미 리허설을 끝낸 공연의 시작을 알리는 신호탄이나 다름없었다. 다들 맷을 중심으로 모여 상체를 앞으로 숙이고 서로 짜맞춘 듯이 돌아가면서 쉴새없이 말했다. 장인은 그것이 아시아 침술 환자들 사이에서 인기가 높다며, 일본과 한국에는 적외선 사우나와 HBOT 시설을 갖춘 웰니스 센터들이 있다고 말했다. 장모는 박이 서울에서 다년간 HBOT 경력을 쌓았다고 말했다. 재닌은 최근 연구를 통해 수많은 만성질환의 치료법으로서 HBOT의 가능성이 부상하고 있다고 말했는데, 그는 왜 모르고 있었을까?

"증인은 그 사업 이야기를 듣고 어떤 반응을 보였습니까?" 에이브가 물었다.

맷은 엄지를 입에 물고 손톱 주변의 살을 잘근잘근 깨물고 있는 재닌을 보았다. 초조할 때마다 나오는 아내의 버릇이었는데, 그날 저녁에도 그녀는 똑같은 행동을 했다. 틀림없이 맷이 어떻게 생각할지 알고 있었기 때문이었을 것이다. 그녀의 병원 동료들이 뭐라고 생각할지도. 개소리. 절박하고 미련하고 정신 나간 환자들이나 끔뻑 넘어가는 장인의 전체론적 대체 요법들 가운데 하나였다. 물론 맷은 그렇게 말하지 않았다. 장인인 조씨는 단지 맷이 한국인이 아니라는 이유만으로 사위를 탐탁지 않게 여겼다. 그런 사위가 자신의 직업 자체를—동양 '의학' 전체를—허튼소리로 여긴다는 사실을 알게 된다면? 안 될 일이다. 좋을 것 없었다. 그래서 재닌이 자신의 부모와 그들의 지인 앞에서 전부 이야기한다는 영악한 꾀를 낸 것이다.

"다들 신이 났죠." 맷이 에이브에게 말했다. "삼십 년 경력의 침술사인 제 장인이 그 사업에 투자를 하고 내과 전문의인 제 아내가 가능성을 보장했습니다. 제가 알아야 할 건 그게 다였습니다." 손톱 살을 물어뜯던 재닌이 멈칫했다. "아셔야 할 게 있는데요," 맷이 덧붙였다. "의대 다닐 때 아내의 성적이 저보다 훨씬 좋았습니다." 웃음을 터뜨린 배심원들을 따라 재닌도 함께 웃었다.

"증인도 치료를 신청하셨죠? 그 이야기를 해주시죠."

맷은 입술을 깨물고 시선을 피했다. 예상했던 질문이고, 어떻게 대답할지 연습도 했었다. 있는 그대로 말하기로. 그날 저녁 박이 맷의 장인에게 투자를 받았고, 재닌은—무슨 대통령 자문위원이나 되는 것처럼—의학자문으로 '임명'되었다고 말한 뒤에 "닥터 톰프슨이 우리의 첫번째 환자가 돼주셔야겠습니다"라고 했을 때 모두 동의했던 것을 그대로. 맷은 잘못 들었겠거니 했다. 박은 영어를 잘했지만 억양이 강했고 구문 오류를 범했다. 아마 '이사'나 '회장'이라는 단어와 착각했으리라. 그러나 박은 이내 "환자들 대부분이 아동일 테니 성인 환자가 하나쯤 있어도 좋겠죠" 하고 덧붙였다.

맷은 대꾸 없이 와인만 홀짝거리면서 대체 무슨 근거로 자기같이 건강한 남자한테 HBOT가 필요할 거라고 생각했을까 의문을 갖다가 한 가지 가능성을 떠올렸다. 재닌이 그들의—그의—문제를 얘기한 것은 아닐까? 그 생각을 떨쳐내려고 먹는 데 집중하려 했지만 손이 떨려서 갈비를 제대로 집을 수 없었고, 그러다 미끈거리는 양념 갈빗살을 가느다란 은빛 젓가락 사이로 미끄덩하고 놓쳐버리고 말았다. 이를 눈치챈 메리가 도와주려고 나섰다. "저도 쇠젓가락은 못 쓰겠어요." 그러면서 중국집 배달 음식에나 딸려올 법한 나무젓가락을 건넸다. "이게 더 쉬울 거예요. 한번 써보세요. 맘Mom은 우리가 한국을 떠나야 하는 이유가 그거래요. 젓가락질도 못하는 여자랑은 아무도 결혼해주지 않을 거라서요. 그치, 맘?" 모두가 못마땅한 얼굴로 말없이 앉아 있었지만 맷은 웃음을 터뜨렸다. 메리도 그를 따라 웃었고 잔뜩 찌푸린 얼굴들 틈에서 웃고 있는 둘의 모습은 꼭 어른들만 가득한 방에서 버릇없이 구는 어린애들 같았다.

박이 그 말을 꺼낸 건 맷과 메리가 웃고 있던 그때였다. "HBOT는 불임 치료율이 높습니다. 특히 맷처럼 정자 활력도가 낮은 사람들의 경우에요." 바로 그 순간, 아내가 의료 정보이자 사적인 정보를 장인, 장모뿐만 아니라 그가 한 번도 만난 적 없는 이 사람들한테까지 말했다는 사실을 확인한 순간, 맷은 가슴속에서 열기를 느꼈다. 폐부에서 용암으로 가득찬 풍선이 팽창하다가 펑 터지면서 산소를 모조리 집어삼킨 것 같았다. 맷은 박의 눈을 쳐다보면서 평상시처럼 호흡하려고 애썼다. 이상하게도 그 순간에 그가 외면하려던 시선은 재닌이 아니라 메리의 것이었다. 자신을 바라보는 메리의 시선이 불임이나 낮은 정자 활력도 같은 단어들로 인해 바뀌는 것을 확인하고 싶지 않았다. 이전까지는 호기심(혹은 관심?)이었던 그녀의 눈길이 이제 혐오감 혹은, 더 나쁘게, 동정심으로 바뀌었을 지 모를 일이었다.

맷은 에이브에게 말했다. "아내와 저는 아이를 갖는 데 어려움을 겪고 있었고, HBOT는 그런 상황에 처한 남성들에게는 실험적인 치료법이었으니 새 사업을 활용하는 건 당연한 일이었죠." 맷은 처음에는 자신이 동의하지 않았고 그날 저녁에는 심지어 언급조차 거부했다는 사실은 쏙 빼놓고 말했다. 재닛은 미리 연습한 게 분명한 말들을 늘어놓았다. 맷이 자진해서 환자로 나서준다면 사업 초기에 얼마나 큰 도움이 될지, (재닛의 표현 그대로) '일반' 의사의 존재가 잠재 고객들에게 HBOT의 안전성과 효과에 대해 얼마나 확신을 줄 것인지. 재닛은 맷이 대답도 않고 접시만 뚫어져라 쳐다보고 있다는 사실을 알아차리지 못했다. 하지만 메리가 눈치챘다. 눈치챘을 뿐 아니라 매번 그를 돕기 위해 나서서 그의 서툰 젓가락질을 보고 웃어줬고, 불쑥 끼어들어 와인과 어우러진 김치와 마늘 맛에 관한 농담을 했다.

그날 이후 며칠 동안 재닛은 HBOT가 얼마나 안전한지, 얼마나 많이 쓰이는지 이러쿵저러쿵하며 사람을 달달 볶았다. 그가 꿈쩍도 하지 않자, 계속 거절하면 그녀의 아버지는 사위가 자기 직업을 신뢰하지 않는다는 의심을 굳힐 거라는 말로 그의 죄책감을 건드렸다. "그래, 나 안 믿어. 장인어른이 하시는 일 의학이라고 생각하지 않는 거 당신도 처음부터 알았잖아." 그의 말에 재닛은 뼈아픈 말로 맞받아쳤다. "문제는 당신이 동양적인 거라면 덮어놓고 반기를 든다는 거야. 그냥 무시하고 보잖아."

그가 자신을 인종차별로 비난하는 아내에게 맙소사 그런 그녀와 결혼한 게 누군데 그러느냐고 (게다가 그녀의 부모처럼 나이 많은 한국인들이 얼마나 인종차별주의자인지 본인도 늘 말하지 않았느냐고) 쏘아붙이기 전에, 재닌이 한숨을 쉬며 애원하는 목소리로 말했다. "딱 한 달만. 그게 효과가 있으면 시험관은 안 해도 돼. 컵에다 자위하는 짓도 끝이라고. 적어도 시도해볼 가치는 있는 거 아냐?"

맷은 승낙한 적 없었다. 그의 침묵을 묵인인 양 구는 재닌을 그냥 내버려뒀을 뿐이다. 그녀가 한 말은 옳았고, 아니면 적어도 틀린 데는 없었다. 그리고 어쩌면 이번 기회를 통해 장인으로부터 한국인이 아니라는 잘못을 용서받게 될지도 모를 일이었다.

"HBOT는 언제부터 시작하셨죠?" 에이브가 물었다.

"오픈 첫날부터요. 8월 4일. 차가 많이 밀리지 않는 8월에 마흔번의 세션을 마치고 싶어서 아침 9시 첫 시간과 저녁 6시 45분 마지막 시간, 이렇게 하루 두 차례의 '잠수'를 신청했습니다. 매일 총 6회 세션이 운영되었고, 그 두 세션은 우리 같은 '1일 2회 잠수' 환자들 전용이었습니다."

"본인 외에 2회 잠수 그룹에는 또 누가 있었습니까?" 에이브가 물었다.

"환자 셋이 더 있었습니다. 헨리, TJ, 로사, 그리고 아이들의 엄마들이요. 누가 아프거나 차가 막혀서 꼼짝 못하거나 뭐 그런 몇 번을 제외하고는 모두 하루에 두 번씩 꼬박꼬박 나왔습니다."

"그들에 대해 말씀해주시죠."

"그러죠. 애들 중에는 로사의 나이가 제일 많았습니다. 열여섯일 겁니다. 뇌성마비였고, 그래서 영양보급관을 달고 휠체어를 타고 다녔습니다. 그 아이 엄마가 테리사 산티아고입니다." 맷이 그녀를 가리켰다. "굉장히 친절하고 인내심 많은 어머니라 우리 사이에선

46

마더 테리사로 통했습니다." 그렇게 부르면 늘 그랬듯이 테리사가
얼굴을 붉혔다.

"그리고 여덟 살인 TJ가 있었습니다. 자폐성 장애가 있고 말을
못했습니다. 아이 엄마인 킷……"

"작년 여름에 사망한 킷 커즐라우스키 말입니까?"

"네."

"이 사진을 알아보시겠습니까?" 에이브는 이젤 위에 인물 사진
하나를 올려놓았다. 킷의 얼굴이 한가운데 오도록 포즈를 취한 사
진이었다. 아기 얼굴 주위에 꽃잎을 두른 사진들과 같은 콘셉트였
지만 그녀의 얼굴을 빙 둘러싼 것은 꽃잎이 아니라 가족들의 얼굴
이었다. 위에는 (킷의 뒤에 선) 남편이, 아래에는 (그녀의 무릎에
앉은) TJ가, 딸 넷은 오른쪽과 왼쪽에 각각 둘씩. 다섯 아이 모두
엄마를 닮아 구불구불한 빨간색 곱슬머리였다. 행복의 한 장면이었
다. 이제 엄마는 세상을 떠났고, 해바라기는 꽃잎들을 받쳐줄 화심
없이 남겨졌다.

맷이 마른침을 삼킨 뒤 헛기침을 했다. "가족들과 함께 있는 킷
과 TJ입니다."

에이브는 킷의 사진 옆에 또다른 사진을 올렸다. 헨리였다. 인위
적인 스튜디오 사진이 아니라 화창한 날에 푸른 하늘과 초록빛 녹
음을 등지고 환하게 웃고 있는 헨리의 모습이 약간 흐릿하게 찍힌
사진이었다. 아이의 금발이 살짝 헝클어져 있었고 고개를 뒤로 젖
힌 채 파란 눈이 쭉 찢어지도록 활짝 웃고 있었다. 하나 빠진 앞니
가, 아이가 일부러 자랑하기라도 한 듯이 한껏 도드라졌다.

맷은 또다시 침을 삼켰다. "헨리입니다. 헨리 워드. 엘리자베스
의 아들이요."

"피고인이 다른 엄마들처럼 헨리와 같이 잠수했습니까?" 에이브가 물었다.

"네." 맷이 대답했다. "매일 헨리와 같이 들어왔습니다. 마지막 잠수 날만 빼고요."

"매번 치료실에 따라 들어왔는데 피고인이 딱 한 번 밖에서 기다린 날 하필이면 안에 있던 모두가 다치거나 죽었다는 말씀입니까?"

"네. 그날 한 번뿐이었습니다." 에이브를 쳐다보던 맷은 엘리자베스를 보지 않으려고 노력했지만 근처에 있던 그녀의 모습이 저절로 눈에 들어왔다. 그녀는 사진들을 쳐다보면서 입안으로 말아넣은 입술을 깨물고 있었고 핑크빛 립스틱은 지워져 있었다. 파란 눈을 따라 그린 화장과 뺨에 더해진 색감과 코를 강조하는 음영에 비해 코밑으로는 아무것도 없이 그저 허옇기만 해서 입술 그리는 걸 깜빡한 광대처럼 보였다.

에이브는 두번째 이젤에 포스터를 올렸다. "닥터 톰프슨, 미라클 서브마린의 실물 구조를 설명하는 데 이 그림이 도움이 될까요?"

"네, 상당히요." 맷이 대답했다. "이것은 제가 해당 부지를 대강 그려본 그림입니다. 미라클 서브마린은 여기서 서쪽으로 15킬로미터쯤 떨어진 타운인 미라클 크리크에 위치해 있습니다. 미라클 크리크는 실제로 개울Creek을 가리키기도 합니다. 그 개울이 마을을 관통해 흘러서 그런 이름이 붙은 것입니다. 개울이 흐르는 숲 옆에 치료실 헛간이 있었습니다."

"죄송하지만, '치료실 헛간'이라고 했습니까?" 에이브는 그 헛간을 수천 번도 넘게 들여다본 사람이 아닌 것처럼 어리둥절한 표정을 지으며 물었다.

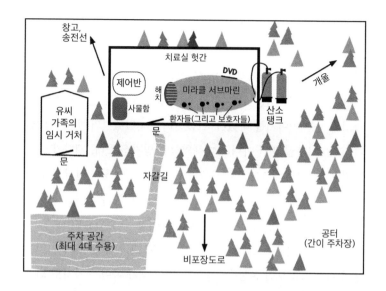

图 labels:
창고, 송전선
치료실 헛간
제어반
해치
미라클 서브마린
DVD
사물함
환자들(그리고 보호자들)
유씨 가족의 임시 거처
문
산소 탱크
개울
문
자갈길
주차 공간 (최대 4대 수용)
비포장도로
공터 (간이 주차장)

"네. 부지 정중앙에 나무로 지은 헛간이 있고, 그 안에 HBOT 체임버가 설치돼 있었습니다. 헛간 안으로 들어가면 좌측에는 박이 앉는 제어반이 있었습니다. 그리고 체임버 안에서 소지할 수 없는 장신구나 전자기기, 종이, 합성섬유 의류 등 화재를 유발하는 물건들을 보관할 수 있는 사물함이 있었고요. 박은 안전 규정에 매우 엄격했습니다."

"그럼 헛간 밖에는 무엇이 있었죠?"

"전면에는 차량 네 대를 주차할 수 있는 자갈이 깔린 주차장이 있었습니다. 오른쪽으로 숲과 개울이 있었고요. 왼쪽에는 박의 가족이 사는 작은 집, 그리고 헛간 뒤로는 창고와 송전선이 있었습니다."

"감사합니다." 에이브가 말했다. "이제 일반적인 잠수 과정을 안내해주시죠. 어떤 식으로 진행됩니까?"

"먼저 해치를 통해 체임버 안으로 기어들어갑니다. 보통 제가 마지막으로 들어가서 출구에 가장 가까이 앉았습니다. 그곳에 헤드셋 인터폰이 있어서 박과 대화할 수 있었거든요." 그럴싸한 이유처럼 들렸지만 사실은 그저 다른 사람들과 거리를 두고 싶었을 뿐이었다. 수다스러운 엄마들은 실험적인 치료 프로토콜을 공유하거나 자기들 사는 이야기를 나눴다. 그들끼리는 좋았겠지만 맷은 아니었다. 그는 의사일 뿐만 아니라 대체의학을 믿지 않았다. 게다가 애도 없었고, 하물며 특수아동을 키우는 부모들과는 사정이 달라도 한참 달랐다. 그는 엄마들의 질문 공세로부터 방패막이가 되어줄 잡지나 업무 서류들을 체임버 안으로 가지고 들어갈 수 있었으면 했다. 아이러니한 일이었다. 그는 아이를 가지려고 그 안에 들어가 있었는데 주위를 둘러보면 온통 '신이시여, 정녕 제가 아이를 가져도 되겠습니까?' 하는 기분만 들었으니 말이다. 잘못될 소지가 다분했다.

"그런 다음에는," 맷이 말을 계속했다. "압력을 가합니다. 그러면 진짜 잠수하는 기분이 들죠."

"어떤 기분인지 설명해주시겠습니까? 잠수함을 경험해보지 못한 분들을 위해서요." 에이브의 요청에 일부 배심원들이 감사의 미소를 지었다.

"비행기가 착륙할 때와 비슷합니다. 귀가 먹먹하다가 펑 터지는 것 같은 느낌이 들기도 하죠. 그런 불편을 최소화하기 위해 박은 가압을 천천히 실시했고 그래서 오 분 정도 걸렸습니다. 절대압이 1.5ATA에 이르면—대략 수심 5미터에서 느끼는 압력과 비슷한데요—그때 저희는 산소 헬멧을 착용했습니다."

에이브의 조수가 투명 플라스틱 헬멧을 건넸다. "이런 것 말인가요?"

"네." 맷이 헬멧을 받아들었다.

"어떻게 착용하는 거죠?"

맷은 배심원단을 향해 몸을 틀어 헬멧 하단에 부착된 파란색 라텍스 고리를 가리켰다. "여기 이 부분을 목에 고정하고 머리를 안에 넣습니다." 터틀넥을 입을 때처럼 개구부를 늘려서 머리에 뒤집어쓰자 투명한 플라스틱 버블이 그의 두상을 감쌌다.

"다음은 튜브입니다." 맷이 말하자 에이브가 투명한 플라스틱 튜브를 건넸다. 죽 펼치면 3미터가 넘는 실뱀처럼 튜브가 끝없이 줄줄 이어졌다.

"그건 무슨 용도입니까?"

맷은 턱 주변에 위치한 헬멧의 구멍에 튜브를 끼웠다. "체임버 내부에 있는 산소 밸브에 헬멧을 연결하는 용도입니다. 헛간 뒤에 산소 탱크들이 있는데 관이 산소 밸브까지 이어져 있습니다. 박이 산소를 틀면 이 튜브를 통해 산소가 헬멧 안으로 공급됩니다. 산소가 공급되면 바람을 불어넣은 공처럼 헬멧이 팽팽하게 부풀어오릅니다."

에이브가 미소를 지었다. "그럼 꼭 머리에 어항을 뒤집어쓴 것처럼 보이겠네요." 배심원들이 웃음을 터뜨렸다. 맷은 너무 똑똑한 척하지 않고 꾸밈없이 말하는 검사를 배심원들이 좋아한다는 걸 알 수 있었다. "그런 다음에는요?"

"아주 간단합니다. 저희 넷은 평소처럼 호흡하는데 100퍼센트의 산소를 육십 분 동안 들이마시게 되는 거죠. 끝날 시간이 되면 박이 산소를 끄고 저희는 헬멧을 벗습니다. 감압이 끝나면 체임버에서 나오고요." 맷이 말하며 헬멧을 벗었다.

"감사합니다, 닥터 톰프슨. 전체적인 설명을 들으니 도움이 됩니다. 이제, 오늘 우리가 이 자리에 모인 이유인데요, 지난해 8월 26일에 무슨 일이 있었는지 들어보죠. 그날을 기억하십니까?"

맷이 고개를 끄덕였다.

"죄송하지만 소리를 내서 대답하셔야 합니다. 법정 서기관을 위해서요."

"네." 맷이 목을 가다듬었다. "네."

에이브의 눈이 살짝 가늘어졌다가 다시 커졌다. 이어질 내용에 유감을 표해야 할지 즐거워해야 할지 모르겠다는 표정 같았다. "증인이 목격한 대로 그날 일을 설명해주시죠."

그 순간 배심원석과 방청석을 메운 사람들의 몸이 0.2센티미터쯤 앞으로 나오며 법정의 분위기가 미세하게 바뀌었다. 그들이 여기 모인 이유가 바로 이것이었다. 사고가 남긴 선혈이 아니라—물론 폭발을 담은 사진이나 새카맣게 탄 기계의 잔해가 있긴 했지만—비극이라는 드라마를 보기 위해서. 맷이 병원에서 매일같이 마주하는 것이었다. 골절, 자동차 사고, 암으로 인한 공포. 사람들은 울었다, 당연히. 고통스러워서, 억울해서, 그로 인해 지난해진 삶이 힘들어서. 하지만 가족마다 꼭 한두 명씩은 곁에서 그런 고통을 지켜보며 활력을 얻었다. 평범한 일상 탓에 휴면에 들어갔던 그들의 몸속 세포가 평소보다 아주 살짝 빠르게 떨리면서 잠에서 깨어났다.

맷은 망가진 손을 내려다보았다. 붉은 뭉텅이에서 툭 튀어나온 엄지와 약지와 새끼손가락이 보였다. 그는 다시 한번 목을 가다듬었다. 이미 여러 번 되풀이한 이야기였다. 경찰에게, 의사에게, 보험 조사관에게, 그리고 에이브에게. 이번이 마지막이다, 그는 혼자 되뇌었다. 폭발과 화재, 그리고 헨리의 작은 머리통이 사라지는 걸 이번 한 번만 더 되짚으면 된다. 그러고 나면 두 번 다시는 말하지 않아도 될 것이다.

테리사 산티아고

무더운 날이었다. 아침 7시부터 땀이 뻘뻘 나는 그런 날씨. 삼 일 연속 폭우가 쏟아진 뒤에 햇볕이 쨍쨍 내리쬐는 탓에 대기가 젖은 빨래를 잔뜩 넣은 건조기처럼 무겁고 축축 처졌다. 사실 그녀는 아침 잠수 시간을 고대하고 있었다. 에어컨이 빵빵한 체임버 안에 갇힐 생각을 하니 조금이나마 위안이 되었다.

테리사는 주차장에 차를 대다가 하마터면 사람을 칠 뻔했다. 여자들 여섯이 팻말을 들고 타원형의 시위 대형으로 걷고 있었다. 테리사가 속도를 줄이고 팻말에 뭐라고 적혀 있는지 보려는데 누군가가 차 앞으로 튀어나왔다. 급히 브레이크를 밟은 테리사는 간신히 여자를 피할 수 있었다. "맙소사!" 테리사가 밴에서 내렸다. 여자는 계속 걷고 있었다. 고함도, 삿대질도, 한 번 째려보는 것도 없이. "실례합니다만 무슨 일이시죠? 저희는 안으로 들어가야 하는데요." 테리사가 그들에게 말했다. 그 여자들 모두에게. 그들이 든 팻말에는 '나는 실험용 쥐가 아니라 어린이예요!' '사랑해주세요, 인정해주세요, 해치지 마세요!' '돌팔이 의술=아동 학대' 같은 문구가 원색의 고딕체로 적혀 있었다.

키가 큰 은백색 단발머리 여자가 다가왔다. "이 길은 공유지입니다. 우리도 여기서 당신을 막아설 권리가 있어요. HBOT는 위험하고 효과도 없습니다. 당신들은 자녀를 있는 그대로 사랑하지 않는다는 걸 아이들에게 보여주고 있는 거예요."

테리사 뒤에서 차 한 대가 경적을 울렸다. 킷이었다. "우리 여기 있어. 그 미친 여자들이랑 상대하지 마." 킷이 도로 아래를 가리키며 말했다. 테리사는 차문을 닫고 킷을 따라나섰다. 킷은 멀리 가지 않았다. 차를 댈 수 있는 숲속 공터로 갔을 뿐이었다. 울창한 수풀 너머로, 태풍이 지나간 뒤 물이 불어서 둔중하게 흐르고 있는 미라클 크리크의 흙탕물이 언뜻 보였다.

맷과 엘리자베스는 이미 와 있었다. "저 사람들 대체 뭡니까?" 맷이 물었다.

킷이 엘리자베스에게 말했다. "저 여자들이 너에 대해 끔찍한 소리를 하고 다니고 정신 나간 협박을 해대는 건 알았지만, 실제로 행동에 옮길 줄은 몰랐어."

"아는 사람들이야?" 테리사가 물었다.

"온라인으로만." 엘리자베스가 말했다. "광신도들이야. 전부 자폐아 엄마들인데 애들한테 자폐 특성이 있는 건 순리라면서 모든 치료는 사악한 엉터리고 애들을 죽일 거라고 말하고 다녀."

"하지만 HBOT는 그런 게 아니잖아." 테리사가 말했다. "맷, 당신이 가서 말 좀 해봐요."

엘리자베스가 고개를 저었다. "어차피 말이 안 통하는 사람들이야. 우릴 방해하게 내버려둘 순 없지. 자, 가요. 늦겠어요."

그들은 시위대를 피해 숲을 가로질러갔지만 소용없었다. 시위대가 그들을 발견하고 뛰어와 앞을 막아섰다. 은백색 단발머리 여자가 불길에 휩싸인 HBOT 체임버 그림 위에 '43!'이라는 글씨가 적힌 전단을 쳐들었다. "사실을 말하죠. HBOT 화재 사고가 마흔세 번이나 발생했고 폭발한 적도 있어요." 여자가 말했다. "왜 자녀들을 그런 위험에 몰아넣습니까? 뭘 위해서요? 눈 좀더 맞춰달라고? 손바닥 좀 덜 뒤집으라고? 애들을 있는 그대로 받아들이세요. 그게 신의 뜻입니다. 그렇게 태어난 애들이니까……"

"로사는 아니에요." 테리사가 앞으로 나서며 말했다. "내 딸은 날 때부터 뇌성마비가 아니었어요. 건강했었다고요. 걷고 말하고 정글짐을 사랑하는 애였어요. 하지만 애가 아팠는데 우리가 병원에 제때 데려가지 못한 거예요." 테리사는 자신의 어깨를 꼭 움켜쥐는 손길을 느꼈다. 킷이었다. "로사는 휠체어 신세를 져야 하는 애가 아니에요. 그런 내 딸을 치료하겠다는데 당신들이 뭔데 나를 비난하고 헐뜯는 거죠?"

은발 머리 여자가 말했다. "안됐네요. 하지만 우리 목표는 자폐아의 부모들을 설득하는 겁니다. 그런 경우와는 달라요……"

"뭐가 다른데요?" 테리사가 물었다. "그렇게 태어난 애들이라서요? 그럼 종양이나 구개열을 가지고 태어난 애들은요? 신이 분명히 뜻이 있어서 그런 거니까 그애들 부모도 자식을 건강하고 온전하게 만들기 위한 수술이나 방사선 치료 같은 노력은 하면 안 되겠네요?"

"우리 애들은 이미 건강하고 온전합니다." 여자가 말했다. "자폐는 결함이 아니라 그저 다른 모습일 뿐이에요. 자폐 치료라는 건 돌팔이들이 하는 헛소리일 뿐입니다."

"그 말 확신해요?" 킷이 테리사 옆에 서며 말했다. "나도 그런 줄 알았는데, 자폐아들 다수가 소화기관에 문제가 있고, 그래서 까치 발로 걷는 거래요. 근육을 늘리면 통증이 완화되니까요. 우리 TJ도 맨날 까치발로 걸어다니길래 검사를 받아봤어요. 심각한 장염을 앓 고 있었는데 엄마한테 말도 못한 거라고요."

"저 엄마도 마찬가지예요." 테리사가 엘리자베스를 가리켰다. "그녀가 온갖 치료법을 시도한 덕분에 아들이 정말 호전돼서 의사 들도 더이상 자폐가 아니라고 할 정도예요."

"네, 우리도 저 여자가 한 치료들을 익히 알고 있습니다. 아들이 정말 행운아죠. 그 모든 걸 겪고도 아직 살아 있으니 말이에요. 딴 애들 같으면 못 버텼을 겁니다." 은발 머리 여자는 HBOT 화재 전 단을 엘리자베스의 얼굴에 들이밀었다.

엘리자베스는 코웃음을 치면서 여자의 면전에 대고 고개를 내두 른 뒤 헨리를 가까이 끌어당기며 지나가려고 했다. 그랬더니 여자 가 엘리자베스의 팔을 거세게 잡아채며 움켜쥐었다. 엘리자베스는 비명을 꽥 지르며 여자의 손길을 뿌리치려 했지만 여자는 더 세게 움켜쥐면서 놔주려 하지 않았다. "더는 날 무시하게 내버려두지 않 을 거야." 여자가 말했다. "당장 그만두지 않으면 끔찍한 일이 일어 날 줄 알아. 내 장담하지."

"이봐요, 물러서요." 테리사가 그들 사이를 갈라놓으며 여자의 손을 철썩 때렸다. 그러자 여자는 테리사를 향해 돌아서서 한 대 치 려는 듯 주먹을 꼭 쥐었고 테리사는 어깻죽지부터 등골이 서늘해지 는 걸 느꼈다. 쫄지 말자, 그저 강경한 엄마일 뿐이다, 무서워할 것 없다, 그녀는 속으로 되뇌며 말했다. "지나가게 비켜줘요. 어서요." 잠시 후 시위대가 물러섰다. 그들은 팻말을 쳐들고 다시 일그러진 타원형으로 서서 말없이 걷기 시작했다.

*

법정에 앉아서 폭발 당일 아침에 있었던 그 일에 대한 맷의 증언
을 듣다보니 기분이 이상했다. 테리사는 드라마 〈로&오더〉를 즐겨
봤고 그렇게까지 순진한 편은 아니어서, 그의 기억과 자신의 기억
이 완전히 일치하리라고 기대하진 않았다. 하지만 그 차이의 정도
는 불안감이 들 정도였다. 맷은 그날 시위대와 맞닥뜨렸던 일을 '실
험적인 자폐 치료의 효험과 안전성에 관한 논쟁'이라고 간단히 정
리해버렸다. 테리사가 다른 질환을 지적했던 부분은 언급하지도 않
았다. 그녀가 한 주장의 본질은 그에게는 설득력 없거나 그저 상관
없는 것일 뿐이었다. 테리사에게는 절대적이고 끊임없는 번민의 대
상이었던 장애 등급이 맷에게는 아무런 의미를 갖지 못했다. 물론
그가 장애아동의 부모였다면 달랐을 것이다. 특수아동을 키우는 건
단순히 삶이 변하는 게 아니었다. 사람 자체가 바뀔 뿐만 아니라 중
력의 축이 변경된 평행 우주로 이동하는 것이었다.

"그러는 내내, 피고인은 뭘 했습니까?" 에이브가 말했다.

"엘리자베스는 전혀 나서지 않았습니다." 맷이 대답했다. "이상하
다고 느꼈습니다. 평소에는 자폐 치료에 관해 굉장히 자기주장이 강
한 편이었으니까요. 그런데 그저 전단만 멀뚱히 쳐다보고 있더라고
요. 실눈을 뜨고서 전단지 하단의 문구를 읽는 것처럼 보였습니다."

에이브가 맷에게 종이 한 장을 건넸다. "이게 그 전단입니까?"

"네."

"하단의 문구를 읽어주시죠."

"'체임버 내부의 발화 위험성을 제거하는 것만으로는 부족하다. 체임버 외부에 위치한 산소관 아래에서 발생한 화재가 폭발로 이어져 인명 피해가 난 사례도 있다.'"

"'체임버 외부에 위치한 산소관 아래에서 발생한 화재.'" 에이브가 그 구절을 반복했다. "바로 그날 저녁에 미라클 서브마린에서 똑같은 일이 발생하지 않았습니까?"

엘리자베스를 넘어다보는 맷의 턱이 어금니를 악물었는지 잔뜩 굳어 있었다. "그렇습니다. 엘리자베스가 그 문구에 주목했다는 걸 아는 건 그녀가 곧장 박에게 가서 시위대 전단에 대해 말했기 때문입니다. 박은 우리에게 그런 일은 없을 거라고, 시위대가 헛간 근처로는 얼씬도 못하게 하겠다고 말했지만, 엘리자베스는 계속 위험한 사람들이라면서 박에게 경찰에 전화해서 시위대가 위협했다는 기록을 남기겠다는 약속을 받아냈습니다."

"잠수할 때는 어땠나요? 그때도 이 일에 대해 언급했습니까?"

"아니요. 말이 없었습니다. 정신이 딴 데 팔린 사람처럼 보였습니다. 뭔가를 곰곰이 생각하는 것처럼요."

"뭔가를 계획하는 것처럼요?" 에이브가 말했다.

"이의 있습니다." 엘리자베스의 변호사가 말했다.

"인정합니다. 배심원들은 해당 질문을 무시하세요." 판사는 그렇게 말하기는 했지만 성의 없는 목소리였다. 판사 버전의 '예, 예, 예' 하는 대답이었다. 중요한 건 그게 아니었다. 모두의 머릿속에는 이미, 엘리자베스가 그 전단을 통해 불을 지르고 시위대의 탓으로 돌리는 아이디어를 얻었을 거라는 생각이 싹을 틔웠다.

"닥터 톰프슨, 미라클 서브마린이 피고인이 주목한 것과 정확히 일치하는 방식으로 폭발한 뒤에 피고인으로부터 시위대를 범인으로 몰아가려는 시도가 있었습니까?"

"네," 맷이 대답했다. "그날 밤에 그랬습니다. 엘리자베스가 경찰에 시위대가 한 짓이라고 말하는 걸 들었습니다. 그들이 산소관 밑에 불을 붙인 게 분명하다고 말하는 것을요." 테리사도 들었다. 그녀 역시 다른 모두와 마찬가지로 처음에는 그렇게 확신했고—일주일가량 시위대는 사건의 주요 용의자였다—엘리자베스가 체포된 이후로도 테리사는 여전히 그들을 의심하고 있었다. 그래서 오늘 아침, 엘리자베스의 변호인이 모두진술* 순서를 검사측 주장 다음으로 유보했을 때 적잖이 실망했다. 피고인측이 시위대를 진짜 살인자로 제시할 거라는 확신이 있었기 때문이다.

"닥터 톰프슨," 에이브가 말했다. "그날 아침, 시위대 소동 뒤에는 무슨 일이 있었습니까?"

"잠수가 끝난 뒤 엘리자베스와 킷이 먼저 자리를 떴고, 저는 숲에서 로사의 휠체어를 미는 테리사를 도와주었습니다. 저희가 공터에 도착했을 무렵, 헨리와 TJ는 차에 있었지만 엘리자베스와 킷은 저희 반대편 숲가에 서 있었습니다. 둘이 다투는 중이었습니다." 테리사도 그 일을 기억했다. 둘은 고함을 지르고 있었지만, 공공장소에서 사적인 일로 다투는 사람들이 그러듯 목소리를 낮춘 고함이었다.

"무슨 말을 하던가요?"

"잘 들리진 않았지만 엘리자베스가 킷에게 '샘 많은 년'이라고 했고, 자기도 '헨리를 돌보는 대신 온종일 빈둥거리면서 봉봉 초콜릿

---

* 정식 재판이 시작되면 원고와 피고는 모두진술을 하는데, 이때 모두진술은 법률 지식이 부족한 배심원들에게 사건의 주요한 쟁점을 알리고 이후 제시된 증거나 증인 등을 설명하는 기능을 한다.

이니 먹고 싶다'고 하는 걸 들었습니다." 테리사는 '봉봉 초콜릿'만 들었고 나머지는 듣지 못했다. 맷이 더 가까이 있긴 했지만, 그는 공터에 도착하자마자 와이퍼 아래서 뭔가를 발견하고 차로 뛰어갔다.

"말씀중에 죄송하지만," 에이브가 끼어들었다. "그러니까 킷과 헨리가 폭발로 사망하기 불과 몇 시간 전에 피고인이 킷에게 '샘 많은 년'이라고 했고, 아들인 헨리를 돌보는 대신 초콜릿이나 먹고 싶다고 말했다는 말씀입니까? 제가 제대로 이해한 겁니까?"

"네."

에이브는 킷과 헨리의 사진을 보면서 고개를 저었다. 그는 마음을 가라앉히는 것처럼 잠시 눈을 감았다가 다시 말했다. "증인의 기억에 이전에도 피고인이 킷과 다툰 적이 있었습니까?"

"네," 맷은 엘리자베스를 똑바로 쳐다보며 말했다. "전에 한 번, 엘리자베스가 저희 앞에서 킷에게 소리를 지르며 킷을 떠민 적이 있습니다."

"떠밀어요? 몸을 말입니까?" 에이브의 입이 동그랗게 벌어졌다. "그 이야기를 해주시죠."

테리사는 맷이 하려는 이야기를 알고 있었다. 엘리자베스와 킷은 친구였지만, 둘 사이에는 심리적 갈등의 암류가 흘렀고 이따금 말다툼의 형태로 터져나왔다. 심각한 다툼은 아니고 그냥 티격태격하는 정도였는데 그 한 번은 달랐다. 잠수를 마친 뒤 일어난 일이었다. 다들 떠날 채비를 하는데 킷이 TJ에게 바니 공룡이 그려진 치약 같은 뭔가를 건넸다.

"맙소사, 그거 새로 나온 요구르트야?" 엘리자베스가 물었다.

킷은 한숨을 내쉬었다. "응, 짜 먹는 요구르트야. 그리고 맞아, 이건 GFCF가 아니야." 킷은 테리사와 맷에게 말했다. "GFCF는

'글루텐 프리gluten-free, 카세인 프리casein-free'라는 말이에요. 자폐 식이요법이죠."

엘리자베스가 말했다. "이제 TJ는 식이요법 관둔 거야?"

"아니, 다른 건 전부 GFCF만 먹여. 그런데 이건 애가 제일 좋아 하는 거라서. 게다가 이거 없이는 영양제를 못 먹이거든. 그래서 하 루에 딱 한 번만 주는 거야."

"하루에 한 번? 하지만 우유로 만든 거잖아." 엘리자베스는 '우 유'가 '똥'인 것처럼 말했다. "주성분이 카세인이라고. 애가 매일같 이 카세인을 먹는데 어떻게 카세인 프리라는 거니? 안에 든 식용색 소는 말할 것도 없고, 유기농 제품도 아니잖아."

킷은 금방이라도 울 것 같았다. "그럼 나보고 어쩌라는 거야? 애 가 이거랑 같이 삼키는 게 아니면 약을 전부 뱉어버리는데. 이것만 주면 애가 행복해해. 게다가 난 식이요법이 진짜로 효과가 있는지 도 모르겠어. TJ한테는 아무런 효과도 없단 말이야."

엘리자베스는 입술을 굳게 다물었다. "네가 제대로 안 하니까 효 과가 없는 거겠지. 프리란 말은 아예 안 먹는다는 뜻이야. 난 헨리의 음식을 담는 접시도 전부 따로 써. 심지어 헨리 접시를 닦는 수세미 도 따로 쓴다고."

킷이 자리에서 일어섰다. "난 그렇게는 못하겠다. 나한테는 내 손으로 먹이고 씻겨야 할 애들이 넷이나 더 있어. 그러니까 노력하 는 것만으로도 충분히 힘들다고. 다들 나름대로 최선을 다하는 게 중요하고, 최대한 끊는 게 아예 안 끊는 것보다 낫다고 했어. 미안 하지만 난 너처럼 100퍼센트 완벽하게는 할 수 없어."

엘리자베스가 눈썹을 치켜세웠다. "네가 미안하다고 말해야 할 사람은 내가 아니라 TJ지. 글루텐이나 카세인은 우리 애들한테는 신경독소나 다름없어. 극소량만으로도 두뇌 기능을 방해한다고. TJ가 왜 아직 말을 못하는지 이제 알겠다." 그녀는 자리에서 일어서며, "헨리, 가자" 하고 말한 뒤 걸어나갔다.

킷이 그녀의 앞을 가로막았다. "잠깐, 어떻게 그렇게 말할 수⋯⋯"

엘리자베스가 킷을 떠밀었다. 세게는 아니었고, 킷이 다칠 정도도 아니었지만 킷은 충격을 받았다. 그 자리에 있던 모두가 충격을 받았다. 엘리자베스는 아랑곳하지 않고 제 갈 길을 가다가 딱 한 번 뒤를 돌아봤다. "아, 그리고 말인데, 사람들한테 식이요법이 효과 없더란 말 좀 그만할래? 넌 제대로 하지도 않으면서 괜히 다른 사람들의 사기만 꺾는 거잖아." 그녀는 문을 쾅 닫아버렸다.

맷이 이야기를 마치자 에이브가 물었다. "닥터 톰프슨, 피고인이 그렇게 이성을 잃고 화를 냈던 적이 또 있었습니까?"

맷이 고개를 끄덕였다. "폭발 당일에 킷과 다투면서 그랬습니다."

"피고인이 킷을 '샘 많은 년'이라고 부르고, 아들을 돌보는 대신 초콜릿이나 먹겠다고 하며 다투었던 그때 말입니까?"

"그렇습니다. 그때는 물리적인 충돌은 없었지만 엘리자베스가 씩씩거리면서 차로 뛰어가더니 차문을 세게 닫은 다음 시동을 걸고 급후진하는 바람에 제 차를 칠 뻔했습니다. 킷이 그녀를 향해 진정하고 잠깐만 기다려달라고 소리쳤지만⋯⋯" 맷은 고개를 저었다. "엘리자베스가 그렇게 과속해서 떠난 탓에 헨리가 걱정됐던 기억이 납니다. 타이어에서 끼익 소리가 났을 정도예요."

"그다음엔 어떻게 됐죠?" 에이브가 물었다.

"제가 킷한테 무슨 일이냐고, 괜찮냐고 물었습니다."

"그랬더니요?"

"킷은 굉장히 속상했는지 울 것 같은 표정으로 아니라고, 안 괜찮다고, 엘리자베스가 자기한테 엄청 화가 났다고 말했습니다. 자기가 무슨 일을 했는데 엘리자베스가 알기 전에 해결할 방법을 찾아야 한다면서요. 그전에 엘리자베스가 알게 되면……" 맷은 엘리자베스를 쳐다봤다.

"알게 되면?"

"킷은 자기가 한 일을 엘리자베스가 알게 되면 자기를 죽일 거라고 말했습니다."

박 유

정오가 되자 판사는 휴정을 선언했다. 박은 점심시간이 두려웠다. 닥터 조. 재닌이 아니라 그녀의 아버지, 진짜 의사가 아니고 침술사이면서 '닥터 조'로 통하는 그가 점심을 사겠다고 고집부릴 것을 알았기 때문이다. 원치 않는 자선. 병원비 청구서가 날아오기 시작하고부터는 라면과 쌀밥과 김치로만 끼니를 때우던 터라 구미가 당기지 않는 것은 아니었지만, 닥터 조는 이미 그들에게 지나칠 정도로 베풀고 있었다. 매달 생활비 하라고 얼마, 박의 주택담보대출금 조로 얼마, 메리의 차를 후하게 쳐줘서 얼마, 전기세 내라고 얼마. 박은 전부 받아들이는 수밖에 없었다. 게다가 최근에 닥터 조가 묘책이라고 떠올린 영어와 한국어로 된 자선 모금 웹사이트까지. 그건 박 유가 적선을 바라는 극빈자 장애인이라고 전 세계에 광고하는 꼴이나 다름없었다. 아니. 더는 안 된다. 그는 가족들과 차 안에서 끼니를 해결하는 모습을 들키지 않기를 바라며 닥터 조에게 다른 약속이 있다고 둘러댔다.

차로 가는 길에 박은 뒤뚱거리며 그들 앞을 막아서는 기러기 열 댓 마리를 보았다. 영이나 메리가 휘이 쫓아버리리라 생각했지만 그들은 핀을 향해 볼링공을 굴리듯 박의 휠체어를 밀면서 점점 더 가까이 걸어갈 뿐이었다. 기러기들 역시 자각하지 못한 건지 아니 면 그냥 게으른 건지 아무런 반응이 없었다. 그러다 그의 휠체어가 기러기 한 마리를 치기 직전에, 그가 소리를 지르기 직전에 기러기 하나가 끼루룩거렸고 무리 전체가 날아올라 하늘로 비상했다. 영과 메리는 아무 일도 없었단 듯이 아까와 같은 일정한 보폭으로 계속 걷기만 했고, 박은 그들의 그런 무신경함에 고함을 지르고 싶었다.

그는 눈을 감고 심호흡했다. 들이쉬었다가 내쉬었다. 자신의 행 동이 터무니없다고 속으로 되뇌었다. 아내와 딸한테 화가 난 것이 실은 그들이 기러기를 못 알아봤기 때문이었으니 말이다. 사 년간 혼자 지냈던 경험에서 우러나온 기러기를 향한 그의 과민반응은 한 심한 것을 떠나 우스울 지경이었다.

와일드-구스 파더. 기러기 아빠. 더 나은 교육 환경을 위해 아내 와 자식을 외국에 보내놓고 홀로 한국에 남아 일 년에 한 번씩 가족 을 보러 날아가는 (혹은 '이동하는') 한국 남자들을 일컫는 말. (지 난해, 서울에만 십만에 이르는 기러기 아빠들의 알코올중독과 자살 률이 걱정스러운 수준에 이르렀을 때, 사람들은 가족을 만나러 갈 형편이 못 돼서 단 한 번도 날아간 적 없는 박 같은 남자들을 펭귄 아빠라고 부르기 시작했다. 하지만 박은 기러기와 자신을 동일시하 는 것이 이미 고착화돼서 펭귄이 기러기만큼 신경쓰이지 않았다.) 그가 처음부터 기러기 아빠가 되려고 작정했던 건 아니었다. 그의 가족은 미국에 함께 갈 계획이었다. 그러나 가족 비자를 기다리는 와중에 볼티모어주에 사는 한 한인 가족이 그들의 집에서 무료로 숙식을 제공하고 아이도 주변 학교에 보내주는 대신 식료품점 일을 거들어줄 부모 한 사람을 초청한다는 말을 들었다. 박은 곧 따라가 겠다고 약속하며 영과 메리를 먼저 볼티모어로 보냈다.

결국에는 가족 비자를 받는 데 사 년이나 더 걸렸다. 가족 없이 아빠로 산 사 년. 서글프고 후줄근한 기러기 아빠들만 잔뜩 모여 사는 서글프고 후줄근한 '빌라'의 닭장 같은 원룸에서 혼자 산 사 년. 일주일에 칠 일 동안 쉬지 않고 겹벌이를 하면서 절약하고 궁상을 떨며 산 사 년. 그 모든 희생이 메리의 교육과 미래를 위해서였지만 이제 흉터만 남은 그의 딸은 대학과는 멀어진 불안정한 상태로 세미나나 파티가 아니라 치료실과 살인 사건 재판을 오가고 있었다.

"메리," 영은 한국말로 말하고 있었다. "너도 좀 먹어야지." 메리는 고개를 저으며 차창 밖을 바라보았지만 영은 메리의 무릎 위에 쌀밥 그릇을 올렸다. "몇 숟갈만 떠봐."

입술을 꼭 깨문 메리는 이국의 음식을 맛보기 두려운 사람처럼 망설이며 젓가락을 집어들었다. 그녀는 쌀 한 톨을 집어서 입술 사이에 넣었다. 과거 한국에서 영이 그렇게 먹는 법을 메리한테 보여주던 것이 기억났다. "내가 네 나이 때는 말이야," 영이 말했다. "너희 외할머니가 밥알을 한 톨씩 먹는 연습을 시켰어. 할머니 말이, 그래야 입안에 계속 음식이 있는 것처럼 보여서 사람들이 말을 안 시키고 돼지처럼 보이지도 않는대. 많이 먹고 말도 많이 하는 여자를 누가 데려가겠냐면서 말이야." 메리는 웃으며 박한테 물었다. "아빠, 엄마가 데이트할 때 진짜 이렇게 먹었어?" 박이 대답했다. "그럴 리가 있겠니? 그런데 다행인 건 아빠는 돼지를 좋아했어." 그들은 다 같이 웃음을 터뜨렸고, 돌아가며 꿀꿀거리는 소리를 내면서 최대한 지저분하고 시끄럽게 남은 식사를 마쳤다. 그게 그렇게 오래전의 일일까?

박은 쌀밥을 한 톨씩 천천히 씹어 넘기는 딸과, 눈가 가득 주름살을 지으며 그런 딸을 지켜보는 아내를 쳐다보았다. 김치를 집어서 억지로 입안에 넣으려 했지만 찌는 듯한 열기 속에서 소용돌이치는 발효된 마늘 냄새가 얼굴을 뒤덮으며 그를 압도했다. 그는 차창을 내리고 고개를 밖으로 내밀었다. 하늘에는 저멀리 기러기떼가 V자 대형으로 장엄한 대칭을 이루며 비상하고 있었고, 박은 자신과 같은 남자들을 '기러기 아빠'라 부르는 것이 얼마나 부당한지 생각했다. 진짜 수컷 기러기는 제짝과 평생 해로했다. 진짜 기러기 가족은 함께 살면서 먹이를 찾고, 둥지를 틀고, 함께 이동했다.

갑자기 어떤 환영이 떠올랐다. 한국의 신문사들을 명예훼손으로 고소한 수컷 기러기들이 법정에서 '기러기 아빠'에 대한 언급을 모두 철회할 것을 요구하는 만화의 한 장면이었다. 박은 빙긋이 웃었고, 영과 메리는 그런 박을 혼란과 우려의 눈빛으로 쳐다보았다. 박은 설명할까도 생각했지만 무슨 말을 한단 말인가? 그러니까 기러기들이 집단소송을 걸어서…… "그냥 좀 웃긴 생각이 났어." 박이 말했다. 그들은 더 캐묻지 않았다. 메리는 다시 밥을 먹었고, 영은 계속 메리를 지켜보았으며, 박은 다시 차창 밖으로 고개를 돌려 쐐기 모양으로 멀리, 더 멀리 날아가는 기러기떼를 바라보았다.

*

점심시간이 끝나고 법정에 들어선 박은 뒤에 앉아 있는 은발 머리 여자를 알아보았다. 그날 아침에 그가 사기꾼임이 밝혀지고 그의 사업이 문을 닫을 때까지 멈추지 않겠노라고 위협하던 시위대 여자. "지금 당장 멈추지 않으면 후회하게 될 겁니다. 장담하죠."
이제 그 장담이 열매를 맺어, 그녀는 개봉 첫날밤의 감독처럼 우쭐
하게 법정을 둘러보고 있었다. 박은 그날 밤에 관한 그녀의 거짓말
을 폭로하겠다고, 경찰에 그가 본 모든 것을 말하겠다고 위협하며
그녀와 맞서는 상상을 했다. 저 눈에 우쭐함이 빠지고 공포가 채워
지는 모습을 지켜본다면 얼마나 속이 시원할까. 하지만 그럴 수는
없었다. 그날 밤 그가 밖에 있었다는 사실을 아무도 알아서는 안 된
다. 그 대가가 무엇이든 박은 침묵을 지켜야 했다.

에이브가 일어서자 무언가가 바닥에 떨어졌다. 맹렬한 빨간색
글씨로 '43!'이 적힌 전단이었다. 박은 그 전단을 뚫어져라 쳐다보
았다. 저 종이 쪼가리가 모든 것의 발단이었다. 엘리자베스가 저것
을 보지 않았더라면, 그래서 산소관 아래에 불을 지른다는 방해 공
작 아이디어에 사로잡히지만 않았더라면 지금쯤 그는 메리를 대학
에 데려다주고 있었을 것이다. 박은 치밀어오르는 화기가 온몸을
관통하면서 온 근육이 경련하는 걸 느꼈고, 전단을 집어서 찢어발
기고 구깃구깃 뭉쳐서 자신의 인생을 망가뜨린 엘리자베스와 시위
대 여자를 향해 던져버리고 싶었다.

"닥터 톰프슨." 에이브가 말했다. "중단한 데서부터 다시 시작하
도록 하죠. 폭발이 일어났던 마지막 잠수에 대해 말씀해주시겠습니
까?"

"그날 잠수는 평소보다 늦게 시작했습니다." 맷이 말했다. "보통
6시 15분에 끝나는 이전 잠수가 지연된 탓이었습니다. 그런 줄도
모르고 제시간에 도착했더니 주차장에 자리가 없었습니다. 그래서
저희 2회 잠수 그룹은 아침처럼 차를 도로 아래에 있는 공터에 대
야 했습니다. 치료는 7시 10분이 되어서야 시작했습니다."

"지연 이유가 무엇입니까? 그때까지 시위대가 있었던 건가요?"

"아닙니다. 경찰이 이미 그들을 데려간 뒤였습니다. 듣자 하니 시위대가 송전선에 마일라 풍선을 날려 잠수 치료를 저지하려고 했던 모양인데, 그 바람에 정전이 됐습니다." 맷이 말했다. 그의 효율적이고 간단명료한 설명에 박은 하마터면 웃음을 터뜨릴 뻔했다. 실제로는 여섯 시간에 걸친 대혼란이었다. 시위대가 환자들을 못살게 구는데도 경찰은 '평화적인 시위대'를 제압할 방법이 없다며 꿈쩍도 안 했고, 오후 치료 도중 에어컨과 전등 전원이 나가서 환자들이 겁을 먹는 바람에 마침내 경찰이 출동했지만 시위대는 "무슨 송전선이요?" "대체 풍선이랑 정전이 무슨 상관인데 이래요"라며 고함을 질러댔다. 그 난리가 십 초짜리 요약문으로 정리됐다.

"정전이 됐는데 어떻게 잠수를 계속할 수 있었죠?" 에이브가 물었다.

"안전성 요건으로 발전기가 설치되어 있었습니다. 그래서 가압과 산소, 통신기기는 계속 작동했습니다. 에어컨이라든가 전등과 DVD 같은 부차적인 것들만 작동을 안 했죠."

"DVD요? 에어컨은 이해가 됩니다만, DVD는 왜요?"

"애들을 위해서요. 그래야 가만히 있거든요. 박이 체임버 창문 밖에 스크린을 걸어놓고 실내에 음향 시스템을 설치했습니다. 애들이 정말 좋아했고, 어른들한테도 감사한 기계였죠."

에이브가 빙그레 웃었다. "네, 우리집 애들도 TV 앞에만 앉으면 상당히 조용해집니다."

"그러니까요." 맷이 미소 지었다. "어쨌든 박이 체임버 뒤쪽 창문 밖에 휴대용 DVD 플레이어를 설치했습니다. 그 일을 다 처리하느라 늦어졌다고 하더군요. 시위대 때문에 겁을 먹은 이전 시간 환자들이 잠수를 취소한 것도 시간을 잡아먹었고요."

"조명은 어떻게 했습니까? 전등이 나갔다고 했잖아요?"

"네, 헛간 안에는요. 저희 잠수가 7시 넘어서 시작했는데, 그쯤이면 어둑해지기는 해도 여름이라서 사물을 분간 못할 정도는 아니었습니다."

"그러니까 전원이 나갔고, 잠수가 지연되었다. 그날 밤에 다른 별일은 없었습니까?"

맷이 고개를 끄덕였다. "있었습니다, 엘리자베스요."

에이브는 눈썹을 치켜세웠다. "피고인이 왜요?"

"아까 말씀드렸다시피, 그날 오전에 엘리자베스가 킷과 싸운 뒤 화를 내면서 가버렸기에 저는 그녀가 아직도 화가 나 있을 거라고 생각했습니다. 하지만 헛간에서 봤을 때는 굉장히 기분이 좋아 보였습니다. 평소와는 다르게 친절했고요. 심지어 킷에게도요."

에이브가 말했다. "둘이 대화로 풀었던 게 아닐까요?"

맷이 고개를 저었다. "아니요. 엘리자베스가 도착하기 전에 킷이 말하기를, 자기가 대화해보려고 했는데 엘리자베스가 여전히 화가 나 있었다고 했습니다. 어쨌든 진짜 이상했던 건 엘리자베스가 아프다고 했던 것입니다. 몸이 안 좋다는 사람이 왜 저렇게 기분이 좋아 보이나 하고 이상하게 생각했던 기억이 납니다." 맷이 마른침을 삼켰다. "어쨌든 그녀는 잠수 시간 동안 차에 앉아서 쉬고 싶다고 했습니다. 그러고 나서……" 맷의 두 눈이 엘리자베스를 향했고, 그의 얼굴은 배신당하고 상처받아 실망한 사람처럼 한순간에 일그러졌다. 마치 산타 할아버지가 없다는 사실을 알아차린 어린애가 제 엄마를 쳐다볼 때 같은 표정이었다.

"그러고 나서요?" 에이브가 위로하듯 그의 팔에 손을 얹었다.

"엘리자베스가 킷에게 헨리 옆에 앉아서 지켜봐달라고 부탁했고, 저한테도 그 반대쪽에 앉아서 도와줄 수 있느냐고 물었습니다."

"그러니까 피고인이 헨리가 킷과 당신 사이에 앉도록 배치했다는 말인가요?"

"그렇습니다."

"피고인이 자리와 관련해 다른 제안을 한 건 없습니까?" 에이브가 제안이라는 단어를 불길한 말처럼 강조하며 물었다.

"있었습니다." 맷이 다시 배신감과 상처와 실망감이 깃든 어린 아이의 눈빛으로 엘리자베스를 노려보며 대답했다. "늘 그랬듯 테리사가 제일 먼저 체임버 안으로 들어가는데 엘리자베스가 그녀를 멈춰 세웠습니다. DVD 화면이 뒤에 설치돼 있고 로사는 만화를 보지 않으니 TJ와 헨리가 뒤쪽에 앉아야 한다면서요."

"합리적인 주장 같은데요, 아닌가요?" 에이브가 물었다.

"아뇨, 전혀 아닙니다." 맷이 대답했다. "엘리자베스는 헨리가 보는 DVD에 대해 굉장히 까다롭게 굴었습니다." 맷의 표정이 굳어졌고, 박은 그가 DVD를 두고 벌어진 다툼을 떠올린다는 걸 알았다. 엘리자베스는 역사나 과학 다큐멘터리 같은 교육적인 내용을 원했다. 반면 킷은 TJ가 좋아하는 〈바니〉를 고집했다. 결국엔 엘리자베스가 포기했지만 며칠 뒤 이렇게 말했다. "TJ도 이제 여덟 살이잖아. 나이에 맞는 걸 보여줄 때가 됐다고 생각하지 않니?"

"TJ는 이게 아니면 가만 못 있어. 너도 알잖아." 킷이 말했다. "헨리는 괜찮을 거야. 〈바니〉를 한 시간 본다고 안 죽는다고."

"TJ도 〈바니〉 한 시간 안 본다고 안 죽어."

킷은 엘리자베스의 눈을 한참 동안 쳐다보았다. 그녀는 미소를 짓는 것처럼 보였다. "좋아. 네 뜻대로 해보자." 킷은 〈바니〉 DVD를 사물함에 던져버렸다.

 그랬더니 대재앙이 벌어졌다. 다큐멘터리가 시작되자 TJ는 비명을 질러댔다. "저기 봐, TJ, 공룡이잖아. 바니랑 똑같은 거라고." 엘리자베스는 울부짖는 TJ를 향해 말하고 또 말했지만 TJ가 헬멧을 벗어던지고 강철 벽에 머리를 찧기 시작하자 체임버 안은 순식간에 아수라장으로 변했다. 헨리는 귀가 아프다고 울어댔고, 맷은 박한테 당장 〈바니〉 DVD를 틀라고 소리를 질렀다.

 사건을 요약한 다음 맷이 계속 말했다. "그날 이후로 박은 늘 〈바니〉 영상만 틀었고, 엘리자베스는 늘 DVD 화면에서 멀찍이 떨어진 곳에 헨리를 앉혔습니다. 〈바니〉는 쓰레기 프로그램이라고 하면서 헨리가 가까이하길 원하지 않았죠. 그런 그녀가 갑자기 마음을 바꿔서 헨리를 DVD 앞에 앉히다니, 이상하고도 놀을 일이었습니다. 심지어 킷도 진심이냐고 재차 확인했고, 엘리자베스는 오늘만 특별히 허락하는 거라고 말했습니다."

 "닥터 톰프슨," 에이브가 말했다. "피고인이 자리를 바꿔서 영향을 끼친 것이 또 있습니까?"

 "네. 그 바람에 각자가 연결돼 있던 산소 탱크의 순서가 바뀌었습니다."

 "죄송하지만, 무슨 말인지 잘 이해가 되지 않는데요." 에이브가 말했다.

 맷이 배심원들을 쳐다봤다. "아까 제가 헬멧을 체임버 안에 있는 산소 밸브에 연결해야 한다고 말씀드렸습니다. 산소 밸브는 앞쪽에 하나, 뒤쪽에 하나, 총 두 개가 있는데, 각각의 밸브가 외부에 있는 두 대의 산소 탱크에 따로 연결됩니다. 그러니까 한 산소 밸브에 연결된 두 사람이 하나의 산소 탱크를 공유하는 셈입니다." 배심원들이 고개를 끄덕였다. "엘리자베스가 자리를 바꾸는 바람에 헨리의 산소관은 늘 쓰던 앞쪽 밸브가 아니라 뒤쪽 밸브에 연결되었습니다."

"피고인이 헨리가 뒤쪽 산소 탱크에 연결되도록 했다는 말씀인가요?"

"네. 엘리자베스가 제 것은 앞쪽, 헨리 것은 뒤쪽에 연결해달라고 제게 부탁했습니다. 그래서 제가 알겠다, 그런데 그게 무슨 차이냐고 물었습니다."

"그랬더니요?"

"그러면 저는 앞에 가깝고, 헨리는 뒤에 붙을 수 있대요. 만약에 우리의 튜브가 서로 꼬이면 헨리의 OCD, 즉 강박장애 증상이 갑자기 심해질 수도 있다고요."

"서른 번 넘게 같이 잠수를 하면서 헨리의 OCD 증상이 '갑자기 심해질' 징후를 보인 적이 있었습니까?" 에이브가 손가락으로 허공에 인용부호 표시를 했다.

"아니요."

"그런 다음에는요?"

"제가 알았다고, 튜브가 서로 꼬이지 않게 주의하겠다고 말했지만 그녀는 성이 차지 않은 모양이었습니다. 체임버 안으로 기어들어와서 헨리의 튜브를 뒤쪽 밸브에 직접 연결하더군요."

에이브가 걸어와 맷의 바로 앞에 섰다. "닥터 톰프슨," 그가 말하자 때마침 맷의 근처에 있던 에어컨이 털털거리며 작동하기 시작했다. "어느 쪽 산소 탱크가 폭발했죠?"

맷은 엘리자베스의 눈을 똑바로 쳐다보며 눈 한 번 깜빡이지 않고 대답했다. 천천히. 의도적으로. 툭툭 끊은 각각의 음절에 맹독을 처발라 그녀를 겨냥했고 그녀의 피를 볼 심산이었다. "뒤쪽 탱크가 폭발했습니다. 뒤편 밸브가 연결돼 있던 탱크 말입니다. 저 여자가……" 맷이 잠시 말을 멈췄고, 박은 그가 팔을 들어서 손가락으로 엘리자베스를 가리킬 거라 예상했지만 그는 눈을 깜빡이더니 고개를 돌렸다. "자기 아들 머리와 연결하려고 두 번, 세 번 확인했던 탱크가 폭발했습니다."

"피고인이 원하는 대로 모든 것을 배치한 다음에는 어떻게 됐습니까?" 에이브가 물었다.

"그녀가 헨리에게 말했습니다. '정말, 정말 사랑한다, 우리 아들'이라고요."

"정말, 정말 사랑한다, 우리 아들." 에이브가 그 말을 되풀이하면서 헨리의 사진 쪽으로 고개를 돌렸고, 박은 배심원들이 엘리자베스를 향해 인상을 찌푸리고, 몇몇은 고개를 내젓는 걸 보았다. "그다음에는요?"

"그녀는 자리를 떴습니다." 맷이 나직한 목소리로 말했다. "우리가 롤러코스터를 타고 있는 것처럼 미소를 지으며 손을 흔들더니 뒤돌아서 나가버렸습니다."

맷

"그러니까 피고인이 떠나고 저녁 잠수가 시작됐다. 그다음에는 어떻게 됐죠, 닥터 톰프슨?" 에이브가 물었다.

해치가 닫히는 순간 맷은 이번 잠수가 제대로 망했다는 걸 깨달았다. 이상하리만치 정체된 공기가 햇볕에 달아오른 체취와 체임버에 스며든 소독제 냄새와 뒤섞여 숨쉬기가 여간 힘들지 않았다. 킷은 박에게 중이염에서 회복중인 TJ를 위해 가압 속도를 최대한 늦춰달라고 부탁했고, 덕분에 가압은 평소의 오 분이 아니라 십 분이 걸렸다. 가압으로 인해 내부 공기의 온도와 밀도는, 그게 가능하다는 듯이, 동시에 점점 더 높아져만 갔다. 휴대용 DVD 플레이어가 음향 시스템과 연결되지 않아 〈동물원에서는 어떤 친구들을 만날까요?〉를 부르는 바니의 여과된 음성이 두꺼운 유리창 너머로 들려왔고, 그날 잠수는 진짜 물속에서 하는 것처럼 비현실적으로 느껴졌다.

"에어컨이 안 돼서 더웠던 것 빼고는 여느 때와 같았습니다." 맷이 대답했지만 그의 말은 사실이 아니었다. 잠수하는 동안 그는 여자들이 엘리자베스의 예상치 못한 상냥함과 뻔한 꾀병을 까리라고 예상했지만 킷과 테리사는 둘 다 말이 없었다. 어쩌면 맷을 가운데 두고 말하기가 어색해서 그랬을 수도 있고, 아니면 더위 탓이었을 수도 있다. 어쨌든 그는 가만히 앉아 생각할 기회가 생긴 데 기뻐했다. 메리한테 뭐라고 할지 생각해야 했으니 말이다.

"그럼 뭔가 잘못됐다고 느꼈던 첫번째 징후는 무엇입니까?" 에이브가 물었다.

"노래가 나오는 중간에 DVD가 꺼졌습니다." 그 순간 찾아온 고요는 절대적이었다. 윙윙거리는 에어컨소리도, 〈바니〉의 노랫소리도, 수다 소리도 없었다. 일 초쯤 지났을까, TJ가 창문을 두드렸다. 반응 없는 DVD 플레이어가 자신이 깨울 수 있는 잠자는 동물인 것처럼. "괜찮아, TJ. 건전지 때문에 그러는 걸 거야." 킷은 잠든 곰과 우연히 마주쳤을 때처럼 애써 침착한 척하면서 말했다.

그다음 기억은 들쭉날쭉했다. 탁탁거리며 재생되는 고전영화에서 조악하게 이어붙인 장면들이 한 이미지에서 다른 이미지로 곧장 뛰어넘는 것처럼. 주먹으로 창문을 두드리는 TJ. 헬멧을 벗어서 옆으로 집어던진 뒤 벽에 머리를 박아대는 TJ. 그런 TJ를 벽에서 떼어내려고 애쓰는 킷.

"박에게 잠수를 멈춰달라고 요청했습니까?"

맷은 고개를 저었다. 정신이 맑아진 지금에 와서 생각하면 그것이 당연한 수순처럼 보였다. 하지만 그 당시에는 모든 것이 흐릿했다. "테리사가 그만둬야 하는 것 아니냐고 말했지만 킷이 아니라고, DVD만 다시 틀면 된다고 했습니다."

"박은 뭐라던가요?"

맷은 박을 흘끗 처다봤다. "체임버 안이 난장판이라 워낙 시끄러워서 제대로 듣진 못했지만 건전지를 가져오는 데 몇 분 정도 걸릴 거라고 했던 것 같습니다."

"그러니까 박은 DVD 문제를 해결하려고 했다는 말이군요. 그런 다음에는요?"

"킷이 TJ를 달래서 헬멧을 다시 씌웠습니다. 계속 노래를 부르면서 아이를 진정시켰습니다." 킷이 부른 건 사실 한 곡의 노래였다. DVD가 꺼지면서 끊긴 〈바니〉의 노래. 킷은 그 노래를 부드러운 목소리로 나직하게 부르고 또 불렀다. 자장가처럼. 이따금 잠이 들 때면 그 노랫소리가 들려온다. 난 널 사랑해, 넌 날 사랑해, 우린 행-복-한 가-족. 그럴 때면 맷은 벌떡 잠에서 깼고 심장이 요동쳤다. 머릿속에서는 바니의 뚱뚱한 보라색 대갈통을 베어서 짓밟고 있는 자신과, 반쯤 움켜쥔 보랏빛 주먹을 허공에 든 채 옆으로 쓰러지는 참수된 바니의 몸통이 그려졌다.

"그다음에는 어떻게 됐습니까?" 에이브가 물었다.

모두가 미동도 없이 조용했고, TJ는 중얼거리는지 노래하는지 알 수 없는 킷의 가슴에 머리를 기댄 채 눈을 감고 있었다. 그때 갑자기 헨리가 "저 오줌 쌀래요" 하더니 긴급한 용변 처리를 위해 뒤쪽에 놓아둔 소변 용기를 집으려고 몸을 뻗었다. 그러다 헨리의 가슴이 TJ의 다리를 쳤고, 화들짝 놀란 TJ가 심폐소생술을 당한 것처럼 팔다리를 격하게 흔들더니 주체할 수 없이 발길질을 해대기 시작했다. 맷이 헨리를 뒤로 끌어당겼지만 TJ는 헬멧을 확 벗어 킷의 무릎에 던져버리고는 다시 벽에 머리를 박았다.

아이의 머리가 그토록 둔탁하게 쿵쿵 소리를 내며 강철 벽에 반복적으로 부딪히고도 산산조각나지 않는 게 믿기지 않을 정도였다.

한 번만 더 받으면 분명히 머리가 쪼개질 거라고 확신하면서 쿵쿵거리는 소리를 계속 듣고 있자니 맷은 자신도 헬멧을 벗어던지고 양손으로 귀를 틀어막은 채 눈을 감아버리고 싶었다. 헨리도 같은 심정이었는지, 눈을 동그랗게 뜨고 맷을 향해 돌아선 아이의 툭 불거진 눈 속에 바늘 끝처럼 뾰족해진 동공이 보였다. 과녁의 한가운데 같았다.

맷은 헨리의 작은 손을 감쌌다. 그는 얼굴을 헨리의 얼굴에 가까이 대면서 눈을 맞추고 미소를 지었고, 헬멧과 헬멧을 맞댄 채 괜찮다고 속삭였다. 맷은 "숨 한번 쉬어봐" 하고 말한 뒤 뻐끔거리며 심호흡을 해 보였고, 시선은 계속 헨리의 눈에 고정했다.

헨리는 맷과 함께 심호흡했다. 들이쉬고, 내쉬고. 들이쉬고, 내쉬고. 헨리의 얼굴에 서린 충격이 사그라들기 시작했다. 눈꺼풀에 맺힌 긴장이 풀리고 동공이 다시 커졌으며 입가가 미소를 지을 것처럼 둥글게 말렸다. 맷은 헨리의 위쪽 앞니 사이로 새로 돋아나는 이의 끝을 보았다. '녀석, 새 이가 나는구나'라는 말을 해주려고 그가 입을 벌린 순간, 쾅 하는 소리가 들렸다. 맷은 비로소 TJ의 머리가 쪼개졌다고 생각했지만, 그것보다 더 큰 소리였다. 머리통 백 개가, 아니 천 개가 쇠에 부딪히는 소리. 밖에서 폭탄이라도 터진 것 같았다.

맷은 눈을 깜빡였다. 그게 얼마쯤 걸렸을까? 십분의 일 초? 백분의 일 초? 다시 눈을 떴을 때는 헨리의 얼굴이 있던 자리가 불타고 있었다. 얼굴이 있었는데, 눈을 깜빡이자 불이 났다. 아니, 그보다 빨랐다. 얼굴, 눈 깜빡, 불. 얼굴-깜빡-불. 얼굴불.

에이브는 한동안 말이 없었다. 맷도 마찬가지였다. 그저 자리에 앉아서 방청석과 배심원석에서 들려오는 흐느낌과 훌쩍임을 듣고 있을 뿐이었다. 피고인석을 제외한 모든 곳에서 그런 소리가 났다.

"이만 휴정하는 것이 어떻습니까?" 판사가 에이브에게 물었다.

눈썹을 치켜세우며 맷을 쳐다보는 에이브의 눈가와 입가의 주름이 그 역시 피곤하니 이만하는 것이 좋겠다고 말하고 있었다.

맷은 엘리자베스를 향해 몸을 틀었다. 온종일 놀라우리만치 차분한 태도를 유지하는 그녀는 무관심한 구경꾼처럼 보일 정도였다. 하지만 맷은 지금쯤이면 허울이 벗겨진 엘리자베스가 자신은 아들을 사랑했다고, 절대 아들을 해치지 않았다고 울부짖으리라 예상했다. 자기 아들을 살인한 죄로 기소되어 그 죽음을 묘사하는 소름 끼치는 설명을 듣고 제대로 된 인간이라면 마땅히 느낄 법한 절망감을 어떤 식으로라도 보여주리라고 예상했다. 예의야 어쨌든, 규칙이야 어쨌든 상관없이 말이다. 그러나 엘리자베스는 여전히 아무 말도, 아무 행동도 하지 않았다. 남극대륙의 기후 패턴에 관한 다큐멘터리를 시청하듯 태평하고 호기심어린 시선으로 맷을 응시하며 그의 말을 듣고 있을 뿐이었다.

맷은 그런 그녀에게 달려들어 양어깨를 움켜쥐고 흔들고 싶었다. 그녀의 얼굴에 얼굴을 들이밀면서 자신은 아직도 그 순간의 헨리가 나오는 악몽을 꾼다고 외치고 싶었다. 악몽 속 헨리는 어린애가 그린 외계인 그림처럼, 헬멧을 쓴 채 화염에 휩싸인 머리 아래로는 몸도 멀쩡하고 옷도 그대로였지만 다리는 고요한 비명을 지르듯 허우적거리고 있었다. 그 이미지를 그녀의 머릿속에 던져넣고 싶었디, 이전히고 싶었다. 정신 융합하고 싶었다. 저 빌어먹을 평정심을 깨트려 그녀가 다시는 되찾아오지 못할 어딘가로 던져버릴 수 있는 일이라면 뭐든지 하고 싶었다.

"아니요." 맷이 에이브에게 말했다. 그는 더이상 피곤하지 않았고, 조금 전만 해도 간절했던 휴정이 더는 필요 없었다. 저 소시오패스를 사형장으로 더 빨리 보내버릴수록 더 좋을 것 같았다. "계속하겠습니다."

에이브가 고개를 끄덕였다. "밖에서 폭발이 일어난 뒤에 킷에게 무슨 일이 일어났는지 말씀해주시죠."

"화재는 뒤쪽 산소 밸브에서만 발생했습니다. TJ의 헬멧 역시 그곳에 연결돼 있었지만 TJ는 이미 헬멧을 벗었고 킷이 그 헬멧을 들고 있었습니다. 밸브 입구에서 솟구친 화염이 킷의 무릎으로 번졌고 곧 그녀는 불길에 휩싸였습니다."

"그다음에는요?"

"제가 헨리의 헬멧을 벗기려고 했지만……" 맷은 자신의 손을 내려다보았다. 손가락이 절단된 부위를 뒤덮은 화상 흉터가 새것처럼 윤이 나는 게 마치 녹은 플라스틱 같아 보였다.

"닥터 톰프슨? 그래서 벗겼습니까?" 에이브가 물었다.

맷은 고개를 들었다. "유감스럽지만 못 벗겼습니다." 그는 애써 목소리를 더 크게 내고 말을 더 빨리하려고 했다. "플라스틱이 녹기 시작해서 너무 뜨거웠습니다. 그래서 손으로 잡고 있을 수 없었습니다." 벌겋게 달아오른 부지깽이를 계속 붙잡고 있는 듯한 느낌이었다. 그의 손은 그의 정신이 시키는 일을 거부했다. 아니 그건 거짓말일지도 모른다. 어쩌면 그는 최선을 다했다고 말할 수 있을 정도만 하고 싶었던 것일 수도 있다. 자신의 귀중한 손을 망가뜨리고 싶지 않아서 소년을 죽게 내버려둔 게 아니라고 말할 수 있을 정도만…… "셔츠를 벗어서 손에 둘둘 만 다음 다시 시도하려고 했지만 헨리의 헬멧은 이미 녹아내리기 시작했고 제 손에도 불이 옮겨붙었습니다."

"다른 사람들은 어떻게 됐습니까?"

"킷은 비명을 지르고 있었고 사방에 연기가 진동했습니다. 테리사는 TJ를 바닥으로 끌어당겨 불길에서 떨어뜨려놓으려고 했습니다. 저희는 다 같이 박한테 문을 열라고 소리쳤습니다."

"그가 열어줬습니까?"

"네. 박이 해치를 열고 저희를 밖으로 빼냈습니다. 그는 로사와 테리사를 먼저 끄집어냈고, 그다음에는 안으로 기어들어와 TJ와 저를 꺼냈습니다."

"그다음에는요."

"헛간으로 불이 번졌습니다. 연기가 너무 자욱해서 숨을 쉴 수가 없었죠. 자세히는 기억나지 않지만…… 박이 어찌어찌 테리사와 로사, TJ와 저를 헛간 밖으로 빼낸 뒤 다시 안으로 들어갔습니다. 박은 한동안 안에 있었습니다. 결국 그는 헨리를 데리고 밖으로 나오더니 애를 땅바닥에 눕혔습니다. 박도 기침을 하고 온몸에 화상을 입는 등 부상을 당했기에 저는 구조를 기다리자고 말했지만 그는 듣지 않았습니다. 킷을 구하기 위해 다시 안으로 들어갔습니다."

"헨리는요? 아이의 상태는 어땠나요?"

맷은 헨리 쪽으로 빠르게 걸어갔고, 제기랄 도망쳐, 하고 외치는 체내의 모든 세포와 싸워야만 했다. 그는 바닥에 털썩 주저앉아 헨리의 손을 잡았다. 목 아래로는 긁힌 데 하나 없이 멀쩡한 헨리는 손 역시 말끔했다. 옷에도 그을음 하나 없었고, 양말은 여전히 새하

앴다.

맷은 헨리의 머리를 보지 않으려 노력했다. 그럼에도 불구하고 아이의 헬멧이 사라졌다는 걸 알 수 있었다. 박이 어떻게든 벗겨낸 모양이라고 생각했지만, 헨리의 목 주위에 남아 있는 파란색 라텍스를 보고 헬멧의 투명 플라스틱 부위가 녹아 없어지고 밀봉하는 용도인 라텍스 고리만 남았다는 걸 깨달았다. 난연성 소재의 그것이 헨리의 목 아래 있는 모든 것을 원형 그대로 지켜냈다.

그는 애써 헨리의 머리 쪽으로 시선을 옮겼다. 여전히 연기가 피어올랐고 머리카락은 몽땅 불타서 없어졌으며 새카맣게 그슬린 피부는 물집이 잡혔거나 피가 흐르고 있었다. 헬멧 안으로 산소가 주입되던, 즉 불길이 번졌던 오른쪽 턱 주변의 상처가 가장 끔찍했다. 그 부위의 살점은 완전히 불타서 소실되었다. 그 아래 있던 뼈와 치아가 드러났다. 맷은 사라진 잇몸이 감추고 있었던 작지만 완벽한 헨리의 새 이를 보았다. 그 위에 있는 다른 이들은 유치인 모양이었다. 한눈에도 아직 나지 않은 영구치들이 위에서 순서를 기다리고 있는 게 보였기 때문이다. 부드러운 바람이 불어오자 불에 탄 피부와 그슬린 머리카락과 익은 살 냄새가 코끝을 스쳤다.

"제가 다가갔을 때," 맷은 에이브에게 말했다. "헨리는 이미 사망한 뒤였습니다."

영

그녀의 집은 딱히 집이라고 하기 뭐했다. 판잣집에 더 가까웠달까? 예스러워 보일 수도 있었다, 그렇게 본다면야. 십대 청소년이 손재주라고는 없는 아버지와 지었을 법한 자그마한 통나무집이나 나무 위에 지은 집 같았다. 그걸 본 어머니가 한마디할 만한 그런 집. "둘 다 애썼네. 당신 학교 다닐 때 목공 수업도 안 들었구나?"

처음 그 집을 봤을 때 영은 메리에게 말했다. "보이는 건 중요하지 않아. 비 안 맞고, 안전하게 지켜주면 그게 집이지. 중요한 건 그런 거야." 하지만 집 전체가 서서히 땅바닥으로 꺼질 것 같은(부지가 무른 진흙땅이라 충분히 가능한 일이긴 했다) 한쪽으로 기울어진 삐걱대는 판잣집에서 안전감을 느끼기란 쉬운 일이 아니었다. 벽에 뚫린 구멍에 투명 플라스틱 판지를 강력 접착테이프로 붙여놓은 것에 불과한 유일한 '창문'과 현관문은 둘 다 비스듬히 기울어져 있었고, 바닥재인 합판 역시 우둘투둘하게 깔려 있었다. 판잣집을 지은 이가 누구든 수평이나 직각이라는 개념에 익숙하지 않은 사람인 게 분명했다.

그러나 지금, 기울어진 현관문을 열고 들어가 우둘투둘한 바닥을 딛고 선 순간, 영이 느낀 감정은 다름 아닌 안전이었다. 판사가 첫날 재판을 폐정하며 판사봉을 두드린 그 순간부터 하고 싶었던 걸 이제는 맘껏 해도 된다는 안전감. 치아를 활짝 드러내고 큰 소리로 웃으면서 미국의 재판 제도가 정말 좋다고, 에이브를 사랑한다고, 판사를 사랑한다고, 무엇보다 배심원들이 좋아 죽겠다고 외치는 것 말이다. 배심원들은 사건을 그 누구와도, 심지어 배심원끼리도 의논해선 안 된다는 판사의 권고를 무시한 채 그가 법정을 나설 때까지도 못 기다리고―영은 이 부분이 제일 좋았다―판사가 엉덩이를 들자마자 엘리자베스 이야기를 시작했다. 그들은 그녀가 소름 끼친다고, 자기 때문에 인생을 망친 사람들 앞에 얼굴을 들다니 뻔뻔하다고 말했다. 영은 그들이 일어나서 나가는 길에 모두가 한 패거리인 양 똑같이 역겨운 표정으로 엘리자베스를 흘겨보던 것이 좋았다. 미리 짜놓은 것처럼 아름다운 군무였다.

영은 이런 감정을 느끼면 안 된다는 것을 알았다. 맷의 화상과 손가락 절단, 왼손으로 모든 걸 해내는 법을 배워야 하는 고충은 물론, 헨리와 킷의 죽음을 떠올리는 끔찍한 증언을 듣고 난 뒤에는 말이다. 하지만 그녀 역시 지난 한 해를 끝없는 비탄 속에서 보냈고, 화상 병동에서 박이 지른 비명을 기억하고 멀쩡한 사지 없이 살아가게 될 미래를 상상해본 터라, 그런 증언을 들어도 크게 충격을 받지는 않았다. 마치 뜨끈한 물에 익숙해져 펄펄 끓는 냄비 안에서도 가만히 있는 개구리처럼. 비극에 익숙해진 그녀는 점차 비극에 무뎌졌다.

허나 땅에 묻혀 잊힌 유물 같았던 환희와 안도감이 이제 파헤쳐졌고, 더는 거칠 것이 없었다. 맷이 폭발 직전 몇 분 동안 있었던 일들을 증언할 때 박이 헛간을 비웠을 가능성에 관해서는 어떠한 의문이나 암시도 나오지 않았다. 영의 장기로 가는 혈류를 가로막고 있던 혈관 속 노폐물이, 바로 그 순간, 댐이 터져 흐르는 물에 일순 씻겨 내려간 것 같았다. 박이 가족을 지키기 위해 지어낸 이야기는 시간과 반복에 힘입어 진실이 되었고, 그것의 진위에 의문을 제기할 수 있는 유일한 사람은 되레 힘을 실어주었다.

영은 박이 들어오는 걸 도우려고 몸을 틀었다. 그녀가 다가오자 박은 "오늘은 운이 좋았어" 하며 영을 향해 활짝 미소 지었다. 한쪽 끝이 더 높이 올라간 비뚤어진 입매로 웃는 그의 뺨에는 한쪽에만 보조개가 생겼고, 그 모습이 꼭 어린 소년 같았다. "우리 둘만 있을 때 말해주려고 기다렸는데 실은 좋은 소식이 있어." 점점 더 활짝 피어나는 미소에 그의 입매는 점점 더 비뚤어졌고, 영은 남편과 공범이 된 듯한 달콤한 친밀감을 느꼈다. "보험 조사관이 법정에 왔더라고. 당신이 화장실 간 사이에 나랑 대화를 나눴어. 평결이 발표되자마자 보고서를 제출할 거래. 그 사람 말이 보험금 수령에는 몇 주밖에 안 걸린대."

영은 고개를 뒤로 젖히고 손뼉을 치면서, 좋은 소식을 들으면 엄마가 신께 감사하던 모습 그대로, 천장을 올려다보며 눈을 감았다. 박은 웃음을 터뜨렸고 영도 따라 웃었다. "메리도 알아?" 그녀가 물었다.

"아니. 당신이 말할래?" 박이 말했다. 영은 남편이 이래라저래라 명령하는 대신 그녀의 의사를 물어와서 놀랐다.

고개를 끄덕이며 미소 짓는 그녀는 결혼식 전날 밤의 신부처럼 앞날을 알 순 없지만 행복한 기분이 들었다. "당신은 쉬어. 내가 가서 말할게." 영은 박을 지나치며 그의 어깨에 손을 올렸다. 박은 휠체어를 밀고 가버리는 대신 아내의 손 위에 손을 얹고 미소를 지어 보였다. 그들의 손이 포개지는 순간, 둘은 한 팀이자 한몸이 되었다.

영은 헬륨가스를 주입한 풍선처럼 내면에서 부풀어오르는 환희를 만끽했다. 무너진 헛간 앞에 서서 그날의 잔해를 응시하며 소리 없이 흐느끼는 딸의 슬픔도 그것을 망칠 수 없었다. 메리의 눈물은 되레 영을 더 들뜨게 했다. 활발하고 수다스러운 소녀였던 메리는 폭발 이후 성격이 완전히 돌변해 무심하고 말없는 복제인간이 돼버린 듯했다. 의사들은 메리에게 외상 후 스트레스 장애 진단을 내렸다(그들은 그것을 PTSD라 불렀다. 미국인들은 꼭 그렇게 두문자로 줄여 말하는 걸 선호했다). 메리가 그날 일을 논하길 거부하는 것도 '전형적인 PTSD 증상'이라고 했다. 메리는 재판 참관을 원치 않았지만 의사들은 다른 사람들의 증언이 그녀의 기억을 촉발할지도 모른다고 했다. 영 역시 오늘 딸이 분명 무언가를 내려놓았다는 사실을 인정할 수밖에 없었다. 맷의 증언에 집중하며 그날의 시시콜콜한 모든 것—시위대, 잠수 지연, 정전, 온종일 SAT 반에서 수업을 듣느라 놓쳤던 것—을 알기 위해 열중하는 딸의 모습만 봐도 그랬다. 그리고 지금은 울고 있었다. 그것은 진짜 감정, 폭발 이후 딸이 처음으로 보인, 무표정이 아닌 진짜 반응이었다.

메리에게 다가서던 영은 딸이 입술을 움찔거리며 알아들을 수 없는 소리를 중얼거리는 것을 보았다. "너무 조용해…… 너무 조용해……" 메리의 말은 최면에 걸린 듯 영묘한 명상 구호처럼 들렸다. 혼수상태에서 처음 깨어났을 때도 메리는 영어로, 또 한국어로 번갈아가며 폭발 직전의 고요함에 관한 말을 많이 했다. 의사는 트라우마 피해자들이 오로지 사건의 한 가지 감각 요소에만 집중해 그 단일 요소를 머릿속으로 생각하고 또 생각하며 재차 체험하는 경향이 있다고 설명했다. "폭발 피해자들이 폭발음에 사로잡히는 경우가 종종 있습니다." 의사는 말했다. "환자가 그 당시에 병치되던 청각적 감각에 집착하는 것도 자연스러운 일입니다. 폭발 직전의 정적 같은 것 말입니다."

영은 메리와 나란히 섰다. 메리는 꿈쩍도 않고, 새까맣게 타버린 잠수함에 시선을 고정한 채 계속 눈물을 흘리고 있었다. "오늘 힘들었던 거 알아. 하지만 네가 드디어 울 수 있게 돼서 엄마는 기뻐." 영은 한국어로 말하며 손을 뻗어 딸의 어깨 위에 얹었다.

메리는 어깨를 홱 틀어버렸다. "아무것도 모르면서." 아이는 영어로 말하며, 흐느낌에 목이 메어 집으로 뛰어들어갔다. 딸의 거부에 명치가 따끔했지만, 방금 일어난 일들이—메리가 흐느끼고, 고함치고, 뛰어가버린 모든 것이—폭발 이전의 진짜 메리의 전형적인 모습이라는 걸 깨닫자 일순 마음이 누그러졌다. 십대 소녀의 멜로드라마를 정말 싫어했고 허튼짓 좀 그만하라고 꾸짖었었는데, 그것들이 사라져버리자 그리워하고 그것들이 돌아오자 안도하는 자신이 우스웠다.

영은 집안으로 따라 들어가 메리가 잠을 자는 구석에 경계 삼아 쳐놓은 검은색 샤워 커튼을 열어젖혔다. 엉성하기 짝이 없는 그 커튼은 메리의 (그리고 맞은편의 박과 영의) 사생활을 전혀 보장하지 못했고, 혼자 있게 내버려두라는 십대의 선언을 시각적으로 상징하는 장치로만 기능했다.

메리는 베개에 얼굴을 파묻은 채 수면 매트에 누워 있었다. 영은 곁에 앉아서 메리의 길고 검은 머리카락을 쓰다듬었다. "좋은 소식이 있어." 그녀는 단어 하나하나를 부드럽게 말했다. "재판이 끝나는 대로 보험금이 나올 것 같아. 그러면 우리도 곧 이사할 수 있어. 네가 늘 캘리포니아에 가보고 싶어했잖아. 거기 대학에 지원할 수도 있고, 여기 일도 다 잊을 수 있을 거야."

메리는 제 머리 무게를 이기려고 버둥거리는 아기처럼 고개를 조금 들더니 영 쪽으로 틀었다. 구겨진 베갯잇 자국이 메리의 얼굴에 선명했고, 퉁퉁 부은 눈은 가늘게 찢어졌다. "어떻게 그런 생각을 할 수가 있어? 킷과 헨리가 죽었는데 어떻게 대학이랑 캘리포니아 말을 꺼내느냔 말이야?" 메리의 말투는 비난조였고, 비극 이외의 것에 집중하는 영의 능력에 탄복하여 어떻게 그럴 수 있는지 힌트라도 얻으려는 것처럼 눈을 크게 떴다.

"끔찍한 일이란 거 나도 알아, 그때 일어난 일 전부. 하지만 우리도 살아야 하잖니. 우리 가족과 네 미래에 집중해야지." 영은 실크를 다림질하듯 메리의 이마를 가볍게 쓰다듬었다.

메리는 고개를 숙였다. "난 헨리가 그렇게 죽었는지 몰랐어. 그 애 얼굴이……" 메리는 눈을 감았고, 흘러내린 눈물이 베갯잇을 적셨다.

영은 딸의 옆에 누웠다. "뚝, 괜찮아." 그녀는 메리의 눈앞으로 넘어온 머리카락을 쓸어넘기고, 한국에서 저녁마다 그랬던 것처럼 손가락으로 딸의 머리를 빗겨주었다. 이 얼마나 그리웠던 일인가! 영은 미국생활의 많은 부분이 싫었다. 흩어진 기러기 가족으로 사 년이나 살았던 것, 그들을 초청한 가족이 그녀가 아침 6시부터 자정까지, 일주일에 칠 일 일할 것을 원하며 그녀를 방탄 처리된 고립 속에 갇힌 죄수로 만들려고 한다는 사실을 (볼티모어에 정착한 이후에야) 깨달았던 것. 하지만 무엇보다 후회가 되는 건 딸과의 유대감을 잃어버린 것이었다. 사 년 동안 영은 딸을 전혀 볼 수 없었다. 메리는 그녀가 퇴근할 때 이미 잠들어 있었고, 다시 일을 나갈 때도 여전히 자고 있었다. 처음 몇 주는 주말에 메리가 가게를 찾아 왔지만 줄곧 학교가 싫다고, 애들이 못됐다고, 아무도 이해할 수 없 다고, 아빠가 보고 싶다고, 친구들이 그립다고 쉬지 않고 울기만 했 다. 그런 뒤엔 분노가 찾아왔다. 메리는 영을 비난하며 자신을 방치 한다고, 낯선 나라에 자신을 고아로 내버려둔다고 악을 썼다. 그리 고 마지막으로 찾아온 건 가장 최악이었던 침묵의 회피였다. 더는 고함도, 애원도, 쏘아보는 눈길도 없었다.

영이 전혀 이해할 수 없었던 건 어째서 메리의 분노가 오직 영에 게만 향하는지였다. 아빠만 한국에 머무는 것도, 볼티모어의 초청 인 가족을 찾은 것도 전부 박의 계획이었다. 메리는 그걸 알면서도, 박이 명령을 내리며 영의 반발을 묵살했던 것을 모두 목격했으면 서도 어째서인지 그녀만을 비난했다. 이민 과도기에 겪는 모든 고 통—헤어짐, 외로움, 괴롭힘—을 (영이 미국에 있다는 이유로) 영 과 연상 짓는 반면, 박은 그의 소재 덕분에 한국에서의 따뜻한 기억 들—가족, 단란함, 어울림—과 함께 분류되는 듯했다. 강씨 가족 은 기다리라고 했다. 메리도 여느 이민 가정의 아이들처럼 너무 빨 리, 너무 많이 동화하는 전형적인 패턴을 따르게 될 거라고, 그때가 되면 한국어보다 영어를, 김치보다 맥도널드를 선호하게 되어 부모 가 골머리를 앓는다고 했다. 하지만 메리는 영에게도, 미국에도 전 혀 녹아들지 않았다. 심지어 친구가 생긴 뒤에도, 이따금 선심 쓰듯 영과 말해줄 때 오로지 영어만 쓰기 시작한 뒤에도 마찬가지였고, 결국 이민 초기의 연상법은 영원불변의 수학적 진리로 자리잡았다.

(박 = 한국 = 행복) 〉 (영 = 미국 = 불행)

하지만 이제 달라진 걸까? 지금 울고 있는 그녀의 딸은 엄마가 손가락으로 머리를 쓸어넘기는 걸 허락한 채 그 친밀한 행위로 마음을 달래고 있었다. 오 분, 어쩌면 십 분이 흘렀을까, 메리의 숨결이 균일한 리듬으로 느려졌고, 영은 딸의 자는 얼굴을 보게 되었다. 깨어 있을 때 메리의 얼굴은 전부 날카로운 각을 그렸다. 가느다란 콧날, 솟아오른 광대뼈, 기찻길처럼 이마를 가로지르는 이맛살. 하지만 잠이 들자 녹아내린 왁스처럼 모든 것이 부드러워져 선명했던 얼굴각이 온화한 곡선으로 누그러졌다. 뺨에 난 상처도 여려 보여서 영은 손으로 털어낼 수 있을 것처럼 느껴졌다.

영은 눈을 감고 딸의 호흡에 맞춰 숨을 쉬었다. 약간 어지럽고 낯선 기분이었다. 얼마나 많이 이렇게 곁에 누워서 딸을 안아주었을까? 백 번? 아니 천 번? 하지만 전부 오래전의 일이었다. 지난 십 년간 메리가 장시간 엄마의 손길을 허락했던 건 병원에서뿐이었다. 사람들은 시간이 지남에 따라 사라지는 부부간의 친밀감에 대한 이야기는 많이 하면서, 부부가 결혼 첫해에 갖는 성관계 횟수를 나머지 기간에 갖는 횟수와 비교하는 연구는 많이 하면서, 생후 일 년간 엄마가 아기를 안아주는 시간과 여생 동안 안을 수 있는 시간을 비교하는 연구는 하지 않았다. 아이가 유아기에서 청소년기로 넘어가는 과정에서, 젖을 먹이고 안아주고 달래면서 쌓은 익숙한 감각적 친밀감이 극적으로 소멸되는 것을 연구하는 사람은 아무도 없었다. 같은 집에 살지만 친밀감은 사라져 무관심으로 대체되고, 이따금 짜증으로 점철되었다. 그것은 중독과 같았다. 참으면서 몇 년을 버티지만 결코 완전히 끊어내지는 못한 채 내내 그리워하다가 어쩌다 한 번 조금이라도 맛을 보면, 지금의 영처럼, 점점 더 원하게 되고 마구 껄떡대게 되었다.

영은 눈을 떴다. 그녀는 메리의 얼굴에 얼굴을 가까이 대고 오래 전에 그랬던 것처럼 딸의 코에 코를 맞댔다. 딸의 따뜻한 숨결이 그녀의 입술 위로 부드러운 입맞춤처럼 불어왔다.

*

영은 저녁으로 박이 제일 좋아하는 척하는 음식을 했다. 두부와 양파를 넣고 끓인 진한 된장국. 박이 진짜 제일 좋아하는 음식은 갈빗살을 양념해 구운 갈비였다. 그들이 대학에서 처음 만났을 때부터 그랬다. 하지만 갈빗살은 버리기 직전의 저질 고기도 1파운드에 4달러가 넘었다. 반면 두부는 한 모에 2달러였으니, 쌀밥과 김치와 열두 개들이 상자가 1달러인 라면으로 남은 한 주를 때운다면 감당할 수 있는 식재료였다. 박이 병원에서 퇴원하던 날, 영이 그 된장국을 끓였고 그는 달콤한 양파와 콩 덩어리의 구수한 풍미를 폐 속 가득, 깊이 들이마셨다. 그가 국물을 한 모금 들이켠 다음 눈을 감고, 지난 사 개월 동안 아무 맛도 안 나는 병원 밥만 먹었더니 진한 맛이 그리웠다며 이제는 영의 된장국이 자신이 제일 좋아하는 음식이라고 말했다. 영은 그가 그저 체면을 차리려고 그런다는 걸 알았다. 박은 그들의 경제 사정을 수치스럽게 여겼고, 논하는 것조차 꺼렸다. 하지만 그럼에도 불구하고 한입 한입 넘길 때마다 그가 보여주는 명백한 즐거움은 영을 기쁘게 했고, 그래서 가능한 한 자주 된장국을 끓였다.

보글거리는 냄비 앞에 서서 된장 덩어리를 휘저으며 냄비 물이 진한 갈색으로 변해가는 것을 바라보던 영은 자신이 느끼는 만족감에 웃음이 났다. 그녀가 기억하는 미국에서 가장 큰 행복을 느낀 순간이 바로 지금이라는 사실에 웃을 수밖에 없었다. 객관적으로는 지금이 그녀의 미국 삶에서—아니, 그녀의 삶 전체에서—가장 저점이었다. 남편의 몸은 마비됐고, 긴장성 분열증을 앓게 된 딸은 얼굴에 상처가 나고 마음은 부서진 상태였으며, 재정이라 할 만한 것이 남아 있지 않았다. 영은 자신들의 처지가 암울하고 타인의 동정을 견딜 수 없어 절망적인 마음에 풀이 죽어 있어야 마땅했다.

그런데도 그녀를 보라. 손에 쥔 나무주걱의 감촉을 느끼며, 얇게 잘린 양파 조각들을 휘저어 수류를 일으키는 단순한 움직임을 즐겼고, 얼굴을 덮히며 은은하게 퍼지는 구수한 증기를 들이마시고 음미하고 있었다. 그녀는 보험금이 들어올 거라는 남편의 말을 머릿속에서 되풀이했고, 자신의 손을 감싸던 남편의 손길과 따뜻한 미소는 더 많이 되새겼다. 오늘 부부는 함께 웃었다. 그랬던 것이 얼마나 오래전의 일이던가? 너무 오래 기쁠 일이 없었던 탓에 그녀는 기쁨에 과민반응하게 된 것 같았고 아주 일상적인 즐거움이라 평상시라면 알아차리지도 못했을 사소한 기쁨에도 이제는 약혼이나 졸업 같은 인생의 중대사가 떠오를 만큼 축하의 분위기를 느끼게 되었다.

"행복은 상대적이에요." 폭발이 있기 며칠 전 테리사가 말했다. 그녀는 아침 잠수 시간에 조금 일찍 도착했고 영은 박이 헛간에서 준비하는 동안 안에서 기다리라고 테리사를 집안에 들였다. 마침 SAT 수업에 가던 메리와 딱 마주쳤다. "산티아고 아줌마, 안녕하세요. 안녕, 로사." 메리가 허리를 숙여 로사의 눈높이에서 눈을 맞추며 말했다. 그런 메리의 모습에 영은 제 엄마를 제외한 다른 모두에게 어쩜 저렇게 살갑게 구는지 내심 감탄했다. 메리의 목소리에 담긴 발랄한 억양이 듣기 좋았는지 로사도 반응을 보였다. 로사는 미소를 지었고, 무언가를 말하려고 안간힘을 쓰는 듯 그녀의 목구멍을 타고 끙 앓는 소리와 꾸르륵거리는 소리가 났다.

"들어봐요." 테리사가 말했다. "뭔가를 말하려는 것 같아요. 이번주 내내 이런 소리를 많이 냈어요. HBOT가 정말 효과가 있나봐요." 로사의 이마에 이마를 맞댄 테리사는 딸의 머리칼을 헝클어뜨리며 웃었다. 로사는 입술을 다물더니 뭔가를 흥얼거리다 다시 입술을 벌리고 "머" 하는 소리를 냈다.

테리사가 헉하고 놀랐다. "방금 들었어요? 애가 엄마라고 했어요."

"저도 들었어요! 로사가 엄마랬어요." 메리가 말했고, 영은 얼얼한 기분이 솟구치는 걸 느꼈다.

테리사는 쭈그리고 앉아 로사의 얼굴을 들여다보았다. "다시 한번 말해줄래, 우리 딸? 엄마, 엄마."

로사가 다시 뭔가를 흥얼거리더니 말했다. "음-마." 그러더니 또 한번, "엄마!"

"하느님, 맙소사!" 테리사는 로사의 얼굴 전체에 입을 맞췄고, 솜털같이 내려앉는 쪽쪽거림에 로사는 웃음을 터뜨렸다. 영과 메리도 웃었고, 그 순간의 경이가 파문처럼 번지며 놀라움을 공유한 그들을 한데 묶는 기분이 들었다. 테리사는 신께 감사하는 침묵의 기도를 올리듯 고개를 뒤로 젖혔고 그 순간, 영은 보았다. 테리사의 얼굴을 타고 흐르는 눈물과, 그녀의 눈을 감게 하는 행복감이 감히 담아둘 수 없을 정도로 완전해서 어금니가 보일 정도로 그녀의 입술이 활짝 벌어지는 것을 말이다. 테리사는 로사의 이마에 키스했다. 이번엔 가벼운 입맞춤이 아니라 자신의 입술에 맞닿은 딸애의 살결을 오랫동안 음미하는 키스였다.

영의 마음에 질투심이 일렁였다. 걷지도, 말하지도 못하고 미래에 대학도, 남편도, 자식도 없을 딸을 둔 여자한테 질투라니 말도 안 되는 일이었다. 테리사한테 가져야 할 마땅한 감정은 시기가 아니라 연민이라고 영은 스스로 되뇌었다. 하지만 그녀가 테리사의 얼굴에서 뿜어져나오는 그런 순수한 환희를 느껴본 것이 언제였던 가? 영이 무슨 말만 하면 메리가 인상을 쓰고, 소리를 지르고, 더 최악일 때는 모르는 사람인 척하는 근래에는 분명 그런 기억이 없었다.

테리사에게 로사가 "엄마"라고 하는 건 경이로운 성취였고, 보다 큰 행복을 느낄 만한 일이었다…… 하지만 무엇보다? 메리가 뭘 했을 때, 뭘 해야 저런 경이감을 영한테 선사할 수 있을까? 하버드나 예일에 들어가는 것일까?

그 생각에 방점을 찍기라도 하듯, 메리는 테리사와 로사한테는 다정한 인사를 건네면서 영한테는 말 한마디 없이 몸을 틀어 집을 나섰다.

얼굴이 화끈거리는 영은 테리사가 눈치챈 건 아닐까 하는 걱정이 들었다. "메리, 운전 조심해라." 그녀는 억지로 쾌활한 목소리를 내며 말했다. "저녁식사는 8시 반이야." 테리사 앞에서 한국말로 대화하는 무례를 범하지 않기 위해 영은 자신의 억양이, 다른 모든 것처럼, 메리를 창피하게 할 걸 알면서도 영어로 말했다.

영은 몸을 돌려 테리사를 쳐다보며 애써 흐뭇한 미소를 지어 보였다. "애가 너무 바빠요. SAT다, 테니스다, 바이올린이다. 벌써 대학까지 알아보고 있다면 믿으시겠어요? 요즘 열여섯 살 여자애들은 다들 그러나봐요." 그 말을 내뱉기 전부터 그녀는 입을 다물고 싶었다. 하지만 이미 만들어진 영화를 보고 있는 것처럼 나오는 말을 멈출 수가 없었다. 사실대로 말하자면, 영은 잠시나마—아주 찰나지만 상처를 주기엔 충분한 시간 동안―테리사를 괴롭히고 싶었다. 약간의 어두운 진실을 주입해 지복에 빠져 있는 테리사를 밖으로 끄집어내고 싶었다. 로사가 마땅히 하고 있어야 할 모든 일이 지금도, 앞으로도 절대 불가능할 거라는 사실을 일깨워주고 싶었다.

테리사의 얼굴은 풀이 확 죽으면서, 눈가와 입가를 위로 고정하고 있던 보이지 않는 선이 끊어진 것처럼 극적으로 축 처졌다. 그야말로 영이 바라던 반응이었지만 막상 그것을 눈으로 확인하고 나자 영은 자신이 싫어졌다.

"죄송해요. 제가 왜 그런 말을 했는지 모르겠어요." 영은 손을 뻗어 테리사의 손에 얹었다. "제가 너무 무심했어요."

테리사가 고개를 들었다. "괜찮아요." 그녀는 말했다. 영의 못 믿겠다는 얼굴이 보였는지 테리사는 미소를 지으며 영의 손을 꼭 붙잡았다. "정말이에요, 영. 진짜 괜찮아요. 로사가 처음 아팠을 때는 저도 힘들었어요. 또래 여자애들을 볼 때마다 '우리 로사도 저래야 하는데, 우리 로사도 축구를 하고, 파자마 파티에 가야 하는데' 하고 생각했죠. 그러다 어느 순간," 그녀는 로사의 머리칼을 쓸어 넘겼다. "전부 받아들이게 됐어요. 애가 다른 애들과 같기를 바라지 않는 법을 배우게 된 거죠. 이젠 저도 다른 엄마들이랑 똑같답니다. 좋은 날이 있으면 나쁜 날도 있고, 어떨 땐 좌절했다가, 애가 저를 웃게 하는 일을 하거나 지금같이 한 번도 한 적 없는 새로운 행동을 하면 세상이 다 아름다워 보이고, 뭐 그런 거죠."

영은 고개를 끄덕였지만 진정으로 이해할 수는 없었다. 그 어떤 객관적 지표로 보아도 힘겹고 비극적일 수밖에 없는 테리사가 어떻게 행복해 보일 수 있는지, 어떻게 행복할 수 있는지 말이다. 하지만 지금 이 순간, 저녁식사를 위해 남편의 뺨에 입을 맞춰 잠을 끼우고, 남편이 미소를 지으며 "내가 제일 좋아하는 거 했네 냄새가 끝내주는걸" 하고 말하는 걸 본 순간, 영은 이해했다. 수많은 연구가 증명하듯, 세상에서 가장 행복해야 할 부유하고 성공한 사람들—CEO들, 복권 당첨자들, 올림픽 챔피언들—이 실제로는 그렇지 않고, 가난하고 장애를 가진 사람들이 반드시 가장 우울한 건 아니었다. 사람들은 각자의 삶에 적응했고, 어떤 성취나 고난도 그 사람이 감당할 수 있는 수준으로 일어나며, 그에 따라 기대를 조절할 수 있었다.

박을 깨운 뒤 영은 메리의 잠자리로 걸어가 바닥에 발을 두 번 굴렀다—있지도 않은 프라이버시라는 환상을 강화하는 그들만의 노크법이었다. 그런 뒤에 샤워 커튼을 열었다. 메리는 아직 자고 있었다. 머리카락은 풀어헤쳐져 있었고, 입은 젖을 갈망하는 아기처럼 벌어져 있었다. 얼마나 유약해 보이던지 영은 폭발 직후 몸이 구겨지고 뺨에서는 피가 줄줄 흐르던 딸의 모습이 떠올랐다. 영은 그 이미지를 지워버리기 위해 눈을 깜빡인 뒤 딸 옆에 무릎을 꿇고 앉았다. 딸의 관자놀이에 입술을 댔다. 눈을 감고 입술을 좀더 대고 있으면서, 입술에서 느껴지는 메리의 피부와 그 아래서 고동치는 혈액의 리듬을 음미하며 얼마나 더 오래 이렇게 지낼 수 있을지, 얼마나 더 오래 딸과 살과 살로 이어질 수 있을지 생각했다.

메리 유

그녀는 엄마의 목소리에 잠에서 깼다. "매희야, 일어나라. 저녁 먹어야지." 말의 의미와는 반대로 실은 일어나지 않았으면 하는 건지 속삭이는 소리로 말하고 있었다. 메리는 눈을 감은 채 내면에서 솟구치는 혼란을 애써 잠재우며 엄마가 부드러운 어조로 "매희"라고 부르는 소리를 듣고 있었다. 지난 오 년간 엄마는 싸우는 와중에 화가 났을 때만 한국 이름으로 그녀를 불렀다. 사실 지난 한 해 동안은 '매희'라는 이름을 전혀 입에 올리지 않았다. 폭발 이후로 엄마는 지나치게 다정해졌고, 그녀를 오직 '메리'로만 부르기 시작했다.

재밌는 건 메리가 자신의 영어 이름을 싫어한다는 것이다. 늘 그랬던 건 아니다. (대학에서 영문학을 전공했고 아직도 원서를 읽는) 엄마가 '매희'와 가장 비슷한 이름으로 '메리'를 제안했을 때 그녀는 자신의 이름과 비슷한 음절로 시작하는 영어 이름을 찾은 것에 신이 났다. 서울에서 뉴욕에 이르는 열네 시간의 비행 동안—

유매희로 사는 마지막 시간 동안—그녀는 새 이름 쓰는 걸 연습해 보느라 M-A-R-Y라는 글자로 종이 한 장을 가득 채웠고, 정말 예뻐 보이는 글자라고 생각했다. 비행기가 착륙한 뒤, 그녀를 '메리 유'로 칭하는 출입국 관리 직원이 이국적으로 혀를 굴려 그녀의 한국인 혀로는 도저히 흉내낼 수 없는 'r' 발음을 했을 때, 그녀는 이제 막 고치를 뜯고 나온 나비가 된 것처럼 조금은 어지럽고 황홀한 기분이 들었다.

하지만 볼티모어주에 있는 새로운 중학교에 다닌 지 이 주쯤 되었을 때, 선생님이 출석을 부르는 중에 한국 친구들이 보낸 편지를 몰래 읽고 있던 그녀는 자신의 새 이름이 호명되는지 모르고 대답을 하지 못했다. 반 아이들은 킥킥거리기 시작했다. 그 순간, 갓 태어난 나비가 된 것 같던 기분은 둥근 구멍 안에 억지로 끼워맞춰지는 네모가 된 것처럼 심각한 부조화 감정으로 대체되었다. 그날 오후 학생 식당에서 여자애 둘이 그 장면을 재현했고, 라면 머리를 한 여자애가 점점 고조되는 목소리로 그녀의 새 이름을 계속 불러댔다. "메리 유? 메에-리 유우우? 메에에-리이이이? 유우우우우?" 망치로 얻어맞은 것처럼, 그녀의 각진 모서리들이 산산조각났다.

그녀도 물론 이름은 아무 잘못이 없다는 것을 알았다. 진짜 문제는 새 나라의 언어와 관습과 사람들을 몰랐다는 것, 아무것도 몰랐다는 것이었다. 하지만 새 이름을 새로운 자아와 따로 떼놓고 보기는 어려웠다. 한국에서 매희는 수다쟁이였다. 친구들과 수다를 떨다가 계속 혼날 일이 생겼고, 그럴 때마다 말로 따져서 대부분의 처벌을 피했다. 그녀의 새로운 자아 메리는 말없는 수학 괴짜였다. 낮은 기대치라는 껍질이 침묵과 순종과 고독이라는 알맹이를 단단히 감싸고 있었다. 한국 이름을 버린 것이 마치 삼손의 머리칼을 잘

라버린 것처럼 그녀를 나약하게 했고, 대체된 새 이름과 함께 찾아온 온순한 페르소나는 그녀가 알아볼 수도, 좋아할 수도 없는 것이었다.

그녀의 엄마가 처음 그녀를 '메리'라고 부른 건 출석/학생 식당 사건으로부터 일주일이 지났을 때로, 그녀가 초청인 가족의 식료품점에 처음 가본 날이었다. 엄마를 이 주 동안 훈련시킨 강씨 부부는 엄마가 가게 운영을 전적으로 맡을 준비가 됐다고 여기는 듯했다. 가게에 가보기 전에 메리는 세련된 슈퍼마켓을 상상했는데, 미국의 모든 것은 인상적이어야 했고, 그래서 그들이 미국으로 이주한 것이었기 때문이다. 하지만 차에서 내리자마자 그녀는 깨진 병 조각과 담배꽁초와 보도 위에서 너덜너덜한 신문지를 덮고 자는 사람을 피해 요리조리 발을 내디뎌야 했다.

가게 전면은 크기나 모양 면에서 화물 엘리베이터를 닮아 있었다. 식료품들이 진열된 금고 형태의 공간과 손님들 사이에는 두꺼운 유리판이 가로놓여 있었고, 조그만 회전문이 설치된 계산 창구에는 팻말이 줄지어 붙어 있었다. 방탄유리 설치됨, 손님은 왕이다, 아침 6시 개점/밤 12시 폐점, 연중무휴. 그녀의 엄마가 총알을 막아주고 냄새도 막아주는 것 같은 문을 열자마자 진한 햄냄새가 메리의 코끝을 훅 스쳤다.

"아침 6시부터 자정까지라고? 매일?" 메리는 안으로 발을 들이기도 전에 말했다. 엄마는 강씨 부부를 향해 어색한 미소를 지어 보이더니 메리를 끌고 아이스크림 냉동고와 햄 절단기를 지나 좁은 통로로 걸어갔다. 가게 안쪽에 이르자 메리가 엄마에게 맞섰다. "언제부터 알았어?" 그녀가 물었다.

엄마의 얼굴이 고통으로 일그러졌다. "매희야, 나도 여태껏 강씨네가 도와줄 사람이 필요한 줄 알았어. 어젯밤에야 저들이 은퇴를 하려고 이 일을 계획했다는 걸 알게 된 거야. 내가 일주일에 한 번 도와줄 사람을 구할 생각은 없냐고 했더니 네 학교를 보내주고 나면 그럴 형편이 안 된다." 뒤로 한 발짝 물러선 엄마가 문을 열자 벽장이 나왔다. 콘크리트 바닥을 거의 다 뒤덮은 매트리스가 그 안을 꽉 채우고 있었다. "여기에 내 잠자리도 마련해줬어. 매일 밤은 아니고, 집까지 운전하기 너무 피곤한 날에만 여기서 자면 돼."

"그럼 나도 여기서 같이 지내면 안 돼? 여기 학교 다니고, 학교가 끝나면 엄마 일을 도와줄 수도 있잖아." 메리가 말했다.

"그건 안 돼. 이 동네 학교들은 최악이란 말이야. 그리고 밤에는 이 동네에 얼씬거릴 생각도 하지 마. 너무 위험해, 갱들도 있고……" 엄마는 입을 다물고 고개를 내저었다. "강씨 부부가 주말에 한 번씩 너를 데리고 와줄 수 있기는 한데 여긴 그 집에서도 많이 머니까…… 우리가 너무 폐만 끼칠 순 없잖니."

"우리가 폐를 끼친다고, 저 사람들한테?" 메리가 말했다. "엄마를 무슨 종 부리듯 하는 건 저 사람들이야. 엄마는 그러라고 내버려두는 거라고. 난 우리가 왜 미국에 왔는지도 모르겠어. 미국 학교가 뭐가 그렇게 대단한데? 여기선 내가 4학년 때 배운 수학을 이제 배운다고!"

"지금 힘들다는 거 엄마도 알아." 엄마가 말했다. "하지만 다 네 미래를 위한 거야. 그러니까 받아들이고 최선을 다해야지."

메리는 맞서 싸우길 거부하고 굴복하는 엄마한테 한바탕 퍼붓고 싶었다. 한국에서 아빠가 처음 계획을 얘기했을 때도 엄마는 똑같았다. 메리는 엄마도 아빠의 계획을 싫어한다는 걸 알았지만—그들이 다투는 소리를 여러 번 들었다—결국 엄마는 굴복해버렸다.

여태 늘 그래왔던 것처럼, 지금 또 그러는 것처럼.

메리는 아무 말도 하지 않았다. 그리고 한 걸음 물러나 눈을 가늘게 뜨고 엄마를, 기도하는 사람처럼 두 손을 맞댄 채 손가락 사이에 생긴 주름으로 뚝뚝 떨어지는 눈물을 받아내고 있는 여자를 더 똑똑히 쳐다보았다. 메리는 등을 돌리고 걸어나왔다.

강씨 부부는 은퇴를 기념하기 위해 자리를 떴지만 메리는 그날 남은 하루를 가게에서 보냈다. 엄마한테 너무 화가 나서 일을 도와주고 싶은 마음이 들지는 않았지만 엄마가 가게를 돌보는 숙련도와 활력에 깊은 감명을 받지 않을 수 없었다. 불과 이 주간 일을 배웠을 뿐인데, 엄마는 거의 모든 손님과 안면을 텄고 억양이 강하고 머뭇거리기는 해도 메리보다 훨씬 나은 영어로 이름을 불러가며 손님들을 맞이하고 그들 가족의 안부를 물었다. 여러모로 엄마는 손님들의 엄마 같았다. 그들이 원하는 것을 예측했고, 다정하다못해 애교 섞인 듯한 웃음으로 그들의 기분을 띄워주었고, 그러면서도 필요할 때는 단호해져서 일부 손님들에게 푸드 스탬프로는 담배를 살 수 없다고 콕 집어 말하기도 했다. 그런 엄마를 보고 있자니 메리는 엄마가 사실 여기 있는 걸 좋아하는 건 아닐까 하는 생각이 들었다. 그래서 그들이 여기 머무르게 된 것일까? 가게를 돌보는 게 그저 그녀의 엄마로 남는 것보다 훨씬 더 보람 있는 일이라서?

늦은 오후, 여자애 둘이 가게로 들어왔다. 동생은 다섯 살쯤 돼 보였고 언니는 메리의 나이였다. 그녀의 엄마는 곧바로 문을 열어주었다. "아니샤, 토샤. 너희 둘 다 오늘 정말 예쁘구나." 그렇게 말하며 엄마는 소녀들을 꼭 안아주었다. "여기는 내 딸, 메리야."

메리. 익숙하고 듣기 좋은 엄마의 경쾌한 말투로 발음된 그 이름은 여태 한 번도 들어본 적 없는 단어처럼 이질적으로 들렸다. 부자연스러웠다. 옳지 않은 말처럼. 메리는 말없이 그 자리에 멀뚱히 서 있었고, 다섯 살짜리는 그런 그녀를 향해 미소 지으며 말했다. "나, 언니 엄마 좋아. 언니 엄마가 나한테 사탕 줬어." 엄마는 웃음을 터뜨리고 꼬마에게 사탕을 건네며 이마에 입을 맞췄다. "맨날 온다 했더니 그것 때문이었구나."

꼬마의 언니는 메리의 엄마에게 말했다. "저 있잖아요. 오늘 수학 시험에서 A 받았어요." 그러자 엄마는 "우와! 내가 뭐랬니, 너도 할 수 있댔잖아"하고 말했고, 여자애는 메리한테 "너희 엄마가 이번주 내내 나한테 긴 나눗셈 푸는 법을 가르쳐주셨어"라고 말했다.

아이들이 떠난 뒤 엄마가 말했다. "쟤들 정말 사랑스럽지 않니? 쟤들만 보면 너무 안됐어. 아버지가 작년에 돌아가셨대."

메리는 여자애들을 불쌍하게 생각해보려고 했다. 그리고 이렇게나 인정 많고 사랑받는 여인이 자신의 엄마라는 데 자부심을 느껴보려고 했다. 하지만 머릿속에는 온통 저 여자애들은 매일 엄마를 보고 안아볼 수 있는데 자신은 그럴 수 없다는 생각뿐이었다. "그렇게 문을 함부로 열면 위험하잖아." 메리는 말했다. "아무한테나 문을 열어주고 안으로 들일 거면 뭐하러 방탄 문을 설치하는데?"

엄마는 한참 동안 그녀를 바라보았다. "매희야"하고 말하며 그녀를 팔로 감싸안으려고 했다. 메리는 한 발짝 물러서며 엄마의 손길을 피해버렸다. "이제 내 이름은 메리야." 그녀가 말했다.

*

그날부터 메리는 엄마를 '엄마Um-ma' 대신 '맘Mom'이라고 부르기 시작했다. 그녀의 '엄마'는 보드라운 스웨터를 떠주던 사람, 학교가 파하고 집에 오면 보리차를 건네며 반겨주던 사람, 그날 무슨 일이 있었는지 재잘거리는 얘기를 들어주며 같이 공기놀이를 하던 사람이었다. 그리고 '엄마'가 싸주던 도시락. 학교에서 '엄마'의 정성어린 점심 도시락을 부러워하지 않는 사람이 없었다. 가시를 바른 두툼한 생선구이 한 조각, 눈 덮인 화산에서 샛노란 노른자 용암이 분출하는 것처럼 하얀 쌀밥 위에 완벽하게 덮인 달걀 프라이, 단무지와 당근을 넣어 둘둘 만 김밥, 그리고 인형 베개만한 유부 주머니 속에 달콤한 찰밥을 채워넣은 유부초밥.

이제 그 '엄마'는 사라졌고, 대신 그녀를 남의 집에 홀로 내버려두는 여자, 남자애들이 자기 딸을 '멍청한 짱깨'라고 부르는 것도 모르는 여자, 여자애들이 딸의 면전에서 킥킥대는 것도 모르는 여자, 자기 딸이 메리는 누구이고 매희는 어디로 가버렸는지 알 수 없어 혼란스러워하는 것도 알지 못하는 여자, '맘'만 있었다.

그래서 그날 가게를 나설 때 메리는 한국말로 "안녕히 계세요"라고—거리감을 주려고, 모르는 사람한테나 쓸 법한 예의를 차린 말을 골라서—말한 뒤 엄마의 눈을 똑바로 쳐다보면서 '엄마' 대신 '맘'이라고 말했다. 엄마의 얼굴에 상처가 서린 것을 보았다. 엄마가 뺨이 핼쑥해지면서 항의하려는 듯 입술을 벌렸다가 곧바로 체념하고 입을 다무는 모습을 지켜보면서, 메리는 기분이 나아질 줄 알았지만 그렇지가 않았다. 눈앞이 기우뚱거리는 것 같았다. 울고 싶어졌다.

다음날, 엄마가 가게 일을 완전히 혼자서 떠맡기 시작했고, 가게에서 자는 일도 부쩍 늘었다. 메리는 적어도 머리로는 이해했다. 집으로 운전해 오는 데 삼십 분을 허비하느니 조금이라도 더 눈을 붙이는 게 나을 것이다. 더군다나 메리가 깨어 있지도 않을 바에는 말이다. 하지만 그랬던 첫날밤에 메리는 침대에 누워서 난생처음으로 온종일 엄마의 얼굴을 보지도 못하고 엄마와 말하지도 못한 채 지나가버린 그 하루를 곱씹으며 엄마를 미워하게 되었다. 엄마가 엄마라서, 엄마를 미워하게 하는 이곳으로 자신을 데려와서 메리는 엄마가 미웠다.

그것이 메리가 보낸 침묵의 여름이었다. 캘리포니아 아들네로 떠난 강씨 부부가 두 달간 집을 비웠고, 남겨진 메리는 학교도, 여름 캠프도, 친구도, 가족도 없이 혼자였다. 그녀는 자유를 만끽해보려고 했다. 여느 열두 살 소녀가 꿈꾸는 대로 방해하는 부모나 형제자매 없이 온종일 하고 싶은 걸 하고, 먹고 싶은 걸 먹고, 보고 싶은 걸 볼 기회라고 혼자 되뇌었다. 게다가 강씨 부부가 여행을 떠나기 전에도 메리가 그들과 자주 마주쳤던 건 아니었다. 그들은 조용했고 간섭하는 일이 없었으며 각자 자기 할 일을 하면서 절대 그녀를 방해하지 않았다. 그러니 혼자 있다고 해서 크게 달라질 건 없을 것 같았다.

하지만 타인이 만들어내는 소리에는 뭔가가 있었다. 꼭 말소리가 아니어도 그냥 생활의 소음들, 이를테면 삐걱이는 계단 소리, 흥얼거리는 소리, TV 보는 소리, 달가닥거리는 접시 소리. 그런 것들이 그녀의 외로움을 집어삼켰다. 그 소리가 사라지자 그리워졌다. 그것들의 부재가, 그에 따른 완전한 적막이 너무도 뚜렷하게 느껴졌다.

그것이 메리와 함께했다. 그녀는 사람을 못 본 채 며칠을 보냈다. 엄마가 매일 밤 집에 오기는 했지만 새벽 1시가 넘어서야 돌아왔고 동이 트기 전에 집을 나섰다. 그러니 엄마를 전혀 볼 수 없었다.

하지만 엄마의 소리는 들었다. 매일 밤 집에 돌아오면 그녀의 방에 들어와 그녀가 벗어놓은 지저분한 옷더미를 밟고 서서 이불을 덮어주며 입을 맞췄고, 어떤 밤에는 침대맡에 앉아 한국에서 그랬던 것처럼 손가락으로 그녀의 머리칼을 한없이 쓸어내렸다. 보통 메리는 그때까지 잠들지 못하고 엄마가 한밤중에 방탄유리로 된 가게문을 나서다 총에 맞는 모습에 사로잡힌 채 깨어 있을 때가 많았다. 진짜 가능성이 있는 일이었고, 엄마가 메리를 가게에 오지 못하게 하는 주된 원인이었다. 엄마가 까치발을 하고 복도를 지나는 소리가 들리면 안도와 분노의 복합적인 감정이 메리 안에 흘러넘쳤다. 아무 말도 하지 않는 게 최선일 것 같아 그녀는 자는 척했다. 눈을 감고 미동도 하지 않은 채 심장의 고동이 느려지고 잠잠해지길 기다리며 이 순간이 계속되기를, 엄마가 다시 '엄마'로 돌아온 것을 기뻐할 수 있기를, 그래서 잊힌 모녀간의 정을 음미할 수 있기를 바랐다.

그랬던 것이 오 년 전의 일로, 강씨 부부가 돌아오고 엄마가 다시 가게에서 잠을 청하기 이전의 일이었고, 메리의 영어가 유창해져 학교에서의 괴롭힘이 뜸해지기 전이었고, 마침내 미국에 온 그녀의 아빠가 그들을 또다시 이방인이 된 기분이 들게 하는 곳으로, 사람들이 어디서 왔느냐고 물어보는 곳으로, 그래서 볼티모어라고 대답하면 "아니, 진짜로 어디서 왔냐고?" 하고 되묻는 곳으로 데려가기 전이었다. 담배와 맷이 있기 전이었다. 폭발 전이었다.

하지만 그들은 또다시 돌아왔다. 손으로 메리의 머리칼을 쓸어넘기는 엄마와 잠든 척하는 메리로 말이다. 몽롱한 잠결에 메리는 볼티모어로 되돌아간 기분이 들었고, 그 수많은 밤에 자신이 사실 잠들지 않고 깨어 있었다는 걸, '엄마'의 귀가를 애타게 기다렸다는 걸 엄마는 알았을까 생각했다.

"여보Yuh-bo, 저녁 식어." 메리의 아빠 목소리가 들려와서 분위기가 깨졌다. 엄마는 "알았어, 나가" 하고 대답한 뒤 그녀를 가볍게 흔들며 말했다. "메리, 저녁 다 됐어. 얼른 나와, 알았지?"

메리는 이제 막 잠에서 깬 것처럼 눈을 깜빡이며 무어라고 중얼거렸다. 그녀는 엄마가 나가고 커튼이 닫힐 때까지 기다렸다가 천천히 일어나 앉아서 자신이 어디에 있는지 떠올리고 자신을 둘러싼 환경을 이해하는 데 집중했다. 미라클 크리크, 볼티모어도 아니고 서울도 아닌 곳. 맷. 화재. 재판. 헨리와 킷의 죽음.

즉시, 불길에 휩싸인 헨리의 머리와 킷의 가슴팍 이미지가 그녀의 사고 회로로 다시 밀려들었고, 또다시 뜨거운 눈물이 차올라 눈알이 따끔거렸다. 일 년 내내 메리는 그들과 그날 밤의 일을 떠올리지 않으려 부단히 애썼다. 하지만 오늘, 그들의 최후에 대한 이야기를 들으며 그들의 고통을 상상하자 그 이미지들이 두뇌에 이식된 바늘처럼 몸을 살짝만 움직여도 그녀를 콕콕 찔러댔고, 눈알 뒤로 뜨거운 백색 섬광을 쏘아댔다. 그녀는 그저 입을 벌리고 비명을 질러 압박을 덜어내고 싶었다.

맷 옆에 법원에서 집어온 신문이 눈에 띄었다. 현대판 '친애하는 어머니'* 살인 사건 오늘 첫 공판이라는 헤드라인이 붙은 오늘자 조간이었다. 사진 속에는 멍한 미소를 짓고 있는 헨리와 고개를 살짝 기울인 채 예뻐 죽겠다는 표정으로 헨리를 바라보는 엘리자베스가 보였다. 메리가 HBOT에서 늘 봐왔던 모습 그대로였다. 언제나 헨

---

* 할리우드의 유명 배우였던 조앤 크로퍼드의 수양딸인 크리스티나 크로퍼드가 쓴 회고록의 제목. 크리스티나는 조앤이 알코올중독자였으며 양육에는 무관심했고 자신을 포함한 다른 입양아들을 학대했다고 폭로했다. 회고록을 바탕으로 한 동명의 영화가 제작되기도 했다.

리를 옆에 꼭 끼고 머리를 쓰다듬으며 무언가를 함께 읽던 그 모습. 오직 아이만을 위한 그녀의 헌신을 지켜보면서 메리는 한국에서의 '엄마'를 떠올렸고 가슴 한쪽에 찌릿한 통증을 느꼈다.

물론, 그건 다 속임수였다. 속임수여야만 했다. 헨리가 산 채로 타 죽었다는 맷의 증언을 들으면서도 눈 하나 깜짝하지 않고, 울지도 않고, 절규하거나 도피하지 않은 엘리자베스의 태도로 볼 때 분명했다. 자식에게 일말의 애정이라도 남아 있는 엄마라면 그럴 수는 없었다.

메리는 다시 사진을 보았다. 지난여름 아들을 사랑하는 척하면서 몰래 죽일 계획을 세웠던 여자를, 산소가 나오는 잠수함 안에 아들이 있다는 걸 알면서도 산소관 바로 아래 담뱃불을 놓은 사이코패스를. 그리고 그녀의 불쌍한 아들 헨리를, 그 아름다운 소년을, 아이의 가냘픈 머리칼을, 연약한 유치를, 그런 아이를 통째로 삼켜버린……

그만. 메리는 눈을 질끈 감고 고개를 흔들었다. 양옆으로, 세게, 더 세게, 목이 뻐근해지고, 방안이 빙빙 돌고, 세상이 지그재그로 움직이다 위아래가 뒤집히는 기분이 들 때까지. 머릿속에 아무것도 남아 있지 않을 때쯤에는 더 앉아 있을 수도 없게 되어 매트 위로 쓰러졌고 베개에 얼굴을 파묻었다. 눈물이 베개 솜을 축축하게 적시도록 그녀는 가만히 있었다.

엘리자베스 워드

처음 그녀가 아들을 고의로 해한 건 육 년 전, 헨리가 세 살 때였다. 그녀의 가족은 막 워싱턴 D.C. 외곽에 있는 새집으로 이사했다. 그들의 판에 박힌 전원주택은 따로 떼놓고 보면 봐줄 만했지만, 여러 채를 모아놓고 보면 비좁은 땅 위에 길쭉한 잔디밭 하나를 경계로 쌍둥이 전원주택들이 따닥따닥 붙어 있는 꼴이라 우스꽝스럽기 그지없었다. 엘리자베스는 딱히 교외를 선호하는 편은 아니었으나 당시 그녀의 남편이었던 빅터가 도시는 싫고("너무 시끄러워!") 시골도 싫다고("너무 멀어!") 거부하면서 (두 개의 공항에 인접하고 세 개의 '명문' 유치원이 가까운) 이 집이 생각해볼 필요도 없는 그들의 집이라고 선언했다.

이사온 첫 주에 이웃인 셰릴이 가까운 이웃들을 초대해 파티를 열었다. 엘리자베스가 헨리를 데리고 안으로 들어서자 말 머리가 달린 막대기와 토마스 기차와 〈카〉에 나오는 자동차를 가지고 노는 아이들이 동굴 같은 지하실을 누비며 (신나서인지 무서워서인지 아니면 아파서인지 알 수 없는) 비명을 지르고 있었다. 구석에 마련된 바에 모인 부모들은 와인잔을 들고 어린이 펜스 너머에서 노는 자녀들을 동물원 우리 안에 갇힌 동물을 보듯 지켜보면서 소음을 뚫고 대화를 나누기 위해 서로 몸을 기대고 있었다.

몇 발짝 만에 헨리가 손바닥으로 귀를 막으며 소리를 질렀고, 높은 비명이 난장판을 가로질렀다. 모두의 시선이 일제히 처음에는 헨리에게, 그리고 곧이어 아이 엄마인 엘리자베스에게 쏟아졌다.

엘리자베스는 몸을 틀어 헨리를 꼭 껴안으며 아이 얼굴을 자기 가슴팍에 묻어 비명을 덮었다. "쉬이이잇" 소리를 반복하며 그녀는 아들이 비명을 그칠 때까지 머리를 토닥였다. 그런 뒤 이웃들을 향해 몸을 틀며 말했다. "죄송해요. 우리 애가 소음에 아주 민감해서요. 게다가 이사며 짐 풀기까지, 너무 벅찼나봐요."

어른들은 미소를 지으며 진부한 말을 쏟아냈다. "당연하죠." "걱정 말아요." "우리도 다 겪은 일이랍니다." 한 남자는 헨리에게 "나도 한 시간 내내 너처럼 소리지르고 싶었는데, 나 대신 맘껏 질러줘서 고맙다, 친구" 하고 말한 뒤 정말로 온화하고 마음을 북돋아주는 미소를 지어 보였고, 엘리자베스는 그를 끌어안으며 긴장을 풀어준 데 감사하고 싶었다. 셰릴이 어린이 펜스를 열고 안에 있는 어른들은 내보낸 뒤 노래하듯이 말했다. "자, 애들아, 새 친구가 왔어. 우리 다들 자기소개를 해볼까?"

아이들이 하나씩 하나씩, 걸음마를 떼기 시작한 아이부터 유치원생까지 이름과 나이를 묻는 셰릴의 질문에 답했고, 심지어 자기 이름을 '베스트'로 발음하는 막내 '베스'도 작은 검지를 펴서 제 나이를 밝혔다. 셰릴은 헨리를 쳐다봤다. "잘생긴 왕자님, 이제 네 차례야." 이에 아이들이 킥킥거렸다. "네 이름은 뭐니?"

엘리자베스는 이들이 "헨리요. 저는 세 살이에요"라고 대답해주길 바랐다. 아니면 적어도 그녀의 치맛자락으로 얼굴을 숨겨서 "헨리는 낯을 많이 가려요" 하고 그럴듯한 핑계라도 댈 수 있게 해주길 바랐다. 그러면 주위 엄마들이 곧바로 "어머나, 귀엽기도 해라" 하고 입을 모을 것이다. 그러나 그런 일은 일어나지 않았다. 헨리의 얼굴은 그저 멍했다. 멍하니 딴 곳을 바라보고 눈은 허공을 향하고 입은 떡 벌어져서 아무 성격도, 지능도, 감정도 없는 껍데기처럼 보였다.

엘리자베스는 헛기침을 한 뒤 말문이 막힐 정도의 묵직한 창피함을 내색하지 않고 애써 대수롭지 않은 목소리로 말했다. "우리애 이름은 헨리예요. 세 살이랍니다." 막둥이 베스가 아장아장 걸어와서 "안녕, 헨-위" 하고 말을 걸자 어른들이 제각기 다양한 말투로 "오오오, 정말 사랑스럽지 않나요?" 하고 말하다가 다시 구석으로 되돌아가 수다를 이어가며 엘리자베스에게 술을 건네기에 그녀는 이 엄청난 어색함을 자기만 느끼는 건가 의아스러웠다. 그게 가능한 걸까?

그러기를 오 분쯤, 엘리자베스가 다른 사람들과 어울리는 사이 헨리는 한곳에 조용히 서 있기만 했다. 다른 애들과 놀지도 않았고 혼자 노는 것처럼 보이지도 않았지만, 적어도 이목을 끄는 행동은 하지 않았다. 그게 중요했다. 엘리자베스는 와인을 들이켰고, 와인의 차가운 산미가 목구멍을 부드럽게 지나 위장을 따뜻하게 데웠다. 보이지 않는 반구가 그녀를 에워싼 듯한 기분 덕분에 아이들이 저멀리 비현실적으로, 마치 영화처럼 느껴졌고, 그들이 만들어낸 불협화음도 잦아들어 기분좋은 웅성거림으로 들렸다.

그 순간이 깨져버린 건 셰릴이 "가엾은 헨리. 애가 도통 어울리지를 못하네" 하고 말했을 때였다. 그날 저녁, (컨퍼런스 참석차 그 달에만 벌써 세번째로 L.A.에 가 있는) 빅터의 전화를 기다리면서 엘리자베스는 그 순간을 다르게 모면하는 상상을 계속했다. "애가 피곤해서요. 낮잠 잘 시간이라" 하고 말한 뒤 자리를 뜰 수도 있었고, 헨리가 애착을 보이던 아기 음악 장난감을 쥐여주어 딱히 다른 아이들과 함께 노는 건 아니더라도 곁에서 노는 것처럼 보이게 할 수도 있었다. 셰릴이 헨리를 끼워주기 위한 게임을 시작했을 때, 엘리자베스는 분명 개입했어야 했다.

엘리자베스는 그날 서서히 몽롱한 무감각 상태로 빠져드는 술기운에 정신이 혼미해져 대책 없이 손을 놓고 있었던 자신을 며칠이고 책망했다. 셰릴과 그녀의 남편이 1.5미터 간격으로 서서 두 손을 위로 맞잡고 문을 만들 때까지도 엘리자베스는 계속 와인만 마셔댔다. 누구도 규칙을 설명해주지 않았지만 간단해 보이는 그 게임은 셰릴 부부가 "뛰뛰빵빵" 하면서 양팔을 들어올리면 아이들이 뛰어서 그들의 팔이 내려오기 전에 문을 통과하기만 하면 되는 것이었다. 엘리자베스는 그게 뭐가 재밌다는 건지 알 수 없었지만 애들은 물론 그 부모들까지도 모두 깔깔대며 웃고 있었다.

문이 열리고 닫히고가 몇 차례 반복된 뒤 셰릴이 말했다. "헨리, 너도 해보지 않을래? 지-인짜 재밌어." 헨리와 같은 세 살짜리 남자애 하나가 손을 내밀었다. "이리 와. 같이 뛰자."

헨리는 소년의 손이 안 보이고 목소리도 안 들린다는 듯이, 그 무엇도 그의 감각을 자극하지 못한다는 듯이 가만히 서서 아무런 반응도 하지 않았다. 그저 골똘히 천장만 올려다볼 뿐이어서 그 자리에 있던 사람 절반이 위에 뭐 재미있는 게 있는지 보려고 고개를 쳐들기까지 했다. 그때 모두를 등지고 돌아선 헨리가 땅바닥에 주저앉아 몸을 앞뒤로 흔들기 시작했다.

모두가 그대로 멈춰서 쳐다보기만 했다. 오랜 시간은 아니었다. 삼 초, 길어야 오 초. 하지만 그 순간의 무언가가, 헨리의 움직임을 제외한 절대적인 고요와 정적이 시간을 늘여놓았다. 그때까지만 해도 엘리자베스는 사고를 당하면 시간이 멈추고 그동안 살아온 인생이 눈 깜짝할 새에 눈앞을 스친다는 터무니없는 말을 전혀 이해하지 못했지만 그때가 딱 그런 순간이었다. 몸을 흔드는 헨리를 바라보고 선 그때, 엘리자베스의 머릿속에는 그녀 인생의 장면들이 필름을 이어붙인 영화처럼 재생되었다. 신생아 헨리가 엄마젖을 거부하며 모유를 머금고 몸부림치던 것. 삼 개월 된 헨리가 네 시간을 내리 울어대던 것. 고객과 늦은 저녁 약속을 마치고 귀가한 빅터가 부엌바닥에 쓰러져 울고 있는 그녀를 발견했던 것. 십오 개월 된 헨리가 또래 놀이집단 가운데 유일하게 기지도, 걷지도 못한 아이였는데, 이미 뛰고 짧은 문장을 구사하는 여자애의 엄마가 "신경쓰지 마세요. 애들은 다 제 속도대로 큰대요"라고 말하던 것. (웃겼다, 어쩌면 조숙한 아이를 둔 엄마들은 하나같이 내 아이는 '잘났다'는 우쭐한 미소를 번뜩이면서 입으로는 자녀의 발달 속도를 전혀 걱정할 것 없다는 미덕을 주창하는지 말이다.) 두 살이 되어서도 헨리의 말문은 트이지 않았지만, 빅터의 어머니는 헨리의 생일파티에 와서 "아인슈타인은 다섯 살까지도 말을 못했대요!" 하고 떠들고 다녔다. 헨리는 한 주 전에 있었던 세 살 건강검진에서 눈맞춤을 하지 않았고, 소아과 의사는 'ㅈ'으로 시작하는 공포의 단어를 꺼냈다. ("지금 당장 자폐로 진단하진 않겠지만 검사를 받아봐서 나쁠 건 없죠.") 어제, 조지타운 대학병원의 예약 담당 직원이 자폐 검사 예약이 이미 팔 개월 치가 차 있다고 했을 때, 엘리자베스는 일 년 전에 전화하지 않은 자신에게 화가 났다. 이제 와 말하지만 뭔가 이상하다고 느꼈던 건 이 년 전이었다, 제기랄. 그녀도 물론 알고 있었지만 그저 기도하고, 부정하고, 빌어먹을 아인슈타인 이야기만 해대면서 시간을 낭비해버린 거였다. 그리고 지금, 그녀의 아들 헨리가 새로운 이웃들 앞에서 몸을 앞뒤로—왔다갔다!—흔들어대고 있었다.

셰릴이 정적을 깼다. "헨리는 지금 놀고 싶은 기분이 아닌가보다. 자, 다음은 누구 차례지?" 그녀의 목소리에는 억지로 꾸며낸 게 분명한 태평함과 가짜 활기가 묻어났고 엘리자베스는 셰릴이 헨리 때문에 당황했다는 걸 깨달았다.

모두가 등을 돌리고 각자 다시 게임을 하고 와인을 마시고 한담을 나누기 시작했지만 조심스럽고 불안해 보였으며 소음과 활력이 전에 비해 절반으로 꺾였다. 어른들은 헨리 쪽을 쳐다보지 않으려 노력했고 어린 베스가 "헨-위는 뭐하는 거야?" 하고 물었을 때 베스의 엄마는 "쉿, 나중에 말해줄게" 하고 속삭인 뒤 엘리자베스를 향해 몸을 틀며 말했다. "이 디핑소스 정말 괜찮지 않아요? 코스트코에서 샀어요!" 엘리자베스는 다들 자신을 위해 이상할 것 없다는 듯이 행동한다는 걸 알았다. 어쩌면 감사히 여겨야 할 일인지도 몰랐다. 하지만 헨리의 행동이 너무도 상식 밖이라 숨겨줘야 한다는 듯이 구는 게 어쩐지 더 불쾌했다. 만일 헨리가 암이나 난청을 앓았더라면 그들은 분명 난감함이 아니라 연민을 느꼈을 것이다. 다들 주위에 모여들어 이런저런 질문을 던지고 동정을 표했을 것이다. 자폐는 달랐다. 그것에는 오명이 뒤따랐다. 그리고 그녀는 미련하게도, 아무 말도 하지 않고 아무도 눈치채지 못하기를 절박하게 바라는 것으로 아들을 (아니 그녀 자신을?) 지킬 수 있을 거라고 생각했다.

"실례할게요." 엘리자베스는 방을 가로질러 헨리를 향해 걸어갔다. 마치 쇠사슬로 우리에 묶인 것처럼 다리가 천근만근이어서 전력을 다해야만 앞으로 움직일 수 있었다. 다른 엄마들은 못 본 체했지만 엘리자베스는 화살처럼 달려드는 그들의 시선을 느꼈다. 자신들이 저 여자가 아니라서 얼마나 감사한지 모르겠다는 그들의 얼굴을 보았다. 분노가 목구멍까지 차오르는 것 같았다. 더할 나위 없이 정상인 자녀를 둔 그 여자들이 고깝고, 부럽고, 탐나고, 사무치게 미웠다. 웃고 떠드는 아이들을 지나치면서 그애들 가운데 누구라도 한 아이를 집어들어 자기 아이라고 외치고 싶어 팔이 아릴 지경이었다. 그랬다면 웃음소리와 소소한 일들로 가득했을 그녀의 인생은 지금과 얼마나 달랐을까? ("나도 이제 한계야. 조이가 주스는 입에도 안 대!" "패니가 자기 머리를 자주색으로 염색했지 뭐야!")

그녀는 헨리에게 다가가 그 뒤에 쭈그리고 앉았다. 비록 보이지는 않았지만 그녀는 사방에서 어른들의 시선이 자신의 등짝에 꽂히는 걸 느꼈고, 현미경을 투과한 일광처럼 내리쪼이는 시선에 볼과 귀가 달아오르고 눈가가 촉촉해졌다. 그녀는 떨리는 손을 애써 진정시키며 헨리의 어깨 위에 올렸다. "괜찮아, 헨리." 입으로는 간신히 부드러운 목소리를 냈다. "이제 그만하자."

헨리는 엄마의 말이 들리지도, 손길이 느껴지지도 않는 모양이었다. 아이는 계속해서 몸을 앞으로 흔들기만 했다. 앞뒤로 왔다갔다. 일정한 리듬, 일정한 속도로. 고장나서 한 가지 동작만 반복하는 기계처럼.

그녀는 아들의 귀에 악을 쓰고, 아들의 작은 몸을 붙들고 세차게, 빠르게 흔들어서 갇힌 세상으로부터 아이를 끄집어낸 뒤 자신을 쳐다보게 하고 싶었다. 얼굴이 달아올랐다. 손가락이 얼얼했다.

"헨리, 그만해. 지금. 당장." 그녀는 속삭이는 소리로 고함을 질렀고, 몸을 움직여 사람들의 시야에서 손을 가린 채 헨리의 어깨를 움켜쥐었다. 아주 세게. 헨리는 멈추었지만 아주 잠시뿐이었고, 아이가 다시 몸을 흔들기 시작하자 엘리자베스는 움켜쥔 손에 더 강한 힘을 가하며 아이의 목과 어깨 사이의 보드라운 살집이 가느다란 줄처럼 잡힐 때까지 세게, 더 세게 꼬집었다. 아프라고, 아파야 한다고, 그래서 아들이 비명을 지르거나, 그녀를 때리거나, 도망치거나, 그녀와 같은 세상에 살아 있다는 걸 보여줄 행동이라면 뭐든 해주기를 바랐다.

파도처럼 연이어 밀려드는 수치심과 공포는 나중에야 그녀의 목을 조를 것이다. 집으로 가면서 다른 엄마들이 수군대는 걸 보고 그녀는 혹시 그들이 본 건 아닐까 하는 생각을 했다. 목욕 시간에 헨리의 티셔츠를 벗기자 아이의 피부에 초승달 모양으로 일어난 상처와 표피 아래 붉어진 자국이 보였다. 헨리를 잠자리에 눕히고 이마에 입을 맞추면서 그녀는 아들의 마음에 돌이킬 수 없는 상처를 남긴 것은 아니기를 기도했다.

하지만 그러기에 앞서, 엘리자베스가 손가락에 있는 힘껏 힘을 주고 있었던 바로 그 순간 그녀가 느꼈던 감정은 오로지 해방감뿐이었다. 문을 쾅 닫거나 접시를 던져버릴 때와 같은 급격한 해방감이 아니라 분노가 서서히, 점진적으로 사그라지면서 쾌감에 자리를 내주었다. 말랑한 무언가를 움켜쥐는 감각적인 즐거움이 꼭 밀가루 반죽을 치댈 때의 기분과 같았다. 마침내 헨리가 흔들기를 멈추고 몸을 비틀고 고통으로 입을 삐죽거리면서 그녀의 눈을 똑바로 쳐다봤을 때—몇 주 만에, 아니 몇 달 만에 처음으로 아들이 오랫동안 흔들리지 않는 눈맞춤을 해왔을 때—그녀는 내면에서 솟구치는 힘에 기고만장해졌고, 이전에 느꼈던 고통과 증오는 작은 파편들로 산산이 부서져 더는 느낄 수 없게 되었다.

*

법원 주차장은 거의 텅 비어 있었다. 그리 놀라운 일도 아닌 것이 재판은 이미 몇 시간 전에 폐정한 터였다. 그때부터 엘리자베스의 변호사는 '긴급한 용무'를 들먹이며 그녀를 옆방에 대기하게 했다(아마도 모두가 자리를 뜰 때까지 자신의 살인자 의뢰인을 숨겨놓으려고 그랬을 것이다). 그렇다고 문제될 건 없었다. 어차피 갈 곳이 있거나 할일이 있는 것도 아니었다. 가택연금 조건에 따르면 그녀는 오로지 섀넌이 운전하는 차를 타고 오직 법원과 섀넌의 사무실만을 오갈 수 있었다.

섀넌의 검은색 벤츠는 온종일 땡볕 아래 주차되어 있었고, 시동을 걸자 최대 세기로 뿜어져나온 에어컨 바람이 엘리자베스의 오른쪽 턱을 강타했다. 미처 차가워질 틈이 없었던 에어컨 바람은 타는 듯이 뜨거웠다. 엘리자베스는 턱을 감싸며 맷의 증언을, 폭발로 인한 불길이 아들의 정확히 같은 부위를 덮쳤다는 것을 떠올렸다. 불에 그슬린 헨리의 오른쪽 턱의 살점과 근육 사진들. 엘리자베스는 입을 벌리고 무릎에 토했다.

"이런, 젠장." 엘리자베스는 문을 열고 비틀거리며 차에서 내리다 가죽 시트, 차문, 차 바닥, 온 사방에 토사물을 묻혔다. "오, 맙소사, 엉망이 됐네요. 미안해요, 정말 미안해요." 콘크리트 바닥에 앉은 건지 쓰러진 건지 모를 애매한 자세로 그녀가 말했다. 괜찮다고, 물을 마시고 싶을 뿐이라고 말하려 했지만 섀넌은 야단법석을 떨면서 맥박을 확인하고 이마를 짚어보는 등 엄마나 의사 흉내를 내더니 금방 오겠다며 어디론가 사라졌다. 잠시 후, 이 분, 아니 십 분쯤 지났을까? 엘리자베스는 자신을 향하고 있는 보안 카메라를 발견하고 정장에 하이힐까지 차려입고서 투사물 범벅으로 땅바닥에 널브러져 있는 제 모습을 떠올리다 웃음을 터뜨렸다. 격렬한 웃음이었다. 히스테릭했다. 섀넌이 페이퍼 타월을 들고 돌아왔을 때 엘리자베스는 자신이 울고 있다는 걸 깨닫고 놀랐다. 웃음이 울음으로 바뀐 기억이 전혀 없었기 때문이다. 섀넌은 고맙게도 아무 말 없이 그저 구석구석을 닦기만 했고, 그러는 사이 엘리자베스는 앉아서 웃었다 울었다 하다가 어떨 때는 두 가지를 동시에 했다.

귀가하는 차 속에서 한바탕 비워내고 극도로 공허한 평정 상태로 앉아 있는 엘리자베스에게 섀넌이 물었다. "재판중에는 그 감정들을 어디에 숨겨놨던 거예요?"

엘리자베스는 대답하지 않았다. 그저 어깨를 살짝 으쓱한 뒤 창밖의 소 무리를 응시하기만 했다. 스무 마리쯤 돼 보이는 소들이 들판에 외따로 서 있는 메마른 나무를 에워싸고 있었다.

"배심원들이 당신을 아들한테 무슨 일이 생겨도 눈 하나 깜짝 안할 사람으로 보는 건 알죠? 다들 지금이라도 당장 당신을 사형대로 보내버리고 싶어할걸요. 설마 그걸 바라고 그런 건 아니죠?"

엘리자베스는 까만 점이 있는 흰색 얼룩소들이―저지종 젖소던가? 아니면 홀스타인종?―밤색 소들보다 멋진 걸까, 하고 생각했다. "변호사님이 시킨 대로 했을 뿐이에요." 그녀가 말했다. "말려들지 말라면서요. 차분하고 침착하라고 했잖아요."

"내 말은 미친 짓 하지 말라는 거였죠. 소리를 지르거나 광분하지 말라고요. 누가 로봇 시늉을 하래요? 그렇게 냉정한 사람은 처음 봤어요. 게다가 자기 아들이 죽은 증거 앞에서는 아무도 안 그래요. 완전 섬뜩했다고요. 사람들한테 당신도 상처받았다는 걸 보여주는 건 괜찮아요."

"왜요? 그런다고 뭐가 달라져요? 변호사님도 증거를 보셨잖아요. 난 승산이 없다고 봐요."

섀넌은 엘리자베스를 쳐다보며 입술을 깨물더니 갓길로 방향을 틀어 급브레이크를 밟았다. "그런 생각이라면 왜 우리가 이 고생을 하는 거죠? 내 말은, 왜 유죄 인정도 하지 않고 나를 고용해서 피고인석에 앉아 있느냔 말이에요?"

엘리자베스는 고개를 숙였다. 사실 모든 건 헨리의 장례식을 마친 다음날 시작한 조사에서 비롯되었다. 방법은 아주 다양했다. 목을 매거나, 물에 뛰어들거나, 일산화탄소를 마시거나, 손목을 그을 수도 있었다. 그녀가 장단점 목록을 만들고 수면제(장점: 고통 없음, 단점: 죽지 않을 가능성 있음. 발견되거나 소생할 위험성)와 총(장점: 확실한 죽음, 단점: 구매 대기 기간?) 사이에서 고민하는 사이, 경찰이 시위대를 풀어주고 그녀를 체포했다. 검사가 사형을 구형할 계획이라고 했을 때 그녀는 깨달았다. 그날 그녀가 한순간의 분노와 증오로 저지른 돌이킬 수 없고 용서받을 수 없는 행동, 깨어 있을 때나 자고 있을 때나 밤낮으로 그녀의 머릿속에서 되풀이되어 온정신으로는 살 수 없게 하는 그 순간의 죄에 대해 속죄할 최고의 방법은 이 재판을 겪는 것이라는 것을 말이다. 공개적으로나 공식적으로 헨리의 죽음에 대한 비난을 받는다면, 아이가 받은 고통을 끝까지 앉아서 낱낱이 듣고 있어야 한다면, 그리고 마침내 혈관에 주사된 독극물로 죽을 수만 있다면 그 얼마나 정교한 고문일까? 눈 깜빡하면 끝나는 쉬운 죽음보다 훨씬 낫지 않을까?

하지만 엘리자베스는 그렇게 말할 수 없었다. 오늘 억지로 모두의 눈을 쳐다보고, 모든 말을 듣고, 모든 증거물을 확인하고, 그러는 사이 행여 작은 움직임이 연쇄적으로 감정 반응을 촉발할까 두려워 무표정을 고수하면서 어떤 기분이 들었는지 섀넌에게 말할 수는 없었다. 수많은 사람이 내리꽂는 독화살 같은 심판의 눈초리는 타는 듯한 수치였다. 비난을 받아들이고 흡수하자. 몸안의 모든 세포가 터져버릴 때까지 더 많은 비난을 삼키고 또 삼키자. 그녀는 단순히 각오만 한 게 아니었다. 그것을 갈망했고, 즐겼고, 더 많이 받고 싶어 안달이 났었다.

엘리자베스가 아무 말도 하지 않자 그것을 무언의 항복으로 받아들인 듯한 섀넌이 다시 운전대를 잡았다. 잠시 후 섀넌이 말했다. "참, 좋은 소식이 있어요. 빅터가 증언하지 않기로 했어요. 아예 재판에도 안 올 거예요."

엘리자베스는 고개를 끄덕였다. 그게 왜 좋은 소식인지, 왜 섀넌이 배심원들에게 영향을 줄 수도 있는 비탄에 빠진 아버지를 걱정했는지 그 이유는 알았지만 그의 부재는 그녀가 좋아할 만한 소식이 아니었다. 그녀가 체포된 이후로 빅터는 한 번도 연락한 적이 없었고, 그녀도 그건 기대하지 않았다. 그가 캘리포니아의 새집에서 새 아내와 새 아이들과 바쁘게 살고 있다는 것은 물론 알고 있었다. 하지만 적어도 아들의 살인 사건 재판에는 얼굴을 내비칠 거라고 생각했다. 분노가 치솟았고 가슴을 타고 오르는 뱀이 심장을 조이는 것 같았다. 가엾은 헨리. 이토록 보잘것없는 부모한테서 태어나다니. 부모 하나는 그를 해하고 죽음으로 내몬 데 책임이 있었고, 다른 하나는 언급할 가치도 없었다.

그때 섀넌의 휴대폰이 울렸다. 기다리던 전화였는지 그녀는 "찾았어? 읽어줘봐" 하며 받았다. 엘리자베스는 깊게 숨을 들이쉬었다. 토사물의 악취가 코를 찔렀고, 창문을 열자 밖에서 나는 구수한 거름냄새와 상한 중국 음식 같은 시큼한 구토 냄새가 뒤섞이는 바람에 악취가 더 심해졌다. 섀넌이 통화를 마치자 엘리자베스는 다시 창문을 닫고 말했다. "차를 청소해야겠어요. 내 청구서에 달아놔요. 그런데 변호사님 청구서 담당자가 '살인 사건 수임료 항목에 왜 차 내부 토사물 청소 비용이 청구돼 있죠?' 하고 묻는 거 아니에요?" 엘리자베스는 웃음을 터뜨렸다. 섀넌은 웃지 않았다.

"들어봐요. 유씨의 이웃 중 하나가 오늘 재판에 왔어요." 섀넌의 입가에 희미한 미소가 걸렸다. "지금까지는 중요한지 몰랐다면서 정보를 주더군요. 그래서 사람을 붙여 하루종일 알아봤는데 뭔가를 찾았어요. 확인하기 전까지는 말해줄 수 없지만."

바깥 어디선가 소들이 입을 모아 음매 하고 울고 있었다. 엘리자베스는 침을 삼켰다. 귀에서 딸깍거리는 소리가 났다. "시위대요? 드디어 증거를 잡은 거예요? 내가 그들을 주시하라고 했잖아요. 그들이 한 짓……"

섀넌은 부정의 의미로 고개를 저었다. "시위대가 아니에요. 맷이요. 그 사람이 거짓말을 하고 있어요. 내가 증명할 수 있어요. 엘리자베스, 누군가 고의로 불을 질렀다는 증거가 나한테 있어요."

재판: 둘째 날

2009년 8월 18일 화요일

맷

그는 오늘은 어제보다 쉬울 거라고 생각했다. 증언을 하고 나니 과음 후 게워낸 것처럼 개운한 기분이 들었다.

그러나 걸어서 다시 증인석에 오르자 고개를 들기가 더 힘들었다. 얼마나 많은 사람이 건강하고 젊은 남자가, 빌어먹을 의사란 놈이 눈앞에서 어린애가 산 채로 타 죽어가는데 멀뚱히 보고만 있었느냐고 생각할까?

"닥터 톰프슨, 좋은 아침입니다. 저는 엘리자베스 워드의 변호인인 섀넌 호그입니다."

맷은 고개를 까딱했다.

섀넌이 말했다. "증인이 겪은 끔찍한 일들에 대해 유감스럽게 생각합니다. 그리고 그 일들을 전부, 때때로 아주 세세히 떠올리도록 할 텐데 그 점에 대해서도 미리 사과드리는 바입니다. 제 목표는 증인을 언짢게 하는 게 아니라 단지 진실을 찾는 것입니다. 언제든지 그만하고 싶으실 때는 제게 말씀해주세요. 아시겠죠?"

맷은 아래턱의 긴장이 풀리는 걸 느꼈고, 자기도 모르게 미소를 짓고 말았다. 에이브는 눈알을 굴렸다. 에이브는 섀넌을 좋아하지 않았다. 한번은 그녀를 '삐까번쩍한 소송 공장에서 나온 거물'이라고 묘사했고, 그래서 맷은 우아한 올림머리에 꽉 조이는 펜슬 스커트를 입고 스틸레토힐을 신고 다니면서 의뭉한 미소를 짓는 지독히도 화려한 TV쇼 타입의 변호사를 기대했다. 하지만 섀넌 호그는 외모로 보나 말투로 보나 완전히 무해하고 너그러운 숙모처럼 보였다. 그녀의 헐렁한 정장은 쭈글쭈글했고, 어깨까지 오는 새치 머리는 헝클어져 있었다. 팜파탈 불여우보다는 무른 유모처럼 포근한 가슴으로 보듬어줄 것 같은 타입이었다. "그 여잔 우리 적이에요." 에이브가 경고했지만 자애로운 여인의 토닥거리는 손길을 갈망했던 맷은 무장해제되었다.

"자 그럼," 섀넌이 말했다. "기본적인 것부터 시작해보죠. 간단한 '네-아니요' 질문입니다. 증인은 피고인이 미라클 서브마린 주변에서 불을 지르는 것을 본 적이 있습니까?"

"아니요."

"피고인이 담배를 피우거나 담배를 들고 있는 것을 본 적이 있습니까?"

"아니요."

"HBOT의 관계자가 담배를 피우는 걸 목격한 적이 있습니까?"

맷은 얼굴이 달아오르는 걸 느꼈다. 여기서 가볍게 넘어가야 했다. "박은 HBOT에서 흡연하는 걸 금지했습니다. 그 점은 다들 분명히 알고 있었죠."

섀넌이 미소를 지으며 한 발짝 가까이 다가왔다. "제 질문에 '아니요'라고 답하신 건가요? 미라클 서브마린 부지에서 담배나 성냥

같은 걸 가진 사람을 본 적이 있습니까?"

"네. 아니 제 말은, 아니요." 맷이 대답했다. 개울가는 '부지' 밖이었으니 딱히 거짓말을 한 건 아니었지만 그의 심장 고동은 점점 거세졌다.

"증인이 아는 한, 미라클 서브마린과 관련이 있는 사람들 가운데 흡연자가 있습니까?"

메리가 박이 제일 좋아하는 담배는 캐멀이라고 한 번 말한 적이 있었다. 하지만 그는 자신이 그 사실을 알아서는 안 된다고 되뇌었다. "그건 대답하기 어렵습니다. 흡연이 금지된 HBOT에서만 보는 사람들이니까요."

"그렇겠군요." 섀넌은 어깨를 으쓱하더니 딱히 기대하지도 않았던 형식적인 질문 목록을 끝마쳤다는 듯 변호인 책상을 향해 발걸음을 옮겼다. 반쯤 갔을까? 그녀가 걷다 말고 툭 던지는 듯한 어조로 물었다. "그건 그렇고, 증인은 담배를 피웁니까?"

손가락이 절단된 데가 욱신거리면서, 그 사이에 끼우곤 했던 가느다란 캐멀 담배가 느껴지는 듯했다. "저요?" 맷은 자신의 웃음이 입가에서 느껴지는 것만큼 가짜처럼 들리지는 않았으면 했다. "하루에도 몇 번씩 흡연자의 폐 엑스레이를 들여다보는 제가 죽고 싶은 게 아니라면 담배를 피우겠습니까?"

섀넌이 미소 지었다. 다행히, 그를 구워삶으려는 그녀는 그건 대답이 아니라고 다그치지 않았다. 섀넌은 책상에서 무언가를 집어든 뒤 다시 그에게 느긋하게 걸어왔다. "엘리자베스의 이야기로 돌아가죠. 증인은 피고인이 헨리를 때리는 걸 본 적이 있습니까? 어떤 식으로든 아이를 해하는 모습은요?"

"없습니다."

"아이한테 소리를 지르는 건요?"

"없습니다."

"방임한 적은요? 해진 옷을 입힌다거나 정크푸드를 먹인다거나 아님 다른 것은요?"

맷은 구멍이 난 양말을 신고 있거나 스키틀스 사탕을 먹는 헨리를 상상하다 하마터면 웃음을 터뜨릴 뻔했다. 엘리자베스는 헨리가 유기농, 무색소 그리고 무설탕이 아닌 것에는 근처에도 못 가게 했다. "전혀요."

"그러니까 반대로 피고인은 아들을 돌보는 데 굉장한 노력을 들인 거네요. 그렇게 말할 수 있습니까?"

맷의 눈썹이 반쯤 치켜올라갔다. "그렇다고 할 수 있겠네요."

"잠수 전후로 매번 검이경을 이용해 헨리의 고막을 살폈다고 하던데, 사실입니까?"

"네."

"다른 부모들은 안 그랬고요, 맞습니까?"

"아니요. 제 말은, 맞습니다."

"잠수 전에는 헨리와 책을 읽었습니까?"

"네."

"집에서 만든 간식만 먹였고요?"

"네. 뭐, 어쨌든 본인이 그렇다고 했습니다."

섀넌은 맷을 쳐다보며 고개를 갸우뚱거렸다. "헨리가 식품 알레르기가 심해서 엘리자베스가 모든 걸 직접 만들었다던데, 그렇지 않은가요?"

"다시 말씀드리지만, 본인이 그렇게 말했습니다."

섀넌이 가까이 다가오면서 제대로 된 방향으로 걸려 있는지 확실치 않은 추상화를 들여다보듯 고개를 반대편으로 갸우뚱거렸다. "닥터 톰프슨, 지금 피고인이 아들의 알레르기에 대해 거짓말을 했다고 말하는 겁니까?"

맷은 뺨이 상기되는 것을 느꼈다. "꼭 그런 건 아닙니다. 전 그저 확실히는 모를 뿐입니다."

"좋습니다. 그럼 제가 확인시켜드리죠." 섀넌이 문서 하나를 건넸다. "그게 무엇인지 말씀해주시겠습니까?"

맷이 문서를 훑어보았다. "헨리가 땅콩, 생선, 갑각류, 유제품, 달걀에 극심한 알레르기가 있다는 걸 확인해주는 검사 결과지입니다." 에이브가 그를 쳐다보며 고개를 저었다.

"다시 묻죠. 헨리가 알레르기를 일으키지 않도록 엘리자베스가 집에서 직접 만든 간식을 먹인 게 맞습니까?"

"그렇다고 볼 수 있겠네요."

"헨리의 알레르기가 가장 심했던 땅콩 때문에 일어났던 사건을 기억하십니까?"

"네."

"무슨 일이 있었죠?"

"샌드위치를 먹은 TJ의 손에 땅콩버터가 묻어 있었습니다. TJ가 잠수함 안으로 들어가면서 해치 손잡이에 그걸 묻혔죠. 헨리가 정확히 같은 부위를 잡았는데 다행히 엘리자베스가 먼저 발견했습니다."

"그녀가 어떤 반응을 보였습니까?"

엘리자베스는 펄펄 뛰면서 "헨리가 죽을 뻔했잖아!" 하고 소리를 지르며 갈색 땅콩버터 덩어리가 빌어먹을 코브라라도 되는 것처럼 호들갑을 떨었다. 하지만 그런 건 그녀의 변호사가 덧씌우려고 애쓰는 헌신적인 어머니 틀의 일환이 아닐까? "엘리자베스가 남자애들은 씻으라고, 박한테는 체임버 안을 청소해달라고 부탁했습니다."맷은 별것 아닌 것처럼 말했지만 그야말로 개고생이 따로 없었다. 엘리자베스는 TJ한테 양치하고, 세수하고, 옷까지 갈아입을 것을 요구했다.

"엘리자베스가 땅콩버터를 발견하지 못했더라면 어떻게 되었을까요?"

섀넌의 질문이 끝나기도 전에 에이브가 자리에서 일어났고, 끼익하고 바닥에 의자가 끌리는 소리가 트럼펫 연주처럼 울려퍼지면서 그의 이의 신청을 알렸다. "이의 있습니다. 저게 억측이 아니면 무엇이 억측인지 모르겠습니다."

섀넌이 말했다. "존경하는 재판장님, 잠깐만, 안 될까요? 거의 다 됐습니다. 약속드려요."

"그럼 빨리하세요. 기각합니다." 판사가 말했다.

에이브가 앉으면서 의자를 당겼고, 의자 다리에서 나는 쾅 소리가 마치 심통 난 십대 소년이 문을 닫는 소리 같았다. 섀넌은 그 꼴을 우스워하는 엄마의 미소를 지으며 에이브를 쳐다본 다음 맷을 향해 몸을 틀었다. "다시 묻죠. 헨리가 땅콩버터를 만진 것을 엘리자베스가 발견하지 못했다면 어떻게 됐을까요?"

맷은 어깨를 으쓱했다. "확실히 말씀드리기 어렵네요."

"같이 한번 생각해보죠. 헨리는 손톱을 물어뜯는 버릇이 있습니다. 보신 적 있으실 겁니다, 그렇죠?"

"네."

"그럼 잠수하는 동안 땅콩버터가 헨리의 입속으로 들어갔을 수 있다는 추정도 충분히 가능하겠네요."

"그렇겠죠, 네."

"헨리의 땅콩 알레르기가 심한 정도를 감안할 때 무슨 일이 일어날 수 있죠?"

"기도가 부어오르고 막혀서 숨을 쉴 수 없게 됩니다. 하지만 헨리에게는 에피네프린 주사제인 에피펜이 있어 응급처치를 할 수 있었을 겁니다."

"에피펜이 체임버 안에 있었나요?"

"아니요. 음식 반입이 금지되어 있기 때문에 박이 엘리자베스더러 그걸 밖에 보관하라고 했습니다."

"감압하고 해치를 여는 데 시간이 얼마나 걸리죠?"

"박은 대개 불편을 느끼지 않게 서서히 감압하는 편이었지만 필요하다면 빠르게 할 수 있었죠. 일 분이나 뭐 그 정도 만에요."

"공기 없이 꼬박 일 분이라. 에피네프린 주사를 놓기까지 일 분이상 소요되면 효과가 없을 수도 있나요?"

"가능성은 적지만 네, 그럴 수도 있습니다."

"그러니까 헨리가 죽을 수도 있었겠네요?"

맷이 한숨을 내쉬었다. "그건 확신할 수 없습니다. 제가 기관절개술을 시행했을 테니까요." 그는 배심원들을 쳐다봤다. "약간의 후두부 절개만으로도 기도관 수축을 막을 수 있습니다. 비상시에는 볼펜으로도 할 수 있죠."

"체임버 안에 볼펜이 있었습니까?"

맷은 다시 뺨이 달아오르는 걸 느꼈다. "아니요."

"메스를 소지하고 있었을 것 같지도 않은데요, 안 그런가요?"

"네."

"그러면 다시, 헨리는 죽을 수도 있었던 것 아닙니까? 그럴 가능성이 있었던 거죠?"

"매우 희박한 가능성입니다."

"그리고 엘리자베스가 그걸 막았던 거고요. 그 가능성이 실현될 수 없도록 한 거예요, 맞죠?"

맷이 한숨을 내쉬었다. "네." 그는 인정할 수밖에 없었다. 그리고 논리상 이어질 다음 질문을 기다렸다. 엘리자베스가 정말 헨리가 죽길 바랐다면 땅콩버터에 대해 아무 말도 하지 않는 편이 더 쉽지 않았을까요? 아니요, 그는 대답했을 것이다. 헨리가 그로 인해 사망할 실제 가능성은 없다고 다시금 지적하면서, 눈앞에서 불덩이가 터지는 것만큼이나 장담할 수 없는 일이라고 할 것이었다. 하지만 섀넌은 묻지 않았다. 대신 친절한 숙모의 얼굴로 배심원에게서 엘리자베스에게로 시선을 옮기며 배심원들이 제 나름의 결론을 내리길 기다렸고, 맷은 그들의 표정이 누그러지는 것을 보았다. 여전히 꼿꼿한 얼굴을 한 엘리자베스를 바라보는 배심원들은 그녀가 차갑고 무정한 게 아니라 그저 지친 건 아닐까 생각하고 있었다. 너무 지쳐서 얼굴 근육 하나 움직이기도 힘든 건 아닐까?

그 지점을 강조하기라도 하듯 섀넌이 말했다. "일전에 엘리자베스가 지금껏 만난 엄마들 가운데 가장 헌신적이라는 말을 하신 적이 있죠?"

사실이었다. 맷이 한 말이었다. 하지만 그건 비난조로, 제발 적당히 좀 하라는 의미로 한 말이었다. 헬리콥터 맘*을 넘어서 대놓고 아이를 통제하고 있다고. 그게 인형을 조종하는 거지 아이를 키우는 거냐고. 하지만 어떻게 말한단 말인가? 네, 그렇게 말한 건 사실

---

* 헬리콥터처럼 자녀 주위를 맴돌며 지나치게 간섭하고 과잉보호하는 엄마를 일컫는 말.

이지만 저는 헌신적인 엄마들을 싫어하니까 빈정대려고 한 말입니다? "네." 결국 그가 말했다. "엘리자베스는 헨리한테 헌신적인 척하려고 부단한 노력을 기울인 것 같습니다."

섀넌이 맷을 응시했고, 뭔가를 깨달았다는 듯 그녀의 입꼬리가 서서히 위로 올라갔다. "궁금한 게 있습니다. 증인은 평소에 엘리자베스를 어떻게 생각하셨습니까? 제 말은, 사고 이전에 말입니다. 한 번이라도 그녀를 좋게 생각한 적 있습니까?"

그 순간, 정답 없는 질문을 던지는 섀넌의 빛나는 재기에 맷은 경탄을 금치 못했다. 네, 좋게 생각했습니다라는 답변은 엘리자베스의 인간적인 면모를 계속 부각할 것이고, 아니요, 한 번도 좋게 생각한 적 없습니다라는 답변은 그에게 편견이 있는 것처럼 보이게 할 것이다. "그녀를 잘 알지는 못했습니다." 그는 겨우 대답했다.

섀넌은 미소를 지었고, 그녀의 미소는 아직 걸음마를 배우는 아이의 뻔한 거짓말을 눈감아주기로 한 엄마의 그것처럼 너그러웠다. "그렇다면……" 섀넌은 관객 가운데 놀림감을 찾으려는 스탠드업 코미디언처럼 방청석을 훑었다. "……박 유는 어떤가요? 그가 엘리자베스한테 호의적이었던 것 같습니까?"

그 질문에 맷은 왠지 모르게 움찔했다. 어쩌면 섀넌의 말투 때문이었을 것이다. 물론 의도적이었겠지만, 그냥 한번 던져본다는 듯이 대수롭지 않은 말투였다. 그의 대답이 어떻든 상관없다는 듯이, 자신은 그저 예기치 못한 순간에 예기치 못한 방식으로 박을 끌어들이기만 하면 된다는 듯이 말이다.

맷은 섀넌의 '아무래도 상관없다'는 어조에 맞추어 대답했다. "저는 다른 사람 생각을 읽는 재주가 없으니 박한테 직접 물어보시는 게 좋겠네요."

"그렇겠군요. 그럼 질문을 바꿔보죠. 박이 엘리자베스에 대해 부정적으로 말하는 걸 들은 적 있습니까?"

맷은 고개를 저었다. "그가 엘리자베스에 대해 부정적으로 말하는 건 한 번도 들어본 적 없습니다." 사실이었다. 메리로부터 엘리자베스 때문에 아빠가 짜증을 낸다는 말은 자주 들었지만 본인한테 직접 들은 기억은 없었다. 그는 눈을 깜빡인 뒤 계속 말했다. "박은 프로였습니다. 절대 환자들과 남의 험담을 하지 않았어요. 더군다나 다른 환자들에 대해서는요."

"하지만 증인은 그냥 환자가 아니지 않습니까? 가족끼리 친구잖아요."

그들이 '가족끼리 친구'일지는 몰라도, 박이 특별히 곰살맞게 굴지는 않았다. 맷은 박도, 그가 아는 다른 한국 남자들처럼, 한국 여자와 결혼한 백인 남자가 탐탁지 않은가보다 했다. "아니요, 저는 그냥 환자였습니다. 그뿐입니다."

"그럼 박이 뭔가를 의논한 적도 없었겠네요, 이를테면 화재보험 같은 것도요?"

"네?" 저건 또 어디서 나온 헛소리인가? "아니요. 화재보험이요? 우리가 왜 화재보험에 대해 논의하겠습니까?"

섀넌은 그의 질문을 무시했다. 그저 한 발짝 더 가까이 다가와 그의 눈을 똑바로 쳐다보며 물을 뿐이었다. "증인은 본인의 가족을 포함해 미라클 서브마린과 관계가 있는 누군가와 화재보험에 대해 논의한 적이 있습니까?"

"전혀 없습니다."

"누군가 그런 논의를 하거나 언급하는 것을 들은 적은요?"

"없습니다." 맷은 슬슬 화가 났다. 그리고 이유는 알 수 없지만 조금 겁나기도 했다.

"증인은 미라클 서브마린의 보험사가 어딘지 알고 있습니까?"

"아니요."

"미라클 서브마린의 보험사에 전화를 건 적은요?"

"뭐라고요? 제가 왜……?" 절단된 손가락 관절이 근질거렸다. 주먹으로 뭔가를 강타하고 싶었다. 섀넌의 얼굴이 좋을까? "말씀 드렸잖습니까. 보험사가 어딘지도 모른다니까요."

"그러니까 증인은 폭발이 있기 일주일 전에 포토맥 뮤추얼 보험 회사에 전화를 건 사실이 없다고 증언하는 겁니다. 맞습니까?"

"뭐라고요? 네, 당연히 없습니다."

"확신합니까?"

"100퍼센트 확신합니다."

눈과 입과 심지어 귀를 비롯해 얼굴 전체가 위로 걸린 듯한 섀넌이 걸어서 아니, 한껏 거들먹대는 걸음으로 변호인석으로 가더니 종이 한 장을 집어들고는 다시 거들먹거리며 다가와 맷의 면전에 그 종이를 들이밀었다. "이게 무엇인지 아시겠습니까?"

일련의 전화번호와 날짜와 시간. 그의 전화번호가 맨 위에 적혀 있었다. "전화 요금 명세서요. 제 휴대폰 명세서입니다."

"형광펜으로 표시된 부분을 읽어주시겠어요?"

"2008년 8월 21일 오전 8시 58분. 사 분. 발신. 800-555-0199. 포토맥 뮤추얼 보험." 맷은 고개를 들었다. "이해가 안 되는군요. 지금 제가 이 전화를 걸었다는 말입니까?"

"제가 아니라 명세서가 그렇다네요." 섀넌은 벌써 이기기라도 한 듯 신이 난 표정이었다.

맷은 다시 명세서를 보았다. 오전 8시 58분. 잘못 걸었을지도 모른다. 하지만 사 분씩이나? "어쩌면 보험 상품 광고를 듣고 가격을 문의했을 수도 있잖아요?" 그런 기억은 없었지만 일 년이나 지났으니 또 몰랐다. 너무 시시해서 일 년이 아니라 일주일만 지나도 기억하지 못할 즉흥적이고 미련한 짓을 매일같이 충동적으로 얼마나 많이 저질렀을지 또 누가 안단 말인가?

"그러니까 전화는 걸었는데, 광고를 보고 건 거다?"

맷은 섀넌을 쳐다보았다. 그녀의 두 손이 입에 올라가 있었다. "아니요, 그럴 수도 있다는 거죠. 제 기억엔 없는 통화니까 이런저런 생각을 해보는 것입니다만…… 그러니까 제 말은, 저는 그런 회사를 들어본 적이 없습니다. 그런데 왜 거기에 전화를 걸겠습니까?"

섀넌은 미소를 지었다. "마침 포토맥 뮤추얼에서 모든 수신 전화를 기록해두었더군요." 섀넌은 에이브와 판사에게 서류를 건넸다. "존경하는 재판장님, 사전에 고지하지 못한 점은 사과드립니다만 저희도 어제 입수한 정보라 어젯밤에야 통화 내역을 확보할 수 있었습니다."

맷은 에이브를 쳐다보며 제길, 나 이제 어떡해요 하는 자신의 얼굴을 읽고 그가 어떻게든 도와주길 바랐다. 하지만 에이브는 서류에 코를 박고 인상을 쓰고 있었다. "검사측, 이의 있습니까?" 판사가 물었다. 에이브는 계속 읽기만 하면서 "아니요" 하고 중얼거렸다.

마침내 섀넌이 맷에게 서류를 건넸다. 손에서 낚아채고 싶은 심정이었지만 맷은 간신히 참으며, 심지어 들여다보지도 않고 그녀가 소리 내어 읽어달라고 부탁할 때까지 기다렸다. 날짜와 시간, 대기 시간(일 분 미만), 총 통화 시간(사 분)으로 구성된 제목 아래에는 이렇게 적혀 있었다.

이름: 공개 거부

주제: 화재보험—방화

요약: 발신자는 방화의 경우에도 당사 정책상 보험금이 지급되는지 문의함. 보험 계약자가 방화의 계획이나 수행에 개입한 경우를 제외하면 방화로 인한 화재도 보장된다고 안내하자 만족함.

맷은 당장이라도 방화를 모의했다는 의심을 받을 사람이 아닌 양 꾸밈없는 어조로 침착하게 읽어내려갔고, 다 읽은 다음에는 고개를 들었다. 섀넌은 아무 말도 하지 않고 그가 정적을 깨길 바라는 것처럼 그저 그를 쳐다만 보고 있었다. 나랑은 아무 상관도 없는 일이야. 맷은 속으로 되뇌며 말했다. "그냥 가격을 문의하려고 건 전화는 아닌가보네요." 아무도 웃지 않았다.

"다시 한번 묻겠습니다, 증인." 섀넌이 말했다. "폭발 전주에 미라클 서브마린의 보험사에 익명으로 전화를 걸어 누군가 고의로 시설을 불태워도 보험금이 지급되는지 문의한 사실이 있습니까?"

"절대 없습니다." 맷이 말했다.

"그럼 손에 든 그 문서는 어떻게 설명하시겠습니까?"

좋은 질문이었다. 정답이 없는 질문. 좌중의 기대감에 공기의 밀도마저 숨을 쉴 수 없을 정도로 높아졌고, 그는 생각을 할 수가 없었다. "실수인지도 모르죠. 거기서 제 번호와 다른 사람의 번호를 혼동했을 수도 있잖아요."

섀넌은 과장해서 고개를 끄덕거렸다. "그렇죠, 그 말도 일리가 있네요. 그러니까 누군가 무작위로 전화를 걸었는데 어떤 기막힌 우연 덕분에 통신사에서 그리고 보험사에서도 전화번호를 혼동했다는 거죠? 게다가 또 하필 그 기막힌 우연 덕분에, 당신이 살인 사건의 주요 증인이 되었는데 살인의 방법이 방화라는 거고요. 제가 제대로 이해한 게 맞습니까?" 배심원 몇이 킥킥거렸다.

맷이 한숨을 내쉬었다. "제가 아는 건 저는 그 전화를 걸지 않았다는 거예요. 누가 제 휴대폰을 썼나보죠."

맷은 새넌이 또 빈정거릴 거라 예상했지만 그녀는 만족스러운 표정을 지었다. 흥미롭다는 듯이 말이다. 그녀가 말했다. "그 부분을 한번 짚어보죠. 그때가 작년 8월, 목요일 아침 8시 58분입니다. 그즈음에 휴대폰을 분실하거나 도난당한 적 있습니까?"

"아니요."

"다른 사람이 사용한 적은요? 누가 깜빡하고 휴대폰을 안 가져와서 빌려주거나 했던 적은?"

"없습니다."

"그럼 오전 8시 58분경에 증인의 휴대폰에 손을 댈 수 있는 사람은 누가 있습니까?"

"저는 분명 HBOT에 있었을 겁니다. 아침 잠수에 빠진 적은 없거든요. 공식적인 잠수 시간은 9시였지만 모두 일찍 도착하면 일찍 시작하기도 하고, 누군가가 늦으면 늦게 시작하기도 했습니다. 일 년이나 지난 일이라, 그날 아침에는 언제 시작했는지 기억나지 않습니다."

"그렇다면 그날 아침에는 늦게, 이를테면 9시 10분에 시작했다고 가정해보죠. 누가 증인 모르게 증인의 휴대폰을 쓸 수 있었나요?"

맷은 고개를 내저었다. "그럴 순 없을 겁니다. 문을 잠근 차 안에 휴대폰을 두거나, 가지고 있다가 잠수를 시작하기 직전에 사물함에 보관했으니까요."

"잠수를 일찍 시작했다면요? 8시 55분쯤? 그럼 8시 58분에 증인은 체임버 안에서 엘리자베스를 비롯해 다른 사람들과 함께 있었겠죠. 그때는 누가 증인의 휴대폰을 쓸 수 있었습니까?"

맷은 섀넌을 쳐다보았다. 기대감에 눈썹이 올라가고 미소로 입술이 꿈틀거리는 그녀의 얼굴은 흥분을 감추지 못했고, 맷은 깨달았다. 지금까지의 질문 세례는 전부 보여주기 위한 것이었음을. 섀넌은 단 한순간도 맷이 그 전화를 걸었다고 생각한 적이 없었다. 그저 그가 했나 하는 생각을 심어 당황하게 하고, 낭패한 그가 자신을 대체할 용의자를 생각해내 접시에 올려 그녀에게 내밀게 할 셈이었다. 대체자는 뻔했다. 사실, 한 사람밖에 없었다.

"아침 잠수 시간 동안 헛간 안에 있는 사람은 한 사람뿐이었습니다." 맷이 말했다. "박이요." 비밀이랄 것도 없는 말이었다. 하지만 소리 내어 말하는 것만으로도 배신처럼 느껴졌다. 맷은 박을 쳐다볼 수 없었다.

"그러니까 아침 잠수를 문제의 전화가 걸린 시각인 8시 58분 이전에 시작할 때도 있었는데 그동안 증인의 휴대폰을 쓸 수 있는 사람이 박 유라는 겁니까?"

"네." 맷이 대답했다.

"닥터 톰프슨, 그럼 지금 박 유가 당신의 휴대폰을 이용해 화재보험사에 익명으로 전화를 걸어서 타인이 자신의 사업체에 불을 내도 보험금을 주는지 물어봤고, 하필이면 며칠 후에 실제로 그런 사건이 일어났다고 증언하시는 겁니까? 그렇게 요약해도 되겠습니까?"

그런 식으로 표현하다니, 맷은 절박한 심정으로 외치고 싶었다. 아니라고, 박이 그런 게 아니라고, 엘리자베스가 그랬다고, 지금 빌어먹을 전화 한 통 가지고 뭐라는 거냐고…… 뭐? 박이 자기 사업체를 날려버렸다고? 돈 때문에 자기 환자들을 죽였다고? 말도 안되는 소리였다. 그날 밤 맷은 박이 부상의 위험은 물론, 제 목숨이 위태로운 것에도 아랑곳하지 않고 환자들을 구하기 위해 필사적이었던 것을 보았다. 하지만 목표물이 자신이 아니라 박이라는 사실을 깨달은 순간의 안도감, 그것은 압도적이었다. 그 안도감이 박을 향한 존경심, 박이 무죄라는 굳은 믿음, 엘리자베스가 처벌받는 것을 보고야 말겠다는 욕구를 모조리 에워싸고, 짓누르고, 꺼트려버렸다. 게다가 '네'라는 대답은 지금까지 그가 인정한 모든 것의 논리적 확장에 지나지 않았다. 박이 불을 질렀다고 말하는 것도 아니었다. 그 전화 한 통과 폭발 사이에 넘어야 할 단계가 사천 개는 되었다.

그래서 맷은 별것 아닐 거라고 속으로 되뇌면서 "네" 하고 대답했다. 순간 윙윙거리는 소리가 들렸다. 동물의 사체를 에워싼 말파리들이 포식하는 소리. 어쩌면 뒤에 앉은 구경꾼들이 수군거리는 소리일지도 모른다.

박의 얼굴이 붉게 달아올랐다. 수치심 때문인지 분노 때문인지 맷은 알 수 없었다. 섀넌이 말했다. "폭발 당일 밤에 엘리자베스가 개울가에서 H-마트 로고 메모지에 '이제 끝내야 해. 만나야겠어, 오늘 저녁 8시 15분'이라고 적힌 쪽지를 발견한 사실을 알고 있습니까?"

그의 반응은 반사적이었다. 자석에 들러붙는 쇠붙이처럼 그의 시선이 메리에게로 홱 옮겨갔다. 그는 아무도 자신의 실수를 알아차리지 못했기를 바라며 눈을 깜빡였다. 시선을 돌려 재판정에 모인 한국인들을 모두 훑듯 주변을 죽 둘러보았다. "아니요, 들어본 적 없습니다. 하지만 그 메모지는 압니다." 맷이 배심원단을 쳐다보았다. "H-마트는 한인 슈퍼마켓입니다. 저희도 가끔 거기서 장을 봅니다."

"박 유가 늘 그 메모지를 쓴다는 것이 사실입니까?"

맷은 안도의 한숨을 내쉬지 않도록 주의해야 했다. 섀넌은 그 쪽지가 박의 것이라고 생각하고 있었다. 맷이 그 메모를 적었으리라고는 상상도 못하는 모양이었다. 게다가 메리는 고려할 대상도 아니었다. "네, 박이 사용했습니다." 맷이 말했다.

섀넌은 천천히 박을 한 번 쳐다본 뒤 다시 맷을 향해 시선을 옮겼다. "증인이 생각하기에 그날 밤 8시 15분부터 십 분 뒤 폭발이 있기까지 박은 어디에 있었습니까?"

'증인이 생각하기에'라는 섀넌의 표현에 맷은 어딘지 불안해졌다. "음, 박은 헛간에 있었죠." 거기엔 의문의 여지가 없었다.

"그걸 어떻게 알죠?"

맷은 생각해야 했다. 그가 어떻게 알았을까? 모두 그렇다고 했으니 그럴 거라고 가정하는 것 말고 말이다. 유씨 가족은 전부 헛간에 있었다고 했다. 그러다 DVD가 꺼졌을 때 박이 건전지를 찾아오라고 영을 집으로 보냈다. 그녀가 너무 오래 걸리자 메리가 도우려고 나갔다가 헛간 뒤편에서 무언가를 발견했고 그쪽으로 걸어갔고, 펑! 하지만 박이 그런 거라면…… 유씨 가족이 거짓말한 것일 수도 있지 않을까? 박을 감싸주려고? 하지만 다시 생각해봐도, 박이 불을 지른 거라면 목숨을 걸고 구조에 나서지는 않았을 것 같았다. 무엇보다 그는 메리가 근처에 없는 것을 확실히 확인했을 것이다. 그러니 아니다. 맷은 말했다. "박이 잠수를 감독했기 때문에 압니다. 그가 체임버를 밀폐했고, 안에 있는 저와 대화했고, 폭발 이후에는 해치를 열고 우리를 끌어냈습니다."

"아, 해치를 열었다. 아까 급하면 일 분 만에 감압하고 해치를 열수 있다고 하셨습니다. 맞습니까?"

"네."

"그러니까 박이 헛간에 있었다면 해치는 폭발로부터 일 분 뒤에 열렸어야겠네요?"

"그렇죠."

"실험을 한번 해보죠. 여기 스톱워치가 있습니다. 눈을 감고 머릿속으로 폭발로부터 해치가 열렸던 순간까지 일어났던 일을 모두 되짚어봐주세요. 그런 다음 스톱워치를 끄세요. 할 수 있으실까요?"

맷은 고개를 끄덕이며 스톱워치를 받아들었다. 십분의 일 초 단위를 측정하는 디지털 스톱워치였다. 일 년이나 지나서 소년의 머리가 잿더미로 바뀌는 데 48.8초가 걸렸는지 48.9초가 걸렸는지 기억하기 위해 애써야 하는 이 상황이 너무 터무니없어 실소가 나왔다. 시작 버튼을 누르고 눈을 감은 뒤 그 순간을 되짚어보았다. 얼굴-깜빡-불, 허우적거림, 셔츠에서 그의 손으로 휙 옮겨붙던 불길. 끼익하고 해치가 열리는 순간에 이르자 그는 정지 버튼을 눌렀다. 2:36.8. "이 분 삼십 초. 하지만 이건 신뢰할 수 없을 것 같군요." 그가 말했다.

섀넌은 반으로 접힌 종이 한 장을 들어 보였다. "이것은 검찰측 사고 재구성 전문가의 보고서입니다. 폭발 후 해치가 열리기까지 걸린 추정 시간도 포함돼 있죠. 읽어주시겠습니까?"

맷은 종이를 받아들어 펼쳤다. 보고서 중간에 형광 노란색으로 밑줄 쳐진 부분은 여섯 단어였다. "최소 이 분, 최대 삼 분."

"증인과 보고서의 내용이 일치하는군요." 섀넌이 말했다. "해치는 폭발이 있고 이 분 뒤에 열렸습니다. 박 유가 자리를 지켰을 경우 걸렸을 시간보다 일 분 이상 더 걸린 거죠."

"다시 말씀드리지만," 맷이 말했다. "아주 과학적이진 않아 보입니다."

섀넌은 십대 소녀가 아직도 이빨 요정을 믿는 꼬마를 바라보는 것처럼, 딱하면서도 귀엽다는 표정으로 맷을 쳐다보았다. "자, 박유가 헛간에 있었다고 믿으시는 또다른 이유, 인터폰으로 대화했다는 부분을 살펴보죠. 어제 이렇게 증언하셨습니다. '체임버 안이 난장판이라 워낙 시끄러워서 제대로 듣진 못했다.' 기억하십니까?"

맷은 침을 삼켰다. "네."

"제대로 듣지 못했으니까 박 유일 거라고 짐작은 하지만 확실히는 모르는 거네요. 제 말이 맞습니까?"

"아니요. 말을 전부 알아듣진 못했지만 목소리를 들었습니다. 박의 목소리였어요." 맷이 말했다. 하지만 말하면서도 확실한지 의문이 들었다. 그냥 고집을 부리는 건 아닐까?

섀넌은 애처로운 듯이 그를 쳐다보았다. "증인," 한껏 누그러진 목소리로 그녀가 말했다. "유씨 가족의 근처에 사는 로버트 스피넘 씨가 그날 저녁 8시 11분부터 8시 20분까지 집밖에서 통화중이었는데, 통화하는 내내 헛간에서 400미터 떨어진 곳에 있는 박을 봤다고 선서까지 하고 증언한 사실을 알고 있습니까?"

그 즉시 에이브가 자리에서 일어나—근거 부족 어쩌고 하면서—이의를 제기했지만 맷은 에이브의 뒤에서 헉 소리를 내는 한 사람에게 집중했다. 영이 두 손으로 입을 틀어막았다. 겁에 질린 듯했다. 하지만 놀란 것 같지는 않았다.

섀넌이 말했다. "존경하는 재판장님, 저는 그저 증인이 이 사실을 인지했는지 질문했을 뿐입니다만 기꺼이 질문을 철회할 용의가 있습니다. 스피넘 씨가 대기중이고 증언할 준비가 돼 있어서, 최대한 빨리 증인 신청을 할 계획입니다." 마지막 부분을 말하면서 섀넌은 눈을 가늘게 뜨고 마치 위협하듯 맷을 쳐다본 뒤 덧붙였다. "증인, 다시 한번 묻겠습니다. 당시 인터폰으로 들은 목소리가 박유라고 확신할 수는 없죠? 그렇지 않습니까?"

맷은 검지가 잘려나간 손의 뭉툭한 부분을 매만졌다. 쿡쿡 찌르고 욱신거렸지만, 이상하게도 쾌감이 느껴졌다. "그런 줄 알았는데, 100퍼센트 확신할 수는 없을 것 같습니다."

"이와 더불어, 해치 개방에 대한 증인의 증언으로 미루어보아 박유가 폭발 이전에 최소 십 분 정도 헛간을 비웠다는 추정도 가능하겠네요? 그러니까 실제로 잠수를 감독하는 사람은 아무도 없었을 수도 있는 거죠?"

맷은 박과 영을 흘끗 보았다. 둘 다 시선을 떨구고 몸을 축 늘어뜨린 채 앉아 있었다. 그는 입술을 핥았다. 짠맛이 났다. "네." 그가 말했다. "네, 가능합니다."

영

샌년의 질의가 끝나자 주위가 어찌나 조용했는지 영은 흠칫 놀랐다. 속삭이는 이도, 기침을 하는 이도 없었다. 에어컨도 덜걱거리거나 윙윙대지 않았다. 누군가 정지 버튼을 누른 것처럼 모두가 그 자리에 얼어붙은 채 박을 향해 고개를 돌리고 있었다. 혐오감에 찡그린 얼굴, 전에 엘리자베스를 보던 그 표정이었다. 영웅에서 살인 자로 바뀌는 데 불과 한 시간. 어쩌다 그렇게 되었을까? 마술쇼 같았지만 변형의 순간을 알리는 압 하는 신호도 없었다.

펑 소리, 적어도 천둥소리쯤은 났어야 했다. 인생을 뒤흔드는 대재앙은 시끄러운 소음과 함께 찾아오지 않던가? 사이렌소리, 알람 소리, 무엇이든 현실의 균열을 알리는 소리. 앞의 일 분은 정상이었는데 다음 일 분 만에 말도 안 되는 변화의 잔해만 남다니. 영은 판사석으로 달려올라가 판사봉을 내리치고 싶었다. 그 정적을 반으로 쪼개버리고 싶었다. 모두 기립해주십시오. 지금부터 버지니아 연방법에 의거하여 피고인 영 유의 재판을 시작하겠습니다. 죄목은 집안의 골

칫거리가 모두 해결됐다고 진짜로 믿어버린 것. 모든 것이 성냥 탑처럼 일순간에 무너질 수 있다는 것을 몇 번이나 보고도 그렇게 미련하게 군 것.

에이브가 일어서자, 영은 그가 어찌 감히 거짓말을 하느냐고, 어찌 무고한 사람을 끌어들일 수 있느냐고 맷을 꾸짖을지 모른다는 일말의 희망을 품었다. 하지만 에이브는 패배자의 목소리로 누가 또 H-마트 메모지를 썼는지, 맷이 폭발 후 해치가 열리는 데까지 걸린 시간을 추정한 것을 왜 확신할 수 없는지와 같은 형식적인 질문만 해댔다. 영은 구멍난 공처럼 몸에서 공기가 빠져나가 오그라드는 것 같은 기분이 들었다.

영은 일어서서 소리지르고 싶었다. 배심원들에게, 박은 환자들을 구하기 위해 말 그대로 불구덩이에 뛰어든 존경받아 마땅한 남자라고. 엘리자베스의 변호사에게, 박은 돈 때문에 자신과 딸의 목숨을 걸 사람이 아니라고. 에이브에게, 모든 증거가 엘리자베스를 가리킨다는 당신 말을 철석같이 믿었으니 이 문제를 해결하라고.

판사가 점심시간 휴정을 선언했고, 법정 문이 끼익하고 열렸다. 그 순간 영은 들었다. 멀리서 들려오는 쇠망치 소리를. 덜-커덩, 덜-커덩 하는 소리에 맞물려 쿵쾅거리는 그녀의 맥박이 관자놀이에서 고동치며 고막으로 혈액을 쉭쉭 흘려보냈고, 그 소리는 수면 아래에서 듣는 것처럼 확장하고 공명하면서 울려퍼졌다. 아마 포도밭의 일꾼들이 내는 소리일 것이다. 아침에 그녀는 언덕 근처에서 나무 막대를 쌓는 그들을 보았다. 새 포도밭에 세울 막대들. 분명 아침나절 내내 요란한 망치질 소리가 났을 것이다. 그저 그녀의 귀에 들리지 않았을 뿐이었다.

*

　그들은 재판정에서 에이브의 사무실까지 한 줄로 걸어갔다. 에이브가 맨 앞에, 그 뒤에 박의 휠체어를 미는 영이, 그리고 메리가 맨 뒤에서 따라갔다. 거대한 남자가 이끄는 그들의 대형이 가까워지면 군중은 지퍼 열리듯 갈라졌다, 마치 역겹다는 듯이. 영은 멍하니 바라보는 사람들의 비난 섞인 시선을 받으며 사형집행인을 따라 마을을 행진하는 죄인이 된 기분이었다.

　에이브는 노란색 건물 안으로 들어가 어두운 통로를 지난 뒤 회의실로 그들을 데려갔고, 직원들을 보고 올 테니 여기서 잠깐만 기다리라고 말했다. 회의실 문이 닫히자 영은 박에게 다가섰다. 이십 년 동안 남편이 자신보다 훨씬 컸는데, 이제 그의 위에 우뚝 서서 그의 머리 가마를 내려다보고 있자니 기분이 이상했다. 전보다 용감해진 느낌이 들었다. 고개를 아래로 기울이는 행위만으로 그동안 입을 막고 있던 댐이 터진 것 같았다. "이럴 줄 알았어." 그녀가 말했다. "처음부터 사실대로 말했어야 했어. 내가 거짓말하면 안 된다고 했잖아."

　박은 인상을 쓰며 턱으로 메리를 가리켰다. 메리는 창밖을 보고 있었다.

　영은 그의 신호를 무시했다. 메리가 듣는다고 뭐가 달라지겠는가? 부모가 거짓말한다는 걸 메리도 이미 알고 있었다. 오히려 말해줄 필요가 있었다. 메리도 박이 지어낸 이야기의 일부를 차지하고 있었으니 말이다. "스피넘 씨가 당신을 봤다잖아." 영이 말했다. "다들 우리가 거짓말하는 걸 안다고!"

　"아무도 아무것도 몰라." 그 근방에 그들의 속사포 같은 한국어내화를 알아들을 이는 아무도 없음에도 불구하고 박은 속삭이는 소리로 말했다. "그냥 우리 증언이 그의 말과 다른 것뿐이야. 당신과 나, 메리의 말이 돋보기안경을 쓴 인종차별주의자 노인의 말이랑 다른 것뿐이라고."

영은 남편의 어깨를 붙들고 거세게 흔들며 고함을 질러서 그의 두개골 속으로 들어간 자신의 말이 핀볼처럼 두뇌 곳곳을 굴러다니게 하고 싶었다. 하지만 남편의 주의를 끄는 데는 차분한 말이 시끄러운 쪽보다 훨씬 더 효과가 있다는 사실을 오래전에 터득했기에, 그러는 대신 손톱자국이 나도록 주먹을 꽉 쥐고 목소리를 최대한 낮췄다. "이렇게 계속 거짓말을 할 순 없어. 우리가 잘못한 것도 아니잖아. 당신은 그저 우리를 보호하려고 나한테 맡겨두고 시위대를 확인하러 나간 것뿐이니까. 에이브도 전부 이해할 거야."

"그럼 사람들을 불타는 체임버 안에 가둬두고 지키는 사람 하나 없이 방치했던 건 어쩔 건데? 에이브가 그것도 이해해줄 것 같아?"

영은 박의 옆에 놓인 의자에 털썩 주저앉았다. 과거로 돌아가 그 순간을 돌이킬 수 있기를 얼마나 바랐던가. "그건 내 잘못이지 당신 잘못이 아니야. 날 보호하려고 당신이 책임을 진다면 나는 살 수가 없어. 지금도 모두를 속이는 범죄자가 된 기분이란 말이야. 더는 못하겠어."

박은 영의 손에 손을 포갰다. 그의 손등을 구불구불 가로지르는 푸른 혈관이 그녀의 손등까지 이어진 듯 보였다. "죄를 지은 사람은 우리가 아냐. 우리가 불을 지른 게 아니잖아. 우리가 어디 있었건 그건 중요하지 않아. 어떻게 해도 폭발을 막을 수 없었어. 우리 둘 다 자리를 지켰대도 헨리와 킷은 죽었을 거라고."

"하지만 내가 제시간에 산소만 껐어도……"

박은 고개를 저었다. "누누이 말했잖아. 잔여 산소가 튜브 안에 남아 있었을 거라니까."

"하지만 화염은 그렇게 세지 않았을 거고 당신이 곧바로 문을 열었으면 그들을 살릴 수 있었을지 모르잖아."

"그건 모르는 거야." 박은 부드럽고 차분한 목소리로 말했다. 그가 손을 내밀어 영의 턱에 대고 얼굴을 들어올려 아내와 눈을 맞췄다. "사실은 말이야, 내가 거기 있었대도 8시 20분에 산소를 끄진 않았을 거야. TJ가 헬멧을 벗었다는 걸 기억해. 그애가 그럴 때마다 내가 치료 시간을 늘려서 모자란 산소량을 보충했었고……"

"하지만……"

"그러니까," 박은 계속 말했다. "내가 거기 있었더라도 산소는 계속 켜져 있었을 거고, 화재나 폭발도 똑같이 일어났을 거란 말이야."

영은 눈을 감고 한숨을 내쉬었다. 같은 주제를 얼마나 많이 반복하고 있는 걸까? 서로를 향해 얼마나 많은 가설과 정당화를 내던지고 있는 걸까? "잘못한 게 없다면 왜 진실을 말하지 못하는 건데?"

박은 영의 손을 세게 움켜쥐었다. 아플 정도로. "우린 이 이야기를 고수해야만 해. 난 헛간을 비웠어. 당신은 무자격자고. 약관에도 분명히 나와 있어. 그와 같은 규정 미준수는 태만으로 자동 간주된다고 말이야. 그리고 태만은 보험금을 한푼도 안 준다는 뜻이야."

"보험금!" 영은 목소리를 낮춰야 한다는 사실을 잊고 소리를 질렀다. "지금 그게 문제야?"

"우린 그 돈이 필요해. 그게 없으면 빈털터리야. 우리가 희생했던 모든 것, 메리의 미래, 그게 다 날아간다고."

"내 말 좀 들어봐." 영은 그의 앞에 무릎을 꿇었다. 아래로 내려다보면 아내의 말을 더 잘 알아들을지 몰랐다. "저들은 당신이 살인을 감추려고 거짓말한다고 생각해. 저 변호사가 엘리자베스 대신 당신을 감옥에 보내려고 한단 말이야. 이게 얼마나 더 최악인지 모르겠어? 당신이 사형을 당할 수도 있어!"

메리가 헉하는 소리를 냈다. 영은 딸이 여느 때처럼 자기 세계에 빠져 있는 줄 알았지만 메리는 부모를 쳐다보고 있었다. 박은 영을 노려보았다. "과장 좀 그만해. 아무 이유 없이 애한테 겁만 주고 있잖아."

영은 메리에게 다가가 팔로 딸애의 어깨를 감쌌다. 손을 뿌리치리라 생각했지만 메리는 가만히 있었다. "우린 당신이 걱정될 뿐이야." 영이 박에게 말했다. "난 현실적인 거고, 당신은 상황이 얼마나 심각한지 깨닫지 못하는 거야."

"나도 심각하게 받아들이고 있어. 침착하려는 것뿐이야. 재판정에서 히스테릭하게 헉 소리를 낸 건 당신이야. 다들 쳐다보는 거 못 느꼈어? 그런 행동이 날 범인처럼 보이게 하는 거라고. 지금 말을 바꾸면 최악의 선택을 하는 거야."

문이 열렸다. 박은 에이브를 흘끗 쳐다본 뒤 계속해서 한국어로 말했다. "아무도 말하지 마. 말은 내가 할 테니까." 날씨 이야기를 할 때처럼 차분한 어조였다.

반면 에이브는 흥분한 것 같았다. 평상시 윤기 나는 마호가니 빛이던 안색이 울긋불긋한 적갈색이 되었고, 피부는 반쯤 마른 땀으로 번들거렸다. 영과 눈이 마주치자 평소처럼 치아가 드러나는 환한 미소를 짓는 대신 당황한 듯 얼른 시선을 피해버렸다. "박한테만 할 이야기가 있습니다. 두 사람은 복도 끝에 가서 기다리세요. 거기 점심식사가 준비돼 있을 겁니다."

"전 남고 싶어요. 남편 곁에요." 영은 박의 어깨에 손을 올리며 말했고, 그녀의 지지에 대한 작은 감사의 표시로 미소나 끄덕임, 혹은 어젯밤처럼 그녀의 손에 포개지는 남편의 손길을 기대했다. 그러나 박은 그러는 대신 인상을 찌푸리며 한국어로 말했다. "그냥 시키는 대로 해." 그의 말소리는 귓속말처럼 작았지만 명령처럼 들렸다.

영은 남편의 어깨에서 손을 내렸다. 지난밤 한순간의 다정함에 속아 박이 더이상 예전의 그가 아니라고, 아내가 남들 앞에서 온순하게 복종하기만을 기대하는 전통적인 한국 남자가 아니라고 믿은 건 어리석었다. 영은 메리와 함께 회의실을 나왔다.

그들이 복도를 반쯤 걸어갔을 때 뒤에서 문이 닫히는 소리가 들렸다. 메리는 발걸음을 멈추고 주위를 둘러보더니 까치발을 하고 회의실로 돌아갔다.

"뭐하는 거니?" 영이 속삭이는 소리로 외쳤다.

메리는 입술에 손가락을 대고 조용히 쉬이잇 소리를 내며 문에 귀를 댔다.

영은 복도 저편을 내다보았다. 인기척은 없었다. 그녀 역시 까치발로 딸 옆으로 달려가 귀를 기울였다.

안에서 아무 소리도 들리지 않아 영은 놀랐다. 에이브는 정적을 싫어하는 사람이었기 때문이다. 에이브를 만난 날들 가운데 그의 말이 쉼없이 연속으로 줄줄 이어지지 않은 날을 떠올릴 수 없었다. 그렇다면 이 정적은 무슨 뜻일까? 에이브가 단어 하나하나를 조심스럽게 고르면서 신중하고 완곡하게 행동한다는 뜻일까? 이제 박이 살인 용의자가 됐으니까?

마침내 에이브가 말을 꺼냈다. "오늘 많은 것이 밝혀졌군요. 골치 아픈 것들이에요." 그의 말에서 진혼곡처럼 무겁고 애써 침착하려는 투가 느껴졌다.

박이 곧바로 물었다. "제가 용의자가 된 건가요?"

영은 에이브가 아니요! 절대요! 하고 부정하기를 기대했다. 하지만 아무런 반응도 없었다. 그저 메리가 굵은 머리카락 한 올을 씹는 소리만 희미하게 들려올 뿐이었다. 미국에 온 첫해에 시작된 딸의 몹쓸 버릇이었다.

잠시 후 에이브가 말했다. "당신이 다른 사람보다 더 유력한 용의자라고 할 수는 없습니다."

저게 무슨 뜻일까? 에이브는 이런 말을 많이 했다. 안심하라고 하는 말이지만 실제로 생각해보면 해석의 여지가 대성당만큼이나 큰 말들. 박의 과실 여부에 대한 경찰의 수사가 끝났을 때처럼 말이다. 그때도 그는 이렇게 말했다. "이제 혐의 없음이나 다름없죠." 혐의가 있으면 있는 거고 없으면 없는 거지, 어떻게 혐의 없음이나 다름없는 게 있을 수 있단 말인가?

에이브가 계속 말했다. "다만 좀…… 모순되는 부분이 있습니다. 하나가 보험회사 전화죠. 본인이 걸었습니까?"

"아니요." 박이 대답했다. 영은 남편에게 더 자세히 설명하라고, 이미 그 답을 알고 있었기 때문에 전화를 걸 필요가 없다고 대답하라고 외치고 싶었다. 계약서에 서명하기 전에 영은 박을 도와 약관 내용을 함께 번역했고, 그러다 부부는 어린아이도 알 만한 뻔한 내용을 몇 문단씩이나 할애해 일일이 설명하는 미국식 계약서의 저능함에 웃음을 터뜨렸다. 구체적으로 그녀는 방화 항목을 지적했다. ("피보험자가 사유지에 직접 불을 내거나 다른 사람을 시켜서 방화한 경우 돈을 안 준다는 소리를 두 장씩이나 써놨어!")

"미리 말해두지만," 에이브가 말했다. "보험사에서 통화 녹음 기록을 찾는 중입니다."

"잘됐네요. 전화를 건 게 제가 아니라는 걸 입증할 수 있겠어요." 박은 분한 목소리였다.

에이브가 말했다. "아침 잠수중에 맷의 휴대폰에 손댈 수 있는 사람이 또 누가 있습니까?"

"없습니다. 메리는 SAT 수업을 듣기 위해 8시 반에 집에서 나가요. 영은 아침식사를 치우고요. 매일 첫 잠수 시간에 항상 저 혼자 있었습니다. 하지만……" 박의 목소리가 잦아들었다.

"하지만 뭐요?"

"하루는 맷이 자기는 재닛의 휴대폰을 가져오고 재닛은 맷의 휴대폰을 가져갔다는 말을 한 적이 있습니다. 실수로 바꿔 들고 왔다더군요." 영도 기억했다. 그날 맷은 안절부절못했다. 아침 잠수를 거르고 다시 돌아가 휴대폰을 바꿔 오려고까지 했다.

"그날이 전화가 걸린 날입니까? 폭발이 있기 전주요?"

"그건 잘 모르겠습니다."

잠시 긴 침묵이 흐르고 에이브가 다시 말했다. "재닛도 당신의 보험사가 어딘지 아나요?"

"네." 박이 대답했다. "그 보험사를 추천해준 게 재닛입니다. 그녀의 병원도 담당하는 회사입니다."

"재밌군요." 이 마지막 대화의 뭔가가 에이브의 경계를 허물어뜨린 듯했다. 흡사 목소리로 된 회전목마처럼 특유의 오르락내리락하는 그의 빠른 억양이 돌아왔다. "이제 당신의 이웃이라는 사람 말인데요. 그 마지막 잠수 시간에 헛간을 비웠습니까?"

"아니요." 박은 대답했다. 그의 단호한 부정에 영은 움찔했다. 그녀는 자신이 결혼한 남자, 이토록 효과적이고 확실하게 일말의 망설임 없이 거짓말을 할 수 있는 이 남자가 누군지 생각했다.

"당신 이웃이 폭발 전에 밖에서 십 분 동안 당신을 봤답니다."

"거짓말이거나 그의 기억이 잘못된 거겠죠. 그날 수시로 송전선을 확인하고, 전력회사에서 수리를 나왔는지 확인했습니다. 하지만 늘 쉬는 시간에 했어요. 잠수중에는 절대 안 했습니다." 박은 확신에 차다못해 거의 거만한 말투였다.

뻣뻣했던 태도가 완전히 누그러진 에이브가 말했다. "박, 내 말 잘 들어요. 내게 말하지 않은 게 있다면 지금이 기회입니다. 당신은 극심한 트라우마를 겪었어요. 누구라도 혼란스러울 겁니다. 몇 가지 헷갈리는 게 있는 것도 당연하죠. 얼마나 많은 증인들이 처음에는 똑똑히 기억한다면서 나한테 어떤 말을 했다가 내가 다른 사람들이 한 이야기를 들려주면, 짜잔, 전에는 생각하지 못했던 걸 기억해내는지 못 믿을걸요. 중요한 건 증언 전에 지금이라도 털어놓는 거예요. 처음부터 배심원들한테 전부 말하면 괜찮을 겁니다. 하지만 나중에까지 기다렸다가는 안 통해요. 그러면 배심원들은 갑자기 의문을 품기 시작하죠. 뭘 숨기는 걸까? 왜 말을 바꾸는 걸까? 그러다 짜잔, 새년이 합리적인 의심이 든다고 외치면 다 끝장입니다."

"그런 일은 없을 겁니다. 전 진실을 말하고 있어요." 박의 목소리가 높아지며 점점 커졌다.

"알아둬야 할 게 있는데," 에이브가 말했다. "당신 이웃의 증언이 상당히 신빙성 있습니다. 그가 전화로 자기 아들한테 당신이 위험하게 송전선에 걸린 풍선을 건드리네 어쩌네 했답니다. 그 아들이 확인해줬고요. 통화 기록도 일치합니다. 당신 증언과 그 사람들 말이 전부 진실일 순 없어요."

"그들 말이 틀린 거예요." 박이 말했다.

"지금 내가 이해할 수 없는 건," 에이브는 박의 대꾸를 무시하고 계속 말했다. "당신이 왜 여기서 힘을 빼는가 하는 것입니다. 제삼자가 나타나서 당신이 발화 지점 근처에 없었다는 걸 확인해주겠다는데 이런 황금 알리바이가 어딨습니까? 섀넌이 당신이 해치를 열지 않았다고 온종일 외치고 발악을 해도 엘리자베스가 불을 질렀다는 사실은 전혀 변하지 않습니다. 그래서 그 여자를 감옥에 보내는 게 내 목적이고, 스퍼넘이 뭐라든 난 괜찮아요. 내가 안 괜찮은 건 당신이 거짓말을 하는 것입니다. 뭐든 거짓말을 하면 나도 당신이 뭘 숨기는 건지 의심할 수밖에 없어요. 알겠어요?"

메리가 다시 머리카락을 씹기 시작했고, 정적 속에서 점점 크고 끈질기게 들려오는 머리카락 물어뜯는 소리가 영의 고조되는 심박의 리듬과 맞물리며 그녀의 귓전에 울려퍼졌다.

"저는 헛간에 있었습니다." 박이 말했다.

메리가 고개를 내저었다. 불안감에 일그러진 그녀의 얼굴 전체가 하나의 찡그린 표정으로 바뀌었고, 뺨을 가로지르는 흉터는 하얗게 붉거졌다. "우리가 뭔가를 해야 해. 도와줘야지." 메리가 영어로 말했다.

"네 아빠가 아무것도 하지 말랬잖아. 시키는 대로 해." 영은 한국어로 말했다.

메리가 입을 떡 벌리고 그녀를 쳐다보았다. 뭔가를 말하고 싶지만 아무 소리도 나오지 않는다는 듯이. 영은 그 표정을 알아보았다. 박이 미국에 온 직후, 미라클 크리크로 이사할 거라고 통보했을 때 메리는 그와 싸웠다. 자기는 아는 사람 하나 없는 외딴 시골로는 안 간다고 울고 소리를 지르면서. 박이 부모에게 버릇없이 군다며 꾸짖자 메리는 영한테 도움을 청했다. "말 좀 해." 메리가 말했다.

"같은 생각인 거 다 알아. 엄마도 목소리가 있어. 왜 목소리를 내지 않아?"

영도 그러고 싶었다. 이제 우리 전부 미국에 있지 않느냐고, 여기서 사 년간 애를 키우고 가게를 운영하고 가계를 꾸리는 걸 자기 혼자 다 했다고, 더이상 당신이 알던 우리가 아니라고, 더군다나 미국에 대해 당신은 내가 아는 것의 반도 모르지 않느냐고, 그런데 지금 누가 누구한테 명령하는 거냐고 외치고 싶었다. 그러나 그녀를 쳐다보는 남편의 표정에서, 새 학교에서 잘 적응할 수 있을지 걱정하는 전학생처럼 당혹스러운 불안감이 피어오르는 그의 얼굴에서 영은 떨어져 산 몇 년의 세월이 앗아간 가장의 역할을 회복하려는 절박함을 보았다. 가슴이 아팠다. "당신이 우리 가족을 위해 최선의 결정을 했으리라고 믿어." 박에게 그렇게 말한 뒤 메리를 쳐다보았을 때 아이는 지금과 똑같은 표정을 짓고 있었다. 실망과 경멸과, 더 최악인 건 무력한 엄마를 향한 동정이 한데 뒤섞인 표정이었다. 그녀는 메리가 어른이고 자신은 아이가 된 것처럼 한없이 작아지는 기분이 들었다.

영은 딸한테 전부 설명하고 싶었다. 손을 내밀어 메리의 손을 잡고 단둘이 이야기할 수 있는 곳으로 데려가려 했다. 하지만 뭔가 해보기도 전에, 뭔가 말하기도 전에, 메리가 돌아서서 문을 열고 카랑카랑한 목소리로 외쳤다. "그거 저예요."

*

먼저 생각하거나 결과를 고려하지도 않고 어린애처럼 행동한 메리에 대한 분노는 나중에야 찾아왔다. 하지만 그전에, 바로 그 순간에 표면으로 떠오른 감정은 선망이었다. 행동할 용기가 있는 십대 딸을 향한 선망.

"뭐가 너라는 거니?" 에이브가 물었다.

"스피넘 씨가 본 사람이요, 그거 저라고요." 메리가 말했다. "제가 폭발 전에 거기 있었어요. 머리를 올리고 아빠처럼 야구모자를 쓰고 있어서 멀리서는 아빠로 보였나봐요."

"하지만 넌 헛간 안에 있었다면서." 에이브의 인상이 점점 더 찌푸려졌다. "폭발 직전까지 아빠랑 있었다고 네 입으로 계속 말했잖아."

메리의 얼굴이 새하얗게 질렸다. 새로 할 이야기와 그전에 했던 이야기를 어떻게 맞출지 생각해보지 않은 게 분명했다. 어쩔 줄 몰라하며 도움을 간청하는 메리의 시선이 영과 박에게 꽂혔다.

딸을 돕기 위해 나선 박이 영어로 말했다. "메리야, 의사 선생님들이 네 기억은 천천히 돌아올 거랬어. 뭔가 새로 기억이 난 거니? 엄마를 도와서 건전지를 찾으러 밖에 나갔을 때 혹시 무슨 일 있었어?"

메리는 울음을 참으려는 것처럼 입술을 깨물고 천천히 고개를 끄덕였다. 마침내 입을 열었을 때 그녀의 말은 툭툭 끊기고 확신이 없었다. "그날 엄마랑 싸워서, 제가 요리나 청소를 더 도와야 한다고 그래서…… 둘만 있으면 또 저한테 소리를 지를까봐…… 집으로는 안 갔어요. 그러다가……" 흐릿한 기억을 떠올리려는 듯 한껏 집중하는 메리의 미간이 찌푸려졌다. "그때 전선이 고장난 게 생각나서…… 대신 거기로 갔어요. 어쩌면 제가…… 풍선들을 풀수도 있을 것 같아서요. 그런데…… 손이 안 닿는 거예요. 그래서 그냥 돌아왔어요." 메리는 에이브를 쳐다보았다. "그때 연기를 본 거예요. 그래서 그쪽으로 갔는데, 헛간 뒤로 가니까 거기서……"
메리의 목소리가 끊겼고 눈이 감겼다. 명령이라도 받은 듯 눈물이
뺨을 타고 흘렀고 상처의 울퉁불퉁한 부분이 더 도드라져 보였다.

영은 이제껏 그날 밤에 대해 한마디도 하지 않던 딸을 안쓰러워
하는 엄마의 역할을 맡아야 할 때라는 걸 알았다. 딸을 끌어안고 머
리를 쓰다듬으며 여느 엄마들이 자식을 달랠 때 할 법한 행동을 모
두 보여줘야 한다는 것을 말이다. 하지만 그녀는 에이브가 메리의
이야기를 뻔히 꿰뚫어볼 거라는 걱정에 속이 울렁거려 그 자리에서
꼼짝도 할 수 없었다.

그러나 그렇지 않았다. 에이브는 전부 믿었다. 아무튼 그런 것처
럼 행동했다. 그럼 다 설명이 된다면서 의사들의 말처럼 기억이 서
서히 파편적으로 떠오르는 것도 물론 이해한다고 말했다. 그는 스
피넘의 증언에 관한 그럴싸한 설명을 듣게 된 것이 심히 마음이 놓
이는 모양이었다. 설사 메리의 주장에 의구심이 들었대도, 예컨대
아무리 멀리서 봤어도 어떻게 여자애를 중년 남성으로 착각할 수
있는지, 스피넘 씨는 십여 분이라고 했는데 메리가 송전선에 머문
시간은 왜 몇 분밖에 되지 않는지에 대해서는 노안 어쩌고 하면서
백인 노인 눈에는 동양인들이 다 똑같아 보인다거나, 십대들은 시
간 가는 줄 모른다고 중얼거리며 대충 넘어갔다.

에이브는 박에게 말했다. "섀넌이 왜 당신을 찍었는지 모르겠어
요. 동기가 없는데 말이에요. 보험금을 원했다 해도 체임버가 빌 때
까지 기다렸겠죠. 왜 애들을 죽일 위험까지 감수하겠어요? 말이 안
돼요. 당신이 밖에 있었다는 오해만 아니었으면 섀넌은 당신한테
그러지 못했을 거예요."

메리는 웃음 같기도, 울음 같기도 한 소리를 냈다. "제 잘못이에

요. 제가 빨리 기억만 했어도……" 그녀는 고통으로 일그러진 얼굴을 하고 에이브를 쳐다봤다. "정말 죄송해요. 저 때문에 아빠가 곤란해지는 건 아니겠죠? 아빠 잘못한 거 없어요. 감옥에 가시면 안 돼요."

메리는 박의 어깨에 손을 올린 뒤 그의 곁에 무릎을 꿇고 앉았다. 박은 괜찮다는 듯이, 다 용서했다는 듯이 딸의 머리를 토닥였고, 메리는 둘의 곁으로 오라는 의미로 영에게 손을 내밀었다. 그들 곁으로 가 한 손으로는 메리의 손을, 다른 한 손으로는 박의 손을 잡음으로써 둥글게 가족끼리 뭉친 뒤에도 영은 남편과 딸의 연대에서 배제된 외부인이 된 듯한 기분이 들었다. 박은 자신의 계획을 거역한 메리를 용서했다. 그가 영한테도 그렇게 너그러웠을까? 그리고 메리 역시 박을 위해 몇 달에 걸친 침묵을 깼다. 영을 위해서도 그렇게 했을까?

에이브가 말했다. "걱정 마라. 다 잘될 거야. 박, 내일 증언할 때 설명할 기회를 줄게요. 메리, 너를 증언대에 세워야 할지도 모르겠구나." 에이브가 일어섰다. "하지만 나한테 진실을 말하지 않으면 나도 도와줄 수가 없어요. 오늘 같은 일이 또 일어나지 않길 바랍니다. 그러니까 마지막으로 묻죠. 나한테 무언가, 뭐 하나라도 말하지 않은 것이 있습니까?"

박이 말했다. "없습니다."

메리가 말했다. "없어요, 전혀요."

에이브는 영을 바라보았다. 영은 입을 벌리고 있었지만 아무 소리도 나오지 않았다. 그녀는 메리가 문을 연 순간부터 지금껏 자신이 한마디도 하지 않았다는 걸 깨달았다.

"영, 할 말이 있습니까?" 에이브가 물었다.

영은 그날 저녁 자신이 혼자 건전지를 찾아 집안을 샅샅이 뒤지는 동안 박을 도와 시위대를 지켜봤을 메리를 생각했다. 그날 저녁 통화할 때 딸의 흠을 잡는 자신에게 남편이 늘 그렇듯 딸의 편을 들던 것도 떠올렸다.

"뭐든 좋습니다. 지금이 기회입니다." 에이브가 말했다. 박과 메리의 손이 그녀의 양손을 꽉 움켜쥐며 어서 말하라고 재촉했다.

영은 고개를 숙여 남편과 딸의 얼굴을 내려다본 뒤 에이브를 쳐다보며 말했다. "전부 아시잖아요." 그렇게 그녀가 가족과 한편에 섰을 때 에이브는 그들에게 다음 참고인의 증언 이후에는 엘리자베스가 자기 아들의 죽음을 바랐다는 사실에 그 누구도, 절대로 아무도 일말의 의문을 제기하지 못할 거라고 말했다.

테리사

그녀는 섹스 생각을 멈출 수 없었다. 점심 휴정 시간 내내, 우적 우적 점심을 먹을 때도, 상점가를 어슬렁거릴 때도, 포도밭을 흘끗 내다볼 때도, 섹스, 섹스, 섹스.

시작은 메인 스트리트를 수놓은 '오, 참 귀엽다' 싶은 카페들 가운데 하나에서였다. 라일락 빛깔의 벽에 포도 그림을 손수 그려넣은, 그야말로 여자들의 브런치 장소였다. 반면 계산대에 서 있는 직원은 TV를 뚫고 나온 짐승남 스타일의 남자로, 아기자기한 카페 배경에 그의 조각 같은 근육질 몸매가 병치되어 더욱 두드러졌다. 샐러드를 계산하기 위해 그에게 다가갔을 때 익숙하고 짙은 과거의 향기가 테리사의 코를 스쳤다. 알싸한 것이, 꼭 고교 시절 남자친구의 폴로 향수 냄새가 마른 땀 냄새와 뒤섞인 것 같았다. 톡 쏘는 그 사향냄새는 혼자 이불 밑에서 검지만 빙빙 돌려가며 느끼던 익숙한 오르가슴의 냄새가 아니었다. 그녀가 십일 년 동안 느껴본 적 없는, 남자의 몸 아래 꼼짝없이 짓눌린 채 서로의 신체가 땀으로 미끄덩

거릴 때 나는 그 오르가슴의 냄새였다.

"밖이 뜨거워요. 정말 포장해 가실 건가요?" 남자가 물었다.

그녀는 약간 성적이라고 생각되는 말투로 대답했다. "전 뜨거운 것이 좋아요." 그러고는 의뭉스럽게 흘리는 미소를 지어 보인 뒤 살랑살랑 걸어나가면서 치맛자락이 나부껴 실크가 살갗을 스치는 감촉을 음미했다. 한 블록 지나서 그녀는 자신을 마더 테리사라고 부르는 맷을 발견했고, 그 상황이 유쾌하기도 하고 너무 터무니없어서 터져나오는 웃음을 애써 참아야 했다.

치마 때문이었을 것이다. 몇 년간 치마를 입은 적이 없었다. 로사의 휠체어와 영양보급관을 간수하다보면 허리 굽히는 일은 예사였기에 치마는 선택 사항에 없었다. 아니면 혼자였기 때문일지도 모른다. 돌봐야 할 누군가 없이, 놀랍도록, 이상하리만치, 아찔할 정도로 혼자. 하루 스물네 시간 일주일 내내 로사의 엄마이자 간호사, 잠깐 짬이 나면 (스스로를 '또다른 아이'라고 부르는) 칼로스의 엄마 역할에서 십일 년 만에 처음으로 맞는 해방이었다.

그렇다고 그녀에게 자유시간이 아예 없었던 건 아니었다. 일주일에 몇 시간, 교회 봉사자들이 돌아가면서 애들을 봐주었다. 하지만 그런 외출 때는 밀린 볼일을 처리하느라 서둘러야 했다. 어제는 십 년 만에 처음으로 온종일 로사 없이 지낸 날이었다. 처음으로 로사에게 밥을 먹이거나 기저귀를 갈아주지 않은 날이고, 장애인용으로 개조한 밴에 태워 치료실에 데려가지 않은 날이고, 잠에서 깬 로사를 반기거나 밤에 자기 전에 키스를 해주지 않은 날이었다. 그녀는 너무 불안해했고, 봉사자들은 걱정하지 말고 재판에만 집중하라며 집밖으로 그녀를 떠밀어야 했다. 그녀는 법원에 도착하자마자 한 번, 그리고 첫번째 휴정에 두 번 집으로 전화를 걸었다.

어제 점심 휴정 시간에 테리사는 집에 전화를 걸었고, 직접 싸온 샌드위치를 먹었고, 그런 다음 시계를 들여다보았다. 오십 분이나 남았는데 해야 할 일이 아무것도 없었다. 그래서 걸었다. 목적 없이. 주변에 타깃 마트나 코스트코는 없었다. 오직 의도적으로 실용성을 거부한 것을 과시하며 시시한 것들을 파는 보석 빛깔의 상점들뿐이었다. 그녀는 고지도만 한 섹션 가득하고 특수아동 교육에 관한 책은 한 권도 없는 헌책방, 열다섯 가지 색깔의 팔찌는 팔지만 속옷이나 양말은 없는 옷가게를 둘러보았다. 그저 둘러만 보는데, 누군가의 보호자가 아닌 채로 일분일초가 지날 때마다 뱀이 허물을 벗듯 그녀의 세포 하나하나에서 그녀가 맡았던 역할이 벗겨지고 그 아래 숨겨져 있던 무언가가 표면으로 드러나는 듯한 기분이 들었다. 엄마 테리사나 간호사 테리사가 아니라 한 사람의 여자인 그냥 테리사가 드러나는 기분. 로사와 칼로스와 휠체어와 영양보급관의 세계가 비현실적이고 멀게 느껴졌다. 그들을 향한 그녀의 사랑과 걱정이, 여전히 그곳에 있지만 눈에는 보이지 않게 된 새벽녘의 별빛처럼 점점 희미해져갔다.

첫날 재판이 끝난 뒤 테리사는 쿠페형 렌터카를 몰고 귀가하는 길에 록 음악을 따라 불렀다. 로사의 취침 시간 십 분 전에 집 앞에 다다랐지만 집을 지나쳐 수풀이 우거진 으슥한 곳에 차를 세운 뒤 십오 분 동안 아까 휴정 시간에 샀던 99센트짜리 메리 히긴스 클라크의 미스터리 소설을 읽으며 은밀한 여유를 즐겼다.

그건 마치 더 오래 다른 사람인 척할수록 더 깊이 그 인물에 빠져드는 메소드 연기 같은 거였다. 오늘, 테리사는 필요 이상으로 일찍 집을 나섰다. 그녀는 독신 여성을 연기하고 있었다. 차 안에서 화장을 하고, 머리를 길게 늘어뜨리고, 포도밭 일꾼들을 응시했다.

그리고 잠시나마 그 카페의 계산대 남자와 있었을 때는 진짜 홀가분한 여자가 된 기분을 느꼈다. 남자들이 알면 줄행랑을 치는 조합인 장애인 딸과 사춘기 아들이 딸리지 않은 그런 여자 말이다.

테리사는 최대한 오래 기다렸다가 재판정으로 돌아왔다. 문 앞에서 전에 몇 번 본 적 있는 여자 둘이 그녀에게 인사를 건넸다. 아침에 그녀 다음 차례로 잠수를 하던 미라클 서브마린 환자들의 보호자들이었다. 그중 한 여자가 말했다. "여기 오기가 얼마나 힘든지 몰라요. 우리 남편은 애들을 볼 줄 모르거든요." 그러자 다른 여자가 말했다. "저도 마찬가지예요. 재판이 어서 끝났으면 좋겠어요."

테리사는 고개를 끄덕이며 입술로 '저도요' 하는 동조의 미소를 지으려고 했다. 인생에 생긴 이 같은 공백에 혼자만 희희낙락하는 그녀 자신이 나쁜 사람인 것 같은 기분이 들었다. 로사가 오그라진 입술을 벌리면서 "엄마" 하고 부르는 것이 그립지 않다면 나쁜 엄마일까? 재판이 한 달 동안 지속되길 기도한다면 자원봉사자들에게 나쁜 친구가 되는 걸까? "맞아요, 저도 미안해 죽겠어요" 하고 말하려 입을 벌리는데, 전혀 미안한 기색 없이 되레 신이 난 여자들의 얼굴이 눈에 들어왔다. 그들은 재판정에서 벌어지는 드라마를 놓치지 않으려고 이리저리 눈을 굴리고 있었다. 순간 테리사의 뇌리에는 이 여자들도 그녀처럼 매일같이 이어지던 혼돈의 일상 속에 남편들을 밀어넣고 자신들은 휴가를 떠난 것 같은 이 상황이 전혀 즐겁지 않은 척 좋은 엄마를 연기하는 중은 아닐까 하는 생각이 들었다. 테리사는 그들을 보고 미소 지으며 말했다. "그 심정 저도 너무 잘 알죠."

*

　재판정 안은 후텁분했다. 그녀는 누군가 백 년 만이라고 한 무더 위에서 해방될 것을 기대했지만 실내 공기도 텁텁하기는 마찬가지였다. 어쩌면 강력한 뙤약볕 아래를 거닐던 모두가 스펀지처럼 습기를 한껏 빨아들였다가 실내로 들어와 그 눅눅한 열기를 내뿜고 있는 걸지도 몰랐다. 에어컨이 작동중이었지만 저도 지쳤는지 한번씩 털털거렸고 소리가 영 시원찮았다. 찔끔찔끔 새어나오는 바람은 재판정 전체를 시원하게 하기에는 역부족이었고 땀 입자만 사방으로 퍼트릴 뿐이었다.

　에이브가 다음 증인을 호명했다. 방화 전문가이자 수사 지휘관인 스티브 피어슨. 테리사는 걸어나오는 그의 땀으로 미끈거리는 분홍빛 민머리에서 증기가 피어오르는 게 보이는 것 같았다. 키가 155센티미터도 채 안 되는 테리사에게는 대부분의 사람들이 커 보였지만 에이브보다도 훨씬 큰 피어슨 형사는 그야말로 거인이었다. 그가 올라서자 증인석이 삐걱거렸고, 육중한 몸집 옆에 놓인 나무 의자는 장난감처럼 보였다. 그가 자리에 앉자 털 없는 머리통으로 햇살이 스포트라이트처럼 쏟아지며 얼굴에 후광을 드리웠다. 테리사는 그를 처음 본 날이 떠올랐다. 폭발 당일 저녁, 불길을 등지고 선 그의 번들거리는 두피에 요동치는 화염이 반사되던 그 모습.

　악몽의 한 장면이었다. 소방차와 앰뷸런스, 경찰차에서 서로 다른 높낮이의 사이렌이 요란하게 울려퍼지는 가운데 타닥거리는 불길이 끈덕지게 헛간을 집어삼키고 있었다. 공중에 십자를 그리며 호스에서 뿜어져나오는 부글거리는 물줄기와 앰뷸런스의 번쩍거리는 조명이 어둑한 하늘에서 한데 뒤엉키면서 환각적인 나이트클

럽의 분위기를 자아냈다. 그리고 들것들. 새하얀 천을 덮은 들것들이 사방에 있었다.

테리사와 로사는 무사했다. 기적이었다. 연기를 조금 마셔서—아이러니하게도—순산소를 흡입해야 할 뿐이었다. 산소를 마시면서 그녀는 맷이 그를 저지하는 응급구조원들과 실랑이하는 것을 보았다. "놔줘요! 그녀가 아직 몰라요. 가서 말해줘야 한다고요."

테리사는 숨이 턱 막혔다. 엘리자베스. 그녀는 아들이 죽은 사실을 모르고 있었다.

그때가 바로 영화 속 악당의 캐리커처처럼 어깨가 기이할 정도로 넓고 머리가 벗어진 스티브 피어슨이 그녀의 시야에 등장한 순간이었다. "저희가 죽은 소년의 어머니를 찾겠습니다." 그가 높은 비음을 쥐어짜는 목소리로 말하자 그의 존재는 더욱 생경하게 느껴졌다. 그토록 거대한 몸집을 보며 기대했던 멋들어진 중저음과는 너무 대조되는 목소리였기 때문이다. 아직 변성기를 거치지 않은 소년이 그의 진짜 목소리에 더빙이라도 한 것처럼 이상하게 느껴졌다. "소식을 전해드리겠습니다."

소식을 전하다. 부인, 전해드릴 소식이 있습니다. 테리사는 그가 CNN 해외 특파원의 흥미로운 보도라도 되는 양 엘리자베스에게 헨리의 죽음을 전하는 모습을 상상했다. 아드님이 사망했습니다.

안 될 일이었다. 생긴 건 꼭 스칸디나비아 출신 스모 선수처럼 생겨서 목소리는 다람쥐 앨빈* 같은 낯선 남자가 엘리자베스가 여생 동안 계속해서 되풀이하게 될 순간을 망치게 내버려둘 순 없었다. 테리사도 그런 순간을 겪은 적이 있었다. '나 바쁜 사람이야' 하

---

* 애니메이션 시리즈 〈앨빈과 슈퍼밴드〉에 등장하는 다람쥐 캐릭터.

는 투의 의사가 전화로 "따님이 혼수상태임을 알려드리려고 전화했습니다" 하던 순간. 충격을 받은 그녀가 "뭐라고요? 무슨 말도 안 되는 소리예요?" 하고 묻는데 의사는 그녀의 말을 자르며 "최대한 빨리 병원으로 오십시오. 환자가 오래 버티지 못할 겁니다"라고 말했다. 엘리자베스에게는 친구가 조심스럽게 말해주고, 같이 울어주고, 보듬어주기를 테리사는 바랐다. 그녀가 전남편에게 바랐던 방식대로, 모르는 사람한테 떠넘기지 않고 해주길 바랐던 그 방식대로 말이다.

그래서 테리사는 로사를 응급구조원들에게 맡기고 엘리자베스를 찾아나섰다. 8시 45분이었으니 잠수는 한참 전에 끝났을 시간이었다. 어디에 있는 걸까? 차에는 없었다. 산책하러 나갔을까? 맷이 개울가 근처에 괜찮은 산책로가 있다고 말한 적이 있었다.

테리사는 오 분 만에 개울가 근처에서 담요를 깔고 누워 있는 엘리자베스를 발견했다. "엘리자베스?" 하고 불러보았지만 대답이 없었다. 가까이 다가가자 그녀의 귓속에 하얀 이어폰이 보였다. 거기서 새어나오는 요란한 음악이 가늘게 울려퍼지며 졸졸 흐르는 시냇물 소리와 귀뚜라미 울음소리와 뒤섞였다.

저녁 하늘의 깊어지는 어둠이 엘리자베스의 얼굴 위로 자색 그늘을 드리웠다. 그녀는 눈을 감고 옅은 미소를 머금고 있었다. 평온해 보였다. 담요 위에는 담배 한 갑과 성냥개비가, 담배꽁초 옆에는 구겨진 종이와 보온병이 있었다.

"엘리자베스." 다시 불렀다. 대답이 없었다. 테리사는 허리를 숙이고 이어폰을 뺐다. 화들짝 놀란 엘리자베스가 몸을 확 비틀며 일어났다. 보온병이 넘어지면서 노르스름한 액체가 콸콸 쏟아졌다. 와인?

"오, 맙소사, 잠들었나봐. 믿을 수가 없다. 몇시야?" 엘리자베스가 말했다.

"엘리자베스." 테리사는 두 손을 모았다. 앰뷸런스의 번쩍이는 불빛이 먼 데서 하는 불꽃놀이처럼 단속적으로 하늘을 밝혔다. "끔찍한 일이 생겼어. 불이 났는데, 폭발도 있었어. 손써볼 틈도 없이 일어난 일이야." 그녀는 엘리자베스의 손을 잡았다. "이런 말 해서 미안한데 거기 헨리도…… 있어서, 헨리가…… 헨리가……"

엘리자베스는 아무 말도 하지 않았다. 헨리가 뭐? 하고 채근하지도 않았고, 숨이 턱 막히지도 않았고, 비명을 지르지도 않았다. 그저 테리사가 문장의 마지막 단어를 내뱉을 때까지 몇 초가 걸리나 세기라도 하듯 동일한 박자로 눈만 깜빡깜빡할 뿐이었다. 다섯, 넷, 셋, 둘, 하나. 헨리가 다쳤다고, 테리사는 말하고 싶었다. 죽기 직전이라는 말이라도. 뭐든 희망 한 조각은 남은 말을 해주고 싶었다.

"헨리가 죽었어." 결국 말하고야 말았다. "정말 미안해. 뭐라고 해야 할지……"

엘리자베스는 눈을 질끈 감고 그만, 이라는 듯이 손을 들었다. 그러다 갑자기 여름 바람에 빨랫줄에서 나부끼는 티셔츠처럼 몸을 앞뒤로 흔들었고, 테리사가 그녀를 붙들려고 몸을 기울였을 때는 입을 벌리고 나직하게 울부짖는 소리를 냈다. 이어 그녀의 고개가 뒤로 홱 꺾였고, 순간, 테리사는 깨달았다. 엘리자베스는 웃고 있었다. 아주 높은 소리로, 시끄럽게, 미친듯이 깔깔깔. 그러면서 주문처럼 같은 말을 반복했다. "애가 죽었어, 애가 죽었어, 애가 죽었어!"

*

테리사는 그날 저녁에 있었던 나머지 일들에 관한 피어슨 형사의 증언을 들었다. 엘리자베스가 으스스할 정도로 침착하게 현장을 둘러보더라. 그가 헨리의 들것으로 안내하자 미처 말릴 틈도 없이 아이의 얼굴을 덮은 하얀 시트를 젖히더라. 여느 비통해하는 부모들처럼 비명을 지르거나 울지도 않고 아이의 몸에 매달리지도 않더라. 충격으로 마비돼서 그랬겠지만 그래도 세상에, 너무 소름 끼쳤다.

그녀도 알고 직접 겪은 사실들이 나열되는 동안, 테리사는 시선을 떨구고 쭈글쭈글한 손등의 주름을 펴면서, "애가 죽었어!" 하고 외치던 엘리자베스를 생각했다. 그 순간 깔깔대던 엘리자베스의 그 웃음이 테리사에게는 그녀가 헨리를 죽이지 않았다는 증거였다. 설령 죽였다고 해도 고의이거나 살인은 아니었다. 여덟 살에 테리사는 얼어붙은 연못에 빠진 적이 있었다. 물이 몹시 차서 되레 끓는 물처럼 뜨겁게 느껴졌었다. 엘리자베스의 웃음이 그렇게 느껴졌다. 고통이 너무 극심해서 울음을 건너뛰고 그 이상의 감정으로 곧장 넘어간 느낌. 비탄에 빠진 그녀의 깔깔거리는 웃음소리에서 어떤 울음이나 비명보다 훨씬 더 큰 고통이 전해졌다. 그걸 어찌 말로 표현한단 말인가? 엘리자베스가 웃은 건 웃은 게 아니라고 설명할 수 있을까? 음주와 흡연만으로도—그런 엄마답지 않은 행동들로도—그녀는 충분히 점수를 잃었다. 거기에다 아들이 죽었다는 말을 듣고 웃었다고 하면 잘해야 실성했다거나 최악의 경우엔 사이코패스라는 말을 들을 터였다. 그래서 테리사는 아무한테도 말하지 않았다.

에이브가 뭔가를 이젤 위에 올렸다. 이런저런 문구들을 끄적거런 메모를 확대한 사진이었다. 전화번호, URL, 식료품들이 적혀 있는 할일 목록처럼 보였다. 사방에 끄적거린 문구 다섯 개에는 형광 펜 표시가 되어 있었다. 더이상 이렇게 살 순 없어, 내 인생을 되찾아야 해. **오늘 끝내자!** 헨리=피해자? 어떻게? **HBOT는 더는 안 돼**. 마지막 문구에는 아이들이 그린 회오리바람처럼 여러 개의 동그라미가 쳐져 있었다. 종이를 가르는 일정하지 않은 선들로 봐서 찢어진 종이를 퍼즐을 맞추듯 다시 이어붙인 것 같았다.

에이브가 말했다. "피어슨 형사님, 이게 뭔지 설명해주시죠."

"피고인의 부엌에서 발견한 쪽지를 확대해서 형광펜으로 표시한 사본입니다. 아홉 조각으로 찢겨서 쓰레기통에 버려져 있었고요. 필적 감정을 통해 피고인의 필체임을 확인했습니다."

"그러니까 피고인이 적고 찢어서 버린 종이라는 말씀이군요. 여기엔 어떤 의미가 있죠?"

"뭔가를 계획한 문서로 보입니다. 피고인이 특수아동인 자녀를 돌보는 것에 진절머리가 나서 그날 저녁에 전부 '끝내자'고 계획을 한 거죠." 피어슨은 손가락으로 인용부호 표시를 했다. "피고인은 'HBOT는 더는 안 돼'라고 적었습니다. 여기 적힌 URL과 전화번호를 피고인의 인터넷 검색 기록 및 통화 기록과 대조해서 저희는 이 문서가 폭발 당일에 작성됐다는 결론을 내렸습니다. 그러니까 피고인이 이 메모를 적고 몇 시간 뒤에 HBOT가 폭발해서 피고인의 아들이 사망한 거죠. 게다가 그러는 동안 피고인은 와인을 마시고 담배를 피우며 자축했습니다. 이는 부모의 의무에서 해방된 것을 궁극적으로 상징하는 행위라고 볼 수 있습니다." 피어슨은 상한 음식을 씹은 것 같은 찡그린 표정으로 엘리자베스를 쳐다보았다. 테리사는 어젯밤 차에 숨어 장애가 있는 자녀로부터의 해방감을 몇 분

더 즐겼던 자신의 모습을 보고도 그가 저런 표정을 지을지 궁금해졌다.

"어쩌면 피고인이 피곤해서 HBOT는 관둬야겠다는 의미로 적었을 수도 있지 않나요? 안 그렇습니까, 형사님?"

피어슨은 고개를 저었다. "바로 그날, 피고인은 이메일로 헨리의 다른 치료들―언어치료, 작업치료, 물리치료, 사회성 치료 등―은 전부 취소했습니다. HBOT만 빼고요. 'HBOT는 더는 안 돼'가 HBOT를 그만두고 싶다는 뜻이었다면 왜 HBOT는 취소하지 않았을까요? 폭파될 걸 알았기에 취소할 필요가 없었던 게 아니면요."

"흠, 정말 이상하네요." 에이브가 영문을 모르겠다는 표정을 지었다.

"네, 우연치곤 굉장하죠. 피고인이 HBOT를 그만두기로 한 당일에 하필이면 해당 시설이 폭발해서 피고인이 적은 문구들이 모두 실현되었고, 편리하게도 그녀가 취소한 치료들마저 헨리한테 더는 필요 없게 되었으니 말입니다."

"하지만 우연도 일어나긴 하잖아요." 에이브의 목소리에 활기가 넘쳤다. 그들은 배심원단 앞에서 좋은 경찰, 나쁜 경찰 쇼를 하는 게 분명했다.

"그것도 사실입니다만, 정말 그만두기로 했다면 왜 잠수를 하러 갔을까요? 왜 그 멀리까지 운전해 가서 아프다는 거짓말을 하느냐 말입니다. 저희 법의학팀이 피고인의 컴퓨터에서 찾아낸 바에 따르면 피고인은 그날 오후 내내 HBOT 화재에 대해 조사했습니다. 그래놓고 왜 굳이 거기에 갔을까요?"

에이브가 말했다. "피어슨 형사님, 방화 전문 수사관으로서 피고인의 컴퓨터 검색 기록이나 메모를 바탕으로 어떤 결론을 내리시겠습니까?"

"피고인의 검색 기록은 HBOT 화재의 발생 원리에 초점이 맞춰져 있었습니다. 처음 화재가 어떻게 발생하는지, 어떻게 확산되는지 같은 거요. 이는 검색한 사람이 방화를 계획했고 HBOT 체임버 안에 있는 사람들이 확실히 죽을 수 있는 화재 방법을 연구했음을 뜻합니다. 피고인의 메모 가운데 '헨리=피해자? 어떻게?'라는 것도 실제로 어떻게 헨리를 확실하게 피해자로 만들지, 즉 살해 방법에 초점이 있었음을 보여줍니다. 나중에 피고인이 헨리가 앉을 자리를 가장 위험한 자리로 지정해줬다는 사실이 이를 뒷받침합니다."

"이의 있습니다." 엘리자베스의 변호사가 사이드바*를 요청했다. 변호인단이 판사와 상의하는 동안 테리사는 이젤에 놓인 종이를 쳐다보았다. 끄적거린 문구 하나하나가 테리사 자신도 썼을 법한 내용이었다. 속으로 얼마나 많이 되뇌었던 말이던가? 더이상 이렇게 살 순 없어, 내 인생을 되찾아야 해. 제기랄, 심지어 저녁 기도문의 일부이기도 했다. "하느님, 로사를 도우소서, 부디 저희에게 새로운 치료법이든 신약이든 뭐든 내려주옵소서. 하느님, 저도 제 인생을 되찾고 싶습니다. 칼로스도 그 아이의 인생이 필요합니다. 무엇보다 우리 로사가 제대로 된 인생을 살 수 있게 도와주옵소서. 간곡히 기도드리나이다. 아멘." 그리고 지난여름, 하루에 두 번씩이나 장거리 운전을 하면서 매일매일 날짜를 세어 로사에게 말하지 않았던가? "이제 아홉 밤만 더 참으면 돼, 우리 딸, 그럼 HBOT는 더 안 해도 돼!"

게다가 그 헨리=피해자? 어떻게?라는 문구. 피어슨의 설명은 논

---

* 재판중에 판사와 변호사가 배심원단에게는 들리지 않도록 의논하는 행위.

리적으로나 상식적으로나 말이 됐지만, 그 문구에는 뭔가 거슬리는 것이 있었다. 헨리와 피해자는 같다. 어떻게. 헨리가 피해자다. 피해자로서의 헨리? 어떻게? 그녀는 그 문구를 되풀이하며 어릴 적에 들었던 자장가처럼 아주 익숙한 리듬에 빠져들었다.

갑자기 뇌리를 스치는 것이 있었다. 그날 아침의 시위대였다. "당신들은 아이들을 해하고 있는 겁니다." 은발 머리 여자가 말했었다. "교과서처럼 나무랄 데 없는 아이를 원하는 당신들의 왜곡된 욕망의 피해자로 만들고 있는 거라고요." 그 말에 엘리자베스가 걸려들었고 사우나처럼 푹푹 찌는 더위에도 그녀의 얼굴이 새파랗게 질렸다. 테리사가 그 말에 대꾸했다. "이것 보세요, 헨리가 피해자라고요? 웃기고들 있네. 애한테 유기농 속옷 한 장이라도 사주고서 그런 말을 해요." 하지만 나중에는 그녀 역시 생각하게 되었다. 로사도 아이를 있는 그대로 받아들이지 못하는 내 무능의 피해자인 건 아닐까? 난 그저 아이가 건강하길 바란 것뿐인데. 그게 어떻게 잘못됐다는 것일까? 종이가 있었다면 그녀도 끼적거렸을 것이다. 로사=피해자? 어떻게?

변호인단이 자리로 복귀하자 에이브는 이젤에 또다른 포스터를 올려놓았다.

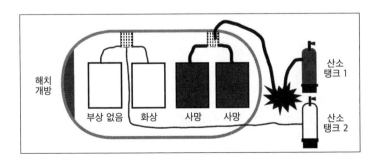

"형사님." 에이브가 말했다. "이게 무엇인지 설명해주시죠."

"폭발 이전에 피고인이 마지막으로 방문했던 웹사이트에서 나온 그림입니다. 아마도 시위대의 전단에 나열된 한 사례를 보고 'HBOT 체임버 외부에서 시작된 화재'라는 검색어를 입력해 찾아냈을 겁니다. 밖에서 화재가 시작된 미라클 서브마린과 유사한 체임버의 그림이죠. 화재로 인해 산소관에 금이 갔고, 그 틈에서 새어나온 산소가 불길을 만난 사례입니다. 이 사례에서는 1번 산소 탱크가 폭발했고 거기에 연결됐던 환자 둘이 사망했습니다."

"그러니까 피고인이 저 그림을 보고 몇 시간 뒤에 사망이라고 쓰인 저 세번째 자리에 피고인의 아들을 앉혔다, 그 말씀입니까?"

"네, 그렇습니다." 피어슨은 배심원단을 쳐다보았다. "이제 미라클 서브마린이 정확히 같은 방식으로 폭발했다는 점을 기억하셔야 합니다. 화재도 정확히 같은 지점인 U자 모양으로 굽은 산소관 아래에서 시작됐습니다. 사망 피해 역시 똑같이, 안쪽 두 자리에서 발생했고요. 바로 피고인이 아들을 앉히겠다고 고집했던 자리입니다."

테리사는 로사가 앉았던, 부상 없음이 적힌 왼쪽 네모 칸 자리를 쳐다보았다. 다른 잠수 때는 사망이라고 적힌 붉은 네모 칸에 늘 로사가 앉았었다. 엘리자베스가 자리를 바꾸자고 고집을 부리지 않았더라면 로사의 머리가 화염에 휩싸여 새까맣게 탄 뼈만 남았을 것이다. 테리사는 몸서리를 치며 그 생각을 떨쳐내 멀리 날려버리기 위해 세차게 고개를 저었다. 무릎이 풀릴 만큼 강렬한 안도감이 찾아왔고, 이윽고 수치심이 밀려들었다. 솔직해지자, 지금 고통스럽게 죽은 아이가 남의 아이라서 신께 감사드린 것 아닌가. 순간, 이런 생각이 들었다. 자신이 엘리자베스의 편을 드는 건 그녀의 결백을 믿어서가 아니라 로사는 무사할 수 있는 폭발 계획을 세워준 데 대한 고마움 때문은 아닐까? 그런 이기적인 마음이 엘리자베스의 웃음과 메모에 대한 해석을 오염시킨 건 아닐까?

에이브가 말했다. "증인은 피고인과 화재의 발화점에 관한 대화를 나눈 적이 있습니까?"

"네, 피고인이 피해자의 시신을 확인한 직후였습니다. 저는 누구든 이 일에 책임이 있는 자와 이런 일이 발생하게 된 경위를 밝혀내겠다고 말했습니다. 그러자 피고인이 '시위대가 그랬어요. 그들이 밖에 있는 산소관 아래에 불을 지른 거예요'라고 했습니다. 이때만 해도 화재가 어디서 어떻게 일어났는지 저희가 몰랐다는 사실을 유념해주십시오. 나중에 감식반이 정확히 같은 지점을 발화 지점으로 확정했을 때 저희도 너무나 놀랐습니다."

"피고인의 주장대로 시위대가 불을 지른 게 맞고, 그들의 전단을 보고 방화 방법을 추정한 건 아닐까요?" 에이브의 질문은 순진한 초등학생이 부활절 토끼가 정말 있느냐고 묻는 것처럼 들렸다.

"아닙니다." 피어슨이 고개를 저었다. "저희는 시위대를 철저히 수사했고 몇 가지 근거로 그들을 수사선상에서 배제했습니다. 첫째로 폭발 당일 시위대 여섯 명 전원은 저녁 8시에 경찰 조사를 받고 풀려났습니다. 그들은 곧장 어디에도 들르지 않고 D.C.로 돌아갔다고 증언했으며, 이는 이동전화 기지국에 잡힌 신호와도 일치합니다. 둘째, 여섯 명 전원은 법을 준수하는 평화적인 모범 시민으로서 흠잡을 데 없는 배경을 가지고 있으며, 이들의 주된 목적은 아이들을 위험에서 보호하는 것이었습니다."

이 말에 테리사는 고개를 아주 세차게 내저었고, 배심원단을 향해 명목에 불과한 시위대의 '평화'에 속지 말라고 외치고 싶었다. 배심원들은 그날 아침에 경멸이 가득찬 눈으로 이를 악물고 있던 그 여자들을 보지 못했다. 그들은 HBOT를 중단시키기 위해 필요한 거라면 뭐든 할 준비가 돼 있어 보였다. 생명 존중이라는 미명아래 낙태 수술 의사들을 총살하는 광신도들처럼 말이다.

테리사는 심호흡을 해 흥분을 가라앉혔다. 피어슨이 증언을 이어나갔다. "설령 시위대가 환자들을 겁줘서 HBOT를 그만두게 할요량으로 방화처럼 극단적인 수단을 선택했다 하더라도, 산소가 풀가동중이고 아이들이 안에 있을 때 그랬다는 건 도저히 이해할 수없습니다."

산소가 풀가동중이었다. 그 말에 어떤 생각이 불쑥 떠올랐고, 오싹한 한기가 테리사의 전신을 관통했다. 만약에 산소가 가동중인걸 시위대가 몰랐다면? 그날 아침, 첫 잠수가 끝나고 서둘러 그들을 지나쳐가는데 은발 머리 여자가 테리사를 향해 외쳤다. "우리어디 안 가요. 오늘 저녁 6시 45분에 또 봐요." 그때는 별생각 없이그저 짜증만 났는데, 지금 생각해보니 시위대는 환자들의 스케줄을정확히 꿰고 있었다. 그 말인즉슨, 그들은 8시 5분이면 산소가 꺼질 거라고 예상했다는 뜻이다. 피어슨의 말에 따르면 방화범이 담뱃불을 지핀 시각은 8시 10분에서 8시 15분 사이였다. 완벽한 타이밍이었다. 시위대는 잠수가 마무리중이지만 산소는 꺼졌을 거라고 생각했고, 그럼 불이 천천히 번질 테니 환자들이 나가는 길에 불이 난 걸 보고 무서워서 치료를 그만두고 박을 신고하리라 예상했을 것이다. HBOT는 더는 안 돼. 아귀가 딱 맞아떨어졌다.

에이브가 말했다. "시위대를 용의선상에서 배제한 이유는 이제알겠습니다. 하지만 그들이 방화에 관여한 게 아니라면 피고인은정확한 발화 지점을 어떻게 알았을까요?" 또다시, 아무것도 모른다는 듯 순진한 척, 에이브가 혼란스럽고 호기심어린 말투로 물었다.

"두 가지 가능성이 있습니다." 피어슨이 말했다. "하나는 시위대가 연루되었음을 보여주는 장소에 그녀가 직접 불을 질렀을 가능성입니다. 누군가에게 살인 누명을 씌우는 전형적인 수법입니다. 저희가 찾은 강력한 증거만 아니었어도 통했을 영리한 수법이죠."

"그럼 두번째 가능성은요?"

"찍었는데 운좋게 얻어걸린 거죠."

배심원 몇이 낄낄거렸고, 테리사는 폐부를 옥죄는 압박감을 느꼈다. 엘리자베스는 시위대를 증오했다. 그건 명백한 사실이었다. 그 증오는 그녀가 헛간에 불을 지르는 위험을 감수할 정도였을까? 누군가를 죽이기 위해서가 아니라 그저 시위대를 곤경에 빠뜨릴 작정으로? 그날 마지막 잠수에서 TJ는 귀의 통증을 호소했고, 그 때문에 박은 평소보다 두 배 천천히 여압을 하며 산소를 주입했다. 그 사실을 모르는 엘리자베스가 8시 15분이면 산소가 꺼졌을 거라고 예상했을 수도 있다. 그랬다면 그녀가 불을 지르고, 다들 곧 밖으로 나와 불이 번지기 전에 화재 사실을 발견하리라 생각했을지도 모른다. 정말 그런 거라면 불이 나서 헨리가 죽었다는 말을 듣고 비통해하면서도 놀라지는 않았던 이유가 설명된다. 자신이 아들의 죽음을 초래했다는 깨달음, 자신의 자만과 증오와 죄의 대가를 아들이 죽음으로 치르게 됐다는 견딜 수 없는 아이러니에 그녀가 무너졌고, 테리사의 뇌리를 떠나지 않는 그 비통한 웃음이 터져나온 게 분명했다.

에이브가 말했다. "형사님, 화재가 정확히 어떻게 시작되었죠?"

피어슨이 고개를 끄덕였다. "저희 화재 감식반은 불이 붙은 담배와 산소관 아래 쌓인 나뭇가지와 그 한가운데 놓인 성냥갑으로 인해 화재가 시작됐다는 결론을 내렸습니다. 산소관에 금이 가면서 산소가 불을 만난 기죠. 산소 자체는 인화성이 아니지만 그것이 기계 내부나 주변의 오염 물질과 결합하면서 폭발로 이어졌고, 그 폭발의 위력으로 담배와 성냥갑이 완전히 연소하기 전에 날아가버린 것으로 추정됩니다. 저희가 해당 물건의 일부 훼손되지 않은 조각을 입수해 실험실에 화학 성분과 색 패턴 분석을 의뢰했습니다. 그 결과 담배의 브랜드는 캐멀, 성냥갑은 그 일대 세븐일레븐 편의점에서 구입한 것으로 밝혀졌습니다."

삐져나오는 웃음을 참으려고 안간힘을 쓰는 것처럼 에이브의 입술이 꿈틀거렸다. "피고인의 피크닉 장소에서 발견된 담배와 성냥갑의 브랜드는 무엇이죠?" 그는 피크닉을 음란한 단어처럼 들리게 발음했다.

"캐멀 담배와 세븐일레븐 성냥갑입니다."

법정 전체가 들썩이고 진동하는 것처럼 느껴졌다. 다들 앉은 자리에서 허리를 곧추세우고 엘리자베스의 반응을 엿보기 위해 몸을 앞으로, 옆으로 기웃거렸다.

에이브는 수군대는 소리와 의자 끄는 소리가 그치고 조용해질 때까지 기다렸다. "형사님, 피고인이 이와 같은 연관성을 해명하려고 시도했습니까?"

"네. 체포된 후에 피고인은 그날 밤 숲에서 포장이 뜯긴 담뱃갑과 성냥을 주웠다고 말했습니다." 피어슨의 흥겨운 목소리는 흡사 보모가 아이들한테 동화를 읽어주는 어조와 비슷했다. "누가 버린 것 같기에 주워서 피웠답니다. 그리고 그 옆에서 H-마트 로고가 적힌 메모지에 '이제 끝내야 해. 만나야겠어, 오늘 저녁 8시 15분'이라고 적힌 쪽지도 봤답니다. 그때는 몰랐지만 방화범들이 버린 게 분명하다고 말했습니다."

"증인은 피고인의 설명에 어떻게 반응하셨죠?"

"신뢰할 만한 주장은 아니라고 생각했습니다. 청소년이 버려진 담배를 주워서 피웠다는 말이라면 믿겠습니다. 그런데 사십대 상류층 여성이 그런다고요? 어쨌든 저희는 피고인의 '주장'을 진지하게 고려했습니다." 그는 손으로 인용부호 표시를 했다. "그래서 담뱃갑과 성냥갑에서 지문을 채취했죠."

"뭐가 나왔습니까?"

"이상하게도 다른 이의 지문은 없이 피고인의 지문만 나왔습니다. 거기에 대해 피고인은 자신이 담배를 피우기 전에……" 웃음을 참는 듯이, 피어슨의 얼굴이 씰룩거렸다. "항균 물티슈로 깨끗이 닦았기 때문이라고 했습니다. 뭐, 땅바닥에 떨어져 있던 거니까요."

키득거리는 가벼운 웃음소리가 법정을 휩쓸고 지나갔다. 큰 소리로 웃는 사람들도 있었다. 에이브가 인상을 쓰며 일부러 찡그린 표정을 지었다. "죄송합니다만, 지금 항균 물티슈라고 하셨습니까?" 미소를 짓는 배심원들은 즐거운 모양이었지만 테리사는 놀란 척하는 에이브의 뻔히 들여다보이는 쇼가 하나도 즐겁지 않았다. "그러니까 피고인은 누구 것인지도 모르는 담배를 항균 물티슈로 닦았으니 괜찮다면서 피웠다는 말씀이군요." 자꾸 '항균 물티슈'를 반복하는 그의 말투가 유치하기 짝이 없는 못된 아이들의 조롱처럼 들려서 테리사는 닥치라고, 엘리자베스는 진짜로 그 물티슈를 어디든 가지고 다니며 무엇이든 닦아 쓰는 버릇이 있다고 외치고 싶었다. 근데 뭐 어쩌라고!

"네." 피어슨이 말했다. "그래서 하필이면 피고인의 주장을 입증하거나 혹은 반박할 증거도 전부 '닦여버린' 거죠." 테리사는 증인석으로 넘어가서 토끼 귀처럼 꼼지락거리는 그의 뚱뚱한 손가락을 꺾어버리고 싶었다.

"H-마트 쪽지의 지문은 어떤가요? 아무리 피고인이라고 해도 항균 물티슈로 종이까지 닦지는 않았을 것 같은데요."

"저희는 아무 쪽지도 찾지 못했습니다."

"실수로 놓친 게 아닙니까?"

"폭발 당일 저녁에 피크닉 장소 주변에 광범위하게 수사 반경을 설정하고 익일 오전까지 그 일대를 샅샅이 수색했습니다. 인근에서 발견된 H-마트 쪽지는 없었습니다."

갑자기 머리가 띵해지면서 마치 숄을 두른 것처럼 화끈거리고 묵직한 통증이 어깨 아래까지 전해졌다. 그날 저녁에 분명 쪽지가 있었다. 눈을 감으면 그것이 보였다. 담요 위에 공처럼 뭉쳐진 종이. 글자는 알아볼 수 없지만 그 빨간색과 검은색 무늬는 분명 H-마트 로고가 찌그러진 것이었다.

테리사는 에이브에게 말하는 걸 상상했다. 그가 믿어줄까? 왜 진작 말하지 않았냐고 따져 물을 것이다. 사실 그녀는 헨리의 죽음을 전했을 때 엘리자베스가 웃더라는 말을 하지 않기 위해 대화중에 주변에서 본 것들은 물론이고 기억나는 게 별로 없다고 말했었다. "헨리가 죽었다는 말을 어떻게 하면 좋을지에 온 정신이 팔려서 다른 건 눈에도 안 들어왔어요." 그녀는 그렇게 말했었다. 피어슨의 증언을 들으니 기억이 나더라고 핑계를 댈 수도 있겠지만 에이브는 믿지 않을 것이다. 되레 독수리처럼 콕콕 찔러서 그녀 이야기의 허점을 찾아낼 것이다. 그렇게 되면 사실대로 말해야 한다는 중압감을 이기지 못하고 엘리자베스가 웃었다는 말도 해버릴지 모른다. 그렇게 되면 H-마트 쪽지일 수도 있고 아닐 수도 있는 것을 봤다고 하는 것보다 엘리자베스를 훨씬 더 곤란하게 할지 모른다.

그러니 개인적으로 에이브를 찾아가서는 안 된다. 하지만 조용히 입다물고 있어서도 안 된다. 엘리자베스가 쪽지에 대해 거짓말을 한 게 아니라는 사실을 배심원들도 알아야 한다.

테리사가 눈을 떴을 때 피어슨은 엘리자베스의 주장을 뒷받침할 증거가 전혀 없다고 말하고 있었다. 테리사는 자리에서 일어났다. 그리고 목을 가다듬었다. "그건 사실이 아니에요. 제가 봤어요. 제가 H-마트 쪽지를 봤어요."

판사가 판사봉을 두드리며 정숙하라고 외쳤고 에이브가 앉으라고 말했지만, 테리사는 계속 선 채로 엘리자베스를 응시했다. 섀넌이 엘리자베스에게 뭔가를 말하는 것 같았지만, 엘리자베스는 섀넌 너머로 테리사의 시선에 눈을 맞췄다. 엘리자베스의 아랫입술이 파르르 떨리면서 웃는 듯한 모양으로 벌어졌다. 눈을 깜빡이자 눈 안에 가득 고인 눈물이 뺨을 타고 또르르 흘러내렸다. 댐이 터진 것처럼 눈물이 줄줄 흘렀다.

엘리자베스

재판이 시작되기 일주일 전, 섀넌은 엘리자베스에게 법정에서 그녀의 뒤에 앉아 있는 사람들이 많으면 많을수록 좋다고 말했다. 그녀에게 휴지를 건네고, 에이브의 증인들을 노려보고, 그런 일을 해줄 사람들. 엘리자베스는 외동딸에, 양친은 1989년 샌프란시스코 지진 때 사망했으니 가족은 없었고 친구들만 남았다. 문제는, 그녀에게 친구가 없다는 것이었다. "무덤까지 함께 갈 절친한 친구를 말하는 게 아니에요. 그냥 옆에 앉아 있어줄 사람이면 돼요. 앉아 있어주는 거, 그거면 된다니까요. 당신 미용사든, 치위생사든, 홀푸드 계산원 여자든 상관없어요. 아무나요." 섀넌의 말에 엘리자베스가 물었다. "그럼 연기자들을 고용하면 어떨까요?"

원래부터 엘리자베스에게 친구가 없었던 건 아니었다. 늘 낯을 가리는 편이었던 건 맞지만 대학 시절이나 회계사무소에 다닐 때는 친한 친구들이 있었다. 결혼식에는 세 명의 신부 들러리를 세웠고, 친구의 들러리가 되어준 적도 두 번이나 있었다. 그러나 육 년 전 헨리가 자폐 진단을 받은 뒤로는 너무 바빠져서 헨리에 대한 일이 아닌 것에는 신경쓸 겨를이 없었다. 평일에는 헨리를 차에 태우고 일곱 가지 치료—언어치료, 작업치료, 물리치료, 청지각 요법(토마티스), 사회성 치료(RDI), 시각 처리, 뉴로피드백—를 받으러 다녔고, 그 사이사이에 땅콩/글루텐/카세인/유제품/생선/달걀이 첨가되지 않은 식품들을 찾아 전체론적/유기농 식료품점을 배회했다. 밤에는 헨리의 식사와 영양제를 미리 준비한 뒤 'HBOT 키즈'나 '자폐 박사 엄마들'과 같은 자폐 치료 웹사이트를 탐색했다. 연락이 끊어진 채 몇 년이 흐르자 친구들도 먼저 연락해오지 않았다. 그런데 이제 와서 뭘 할 수 있을까? 전화해서 대뜸 말해야 하나? 안녕! 오랜만이다! 혹시 내 살인 재판에 와줄 수 있나 해서. 사형당하기 전에 잠깐 얘기나 하면 좋잖아. 아, 그건 그렇고 육 년 전에 네 전화 씹어서 미안. 아들 때문에 무지 바빴거든. 너도 알지 왜, 내가 죽인 걸로 기소당한 내 아들?

그러니 엘리자베스는 기꺼이 와서 자신을 지지해줄 사람이 아무도 없다는 것을 알았다(물론 섀넌이 있었지만 그 대가로 시간당 600달러를 받는 그녀는 열외였다). 하지만 어제 법정에 입장하면서 재판정을 통틀어 유일하게 비어 있는 자신의 뒷좌석 열을 보자 그녀는 투명한 권투 선수에게 강타당한 듯한 복부 통증을 느꼈다. 이틀 동안 엘리자베스의 뒷좌석 열은 텅 빈 채로, 온 세상에 그녀를 지지해줄 이가 아무도 없음을 광고했고 그녀의 고립을 과시했다.

테리사가 불쑥 일어나 H-마트 쪽지를 봤다고 말했을 때, 판사는 그녀의 발언을 무효화하려고 했다. 그는 판사봉을 두들기며 테리사에게 함부로 소리를 쳐서는 안 된다고 주의를 주었고, 배심원단에게는 그 말을 무시할 것을 주문했다. 테리사는 사과했지만 판사가 자리에 앉으라고 했을 때 이것은 엘리자베스가 침대에 누워 몇 번이고 곱씹어본 일이었는데─유씨 가족을 지나 통로를 건너 텅 빈 좌석 열로 걸어들어와 엘리자베스의 바로 뒤에 앉았다. 몇몇 배심원이 헉하는 소리를 냈다. 그들은 엘리자베스를 전염성은 없을지 몰라도 멀리하는 게 좋은 나환자쯤으로 생각한 모양이었다.

엘리자베스는 고개를 돌려 테리사를 바라보았다. 누군가 지지해줄 사람이 있다는 것, 그녀의 편이라고 언명하고 수치심 없이 곁에 있어줄 사람이 생긴다는 것, 그것은 엘리자베스가 이미 단념했고, 살아야 할 가치가 없어진 마당에 더는 신경쓰지 않는다고 혼자 되뇌었던 것이었다. 하지만 상처는 받았다. 매일같이 몇 시간을 함께했던 2회 잠수 환자 가족들 가운데 누구 하나 찾아와서 그녀에게 진짜 그랬느냐고 묻지 않았을 때는. 그녀의 유죄를 덮어놓고 믿어버렸을 때는.

허나 이제, 그들 중 하나가 그녀의 친구가 되고자 한다. 그녀 안에서 팽창하는 감사의 마음이 풍선 속 물처럼 위태롭게 차올라 금방이라도 풍선을 펑 터뜨리고는, 그녀가 차마 내뱉을 수 없는 '고마워'라는 말이 되어 콸콸 쏟아져나올 것 같았다. 그녀는 테리사를 바라보며 눈으로 감사의 뜻을 전하려 했다.

그때 방청객 틈에서 부스스한 은발 머리가 눈에 띄었다. 시위대의 리더, 성인군자인 양 아이디가 '떳떳한자폐아엄마'인 그 여자였다. 엘리자베스는 섀넌이 재판에서 그 여자의 알리바이가 가짜임을 밝히고 그녀를 무너뜨리리라 기대했지만, 보험사 전화가 섀넌의 초점을 박에게로 돌리는 바람에 저 여자가 편안히 앉아서 무고한 구경꾼처럼 재판을 감상할 수 있게 되었다. 익숙한 분노와 증오와 원망이 훅 스치면서 쓰디쓴 물이 목구멍을 타고 스멀스멀 기어올랐다. 저 여자만 아니었어도 그녀의 아들은 지금 살아 있었을 것이다. 지금쯤 아홉 살이 되어 4학년에 올라갔을 것이다. 루스 와이스, 저 여자의 위협적인 협박과 엘리자베스의 인생을 파괴하려는 시도, 그 모든 것을 그녀는 킷과의 운명적인 전화를 통해 알게 되었다. 그걸 돌이킬 수만 있다면, 엘리자베스는 신께 기도했다. 그 전화가 그녀를 흔들고 이성의 끈을 내려놓게 했고, 살아 있는 내내 후회하게 될 순간으로 이끌었다. 그로 인해 그녀는 어리석고 이해할 수 없는 일련의 행동을 저질렀고, 돌이켜보니 그것들은 그녀의 인생뿐 아니라 헨리의 인생까지 완전히 바꾸어놓았다.

엘리자베스는 다시 테리사를 향해 시선을 돌리며, 그날 저녁 자신이 와인을 홀짝이면서 HBOT와의 이별을 기념하고 손가락 사이에 긴 담배에 경탄하던 그 순간에 불길 속에서 공포에 사로잡혀 있었을 테리사를 생각했다. 그녀는 테리사가 그날 일을 전부 알고 있는지, 헨리의 죽음이 사실은 엘리자베스—루스 와이스를 향한 그녀의 증오심—탓이라는 걸 알고는 있는지 궁금했다.

*

섀넌은 피어슨 형사를 싫어했다. "뭐 저런 거들먹거리는 재수없는 새끼가 다 있어." 그들의 첫 만남 이후에, 그리고 그의 진술 이후에 그녀가 말했다. "저 끽끽거리는 목소리도 못 들어주겠네. 농담이 아니라 진짜 두드러기가 날 것 같아요."

엘리자베스는 숨이 끊어져 육신만 남은 아들 헨리의 사체로 인도한 피어슨, 그 남자를 보는 것이 고통스러울 줄 알았다. 하지만 그녀는 그를 기억하지 못했다. 그의 얼굴도, 소름 끼칠 만큼 어울리지 않는 그의 목소리도. 그가 증언한 내용두 전혀 기억하지 못했고, 섀 넌이 바라는 대로 부정확한 내용을 지적하는 대신, 수동적인 TV 시청자처럼 듣고만 있었다.

판사가 반대 신문을 하라고 말했을 때 섀넌이 엘리자베스에게 말했다. "편히 앉아서 즐겨요. 내가 저 남자 부숴버릴 테니까." 하지만 자리에서 일어난 섀넌은 피어슨을 살짝 곁눈질로 보면서 (설마 지금 유혹적으로 보이려는 건가?) 양쪽 보조개가 움푹 패도록 미소를 지었다. "안녕하세요, 형사님." 그녀는 인위적으로 낮은 목소리를 내며 말했다(섹시하게 보이려는 건지, 그의 고음을 강조하려고 그러는 건지 알 수 없었다). 그러더니 좁은 보폭으로 엉덩이를 앞뒤로 씰룩거리며, 엘리자베스 생각에 뽐내는 듯한 걸음걸이로 그를 향해 다가갔다.

"형사님," 섀넌이 계속해서 낮게 쉰 목소리를 내자 엘리자베스는 자신이 헛기침을 하고 싶어졌다. "형사님에 관한 얘기를 좀 해보죠. 제가 듣기로는 경력 이십 년의 범죄 수사 전문가이자 본 사건의 수사 지휘관이시라던데요. 실제로 증거 수집에 관한 세미나 교육도 하신다는 이야기를 들었습니다." 그녀는 배심원단을 바라보며 잘난 아들을 자랑하는 엄마처럼 말했다. "신입 수사관들은 필수로 들어야 하는 교육이라죠?" 그녀는 다시 피어슨을 향해 몸을 틀었다. "제 말이 맞나요?"

"음, 네." 그로서는 전혀 예상하지 못한 일이었던 게 분명했다.

"맡고 계신 세미나 이름이 '바보도 하는 범죄 수사'라면서요?" 섀넌이—엘리자베스가 제대로 본 게 맞을까?—킥킥거렸다. 진중하고, 전문적이며, 풍채가 좋은 변호사 섀넌이 제 사이즈도 아닌 체크무늬 정장에 불투명한 팬티스타킹을 신고 네 살짜리 소녀처럼 킥킥대고 있었다.

"정식 명칭은 아니지만, 네, 그렇게 부르는 사람들도 있습니다."

"그리고 훌륭한 도표를 개발하셔서 수업 때는 그것만 사용하신다고 들었습니다. 딱 한 장짜리 도표라던데, 맞습니까?"

피어슨은 얼떨떨한 모양이었다. 그는 친구에게 답을 물어보는 초등학생처럼 에이브를 넘겨다보았다. 에이브는 어깨를 살짝 으쓱했다. "네, 세미나 교육용으로 만든 한 장짜리 도표가 있습니다."

"그럼 그 도표에는 분명 신뢰성 있고 유의미한 증거에 관한 교과서적인 단순 정보만이 아니라 형사님의 경험을 토대로 한 현장 지식이 담겨 있겠네요. 그렇게 볼 수 있을까요?"

"그렇죠."

"멋집니다." 섀넌이 이젤 위에 포스터를 올렸다.

바보도 하는 범죄 수사	
직접증거	**정황증거**
"더 나은, 신빙성 있는 증거!!!"	(신빙성 떨어짐. 하나 이상의 항목 필요)
• 목격자	• 스모킹 건: 용의자의 범행 도구
• 범행의 음성/영상 기록물	사용 증거(지문, DNA)
• 용의자의 범행 사진	• 범행 도구 소유/소지
• 용의자, 증인, 또는 공범의	• 범행 기회―알리바이?
범행 기록	• 범행 동기―위협, 선행 사건
• 성배: 자백	• 특수한 지식과 관심
(입증할 필요 있음!!!!!)	(폭탄 전문지식이나 조사 사례 등)

"이것이 형사님의 도표가 맞습니까?" 섀넌이 물었다. 지나치게

달콤하게 들리는 그녀의 목소리에서 조롱이 묻어났다.

거의 동시에 피어슨이 말했다. "대체 이걸 어떻게 구한 겁니까?" 그리고 에이브가 외쳤다. "이의 있습니다. 오도의 소지가 있습니다. 호그 변호인은 버지니아 법이 직접증거와 정황증거를 구분하지 않는 것을 잘 알고 있습니다."

섀넌이 말했다. "존경하는 재판장님, 법률의 세부적인 사항은 배심원 설명서*를 구체화하는 과정에서 다뤄볼 수 있습니다. 저는 지금 수사 지휘관에게 수사의 방식에 관한 질문을 하는 것뿐입니다. 본 문서는 기밀이 아니며, 제가 아니라 증인이 직접 작성한 문서입니다."

"기각합니다." 판사가 말했다.

에이브의 입이 믿을 수 없다는 듯이 떡 벌어졌다. 그는 고개를 저으며 자리에 앉았다.

"형사님, 다시 묻겠습니다." 목소리에 덧씌운 달콤함을 바나나 껍질처럼 벗겨버리고 다시 원래의 진중한 음색으로 돌아온 섀넌이 말했다. "이 도표가 증인이 이번 사건 담당 수사관을 비롯한 다른 수사관들을 교육할 때 쓴 도표가 맞습니까?"

피어슨은 섀넌을 한 번 쏘아본 뒤 중얼거렸다. "네."

"그러니까 이 도표를 근거로 저희는 증인의 경험상 직접증거가 정황증거보다 더 신빙성 있고 나은 증거라고 생각해도 되겠네요. 그렇습니까?"

피어슨은 에이브를 슬쩍 쳐다봤다. 하지만 인상을 찌푸린 채 눈썹을 치켜세우는 에이브는, 무슨 말인지 알아요, 하지만 저 미친 판사를

---

* 법적 지식이 부족할 수 있는 배심원들이 공정하고 합리적인 평결에 이를 수 있도록 사건의 쟁점과 재판 절차, 증거 법칙 등에 관한 내용을 담아 재판부가 배심원에게 교부하는 설명서.

내가 어쩌겠어요? 하고 말하는 것 같았다. "네." 피어슨이 대답했다.

"저 증거들의 차이는 무엇입니까? 세미나에서는 달리는 사람을 예로 드신다죠?"

경외의 놀라움과 짜증이 뒤섞인 피어슨의 얼굴이 일그러졌다. 물론 그는 누가 배신을 했는지 추측하며 배반자를 어떻게 처단할지 상상하고 있었다. 상념을 쫓으려는지 고개를 내젓던 그가 말했다. "달리는 사람의 직접증거는 그가 실제로 달리는 모습을 봤을 경우를 뜻합니다. 정황증거는 그가 운동복 차림에 운동화를 신고 트랙 근처에서 얼굴이 벌건 채로 땀을 흘리는 모습을 본 경우죠."

"그러니까 정황증거는 틀릴 수도 있겠군요. 땀을 흘리는 사람은 나중에 뛸 계획이었고, 그저 달궈진 차에 있다가 내린 것일 수도 있으니까요. 안 그렇습니까?"

"그렇죠."

"그럼 우리 사건으로 돌아와보죠. 형사님의 전문가적인 가르침에서 가장 중요하게 다루는 직접증거부터요. 열거하신 직접증거의 첫번째 항목은 '목격자'네요. 엘리자베스가 불을 지르는 걸 목격한 사람이 있습니까?"

"아니요."

"그녀가 헛간 근처에서 담배를 피우거나 성냥불을 켜는 모습을 본 사람은요?"

"없습니다."

섀넌은 두꺼운 매직펜을 꺼내 '직접증거' 아래 첫번째 항목인 목격자에 선을 그었다. "다음으로, 엘리자베스가 불을 지르는 모습을 담은 사진이나 기록물이 있습니까?"

"없습니다." 그녀는 범행의 음성/영상 기록물과 용의자의 범행 사진에 선을 그었다.

"다음은 '용의자, 증인, 또는 공범의 범행 기록'이네요. 그런 게 있나요?"

"아니요." 또다른 선이 그어졌다.

"그럼 이제 '성배'인 자백만 남았군요. 엘리자베스는 불을 질렀다고 자백한 적이 없습니다. 그렇죠?"

앙다문 그의 입술이 가느다란 분홍빛 선을 그렸다. "그렇습니다." 또다시 그어지는 선.

"그러니까 엘리자베스가 범행을 저질렀다는 직접증거는 없는 거네요. 증인의 표현대로 피고인에 반하는 '더 나은, 신빙성 있는' 증거가 전혀 없어요. 맞습니까?"

피어슨이 날 선 한숨을 내쉬며 말처럼 콧구멍을 벌름거렸다. "네, 하지만……"

"고맙습니다, 형사님. 직접증거는 전혀 없습니다." 섀넌은 도표 상단의 '직접증거'라는 단어 위에 두꺼운 선을 죽 그었다.

바보도 하는 범죄 수사

직접증거	정황증거
"더 나은, 신빙성 있는 증거!!!"	(신빙성 떨어짐. 하나 이상의 항목 필요)
• 목격자	• 스모킹 건: 용의자의 범행 도구 사용 증거(지문, DNA)
• 범행의 음성/영상 기록물	• 범행 도구 소유/소지
• 용의자의 범행 사진	• 범행 기회 — 알리바이?
• 용의자, 증인, 또는 공범의 범행 기록	• 범행 동기 — 위협, 선행 사건
• 성배: 자백 (입증할 필요 있음!!!!!)	• 특수한 지식과 관심 (폭탄 전문지식이나 조사 사례 등)

섀넌은 한 발짝 물러나 미소를 지었다. 주체할 수 없는 미소였다. 이겼다는 승리감이 그녀의 얼굴에 달린 모든 것—눈이며, 뺨이며, 입술이며, 턱—에서 드러났고 심지어 귀까지 위로 쫑긋 섰다. 이상한 일이었다. 재판 결과가 어떻든 그녀의 인생에는 사실상 아무런 영향이 없는데도 그녀는 그토록 열중하고 있었다. 이기든 지든 섀넌은 같은 수임료를 받게 될 것이고, 같은 가족과 같은 집에서 살아갈 것이다. 반면 엘리자베스에게 재판의 결과는 교외와 사형장만큼이나 큰 차이가 있었다. 그런데 왜 그녀는 섀넌과 같은 흥분을 전혀 느끼지 못하는 것일까?

섀넌은 질의를 이어나갔다. "이제 정황증거만 남았습니다. 형사님의 표현을 빌리자면 '신빙성이 떨어지는' 증거들이죠. 첫번째는 '스모킹 건'*입니다만, 이번 사건의 경우엔 '스모킹 담배'라고도 할 수 있겠네요." 몇몇 배심원이 낄낄 웃었다. "폭발 현장에서 나온 담배나 성냥에서 엘리자베스의 DNA나 지문, 여타의 법의학적 증거가 나왔습니까?"

"화재로 인한 증거물 손상이 심각해서 그와 같은 신원 정보는 확보할 수 없었습니다."

"그 말은 못 찾았다는 말이죠, 형사님?"

그의 입술이 가늘어졌다. "네."

섀넌은 '정황증거' 아래 스모킹 건에 선을 그었다.

"다음으로 '범행 기회'로 넘어가죠. 화재는 헛간 뒤편 외부에서

---

* 직역하면 '연기 나는 총'으로, 범죄나 사건 해결의 결정적 증거를 말한다. 살해 현장에서 연기 나는 총을 들고 있는 사람이 범인이었다는 추리소설에서 유래한 표현이다.

발생했습니다, 맞습니까?"

"네."

"누구든 그곳에 가서 불을 지를 수 있었겠네요? 자물쇠나 울타리 같은 건 없었잖아요?"

"그렇죠. 하지만 이건 이론적인 기회를 말하는 게 아닙니다. 저희는 범행을 저지를 만한 실질적인 기회를 들여다봅니다. 이를테면 근방에 있었으면서 알리바이는 없는 사람, 바로 피고인처럼요."

"근방에 있었고, 알리바이가 없다. 알겠습니다. 그렇다면 박 유는 어떤가요? 그도 근방에 있었습니다. 사실, 화재 발생 지점과는 그가 엘리자베스보다 훨씬 더 가까웠죠. 안 그런가요?"

"네, 하지만 그에겐 알리바이가 있어요. 그가 헛간 안에 있었다는 사실이 그의 아내와 딸, 그리고 환자들을 통해 증명되었습니다."

"아, 네, 그 알리바이 말씀이군요. 형사님, 유씨의 이웃이 폭발 직전에 박 유를 헛간 밖에서 봤다고 증언한 사실을 알고 계십니까?"

"알고 있습니다." 피어슨은 아무도 모르는 사실을 혼자만 아는 것처럼 고소한 미소를 지으며 자신 있게 대답했다. "그럼 변호사님은 메리 유가 그날 밤 자신이 밖에 있었다고 증언했고, 그 말을 들은 이웃도 자신이 멀리서 본 사람이 메리였을 수 있다고 인정한 사실은 알고 계십니까?" 피어슨은 고개를 저으며 껄껄 웃었다. "듣자하니 메리가 머리카락을 위로 올리고 야구모자를 써서 남자인 줄 알았다더군요. 실수를 탓할 순 없죠."

섀넌이 말했다. "이의 있습니다. 증인의 답변이……"

에이브가 일어섰다. "변호인이 자초한 것입니다, 재판장님."

"기각합니다." 판사가 말했다.

섀넌은 배심원단을 등지고 돌아서서 고개를 숙였고, 마치 메모

190

를 읽는 듯했지만, 엘리자베스는 그녀가 미간이 깊게 패도록 눈을 꼭 감고 있는 것을 보았다. 잠시 후 섀넌이 눈을 부릅떴다. "그 부분을 짚어보죠." 그녀는 피어슨을 향해 몸을 틀었다. "유씨 가족이 전부 헛간 안에 있다가 영 유는 건전지를 찾으러 나갔고, 그다음에는 메리 유가 밖에 나가서 이웃의 눈에 띄었다. 맞죠?"

피어슨은 미래형 안드로이드 로봇이 정보를 처리하듯 눈을 계속 빠르게 깜빡였다. "제가 이해한 바로는 그렇습니다." 그가 머뭇거리는 말투로 대답했다.

"그 말인즉슨 박 유가 폭발 전에 헛간에 혼자 있었다는 거네요. 근방에 있었다. 그리고 알리바이가 없다. 범행 기회에 관한 증인의 기준에 부합하는데요, 그렇지 않나요?"

피어슨의 눈 깜빡임이 멈췄다. 그는 숨을 참고 있는 듯했다. 얼굴이나 몸에도 미동이 없었다. 잠시 후 그는 마른침을 삼켰고 울대뼈가 불쑥 튀어나왔다. "네."

얼굴에 미소가 만개한 섀넌은 범행 기회 옆에 빨간 펜으로 P. 유라고 적어넣었다. "다음은 동기입니다. 증인, 방화의 가장 일반적인 동기가 무엇입니까?"

"이건 일반적인 방화 사건이 아닙니다." 그가 말했다.

"형사님, 저는 이 사건이 일반적인 방화 사건인지 물은 게 아닙니다. 질문에만 답하세요. 그동안 증인이 접한 방화 사건들의 가장 일반적인 범행 동기가 무엇입니까?"

그는 엄마한테 말하기 싫은 소년처럼 입술을 꾹 다물고 있다가 결국엔 "돈입니다. 보험 사기요" 하고 내뱉었다.

"여기 박 유는 화재 보험금으로 130만 달러를 수령할 예정입니다. 맞습니까?"

피어슨은 어깨를 으쓱했다. "뭐, 그런가보네요. 하지만 다시 말씀드리는데, 이건 일반적인 방화 사건이 아닙니다. 대부분의 보험 사기 사건의 경우, 화재는 건물이 비었을 때 발생하고 부상자는 없습니다."

"정말요? 그것 참 이상한데요. 왜냐면 제가 형사님이 가장 최근에 작성한 방화 사건 기록을 가지고 있거든요." 섀넌은 손에 든 문서를 쳐다보았다. "자, 지난 11월에 윈체스터에서 발생한 사건입니다. '가해자는 불을 지른 뒤에 건물이 비어 있으면 보험사가 사기를 의심할 거라고 판단하고 실내에 남아 있었다. 가해자는 부상을 당하면 보험사가 사고로 인정하고 보험금을 지급할 가능성이 더 클 것으로 판단했다'라고 돼 있는데요." 섀넌은 피어슨에게 문서를 건넸다. "형사님이 직접 작성한 보고서가 맞죠?"

피어슨은 이를 꽉 깨물고 눈을 가늘게 뜨면서 보고서를 보는 둥 마는 둥 하다가 대답했다. "맞습니다."

"그럼, 형사님의 경험으로 판단하건대 130만 달러에 달하는 보험금은 박 유 같은 건물주가 본인 소유의 건물에 사람이 있더라도 방화를 저지를 동기로 충분하지 않은가요?"

피어슨 형사는 박을 슬쩍 봤다가 시선을 거둔 뒤 결국 대답했다. "네."

섀넌은 범행 동기 옆에 붉은 글씨로 커다랗게 P. 유라고 적었다. 그러고는 다음 항목을 가리켰다. "형사님, 여기 '특수한 지식과 관심'에 괄호 하고 '폭탄 전문지식이나 조사 사례 등'이라고 적혀 있는데, 이건 무슨 뜻인가요?"

"특수 범죄들의 경우입니다. 예를 들어, 폭탄 사건에서 용의자가 특정 폭탄을 제조할 수 있거나 제조 방법을 조사한 경우, 저는 그것을 강력한 증거로 간주합니다. 여기 피고인의 컴퓨터에서 발견된 증거 같은 것 말이죠."

"형사님, 박 유가 HBOT 화재에 관한 특수한 지식이 있다는 게 사실입니까? 실제로 이번 사건과 같은 화재 사례들을 연구했다면서요?"

"박이 뭘 아는지는 저도 모릅니다. 그런데 직접 물어보시죠."

"실은, 그럴 필요가 없습니다. 형사님의 부하 직원들이 이미 답을 해줬거든요." 섀넌이 또다른 문서를 들어 보였다. "증인에게 전달된 업무 메모인데, 화재에 대한 박 유의 업무상 과실 여부를 확인할 것을 권고하는 내용입니다." 그녀는 피어슨에게 문서를 건넸다. "형광펜으로 표시된 부분을 읽어주시죠."

피어슨은 목소리를 가다듬고 문서에 적힌 내용을 읽었다. "'박유는 화재 위험성을 충분히 인지하고 있었다. 그는 지난 화재 사례들을 연구했으며 그중에는 체임버 외부 산소관 아래에서 시작된 화재 사건도 포함되어 있다.'"

"그럼 다시 묻겠습니다. 박 유에게는 이번 사건과 유사한 고압산소 화재와 관련해 특수한 지식과 관심이 있었습니다. 맞습니까?"

"네, 그렇지만……"

"감사합니다, 형사님." 섀넌은 특수한 지식과 관심 옆에 P. 유를 적고 뒤로 물러섰다. "그러니까 미라클 서브마린의 주인인 박 유는 범행을 저지를 동기, 기회, 특수한 지식이 있었습니다. 그렇다면 증인의 도표에 마지막으로 남은 항목을 보죠. 범행 도구의 소유. 증인은 방화를 저지르는 데 사용된 담배와 성냥이 엘리자베스의 소유라고 추정하는 거죠?"

"추정이 아닙니다, 호그 씨. 캐멀 담배와 세븐일레븐 성냥이 실제로 화재를 일으켰고, 피고인이 캐멀 담배와 세븐일레븐 성냥의 근거리에 있었던 건 사실로 확인됐습니다."

"하지만 엘리자베스는 그것들은 본인 소유가 아니며, 숲속에서 발견한 거라고 말했습니다. 누군가 그것들로 불을 지른 다음 증거 인멸을 위해 숲에 버렸을 가능성도 있죠. 엘리자베스 이외에 다른 누군가가 그것들을 구매했을 가능성은 수사했습니까?"

"네, 했습니다. 우리 수사팀이 미라클 크리크 근방과 피고인이 사는 동네 주변의 모든 세븐일레븐을 탐문했고, 영수증 등의 증거물을 찾기 위한 수색을 벌였습니다."

"음, 다행이군요. 그럼 해당 점포의 점원들이 방화의 동기와 기회와 지식이 있는 박 유를 포함한 다른 용의자들도 알아보는지 확인했겠네요?" 섀넌은 P. 유라는 새빨간 글씨들을 가리켰다.

피어슨은 섀넌을 노려보았다. 그는 입을 꾹 다물고 있었다.

"형사님, 단 한 점포에서라도 박 유가 캐멀 담배를 사갔는지 물어봤습니까?"

"아뇨." 그가 반항 섞인 말투로 대답했다.

"박 유의 신용카드 명세서에서 세븐일레븐 결제 내역을 확인했습니까?"

"아뇨."

"그의 휴지통에서 세븐일레븐 영수증을 찾아봤습니까?"

"아뇨."

"알겠습니다. 그러니까 대대적이었다는 수사를 통해서 증인은 제 의뢰인만을 수사한 거네요. 좋습니다, 그럼 한번 들어보죠. 얼마나 많은 세븐일레븐 점원들이 엘리자베스를 알아보던가요?"

"아무도 못 알아봤습니다."

"아무도요? 좋습니다. 그럼 영수증은요? 세븐일레븐 영수증을 찾기 위해 엘리자베스의 휴지통, 자동차, 가방, 주머니를 수색하셨죠?"

"네. 그리고 맞습니다. 아무것도 못 찾았습니다."

"그녀의 신용카드와 명세서는요?"

"없었습니다. 하지만 결정적으로 지문이……"

"아, 지문. 그 얘기를 해보죠. 증인은 담배와 성냥을 주웠다는 엘리자베스의 말을 믿지 않습니다. 증인에 따르면 엘리자베스가 그것들을 구매한 증거는 전혀 없지만 그녀의 것이 분명하다는 건데요. 다른 지문이 안 나왔기 때문이다, 피고인이 그것들을 만진 유일한 사람이니까 그렇다, 그런 말씀입니까?"

"정확합니다."

"형사님, 이게 제가 이해가 안 되는 부분입니다. 담배와 성냥이 엘리자베스의 것이라면 그녀도 분명 어딘가에서 구매를 했을 겁니다. 그렇다면 판매한 점원의 지문도 나와야 하는 거 아닙니까?"

"피고인이 한 보루를 샀다면 아니죠."

"한 보루, 열 갑 말씀이군요. 담배 이백 개비. 그럼 엘리자베스의 자택이나 쓰레기통 같은 데서 개봉한 캐멀 상자나 다른 담뱃갑이 발견됐습니까?"

"아니요."

"가방에서는요?"

"없었습니다."

"차에서는요?"

"아니요."

"엘리자베스의 자동차나 자택의 휴지통에서 담배꽁초가 나왔습니까? 그녀가 담배를 보루로 구매할 만큼 정기적으로 흡연했다는 사실을 보여주는 증거는요?"

피어슨은 눈을 몇 번 깜빡거렸다. "없었습니다."

"그리고 성냥갑이요. 담배는 보루로 사더라도 성냥갑은 점원이 하나씩 건네주잖아요?"

"네, 하지만 오랫동안 손을 타면 피고인의 지문에 의해 점원의 지문이 지워졌을 수 있습니다. 성냥갑도 그렇고 담뱃갑도 마찬가지입니다. 따라서 그 물건들에서 점원의 지문이 발견되지 않았다 해도 제게 그리 놀라운 일은 아니었습니다."

"형사님, 한 물건이 그토록 자주 사용돼서 오래된 지문이 지워질 정도가 되려면 소유자의 지문이 몇 겹에 걸쳐서 발견되겠네요. 그렇죠?"

"그렇겠죠."

섀넌은 변호인석으로 가서 서류철을 넘기다가 문서 하나를 꺼냈고, 곧이어 그녀의 얼굴에 승자의 미소가 번졌다. 그녀는 뽐내듯 걸어와 그 서류를 피어슨에게 건넸다. "이게 무엇인지 말씀해주시죠."

"피크닉 장소에서 발견된 물건들의 지문 분석표입니다."

"형광펜으로 표시된 부분을 읽어주시겠어요?"

문서를 훑어본 피어슨의 얼굴이 무더위 속 밀랍 인형처럼 축 늘어졌다. "성냥갑, 외부: 완전 지문 한 점, 부분 지문 네 점. 담뱃갑, 외부: 완전 지문 네 점, 부분 지문 여섯 점. 열 점 분석 신원: 엘리자베스 워드."

"형사님, 수사 과정에서 중첩된 지문이 실제로 하나라도 발견될 경우, 보고하는 것이 관례 아닌가요?"

"그렇습니다."

"성냥갑과 담뱃갑에서 중첩 지문이 몇 개나 나왔습니까?"

피어슨의 콧구멍이 벌름거렸다. 그가 침을 삼키며 미소를 가장하듯 입술을 죽 늘였다. "없었습니다."

"성냥갑에서는 지문이 다섯 점만 나오고 담뱃갑에서는 열 점이 나왔는데 모두 엘리자베스의 것이었고, 중첩된 지문은 하나도 없었으며, 타인의 지문 자국도 없었다. 꽤 깨끗하네요, 안 그렇습니까?"

피어슨은 시선을 옆으로 돌렸다. 입술을 핥은 뒤 그가 대답했다. "그런 것 같습니다."

"상점 점원을 비롯해 최소 한 명이 해당 물건들에 손을 댔을 텐데 다른 지문이 전혀 안 나왔다는 사실은, 어느 시점에 지문들이 지워졌다는 가능성을 시사하지 않습니까?"

"그럴 수도 있지만……"

"지문이 지워지기 전에 박 유를 포함해 다수의 사람이 그 물건들을 만졌을 수 있지만 확인할 방법이 없다, 그 말씀입니까?"

"네, 확인할 방법은 없습니다." 피어슨의 눈이 가늘게 찢어졌다. 섀넌이 도표의 범행 도구 소유/소지 옆에 다수(P. 유 포함)라고 적었을 때 피어슨이 말했다. "하지만 애초에 지문을 지워버린 건 피고인이었다는 사실을 잊지 말아야 합니다."

"그런데, 형사님," 섀넌이 눈을 크게 뜨며 말했다. "피고인이 지문을 지웠다는 사실을 믿지 않으시는 줄 알았는데요? 지금이라도 생각을 바꾸셨다니 기쁘군요." 그녀는 드디어 선을 넘지 않게 색칠할 수 있게 된 돌잡이 아들을 대견스러워하는 엄마처럼 피어슨을 향해 미소를 지으면서, 아니 활짝 웃어주면서 한 걸음 물러나 완성된 도표를 공개했다.

바보도 하는 범죄 수사

~~직접증거~~	정황증거
~~"더 나음, 신빙성 있는 증거!!!"~~	(신빙성 떨어짐. 하나 이상의 항목 필요)
• 목격자	• ~~스모킹 건: 용의자의 범행 도구~~
• ~~범행의 음성/영상 기록물~~ _다수_	~~사용 증거(지문, DNA)~~
• ~~용의자의 범행 사진~~ _(P 위 포함)_	• 범행 도구 소유/소지
• ~~용의자, 증인, 또는 공범의~~ _P 위_	• 범행 기회—알리바이?
~~범행 기록~~ _P 위_	• 범행 동기—위협, 선행 사건
• ~~성배: 자백~~ _P 위_	• 특수한 지식과 관심
~~(입증할 필요 있음!!!!!)~~	(폭탄 전문지식이나 조사 사례 등)

"유익한 증언 감사합니다, 형사님." 섀넌이 말했다. "이상입니다."

맷

차를 몰고 세븐일레븐으로 향하는 길에 그는 지문이라는 것에 대해 생각했다. 선과 주름에 의해 두 갈래로 갈라진 아치 모양, 고리 모양, 소용돌이 모양의 굽이진 홈에 땀과 기름기가 스며들어 컵, 숟가락, 변기 레버와 자동차 핸들에 보이지 않는 흔적을 남기며 몇 초 전, 며칠 전, 혹은 몇 년 전에 타인이 남긴 흔적을 지워버리고 감춰버리는 그것은 개인마다 달랐고, 한 사람의 지문이라도 손가락마다 달라 아찔할 만큼 많은 수─몇십억? 몇조?─의 독특한 문양이 존재했으며, 사람이 육 개월 된 태아에서 완숙한 성인으로 자랐다가 나이가 들어 쪼그라들 때까지도 변함없이 그대로였다.

그에게도 다른 이들과 마찬가지로 열 개의 지문이 있었다. 어머니의 자궁 속에서 팔뚝 길이의 샌드위치만하고 손끝 마디가 콩알만 했던 시절부터 삼십삼 년간 동일했던 열 개의 문양. 이제 그것들은 모두 사라져버렸다. 불타고 잘려나갔다. 오른손 검지와 중지는 수술실의 밝은 조명 아래 절단되어 버려졌고, 지문을 비롯한 모든 것을 살에서 잿더미로 바꾸는 의료 폐기물 소각로에 불이 지펴졌다. 남은 여덟 개의 손끝 마디도 녹아서 굽이 하나 없이 반반하고 번득거리는 분홍빛 흉터만 남았다. 마치 헨리가 쓰고 있던 윤기 나는 매끈한 플라스틱 헬멧이 그의 손가락에서 떨어지기 싫어서 아직도 매달려 있기라도 한 것처럼.

그가 기억하는 한 그는 지문을 채취한 적이 없었다. 유치원 때 추수감사절 프로젝트로 손바닥에 물감을 찍어 칠면조 그림을 장식했던 걸 제외하면 말이다. 그의 지문은 기록이 없다는 뜻이었다. 이 세상의 벽에, 문고리에, 엑스레이 필름에 잠재하는 수억만 개의 지문들 가운데 어느 것이 그의 지문인지 알 길이 없이 전부 사라져버렸다.

절단 이후 자기 연민에 빠져서 시무룩하게 있을 때 화상 병동 간호사들 가운데 그가 가장 좋아했던 간호사가 말했다. "긍정적인 면을 보세요. 실제로 자기 지문을 지워버리고 싶어하는 사람들도 있어요." "네, 조폭이나 마약왕 말이죠?" 그러자 간호사가 웃으며 말했다. "그냥 제 말은 어떤 사람들은 꿈에나 그리는 일을 해냈다는 뜻이에요. 게다가 보험사에서 보상도 해줄 거고요." 그는 간호사와 함께 웃었고, 소리 내서 웃은 게 아니라 미소에 가까웠지만, 그래도 절단 수술 이후 찡그림 이외에 다른 표정을 지은 건 그때가 처음이었다. "넵, 이제 어떤 경찰이 내 지문을 가지고 어딘가에서 일어난 살인 사건에 날 엮을까봐 걱정할 필요는 없겠어요."

맷은 그 일을 자주 떠올렸다. 피곤한 간호사를 위해 무심결에 농담으로 던졌던 자신의 말이 일주일 만에 헛소리에서 정확한 예언으로 변신하던 그 순간을. 피어슨 형사가 담배 때문에 불이 난 걸 밝혀냈고, 버려진 꽁초나 담뱃갑을 찾아 온 숲을 샅샅이 뒤지는 중이라고 말했을 때였다. 그는 휴지통으로 쓰던 개울가의 속이 빈 나무 그루터기를 떠올리고 공황에 빠졌다. 자신이 방화에 연루됐다는 오해를 살까 잠깐이라도 생각한 게 아니라, 메리와의 일이 전부 밝혀지면 공개적인 망신은 차치하더라도 재닌한테 치러야 할 대가가 어마어마한 탓이었다. 하지만 피어슨이 걱정하지 말라고, 범인을 찾을 거라고, 지문은 거짓말하지 않는다고 말했을 때 맷은 자신이 했던 농담을 떠올렸고 재채기로 안도감을 감춰야 했다. 숲에서 발견될 모든 담배에 채취 가능한 그의 지문이 덕지덕지 있을 테지만 아무도 알 수 없었다. 문제될 건 없었다.

하지만 세븐일레븐, 그것은 문제가 될 수 있었고 예상치 못한 것이었다. 화재의 원인이 된 담배와 엘리자베스의 피크닉 장소에서 발견된 담배가 그가 지난여름 내내 이용했던 가게와 브랜드와 동일한, 세븐일레븐에서 산 캐멀이라는 사실은 그도 아침에 재판정에서 처음 들은 이야기였다. 그러자 이전까지는 해본 적 없었던 생각이 들었다. 그것들이 그의 것일 수도 있지 않을까? 그가 어딘가에 떨어뜨린 걸 엘리자베스나 박이나 하느님만 알 누군가가 주워서 불을 질렀고 맷이 자기도 모르는 사이에 살인 도구의 제공자가 된 건 아닐까? 그리고 이제, '수사'가 시원찮았던 걸 가지고 섀넌이 피어슨을 달달 볶았으니 경찰이 근방의 세븐일레븐을 전부 돌면서 박의 사진을 보여주고 내친김에 다른 사람들의, 심지어 맷의 사진까지 보여줄지도 모를 일이다.

게다가 그 쪽지, 엘리자베스가 주웠다고 주장하는, 두말할 것 없이 맷의 것인 그 쪽지가 담배 옆에 있었다는 건 어떻게 설명할 수 있을까? 맷은 H-마트 메모지에 이제 끝내야 해. 만나야겠어, 오늘 저녁 8시 15분. 개울가에서라고 적었고 그것을 폭발 당일 아침, 메리의 차 와이퍼에 꽂아두었다. 메리는 거기에 좋아요라는 대답을 써서 그의 차 와이퍼 틈에 꽂아두었다. 아침 잠수를 마치고 쪽지를 발견하고는 분명 구겨서 주머니 속에 넣었는데, 실수로 떨어뜨렸다가 바람결에 날아간 그 쪽지가 엄청난 우연으로 담배 옆에 떨어지게 된 건 아닐까?

그는 세븐일레븐으로 차를 틀어 입구에서 멀찍이 떨어진 곳에 주차한 뒤 백미러에 비친 모습을 응시했다. 마지막 방문 이후 거의 일 년이 지났지만 변한 것이 없었다. 방치된 기운이 풍기는 곳이었다. 오래된 것 같은 '7-Eleven' 간판은 여전히 금이 가고 한쪽으로 기운 상태 그대로였고, 장애인 주차 표지판은 녹슨 기둥만 남기고 사라졌으며, 흰색 주차선은 색이 바래 유령처럼 점선과 점으로만 남아 있었다. 길 건너에 있는 환한 엑손 주유소는 줄지어 선 차와 트럭, 들락거리는 사람들로 분주했고 출입문이 끊임없이 열렸다가 닫혔다. 지난여름 그가 처음 담배를 샀던 날, 그도 그곳으로 갈 뻔했다. 주유소로 들어가는 좌회전 차선에서 두 대의 세미트럭 뒤에 서서 몇 분을 기다리다가 맷은 포기하고 건너편에 있는 세븐일레븐으로 들어갔다. 조금 허름할지는 모르지만 적어도 빠르긴 할 거라는 생각에서였다.

이제 차에 앉아 눈을 게슴츠레 뜨고 때 묻은 유리창을 통해 점원을 살피기 위해 애쓰고 있자니 저절로 이런 생각이 들었다. 그때 삼십 초만 더 참고 트럭들이 좌회전한 다음 엑손 주유소로 들어갔으면 어땠을까? 그랬다면 지금 점원이 자신을 알아볼까봐 전전긍긍할 필요는 없었을 것이다. 길 건너 점원들은 바빠서, 너무 바쁠 게 뻔해서, 그를 전혀 알아보지 못했을 것이다. 반면 산타를 닮은 세븐일레븐 점원은 그의 마른기침을 걱정해주면서 하고많은 물건 중에 담배를 고르는 맷을 놀렸고, 그를 '골초 의사샘'이라고 부르기 시작했다. 제기랄, 주유소에만 들어갔어도 애초에 담배는 안 샀을 것이다. 그저 간단한 요깃거리를 원했던 것뿐이니까. 도넛과 커피, 아니 어쩌면 핫도그와 콜라 같은, 재닌이 임신에 나쁘다며 금지한 음식 목록에 있는 조합으로. 그러다 세븐일레븐 밖에서 흡연자들과 마주치고 나서 자신에게 필요한 것이—정자 활동성에서는 정크푸드보다 더 나쁠—담배라는 결론에 이르렀다. 그러지만 않았으면 담배를 피우러 개울가를 걸을 일도 없었고, 메리와 마주칠 일도 없었고, 다음 담배를, 그다음 담배를, 몇 개인지도 모를 다음 담배를 계속 사대다가 결국 살인자의 손에 쥐여줄 일도 없었을 것이다. 일 년 전 딱 하루, 좌회전 대신 우회전을 택하면서—넥타이를 고르는 것처럼 사소하고 충동적인 '결정'으로—그가 모든 걸 바꿔버린 것은 아닐까? 만일 그가 좌회전을 했다면, 헨리는 머리가 멀쩡한 채 아직 살아 있을까? 그리고 그는, 허름한 주차장에서 자신을 살인 도구와 엮을 남자가 아직도 일하고 있는지 염탐하지 않고 멀쩡한 손으로 집에서 신생아 사진을 찍고 있을까?

맷은 고개를 저어 사념을 쫓았다. '만약에' 하는 정답 없는 질문들로 두뇌를 괴롭히는 정신적 자기 학대를 멈추고 현재의 임무에 집중할 필요가 있었다. 임무를 마치는 데는 오 분이 걸렸다. 점원이 젊은 여자인 걸 확인하는 데 일 분, 밖에 있는 공중전화로 점원에게 전화를 걸어 흰머리에 나이가 지긋한 직원을 찾는다고 말하는 데 사 분. 점원이 그런 직원은 없다고, 그곳에서 일한 지 열 달이 됐는데 그런 사람은 없었다고 말한 순간, 맷은 전화를 끊고 깊은 한숨을 내쉬었다. 그는 종일 달고 다녔던 불쾌한 두려움에서 해방되는 기분을 기대했다. 폐를 쥐어짜는 듯한 압박이 사라지고 한숨을 내쉬고 나면 피로가 아니라 생기를 되찾으리라. 하지만 그런 일은 일어나지 않았고, 오히려 불안감만 고조되었다. 마치 세븐일레븐 점원에 관한 걱정이 반창고처럼 무언가를 감싸주고 있었는데 이제 찢겨나가는 바람에 더 큰 걱정, 진짜 걱정, 법원에서 스쳐지나가던 그녀에게 "오늘 저녁 6시 30분, 거기서"라고 속삭인 다음부터 그가 줄곧 두려워했던 그 일과 대면해야만 할 것 같았다. 바로 메리와의 만남이었다.

*

지난여름 맷이 메리를 만나기 시작한 건 배란일, 이른바 '가능한 한 섹스를 많이 해야 하는 날'이었다. 그 또한 재닌의 병적인 꼼꼼한 성격의 발로로서, 처음엔 (코골이, 태운 음식, 엉덩이 밑에 난 점처럼) 매력적으로 느껴졌지만 지금은 견딜 수 없이 짜증나는 것들 가운데 하나였다. 어쩌다 그렇게 됐을까? 그로서는 급격한 변화의 기억이 없었다. 벼랑에서 떨어지는 것처럼, 하루는 아내의 기벽을 여전히 사랑했는데 다음날 잠에서 깨니 싫어진 것일까? 아니면 새 차 냄새처럼 매력도 조금씩 흐려져서 아내의 매력이 결혼 기간과 비례하여 매시간 연속적으로 쇠퇴하다가 어느새 그도 모르게 선을 넘게 된 것일까? 처음엔 아주 살짝 귀여웠다가, 한 시간 뒤에는 별 감흥이 없다가, 그다음에는 아주 살짝 짜증이 나다가, 결혼 십 년 차가 되면 역겨운 수준으로 급락하고, 삼십 년 차에는 '입 닥치지 않으면 도끼로 당신 모가지를 찍어버리겠어' 급으로 혐오를 품게 되는 것일까?

지금이야 믿기 어렵지만 처음 만났을 때 맷이 재닌에게 빠진 이유 중 하나가 바로 목표를 향해 전력투구하는 그녀의 집념이었다. 따지고 보면 특별할 것도 없었다. 거의 모든 의대생에게 애처로울 정도의 성취욕은 기본이었고, 그가 아는 아시아계들 사이에선 그 정도가 하늘을 찔렀다. 하지만 재닌의 경우엔 그 이유가 독특했다. 부모가 아이비리그 대학 노래를 부르며 하루 스물네 시간 일주일 내내 공부하라고 닦달했다는 눈물나는 이야기를 들려주던 다른 아시아계 친구들과 달리, 재닌의 성취 지향은 자신을 전혀 닦달하지 않는 부모를 향한 반항심에 따른 것이었다. 첫 데이트 때 그녀는 남동생에 비해 훨씬 자유로운 자신의 처지를 정말 사랑했었다고 말했다. 이를테면 부모님이 동생은 아파도 억지로 학교에 보냈지만 자기한테는 안 그랬다고, A-를 받아오면 동생은 혼이 났지만 자신은 혼나지 않았다고. 그러다 부모의 기대가 달랐던 이유가 동생은 남자고, 귀하디귀한 장남이기 때문이라는 사실을 깨달았다고 한다. 그때부터 그녀는 부모가 아들한테 바랐던 것(하버드대학 입학, 의사가 되는 것)을 자신이 이루기로 결심했다. 순전히 부모를 괴롭히기 위해서.

흥미로운 이야기인 것은 분명했지만 맷이 끌렸던 건 그 이야기를 하는 재닌의 태도였다. 그녀는 한국 문화에 녹아 있는 노골적이고 거리낌없는 성차별을 힐난하면서, 그것 때문에 때때로 한국인들을 혐오했고 한국인인 것이 싫었다고 털어놓더니 별안간 아이러니하지 않느냐며 웃음을 터뜨렸다. 동양인들의 젠더 고정관념에서 탈피하려다가 판에 박힌 '성취 과잉의 괴짜 동양인'이라는 백인들의 인종차별적 고정관념에 걸려들었으니 말이다. 그 말을 하는 재닌은 거침없고 웃겼지만 여린 모습이었고, 어딘지 모르게 절박하고 슬퍼 보여서 맷은 박수를 쳐주고 싶은 동시에 안아주고 싶었다. 맷은 자신의 부모가 틀렸다는 걸 증명하기 위한 그녀의 운동에 동참하고 싶었고, 처음 만나는 자리에서 그녀의 어머니가 "우리는 재닌이 한국 남자와 결혼하길 원했어요. 하지만 맷은 적어도 의사니까"라는 말을 한 뒤로는 더욱 그랬다. (물론 그 말을 듣고 재닌이 반항심에 자신을 만나는 건가 하는 생각이 든 것도 사실이지만 [그렇게까지] 신경쓰지는 않기로 했다.)

그래서 대학원 재학 시절 내내 성적과 펠로우십만 바라보며 목표를 세우고 체계적으로 차근차근 달성해나가는 재닌을 지지했던 것이다. 곁에서 본 그녀는 인상적이었다. 심지어 섹시하기까지 했다. 물론 저녁 약속이 취소되거나 영화 볼 시간도 없는 등 현재의 희생을 감수해야 했지만 그는 개의치 않았다. 어차피 의대랑 크게 다를 거라고 기대한 것도 아니었다. 따지고 보면 대학원이라는 게 미래지향적 사고방식이 제도화된 기관 아니던가? 지금은 밤을 새워 공부하고 끼니를 대충 때우고 학자금 빚에 허덕이지만 언젠가 때가 되면 보상받을 날이 오겠지. 졸업하고 취직해서 진짜 인생을 시작하면. 하지만 재닌에게는 그런 때가 오지 않는다는 게 문제였다. 오직 미뤄지기만 했다. 그녀에게 목표 달성은 새로운 목표 설정을 의미했고, 더 크고 어려운 목표들이 계속해서 생겨났다. 맷은 처남이 배우가 되겠다며 대학을 중퇴했을 때 재닌이 비로소 모든 걸 멈추고 승리를 선언하리라 기대했지만 그때는 이미 끊임없는 목표 설정에 인이 박였는지 그녀는 그만두지 못했다. 본인은 지칠 줄 몰랐지만, 과거의 팔팔하던 반항심을 벗어던진 그녀의 성취는 매일 바위를 굴리며 산을 오르는 시시포스의 그것처럼 무의미해 보였다. 단, 신화에서는 매일 밤 바위가 굴러떨어졌다면 그녀의 경우엔 산 꼭대기가 두 배씩 높아질 뿐이었다.

섹스는 그들의 인생에서 그러한 미래지향성을 면한 유일한 것이었다. 심지어 아이를 갖기 위해 노력하자는 결정도 부부간의 다른 결정들—남편의 성을 따르는 것부터(싫어) 전구 종류를 고르는 것까지(LED)—과 달리 수시간에 걸친 논의의 산물이 아니었다. 그것은 어느 날 밤 전희중에 맷이 콘돔에 손을 뻗었을 때 재닌이 "그게 꼭 필요해?" 하고 물으며 그의 위에 올라타 자신의 외음부를 그의 귀두 끝에 대던 순간 즉흥적으로 내려진 결정이었다. 그가 아니라고 고개를 내젓자 그녀는 천천히 골반을 내렸고 비로소 순간을 즐기는 충동적인 재닌의 달큼하고 신선한 면이 그의 살갗에 생으로 맞닿은 미끈거리고 따뜻한 감촉의 묘취와 어우러져 그를 조금씩, 조금씩 집어삼켰다. 다음날 아침에도, 저녁에도, 그리고 한 달 내내 그들은 콘돔 없이 섹스를 했다. 생리 주기나 아기에 관한 언급은 둘 다 하지 않았다.

그러다 그녀의 생리가 터졌을 때 대단한 발표는 없었고 단지 지나가는 말처럼 언급될 뿐이었다. 물론 의도적으로 그랬겠지만 너무 태평했고 약간 염려하는 듯한 기색만 있었다. 다음달에는 불안한 말투에서 절박한 기색이 묻어났고, 그다음달에는 히스테릭한 기색이 역력했다. 임신하는 법에 관한 책들이 침대 옆 협탁에 모습을 드러내기 시작했다.

재닌이 배란 주간이라는 것을 선포했을 때—여태껏 생리 주기를 계산해왔고, 배란일 전후로 가능한 한 섹스를 많이 해야 한다고 했을 때—맷은 깨달았다. 일거수일투족을 미래를 위한 이정표로 삼는 그녀의 피곤하기 짝이 없는 목표 설정 병이 이제 섹스에까지 전염되었다는 것을. 나머지 삼 주간은 섹스를 전혀 하지 않는다는 말은 없었지만 일은 그렇게 진행되었다. 그렇게 그들의 섹스는 오직 수정을 위한 행위로 변질되었다. 일정표에 따라 빈틈없이 정확해야 하는 행위. 정자 활력 검사와 정자 운동성 검사를 받던 중에 배란 주간은 배란일로 바뀌었고, 스물네 시간 동안 가능한 한 많은 섹스를 하고 나면 이십칠 일 동안의 '회복기'가 찾아왔다.

그러다 HBOT의 특수아동들—로사와 TJ, 헨리뿐 아니라 이따금씩 마주치는 다음 세션의 아이들—을 보게 되었고, 더 열받는 건 매일 두 시간씩이나 그 엄마들의 이야기를 꾸역꾸역 듣고 있어야 한다는 점이었다. 방사선과 전문의로서 아프거나 다친 아이들은 늘상 봐왔지만, 실제로 그런 아이들을 키우며 나날이 맞닥뜨리는 고난을 목격하자니 그는 오줌을 지릴 정도로 겁이 났고, 자신의 불임과 HBOT 환자들을 통해 저 위에 있는 누군가가 당장 관두라고, 아니면 적어도 기다리면서 충분히 생각해보라고 말하는(아니, 외치는) 것 같다는 생각을 지울 수 없었다.

HBOT를 시작한 지 일주일쯤 되었을 때, 아침 잠수가 끝난 뒤 킷이 TJ의 새로운 '행동'이라며 대변 바르기에 관한 이야기를 꺼냈다. ("대변, 그러니까 똥 말인가요?" 그가 묻자 킷이 대답했다. "넵, 그리고 바르기요. 문지르는 것처럼 벽이고, 커튼이고, 책이고, 사방에다 발라놔요!") 맷의 휴대폰에는 재닌의 음성 메시지가 와 있었다. '소변 검사를 해보니까 오늘이 배란일인데 지금 당장 집으로 와줄래?' 그는 아내의 메시지를 모른 척하고 병원으로 향했고 휴대폰은 꺼버렸으며 점점 빈번하게 울리는 호출기 신호도 무시했다. 그렇게 넘어가나 싶었는데 진찰실로 장모가 들이닥쳤다. "재닌이 자네 당장 집으로 오라네. 오늘이 그 뭐라더라……" 그가 장모의 입에서 '배란'이라는 단어가 나오기 전에 서둘러 진료실 문을 닫으려는데 미처 그러기도 전에 장모가 카랑카랑하고 또렷한 목소리로 말했다. "오르가슴. 오늘이 그 오르가슴 날이라네."

집에 도착하자 재닌은 이미 발가벗은 채로 침대 위에서 기다리고 있었다. 아마 여섯 시간 전에 음성 메시지를 보낸 뒤로 죽 그러고 있었을 것이다. 맷이 미안하다고, 휴대폰 배터리가 닳아서 그랬다고 변명을 시작하는데 그녀가 말을 끊었다. "상관없어. 당장 이리 와. 시간 없단 말이야. 빨리!"

그는 재킷을 벗고, 셔츠 단추를 풀고, 벨트를 풀었다. 차근차근, 느릿느릿. 그리고 침대로 가서 그녀의 입술에 입을 맞추고 그녀의 유두에, 자신의 성기를 매만지는 그녀의 손가락에 집중하려고 노력했다. 하지만 아무 일도 일어나지 않았다. "어떻게 좀 해봐." 그녀가 말했고, 그러면서 그의 성기를 붙잡고 위아래로, 너무 세다 싶을 정도로 흔들어댔다. 그의 눈에 협탁 위 티슈에 올려둔 배란테스트기가 보였고, 한가로이 누운 그것이 그에게 무언의 명령을 내리는 것 같았다. 서두르지 못할까! 어서 네 아내와 섹스하란 말이다! 그는 약국에서 파는 99센트짜리 분홍색 막대기 따위한테 자신의 남은 성생활을 통째로 저당잡히고 통제당하게 된 이 부조리한 상황에 웃을 수밖에 없었다.

"오늘 대체 왜 이래, 당신?" 재닌이 말했다.

맷은 드러누워버렸다. 뭐라고 하면 좋을까? 미안해, 여보. 장모님이랑 오르가슴을 논하고 나니까 영 기분이 안 나네. 게다가 하느님이 우리가 애 갖는 걸 원치 않는 것 같아. 당신, '똥 바르기'라고 들어본 적 있어? 그는 말했다. "아마 HBOT 때문인 것 같아. 요새 잠을 통 못 잤거든. 이번달은 건너뛰자."

그녀는 아무 말도 하지 않았다. 그들은 그렇게 나란히 나체로 누워 있는데도 서로의 몸을 더듬지 않고 천장만 바라보고 있었다. 일 분쯤 지났을까, 그녀가 일어나 앉았다. "당신 말이 맞아. 잊어버리

사. 당신도 좀 쉬어야지." 그렇게 말한 뒤 그녀는 아래로 내려갔다. 그의 성기에서 멈춘 그녀는 주름진 살가죽 속으로 숨어버린 축 늘어진 살덩이를 입속에 넣었다. 그건 아이나 미래를 위한 것이 아니라는 생각이 맷 안의 무언가를 툭 건드렸고, 아까까지만 해도 잠들어 있던 신경세포들을 자극했다. 그녀의 입과 목으로 이어진 따스한 구멍에서 벗어나고 싶지 않았던 그는 그녀의 머리통을 붙들었다. 그리고 그녀의 입속에 사정했다.

나중에야 그는 그때 왜 그 생각을 못했는지, 왜 재닌이 배란일을—한 달을 통째로!—그토록 순순히 포기할 거라고 믿어버렸는지 의문이 들었다. 그러나 그는 오르가슴 이후에 찾아오는 달콤한 나른함에 혼미해서, 아내가 왜 저렇게 벌떡 일어나서 신나게 화장실로 달려가는지 의문을 품지 않았다. 그저 따뜻하고 행복한 바보처럼 드러누워 아내가 도대체 뭘 하기에 저렇게 시끄럽게—선반 문을 열고, 비닐 포장을 찢고, 액체를 쏟고, 뭔가를 흔들고, 마침내 침을 뱉는—소리를 내는지 조금은 궁금하지만 진짜 관심은 없는 채로 가만히 있었다. 침대로 돌아온 재닌을 향해 돌아누운 그는 아내의 몸에 팔을 둘러 자기 쪽으로 가까이 끌어당길 참이었다.

"나 도와줘야 해. 저기 베개들 좀 가져와서 내 엉덩이 밑에 대줄래?" 재닌은 다리를 활짝 벌리고 엉덩이를 들어올렸다. 그녀의 손에는 바늘이 빠진 주사기가 들려 있었다. 안에는 투명한 액체에 점액질 방울들이 둥둥 떠 있었다. 물론 그의 정액이었다. 한때는 그녀도 비웃었던 터키 배스터* 방법("그거 알아? 실제로 터키 배스터를

---

* 오븐에서 장시간 요리해야 하는 칠면조의 육질이 마르지 않도록 팬에 흘러나온 육즙을 모아 고기 표면에 뿌릴 때 사용하는 스포이트 형태의 조리도구.

210

쓰는 여자들도 있어. 진짜라니까!"). 재닛은 질 속에 주사기를 꽂고 엉덩이를 들어올린 채 그의 정액을 천천히 몸속으로 흘려보내고 있었다. "나 진짜 베개 필요해, 지금!"

맷은 재닛의 허벅지 아래, 불과 몇 분 전까지만 해도 지금쯤 자신이 혀를 대고 있을 거라 생각했던 그 자리에 베개를 받쳐주었다. 그리고 침대에서 일어나 주섬주섬 다시 옷을 걸치며 어떻게 아내는 그가 생각하기에 그 무엇보다 현재적인 것 같은 구강성교의 오르가슴까지 미래화시킬 수 있는 건지, 순전한 쾌감을 위한 그런 행위까지 ("당신도 좀 쉬어야지"라고 했으면서!) 인공수정을 위한 행위로 용도 변경할 수 있는 건지 생각했다.

맷은 저녁 잠수를 앞두고 차가 막힌다는 핑계로 일찍 집을 나섰다. 침실 문을 닫을 때 그의 시선에 포착된 재닛은 나체로 다리를 허공에 들어올리고 무슨 포르노 버전의 태양의 서커스 광고 전단에 나올 법한 자세로 누워 있었다. 남은 오후 동안—미라클 크리크로 차를 몰고, 세븐일레븐에 들러 (세일중인 캐멀) 담배를 사고, 개울가를 산책하는 내내—그는 정자의 활동성이 아닌 중력의 힘으로 재닛의 질 벽을 타고 자궁경부를 통과해 자궁 속으로 떨어졌을 자신의 정자들을 생각했다. 담배에 불을 붙이고 한 모금 빨아들였을 때 채찍 같은 꼬리를 흔들며 난자를 향해 나아가는 정자 하나가 머릿속에 그려졌는데, 너무 느리고 너무 힘없는 그것은 난자의 투명대를 뚫지 못했다.

세 개비째 담배를 피우고 있을 때 메리가 나타났다. 그들은 맷의 처갓집 저녁식사 자리에서 딱 한 번 만났을 뿐이지만, 처음 본 것이나 다름없는 사람들끼리의 '오, 안녕하세요. 여기서 또 뵙네요' 하는 어색함이 없었다. 그저 방과후에 마주친 친구들끼리 스스럼없이 가볍게 인사하듯 "안녕, 아저씨"가 다였다.

"안녕." 맷은 인사하면서 메리의 손에 들린 두꺼운 책을 쳐다봤다. "SAT 단어집이네. 내가 문제 내줄까?"

나중에, 도대체 왜 그런 망할 놈의 바보짓을 시작했는지―대체 뭐 때문에?―왜 메리랑 그런 짓을 하게 됐는지 생각해보면 답은 언제나 이 순간에 있었다. 『배런』 단어집을 프리스비 원반처럼 날려버리고 맷을 한 번 홱 쳐다보던 메리. 빠르게 움직이는 눈이 꼭 눈알을 굴리는 것 같고, 경멸한다는 듯 인상을 쓰면서 머리를 내젓는 그 모습. 그것은 재닌의 표정이었다. '말도 꺼내지 마' 하는 듯한 그녀 특유의 표정. 학교 다닐 때 공부 그만하고 영화를 보러 가자고 했을 때 맨 처음 보았고, 마지막으로는 바로 오늘, 그가 포기하거나 뭐 그러자는 건 아니고 입양 대기 신청 같은 걸 해보는 게 어떨지 그냥 생각이나 해보자고 말했을 때 보았던 그 표정이었다. 메리에게서 어린 날의 재닌을 보고 게다가 메리가 책까지 내던지는 모습을 보았을 때, 맷은 재닌이 사실 자신은 학교 같은 건 별로 신경쓰지 않는다고, 가끔은 기숙사 창밖으로 교과서들을 전부 던져버리고 싶을 때가 있다고 말했던 그들의 첫번째 데이트가 떠올랐다.

"캐멀. 내가 제일 좋아하는 건데. 괜찮죠?" 메리는 그의 담뱃갑을 집어들었다.

그는 아니, 당연히 안 괜찮지, 넌 어리잖아, 미성년자한테 담배 줄 생각은 없어, 라는 말을 하려고 입을 열었지만 그가 간절하게 그리워하던 '진짜 인생 이전의', '불임 이전의' 근심이 없었던 '진짜' 재닌과 함께 있는 듯한 이상한 데자뷔가 목구멍에 댐을 지은 것처럼 말문이 턱 막혀버렸다. 메리는 그의 대답 없음을 허락으로 알고 담배 한 개비를 꺼냈다.

그녀는 담배에 불을 붙여 손가락 사이에 끼우고 입술로 가져가기 전에 사랑스러운 듯이 경건에 가까운 눈빛으로 담배를 쳐다보았다(그 표정을 보고—물론 메리가 미성년자라는 걸 알고, 그래서 생각하지 않으려고 했지만, 그 생각하지 않으려는 노력이 더 생각할 수밖에 없게 해서—맷은 자신의 성기를 입에 넣기 전에 그것을 바라보던 재닌의 얼굴을 떠올렸다). 메리는 담배를 빨아들이고(그는 진짜 생각하지 않으려고 노력했다) 동그랗게 오므린 입술 새로 연기를 내뿜은 뒤 드러누웠고, 그녀의 길고 검은 머리카락이 자갈밭에 부채처럼 펼쳐졌다. 그 모습 역시 재닌을 떠올리게 했다. 푸른빛이 감돌 만큼 검은 재닌의 긴 머리칼이 베개 위에 부채처럼 펼쳐지던 그 모습.

맷은 고개를 돌려버렸다. "너 담배 피우면 안 돼. 대체 몇 살이니?" 그가 물었다.

"곧 열일곱 살이에요." 메리는 또 한 모금 빨아들였다. "그러는 아저씬 몇 살인데요? 한 서른 살쯤 됐어요?"

"자주 이러니? 담배 피우는 것 말이야."

메리는 대수롭지 않다는 듯이 어깨를 으쓱했다. "종종 아빠 담배를 숨겨놔요. 캐멀이 몇 보루씩 있거든요. 다음에 좀 갖다줄게요."

"박이 담배를 피운다고?"

"아빠 말은 끊었다는데, 뭐……" 메리는 또 어깨를 으쓱하더니 눈을 감고 한쪽 입꼬리만 올라간 미소를 지었다. 그러더니 담배를 입가로 가져가 한 모금 천천히 들이마셨고, 그녀의 가슴이 부풀었다가 다시 가라앉았다. 온몸으로 한껏 들이마셨다가 내쉬고. 들이마셨다가 내쉬고. 맷은 어느새 그녀의 호흡을 따라 호흡하고 있었다. 그들의 일치된 호흡과 주변을 둘러싼 고요가—성교의 순간에 찾아오는 그런 편안한 고요가—그녀에게 키스하고 싶은 기분이 들게 했다. 아니면 너무 보드라워서 푸른 하늘이 그대로 비칠 것 같은 그녀의 얼굴 때문이었을까? 맷은 메리의 얼굴을 향해 몸을 숙였다.

"그런데 치료는 어때……" 메리는 맷의 얼굴이 자신의 얼굴 위에 왔을 때 눈을 떴다. 그녀는 하던 말을 멈추고, 놀라서 눈썹을 치켜세웠다가 이내 짜증난다는 듯이(그가 자신에게 키스하려는 변태라서? 아니면 중간에 멈춘 겁쟁이라서?) 오만상을 찌푸렸다.

맷은 설명하고 싶었다. 하지만 어찌 이해시킬 수 있겠는가? 네가 너무나 평온해 보여서—아니, 평온을 넘어 그가 원하고, 필요로 하고, 함께하고 싶은 지복으로 붕 떠오른 것만 같아서—너의 투명한 피부를 흡인해 나도 그렇게 되고 싶었다고? "미안, 벌레를 봤어, 모기. 그러니까 네 뺨 위에 있길래 나는, 음, 잡으려다가." 맷은 안면의 모세혈관이 팽창해 뺨으로 혈류를 마구 흘려보내지 않기를 바랐다.

메리는 몸을 일으켜 팔꿈치로 지탱하고 반쯤 기댄 자세로 앉았다.

맷은 담배를 한 모금 들이마셨다. "근데 뭐라고 했었지? 뭐가 어떠냐고?" 그는 무심한 말투를 가장해 물었다.

어쩌면 그건 그의 눈에 슬쩍 비친 다시 드러눕던 메리의 얼굴 때문인지도 모른다. 남자의 관심에 우쭐해진 여자의 은밀한 미소. 아니면 그녀가 다음에 한 말 때문이었을까? "그냥, 치료는 어떠냐고 물었어요. HBOT 말이에요. 이제 정자는 다 고쳤어요?" 그녀의 말투는 가볍고 사무적이었으며 조롱이나 연민 따위는 없어서, 재난이나 의사들이나 망할 장인, 장모가 간주하는 것처럼, 그래서 그도 믿어버리게 된 것처럼 불임이 '비극적인 중대사'는 아니라고 느껴졌다. 그게 뭐든 간에, 그 순간, 그의 정자가 해야 할 일을, 하기로 계획된 일을 해내지 못한 것은 비탄과 참회의 원인이 아니라 안도와 희망의 이유가 되었다. 걱정도 없고, 미래도 없는 속시원한 자유의 이유.

*

모기들이 말썽이었다. 지난여름 메리와 바로 여기 앉아 있었을 때는 전혀 거슬리지 않던 모기들이 이제 싫어하는 담배 연기가 없으니 종일 땀에 전 뜨끈한 살과 더위에 불룩해진 혈관을 따라 솟구치는 뜨거운 피를 보고 광분해서 윙윙거리며 떼로 몰려드는 건 웃긴 일이었다. 맷은 손목과 목에서 포식중인 놈들의 검은 몸을 내리쳤다. 담배 생각이 간절해졌다.

그는 메리가 다가오는 것을 보고 멈췄다. 모기들이야 그러든 말든 지금은 침착해 보이는 것이, 아니 실제로 침착을 되찾는 것이 중요했다. 더군다나 몸을 철썩거리는 건 전혀 도움이 안 될 터였다. "와줘서 고마워, 안 오나 했어." 메리가 멀찍이, 서로의 목소리만 들릴 정도의 거리에서 걸음을 멈추자 그가 말했다.

"원하는 게 뭐예요?" 그녀가 말했다. 폭발 이전보다 낮아진 단조로운 그녀의 음성은 갑자기 스무 살은 나이들어버린 듯했다.

"내일 네가 증언할지도 모른다는 말을 들었어." 그가 말했다.

메리는 대꾸가 없었다. 그저 '말도 꺼내지 마' 하는 재닛과 똑같은 그 표정을 지어 보인 뒤 몸을 틀어 자리를 뜨려 했다.

"메리, 기다려." 맷은 메리가 잠시 주춤하는 모습을 본 것 같았지만 눈을 깜빡이자 계속 걷고 있었다. 그는 메리를 향해 달려갔다. "메리." 다시 한번, 이번에는 좀더 부드러운 목소리로 이름을 부르며 팔을 붙잡았다. 손가락이 그녀의 피부에 닿았지만 신경이 죽은 그의 상처들 사이로는 그녀 살결의 부드러움이 전혀 느껴지지 않았고, 시각과 촉각 사이의 주도권 다툼에서 그의 두뇌는 맥을 못 추고 있었다.

메리는 걸음을 멈추고 그의 손을 내려다보았다. 얼굴에 번뜩 움찔한 기색을 내비치더니ㅡ역겨워서? 불쌍해서?ㅡ그녀는 팔을 빼 버렸다. 천천히, 조심스럽게, 그의 손이 터지기 직전의 폭탄이라도 되는 것처럼.

그는 손을 뻗어 자신의 상처로 그녀의 상처를 어루만지고 싶었지만 뒤로 물러섰다. "미안해."

"뭐가요?"

맷은 입을 벌렸지만 사과하고 싶었던 모든 것ㅡ그 쪽지, 그의 아내, 그가 했던 증언, 그리고 무엇보다 지난여름 그녀의 생일에 관한 것ㅡ이 한꺼번에 성대로 밀려와 언어적 체증이 초래된 것 같았다. 그는 목을 가다듬었다. "누구한테 말한 사람이 있으면 나한테도 알려줘."

메리는 포니테일로 묶은 머리를 검지로 빙빙 돌렸다. 그리고 잠시 가만히 놓았다가 다시 빙빙 돌렸다.

맷은 묵직하고 습한 공기를 폐 속 깊숙이 들이마셨다. 마치 담배 연기처럼 느껴졌다. "너희 부모님. 그들은 아니?"

"뭘 알아요?"

"알잖아." 그가 말했다. 잘려나간 손가락에서 경련이 느껴졌으나 문지를 수 없으니 불행이었다.

메리는 그의 얼굴에 적힌 작은 글씨를 읽으려는 듯 눈을 가늘게 떴다. "아뇨, 아무한테도 말 안 했어요."

그는 자신이 이제껏 숨을 참고 있었음을 깨달았다. 어지러웠고, 귓전에 모기들이 윙윙거렸고, 그 윙윙거리는 소리는 점점 고조되었다가 다시 낮아지며 지나가는 사이렌소리처럼 들렸다.

"재닌은요?" 메리가 말했다. "재닌도 증인 목록에 있어요. 재닌이 말할 것 같아요?"

맷이 고개를 저었다. "그 사람은 몰라."

메리가 인상을 찌푸렸다. "모른다니 그게 무슨 뜻이에요? 뭘 모른다는 거죠?"

"우리 일 말이야." 그가 대답했다. "쪽지나 담배 피우던 거, 아내는 전혀 모른다고. 난 아무 말도 안 했어."

격한 불신에 얼굴이 일그러진 메리가 맷에게 다가와 그를 세게 떠밀었다. "이 빌어먹을 거짓말쟁이!" 그녀의 목소리가 폭발 이전 수준으로 높아졌다. "내가 혼수상태였다고 다 잊은 줄 알죠? 전부 기억나요. 그게 내 인생에서 가장 치욕적인 순간이었으니까! 그 여자가 날 찾아와서 자기 남편을 못살게 구는 미친 스토커 취급을 한 그 순간 말이에요. 당신이 다시 날 마주할 수 없었대도 난 이해했을 거야. 그런데 왜 아내까지 보낸 거죠?"

맷은 휘청거렸다. 메리한테 떠밀렸을 때 그의 가슴에 든 수백 개의 쇠구슬이 서로 부딪치다가 그의 늑골과 척추에 충돌해 제대로 서 있을 수 없게 된 것 같았다. "재닌이…… 재닌이 뭘 했다고?"

한 발 물러선 메리의 얼굴에 여전히 불신이 넘실거렸지만 맷의 얼굴에 드러난 명백한 당혹감에 조금은 누그러졌다 "몰랐어요? 하지만……" 그녀는 눈을 질끈 감고 손으로 얼굴을 문질렀다. 창백한 피부에 난 상처가 새빨개지면서 산을 따라 구불구불 흘러내리는 용암처럼 보였다. "재닌이 안다고 했어요. 폭발이 있던 날, 나를 찾아와서 당신이 더 털어났다고 했다고요."

눈을 깜빡이자 보였다. 폭발 전날 밤, 그들의 침실, 뒤에서 불쑥 내민 재닌의 손에 들려 있는 메리의 마지막 쪽지. 왜 우리가 그 얘길 해야 하는지 모르겠어요. 그냥 없었던 일처럼 잊어버리면 안 돼요? 실체 없는 재닌의 목소리가 뒤에서 들려왔다. "이게 옷장 안에 있었어. 뭐라는 거야? 누가 보낸 건데?" 그는 거짓말을 했고, 그녀가 속았다고 확신했다. 그런데 그게 아니었다는 것인가?

"뭐예요? 말했어요, 안 했어요?" 메리가 물었다.

맷은 그녀의 얼굴에 초점을 맞췄다. "네가 보낸 쪽지 하나를 찾았길래 나한테 수작을 걸다가 망신당한 인턴이 보낸 거라고 둘러댔어. 재닌도 믿었고, 확실해. 다신 그 얘길 꺼낸 적이 없으니까. 그런데 언제 너한테 그런 얘길 한 거야? 어디서 그랬는데?"

메리는 포니테일을 입술에 댔다가 떼고는 뒤로 늘어뜨렸다. "폭발한 날 저녁이요. 8시쯤. 바로 여기 어디였을 거예요."

"8시? 여기서? 하지만 내가 말했는걸. 잠수가 지연돼서 늦을 거라고 전화했었어. 여기로 오고 있다거나 너에 대한 말은 없었는……"

"재닌이 지연된 걸 알았다고요? 하지만 나한테는……" 메리의 말소리가 잦아들었고 입은 계속 벌리고 있었지만 아무 말도 나오지 않았다.

"뭐? 너한테 뭐라고 했는데?"

메리는 생각에 집중하는 것처럼 고개를 휘저었다. "난 여기서 아저씨를 기다리고 있었어요. 그런데 재닌이 나타나서는 다 들었다는 거예요. 내가 무슨 말인지 모르겠다고 했더니 자기 남편은 너무 물러서 말 못할 거라면서 내가 당신을 스토킹했다더군요. 그러면서 그만두는 게 좋을 거라고 했어요. 당신이 날 만나러 올 일은 없을 거니까 귀찮게 할 수도 없을 거라면서, 남편은 이미 갔고 자기한테 내가 그만 좀 괴롭히게 해달라고 부탁했대요."

맷은 눈을 감았다. "오, 맙소사." 그가 말했다. 아니, 어쩌면 생각만 했는지도 몰랐다. 어느 쪽인지 알 수 없었다. 그만큼 머리가 빙빙 돌았다.

"난 계속 무슨 말인지 모르겠다고 했는데, 재닌이 봉투를 들고 있었어요. 거기서……" 메리의 목소리가 흔들렸다. "담배를 꺼내더니 나한테 집어던졌다고요. 성냥이랑 쪽지도요. 전부 내 것이라고 소리치면서요."

맷은 이게 꿈인가 하는 생각이 들었고, 깨고 나면 현실로 돌아갈 수 있을 것 같았다. 하지만 아니다. 꿈은 적어도 꾸고 있을 때는 현실적이니까. 지금처럼 그를 사로잡은 비현실적인 기분은 깨고 난 뒤에야 찾아오는 것이지 몽중에 느껴지는 건 아니었다. "그래서?"

"내 것이 아니라고 하고 그냥 와버렸어요."

맷은 이 자리에 격분한 채 서 있었을 아내와, 그녀의 발치에 떨어진 담배와 성냥개비들, 불과 몇 분 거리의 산소 체임버 안에 있었던 자신을 떠올렸다. 혈액이 귀로 쌩쌩 흘러들어갔다.

"재닌이 던진 담배를 엘리자베스가 주운 것 같아요?"

맷은 고개를 끄덕였다. 당연했다. 한 가지 의문인 건 엘리자베스가 줍기 전에 재닌이 그걸로 뭔가를 했다면 그게 무엇이냐는 거였다.

잠시 후 메리가 말했다. "그날 밤에 날 만날 생각이었어요?"

맷은 눈을 뜨고 다시 고개를 끄덕였다. 머리가 텅 빈 기분이었고, 고개를 끄덕이다 뇌가 두개골에 부딪친 것 같았다. "그래." 그는 애써 목소리를 냈지만 성대를 며칠 쓰지 않은 것처럼 잠긴 소리가 나왔다. "잠수가 끝나고 나서 만나려고 했어."

메리는 그를 쳐다보며 아무 말도 하지 않았고, 맷은 그런 그녀의 얼굴을 읽으려 했다. 그리움이었을까? 후회?

메리가 고개를 저었다. "가봐야겠어요. 늦었네요." 그녀는 걸어 갔다. 몇 걸음 걷다가 멈춰 서더니 그를 돌아보았다. "한 번이라도 죄책감을 느낀 적 있어요? 우리가 아는 걸 전부 털어놓고 무슨 일이 일어나든 내버려뒀어야 한 건 아닐까 하고 말이에요."

맷은 동맥이 수축하면서 체내 기관들이 공황 상태로 전환되는 느낌이 들었다. 심장은 더 세게 고동치고, 혈액순환이 더 빨라지고, 폐가 더 크게 팽창하는 느낌. 그렇다. 맷은 십대 소녀와의 불장난이 세상에 알려질까 걱정하고 있었다. 그러나 그건 웃어넘길 만한 애들 장난에 불과했다. 만일 재닌이 폭발 직전에 여기 있었고 거짓말 했다는 게 밝혀졌을 때 배심원들이 하게 될 생각에―아니, 솔직해지자, 그가 지금 하는 생각에―비하면 말이다.

"나도 생각은 해봤어." 맷은 강의중에 받은 흥미로운 지적을 숙고하듯 천천히, 차분하게 말하려고 노력했다. "하지만 쓸모 있는 정보는 없는 것 같아. 너랑 재닌, 그리고 내가 한 일은 화재와 아무 상관이 없어. 그 쪽지와 담배는…… 그래, 그것들의 출처를 짐작해보는 것은 흥미롭겠지만 따지고 보면 결국 누가 진짜 불을 질렀는지와는 아무 관련이 없어. 되레 우리 때문에 논점만 흐리게 될까 봐 걱정이야. 그 변호사들이 사람들 말을 어떻게 곡해하는지 너도 봤잖아."

"네." 메리가 말했다. "그 말이 맞아요. 잘 가요."

"메리." 맷은 그녀를 향해 다가갔다. "네가 뭔가를 말하면, 그러니까 뭐든지 말하면, 우리 가족들과 우리 미래가 전부……"

메리는 정지신호처럼 손바닥을 들어 보이며 한참 동안 그의 눈을 바라봤다. 서서히 손을 내린 그녀는 돌아서서 걸어갔다.

그녀가 모퉁이를 돌아 더는 모습이 보이지 않게 되자 맷은 천천히 숨을 내쉬었다. 동맥이 팽창하면서 체내 기관들로 혈액이 순환되었고, 움츠려 있던 장기가 하나둘 커지면서 몸이 저려왔다. 그러다 근질거리는 느낌이 들었다. 맷은 아래를 내려다봤다. 모기 한 마리가 그의 팔꿈치에 앉아 한가로이 피를 빨고 있었다. 재빨리, 세차게 놈을 내리친 다음 손을 치웠다. 손바닥에는 짓이겨진 모기의 검은 얼룩이 놈이 죽기 직전에 들이켠 진홍빛 핏방울 속에 꼼짝없이 갇혀 있었다.

메리

그녀는 숲에서 가장 좋아하는 곳으로 걸어갔다. 버드나무 가지가 흐드러진 울창한 녹음 사이로 미라클 크리크 개울물이 굽이굽이 흐르는 외딴 은신처. 화가 나서 생각이 필요할 때면 찾는 곳이었다. 작년 생일 맷과의 그 끔찍한 밤 이후에도, 폭발 직전에 재난이 그녀에게 담배를 던진 다음에도 이곳을 찾았었다. 판판하고 매끈한 바위 위에 앉으면 졸졸 흐르는 물소리와 버드나무의 푸르른 장막에 의해 메리는 세상과 멀어졌다. 그럴 때면 숲과 하나가 된 듯 평화롭고 안전한 기분이 들었다. 그녀의 피부가 대기에 녹아들고 그 대기가 다시 그녀의 피부를 파고들면서 피부와 공기가 세포 하나하나에서 맞바뀌는 과정을 통해 인상주의 화가의 그림처럼 그녀의 경계가 모호해졌고, 모공 사이로 새어나온 내면이 공중에서 소멸하면서 그녀는 조금씩 가벼워졌으며 조금씩 실체가 사라졌다.

메리는 쪼그리고 앉아 개울물에 손을 담갔다. 이 부근에 이르면 제법 거칠어진 물살이 빠르게 흐르다 조약돌 사이를 빙글빙글 돌면서 그녀의 손가락을 간지럽혔다. 메리는 개울물을 한 움큼 퍼서 맷의 손이 닿았던 팔에 문질렀다. 속은 좀 가라앉았지만 두뇌는 여전히 초고속 회전으로 인한 기이한 마비 상태에 머물러 있었다. 생각이 너무 빠르게 오가는 통에 아무 생각도 할 수가 없었다. 메리는 일어서서 근처에 있는 버드나무 가지의 진동에 맞춰 심호흡했다. 훌라춤을 추는 댄서의 풀잎 치맛자락처럼 초록빛 장막이 바람을 타고 좌우로 굽이쳤다. 엉켜 있는 생각의 타래를 풀어 한 번에 한 가닥씩 이성적으로 차분히 따져볼 필요가 있었다.

화재를 일으킨 담배와 성냥은 재닛이 메리에게 던진 것과 동일한 것이었다. 그건 확실해 보였다. 유일한 문제는 누구냐는 것이었다. 누가 숲에서 그것들을 주워 헛간으로 가져가서 나뭇가지를 쌓은 뒤 담뱃불을 지피고 그 위에 올려두고 나왔을까? 재닛? 아니면 엘리자베스? 혹시 시위대가 그런 것은 아닐까?

메리가 줄곧 염두에 둔 용의자는 재닛이었다. 혼수상태에서 깨어난 뒤 병실에 누워 의사들이 여기저기를 건드리고 찌르는 중에도 메리는 재닛의 분노를 잊지 않았고, 주체할 수 없는 화를 참지 못한 그 여자가 메리와 관련된 모든 것을 파괴하고픈 마음에 그랬을 것으로 추측했다.

하지만 경찰에 말할 내용을 고민하고 있을 때―모든 것을 털어놓을 만한 용기가 있나? 생일날 밤 맷과 있었던 굴욕적인 일까지 세세히 밝혀야 하나?―엄마가 엘리자베스에 대해, 그녀의 흡연과 아동 학대와 컴퓨터 검색 기록에 대해 말해주었고, 메리는 설득당했다. 모든 것이 맞아떨어졌다. 재닛이 던진 담배를 엘리자베스가 그곳에서 주웠고, 그것들을 이용해 아들을 죽이고 또한 시위대한테 덮어씌우기도 좋은 방법으로 불을 지른 것이다. 끔찍한 효율이었다. 그것이 바로 엘리자베스가 유죄라는 에이브의 '100퍼센트 이상의' 확신과 함께, 메리가 양심의 가책을 느낄 때마다, 그날 밤에 관한 침묵을 깨고 싶을 때마다 꼭 붙들고 있었던 것이다.

하지만 오늘 모든 것이 바뀌었다. (장담한 것과는 반대로 필승과는 거리가 멀었던 에이브의) 반대 심문뿐 아니라 조금 전 맷에 의해 밝혀진 사실. 맷의 말대로라면 그는 재닛에게 메리의 이야기를 하거나 그를 대신해 메리와 맞서달라고 부탁한 적이 없었다. 그렇다면 무슨 뜻일까? 재닛의 거짓말과 비밀이 어떤 방화 살인 음모의 일부란 말인가? 메리가 생각한 것보다 훨씬 더 화가 난 재닛이ㅡ설마, 생일날 밤에 있었던 일도 어떻게 알게 된 건 아닐까?ㅡ남편이 체임버 안에 있는 걸 알면서 그를 죽이려고 헛간 옆에 담배를 둔 걸까?

아니다. 그건 불가능했다. 힘없는 아이들과 엄마들이 안에 있다는 걸 알면서도 산소가 흐르는 곳 옆에 불이 붙은 담배를 놔두는 건 괴물이나 할 짓이었다. 그리고 사람들의 생명을 구하는 데 헌신한 의사이자 미라클 서브마린의 설립을 돕는 데 부단히 애쓴 재닛은 괴물이 아니었다. 아니지 않을까?

더군다나 오늘 시위대에 관한 꺼림칙한 사실이 밝혀졌다. 피어슨 형사는 그들을 용의선상에서 배제한 이유가 그날 밤 경찰서를 나선 그들이 곧장 D.C.로 돌아갔기 때문이라고 말했다. 하지만 그건 사실이 아니었다. 아빠가 분명 시위대의 차가 폭발 십 분 전까지 가족의 소유지 근처를 어슬렁거리는 걸 보았다고 했다. 그런데 시위대는 왜 거짓말을 하는 걸까? 무슨 잘못을 저질렀기에 은폐해야 하는 걸까?

메리는 가장 가까이 있는 버드나무를 향해 걸어가 땅에 닿을 듯이 늘어진 가지를 만졌다. 엄마가 손가락으로 머리를 빗겨줄 때처럼 나뭇가지 사이에 손을 넣어서 쓸어내렸다. 그녀는 버드나무 장막 안으로 걸음을 옮기며 부드럽게 얼굴을 스치는 버들잎의 깃털 같은 손길을 느꼈다. 상처 주변이 얼얼하고 간질거렸다.

그녀의 상처. 휠체어 신세를 지게 된 아빠의 쓸모없는 다리. 한 여자와 한 소년의 죽음. 죽은 소년의 엄마는 살인 재판을 받고 있었다. 화재와 아무 관련이 없다면 그 엄마는 부당하게 지옥에 떨어진 것이다. 그리고 이제 그녀의 아빠가 살인 혐의를 받게 되었다. 그녀의 침묵으로 인해 너무 큰 고통과 파멸이 초래되었다. 지금 알고 있는 모든 것을 감안할 때, 재닌과 시위대를 향한 의심, 엘리자베스와 화재의 연관성에 대해 증폭되는 의구심으로 미루어볼 때, 그녀에게 나서야 할 의무가 있는 것은 아닐까? 결과야 어찌되든 상관없이?

에이브는 그녀가 곧 증언하게 될 거라고 말했다. 어쩌면 그녀에게 필요한 것은 바로 그것일지 모른다. 진실을 말할 기회—아니, 권한. 메리는 하루만 더 기다려볼 생각이었다. 에이브가 내일 엘리자베스의 죄를 입증할 가장 충격적이고 명백한 증거를 공개할 예정이라고 했다. 기다렸다가 그 증거가 무엇인지 확인해볼 참이다. 그런데도 일말의 의문이 남는다면, 엘리자베스의 죄가 아닐 가능성이 추호라도 있다면, 그녀는 법정에 서서 지난여름에 일어난 일을 전부 말할 것이다.

재닌 조

그녀는 곧장 웍을 넣어둔 부엌 찬장으로 갔다. 맷의 사촌이 브라이덜 샤워* 선물로 주면서 "네가 원하는 선물 목록에는 없었지만 너무 딱 맞는 선물인 것 같아서……"라고 했던 물건이었다. 사촌은 뭐가 '딱 맞는'다는 건지 설명하지 않았으나 재닌은 자신이 동양인이기 때문이라는 걸 알았다. 웍은 중국 것이지 한국 것이 아니라고 말하고 싶었지만 꾹 삼키고, 사려 깊은 선물이라며 감사 인사를 전했다. 원래는 기부하거나 다른 사람한테 줄 생각이었으나, 그냥 한 번도 쓴 적 없는 다른 잡동사니들과 함께 처박아두었다.

웍이 든 상자를 ─ 두번째로 ─ 열고 사용법 및 요리법 설명 책자를 집어들었다. 책장을 넘기다 그것을 찾았다. 자신이 숨겨놓고 지난 일 년 동안 잊으려고 노력했던 악명 높은 H-마트 쪽지.

재닌은 맷과 메리, 그리고 그녀 자신을 제외하고는 쪽지에 대해

---

* 결혼식에 앞서 여자 친구들이 모여 신부에게 선물을 주는 축하 파티.

아는 사람이 없다는 사실과, 하물며 그것의 존재가 논쟁의 중점이 되리라고 생각한 사람은 아예 없다는 사실을 오늘 재판정에서 처음 알았다. 게다가 오늘 재판정에서 언급되지 않았으면 그냥 잊어버릴 뻔했던 걸 생각하면! 피어슨이 시위대는 무죄라고 말한 뒤, 그녀는 그날 밤의 기억에 사로잡혔다. 시위대가 차로 미라클 서브마린을 배회하던 걸 보지 않았나? 그게 몇시였지? (8시 10분? 8시 15분?) 그들의 거짓말의 증거가 되어준 '기지국 신호'라는 것은 얼마나 믿을 만한 걸까? 오 하느님, 설마 그녀의 기지국 신호도 어딘가에 남아 있지는 않을까? 그때 테리사가 일어나서 "제가 H-마트 쪽지를 봤어요" 하고 외쳤다. 재닌의 심장이 가슴뼈를 쳐댔고 그녀는 상기된 뺨을 감추기 위해 머리를 매만져야 했다.

왜 이걸 여태 갖고 있었을까? 지독한 머저리라서 그랬다는 것 말고는 아무런 목적도, 이유도 떠올릴 수 없었다. 폭발 이후 병원에서 형사들이 담배를 찾고 있다고, 날이 밝으면 숲을 철저히 수색해야겠다고 말하는 걸 우연히 들었을 때, 몹시 당황한 그녀는 멍청하게도 자신이 놓고 온 물건들을 회수하기 위해 한밤중에 미라클 크리크까지 차를 몰고 갔다. 담배나 성냥은 찾을 수 없었지만 그 대신 노란색 테이프로 저지선을 친 네모난 공간(나중에 엘리자베스의 피크닉 장소였다고 알게 된 곳) 근처 수풀 속에서 쪽지를 찾았다. 쪽지를 움켜쥔 그녀는 설명할 수 없는 기이한 이유로 그것을 보관하기로 했다.

물론, 그때 했던 모든 행동은 일 년이 지난 지금 돌이켜보면 납득이 가지 않는다. 하지만 그날 그녀 안에서 들끓던 수치와 분노가 뒤섞인 광기는 그녀가 했던 모든 행동을 납득 가능한 것으로 만들었다. 심지어 웍 안에 쪽지를 숨긴 것마저도 말이다. 당시에는 남편과 한국 여자애의 불륜 증거를 처음으로 남편을 '동양인 페티시가 있다'고 비난한 여자가 준 선물 안에 보관하는 게 이상하게도 딱 맞아떨어져 보였다.

약혼한 이후에 추수감사절을 맞아 맷의 조부모님 댁에 갔을 때 일어난 일이었다. 소개를 마치고 화장실에 다녀오는 길에 재닌은 여자들의 목소리를 들었다. 맷의 사촌들로, 하나같이 금발 머리에 활달하고 제각각의 남부 억양을 구사하는 그들은 낯부끄러운 비밀을 공유하듯 속삭이는 목소리로 말했다. "동양인인 줄 몰랐어!" "이번에 뭐야, 세번째인가?" "저번에 하나는 파키스탄인이었던 것 같아. 그것도 해당되니?" "내가 말했잖아, 쟤는 동양인 페티시가 있다니까. 그런 남자들이 있더라고."

(훗날 윅을 선물한 여자의) 그 마지막 발언을 듣고 재닌은 발소리를 죽여 화장실로 되돌아갔다. 화장실 문을 잠그고 수도꼭지를 튼 다음 거울에 비친 제 모습을 바라보았다. 동양인 페티시. 그게 그녀라는 걸까? 깊이 내재된 성심리적 일탈감의 해소를 위한 이국적인 노리개? 페티시는 문제가 있음을 시사했다. 음란하기까지 했다. 그리고 그 동양이라는 단어, 그것은 오래전 제삼세계 낙후된 마을의 이색적 이미지를 떠올리게 했다. 게이샤와 어린 신부. 복종과 성도착. 뜨거운 수치심이 그녀를 휩쓸었다. 머리끝부터 발끝까지, 좌에서 우로, 한 번 휩쓸 때마다 억수처럼 그녀를 집어삼켰다. 그리고 분노, 사무치는 억울함. 이제껏 백인 남자친구들을 사귀어왔지만 그녀한테 백인 페티시가 있다고 비난한 사람은 아무도 없었다. 그리고 그녀에겐 (우연인지 의도적인지 아무도 모르고 상관하지도 않지만) 오직 금발만, 혹은 유대인 여자만, 혹은 공화당 지지자인 남자만 사귀는 친구들도 있었다. 그들 역시 금발 페티시다, 유대인

페티시다, 공화당 페티시다, 하는 비난을 받지 않았다. 그런데 동양계 여자를 두 명 이상 만난 동양계 아닌 남자를 보면, 참나, 그건 페티시란다. 이국적인 동양성을 향한 변태적이고도 심리적인 일탈 욕구를 충족하려고 만나는 게 분명하다고. 하지만 왜? 금발, 유대인, 공화당 지지자한테 끌리는 건 정상이고, 동양 여자한테 끌리는 건 비정상이라는 건 누가 정했나? 왜 아시아계 여자와 발에는 성적 일탈을 암시하는 '페티시'를 갖다붙이는 것일까? 불쾌하다고, 다 헛소리라고, 그녀는 악을 쓰고 싶었다. 난 '동양인'이 아냐. 난 발이 아니라고!

저녁식사 자리에서 맷의 옆에 (너무 가깝지는 않게) 앉은 재닌은 뭔가 어긋나고 추잡한 기분을 느끼며 또 누가 그들을 보며 동양인 페티시를 떠올릴지 생각했다. 그녀 자신만 이질적이라는 예민한 인식이 누군가가 아시아인을 언급할 때마다 속을 뒤집어놨다. 평소 같으면 웃어넘겼을 별 뜻 없는 고정관념이나 칭찬하려고 하는 말들까지도. 이를테면 맷의 인자한 할머니가 "너희 애는 얼마나 예쁠지 상상해보렴. 전에 베트남전쟁 혼혈아에 관한 특집 방송을 봤는데, 그냥 하는 말이 아니라 걔들 정말 아름답더구나"라고 했을 때나, 세심한 삼촌이 "맷이 그러는데 네가 과에서 일등이라며. 그래도 놀라진 않았다. 대학 때 아시아계 애들을 몇 알았는데—일본인인가 그랬어—세상에 지독하게 똑똑하더구나"라고 했을 때 말이다. (이어서 삼촌의 부인은 "요즘은 버클리대학은 학생 절반이 아시아계래요" 하더니 재닌을 향해 "그게 나쁘다는 건 아니고"라고 말했다.)

나중에 재닌은 무례한 사람이 무례한 말을 내뱉은 것이며, 어쨌든 맷은 아시아계가 아닌 여자친구도 많았다고(바로 다음날 확인한 바로는 구체적으로 백인 여섯에, 아시아계 미국인은 둘뿐이었다고) 혼자 되뇌며 잊어버리려고 했다. 하지만 이따금씩, 맷이 아시아계 간호사와 카페에서 농담 따먹기를 하는 걸 봤을 때나 전혀 정이 안 가는 병원 여자가 "새로 온 족부 의사 부부와 더블데이트라도 해. 거기 부인도 아시아계래"라고 했을 때 재닌은 그 '웍' 사촌을 떠올렸고 두 눈과 뺨이 후끈거리는 걸 느꼈다.

그럴 때마다 재닌은 남편은 아무 잘못이 없고 자신이 비이성적으로 반응하고 있음을 알았다. 그러나 그 쪽지들은 달랐다. 처음 발견한 쪽지는—폭발 전날 밤에 빨래를 하다가 그의 바지 주머니에서 찾았는데—맷한테 보여줬더니 자기한테 추근거리다가 퇴짜를 맞은 인턴 의사가 보낸 거라고 했다. 남편의 말을 믿으려고 했지만, 믿고 싶었지만, 다음날 아침에 그녀는 남편의 옷가지, 차, 심지어 휴지통까지 뒤져볼 수밖에 없었고 그러다 같은 글씨체의 쪽지들을 더 찾아냈다. 대부분 짧은 내용이었지만 오늘밤에 만나? 혹은 어젯밤엔 보고 싶었어의 변주였다. 그중에 SAT 단어 싫어요! 오늘밤 담배가 필요해요!가 눈에 띄었을 때 그녀는 남편이 거짓말하고 있다는 걸 알았다.

그녀가 마지막 쪽지—일 년 내내 웍과 함께 감춰뒀다가 손에 들고 있는, 이제는 악명 높아진 H-마트 쪽지—를 찾았을 때, 거기서 이제 끝내야 해. 만나야겠어, 오늘 저녁 8시 15분, 개울가에서라고 남편이 휘갈겨쓴 글씨와 그 아래에 좋아요라는 여자애의 글씨를 봤을 때 깨달았다. 만나자는 시간(잠수 직후)과 장소(남편은 '개울'만 언급했다)로 볼 때 남편이 만나기로 한 여자애가, 함께 담배를 피우는 여자애가 바로 메리 유라는 사실을 말이다.

그래서 미쳤던 것 같다. 이제는 그게 보였다. 쪽지를 찾고 맷이 한국 여자애와 놀아났다는 사실을 알게 되었을 때, 그애가 십대인 것과 한국인인 것 가운데 어느 쪽이 더 굴욕적인지는 알 수 없어도 '웍' 사촌의 말이 맞았나 하고 생각했던 것이다. 폭발적인 열기가 너무 뜨겁고 너무 빠르게 그녀를 강타하면서 몸이 달아오르고 힘이 빠졌다. 남편을 때리고 악을 쓰며 대체 넌 뭐가 문제냐고, 빌어먹을 페티시가 다 뭐냐고 따지고 싶었지만 동시에 그 페티시 나부랭이를 믿는 자신이 싫어서 그에게만은 절대 그 말을 하고 싶지 않았다. 그 러기엔 너무 수치스러웠다.

이제 재닛은 그녀의 부엌에서 그 쪽지를 들고 서 있었다. 그 종 이 쪼가리가 그날 밤 그녀가 되돌리고 싶었던 모든 일의 시작이자 끝이었다. 그걸 가지고 메리와 맞서기 위해 차를 몰고 미라클 크리 크에 갔던 것부터, 한밤중에 그걸 찾으러 그곳에 다시 갔던 것, 그 사이에 일어난 모든 끔찍한 일들까지도. 그녀는 쪽지를 가지고 싱 크대로 가 흐르는 물줄기 속에 종이를 넣었다. 그런 다음 종이를 갈 기갈기 찢고 또 찢어서 흐르는 물에 조각조각 흘려보내며 하수구 로 떨어지는 모습을 지켜봤다. 음식물 처리기를 틀고 빙빙 도는 금 속 칼날이 쪽지를 갈아 펄프 입자로 분쇄하는 소리를 들었다. 어느 정도 진정이 되고, 피가 흐르는 소리가 고막에 더는 들리지 않게 되 자, 그녀는 음식물 처리기를 끄고 수도를 잠근 뒤 웍 안내 책자를 상자에 넣고 닫았다. 부엌 찬장에 웍 상자를 넣고 단 한 번도 쓸 일 없는 물건들 뒤로 밀어넣은 다음, 찬장 문을 굳게 닫아버렸다.

재판: 셋째 날

2009년 8월 19일 수요일

박

영어를 쓸 때의 박 유는 한국어를 쓸 때의 그와는 다른 사람이었다. 그가 그렇겠거니 생각했던 대로, 언어의 유창함이 한풀 꺾이면서 유능함이나 성숙함도 한 꺼풀 같이 벗겨지는 이민자들은 어쩔 수 없이 어린아이 버전의 그들이 되고 만다. 미국으로 오기 전에 그는 자신이 맞닥뜨리리라 예상한 어려움들에 대한 대비를 했다. 말하기 전에 생각을 번역해야 하는 논리적 어색함이나, 맥락에서 단어의 뜻을 유추해야 하는 지적 부담감, 한국어에는 없는 소리를 내기 위해 혀를 익숙하지 않은 위치에 두어야 하는 신체적 난관. 하지만 그가 알지 못했고 예상하지 못했던 건, 이런 언어적 불완전성이 바이러스처럼, 발화 능력을 넘어 다른 부분들까지 오염시킨다는 사실이었다. 그의 사고와 태도, 그리고 성격까지도. 한국어를 쓰는 그는 배울 만큼 배운, 존경받아 마땅한 권위적인 남자였다. 영어를 쓰는 그는 귀가 들리지 않고, 말을 못하며, 매사에 자신 없고, 걱정하고, 서투른 머저리였다. 한마디로 바보bah-bo.

박은 그 사실을 오래진 볼티모어의 식료품점에서 영을 도와주던 첫날 받아들였다. 불량 청소년들이 그의 "도와드릴까요May I help you?"를 알아듣지 못한 체하면서 잔뜩 꾸며낸 억양으로 "아-소Ah-so" 한 다음 "메-이 아-이 헤어-프 유우우?" 하고 그의 말투를 조악하게 흉내내며 낄낄거렸다. 그것까지는, 상점에서 티셔츠를 입어보듯 잔악한 장난을 시도하는 어린애들의 치기쯤으로 무시할 수 있었다. 그러나 볼로냐 샌드위치를 주문한 여자가, 그가 아침에 외운 말인 "음료수도 같이 드릴까요?"를 알아듣지 못할 때는 진짜였다. 그녀는 "잘 못 들었어요. 다시 말해줄래요?" 하고 말했다. 그가 더 크고 느리게 말하자 그녀는 "한 번만 다시 말해주세요"라고 한 다음 "죄송해요. 오늘 제 귀가 좀 이상하네요" 하고 말했고, 결국엔 곤란한 미소를 지으며─박으로 인해 곤란하단 걸 그는 깨달았다─고개를 저었다. 박은 같은 말을 네 번 반복했고, 그때마다 불타는 석탄 위로 고개를 숙이고 1센티미터씩 앞으로 떠밀리는 것처럼 뺨과 이마에 화기가 번졌다. 결국 그는 콜라를 가리키며 마시는 시늉을 했다. 안도하고 웃으며 "네, 하나 주세요" 하고 말하는 여자의 돈을 받아들면서 박은 친절하지만 불쾌한 연민이 두 눈에 서린 그녀 같은 사람들에게 잔돈을 구걸하는 거리의 걸인이 된 기분이었다.

박은 과묵해졌다. 그는 침묵의 상대적인 위용에서 안도감을 찾았고 눈에 띄지 않게 숨으려 했다. 문제는 미국인들이 침묵을 반기지 않는다는 사실이었다. 그들은 그것을 불편해했다. 한국인에게 말을 아낀다는 것은 진중함의 상징이었지만, 미국인에게는 장황한 언변이 본질적으로 좋은 것이었다. 친절이나 용기와 같이. 그들은 말을 사랑했다. 더 많이, 더 길게, 더 빨리 말할수록 더 똑똑해 보였고 더 깊은 인상을 남겼다. 미국인에게 침묵은 할말이 없다, 들려줄 만한 생각이 없다는 것으로, 텅 빈 정신이나 마찬가지였고, 그게 아니라면 뚱한 표현이었다. 심지어 기만을 뜻하기도 했다. 에이브가 박의 진술을 걱정하는 것도 바로 그 때문이었다. "배심원들한테 당신이 정보를 제공하고 싶어한다는 인상을 줘야 합니다." 박을 준비시키며 에이브가 말했다. "그렇게 오래 뜸들이고 있으면 그들은 '뭘 숨기는 걸까? 거짓말할 방법을 궁리하는 건 아닐까?' 하고 생각한다고요."

배심원들이 배석하고 방청석의 귓속말도 중단된 지금, 휠체어에 앉은 박은 눈을 감고 최후의 침묵을 음미했다. 이제 곧 그가 말을 내던지고 내리쳐야 할 순간이었다. 사막의 낙타처럼 침묵을 마시고 비축해놓으면 그가 증인석에 섰을 때 조금씩 꺼내서 생기를 되찾는 데 쓸 수 있을지 모른다.

*

증인이 되는 건 연기와 비슷했다. 높은 무대에 올라 모두의 시선을 한몸에 받으며 누군가가 써준 대사를 기억하려 애쓰면 되니까. 적어도 에이브는 답변을 외우기 쉬운 기본적인 질문부터 시작했다. "마흔한 살입니다." "한국에서 나고 자랐습니다." "작년에 미국으로 이민했습니다." "처음에는 식료품점에서 일했습니다." 그런 질문들은 그의 오래된 영어 교과서에 수록될 법한 것들로, 한국에서 그가 그 책으로 메리를 가르치기도 했다. 그가 딸을 앉혀놓고 자동으로 답변이 나올 때까지 몇 번이고 반복해서 외우도록 훈련시키던 그때처럼, 어젯밤 메리는 그의 발음을 고쳐주며 한 번만 더 해보라고 그를 다그쳤다. 이제 의자 끝에 걸터앉은 메리는 눈도 깜빡이지 않고 마치 자신의 생각을 그에게 전송하려는 듯 뚫어지게 박을 쳐다보고 있었다. 한국에서 그녀가 매달 치르던 수학 경시대회 때 그가 늘 그랬던 것처럼 말이다.

이것이 바로 그가 미국 이민을 가장 후회하는 부분이었다. 자식보다 못나고 어른답지 못한 사람이 되는 수치. 결국에는 일어날 일이라는 걸 알았다. 부모가 나이들면서 몸과 정신이 유년기로, 유아기로, 그리고 나선 비존재로 회귀하는 과정에서 부모와 자식 간의 위치가 바뀌는 걸 봐왔기 때문이다. 하지만 수년은 족히 걸릴 일이었고, 메리가 아직 유년기에 발을 걸치고 있는 지금은 확실히 때가 아니었다. 한국에서는 그가 가르치는 쪽이었다. 그러나 이민을 오고 난 뒤 메리의 학교를 방문했을 때 학교장이 "환영합니다! 볼티모어가 마음에 드십니까?" 하고 묻자 박은 미소를 지으며 고개를 끄덕였고, 그가 어떻게 대답하면 좋을지―웃으며 고개를 끄덕이는 정도로 괜찮지 않을까?―고민할 때 메리가 말했다. "아빠도 여기가 좋대요. 이너하버 근처에서 상점을 운영하고 계세요. 그치, 아빠?" 남은 면담 시간 내내 메리는 두 살배기 아들의 엄마처럼 그를 대신해 말했고, 그를 향한 질문에 답했다.

아이러니한 것은 그들이 바로 그렇게 되기 위해 미국에 왔다는 사실이었다. 메리가 부모보다 더 나은 삶을 살고, 더 밝은 미래를 누릴 수 있도록 하기 위해서. (부모가 바라는 게 그런 것 아니던가? 자식이 부모보다 키가 더 크고, 더 똑똑하고, 더 부유해지는 것 말이다.) 박은 자신이 익히지 못한 이국의 언어를 그토록 빨리 습득한 딸, 미국화의 여정을 전력으로 질주해버린 딸이 자랑스러웠다. 그리고 그 속도를 따라가지 못한 그의 무능, 그것은 예견된 일이었다. 딸은 사 년이나 먼저 미국에 왔고, 뿐만 아니라 아이들의 언어 능력이 훨씬 뛰어나다는 것, 어릴수록 더 잘한다는 것은 모두가 아는 사실이었다. 사춘기에 접어들어 혀가 굳어버리면 억양 없이 새로운 소리를 모사하는 능력은 사라졌다. 하지만 그걸 아는 것과 부모의 고투를 목격하는 자식의 눈에 반신반인이었던 그들 자신이 변변찮은 존재로 변모하는 것을 손놓고 지켜볼 수밖에 없는 것은 별개의 일이었다.

"증인, 왜 미라클 서브마린을 차렸습니까? 한국인이 운영하는 식료품점은 본 적 있습니다만, HBOT는 좀 독특하네요." 에이브가 처음으로 긴 설명을 요하는 난이도 있는 질문을 던졌다.

박은 배심원단을 쳐다보면서 에이브의 조언대로 그들을 새로 알아가는 친구처럼 상상하기 위해 노력했다. "저는 서울에서…… 웰니스 센터에서…… 일했습니다. 제 꿈이…… 그런 시설을 차려서…… 사람들을 돕는 것이었습니다." 외운 단어들이 입에 맞지 않아 풀처럼 쩍쩍 들러붙었다. 더 잘할 필요가 있었다.

"왜 화재보험을 들었는지 말씀해주시죠."

"화재보험은 고압 규제기관의 권고 사항입니다." 박은 이 대답을 어젯밤에 백 번도 넘게 연습했고, 일곱 번이나 연달아 나오는 'r' 발음*에 혀가 혹사당하는 바람에 말을 더듬었다. 다행히 배심원단은 그의 말을 이해한 모양이었다.

"왜 130만 달러짜리를 들었죠?"

"보상 액수는 보험사에서 정한 겁니다." 당시에 박은 절대 일어나지 않을 것 같은 일에 그토록 큰 금액을—그것도 매달!—내야 한

---

* 원문은 'Fire insurance is recommended by hyperbaric regulators'로, 'r'가 일곱 번 등장한다.

디는 사실에 분개했다. 하지만 선택의 여지가 없었다. 재닛이 그들의 계약 조건으로 보험 가입을 고집했으니 말이다. 에이브 바로 뒤에서 재닛은 창백한 얼굴로 시선을 떨군 채 앉아 있었다. 박은 그녀가 그들의 신나는 계획이 어쩌다 이 지경이 됐는지 고민하며, 현금 거래라는 비밀 계약을 후회하다 밤잠을 설친 건 아닌가 생각했다.

"어제 호그 변호사가 맷 톰프슨의 휴대폰을 이용해 보험사에 방화 관련 문의를 한 게 증인이라고 주장했습니다." 에이브가 가까이 다가왔다. "정말 그 전화를 걸었습니까?"

"아니요. 저는 맷의 휴대폰을 쓴 적이 없습니다. 보험사에 전화한 적도 없습니다. 그럴 필요가 없었습니다. 이미 답을 알고 있으니까요. 보험증서에 다 나와 있었습니다."

에이브가 두께가 적어도 2센티미터는 돼 보이는 문서를 얼마나 두꺼운지 자랑하려는 듯이 들어 보인 뒤에 박한테 건넸다. "이게 말씀하신 보험증서입니까?"

"네. 서명하기 전에 읽었습니다."

에이브는 놀라운 표정을 지었다. "정말요? 대단히 길어 보이는 문서인데요. 대부분의 사람들이 작은 글자는 잘 읽지 않습니다. 저도 안 읽고요. 검사인데도 말입니다."

배심원들이 고개를 끄덕였다. 박은 그들이—에이브의 말마따나 대부분의 미국인이 그렇듯—그저 서명부터 하고 보는, 사람을 놀라울 정도로 잘 믿거나 그냥 게으른 부류이겠거니 생각했다. 어쩌면 둘 다일지도. "저는 미국 물정에 익숙하지 않습니다. 그러니 읽어야 합니다. 사전을 보고 한국어로 번역했습니다." 박은 방화 면으로 페이지를 넘겨 머리 위에 들어 보였다. 멀리 떨어져 앉은 배심원들은 글자를 알아보진 못했지만 공백에 휘갈겨 쓴 박의 글씨는 똑똑히 보았다.

"그러니까 그 방화 질문에 대한 답이 이 안에 있습니까?"

"네." 박은 미국의 장황한 언어 표현의 표본이라 할 만한 세미콜론과 긴 단어들로 가득한 열여덟 줄짜리 규정을 읽었다. 그리고 자신이 쓴 한국어 글씨를 가리켰다. "여기 제 번역이 있습니다. 남이 불을 지르면 보험금을 준다. 하지만 내가 개입한 화재는 안 준다."

에이브가 고개를 끄덕였다. "이제 변호인이 증인을 의심하는 H-마트 쪽지에 대해 이야기를 해보죠. 피고인측에서는 이를 주웠다고 주장하고 있습니다." 이를 악무는 에이브를 보고 박은 그가 '변절'이라고 칭한 테리사의 행동에 아직도 화가 나 있는 모양이라고 생각했다. "증인, 그런 쪽지를 쓰거나 받은 사실이 있습니까?"

"아니요, 전혀 없습니다." 박이 대답했다.

"쪽지에 대해 아는 바가 있습니까?"

"없습니다."

"하지만 H-마트 메모지를 갖고 있긴 하죠?"

"네. 헛간에 놔뒀습니다. 많은 사람들이 사용합니다. 엘리자베스도 썼습니다. 그녀는 크기가 좋다고 했습니다. 그래서 가방에 넣고 다니라고 제가 하나 줬습니다."

"잠깐만요. 그러니까 피고인이 H-마트 메모지를 통째로 가방에 넣고 다녔단 말입니까?" 에이브는 전혀 몰랐다는 듯, 박의 답변을 써준 일이 없다는 듯 충격을 받은 표정을 지었다.

"네." 박은 그런 에이브의 연극에 미소 짓고픈 욕구를 꾹 참았다.

"그럼 피고인이 얼마든지 H-마트 메모지를 구겨서 사람들이 보게끔 버려둘 수 있었겠네요?"

"이의 있습니다. 추측을 유도하고 있습니다." 섀넌이 일어났다.

"철회하겠습니다." 이젤 위에 포스터 보드를 세우는 에이브의 얼굴에, 빠르게 이동하는 구름처럼 미소가 스쳐갔다. "이것은 어제 호그 변호인이 수정했던 도표입니다."

바보도 하는 범죄 수사

~~직접증거~~	정황증거
~~"더 나은, 신빙성 있는 증거!!!"~~	(신빙성 떨어짐. 하나 이상의 항목 필요)
• ~~목격자~~	• ~~스모킹 건: 용의자의 범행 도구~~
• ~~범행의 음성/영상 기록물~~ 다수	~~사용 증거(지문, DNA)~~
• ~~용의자의 범행 사진~~ (P 위 도합)	• 범행 도구 소유/소지
• ~~용의자, 증인, 또는 공범의~~ P 위	• 범행 기회 — 알리바이?
~~범행 기록~~ P 위	• 범행 동기 — 위협, 선행 사건
• ~~성배: 자백~~ P 위	• 특수한 지식과 관심
~~(입증할 필요 있음!!!!!)~~	(폭탄 전문지식이나 조사 사례 등)

박은 환자들의 인생과 딸의 얼굴과 그 자신의 다리를 파괴한 책임을 그에게 돌리는 붉은 글씨들을 응시했다.

"증인의 이름이 도표 곳곳에 등장합니다. 한번 들여다보죠. 먼저, 범행 도구의 소유 또는 소지부터요. 이 경우에는 캐멀 담배입니다. 지난여름에 그것을 소지한 사실이 있습니까?"

"아니요. 저는 금연을 원칙으로 삼고 있습니다. 산소 주변에서는 너무 위험해서요."

"지난여름 이전에는 어떻습니까? 담배를 피운 적이 있습니까?"

박은 그 질문은 하지 말아달라고 부탁했지만, 에이브는 섀넌이 어차피 그의 과거 흡연 기록을 확보했을 거라면서 먼저 인정하면 그녀가 계획한 공격을 꺾을 수 있다고 말했다. "네, 볼티모어에서 요. 하지만 버지니아에서는 안 피웠습니다."

"세븐일레븐이나 다른 가게에서 담배 등을 구입한 사실이 있습니까?"

"아니요. 볼티모어에서 세븐일레븐을 본 적은 있지만 안으로 들어가지는 않았습니다. 미라클 크리크 근처에서는 한 번도 못 봤고요."

에이브가 몇 걸음 다가왔다. "지난여름에 담배를 구입하거나 담배에 손을 댄 사실이 있습니까?"

박은 마른침을 삼켰다. 하얀 거짓말은 부끄러운 일이 아니었고, 그의 대답은 원칙적으로는 진실이 아니라 해도 궁극적으로는 공공의 이익을 가져올 것이었다. "아니요."

빨간색 매직펜을 꺼내든 에이브는 이젤로 성큼성큼 걸어가 범행 도구 소유/소지 옆에 쓰여 있는 P. 유라는 글씨에 선을 그었다. 에이브가 매직펜의 뚜껑을 닫을 때 난 달각 소리가 감탄사처럼 박의 이름이 지워진 것을 알렸다. "다음은 범행 기회입니다. 여기에 상당한 혼란이 있는데요, 증인의 이웃이나 목소리 같은 부분이죠. 자, 마지막으로 한 번만 더 묻겠습니다. 폭발이 일어나기 전인 마지막 잠수 동안 증인은 어디에 있었습니까?"

박은 의도적으로 천천히, 음절 하나하나를 길게 늘여서 말했다. "저는 헛간 안에 있었습니다. 줄곧요." 그것은 거짓말이 아니었다. 딱히 말하자면. 누가 불을 질렀는가 하는 궁극적인 질문에 아무런 영향을 주는 것이 아니기 때문이었다.

"증인은 즉시 해치를 열었습니까?"

"아니요." 그것 또한 사실이었다. 실제로 그렇게 했을 것이다. 박은 자신이 그곳에 있었다면 했을 법한 일들을 설명했다. 제어반이 손상되었을 경우에 대비해 비상 밸브로 산소를 차단하고, 압력의 변화가 또다른 폭발로 이어질 수 있으니 아주 천천히 감압한다. 그러다보면 일 분 정도 해치 개방이 지연될 수 있다.

"이해가 되는군요. 감사합니다." 에이브가 말했다. "자, 그렇다면 증인이 폭발 직전에 밖으로 나가 산소 탱크 근처에 가지 않았다는 증거가 있습니까?"

"네, 제 휴대폰 통화 기록입니다." 박이 말하자 에이브가 서류를 건넸다. "저녁 8시 5분부터 8시 22분까지 저는 통화중이었습니다. 전력회사에 전화해서 언제 수리해줄 건지 문의했고, 아내한테 전화해서 건전지를 찾아서 언제 오는지 물었습니다. 십칠 분 동안 계속 통화한 기록이 있습니다."

"저도 확인했습니다만, 그래서요? 외부에서 산소관 아래 불을 지르면서도 휴대폰 통화는 할 수 있는 것 아닙니까?"

고개를 저으며 박은 입가에 피어나는 옅은 미소를 감출 수 없다. "아니요. 그건 불가능합니다."

에이브가 혼란스러운 체하며 인상을 찌푸렸다. "왜죠?"

"산소 탱크 주변에서는 휴대폰 신호가 잡히지 않기 때문입니다. 네, 헛간 앞쪽이라면 가능합니다. 하지만 뒤쪽에서는 안 됩니다. 내부나 외부나 마찬가지죠. 저희 환자들 모두 알고 있는 사실입니다. 그래서 통화를 할 경우엔 반드시 헛간 앞쪽으로 나가야 합니다."

"알겠습니다. 그러니까 증인은 8시 5분부터 폭발이 일어난 시간까지 발화 지점 근방에 있었을 리 없군요. 근방에 없었으니 기회도 없었겠죠." 에이브는 다시 매직펜 뚜껑을 열고 범행 기회 옆에 쓰인 그의 이름을 지웠다. "이제 호그 변호인이 옆에 'P. 유'라고 적은 '특수한 지식과 관심' 부분을 살펴보죠."

박은 킥킥거리는 소리를 들었고, 그의 축약형 이름에 숨은 치기 어린 유머*에 관한 에이브의 설명을 떠올렸다. "분명 일부러 그랬을 겁니다. 그 여자 밥맛이에요." 에이브가 말했었다.

"박, 증인은 공인 자격이 있는 HBOT의 운영자로서 HBOT의 화재 사례를 조사했습니다. 맞습니까?"

"네. 화재를 피하는 방법을 공부하기 위해 조사했습니다. 안전성을 강화하려고요."

"그렇군요." 에이브는 특수한 지식과 관심 옆에 쓰인 P. 유 아래(안전상의 이유로)라고 적은 뒤 말했다. "이제 마지막 남은 항목으로 가보겠습니다. 동기. 단도직입적으로 묻겠습니다. 증인은 130만 달러를 받기 위해 내부에 환자들이 있고 증인의 가족이 근처에 있었던 시각에 본인 소유의 시설에 불을 지른 사실이 있습니까?"

박은 어이없다는 식으로 거짓 웃음을 지어낼 필요는 없었다. "아니요." 그는 배심원단을 바라보며 개중에 나이든 얼굴들에 초점을 맞췄다. "여러분도 자녀가 있다면 아실 겁니다. 저는 절대로, 절대로 돈을 위해 제 아이의 목숨을 거는 일 따위는 하지 않을 겁니다. 저희 부부가 미국에 온 건 딸 때문입니다. 딸의 미래를 위해서요. 모든 게 제 가족을 위한 것이었습니다." 배심원들이 고개를 끄덕였다. "제 사업을 하게 되었을 때 얼마나 기뻤는지 모릅니다. 기적의 잠수함! 수많은 장애아동 부모들의 전화를 받았고, 심지어 환자 대기 명단까지 있었습니다. 저희는 행복했어요. 그걸 파괴할 이유가 없습니다. 무엇 때문에요?"

---

* 그대로 읽으면 '피 유(P. Yoo)'가 되어, 아이들이 '고약한 냄새가 난다'는 의미로 쓰는 'pee-you'라는 표현처럼 들린다.

"어떤 사람들은 130만 달러 때문이라고 할 테죠. 그만큼 큰돈이니까요."

박은 휠체어에 놓인 자신의 못 쓰게 된 다리를 내려다보았고, 첫 덩이에 손을 댔다. 무더운 재판정 안에서도 그것은 여전히 차가웠다. "병원 치료비가 말입니다, 50만 달러 나왔습니다. 제 딸은 혼수상태였고요. 의사들은 어쩌면 제가 다시 걷지 못할 수도 있다고 합니다." 박은 어느새 눈물로 뺨이 축축해진 메리를 쳐다보았다. "아니요. 130만 달러는 전혀 큰돈이 아닙니다."

에이브는 배심원단을 쳐다보았다. 열두 명 전원이 동정어린 눈으로 박을 바라보면서 가림막을 넘어 그를 어루만지고 위로해주려는 것처럼 그를 향해 몸을 숙이고 있었다. 매직펜을 든 에이브는 범행 동기 옆에 쓰인 P. 유의 P자에 빨간색 펜촉을 갖다댔다. 잠시 그 글자를 쳐다보던 그는 고개를 내저었다. 그러더니 붉은 선으로 천천히, 확실하게 박의 이름을 그어버렸다.

바보도 하는 범죄 수사

직접증거	정황증거
"더 나은, 신빙성 있는 증거!!!"	(신빙성 떨어짐. 하나 이상의 항목 필요)
• 목격자	• 스모킹 건: 용의자의 범행 도구
• 범행의 음성/영상 기록물	사용 증거(지문, DNA)
• 용의자의 범행 사진	• 범행 도구 소유/소지
• 용의자, 증인, 또는 공범의	• 범행 기회 — 알리바이?
범행 기록	• 범행 동기 — 위협, 선행 사건
• 성배·자백	• 특수한 지식과 관심
(입증할 필요 있음!!!!)	(폭탄 전문지식이나 조사 사례 등)

"증인," 에이브가 말했다. "맷 톰프슨은 증인이 주저하지 않고 불길로 뛰어들었고, 심각한 부상을 입은 뒤에도 몇 번씩이나 불타는 체임버 안으로 들어갔다고 말했습니다. 왜 그랬죠?"

그건 에이브가 써준 각본에 없는 질문이었지만, 이상하게도 준비하지 않은 그 질문에 답하는 게 겁나지 않았다. 그는 방청석으로 시선을 돌려 맷과 테리사를 비롯해 그들 뒤에 앉아 있는 다른 환자들을 바라보았다. 그리고 아이들을 떠올렸다. 휠체어에 앉은 로사, 새처럼 양팔을 펄럭거리는 TJ, 그리고 그 누구보다 헨리. 수줍음 많던 헨리. 하늘에 꿀이라도 발라놓은 양 언제나 허공을 응시하던 소년. "그게 제 의무이기 때문입니다. 제 환자들이니까요. 제가 보호해야 합니다. 저의 부상은 중요한 게 아닙니다." 박은 엘리자베스를 향해 몸을 틀었다. "헨리도 구하려고 했지만 불길이……"

엘리자베스는 수치스러운 듯 시선을 떨구고 있다가 물컵으로 손을 뻗었다. "감사합니다. 힘드신 줄 압니다만 마지막 질문을 드리죠. 마지막으로 한 번만 더 묻겠습니다. 증인은 담배나 성냥, 혹은 증인의 환자 둘의 목숨을 앗아가고 증인의 딸을 비롯해 증인의 목숨까지 잃을 뻔했던 화재와 관련된 어떤 것과, 그게 무엇이든 간에, 일말의 연관성이 있습니까?"

그가 그 질문에 답하려고 입을 벌리는데, 물컵을 입에 대는 엘리자베스의 손이 살짝 떨리는 게 보였다. 그 순간, 그의 머리 한구석을 살금살금 너무 자주 파고들어서 꿈까지 침범하곤 하는 익숙한 이미지가 떠올랐다. 산소관 아래 놓인 성냥갑으로 다가가는, 장갑을 낀 떨리는 손과 그 사이에 끼워진 담배 한 개비의 이미지.

박은 눈을 깜빡였다. 고동치는 심장을 진정시키기 위해 심호흡을 했다. 그 순간을 잊으라고, 그냥 돌돌 말고 단단히 뭉쳐서 던져버리라고 속으로 되뇌었다. 그는 에이브를 쳐다보며 고개를 저었다. "아니요. 전혀요. 전혀 없습니다."

영

엘리자베스의 변호사가 "안녕하십니까, 유 선생님?" 하고 말했을 때 영의 뇌리를 스친 것은, 이상하게도 메리를 낳던 날의 기억이었다. 박의 얼굴에 드러난 표정 때문이었을 것이다. 무표정한 가면처럼 그의 얼굴 근육 전체가 두려움을 감추기 위해 미동도 없이 굳어 있었다. 거의 십팔 년 전 그날(아니, 정확히 십팔 년 전이다. 메리의 생일이 바로 내일이고, 아이가 태어난 서울은 이미 그 내일이 되었으니 말이다) 무거운 얼굴을 한 의사가 영의 회복실로 들어와 말없이 다가왔을 때 박의 표정이 꼭 그랬다. 의사는 긴급 자궁절제술을 할 수밖에 없었다고 말했다. 적어도 아기는 무사하다고 했다. 아기는 딸입니다. 죄송합니다. (아니면 아기가 딸이라서 죄송하다는 거였나?)

대부분의 한국 남자들처럼 박도 아들을 원했고 기대했었다. 그의 가족들이 하나 있는 자식이 딸이라니 운도 없다고 한탄할 때 그는 애써 실망감을 감추며 말했다. "열 아들 안 부러운 딸일 겁니다."

하지만 약간 지나치게 단호한 그의 말투는 자신도 믿기지 않는 뭔가를 가족들에게 설득하려는 것처럼 들렸다. 영은 억지 기쁨을 꾸며내느라 평소보다 한껏 높아진 그의 음성에서 긴장감을 느꼈다.

"안녕하세요"라고 대답하는 지금 그의 목소리가 꼭 그때와 같았다.

엘리자베스의 변호사는 다른 증인들을 대할 때와 달리 박을 띄워주는 데 시간을 허비하지 않았다. "이 근방에 있는 세븐일레븐은 한 번도 가본 적이 없다고 하셨죠, 맞습니까?"

"네. 한 번도 본 적 없습니다. 어디에 있는지도 모릅니다." 박이 대답했고, 영은 미소를 지었다. 에이브는 그냥 '네'라고만 대답하지 말고, 변호사가 그걸 걸고넘어질 거라고 당부했었다. 자세히 덧붙이고 설명하라, 에이브가 한 말이었고 박은 그대로 하는 중이었다.

섀넌은 턱을 당기고 미소를 지으며 사냥꾼이 사냥감을 향해 접근하듯 박에게 다가왔다. "증인은 ATM 카드가 있습니까?"

"네." 갑작스러운 화제 변화가 얼떨떨했는지 박은 인상을 썼다.

"부인도 같은 카드를 사용합니까?"

박의 인상이 더욱 찌푸려졌다. "아니요. 아내는 별도의 카드를 씁니다."

섀넌이 문서 하나를 건넸다. "뭔지 알아보시겠습니까?"

박은 문서를 넘기며 보았다. "제 예금 거래 내역서입니다."

"'ATM 현금 인출' 아래 형광펜으로 표시된 부분을 읽어주시죠."

"2008년 6월 22일, 10달러. 2008년 7월 6일, 10달러. 2008년 7월 24일, 10달러. 2008년 8월 10일, 10달러."

"그 네 건을 인출한 위치는 어딥니까?"

"버지니아주 파인에지 프린스 스트리트 108번지입니다."

"증인, 파인에지 프린스 스트리트 108번지가 어딘지 기억하십니까?"

박은 고개를 들었고, 집중하면서 얼굴을 일그러뜨렸다가 이내 고개를 저었다. "아니요."

"그럼 함께 기억을 더듬어보죠." 섀넌은 이젤 위에 포스터를 올렸다. 주황색과 초록색, 빨간색 줄무늬 차양 아래 ATM이 놓인 세븐일레븐 편의점 사진이었다. 전면 유리창에 '버지니아주 파인에지 프린스 스트리트 108번지'라는 주소가 똑똑히 보였다. 영의 뱃속으로 뭔가가 뚝 떨어져 창자에서 들들 갈리는 것 같았다.

박은 가만히 있었지만 그의 얼굴은 비바람에 씻긴 묘비처럼 잿빛으로 변했다.

"증인, 해당 위치의 ATM 옆에 무엇이 있나요?"

"세븐일레븐이 있네요."

"근방에서 세븐일레븐을 한 번도 못 봤고 가본 적도 없다고 증언하셨는데, 지난여름 네 번이나 이용한 ATM 옆에 있네요. 제 말이 맞습니까?"

"저는 이 ATM을 모릅니다. 한 번도 이용한 적 없습니다." 박이 대답했다. 그의 얼굴은 확고했지만 목소리에는 의구심이 담겨 있었다. 배심원들도 들었을까?

"그럼 예금 내역서가 틀렸다고 생각하는 이유라도 있습니까? 지난여름에 카드를 분실하거나 도난당한 사실이 있나요?"

그때 박의 얼굴에 무언가가 스쳤다. 그는 그 생각에 들떠 입을 열었다. 그러다 갑자기 다시 입을 다물고 시선을 떨구었다. "아니요. 도난당한 적 없습니다."

"그러니까 이 세븐일레븐을 여러 번 방문한 사실을 입증하는 예금 내역의 내용은 인정하지만 실제로 가본 기억은 없다고 주장하시는 거네요. 맞습니까?"

박이 여전히 고개를 떨군 채 대답했다. "기억나지 않습니다."

"지난여름에 담배를 구매한 사실이 기억나지 않는 것처럼요?"

"이의 있습니다. 증인을 몰아붙이고 있습니다." 에이브가 말했다.

"철회합니다." 섀넌은 질의를 이어나갔다. "증인은 8월 26일, 폭발이 있기 불과 몇 시간 전에 세븐일레븐에 간 사실이 있습니까?"

"아니요!" 분노가 박의 목소리에 힘을 실었고 얼굴에 혈색이 돌아왔다. "저는 세븐일레븐에 간 적이 없습니다. 절대로. 폭발한 날에도요. 종일 서브마린을 비우지 않았습니다."

섀넌이 눈썹을 추켜세웠다. "그러니까 그날 내내 서브마린 근처에만 있었단 말이죠?"

박은 맹렬히 입을 열었다. 영은 "네!"라는 대답을 기대했지만, 그러는 대신 그는 입을 다물어버렸고, 그의 몸은 구멍이 나 걷잡을 수 없이 바람이 빠지는 풍선 장난감처럼 축 늘어졌다. "유 선생님?" 섀넌의 말에 그는 고개를 들었다. "이제 기억이 납니다. 뭘 사러 갔습니다. 베이비파우더가 필요해서요." 그는 배심원단을 바라보았다. "산소 헬멧을 봉할 때 쓰는 것입니다. 땀 때문에요. 건조하게 하려고요."

영은 그날 박이 파우더가 부족하다고 말했던 걸 기억했다. 하지만 그는 시위대를 두고 자리를 비우지 못했다. 결국 마지막 잠수 때, 파우더 대용으로 부엌에서 옥수수 전분을 집어 왔었다. 그런데 왜 거짓말을 하는 걸까?

"어디로 갔습니까?" 섀넌이 물었다.

"월그린 드러그스토어에서 베이비파우더를 샀습니다. 그다음엔 근처의 ATM에 들렀고요."

"증인, 예금 내역서에 2008년 8월 26일이라고 표시된 부분을 읽어주시겠습니까?"

박은 고개를 끄덕였다. "ATM 현금. 100달러. 12시 48분. 버지니아주 미라클 크리크 크리크사이드 플라자."

"거기가 월그린 다음에 갔다는 ATM입니까?"

"네." 영은 그 당시를 회상했다. 점심시간인 12시 48분. 박은 그녀에게 점심을 차리라고 말한 뒤 시위대와 한번 더 이야기해보겠다며 나갔었다. 그러더니 이십 분 뒤에 돌아와서 시도는 해봤지만 시위대가 듣지 않는다고 말했다. 그런데 실은 시내에 다녀온 것일까? 하지만 왜? 섀넌은 이젤 위에 새로운 사진을 올려놓았다. "이게 그 크리크사이드 플라자의 ATM인가요?"

"네." 사진은 '플라자'의 전경을 담은 것으로, 거창한 이름과 달리 실제로는 상점 세 곳과 '임대' 사인이 붙은 점포 네 곳에 불과했다. 그 한가운데에 문제의 ATM이 있었고, 바로 옆에는 파티용품점이 있었다.

"여기서 제 눈길을 끄는 건 플라자 바로 뒤에 있는 이 세븐일레븐입니다. 증인도 보이시죠?" 섀넌은 구석에 시선을 끄는 줄무늬 간판을 가리켰다.

박은 사진을 보지도 않고 그냥 대답했다. "네."

"제가 또 흥미롭다고 생각한 부분은 증인이 월그린에서 몇 미터나 떨어진 이 ATM을 찾았다는 사실입니다. 예금 내역서에 따르면 증인이 정기적으로 이용한 ATM이 월그린 안에도 있었는데 말이죠. 제 말이 맞습니까?"

"월그린을 나서기 전까지는 현금이 필요하다는 생각을 못했습니다."

"월그린에서 파우더를 계산할 때 지갑을 꺼냈을 텐데 그때 현금
이 필요하다는 생각을 못했다니 이상하군요." 섀넌은 미소를 지으
며 변호인석으로 걸음을 옮겼다.

박이 고개를 들며 말했다. "월그린에서도 담배를 팝니다."

섀넌이 돌아보았다. "뭐라고 하셨죠?"

"제가 담배를 사러 세븐일레븐에 갔기 때문에 플라자 ATM을 이
용한 거라고 생각하시잖아요. 담배를 원했다면 왜 월그린에서 안
샀겠습니까?" 옳은 말이었다. 섀넌의 주장이 힘을 잃었다. 박의 논
리와 그의 떳떳한 표정에서, 그리고 배심원들의 끄덕임에서 영은
승리의 희열을 느꼈다.

"저는 증인이 그날 월그린에 가지 않았다고 생각하니까요." 섀
넌이 말했다. "제 생각에 증인은 캐멀 담배를 사기 위해 세븐일레
븐에 갔고 근처 ATM을 이용했습니다. 월그린은 서브마린을 비운
이유를 설명하려고 오늘 지어낸 거고요." 섀넌이 언성을 높였거나
딱 걸렸어! 하는 식의 어투로 말했다면 영은 그것을 편향된 적의 마
지막 절규쯤으로 치부하고 무시했을 것이다. 하지만 그녀가 유치원
생한테 네 답은 틀렸다고 말해주는 선생님의 유감스러운 말투로—
나도 이러고 싶진 않지만 일이라 어쩔 수 없다는 듯이—부드럽게
말하자 영은 섀넌이 옳다는 사실을 깨달았고, 인정하게 되었다. 박
은 월그린에 가지 않았다. 당연히 가지 않았다. 그렇다면 아내인 그
녀에게 비밀로 하고 그가 간 곳은 어디이며, 대체 뭘 했던 것일까?

에이브가 이의를 제기했고, 판사는 배심원단에게 마지막 대화를
무시하라고 말했다. "증인, 지난여름 이전에는 이십 년간 매일 흡
연했다는 게 사실입니까?" 섀넌이 물었다.

체념한 듯한 "네"라는 대답을 피하려고 박이 머리를 굴리는 소리가 영에게까지 들리는 것 같았지만, 결국 그는 중얼거리듯 대답했다.

"어떻게 끊으셨죠?" 섀년이 말했다.

박이 어리둥절한 듯 인상을 썼다. "그냥…… 안 피웁니다."

"정말요? 분명 껌이나 금연 패치가 필요했을 텐데요." 그녀의 목소리에 불신이 담겨 있었지만 적대적이지는 않았다. 부드러운—심지어 존경을 표하는—목소리에 영은 또다시 섀년의 말에 공감했고, 남편이 어떻게 이십 년 된 습관을 그토록 쉽게 끊어낼 수 있었는지 새삼 궁금해졌다. 배심원들의 얼굴에도 똑같은 의문이 피어났다.

"아니요. 그냥 끊었습니다."

"그냥 끊었군요."

"네."

섀년은 한참 동안 박을 응시했고, 둘은 눈싸움이라도 하듯 한 번도 눈을 깜빡이지 않고 서로에게 시선을 보냈다. 먼저 눈을 깜빡인 섀년이 시선을 거두며 말했다. "좋습니다. 그냥 끊었군요." 미소 짓는 모습이 세 살짜리 아들의 머리를 쓰다듬으며 네 방에서 보라색 코끼리가 춤추는 걸 봤다고? 좋아. 우리 아들이 봤다면 본 거지 하고 말하는 엄마 같았다. "담배를 끊기 전에는," 그녀는 잠시 뜸을 들였다. "캐멀이 제일 좋아하는 담배였습니까?"

박이 고개를 저었다. "한국에서는 에쎄를 피웠는데 여기서는 팔지 않습니다. 볼티모어에서는 여러 브랜드를 피웠습니다."

섀년이 미소를 지었다. "만약 제가 증인이 담배를 같이 피우곤 했던 배달 직원들한테—예를 들면, 프랭크 피셀 씨한테—물어본다면 그들도 증인이 선호하는 미국 브랜드가 없었다고 대답할까요?" 프랭크 피셸, 에이브가 피고측 증인 목록을 보여주었을 때는 그들이 알아보지 못했던 이름이었다. 배달 직원을 그저 프랭키로만 알았지 제대로 된 성명을 알지는 못했던 것이다.

에이브가 일어섰다. "이의 있습니다. 다른 사람들에 대해 궁금하다면 변호인은 박이 아니라 그들에게 질의해야 합니다."

"오, 안 그래도 그럴 생각입니다. 프랭크 피셸은 언제라도 볼티모어에서 올 준비가 돼 있습니다. 그러나 타당한 지적이므로 본 질문은 철회하겠습니다." 섀넌은 박을 향해 몸을 틀었다. "증인, 다른 사람들에게 자신이 가장 선호하는 미국 담배 브랜드가 무엇이라고 말했습니까?"

입을 다물고 섀넌을 쏘아보기만 하는 박은 명백한 증거에도 불구하고 무례한 잘못에 대한 책임을 인정하지 않으려 하는 반항적인 소년처럼 보였다.

"재판장님," 섀넌이 말했다. "증인에게 대답할 것을 지시해……"

"캐멀입니다." 박이 내뱉었다.

"캐멀이군요." 섀넌은 만족스러운 표정을 지었다. "감사합니다."

영은 배심원들을 쳐다보았다. 그들은 인상을 쓰고 박을 보면서 고개를 내젓고 있었다. 그가 곧바로 인정했다면 배심원들이 그저 우연의 일치로 여기고 넘어갔을지도 모르는데, 대답을 거부하는 듯한 태도로 인해 그들뿐 아니라 영조차도 뭔가 의미심장하다고 느끼게 되었다. 산소관 아래 있던 담배가 그날 박이 구입한 그의 담배일 가능성이 있을까? 그렇다면 왜?

그 질문에 답하려는 듯 섀넌이 말했다. "시위대 때문에 화가 나셨죠?"

"딱히 화는 아닙니다. 그저 제 환자들을 괴롭히는 게 싫었을 뿐입니다." 박이 말했다.

섀넌은 변호인석에서 서류철을 집어들었다. "경찰 조사에 따르면 폭발 다음날 증인은 시위대가 불을 지른 것이라고 주장했는데요, 증인의 말을 인용하면 이렇습니다. '그들이 무슨 수를 써서라도 HBOT를 닫게 하겠다고 협박했다.'" 섀넌이 고개를 들었다. "이 보고서의 내용이 맞습니까?"

박은 잠시 시선을 돌렸다. "네."

"그리고 증인은 그들의 협박이 진짜라고 생각했고요, 그렇죠? 결국 시위대는 정전을 일으켜 HBOT의 운영을 방해했고, 경찰에 연행된 이후에도 되돌아와 증인이 사업을 접을 때까지 계속 방해하겠다고 했습니다. 맞습니까?"

박이 어깨를 으쓱했다. "상관은 없었습니다. 제 환자들은 HBOT를 믿으니까요."

"환자들의 믿음은 증인이 서울에 있는 HBOT 시설에서 사 년 넘게 일한 경험에 기반한 것이겠죠?"

박은 고개를 저었다. "제 환자들은 효과를 봤습니다. 아이들이 나아졌어요."

"하지만 시위대가 증인의 뒤를 캘 거라며 서울에서 일했던 센터에 연락해보겠다고 협박한 사실이 있지 않습니까?"

박은 아무 말도 하지 않았다. 그의 턱에 힘이 들어갔다.

"증인, 만약 폭발이 일어나지 않았고, 그들이 실제로 센터의 주인에게 연락했다면 김병륜씨는 뭐라고 했을까요?"

에이브가 이의를 제기했고, 판사는 인정했다. 박은 눈도 깜빡이지 않고 미동도 없이 앉아 있었다.

"사실대로 말하면," 섀넌이 말했다. "증인은 일을 시작한 지 일 년도 안 돼서 부적격을 사유로 해고당했죠? 그러니까 미국에 오기 삼 년 전이겠네요. 만약 시위대가 그 사실을 알아내 환자들에게 알렸다면 사업은 망하고 무일푼이 되었을 겁니다. 그렇게 되는 걸 지켜볼 수는 없었던 것 아닙니까?"

아니, 그럴 리 없었다. 하지만 진한 보랏빛으로 달아오른 박의 분노어린 얼굴을 보자—아니, 눈을 내리깔고 영의 눈을 똑바로 쳐다보지도 못하는 것으로 보아 그건 수치심이었다—영은 언젠가 남편이 사적인 이메일을 금지하는 정책이 생겼으니 더는 회사 이메일을 쓰지 말라고 말했던 게 기억났다. 에이브가 이의를 제기하는 사이, 박은 절대 환자들에게 해가 되는 일을 한 적이 없다고 소리쳤고, 판사는 판사봉을 두들겼으며, 영은 고개를 돌렸다. 재판정을 떠도는 그녀의 시선은 이젤 위에 놓인 사진에서 멈췄다. 파티용품점 유리창 너머 반짝이는 무언가에 반사된 햇빛이 쨍하게 빛나고 있었다. 그녀는 어제 법원으로 향하는 길에 그곳을 지나왔고, 눈을 감으면 아직 남편의 비밀과 거짓말을 전혀 알지 못했던 어제로, 메리의 생일에 쓸 풍선과 색 테이프가 얼마일까 생각하던 그때로 돌아간 것처럼 상상할 수 있었다.

풍선. 그 생각에 그녀의 눈이 떠졌고 이젤에 시선이 꽂혔다. 사진으로는 쇼윈도에 전시된 무엇이 그토록 강렬한 빛을 내뿜는지 알 수 없었다. 하지만 영은 어제 차로 그곳을 지나며 ATM 옆 상점 안에 한가로이 떠 있는 그것들을 똑똑히 보았다. 별과 무지개가 그려진 번쩍거리는 마일라 풍선. 폭발 당일 송전선을 망가뜨린 것과 같은 종류의 풍선이었다.

메리(당시에는 매희)가 한 살일 때 영으로부터 그들의 딸이 풍선을 처음 보고 얼마나 좋아했는지 들은 박은 회사 행사에서 남은 풍선들을 가지고 만원 지하철과 버스를 거쳐 귀가했다. 덕분에 퇴근이 늦어졌지만—풍선이 터지지 않게 지하철이 한산해질 때까지 삼십 분 이상 기다려야 했던 것이다—그가 집에 오자 신이 난 매희는 꽥꽥거리며 통통한 다리로 방을 가로질러 기어가 작은 팔로 풍선을 보듬듯 감쌌다. 남편은 깔깔대더니 광대처럼 우스운 소리를 내면서 머리로 풍선을 툭툭 쳐댔고, 옆에 서서 그 모습을 지켜보던 영은 이 남자는 누구일까 생각했다. 그때까지 자신이 알고 있다고 생각한 (그리고 딸아이 옆이 아니면 변함없을), 박장대소하거나 농담하는 일이 드물고 조용한 위엄을 풍기는 현실적이고 진중한 그녀의 남편이 아닌 이 남자는 누굴까.

이번에도 같은 기분이었다. 영은 박을 바라보면서, 땀에 절어 축 늘어진 머리카락 아래로 이마 혈관이 툭 불거진 채 섀넌을 노려보는 이 남자가 딸의 머리보다 더 큰 풍선들을 가지고 귀가했던 그 남자일 거라고 혼자 되뇌었다. 다만 그때는 '내가 생각했던 것과 다른 남자였구나' 하는 그 깨달음이 비유적이었다면—남편에게 전에 몰랐던 이런 면이 있었네, 하는 반가운 발견이었다면—이번에는 말 그대로였다. 박은 진짜 그녀가 생각했던 웰니스 센터의 매니저이자 HBOT 전문가가 아니었다. 지금껏 그런 척해온 것이다.

휴회가 선언되자 박은 휠체어를 끌고 증인석에서 내려왔고 영은 그런 그와 눈을 마주치려고 노력했지만 그가 그녀를 피했다. 에이브가 재직접 심문*을 준비해야겠다며 다가왔을 때 그는 안도한 듯했으나 영에게 눈길 한 번 주지 않고 그대로 나가버렸다.

재직접 심문. 박에게 쏟아질 더 많은 질문. 이미 한 거짓말을 덮기 위해 그가 하게 될 더 많은 거짓말. 속이 뒤틀리면서 신물이 식도를 타고 목구멍 바로 뒤까지 넘어왔다. 영은 허리를 숙이고 위장 속 내용물을 애써 가라앉히며 침을 꿀꺽 삼켰다. 어서 여기서 나가야 한다. 숨을 쉴 수가 없었다.

영은 가방을 쥐고 메리에게 속이 안 좋다고 말했다. 뭔가를 잘못 먹은 모양이라고 말한 뒤 휘청대지 않으려 애쓰며 서둘러 바깥으로 나갔다. 어디 가는지 메리한테는 말해줘야 한다는 걸 알았지만 자신도 알 수 없었다. 아는 것이라곤 어디로든 도망쳐야 한다는 사실뿐이었다. 지금 당장.

*

그녀는 너무 빨리 달리고 있었다. 파인버그의 외곽 도로는 포장이 안 된 시골길로, 오늘같이 비가 오는 날에는 미끄러운 진흙탕으로 변했다. 그러나 최고 속도로 급커브를 돌 때는 되레 마음이 진정되었다. 양손으로 운전대를 붙잡고 브레이크를 밟자 몸이 문 쪽으로 기울었고 통제 불능의 흥분감이 느껴졌다. 곁에 남편이 있었다면 속도를 늦추라고, 엄마답게 운전하라고 고함을 질렀겠지만 그는 멀리 있었고 영은 혼자였다. 혼자서, 자갈밭에 으드득 갈리는 타이어, 차체로 후두두 쏟아지는 빗물, 머리 위로 드높이 드리운 빽빽한 나무 터널에 집중했다. 욕지기가 가라앉고 다시 숨을 쉴 수 있었다.

---

* 반대 심문 뒤에 증인을 소환한 편이 증인에게 다시 질의하는 절차.

오늘같이 도롯가의 개울물이 불어나는 날이면 그녀는 부산 외곽에 있는 박의 고향 마을이 생각났다. 한번은 박에게 그 말을 했더니 고향이랑 하나도 안 비슷한데 무슨 뚱딴지같은 소리냐며, 영이 시골이라면 다 똑같아 보이는 도시 사람이라 그렇다고 핀잔을 줬다. 남편 말이 맞았다. 이곳엔 논이 아니라 포도밭이 있었고, 염소가 아니라 사슴이 다녔다. 그러나 논을 뒤덮은 물색, 그것은 태풍을 만난 미라클 크리크의 물빛과 똑 닮아 있었다. 부스러지도록 오래 묵은 초콜릿의 옅은 갈색. 이렇게 외딴곳에 떨어지면 그런 게 문제였다. 시간과 장소를 판명할 단서가 전혀 없어서 지구 반대편, 아주 오래전 과거에 와 있는 듯한 기분이 드는 것 말이다.

그들이 처음으로 다툰 건 박의 고향을 방문했을 때였다. 부모에게 예를 갖추기 위해 약혼 직후 그곳을 찾았다. 박은 긴장했다. 여태껏 실내 수도와 중앙난방 시설을 갖춘 고층 아파트에서만 살아온 영이 그의 집을 싫어할 거라 확신했기 때문이다. 박은 이해하지 못했지만 사실 영은 올림픽을 위해 다시 태어나기라도 하듯 곳곳에서 공사 소음이 들려오고 화학적인 냄새가 진동하는 서울의 풍광에서 벗어나 평온해지는 그의 고향이 마음에 들었다. 마을에 도착해 차에서 내렸을 때 그녀는 구수한 두엄 향기를 들이마셨다. 밀봉한 채 며칠간 발효시켰다가 처음 뚜껑을 열었을 때 나는 김치 냄새 같았다. 언덕배기, 개울 바닥에서 뛰노는 아이들과 그 옆에서 나무 빨래판에 대고 빨래를 하는 엄마들을 훑어본 뒤에 그녀가 말했다. "당신이 이런 곳에서 태어났다니 못 믿겠어." 박은 그 말을 업신여김으로 듣고 영의 가족이(나아가 그녀 역시) 자신을 영보다 '못하게' 여긴다는 오래 담아둔 믿음을 확신했다. 그러나 영은 이런 누추한 곳에서 자라 대학에 갔다는 데 찬사를 담아 칭찬으로 한 말이었다. 그들의 다툼은 영의 아버지가 주겠다는 지참금과 그녀의 삼촌이 운영하는 전자제품회사의 영업사원직을 거절하겠다는 박의 선언과 함께 끝이 났다. "동정은 필요 없어." 그가 말했다.

그 기억이 떠오르자 핸들을 붙잡은 영의 손에 힘이 들어갔다. 순간 뭔가가 도로를 지났고—너구리였나?—영은 핸들을 홱 틀었다. 타이어가 굉음을 내면서 도로를 벗어났고 차는 거대한 오크나무를 향해 돌진했다. 영은 브레이크를 세게 밟으며 핸들을 돌렸지만 차는 너무 천천히 속도를 늦추며 계속 미끄러지기만 했다. 그녀는 핸드브레이크를 당겼다. 차가 휘청거리며 멈췄고 그녀의 고개는 뒤로 홱 젖혀졌다.

차 바로 앞에, 범퍼에서 불과 몇 센티미터 떨어진 곳에 나무의 몸통이 있었다. 적절한 반응이 아니라는 것은 물론 알았지만 영은 참지 못하고 시끄럽게 웃기 시작했다. 충격과 안도가 뒤섞여 이상한 승리감을 자아낸 게 틀림없었다. 무적이 된 기분. 흥분을 가라앉히기 위해 심호흡을 하던 그녀는 나무 혹과 옹이를 타고 구불구불 흐르는 빗줄기를 바라보면서 박을, 그녀의 자랑스러운 남편을, 가족을 타국으로 보낸 지 일 년 만에 해고당한 그 남자를 생각했다. 국제전화 요금이 비쌀 뿐 아니라 서로의 업무 시간도 맞지 않았던 탓에, 떨어져 있는 사 년 동안 그들은 대화를 자주 나누지 못했고, 드물게 통화가 되더라도 그녀는 나쁜 소식을 피하려고 했었다. 남편이 그런 통화에서 수치스러운 꼴을 보이지 않으려 한 게 놀랄 일인가? 차에 앉아, 남편의 기만으로 인한 직접적인 충격에서 벗어나자 분노가 점차 사그라들면서 연민에 자리를 내줬다. 그랬겠지. 영은 말 그대로 딴 나라에서 일어난 일, 그녀가 안다고 해도 아무것도 해줄 수 없었을 일에 대해 침묵을 지키며 그것을 정당화하는 게 얼마나 쉬웠을지 이해할 수 있었다. 어쩌면 용서할 수도 있을 것 같았다.

하지만 전부 차치하더라도 여전히 풍선이라는 문제가 남았다. 중요한 건, 박이 마일라 풍선이 정전을 일으킬 수 있다는 사실을 안다는 것이었다. 아마 한국인 부모라면 다들 알고 있을 것이다. 전기 사고를 일으키는 가정용품은 한국의 과학박람회에서 인기가 좋았다—메리가 5학년 때 열렸던 경시대회에서 한 소년이 마일라 풍선과 헤어드라이기를 통에 넣고 낡은 전선에 불을 내는 실험으로 상을 받기도 했다. 그런데 미국인 대부분은 그런 사실을 전혀 몰라서 영은 깜짝 놀랐었다. (국제 과학교육 수준에서 미국은 하위권을 차지하고 있었다.) 그런데 박이 정전이 일어나기 불과 몇 시간 전에 풍선가게에 갔었다니. 하지만 그게 그가 사고를 일으켰다는 뜻일까? 말도 안 된다. 박이 담배를 피운다는 건 또 무슨 얘긴가? 지난여름에 몇 번 담배 냄새를 맡긴 했지만 너무 옅어서 그녀는 분명 강아지와 산책하며 근처에서 담배를 피우는 이웃의 냄새일 거라고 생각했다. 그리고 그가 정말 한국에서 해고를 당했다면 미국에 오기 전에 무슨 수로 그 큰돈을 모았겠는가?

그녀는 눈을 감고 고개를 세차게 내저으며 잡생각을 전부 쫓아버리려 했지만, 그녀의 두개골을 때리는 의문들은 서로 충돌했고, 부딪칠 때마다 여러 개로 증식하며 두뇌를 공격하는 바람에 어지럼증이 났다. 그때 다람쥐 한 마리가 자동차 후드 위로 올라와 차창 속을 들여다보았다. 어항 속 물고기를 관찰하는 어린애처럼 고개를 갸웃거리는 다람쥐는 그녀를 향해 이렇게 묻는 것 같았다. 너 대체 거기서 뭐하니?

그녀는 해답이 필요했다. 브레이크에서 발을 떼고 나무로부터

후진한 다음 도로와 마주했다. 여기서 좌회전을 한다면 휴회가 끝나기 전에 법원으로 돌아가 다시 남편의 편에 설 수 있을 것이다. 그러나 그곳에는 정답이 없었다. 더 많은 의문으로 이어지는 더 많은 거짓말뿐. 게다가 메리와 박이 없는 지금이야말로 필요한 일을 할 수 있는 완벽하고 유일한 기회였다. 더는 기다리고 앉아서 누군가가 떠먹여주는 모호하고 무의미한 대답만 받아먹을 수 없었다. 더는 지켜보며 믿기만 할 수 없었다.

그녀는 오른쪽으로 차를 돌렸다. 해답을 찾아야 한다. 그녀 스스로.

*

창고는 그들의 사유지 경계에 위치해 있었다. 그날 풍선들이 걸렸던 전신주와 아주 가까운 곳이었다. 안으로 들어서자 감히 파악할 엄두도 나지 않는 시큼하고 톡 쏘는 눅눅한 냄새가 영을 덮쳤다. 알루미늄 지붕 위로 퍼붓는 빗줄기는 빠른 마이크로 리듬으로 두드리는 스네어드럼 소리 같았고, 지붕 틈으로 뚝뚝 떨어지는 물방울은 베이스드럼을 치듯 마룻바닥에 부딪혔다. 어지럽게 널브러진 공구와 메마른 잎사귀들이 먼지와 녹과 곰팡이가 엉겨서 미끈거리는 암녹색 장막을 가장자리에 두르고 제 모습을 위장하고 있었다.

이렇게 얼마나 더 오래 가만히 서 있으면 거미들이 몸을 기어오르기 시작할까? 영은 생각했다. 방치된 지 일 년, 유난히 비가 잦았던 가을에 이어 허리케인 한차례, 네 번의 눈보라를 맞은 뒤 찾아온 기록적으로 습했던 여름. 딱 그만큼의 세월 만에 서울과 볼티모어에서 수년간 모은 그들의 세간은 제각기 썩어가는 잊힌 잡동사니

더미로 전락했다. 그들의 판잣집에는 다락이나 벽장이 없었다. 남편이 뭔가를 숨겼다면 여기 있을 게 분명했다.

그녀는 이삿짐 상자 세 개를 쌓아놓은 구석으로 가서 상자에 덮어둔 투명한 쓰레기봉투를 걷었다. 메마른 거미줄이 뒤덮인 봉투는 더이상 투명하지 않았다. 허연 먼지가 안개처럼 피어났다가 습한 공기에 짓눌려 낙하했고, 어딘지 축축한 냄새가 영의 코를 스쳤다. 깊이 파묻혔던 흙이 파헤쳐져 처음으로 공기를 만난 것 같은 냄새였다.

그녀가 찾던 것은 제일 아래에 놓여 있어 가장 접근하기 힘든 세번째 상자 안에 들어 있었다. 거의 비어 있는 두 상자들과 달리 맨 아래 상자에는 가지고 있는지도 몰랐던 낡은 철학 교재들이 가득했다. 그냥 떠들어만 봤다면 못 보고 지나쳤을지 모를 그 물건은 종이봉투 안에 고이 담겨 고만고만한 크기의 책들 사이에 끼여 있었다. 식료품점에서 쓰던 틴 케이스. 안에는 그녀가 낱개로 개당 50센트에 팔자는 아이디어를 냈던, 훼손된 담뱃갑의 담배 개비들이 들어 있었다. 생활보호 대상자 고객에게, 푸드 스탬프로 담배를 살 수는 없지만 그걸로 물건을 사고 남은 잔돈으로 담배를 한 개비씩 사는 것까지 막을 도리는 없다고 말하자 낱개 담배 판매량이 치솟았고, 수요를 맞추기 위해 멀쩡한 담뱃갑까지 터야 할 지경에 이르렀다.

그녀가 마지막으로 그 틴 케이스를 본 건 이곳으로 이사하던 때였다. 짐을 싸려고 모아둔 스웨터 더미 위에서 그 케이스를 봤고, 뚜껑을 열자 담배 개비가 꽉 차 있었다. 박에게 왜 이걸 가져가려 하느냐고 묻자—당신 담배 끊은 거 아니었어?—그는 족히 백 개비는 들었는데 상태가 멀쩡한 담배들을 그냥 버리기가 아깝다고 했다. "그래서 뭐, 아꼈다가 손주들한테 담배라도 물려주게?" 그녀는 웃었다. 그는 미소를 지으며 아내의 시선을 피했고, 그런 그에게 그녀는 사실상 가게 재고의 일부이니 주인 것이라고 말했다. 그러니 돌려줘야 할 물건들과 함께 두라고 했다. 박이 강씨 부부에게 가져다주기 위해 따로 챙기던 그때가 영이—볼티모어에서 박의 손에 있던—틴 케이스를 본 마지막이었다. 그런데 지금 여기 다른 주에서, 눈에 띄지 않게 의도적으로 숨겨놓은 이 틴 케이스가 다시 발견된 것이다.

영은 종이봉투에서 틴 케이스를 꺼내 뚜껑을 열었다. 케이스 안에는 마지막에 봤을 때처럼 갸름한 담배 개비들이 병정처럼 나란히 줄지어 있었지만, 맨 위에는 못 보던 더블민트 껌 두 상자(박이 제일 좋아하는 것)와 여행용 페브리즈(탈취제)가 들어 있었다.

영은 뚜껑을 닫은 뒤 이삿짐 상자를 쳐다봤다. 또 무엇이 저 안에 숨어 있을까?

그녀는 상자를 통째로 들어올렸다. 곰팡이 때문에 바닥이 더럽고 무거웠지만 상자를 더 세게 움켜쥐고 위로 들어올려서 거꾸로 뒤집었다. 먼지기둥을 일으키며 상자 속 내용물이 전부 쏟아졌고 메마른 거미줄이 사방으로 흩어졌다. 그녀는 빈 상자를 벽에 내던졌다. 탁 하고 부딪히는 소리를 들으니 속이 후련했지만, 무거운 책들이 하나둘 바닥으로 쏟아질 때 난 둔중한 울림만큼 흡족하지는 않았다. 그녀는 바닥에 떨어진 물건들을 하나씩 훑으며 찾았다…… 무엇을? 풍선 영수증? 세븐일레븐 성냥? H-마트 쪽지? 뭐든지. 하지만 아무것도 없었다. 그녀 주변엔 그저 한국 책들만 널브러져 있었다. 일부는 떨어진 충격에 찢겼고, 그중 세 권은 풀로 붙인 듯 나란히 떨어져 곱게 쌓여 있었다.

영은 그 세 권의 책을 향해 걸음을 옮겼다. 가까이 다가서자 눈

266

에 보였다. 가운데 책만 편편하지 않은 것이. 안에 뭐가 들어 있어서 불룩했다. 그녀는 샌들의 앞코로 맨 위에 놓인 책을—죽은 듯 보이지만 그냥 잠든 것일지 모르는 독사라도 되는 양 조심스럽게—툭 건드린 다음, 책 탑에서 떨어질 정도로만 발로 걷어찼다. 그리고 허리를 숙여 이제 맨 위에 놓이게 된 가운데 책을 집어들었다. 대학 시절, 그녀가 제일 좋아했던 존 롤스의 『정의론』이었다. 그렇다면 책을 불룩하게 한 것은 분명—그렇지, 책을 펼친 그녀는 고이 접힌 익숙한 종이를 발견했다—그녀가 석사 논문을 위해 『죄와 벌』의 주인공 라스콜니코프에 응용한 롤스와 칸트와 로크의 이론을 비교 분석한 노트들이었다. 논문을 끝마치진 못했다. 엄마의 성화에 못 이겨 그만뒀기 때문이다. ("자기보다 많이 배운 아내를 반기는 남자는 없어. 굴욕으로 여긴다고!") 그리고 갖고 있다는 사실조차 잊고 있었다. 그녀는 책을 옆으로 내팽개치고 맨 아래 책을 뒤적였다. 아무것도 없었다.

책을 전부 확인하고 나서야 영은 자신이 여태 숨을 참고 있었다는 사실을 깨달았다. 그녀는 눈을 감고 숨을 내쉬었고, 폐에서 퀴퀴한 공기가 배출되면서 마음이 편안해졌다. 손가락이 얼얼한 건 온몸에 산소가 채워졌다는 뜻이었다. 그녀는 다른 뭔가를 찾으리라고 기대했고, 두려울 정도로 확신했다. 그래서 뭘 찾았는가? 남편이 담배를 끊지 않았고, 50달러 상당의 담배를 (이렇게 말해도 된다면) 빼돌렸다는 증거? 그게 뭐? 그래, 박은 이따금 비밀이 있었다. 안 그런 남편이 어디 있겠는가? 그는 담배를 피웠고, 폭발 이후에는 부당하게 비난을 받을까봐 두려운 마음에 흡연 사실을 숨기기로 한 것이다. 그게 그렇게 큰 잘못인가?

영은 시계를 들여다봤다. 2시 19분. 법원으로 돌아갈 시간이었다. 그녀는 틴 케이스를 챙겨 가서 조용해진 틈을 타 박에게 따질 생각이었다. 아니, 따지는 건 안 된다. 그건 너무 가혹한 단어였다. 물어봐야지. 상의해야지. 그래, 영은 그것을 그에게 보여주고 무슨 말을 하는지 들어볼 생각이었다.

틴 케이스를 향해 뻗는 손이 살짝 떨렸고, 영은 박이 거짓말쟁이라는 반박할 수 없는 증거를 찾을 거라고 확신하면서 그렇게나 마음 졸였던 스스로에게 실소를 터뜨릴 수밖에 없었다. 아니, 그게 다가 아니었다. 그 순간은 지나갔고, 그녀는 인정했다. 그녀와 딸을 사랑하는 신사 같은 남편이, 환자들을 위해 불구덩이로 뛰어드는 영웅적인 그가 실은 살인자였다는 증거를 찾고 있었다는 사실을 말이다. "살인. 방화." 영은 한국어로 그 단어들을 소리 내어 말했다. 그런 생각을 했다는 것이, 그것들이 자신의 무의식에 발을 들이도록 놔뒀다는 것이 수치스러웠다. 나쁜 아내.

영은 틴 케이스를 꼭 쥐고서 그것이 담겨 있던 종이봉투를 집어들었다. 케이스를 넣으려고 봉투를 펼쳤을 때 뭔가가 눈에 띄었다. 봉투 안에 손을 넣었다. '대한민국 귀국을 위한 요건'이라고 적힌 한국어 팸플릿이었고, 애넌데일의 부동산 명함과 한국어 손글씨가 적힌 쪽지가 클립으로 함께 꽂혀 있었다. 돌아가신다니 기쁘시겠어요. 팸플릿이 도움이 되길 바랍니다. 고객님 여건에 맞는 목록도 동봉합니다. 언제든 연락 주세요.

팸플릿 뒤에 스테이플러가 찍힌 서류가 붙어 있었다. 즉시 입주 가능한 서울의 아파트 목록이었다. 다시 첫 장을 펼쳤다. 검색 일자 옆에 적힌 날짜는 2008년 8월 19일이었다.

폭발이 있기 정확히 일주일 전에 남편은 한국으로 돌아갈 계획을 세웠던 것이다.

테리사

　폭발 이틀 뒤, 테리사는 사람들이 '비극'을 논하는 소리를 들었다. 초창기에는 그 일을 그렇게들 불렀다. 그녀는 병원 식당에서 커피를 마시고 있었다. 아니, 커피를 저으며 마시는 척하고 있었다는 게 더 맞을 것이다.

　"애들 둘은 살았다니 기적이지 뭐야." 여자 목소리였다. 테리사는 쉰 듯한 그 저음의 목소리는 일부러 섹시한 체하거나 남자처럼 말하려고 낸 소리임을 확신했다.

　"암, 그렇지." 남자 목소리가 대꾸했다.

　"그런데 자꾸 이런 생각도 들어. 하늘도 참 얄궂다."

　"그게 무슨 말이야?"

　"뭐, 꽤 정상이었던 애는 결국 죽었는데, 자폐아 하나는 다치긴 했지만 살았고, 심각한 뇌손상이 있던 애는 완전 멀쩡하다니 하는 말이야. 아이러니하잖아."

　테리사는 커피를 젓는 데 집중했다. 숟가락을 세게, 더 세게 휘저었고 응고된 하얀 크림 덩어리가 격류를 타고 사방으로 퍼져나갔다. 물살이 나선으로 굽이치는 소리가 들리는 듯했다. 윙윙거리는 소용돌이 소리가 귀청을 메우며 식당의 소음을 압도했다. 그녀는 숟가락을 더 빠르고 더 세게 저으며 잔 테두리에서 철썩거리는 커피가 손가락을 적시는 것도 아랑곳하지 않고 커피 회오리가 머그잔 바닥에 닿기를 기다렸다.

그러다 어떤 힘에 의해 숟가락을 놓쳤다. 눈을 깜박이자 어찌된 일인지 머그잔은 모로 누워 있었고 사방에 커피가 흥건했다. 윙윙거림이 그치고 정적 속에 쨍그랑 하는 울림이 청각적 잔상처럼 그녀의 귀를 울렸다. 테리사는 고개를 들었다. 모두의 시선이 그녀를 향했고 아무도 움직이지 않았으며 엎지른 커피만이 테이블 가장자리를 향해 슬금슬금 기어가고 있었다.

"여기요. 괜찮아요?" 낮은 목소리의 여자가 테이블 가장자리에 냅킨을 탁 내리쳐 커피가 흘러내리는 걸 막으며 말했다. 여자가 그녀에게 냅킨 한 장을 건넸고, 테리사는 말했다. "미안해요, 아니 고맙습니다." 여자가 대꾸했다. "별말씀을요." 그러고는 테리사의 손에 손을 포개며 다시 말했다. "신경쓰지 말아요, 정말로." 시선을 떨구는 여자의 뺨이 붉게 달아올랐고, 테리사는 그 여자가 아이러니하게도 완전 멀쩡한 소녀의 엄마를 알아봤다는 걸 알았다.

나중에 알고 보니 낮은 목소리의 여자는 모건 하이츠라는 형사였고, 지금 점심을 먹고 법원으로 걸어오는 그녀가 보였다. 이유는 알 수 없지만 식당에서 형사가 한 말이 떠오를 때마다 어쩐지 테리사는 수치심을 느꼈고 얼굴이 화끈거렸다. 아마 다들 그렇게 생각하겠지, 제일 장애가 심했던 로사가 죽었어야 했다고. 그러면 얼마나 공평했을까? 얼마나 이치에 맞았을까? 깔끔했을까? 뇌가 망가져 장애가 있는 아이, 걷지도 말하지도 못하는 아이, 어쨌거나 죽는 편이 더 나을 아이가 없어진 거라면 말이다.

테리사는 하이츠 형사의 눈을 피해 우산으로 몸을 가렸다. 법원 입장을 위한 줄에 서 있을 때 누군가의 대화 소리가 들렸다. "애를 시설에 보낼지도 몰라. 아이 아빠 말이 대변 바르는 버릇이 점점 심해진대. 학교에서도 구속복을 입혀야 했다나봐. 애가 머리를 하도 심하게 받아대서." 다른 목소리가 말했다. "가엾은 것. 제 엄마가 죽었잖아. 그렇게 구는 것도 이해는 하지만⋯⋯" 그때 십대 애들 셋이 줄을 서면서 시끄럽게 떠드는 바람에 그들의 목소리가 묻혔다.

TJ. 대변 바르기. 잠수중에 킷이 한 번 말한 적 있었다.

엘리자베스가 헨리의 '새로운 자폐아 행동'이라며 애가 계속 돌멩이 이야기를 한다고 떠들어대자 킷이 말했다. "내가 어제 네 시간 동안 뭘 했는지 알아? 똥을 닦았어. 말 그대로야. TJ의 새로운 행동은 똥 바르기거든. 기저귀를 벗어서 자기 똥을 벽이고, 커튼이고, 러그고, 오만 데다 발라놔. 그게 어떤 건지 넌 짐작도 못할걸. 넌 맨날 TJ나 헨리나 다 같은 자폐아라고, 둘이 다를 것 없다고 말하는데, 나한테 그 말은 모욕이야. 헨리가 눈맞춤을 잘 못한다고? 표정을 못 읽는다고? 친구가 별로 없다고? 넌 그게 가슴 아프겠지. 그래, 그럴 거야, 아프겠지. 부모 노릇이라는 게 매일같이 가슴 아픈 일 천지니까. 애가 다른 애들한테 놀림을 당하면, 뼈가 부러지면, 생일파티에 초대를 못 받으면, 그런 일이 우리 딸들한테 생기면 물론 나도 가슴이 아파서 애들이랑 같이 울어줄 거야. 하지만 그런 평범한 일, 그건 내가 TJ랑 겪는 일의 근처에도 못 와. 빌어먹을 같은 차원이 아니라고."

킷과 엘리자베스는 자주 그렇게, 애들의 증상을 가지고 서로 힘들다고 침을 튀기며 싸웠고—특수아동 버전의 자식 자랑 경쟁 같은 거였다—그럴 때마다 테리사가 자신의 고민 하나를 툭 던져주면, 예컨대 로사가 침을 삼키다 질식해서 죽을까봐, 아니면 욕창으로 패혈증이 생겨 죽을까봐 걱정이라고 하면 보통은 둘 다 금세 조용해졌다. 하지만 킷의 말을 들었을 때는, 똥 청소에 따른 악취와 오물과 그 고통을 상상했을 때는 테리사조차 할말을 잃었다. 대변 바르기에는 킷이 그래도 내 삶은 그렇게 나쁘지 않구나 하고 생각할 법한, 대적할 수 있는 이야기가 없었다.

이제 킷이 죽었고, 그녀의 짐이 남편에게 전가되자 그는 TJ를 시설로 보내버리려고 한다. 테리사는 철제 침대가 줄지어 놓인 시설 속 무균실에 있는 로사를 상상했다. 지금이라도 집으로 달려가 딸의 보조개에 입맞추고 싶었다. 그녀는 시계를 확인했다. 2시 24분. 집에 전화할 시간은 있었다. 로사한테 엄마가 사랑한다고 말해주고 딸이 "음-마" 부르는 소리를 다시, 또다시 들을 수 있는 시간이 아직 남아 있었다.

*

테리사는 집중하려고 노력했다. 박의 재직접 심문은 중요했다. 섀넌이 충격적인 의문을 제기했고, 휴회하는 동안 그녀가 들은 내용에 따르면 공판이 시작된 후 처음으로 사람들이 동요하고 있었다. 그러나 심문이 시작되자 모두의 시선은 비어 있는 메리의 옆자리로 향했고, 영은 어디에 있고 그녀의 부재는 무슨 뜻인지 수군거렸다. ("이혼 전문 변호사를 만나러 간 게 분명해." 뒤에 앉은 남자가 말했다.) 박의 재직접 심문 내내—그가 세븐일레븐과 담배를 더 단호하게 부정하고 자신의 해고 사유가 부적격이 아니라 부업 때문이었다며, 곧바로 다른 HBOT 센터에 취업했다고 설명하는 동안—테리사는 평소 같으면 부모가 앉아 있었을 빈자리 옆에 홀로 있는 메리를 쳐다보았다. 열일곱 살, 로사와 같은 나이였지만 걱정스럽게 집중하는 메리의 얼굴에 주름이 너무 많이 생겨서 상처만이 유일하게 매끈한 부분처럼 보였다.

테리사가 메리의 상처를 처음 본 건 병원 식당에서 커피를 쏟은 사건 직후였다. 영을 찾아가 위로를 전해야 마땅하다고 스스로를 속였지만, 진짜 속내는 혼수상태인 메리를 보고 싶은 거였다. 블라인드가 쳐진 창문 틈으로 얼굴에 붕대를 휘감고 온몸에 튜브를 꽂은 메리를 보면서 테리사는 낮은 목소리의 그 여자가 틀렸다고 생각했다. 사고를 당한 애들은 셋이 아니라 넷이었다. 그 상황에서 메리를 보았다면 그 여자는 뭐라고 했을까? 그렇다, 헨리는 로사나 TJ에 비하면 '꽤 정상'이었지만, 예쁘고 공부도 잘하는데다 대학에 갈 예정이었던 메리는 더할 나위 없이 완벽한 애였다. 그러니 그 여자가 보기에는 더 큰 아이러니에, 더 큰 비극일 수밖에 없을 것이다. 정상으로 '쳐줄 만한' 소년은 산 채로 타 죽었고, 진짜 정상이었던 소녀는 혼수상태에 빠져 반반한 얼굴은 흉이 지고 똑똑한 머리는 망가졌을지도 모르니 말이다.

테리사는 안으로 들어가 영을 껴안았다. 아주 꼭, 오랫동안, 장례식장에서 슬픔을 나누는 사람들이 그러는 것처럼. 영이 말했다. "자꾸 그런 생각을 해요. 지난주만 해도 멀쩡하던 애였는데."

테리사는 고개를 끄덕였다. 사람들이 자기 이야기를 하면서 위로하는 게 늘 싫었고 그래서 말없이 있었지만, 그녀는 영을 이해했다. 다섯 살이던 로사가 아팠을 때, 그녀 역시 병원 침대 옆에 앉아시 영이 메리에게 하듯 아이의 팔을 어루만지며 하염없이 생각하고 또 생각했었다. 이틀 전까지만 해도 멀쩡했는데. 로사는 그녀가 출장중이었을 때 아프기 시작했다. 출장 전날 밤, 로사가 저녁 인사를 하러 아래층에 내려왔을 때 테리사는 꼬물거리는 돌쟁이였던 칼로스를 무릎에 앉히고 손톱을 깎아주고 있었다. 그래서 "잘 자라, 우리 딸, 사랑해" 하면서 쳐다보지도 않았다. 그것 때문에 그녀는 괴로워서 미칠 것 같았다. 딸과 함께한 마지막 평범한 순간이었던 그때, 아이를 쳐다보지도 않고 뽀뽀하라고 얼굴만 기울여준 것이 말이다. 톡톡 잘려나가던 칼로스의 손톱과 로사의 치약에서 나던 풍선껌냄새와 뺨에 부딪히던 끈적한 입술의 감촉, 그리고 "엄마 잘자, 칼로스도 잘 자" 하던 성마른 인사가 아프기 전의 로사와 함께한 마지막 기억이었다. 그다음에 딸과 마주했을 때는 노래하고 뛰어다니고 "엄마 잘 자" 하던 소녀는 없었다.

그러니 테리사는 도무지 받아들일 수 없는 영의 당연한 감정을 이해할 수 있었다. "의사들 말이 뇌가 손상됐을 수 있어서 애가 영영 깨어나지 않을지도 모른대요." 영의 말에 테리사는 손을 잡고 함께 울어주었다. 하지만 가슴 철렁한 고통과 공감의 저변에서(영을 생각하면 정말로 마음이 아팠다. 정말로 그랬다) 그녀의 일부, 뇌세포 십분의 일 정도의 극히 작고 미세한 일부는 혼수상태인 메리가 로사처럼 되고 말 거라는 사실에 기뻐했고 실제로 행복해했다.

테리사는 나쁜 사람이다. 그건 부정할 수 없는 사실이었다. 그녀는 사람들이 왜 "원수라도 그렇게 되는 건 바라지 않는다" 같은 말을 하는지 이해할 수 없었다. 속으로는 남들이 자기 같은 인생을 살길 바라지 않을 거라고, 바라면 안 된다고 되뇌고 또 되뇌었지만 이따금 세상의 모든 부모가 자기 같은 일을 겪길 바라게 되는 순간이 찾아왔다. 그런 생각이 역겨워 정당화하려고도 해봤다. 로사의 뇌를 갉아먹은 바이러스가 유행병이 되었다면 분명 수십억 달러를 투자해 치료제를 개발하고 모든 아이들이 금세 회복됐을 것이다. 하지만 그녀는 알았다. 비극의 전염을 바라는 이유가 로사를 위한 게 아니라는 사실을. 그것은 질투심이었다. 순전하고 단순한 시기심. 테리사는 혼자만 불행해진 게 분했고, 캐서롤을 들고 찾아와 한 시간 동안 같이 울어주다가 자기 아이들을 축구와 발레 수업에 데려가야 한다며 서둘러 떠나는 친구들을 시기했다. 평범한 일상으로 돌아가지 못할 바에는 다른 이들의 평범한 삶도 무너뜨려서 자신의 짐을 나누고 덜 외로워지고 싶었다.

그녀는 영에게는 그런 생각을 하지 않으려고 노력했다. 메리가 혼수상태에 빠진 두 달 동안 테리사는 매주 병원을 찾아갔다. 가끔은 로사도 데려가 영과 자신이 대화를 나누는 동안 메리의 곁에 앉아 있게 했다. 두 소녀가 함께 있는 모습을 보자니 기분이 이상했다. 붕대를 감고 눈을 감은 채 누워 있는 메리와 휠체어에 앉아 그런 메리를 굽어보는 로사. 둘은 처음으로, 마치 친구처럼, 같은 처지가 되었다.

메리가 의식을 찾던 그날, 테리사는 혼자 찾아갔다. 병실 문을 열자 의사들이 메리의 침대를 에워싸고 있었고 그들의 몸 사이로 눈을 뜨고 앉아 있는 메리가 보였다. 영이 달려들어 끌어안는 바람에 테리사의 몸이 벽에 부딪혔다. "메리가 깨어났어요! 괜찮대요. 뇌도 멀쩡하대요." 테리사는 영을 마주 안아주며 정말 잘됐네요, 기적이에요, 하고 말하려 했지만 보이지 않는 밧줄이 그녀의 팔을 결박하고 올가미가 되어 목을 졸라, 질식할 것처럼 목구멍부터 부비강까지가 얼얼했고 눈에는 눈물이 고였다.

영은 눈치채기 못했다. 다시 메리에게 돌아가기 전에 영이 말했다. "고마워요, 테리사. 계속 제 곁에 있어줬잖아요. 당신은 정말 좋은 친구예요." 테리사는 고개를 끄덕인 뒤 슬며시 병실 밖으로 나왔다. 그리고 화장실로 가서 칸막이 안으로 들어가 문을 잠갔다. 그녀는 영이 한 말을 떠올렸다. '좋은 친구', 영은 그녀를 그렇게 불렀다. 테리사는 배 위에 손을 얹고 아플 만큼 자신을 꼭 껴안던 여자를 향한 시기와 분노와 증오를 삼키려고 애썼다. 이제껏 그걸 바라고 기도해왔다는 사실을 떠올리려고 애썼다. 그러다 재킷을 벗어서 돌돌 감은 다음 그 안에 대고 소리를 지르고 울부짖었다. 아무도 듣지 못하게 변기 물을 내리고 또 내리면서.

*

영이 재판정으로 들어선 것은 모건 하이츠 형사가 막 증언을 하려던 때였다. 영은 아파 보였다. 평소의 복숭앗빛 피부에 병원 신세를 오래 진 환자처럼 칙칙한 회백색 더께가 내려앉았고, 눈꺼풀이 축 처진 피곤한 모습으로 발을 끌며 복도를 지났다. 테리사는 찌릿한 죄책감을 느꼈다. 메리가 혼수상태에서 깨어난 이후로는 한 번도 영을 찾아가지 않았다. 마침 로사가 제대혈 치료를 시작한 시기와 맞물려서 변명거리는 있었지만, 그렇다고 해도 갑자기 발길을 끊어 영을 당황하게 했을 걸 생각하니 친구의 자식이 건강해졌다는 이유로 친구를 버린 데 대한 깊은 수치심이 들었다. 그래서 엘리자베스를 지지하기로 한 것일까? 영이 그녀를 가장 필요로 하는 지금, 메리가 건강을 되찾은 데 대한 앙갚음을 하려고?

방청석이 웅성거렸다. 섀넌이 자리에서 일어나 말했다. "본 심문

전반에 대한 이의를 신청하는 바입니다, 존경하는 재판장님. 전문진술*에 해당하므로 본 재판과 무관하며 피고인에게 지나치게 불리하게 작용할 소지가 있습니다." 판사가 말했다. "기록해두고 기각합니다. 증인은 대답해도 좋습니다."

하이즈 형사가 말했다. "폭발이 일어나기 전주인 2008년 8월 20일 저녁 9시 33분에 한 여성이 아동보호국 핫라인에 전화를 걸어 엘리자베스라는 여자가 아들인 헨리에게 위험한 불법 의료 시술을 받게 하는데, 그중에는 최근에 아이들이 사망한 킬레이션 정맥주사 요법도 포함되어 있다고 말했습니다. 전화를 건 여성은 엘리자베스가 락스를 마시게 하는 치료도 시작할 예정이어서 몹시 걱정된다고 말했습니다. 그녀는 그들의 성이나 주소는 몰랐습니다. 제가 아동보호국과의 수사 연락책이기도 하고, 심리학 자격증도 있어서 담당 수사관으로 배정되었습니다."

"전화를 건 사람이 누구였죠?" 에이브가 물었다.

"익명의 전화였지만 나중에 알아보니 시위대 중 한 사람인 루스 와이스였습니다." 루스. 은발 머리 여자. 뒤에 앉아 얼굴을 붉히고 있는 그녀의 얼굴을 쳐다보던 테리사는 한 대 쳐주고 싶은 기분이 들었다. 어쩜 저리 비겁할까? 그로 인한 영향도, 책임질 필요도 없도록 익명으로 고발하다니. 테리사의 머릿속에는 다시금 헛간 뒤에 숨어서 산소가 꺼지고 불을 지를 완벽한 타이밍이 되기를 기다리는 시위대의 모습이 떠올랐다. 그녀의 이론을, 그들이 HBOT 스케줄을 정확히 꿰고 있었다는 사실을 섀넌한테 말할 필요가 있었다.

---

* 증인이나 피고인이 다른 사람에게서 들은 이야기를 법원에서 말하는 것을 뜻하며, '전문법칙'에 따라 증거 능력이 없다고 판단한다.

"엘리사베스와 헨리는 어떻게 찾았죠?" 에이브가 말했다.

"전화 제보자가 온라인 채팅을 통해 헨리가 여름 캠프를 하는 곳을 알아냈습니다. 저는 다음날 캠프가 끝나는 시간에 그곳을 찾아갔는데 엘리자베스는 없었고, 그녀의 친구가 헨리를 데리러 왔습니다. 그래서 제가 왜 거기 왔는지 설명하고 치료에 대해 아는 것이 있는지 물었습니다."

"그 친구가 뭐라고 하던가요?"

"처음에는 아무 말도 하지 않으려 했는데, 제가 집요하게 묻자 본인도 엘리자베스가 헨리에게 필요 없는 치료에 집착하는 것 같아서 걱정된다고 인정하더군요. 물론, 집착이라는 단어는 그녀의 표현입니다. 그리고 헨리는 '별난 아이'일 뿐이며—역시 그녀가 한 말입니다—전에는 문제가 좀 있었지만 지금은 괜찮아졌는데 엘리자베스는 아직도 새로 나온 자폐 치료는 전부 시도해보려 한다고 말했습니다. 그 친구 전공이 심리학인데 자기가 볼 때 엘리자베스가 대리 뮌하우젠 증후군을 겪는 게 아닌지 의심된다더군요."

"대리 뮌하우젠 증후군이 뭐죠?"

"'의학적 학대'로 일컬어지기도 하는 정신 질환입니다. 보호자가 관심을 끌기 위해 아동의 병증을 가장 혹은 조작하거나 유발하기까지 하는 경우도 있죠."

"친구가 우려한 부분은 그게 다입니까?"

"아닙니다. 제가 좀더 캐물었더니 그녀가—계속, 몹시 주저하면서—대답하길, 캠프 선생님이 헨리가 고양이한테 팔을 긁힌 상처 때문에 아파해서 연고를 바르고 반창고를 붙여줬다고 했답니다. 친구는 헨리네가 고양이를 키우지 않는데 이상하다고 하더니 입을 다물었습니다."

테리사도 그 상처를 본 기억이 났다. 헨리의 왼쪽 팔뚝 윗부분에 혈관이 터져서 얼룩덜룩하게 남은 붉은 점선. 테리사가 쳐다보는 걸 눈치챈 엘리자베스는 무슨 벌레에 물렸는데 헨리가 계속 긁어서 그렇게 됐다고 말했다. 고양이에 관한 말은 전혀 없었다.

"그 친구는 또한 헨리의 자존감을 걱정했습니다." 하이츠가 증언을 이어나갔다. "한번은 자기가 아이를 칭찬해줬더니 아이가 '근데 저는 짜증나는 애인걸요. 모두가 절 싫어해요'라고 했답니다. 그래서 왜 그렇게 생각하느냐고 물었더니 '엄마가 말해줬어요'라고 말했다고 했습니다."

테리사는 마른침을 삼켰다. 저는 짜증나는 애인걸요. 모두가 절 싫어해요. 테리사는 헨리한테 계속 돌멩이 이야기만 하지 말라고 하던 엘리자베스가 떠올랐다. 그녀는 쭈그리고 앉아서 아이의 얼굴에 얼굴을 대고 코와 코를 맞대며 속삭였다. "네가 신난 건 알겠는데 너 혼자만 시끄럽게 한 말을 또 하고 또 하고 있잖아. 그건 다른 사람들한테는 엄청 짜증나는 일이야. 계속 그러면 모두가 널 싫어하게 될까봐 엄마는 걱정돼. 그러니까 그만하려고 진짜 열심히 노력해야 해. 알겠지?"

에이브가 말했다. "당시에 무슨 일이 있었죠?"

"친구가 자신의 이름을 밝히는 건 거부했지만, 헨리의 성과 주소를 알려줬습니다. 그때가 8월 21일 목요일입니다. 그다음주 월요일에 제가 캠핑장에서 헨리를 면담했고요. 버지니아주 법령에 따라 저희는 부모에게 사전에 고지하거나 동의를 받지 않고 부모가 부재한 상태에서 아이와 면담할 수 있습니다. 부모의 개입을 최소화하기 위해 그때도 그렇게 했습니다."

"피고인이 아동 학대 수사 사실을 인지하고 있었습니까?"

"네, 폭발 하루 전인 8월 25일 월요일 저녁에요. 제가 집으로 찾아가서 혐의 사실을 고지했습니다." 테리사는 경찰이 문을 두드리고 별안간 학대 혐의를 들이미는 상황을 상상했다. 그제야 폭발 당일 아침에 정신이 딴 데 팔린 사람처럼 굴었던 엘리자베스가 이해가 됐다. 누군가—아는 사람이, 어쩌면 친구일지도 모르는 사람이—자신을 아동 학대로 고소했다는 소식을 듣는 건 어떤 기분일까?

에이브가 말했다. "피고인이 혐의를 부인했습니까?"

"아니요. 그냥 누가 그런 항의를 접수했는지만 물어서, 익명의 제보였다고 말해줬습니다. 저 역시 몰랐으니까요. 하지만 다음날 아침에 캠핑장으로 애를 데리러 왔던 친구한테 전화가 왔습니다."

"정말요? 뭐라고 하던가요?"

"굉장히 흥분해서는 피고인과 크게 싸웠다고 하더군요."

에이브가 증인석으로 가까이 다가섰다. "그게 폭발 당일 아침입니까?"

"네. 그녀는 엘리자베스가 아동보호국에 불편 신고를 한 게 그녀일 거라면서 몹시 화를 냈다고 했습니다. 엘리자베스한테 누가 신고했는지 알려서 그녀가 신고한 게 아니라는 사실을 좀 밝혀달라고 부탁했습니다."

"그래서 뭐라고 했습니까?"

"익명의 신고였기 때문에 그럴 수 없다고 말했죠." 하이츠가 말했다. "그랬더니 더 흥분하면서 시위대 짓이 분명하다고 말했습니다. 그러고는 또다시 엘리자베스가 얼마나 화가 났는지 얘기하면서 저한테 아무 말도 하지 말 걸 그랬다고 했습니다. 그녀의 말을 그대로 인용하자면, '엘리자베스가 진짜 화가 나서 절 죽이려고 해요'라고 했습니다."

"증인은 그 이후 폭발 당일 아침에 전화를 걸어 피고인이 '화가 나서 자신을 죽이려고 한다'라고 말한 그 친구의 신원을 파악했습니까?"

"네. 사체 사진을 통해 확인했습니다."

"누구죠?"

하이츠 형사는 엘리자베스를 쳐다보며 대답했다. "킷 커즐라우스키입니다."

엘리자베스

    킷과 엘리자베스는 친구라기보다는 자매 같은 사이였다. '우린 친구랑은 비교도 할 수 없는 가까운 사이'가 아니라 '친구라면 안 봤을 테지만 어쩔 수 없으니 잘해보자' 같은 자매지간. 그들이 만난 건 아들들이 같은 날 같은 장소에서, 육 년 전 조지타운병원에서 자폐 진단을 받았기 때문이다. 엘리자베스가 헨리의 결과를 기다리는데 한 여자가 말을 걸었다. "이건 뭐 단두대 처형을 기다리는 기분이네요, 안 그래요?" 엘리자베스는 대꾸하지 않았지만 여자는 말을 이었다. "남자들은 어떻게 이런 순간에도 일에 집중할 수 있는지 모르겠어요." 그러면서 노트북으로 일하는 중인 빅터와 그녀의 남편으로 추정되는 남자를 쳐다봤다. 엘리자베스는 옅은 미소를 지은 뒤 잡지를 집어들었다. 그러나 여자는 굴하지 않고 자기 아들에 대해 계속 떠들었다. 네 살이 돼간다, 생일이 얼마 안 남았다, 바니 케이크를 만들 거다, 아이가 바니를 사랑하는데 좋은 의미로 집착한다, 그러면서 아들이 말을 하지 않는데(빌어먹을, 말할 틈을 안

줘서 못하는 게 아니고?) 아마 막내라 그러는 것 같다는 둥, 아이가 넷이 더 있는데 전부 딸이고 쉬지 않고 말한다는 둥(엄마를 닮아서 그렇겠지), 여자애들이 어떤지 알지 않느냐는 둥 이러쿵저러쿵 떠들어댔다. 여자는—이름이 킷Kitt으로, 킷캣Kit-Kat과 발음은 같지만 t가 두 개라고 독백 중간에 자신을 소개했다—대화를 한다기보다는 엘리자베스가 대꾸도 하지 않는 걸 자각하지 못한 채 쉬지 않고 혼자 떠드는 쪽이었다. 그녀의 말은 간호사가 헨리 워드의 부모를 부를 때까지 멈추지 않았다.

의사가 말했다. "봅시다…… 아, 그렇지, 헨리. 초조하실 테니까 바로 본론으로 들어가죠. 헨리는 자폐성인 것으로 판명됐습니다." 의사는 그 말을, 중간중간 커피를 홀짝대면서 대수롭지 않게 했다. 부모한테 자식이 자폐성임을 알리는 게 별일이 아니라는 듯이, 매일 있는 일이라는 듯이. 물론 자폐클리닉의 신경외과의인 그에게 그것은 매일 있는 일, 아마 매시간 있는 일인지도 모른다. 하지만 부모인 엘리자베스에게는 살면서 몇 번이고 곱씹게 될 인생의 결정적인 장면이고, 그녀의 세계가 이전과 이후로 나뉘게 될 어떤 순간—아니, 유일한 순간—이었다. 그런데 빌어먹을 벤티 프라푸치노나 쪽쪽 빨면서 그렇게 태연할 필요가 있었을까? 그리고 '판명됐다'라는 그의 어휘 선택은 그가 직접 알아낸 게 아니라 어떤 신비한 자연의 힘에 의해 자폐성인 아이라는 낙인이 찍힌 채 가만히 누워 있는 헨리를 발견하기라도 했다는 투였다. 게다가 자폐성인이라는 그 단어, 그게 말이기는 한가? 엘리자베스는 병증을 형용사로 표현함으로써 자폐를 헨리의 결정적인 특성, 즉 정체성의 총체로 선언해버린 그 의사가 불쾌했다.

그녀는 그런 의미론적 문제들에 사로잡힌 채—이를테면 '당뇨

성인' 사람은 있지만 왜 '암성인' 사람은 없는지, (헨리의 자폐 스펙트럼 진단인) '적당히 심각함'과 '심각하게 적당함'의 차이는 무엇인지 생각하면서—킷을 지나쳤다. 엘리자베스는 울고 있지 않았고 사실 아예 운 적이 없었지만, 그녀의 얼굴은 비탄에 빠져 울부짖고 있었던 모양이었다. 킷이 그녀를 붙잡고 안아주었기 때문이다. 가장 가까운 벗을 위해 따로 준비해둔 것처럼 한없이 꼭 껴안는 포옹. 어째서 그토록 부적절한 타인의 그토록 부적절한 포옹이 하나도 어색하게 느껴지지 않았는지 모르지만 엘리자베스에게 그 포옹은 가족처럼 위안이 되어서 그녀도 여자를 꼭 껴안으며 울고 말았다.

엘리자베스는 그 여자를 다시 만날 거라고 기대하지 않았고, 통성명을 하거나 전화번호 혹은 이메일 주소를 주고받지도 않았다. 그런데도 일주일 뒤 둘은 처음엔 카운티의 자폐아 유치원 오리엔테이션에서 마주쳤고, 다음엔 언어치료 교실에서, 그다음엔 응용 행동분석 설명회에서 다시 만났다. 전부 조지타운병원에서 추천한 프로그램인 걸 감안하면 놀라울 것도 없었지만 그래도 우연치고는 너무극적이어서 운명 같은 기분이 들었다. 헨리와 TJ가 같은 학교 같은 반에 배정되었을 때는 이미 모든 것을 함께하고 있었다. 그들은 '자폐 부트캠프'라 칭했다. 학교와 치료 교실을 카풀을 해서 같이 다녔고, 자폐 진단의 슬픔을 치유하기 위한 수업을 함께 들었으며, 지역 내 자폐아 엄마들 모임에 동시에 가입했다. 그렇게 둘이 붙어다니게 된 건 사고와도 같았다. 특별히 같이 있는 게 즐거워서가 아니라 좋든 싫든 매일같이 우연히 부딪치다보니 습관처럼 그렇게 된 것이다. 반복적으로 붙어 있게 되면서 자연스레 친밀감이 싹텄고, 빅터가 캘리포니아에서 새로운 사랑을 찾았다고 폭탄선언을 했을 때는 애들은 맡겨놓고 같이 나가서 위로 파티를 즐기기도 했다.

엘리자베스는 외동딸이라 경험해본 적이 없었지만, 누군가와 함께 많은 걸—아이들의 분기별 자폐 심각도 지수부터 선생님들이 매일같이 알려주는 '반복적인 행동들'(헨리는 몸을 흔들고, TJ는 머리를 박는다)까지 모든 걸—공유하게 되면 극심한 경쟁이 유발된다는 문제가 있었다. 그것이 그들의 일거수일투족을 오염시켰고, 관계의 구석구석까지 파고들면서 살짝 틀어지게 했다. 엘리자베스는 '일반적인' 아이를 키우는 엄마들의 세계에서 경쟁이 만연한 걸 알고 있었고, 마트에 줄을 선 엄마들이 자식들의 올스타 영재 프로그램의 승인 상태를 비교하는 것을 들은 적도 있었다. 그러나 다른 모든 것과 마찬가지로, 질투심이 주입되자 한때 그녀가 아는 가장 협동적이면서도 경쟁적이었던 자폐아 엄마들의 세계마저 과열 양상을 띠기 시작했다. 경쟁의 대상은 아이들이 들어갈 대학이 아니라 사회에서의 생존 가능성, 즉 내 아이가 말하는 법을 배울 수 있을까, 집에서 독립할 수 있을까, 엄마가 죽은 뒤에 혼자 살 수 있을까 같은 것들이었다. 남의 아이의 성공이 내 아이의 부족함을 시사하는 '일반' 아동의 세계와 달리, 자폐아 엄마들 사이에서는 남의 아이의 개선이 내 아이의 희망을 뜻하는 동시에 아이를 낫게 하기 위해 분발해야 한다는 부담감으로 다가오기 때문에 타인의 성공을 나누고 도와주고 축하해주는 일이 훨씬 더 진지하고 복잡했다. 헨리와 TJ의 경우 이런 문제들이 훨씬 더 가중됐는데, 아이들이 같은 나이에 같은 반이었기에 비교와 대조를 하지 않으려야 않을 수 없었기 때문이었다.

생의학적 치료가 시작되고, 헨리는 차도를 보이는 반면 TJ는 그렇지 않자 엘리자베스와 킷의 관계는 틀어졌다. 표면적으로는 여전히 카풀을 하고 목요일마다 커피를 마시는 친구 비슷한 관계처럼 보였지만 속으로는 뭔가 다르게 느껴지기 시작했다. 재미있는 것은 킷이 먼저 '자폐 지금 물리치자Defeat Autism Now!' 이야기를 꺼냈다는 사실이었다. DAN!은 (대부분 자폐아 자녀를 둔 부모이자) 의사들의 단체로, 그들은 자폐의 '완치'를 옹호했다. 엘리자베스는 그게 가능한지도 몰랐다. 확실히 콘셉트 자체가 이상했던 게, 세상은 자폐를 '완치' 가능한 무언가로 생각하지 않았다. 뼈가 부러지면, 가능하다. 폐렴도 물론 가능하다. 암일지라도 운이 좋으면 가능할지 모른다. 하지만 자폐는 어떤가? 그것은 평생 짊어져야 할 장애였다. 게다가 '완치'란 말은 정상이라는 잃어버린 기준을 시사하는데, 자폐는 선천적인 특성이었고 물론 그건 완치로 되찾을 것이 없다는 뜻이었다. 엘리자베스는 회의적이었지만 치료를 시도해보는건 무신론자임에도 불구하고 아들한테 세례를 주는 것과 같았다. 만일 그녀가 옳다면 단지 헨리의 머리에 물을 끼얹는 것뿐이고(그러니까 무해했고), 만일 빅터가 옳다면 헨리를 영원한 지옥행으로부터 구원해내는 것이었다(대단한 효과였다). 마찬가지로 특별식과 비타민이 아이한테 해가 될 건 없었고, 하지만 일말의 '완치' 가능성을 보인다면 그 잠재적 효과는 인생이 바뀌는 수준이었다. 위험은 없다. 보상은 없을 수도 있지만, 있다면 굉장하다. 간단한 계산이었다.

그래서 시도해보기로 한 것이다. 헨리의 식단에서 염료와 첨가제, 글루텐과 카세인을 끊고 학교에서 '뭐 이런 미친 극성 엄마가 다 있어' 하는 선생님의 표정을 감내하면서 무지개색 골드피시 과자 대신 직접 싸온 유기농 포도를 간식으로 달라고 부탁했다. 싫다는 헨리의 소아과 의사를 꼬드겨("아직 어린데 불필요하게 피를 뽑진 않을 겁니다. 게다가 보험료 낭비예요") 검사를 하게 했고, 그 결과가 DAN! 의사들이 예측한 대로 비정상으로 나오자(혈중 구리 수치는 높고, 아연은 낮고, 바이러스 지수는 높고), 아주 살짝 누그러진 소아과 의사는 헨리에게 비타민 B$_{12}$와 아연과 유산균 등을 먹여도 해로울 게 없다고 인정하게 되었다.

그렇다고 엘리자베스가 남다른 건 없었다. 그녀가 나가는 자폐아 엄마 모임에만 해도 수년째 생의학 치료중인 엄마들이 열댓 명은 됐다. 남다른 게 있다면 그것은 헨리였다. 헨리는 생의학 치료계의 이른바 '우수 반응자'로 꼽히는 성배 같은 존재였다. 엘리자베스가 식품 염료를 끊은 지 일주일(겨우 일주일!) 만에 하루 평균 이십오 회에 달하던 헨리의 몸 흔들기가 여섯 차례로 줄었다. 아연제를 복용하고 이 주 후에는 눈을 맞추기 시작했다. 비록 일시적이고 산발적이긴 했어도 아예 한 번도 하지 못했던 과거에 비하면 괄목상대할 발전이었다. 비타민 B$_{12}$ 주사를 맞기 시작하고 한 달이 지나자 아이의 평균 발화 길이는 1.6단어에서 3.3단어로 두 배 증가했다.

킷과 대화를 할 때 엘리자베스는 TJ는 아무런 차도를 보이지 않는다는 사실에 유념하며 너무 자랑하지 않으려고 조심했다. 문제는 치료법을 향한 둘의 접근이―엘리자베스는 유별, 킷은 설렁설렁―너무 상반된다는 점이었다. 그러니 완벽하게 식이요법을 준수하기 위해 이를테면, 헨리의 음식에 쓸 토스터기와 조리 도구까지 전부 따로 샀던 엘리자베스의 A급 유난이 헨리의 극적인 반응에 일정 부분 영향을 미친 게 아닌가 하는 생각을 하지 않을 수 없었다. 반면 킷은, 누나가 넷이고 조부모가 넷이고 사촌이 아홉이고 급우가 서른둘인 TJ가 특별한 경우에는 식단을 '어겨도' 눈감아주었고, 그런 일은 일주일에 한 번씩 발생했으며, 아이한테 영양제를 먹이는 일도 정기적으로 건너뛰었다. 엘리자베스는 속으로 TJ는 내 아들이 아니다, 다들 자기만의 방식이 있는 거다, 하고 되뇌었지만 TJ를 생각하면 마음이 아팠고 헨리가 개선되는 동안 그 아이만 그대로인 걸 지켜보는 게 싫었다. 그녀는 주도권을 잡아서 두 아이를 다시 동등하게 만들고 싶었고, 이를 통해 킷과의 친밀감도 되돌리고 싶었다. 그렇다, 그녀가 무엇보다 바랐던 건 그것이었다. 엘리자베스는 돕겠다고 나섰지만—자진해서 TJ의 보충제를 주간 약통에 배분해줬고, 반 친구들 생일파티에는 식단을 준수한 컵케이크를 만들어 갔다—킷은 "자폐 나치가 내 삶을 점령하게 내버려두라고? 난 사양할게"라고 말했다. 킷은 농담처럼 윙크를 하고 웃으며 말했으나 그녀의 말에는 가시가 있었다.

학교장이 헨리를 자폐아 반에서 조음장애나 ADHD와 같은 '가벼운' 문제를 가진 아이들이 있는—모순적인 이름의—'일반 특수교육' 반으로 옮긴다고 발표했을 때 킷은 엘리자베스를 끌어안으며 말했다. "정말 놀라운 소식이야, 나도 너무 기뻐." 하지만 눈을 약간 너무 빠르게, 또 오래 깜빡였고 미소는 약간 너무 크게 지었다. 십 분 뒤 주차장에서 킷의 차 옆을 지나던 엘리자베스는 운전대를 붙잡고 쓰러져 온몸이 들썩일 정도로 흐느껴 우는 킷을 보았다.

그 기억을 떠올리자니 엘리자베스는 그때 그 순간으로 돌아가 차문을 열고 킷한테 그만 울라고, 그런 건 하나도 중요하지 않다고 말하고 싶었다. 헨리가 얼마나 '고기능성'*인들, 얼마나 많은 단어를 말한들 이제 헨리는 관 속에 누워 있고 TJ는 그렇지 않은데 다

---

* 고기능성 자폐는 자폐성 장애의 일종으로, 자폐 특성을 보이나 언어 의사소통에 문제가 없고 일반인에 비해 높은 지능과 암기력을 발휘하기도 한다.

무슨 소용이 있겠는가? TJ는 먹고, 뛰고, 웃지만 헨리는 영영 그럴 수 없을 텐데? 몇 년 뒤에 엘리자베스가 서로 처지를 바꿀 수만 있다면 뭐든 내놓겠다고 말하게 될 줄 알았다면 킷은 뭐라고 했을까? 죽은 아이의 살아 있는 엄마가 되느니 차라리 살아 있는 아이의 죽은 엄마가 되겠다고, 제 아들의 고통을 상상하고 그 고통을 초래한 것이 자신이라는 죄책감에 시달리며 사느니 차라리 아들을 지키다 죽겠다고 말이다.

그러나 물론, 둘 다 앞일은 예상하지 못했다. 엘리자베스는 그날 주차장에서 차를 몰고 킷의 차를 지나쳐 가면서 그들이 처음 만났던 날 킷이 자신을 붙잡고 꼭 껴안아주던 것이 떠올랐고, 자신도 차를 세우고 달려가 킷을 껴안고 같이 울어주고 싶었다. 그동안 '도움'을 가장해 그녀를 평가하고 무언의 비판을 던져서 미안하다고, 이제는 안 그러겠다고, 그저 들어주고 지지하겠다고 말하고 싶었다. 하지만 엘리자베스—자신에게 고통을 안긴 아이의 엄마—가 위로하고 이해하는 척하면 킷이 어떻게 생각할까? 정말 킷을 생각해서 이러는 것일까? 아니면 하나 있는 친구를 잃는 기분이 싫어서 이기적인 마음에 이러는 걸까?

엘리자베스는 차를 세우지 않았고 그대로 집에 도착했다. 그날 오후, 킷은 이메일을 보내서 이제 헨리가 8킬로미터 떨어진 새 학교에 다니게 됐으니 카풀은 더이상 의미가 없는 것 같다고, 그건 그렇고 이번주 목요일에는 딸의 소풍에 따라가야 해서 같이 커피 마시기는 힘들 것 같다고 했다. 엘리자베스는 괜찮다고, 곧 보자는 답장을 보냈다. 다음주에는 아무 이메일도 없었지만 엘리자베스는 목요일에 그들이 늘 만나던 스타벅스에 가서 기다렸다. 킷은 오지 않았다. 엘리자베스는 전화하거나 이메일을 보내지 않았다. 그저 목요일마다 스타벅스로 가 창가 자리에 앉아서 친구가 오기만을 기다렸다.

*

법정에 앉은 엘리자베스는 폭발이 있기 전 목요일, 하이츠 형사가 헨리의 캠프를 찾아가 킷을 만났던 날의 기억을 떠올렸다. 여느 때처럼 엘리자베스는 스타벅스에 앉아 킷을 생각하고 있었다. 헨리가 학교를 옮긴 이후로는 매달 있는 자폐아 엄마 모임 외에는 별로 만나지 못했지만, HBOT로 그들의 우정을 돌이킬 수 있을 거라는 기대가 있었다. 어떤 면에서는 기대한 대로였다. 그들은 매일 몇 시간씩 밀봉된 체임버 안에 앉아 지난 시간 동안 못다 한 이야기를 나눴다. 하지만 이미 퇴색한 과거의 친분을 되돌리려는 그들의(혹은 그녀의) 노력이 지나쳤던 탓인지 어색한 기류가 흘렀다. 그러다 물론, 그녀는 킷에게 새로운 치료법과 캠프에 대해 알려주려고 했지만 킷은 예의상 고개만 끄덕일 뿐 딱히 관심을 보이지 않았던, 유별나게 어색해졌던 잠수 뒤에 짜 먹는 요구르트를 둘러싼 다툼이 일어났다. 엘리자베스의 좌절감이 쌓이고 또 쌓이다 어느 지점에 이르러 끓어넘쳤고 어느새 그녀는—인정하기 속상하지만—무례하고, 고압적이며, 자기만 옳은 나쁜 년이 되어 있었다. 그녀도 이를 알았고 바꾸고 싶었지만, 곪고 곪은 상처가 터지기라도 한 듯 그녀조차 억누를 수 없는 응어리가 밖으로 터져나왔다.

엘리자베스는 커피잔을 내려놓고 결심했다. 킷한테 직접, 제대로 사과해야 한다. HBOT에서는 말고(둘만 있을 틈이 없다) 집에 불쑥 찾아가는 것도 안 된다(너무 절박한 스토커처럼 보일 수 있다). 하지만 늦을 것 같으니 헨리를 캠프(TJ의 캠프에서 한 블록 떨어진 곳에 있었다)에서 데려와달라고 전화로 부탁할 수는 있었다. 그런 다음 헨리를 데리러 킷의 집에 간 김에 그녀에게 말하면 된다. 미안하다고, 보고 싶었다고, 쓸쓸한 감정을 쏟아내고 나면 적의 없는 진정한 우정이 샘솟을지 모른다. 그래서 그녀는 그렇게 했고— 맙소사, 이 무슨 아이러니인가!—킷이 하이츠 형사를 만나 아동 학대 혐의를 확인해주는 데 기회를 제공한 셈이 되었다. 게다가 사과할 기회도 없었다. 헨리를 데리러 갔을 때 화가 난 듯한 킷이 고양이 상처를 언급하자 당황한 엘리자베스는 머릿속으로 상상했던 진정어린 사죄의 시간을 일 분간의 문간 대화로 대체하고 떠났다.

그리고 이제, 킷은 죽었고, 심리학자-형사가 증인석에서 킷이 미친 옛친구 엘리자베스에 대해 어떻게 생각했는지, 어떻게 말했는지 세상에 밝히고 있었다. 에이브가 말했다. "킷이 폭발 당일에 전화로 피고인이, 그대로 인용하자면, '화가 나서 절 죽이려고 해요'라고 말했을 때 다른 말은 없었습니까?"

하이츠가 대답했다. "네. 그녀는 헨리가 킬레이션 정맥주사 요법을 받을 예정이라고 했습니다." 하이츠는 배심원들을 쳐다봤다. "킬레이션은 체내 독성 금속 물질을 제거하는 강력한 약물을 정맥에 투여하는 것으로 FDA 승인을 받은 중금속 중독 치료법입니다."

"헨리한테 독성 물질이 있었단 말입니까?" 에이브가 또다시 가짜로 놀란 표정을 지으며 물었다.

"아니요, 그렇지만 공기 중에 떠도는 중금속이나 살충제가 자폐를 일으키고, 따라서 신체를 해독하면 병을 치료할 수 있다고 믿는 사람들이 있습니다."

"확실히 비전통적인 요법인 것 같긴 한데, 그건 의학적 판단의 문제 아닌가요?"

"아닙니다. 그로 인해 사망한 아이들이 있고, 피고인도 그 사실을 알고 있었습니다. 그에 대해 인터넷에 직접 포스팅은 했지만, 헨리의 담당 소아과 의사한테는 말하지 않았죠. 그뿐 아니라 버지니아주에서 인정하지 않는 다른 주의 자연주의 대체의학 요법을 활용했고, 온라인으로 약물을 주문하기도 했습니다. 제 소견으로 그런 행위는 아이를 잠재적으로 치명적이고 은밀한 실험적 요법으로 내모는 위험한 행위로 보입니다."

"혹시 킷이 치료법의 특정 측면이 우려된다고 말했나요?"

"네. 그녀는 엘리자베스가 킬레이션과 더불어 MMS라고 불리는 더 극단적인 요법도 병행할 계획이라고 말했습니다."

에이브가 책 한 권과 플라스틱병 두 개가 든 지퍼백을 들어 보였다. "증인, 이게 뭔지 기억하십니까?"

"네, 제가 피고인의 부엌 싱크대 아래에서 찾은 물건들입니다. 책은 최신 유행 자폐 치료법 설명서 『기적의 미라클 보충제, MMS』로, 여기 두 개의 병에 들어 있는 아염소산나트륨과 구연산을 섞어서 이산화염소를 만듭니다." 그녀는 배심원단을 쳐다보았다. "그럼 락스와 같은 성분이 됩니다. 이 용액을 하루에 여덟 차례 음용으로 복용시키는데, 쉽게 말해서 애한테 마시게 한다는 뜻이죠."

에이브가 격노한 표정을 지었다. "피고인이 아들한테 그랬단 말씀입니까?"

"네. 아이가 죽기 일주일 전이었습니다. 피고인이 이 책의 도표에 기록한 바에 따르면, '애가 울었다, 복통이 있었고 열이 39.4도까지 올랐다, 네 번 토했다'라고 적혀 있습니다."

"피고인이 그렇게 상세하게, 쥐를 가지고 실험하는 것처럼 기록

했단 말입니까?" 섀넌이 이의를 제기했고, 판사가 인정하면서 에이브에게 사실에만 집중하라고 주의를 주었다. 하지만 엘리자베스는 배심원들의 얼굴에 서린 역겨움과 공포, 그리고 그들의 머릿속에 떠오른 가학적인 나치 의사가 포로를 고문하는 이미지를 보았다. 헨리를 꼭 붙잡고 연신 괜찮다고 말하면서 부들부들 떨리는 손으로 체온계를 들고 눈물에 가려 잘 보이지 않지만 읽으려고 애썼던 그녀의 기억 속 이미지와는 자못 다른 것이었다.

하이츠가 말했다. "그게 킷의 증언과 딱 맞아떨어졌습니다. 듣자 하니 엘리자베스는 헨리가 너무 아파하고 그 때문에 캠프에 빠지는 건 원치 않아서 MMS를 중단할 계획이었다고 합니다. 캠프가 끝나면 킬레이션 요법과 함께 치료를 재개할 거라고 말했고요. 그럼 애가 많이 아파도 상관없으니까요."

"많이 아파도 상관없다……" 하이츠의 말을 반복하던 에이브는 고통스러워하는 헨리를 상상하듯 한참 허공을 응시하다가 고개를 내저었다. 킷이 똑같은 반응을 보였었다. 그녀도 엘리자베스의 말을 따라 하며 고개를 내저었다. 한 가지 다른 점이 있다면 그녀는 격분한 말투였다. "많이 아파도 상관없다고? 네가 무슨 말을 하는지 알고는 있니? 헨리는 훌륭해. 근데 왜 계속 그딴 짓을 시키는 거야?" 그러더니 킷은 걸핏하면 들먹이던 봉봉 초콜릿 이야기를 꺼냈고, 그 말이 화근이 되어 엘리자베스는 킷이 죽기 열 시간 전에 그녀와 크게 다투게 된 것이다.

킷이 처음 그 말을 꺼낸 건 조지타운 신경외과의가 헨리를 다시 검사한 뒤 '더이상 자폐 스펙트럼에 해당하지 않는다'고 진단한 이후에 가진 자폐아 엄마들의 모임에서였다. 그 자리에는 와우!라는 무지개색 글씨가 적힌 파티용 컵에 담긴 샴페인도 있었고, 건배하는 엄마들 가운데는 눈물을 흘리는 사람도 있었다. 딱히 기뻐서라 기보다는, '우리 아이가 기적적으로 자폐를 극복했어요' 유의 회고록을 읽었던 경험으로 미루어, 그 눈물은 절망(남의 아이는 나아졌는데 내 아이는 그대로다)과 희망(남의 아이가 나아졌으니 내 아이도 그럴 거다) 사이를 오락가락하는 감정에서 나온 것임을 엘리자베스는 알았다.

누군가가 잘 가라고 인사하며 모임에서 그녀를 그리워할 거라는 말을 했다. 엘리자베스가 아니라고, 모임이며 생의학 요법이며 언어치료며 모든 걸 계속할 계획이라고 말하자 킷이 그 말을 했다. 엘리자베스를 향해 미쳤다는 듯 고개를 젓고 깔깔거리고 웃으면서 그녀는 말했다. "나한테 헨리 같은 아들이 있었으면 온종일 소파에 누워서 봉봉 초콜릿이나 먹었겠다."

엘리자베스는 누가 콕 찌른 것처럼 철렁한 기분이 들었지만 애써 미소를 지었다. 킷의 목소리에 담긴 억지 활기와 웃음에 담긴 경멸, 고압적인 엄마를 향한 사춘기 딸의 눈알 굴리기나 다름없는 음조를 애써 모른 체했다. 원래 저렇게 직설적이고 빈정대는 말투라고, 한마디로 필터가 없는 타입이라—얼마나 톡 쏘는 말인지 모르고 그저 웃기려는 마음에—그녀 나름대로는 함께 시작한 마라톤을 먼저 마무리한 친구를 축하하고 이제 쉴 자격이 있다는 의미로 봉봉 초콜릿 이야기를 꺼낸 거라고 속으로 되뇌었다. 이제 인생을 즐겨도 된다는 의미에서 말이다.

문제는 엘리자베스 자신이(혹은 헨리가) 실제로 결승선에 다다랐다고 생각하지 않는다는 점이었다. 자폐성이 아니라는 것은 정상이라는 것과 같은 말이 아니었다. 심지어 의사가 한 말—"발화는 일반 또래들과 구분이 안 될 정도입니다"—도 헨리가 일반적인 게 아니라 실험실에서 훈련을 받은 원숭이처럼 따라 하는 법을 배운 것뿐이라는 사실을 증명했다. 조심만 한다면 정상으로 보일 수 있지만 언제라도 어긋날지 모르는 위태로운 수준의 정상이었다.

그런 의미에서 자폐를 극복한 아이를 키우는 것은 암이 호전되거나 알코올중독을 이겨낸 아이를 키우는 것과 같았다. 아이가 다시 돌아가는 건 아닐까, 끊임없이 비정상의 징후를 경계하는 동시에 편집증에 사로잡히지 않게 노력해야 했다. 불가능을 극복했다고 축하해주는 사람들 앞에서 억지 미소를 지었지만 속으로는 이러한 유예 기간이 얼마나 지속될지 몰라 불안한 마음에 위장이 뒤틀렸다.

그렇다고 이런 속내를 킷이나 다른 자폐아 엄마들한테 털어놓을 수는 없었다. 그것은 마치 암이 호전된 사람이 지금 암으로 죽어가고 있는 사람한테—자기가 나은 것이 얼마나 운이 좋은지도 모르고, 둘을 비교하면 자기 문제는 얼마나 하찮은 건지도 모르면서—암이 재발해 죽을 가능성을 들먹이며 우는 격이었다. 그래서 킷이 봉봉 초콜릿 이야기를 했을 때도 헨리가 퇴행할 수도 있다는 말로 되받아치지 않았다. 헨리가 새 학급에 친구가 하나도 없고, 아프거나 초조하면 예전에 하던 대로 하늘을 쳐다보거나 로봇처럼 모노톤으로 같은 말만 반복해서 아직도 얼마나 걱정이 되는지 말하지 않았다. 아니, 킷이 그 말을 계속 꺼낼 때마다(말하면 할수록 점점 재밌어하는 듯했다) 엘리자베스는 그저 웃기만 했다.

그러나 그날은 달랐다. 폭발이 일어난 날 아침, 차로 걸어가는 길에 MMS 이야기를 꺼내자 킷이 말했다. "왜 그딴 짓을 계속하는 거야? 시위대 말도 일리가 있어. 내가 늘 말하잖아." 그러고는 또 봉봉 초콜릿 이야기를 꺼냈다. 하지만 이번에는 웃지 않으면서.

엘리자베스는 아무런 대꾸도 하지 않았다. 그녀는 헨리를 차에 태우고 사과를 간식으로 준 뒤 킷이 TJ를 차에 태우길 기다렸다. 킷이 TJ 쪽 문을 닫았을 때 엘리자베스가 말했다. "아니, 너 안 그럴걸."

"내가 뭘 안 그래?"

"TJ가 헨리처럼 돼도 가만 누워서 온종일 봉봉 초콜릿이나 먹지 않을 거라고. 부모 노릇이라는 게 그렇지 않은 거 너도 알잖아. 넌 일반 애들 엄마가 내 자식은 장애가 없으니 할일이 없네. 프랑스에서 봉봉 초콜릿이나 주문해야겠다, 뭐 이러는 줄 아니? 나도 헨리 수발 안 들고 누워서 초콜릿이나 먹고 싶어. 어느 엄만들 안 그러겠어? 하지만 늘 걱정거리가 생기고 늘 해줘야 할 게 생기잖아. 애들 건강이 아니더라도 학교나 교우관계나 뭐 그런 거. 끝이 없어. 어떻게 그걸 모를 수가 있니?"

킷이 눈알을 굴렸다. "엘리자베스, 그냥 농담이잖아. 비유하면 그렇다고. 이렇게 '내 자식이 완전히 완벽해지기 전까지 멈추지 않는다'는 식으로 굴지 말고 조금 내려놓으라고 한 말이야."

"넌 나한테 멈추라고 할 권리가 없어. 테리사가 너한테 TJ는 걸을 수 있으니까 전부 그만두라고 말할 권리가 없는 것처럼 말이야."

"상대를 말자." 킷이 자리를 뜨려고 돌아섰다.

엘리자베스가 그녀의 앞을 막았다. "생각해봐. 로사가 내일이라도 괜찮아져서 TJ 같아지면 그건 기적이지. 테리사도 그러려고 이런 치료에 다니는 거니까. 그렇다고 테리사가 너한테 네 아들은 이만하면 됐으니까 더 나아질 노력은 그만해야 한다고 말할 권리가 있니?"

킷은 고개를 내저었다. "너 좀 진정해야겠다. 그냥 빌어먹을 농담이었다고."

"아니, 농담 아닐걸. 내 생각에 넌 화가 났어. 똑같이 시작했는데 헨리는 나아지고 TJ는 그대로니까 질투가 나서 날 끌어내리고 너희를 앞지른 죄책감이 들게 하려는 거야. 근데 그거 아니? 나 진짜로 죄책감이 들어." 그렇게 시인하고 나자 엘리자베스는 몸에서 모든 분노가 빠져나가고 마비됐던 발이 깨어나는 것처럼 온몸에 따뜻한 얼얼함이 전해지는 걸 느꼈다. 마침내 모든 것을 말할 기회가 왔다. 그동안 얼마나 죄책감이 들었는지, 얼마나 킷이 그리웠는지, 함부로 평가하고 잔소리해서 얼마나 미안했는지.

그 모든 걸 말하면서 용서를 구하려고 입을 열었는데 킷이 두 손으로 얼굴을 가리고 자동차 후드 위로 쓰러졌다. 엘리자베스는 그녀가 우는 줄 알고 가까이 다가갔고 그때 킷이 얼굴에서 손을 내렸다. 눈물은 없었다. 그녀의 얼굴은 '왜 이런 미친 여자와 말을 섞고 있는지 모르겠다'는 듯 웃기면서도 피곤한 표정이었다.

킷이 그녀를 쳐다보며 고개를 내젓더니 말했다. "별 헛소리를 다 듣겠네. 말했지? 너 진짜 물건이라고. 빌어먹을 어이가 없다."

엘리자베스는 아무 말도 하지 않았다. 할 수가 없었다.

킷은 한숨을 내쉬었다. 길고 요란하고 지친 한숨. "넌 내가 뭐, 헨리의 자폐 특성이 다시 나타났으면 해서 그만하라고 이러는 것 같니? 날 그렇게 미친년으로 본 거야? 난 널 질투하거나 너한테 화난 게 아냐. TJ도 헨리처럼 말하고 일반 학교에 다녔으면 좋겠냐고? 당연하지. 나도 인간이야. 하지만 네 아들 일도 기뻐. 그냥……" 킷은 다시 한번 숨을 깊게 들이마셨지만 이번에는 요가 호흡법처럼 입술을 꾹 다물고 곧이어 해야 할 말을 준비하듯 양기를 들이마시는 것 같았다. 그녀는 엘리자베스를 쳐다봤다. "내 말 들어봐. 농담 아니야. 나도 네가 헨리를 이만큼 낫게 하려고 정말 열심히 노력한 거 알아. 그런데 너무 오래 그렇게 살다보니 그만두는 법을 잊은 것 같아. 내 생각엔 아마도……" 킷이 입술을 깨물었다.

"아마도 뭐?"

"내 생각에 넌 자폐 특성을 없애려고 아주 애를 썼고, 이제 원래의 헨리랑 있게 된 거야. 그리고 이건 내 생각인데, 넌 그애를 좋아하지 않는 것 같아. 헨리는 돌맹이 이야기나 뭐 그런 걸 좋아하는 약간 특이한 애일 뿐이야. 그애는 인기남이 아니고 또 그렇게 될 일도 없어. 그런데 넌 헨리를 원래 있던 애가 아니라 네가 원하는 애로 바꾸고 싶어하는 것 같아. 하지만 세상엔 완벽한 아이도 없고 무슨 치료를 아무리 더 한다 해도 원래 있던 아이를 완벽하게 바꿀 수도 없어. 그 치료들은 위험한데다 헨리에게 필요하지도 않아. 암세포가 다 죽었는데 계속 항암 치료를 받는 격이잖아. 넌 누굴 위해 그런 치료들을 하는 거니? 너 자신? 아니면 헨리?"

암세포가 죽었는데 항암 치료를 받는다. 어젯밤 찾아온 형사가 아동 학대 신고를 설명하며 한 말이었다. 엘리자베스는 킷을 쳐다봤다. "너구나."

"뭐? 뭐가 나야?"

"네가 아동보호국에 전화해서 날 아동 학대범으로 신고했어."

"뭐라고? 아냐. 무슨 소리를 하는지 모르겠다." 킷은 그렇게 말했지만 엘리자베스는 알 수 있었다. 킷의 얼굴 전체가 목까지 단숨에 진홍빛으로 물들었고 말은 스타카토로 툭툭 끊겼으며 시선은 엘리자베스의 얼굴만 빼고 온 사방으로 널뛰었다. 킷은 무슨 말인지 다 알고 있었다. 배신감, 당혹감, 혼란, 그 모든 감정이 얽혀서 엘리자베스의 목을 졸랐고, 점멸하는 얼룩들이 시야를 가렸다. 단 일 초도 그 자리에 서 있을 수 없었다. 그녀는 차로 달려갔다. 차문을 쾅

닫고 회오리 기둥 같은 먼지바람을 일으키며 재빨리 그곳을 빠져나
왔다.

영

그녀는 차를 찾을 수 없었다. 법원 주차장의 장애인 주차 구역에도, 그 앞 도로에도 없었다. 박은 한마디 말도 하지 않고, 그저 건망증이 심해서 혼내기도 귀찮은 아이라도 되는 것처럼 아내를 쳐다보면서 고개를 내저었다.

"어떻게 차가 어딨는지 잊어버릴 수가 있어? 몇 시간 전에 주차했잖아." 메리가 말했다.

영은 이를 악물고 입을 굳게 다물었다. 머릿속에 수많은 의문과 비난거리들이 복권 추첨기의 공처럼 튀어올랐지만 지금은—거리에서, 그들의 딸 앞에서—그것들을 꺼낼 때가 아니었다.

차는 두 블록 떨어진 유료 주차 공간에 있었다. 딸과 남편을 부르려고 손짓하는데 와이퍼 밑에 끼워진 종이가 보였다. 주차 딱지? 그러고 보니 주차 요금기에 잔돈을 넣은 기억이 없었고, 아예 이곳에 주차한 기억 자체가 없었다. 그녀는 대형 쓰레기통들이 들어찬 골목의 악취를 뚫고 걸어가 박이 차창을 보지 못하게 우산으로 가리고 딱지를 집어들었다. 벌금은 35달러였다.

　서울의 아파트 매물 목록을 찾아낸 이후로—차를 몰고 파인버그로 돌아와 법정에 들어가서 하이츠 형사의 증언을 들으며 앉아 있었던—세 시간 동안 그녀는 꿈을 꾸는 기분이었다. '뭐든 가능할' 것 같은 말랑한 기분에 취한 좋은 꿈이 아니고, 그렇다고 악몽도 아니라 맹세코 현실이긴 한데 왜곡되어서 꿈인지 생시인지 분간이 안 되는 그런 꿈. 돌아가신다니 기쁘시겠어요, 부동산 중개인의 쪽지에 쓰여 있었다. 아내와 상의 한마디 없이 국제 이사라니. 그녀를 버리고 다른 여자에게 갈 작정이었을까? 아니면 빨리 부자가 돼서 탈출할 계획이었다는 엘리자베스의 변호사 말이 맞는 걸까? 남편이 바람을 피운 게 더 나을까, 아니면 살인을 저지른 게 더 나을까?

　영은 남편한테 말할 참이었다. 머릿속에서 돌고 도는 시나리오를 멈추려면 말해야만 했다. 짧은 휴정 시간에 박은 해고당했다고 말하지 않은 걸 사과했다. 겹벌이를 하는 걸 알려서 걱정을 끼치고 싶진 않았다지만 그래도 그는 그녀에게 말했어야 했다. 박의 정직은 그가 실수는 했어도 좋은 사람임은 분명하다는 사실을 일깨워주었다. 그녀는 자신이 찾은 걸—판단이나 비난 없이, 있는 그대로—보여주고 그의 설명을 기다릴 것이다.

　여보Yuh-bo, 그녀가 착한 아내처럼 '배우자'를 뜻하는 한국말을 하며 묻는다. 왜 창고에 담배를 숨겼어?

　여보, 폭발 당일에 파티용품점에는 왜 갔어?

　여보, 헛간에 날 혼자 남겨둔 다음에 당신은 뭐했어?

　생각하면 할수록 정답을 알지 못하는 책임이 자신에게 있는 것 같았다. 심지어 가장 중요한 마지막 질문마저—폭발 직전에 대체 뭘 하고 있었던 거야?—그녀는 명확한 답을 알지 못했다. 그들이

해야 하는 이야기에 너무 집중한 나머지 남편이 진짜로 한 일이 무엇인지, 시위대를 '감시'하기 위해 구체적으로 정확히 어떤 행동들을 해야 했는지 들어볼 생각을 하지 못한 것이다.

영은 주차 딱지를 핸드백 깊숙이 쑤셔넣고 지퍼를 잠갔다. 남편이 차에 오르는 걸 도운 뒤 휠체어를 싣고 시동을 걸어 집으로 출발했다. 오늘밤 집에서 그녀는 지난 일 년 동안 너무 미련하고 너무 두려워서 입 밖에 꺼내지 못한 질문을 할 것이다.

여보, 당신이 폭발이랑 무슨 관련이 있는 거야?

*

저녁 8시가 되어서야 부부는 마침내 둘만 있을 수 있게 되었다. 보통 메리는 저녁을 먹은 뒤 숲으로 산책을 나가곤 했는데, 도무지 빗줄기가 약해질 기미가 보이지 않았고, 영은 메리한테 30달러를 주며 오늘이 열일곱 살로 보내는 마지막 밤인데 차를 빌려줄 테니 나가서 친구를 만나고 오는 게 어떻겠느냐고 물었다. 돈을 그만큼 주고 나면 다음달에는 허리띠를 더욱더 졸라매야 했지만 기다리는 걸 그만할 수 있다면 그럴 만한 가치가 있었다. 게다가 열여덟 살이 되는 건 기념비적인 일이었다. 그런데도 외식을 하거나 선물을 사줄 형편은 못 됐으니 그거라도 해야 했다.

영이 헛간에서 찾은 종이봉투를 들고 집안으로 들어왔을 때 박은 탁자에 앉아 법원 재활용 수거함에서 가져온 신문을 읽고 있었다. 박이 고개를 들며 말했다. "다 젖었네." 여전히 비가 내리고 있었지만 영은 의식하지 못했고, 심지어 떨어지는 빗물이 피부를 적시는 것도 느끼지 못했다. 헛간에 들어가 봉투를 열고 그 안에 아파트 목록이 있는지, 그저 어지럽고 구역질이 나서 헛것을 본 것은 아니었는지 확인했을 뿐이다. 비가 오는 줄도 몰랐다니 이상한 일이었지만 박의 말을 듣고 나니 젖은 옷이 못 견디게 신경쓰였다. 발치엔 죄를 추궁할 종이봉투가 있고 목구멍엔 비난의 말을 장전했는데도 그녀의 신경은 온통, 피부에 달라붙어 따끔거리고 축축하고 까끌까끌한 나일론 블라우스에 쏠렸다.

"나한테 보여줄 거 있어?" 박은 신문을 내려놓았다.

영은 자신이 뭔가를 찾았다는 사실을 그가 어떻게 알았는지 잠시 혼란스러웠지만 이내 핸드백이 열려 있고 그 사이로 주차 딱지가 툭 튀어나와 있는 걸 발견했다.

그녀는 부모가 잘못을 저지른 아이를 쳐다보는 표정으로 자신을 보고 있는 남편을 바라보았다. 아내의 소지품을 뒤지고도 전혀 미안한 기색 없이 태연한 남편의 모습에 후끈거리는 화기가 목을 타고 오르면서 화가 치밀었다.

영은 탁자로 가서 핸드백을 집어들었다. "당신, 내 가방 뒤졌어?"

"당신이 차에서 뒤로 숨기는 걸 봤어. 35달러는 적은 돈이 아니야. 대체 정신을 어디에 두고 다니길래 이렇게 멍청한 짓을 해?" 박의 목소리는 점잖았지만 상냥하지는 않았다. 아니, 젠체하는 부모가 자식을 꾸짖을 때처럼 화를 숨기느라 억지로 자애로운 척하는 말투였다.

그는 화가 나 있었다. 영의 눈에는 그게 보였다. 오늘 법원 같은 공개적인 자리에서 남들이 다 보는 가운데 아내에게 수년간 거짓말한 사실을 들켰는데도 불구하고 그가 그녀에게 화를 내고 있었다. 별안간 이 모든 대화가 터무니없고, 틴 케이스를 두고 그에게 맞서려던 자신의 불안감 또한 우습게 느껴져서, 그녀는 남편을 후려쳐야 할지 한바탕 웃어야 할지 갈피를 잡을 수 없었다.

"정신을 어디에 뒀냐고?" 영이 말했다. "그래, 말 잘했어. 내가 주차하는 것도 잊을 만큼 정신을 어디에 팔고 있었을까?" 종이봉투를 손에 쥐자 그녀 안에서 압도적인 힘이 휘몰아쳤고 마비된 듯한 평정심이 느껴졌다. "온통 여기 팔렸었나보지." 그녀는 탁자 위에 틴 케이스를 떨어뜨렸다. 쟁그랑거리는 소리가 났다. "당신이 지금껏 나한테 숨겨온 것들 말이야."

박은 틴 케이스를 쳐다보더니 손을 뻗어 만지려고 했다. 검지가 케이스의 모서리에 닿자 그는 눈을 깜빡이고는 얼른 손을 뗐다. 마치 귀신인 줄 알고 만졌는데 진짜라 놀라기라도 한 듯했다. "이게 어디서 났어? 어떻게?"

"당신이 숨겨놓은 데서 찾았어, 창고 말이야."

"창고? 하지만 내가 돌려줬는데……" 그의 시선이 케이스에 머물다가 옆으로 옮겨졌고 뭔가를 기억해내려는 듯 눈이 이리저리 흔들렸다. 인상을 쓰는 그의 얼굴이 너무나 혼란스러워 보여서 영은 그가 진짜로 강씨한테 돌려줬다고 생각하는 건 아닐까 하는 의문이 들었다.

박은 고개를 저었다. "내가 돌려준다는 걸 깜빡해서 여기까지 딸려왔나보네. 그래서 뭐? 창고에 옛날 담배를 보관했다가 잊어버린 것뿐이야. 문제될 거 없어."

그의 말은 그럴듯했다. 하지만 껌과 페브리즈, 그리고 아파트 목록은 지난여름 그가 그 케이스를 은폐 장소로 활용했다는 증거였다. 남편은 거짓말하고 있었다. 에이브의 사무실에서 그랬던 것처럼. 그녀는 거짓말인 줄 뻔히 아는 것을 진실이라고 우겨대며 그가 얼마나 그럴듯하게 말하는지 지켜보면서 서늘했던 기분을 기억했다.

그는 같은 속임수로 그녀도 속일 수 있으리라고 기대하고 있었다.

박은 영의 침묵을 수긍으로 받아들이는 듯했다. 케이스를 밀어내면서 그가 말했다. "좋아, 이제 됐지? 이런 건 버리고 잊어버리면 그만이야." 그는 주차 딱지를 집어들었다. "그런데 이건……"

영은 남편의 손에서 딱지를 낚아채 둘로 찢어버렸다. "딱지? 딱지는 아무것도 아냐. 그냥 돈 얼마 내버리면 끝이라고! 하지만 이것들은 어쩔 건데?" 영이 틴 케이스를 집어서 흔들었고 안에 든 물건들이 쨍그랑 소리를 내며 맞부딪쳤다. 그녀는 케이스를 탁자에 내리치며 열었다. "이 담배들 보이지? 캐멀이야, 어떤 인간이 우리 땅에서 우리 환자들을 죽일 때 썼다는 담배랑 똑같은 거라고. 그리고 껌이랑 페브리즈, 이건 사람들이 흡연 사실을 숨길 때 쓰는 물건이야. 이것들이 모두 우리 창고에 숨겨져 있었어. 법원에서 온종일 담배를 안 피운다고 그렇게 맹세하고 와서도 정말 이게 아무것도 아니라고 생각해? 이건 아무것도 아닌 게 아냐. 증거라고!" 그녀는 부동산 중개인의 서류를 꺼내 탁자 위에 던졌다. "게다가 그 변호사가 이걸 보면 어떻게 할까? 당신이 폭발 직전에 몰래 서울로 돌아갈 계획을 세운 걸 알면 배심원들이 뭐라고 하겠느냐 말이야?"

서류 뭉치를 집어든 박은 표지를 뚫어져라 쳐다봤다.

"난 당신 아내야." 영이 말했다. "어떻게 이런 걸 나한테 숨길 수가 있어?"

박은 서류를 넘겨 보았다. 한 장 한 장 넘길 때마다 그게 뭔지 파악하려는 것처럼, 이해하려는 것처럼 그의 눈동자가 이리저리 흔들렸다.

정말로 모르는 것처럼 멍한 박의 표정을 보자 영은 분노가 수그러지며 우려로 변하는 것이 느껴졌다. 의사들이 추가적인 후유증이

니디날지 모른디고 경고했었디. 부상이 그의 뇌에끼지 영창을 미처서 그가 아파트 목록을 완전히 잊은 것은 아닐까? "여보," 영이 말했다. "뭐 잘못됐어? 나한테도 말해줘."

박은 영의 얼굴을, 그리고 그녀의 손을 쳐다보았다. 그녀가 거기 있었다는 사실조차 잊었다는 표정이었다. 그는 인상을 쓰더니 긴 한숨을 내쉬었다. "미안해. 그냥 멍청한 몽상을 했어. 그래서 당신한테는 말 안 한 거야."

"뭘 말 안 했는데?" 영이 물었다. 또 한번 욕지기가 나서 뱃속이 뒤틀렸다. 진실을 듣게 되면, 머리로 지어낸 게 아니라는 사실을 알게 되면 마음이 편해질 줄 알았는데 막상 남편이 회한에 찬 얼굴로 진짜 자백을 시작하자 그녀는 자신의 우려가 확인되지 않았던, 분노가 정당하지 않았던 몇 분 전으로 되돌아가고픈 마음이 들었다.

"미안해." 박이 말했다. "그 담배들은 내가 갖고 있던 게 맞아. 나도 끊어야 하는 건 알았고 그래서 끊었어. 한 번도 피운 적은 없는데 그냥 쥐고 있는 것만으로도 좋았어. 걱정거리가 생기면 그게 도움이 되더라고. 그냥…… 촉감이나 냄새만 맡아도 말이야. 그런데 피우지 않았어도 냄새가 나는 것 같아서 방향제와 껌이 필요했던 거야. 당신이 알게 하고 싶진 않았어, 왜냐면…… 왜냐면 너무 멍청하잖아. 너무 변변찮기도 하고."

고통과 애원으로 일그러진 그의 눈이 그녀를 응시했다.

"그럼 아파트는?" 영이 물었다.

"그건……" 박이 얼굴을 문질렀다. "그건 우리 것이 아냐. 그냥…… 사업이 너무 순탄하다보니 내 동생이 서울로 이사하게 도와줄 수 있겠다 싶어서. 당신도 알잖아, 걔가 얼마나 그걸 원하는지." 그는 고개를 저었다. "어쨌든, 당신도 가격을 봤을 거 아냐. 녀석한테는 형편이 안 될 것 같다고 이미 말했고, 그걸로 끝이었어. 그다음에 버리려고 했는데 폭발 때문에 완전히 잊어버렸던 것 같아." 그가 다시 한숨을 내쉬었다. "당신한테도 말했어야 했는데, 그냥 가격이나 알아본 거야. 그랬더니 말할 이유가 사라진 거고."

"그렇지만 중개인은 당신이 한국으로 돌아간다고 했어."

"당연히 중개인한테는 그렇게 말했지. 그냥 알아만 보는 거라고 하면 무슨 이득이 있을 줄 알고 날 도와주겠어?"

"그러니까 당신은 절대 한국으로 돌아갈 계획이 없었다는 거야?"

"내가 왜 돌아가겠어? 여기 오려고 그 고생을 했는데. 이렇게 된 지금도 나는 계속 여기에 남고 싶고, 어떻게든 다시 일어서고 싶어. 당신은 안 그래?" 그의 얼굴이 왼쪽으로 살짝 틀어지며 눈이 동그래지는 게 마치 주인을 쳐다보는 강아지 같았다. 그녀는 남편의 동기를 의심한 데 미안한 마음이 들었다.

"그럼 크리크사이드 플라자는?" 영이 말했다. "당신이 파우더 사러 월그린에 가지 않은 거 난 알아. 기억해. 그때 우린 옥수수 전분을 썼잖아."

그는 그녀의 손에 자신의 손을 포갰다. "당신한테 말할까도 했지만 당신은 지켜주고 싶었어. 나 때문에 더는 거짓말하게 하고 싶지 않았어." 그는 고개를 숙이고 영의 손에 있는 푸른 혈관을 따라 손가락을 움직였다. "내가 산 거야, 그 풍선들, 파티용품점에서. 시위대를 쫓아버리고 싶었어. 정전을 일으켜서 그들의 소행이라고 주장하면 경찰이 와서 시위대를 데려갈 거라고 생각했어."

방이 기울어지는 느낌이었다. 사진에서 풍선들을 본 순간 예상하고 의심한 일이었지만 그의 확인을 듣고 나니 충격이었다. 기분이 이상했다. 정작 남편이 범죄를 숨겼다고 자백하니, 정이 떨어지는 대신 온종일 무거웠던 마음이 한결 편해졌다. 사실, 그는 자백할 필요가 없었다. 그녀한테 증거는 없고 그저 의혹뿐이었으며 그는 얼마든지 이야기를 지어낼 수 있었는데도 정직을 택했다. 덕분에 그녀는 어쩌면, 정말 어쩌면 오늘밤엔 그가 진실을 말해줄지 모른다는 희망을 품었다.

그녀가 말했다. "그래서 그날 밤에 헛간을 비웠던 거야? 그 풍선들 때문에?"

박은 입술을 깨물며 고개를 끄덕였다. "미안해. 당신을 그렇게 남겨두고 나오면 안 되는 거였는데. 하지만 경찰이 지문 감식을 위해 풍선을 수거하러 곧 오겠다고 전화했어. 시위대가 그랬다는 증거를 찾으면 법원에 금지명령을 신청할 수 있을 거라면서. 그 순간 내가 풍선을 닦지 않았던 게 기억났어. 경찰이 내 지문을 찾으면 안 되니까, 그래서 풍선을 내리러 간 거야. 일 분이면 될 줄 알았는데 풍선을 내리는 게 쉽지 않았어. 그러다 시위대를 봤지. 그들이 또 무슨 짓을 할지 몰라서 겁이 났고, 그때 당신한테 전화로 잠수가 끝날 때까지 못 갈 것 같다고 말한 거야."

"그래서 메리가 당신을 도와주려고 같이 있었던 거야? 메리도 전부 알고 있었어?"

"아니." 박의 대답에 영은 가슴을 누르던 묵직한 뭔가가 들어올려지는 느낌이 들었다. 남편이 자신한테는 비밀로 했다는 것과 그 비밀을 딸한테는 털어놓았다는 것은 완전히 별개의 문제였다. 그가 말했다. "아냐. 그냥 풍선을 내려야 하니까 도와달라고만 했어. 그래서 메리가 창고에서 긴 막대를 찾거나 하는 걸 도와줬던 거고. 메리를 안아올려서 내리려고도 해봤지."

영은 탁자 위에 포개진 그들의 손을 내려다봤다.

"여보," 박이 말했다. "더 일찍 말하지 못해서 미안해. 다시는 당신한테 숨기는 일 없도록 할게."

영은 그의 눈을 쳐다보면서 고개를 끄덕였다. 남편이 한 말은 모두 말이 됐다. 마침내 거짓말은 남아 있지 않았다. 그렇다, 남편은 미심쩍은 행동을 했다. 서울 직장 일을 감췄고, 담배 틴 케이스를 숨겼으며, 풍선에 대해 거짓말했다. 하지만 그런 잘못들은 사소했고, 따지고 보면 잘못이지만 진짜 잘못은 아니었다. 하얀 거짓말이나 마찬가지였다. 그는 정말로 서울에서 사 년간 HBOT 경력을 쌓았고, 중간에 직장을 바꾸긴 했어도 그건 문제될 게 아니었다. 게다가 담배 케이스를 숨겼다고 해도 그저 보기만 하면서 흡연 욕구를 참는 데만 썼다면 뭐 그리 대수겠는가? 풍선이 가장 큰 문제이긴 했다. 정전만 되지 않았어도 그는 계속 헛간에 머물렀을 것이고 그러면 제때 산소를 끄고 해치를 더 빨리 열 수 있었을 테니 말이다. 하지만 여전히, 불을 지른 건 엘리자베스였고 그로 인한 모든 피해의 책임은 그녀에게 있었다.

영은 손을 뒤집어 박의 손가락에 깍지를 꼈다. 그녀는 남편을 의심한 자신이 잘못한 거라고 속으로 말했다. 하지만 이제 그를 믿는다고, 용서했다고, 신뢰한다고 안심시키면서도 그녀는 알 수 없는 무언가 때문에 괴로웠다. 쌀가마니 속 바구미처럼 아주 작은 무언가가 그녀의 머릿속을 기어다니며 그의 이야기가 어딘지 이상하다고 말하고 있었다.

늦은 밤, 침대에 누워 머릿속으로 남편의 이야기를 비디오처럼 돌려보고 또 돌려보던 그녀는 마침내 뭐가 이상한지 깨달았다.

딸과 남편이 함께 풍선을 내리려 했다면, 둘이 전신주 옆에 그토록 오래 서 있었다면, 왜 이웃 남자는 한 사람만 봤다고 진술했을까?

맷

비가 그의 정신을 가지고 놀았다. 오전만 해도 그렇게 심하지 않았는데 재닌의 차를 타고 집으로 가는 길에는 폭풍우가 휘몰아쳤다. 빠르고 세차게 차 위로 퍼붓는 묵직한 빗줄기에 우르릉거리는 천둥소리마저 묻힐 지경이었지만, 그 맹렬한 소음에 맷은 되레 마음이 차분해졌고, 머리 위 문루프에 손바닥을 붙이고 살에 닿는 빗물의 압력에 두터운 상처 너머의 신경이 자극되어 무언가 느껴지는 기분을 상상했다. 그러나 집에 도착했을 무렵 폭풍은 잠잠해졌고, 가늘어진 빗줄기가 희미하게 후드득 소리를 내며 화장실 창문을 두드렸다. 낮게 긁는 듯한 그 소리는 젖은 공기를 타고 들어와 그의 정맥을 따라 기어오르며 목과 어깨를 간지럽혔다.

그는 티셔츠 아래로 손가락을 넣고 문질렀다. 손톱이 없어진 지금, 그가 할 수 있는 행동은 그게 전부였다. 쓸모없이 남아 있는 퇴화 기관이라고 생각했던 손톱이 이제는 살 속 깊이 찔러넣고 박박 긁는 데 필요해 못 견디게 그립다니 우스운 일이었다. 증상이 가라

310

앉길 바라며 더 세게 문질러보았지만 손가락에 난 매끈한 상처 조직이 축축한 살갗 사이로 미끄러지면서 가려움은 더욱 심해져 광범위하게 퍼져나갔다. 팔에서 손으로, 꿈틀거리며 나아간 가려움은 불투명한 상처 조직 아래를 파고들었다. 동시에, 어젯밤 개울가에서 모기에 물린 자국까지 다시 올라오면서 들판의 양귀비꽃처럼 붉게 부어오른 자국이 팔뚝에 하나둘 피어났다.

그는 옷을 벗고 샤워기를 제트 마사지 모드로 틀었다. 샤워실 안으로 들어서자 집중 분사된 차디찬 제트 물줄기가 피부를 관통했고 폭탄처럼 온몸의 가려움을 파괴해버렸다. 그는 온수를 틀고 쏟아지는 물줄기에 머리를 대면서 뒤죽박죽 엉킨 생각들을 목록으로 정리했다. 목록 만드는 걸 좋아하는 재닌은 싸울 때도(그녀는 '논쟁'이라고 했지만) 목록을 활용해서 자신의 논리와 타당성을 입증했다. "당신을 비난하려는 게 아니라, 그저 사실을 열거하는 것뿐이야. 내가 아는 사실은 이래. 사실 하나: 어쩌고저쩌고. 사실 둘: 어쩌고저쩌고." 숫자를 매긴 사실들은 재닌의 전유물이었지만 이번만큼은 그도 신중을 기해 그녀의 방식을 따라 해볼 필요가 있었다. 그는 눈을 감고 심호흡을 한 뒤 자신이 아는 것에―의문이나 추측이 아니라 그가 열거할 수 있는 사실에 따른 내용에만―집중하려고 노력했다.

사실 #1: 폭발 전에 재닌은 그에게 쪽지를 보낸 것이 병원 인턴이 아니라 메리라는 사실을 어찌어찌 알게 되었다.

사실 #2: 폭발이 있기 삼십 분 전에 재닌은 미라클 서브마린에 있었다.

사실 #3: 당시 재닌은 화가 나 있었고, 메리에게 맞서 (맷이 메리가 자신을 괴롭힌다고 불평했다는) 거짓말을 했다.

사실 #4: 재닌은 캐멀 담배와 세븐일레븐 성냥과 구깃구깃 뭉친 H-마트 쪽지를 메리에게 던졌다. (관련 사실 #4A: 엘리자베스가 같은 날 저녁, 같은 숲에서 캐멀 담배와 세븐일레븐 성냥과 구겨진 H-마트 쪽지를 발견했다.)

사실 #5: 재닌은 여태껏 이런 사실을 전혀 말한 적이 없다. 그녀는 그와 경찰과 에이브에게 폭발 당일 저녁 내내 집에 있었다고 말했다.

이 마지막 사실에 얽힌 재닌의 비밀과 거짓말이 그를 가장 괴롭혔다. 지난 일 년 내내 그녀는 그가 차나 호주머니나 어딘가에 숨겨놓은 담배를 꺼내 사실상 살인자한테 넘겨놓고도 말 한마디 없었다. 여태까지 그가 이 담배 문제와 무관한 척하게 내버려두었고, 그가 시치미떼는 것도 전혀 모르는 척했다. 맙소사.

목록일랑 집어치우고 사실도 때려치우자. 지금은 질문을 해야 할 때다. 재닌은 그와 메리에 관해 무엇을 알고, 무엇을 모를까? 애초에 어떻게 알게 되었으며, 왜 그에게 따지지 않았을까? 왜 그의 뒤에서 어린 여자애와 맞섰고 도대체 왜 그애한테 분풀이를 했을까? 재닌은 메리가 자리를 뜬 뒤 누군가가 줍길 바라며 그것들을 남겨놓은 것일까? 아니면…… 아니면 새닌이 말한 대로 누구든 그것들을 버린 사람이 살인자이고, 그 '누구'가 바로 아내인 것일까? 하지만 왜? 그를 해치기 위해서? 혹은 메리를 해치려고? 아니면 둘 다?

맷은 비누 거품망을 집어들었다. 잠잠하던 모기 물린 데가 뜨거운 물에 자극이 됐는지 가려워 미칠 것 같았고 뇌세포는 가려움을 찢어발기고 피가 날 때까지 긁어줄 무언가를, 무엇이든 내놓으라고 절규했다. 그는 거칠고 빠르게 박박 몸을 문질렀고, 망사 천이 피부를 파고드는 위안과 살결에 스며드는 알싸한 민트향을 음미했다.

"여보? 안에 있어?" 샤워실 문이 둔탁한 소리를 내며 열렸다.

"거의 다 씻었어." 그가 말했다.

"에이브야. 그가 찾아왔어." 몹시 당황한 기색의 재닌의 이마에는 여러 갈래의 갈지자로 난 주름이 줄지어 있었다. "당신이랑 당장 할 얘기가 있대. 화난 것처럼 보이던데, 내 생각엔," 그녀는 손을 입에 대고 손톱을 물어뜯었다. "그가 알아냈나봐."

"뭘 알아내?" 맷이 말했다.

"당신도 알잖아." 재닌이 그의 눈을 똑바로 쳐다봤다. "담배에 대한 거. 당신이랑 메리 일 말이야."

*

재닌의 말이 맞았다. 에이브는 동요하고 있었다. 그것을 숨기려고 애쓰며 미소를 짓고 맷에게 악수를 청했다(맷은 악수를 싫어했다. 상대의 멀쩡한 손이 그의 일그러진 손에 닿기 전에 그들의 얼굴에 드러나는 혐오감과 호기심을 동시에 담은 표정이 싫었지만 누군가 내민 손을 못 본 척하는 어색함보다는 나았기에 악수에 응했다). 하지만 에이브는 초조해했고 불길한 목소리로 부부를 따로 면담해야겠다고 했다. 맷 먼저. 어쩌면 에이브가 맷과 메리는 물론 담배와 관련한 일까지 전부 알아냈다는 재닌의 말이 맞을지도 모른다. 그게 아니고서는 에이브가 그를 저렇게—사건의 주요 증인이 아니라 용의자를 보듯—쳐다볼 이유가 (아니, 쳐다도 보지 않을 이유가) 무엇이란 말인가?

둘만 있게 되었을 때 에이브는 말했다. "방화 문의 전화를 받았던 상담원을 찾았습니다."

맷은 안도의 한숨이 새어나오는 걸 참아야 했다. 다행히 메리에 관한 일은 아니었다. 그렇게 크게 안심하고 나니 들켰을지 모른다는 일말의 가능성에도 벌벌 떨 만큼 수치스러운 일을 저지른 저 자신이 한심하게 느껴졌다. "잘됐네요. 누구랍니까? 박이에요?"

에이브는 손가락을 첨탑 모양으로 맞댄 양손으로 턱을 괴고서 뭔가를 결심한 듯 맷을 쳐다보았다. "그 이야기는 이따가 하도록 하고 먼저 이걸 좀 보시죠." 그가 서류를 내려놓았다. "반대 심문 때 보셨던 방화 전화를 건 휴대폰의 통화 목록입니다. 전화번호와 통화 시각을 보고 낯선 통화 내역이 있으면 말씀해주시죠."

맷은 목록을 훑어보았다. 대부분 자동응답기와 병원, 그의 사무실과 재닌의 사무실로 건 것들이었다. 불임클리닉으로 건 전화 한 통이 이상하긴 했지만—보통은 재닌이 알아서 했다—가끔 늦거나 하면 그가 전화할 때도 있었으니 그렇게까지 이상할 건 없었다. "아니요. 눈에 띄는 건 보험사 전화뿐이네요."

에이브는 두번째 문서를 건넸다. 또다른 통화 목록으로, 상단에 전화번호와 날짜가 빠져 있었다. "그럼 이건요?" 에이브가 물었다. "조금이라도 이상한 게 있습니까?"

첫번째 목록과 마찬가지로 그 통화 목록에도 자동응답기와 병원, 그의 사무실과 재닌의 사무실이 전부였다. "아니요. 전혀요." 맷이 대답했다.

"보험사 전화를 제외하면 이 두 목록 가운데 어느 것이 본인의 일반적인 통화 기록과 일치합니까?"

맷은 다시 문서들을 보았다. "아무래도 두번째 것일 것 같은데요. 제가 불임클리닉에 전화하는 일은 잘 없거든요. 그런데 왜요? 왜 그러시는 거죠?"

탁자에 놓인 두 개의 문서 위에 에이브가 손을 올렸다. "사실 이 두 목록은 같은 날짜의 것입니다. 이건," 그가 두번째 문서를 짚었다. "당신의 것이 아니라 재닛의 통화 기록이고요."

맷은 두 문서를 번갈아가며 쳐다보았다. '당신의 것이 아니라'는 에이브의 말에 담긴—그가 법정에서 즐겨 쓰는 딱 걸렸어! 하는 어조의—비밀스러운 무언가가 맷에게 이것이 요지라고 말하고 있었지만 그는 도무지 그게 무엇인지 알 수가 없었다. 도대체 무엇을 놓치고 있는 것일까?

에이브가 말했다. "제 생각엔 두 분이 동일한 폴더폰을 쓰니까 방화 전화를 건 날 즈음에 전화기가 바뀌었던 게 아닌가 합니다만, 어떤가요?"

그랬었나? 과거를 재구성하는 것의 문제가 바로 그런 것이었다. 지금이야 2008년 8월 21일은 '문제의 전화'가 걸린 '아주 중요한 날'이지만 그때 당시에는 그저 여느 때처럼 환자들을 보고 잡일을 처리한 하루일 뿐이었다. 그러니 휴대폰이 바뀌었는지 아닌지처럼, 불편한 건 맞지만 후세에 길이 남길 정도는 아닌 일이 그날 일어났는지 아니면 다른 날 일어났는지 어떻게 기억한단 말인가?

맷은 고개를 저었다. "언제였는지는 기억나지 않습니다. 그런데 그게 왜…… 잠깐만요, 지금…… 재닛이 그 전화를 걸었단 말씀이세요?"

에이브는 아무 말도 하지 않고 그저 아무것도 알려줄 수 없다는 듯한 멍청한 표정으로 쳐다보기만 했다.

"그 상담원이란 사람이 그랬습니까?" 맷이 물었다. "말해주세요. 당장이요!"

에이브는 잠시 미간을 찌푸렸다. "박은 아닙니다. 억양 없는 평범한 영어를 구사하는 사람이랍니다. 당시에 마케팅 조사 목적으로 독특한 통화 내역은 전부 기록해야 했었다더군요."

맷이 고개를 저었다. "아닙니다. 재닌이 그랬을 리 없습니다. 아내가 전화를 걸 이유가 없어요. 제 말은, 그녀가 왜 그러겠습니까?"

"뭐, 새넌 호그라면 재닌이 박과 130만 달러를 받아내기로 작당하고, 계획을 실행에 옮겨 헛간에 불을 지르고 제삼자를 탓하기 전에 먼저 보험사에 전화로 확인을 했다고 할 겁니다."

맷은 에이브의 눈을 쳐다보았다. 한순간도 맷의 반응을 놓치지 않으려는 듯 그의 눈은 전혀 깜빡이지 않았다. "그럼 검사님은요?" 맷이 물었다. "당신은 뭐라고 하시겠어요?"

에이브의 입술이 풀리면서 코웃음인지 반만 웃는 건지 분간할 수 없는 미소가 지어졌다. "분명히, 그건 당신과 재닌이 하는 말에 달렸겠죠. 그러나 저는 배심원들한테 새넌이 또 과장하는 거라고 말할 수 있었으면 합니다. 단순히 부부의 휴대폰이 실수로 바뀐 것뿐이고, 평소처럼 업무 통화를 하던 아내가 하필이면 그날 자신이 의료 자문으로 있는 사업체의 보험 보장 내역을 확인하는 전화를 건 것뿐이라고요."

그 말을 들은 맷은 변호사란 사람들이 특정 사실을 전혀 다른 방향으로 꼬아버릴 수 있다는 생각에 조금은 겁이 났다. 의학계라고 그런 일이 없는 건 아니었다. 동일한 증상을 보고 의사 둘이 전혀 다른 진단을 내리는 것은 흔히 있는 일이었다. 하지만 적어도 의사들은 진실에 다가가기 위해 노력했다. 맷은 에이브가 사건에 대해 자신이 수립한 이론에 부합하는 진실에만 관심이 있다는 느낌을 받았다. 그렇지 않은 진실은, 그러거나 말거나였다. 이론에 어긋나는 새로운 증거는 그가 입장을 재고할 원인이 되기보다는 그저 해명하고 치워버려야 할 것처럼 보였다.

"그러니 다시 묻겠습니다." 에이브가 말했다. "두 분이 실수로 휴대폰을 바꿔 간 날이 2008년 8월 21일이 맞습니까? 조금 전에 본인 입으로 직접 재닌의 통화 기록이," 에이브는 두번째 문서를 짚었다. "본인의 평소 통화 내역에 더 가깝다고 말했습니다."

그 질문이 맷의 추측을 뒷받침해주었다. 에이브는 그에게 진실을 알아내려는 것이 아니라 문제가 있는 새로운 증거를 없애버릴 수 있는 버전의 사실을 확인해달라고 말하고 있었다. 맷은 에이브가 세운 피해 대책에서 놀아나는 체스 말이 된 것 같아 짜증이 났다. 그러나 따르지 않는다면 재닌에 대한, 그리고 재닌을 향한 질문이 늘어날 게 뻔했고, 그것만은 두고 볼 수 없었다. 맷은 고개를 끄덕였다. "8월 21일에 휴대폰이 바뀌었던 것 같네요."

"그럼 재닌이 영어가 유창한 자문가로서, 보험 같은 다양한 업무상의 문제들을 처리해줬을 수도 있었겠네요. 그랬던 기억이 나십니까?"

"네." 맷이 대답했다. "정확히 그렇게 기억합니다."

*

맷은 발코니로 나가 커튼에 어린 에이브와 재닌의 그림자를 쳐다보았다. 둘은 탁자 하나를 사이에 두고 체스 대국을 하듯 서로 마주보고 앉아 있었다. 비가 그의 기분처럼 맥없이 나른하게 내렸다. 마치 요란하게 천둥을 치다 기진맥진한 구름이 잠에 빠져서 이따금 미지근한 침을 흘리는 것 같았다. 맷은 폭풍이 지나간 다음 이렇게 부슬부슬 내리는 여름비가 싫었고 피부가 통통 붓고 끈적거리는 기분도 질색이었다. 하지만 오늘밤엔 왠지 어울리는 고통이었다. 꿉꿉한 공기가 폐부에 묵직하게 쌓이면서 그의 마음을 무겁게 짓눌렀다.

이전에 그가 알아낸 것만으로도 상황은 충분히 안 좋았다. 폭발 직전에 재닌은 분노에 휩싸인 채 범행 도구를 들고 현장에 있었다. 그런데 거기에 에이브가 제공한 '사실 #6'이 더해진 것이다. 방화로 인한 화재가 있기 일주일 전 미라클 서브마린의 보험사에 전화를 걸어 방화도 보장이 되는지 물은 사람이 재닌이었다니. 제기랄!

그림자들이 일어나서 자리를 뜨는 모습이 보이고 현관문이 끼익 닫히는 소리가 들리자 그는 잠시 뛰쳐나가고 싶다는 생각을 했다. 나가서 차를 몰고 요란한 하드록을 들으며 순환도로를 몇 바퀴 돌고 오면 앞으로 몇 시간이 얼마나 편하고 즐거워질까? 대신 그는 재닌이 싫어하든 말든 신발도 벗지 않고 부엌으로 가서 냉동고 문을 열고 진 술병을 꺼내 병째 들이켰다. 신발 따위 엿 먹으라지! 컵 따위 개나 줘!

얼음같이 차가운 술이 목구멍을 뜨겁게 적시며 곧장 위장 속으로 내려가 뜨끈하게 쌓이는 기분이 들었다. 즉각적으로 퍼져나간 열기가 그의 신체를 데웠다. 마치 길고 복잡하게 디자인된 수천 개의 도미노 조각이 불과 몇 초 만에 첫번째 조각부터 마지막 조각까지 전부 쓰러지는 것처럼 세포 하나하나가 아주 빠른 속도로 뜨거워졌다.

맷이 다시 입에 병을 갖다댔을 때 재닌이 걸어들어왔다. "어떻게 그럴 수가 있어?" 그녀가 말했다.

그는 술병을 기울였다. 혀가 마비될 것처럼 얼얼했다.

재닌이 술병을 낚아채 거칠게 내려놓았고 유리가 화강암 식탁에 쨍그랑 부딪히는 소리에 그는 움찔했다. "에이브가 그러던데? 당신이 내가 방화 전화를 걸었다고 했다고. 다른 사람도 아니고 검사한테 왜 그딴 소리를 한 거야? 애초에 그런 생각은 왜 해?"

정확히 그렇게 말한 게 아니라 그럴 수도 있다고 한 거라고 이의를 제기해볼까 싶었지만 그게 다 무슨 소용인가? 과녁의 한가운데로 곧장 돌진할 수 있는데 왜 주변을 에둘러 돌아가는가? 그는 재닌을 보면서 숨을 한 번 들이마신 뒤 말했다. "폭발이 있었던 밤의 일을 알아. 당신 메리를 만났잖아."

마치 표정으로 감정 맞추기 책을 보는 것 같았다. 엘리자베스가 헨리한테 퀴즈를 내곤 하던, 각각의 감정이 담긴 얼굴 그림이 그려진 책. 충격. 당혹감. 공포. 호기심. 안도. 그 모든 것이 연속적으로 빠르게 재닌의 얼굴을 스쳐간 뒤 마침내 최후의 감정으로 바뀌었다. 체념. 그녀는 고개를 돌렸다.

맷이 말했다. "왜 나한테 말하지 않았어? 일 년 내내 왜 나한테 빌어먹을 한마디도 안 했어? 대체 무슨 생각이었던 거야?"

그때 재닌의 얼굴이 변했다. 수동적인 태도가 사라짐과 동시에 완전히 다른 사람이 된 것처럼 너무나 다른 표정이 떠올랐다. 턱을 내리고 몸안에 억눌린 분노가 응축된 듯 눈동자가 작아진 것이 마치 눈에 쌍심지를 켜고 돌격하기 직전의 황소 같았다. "당신 지금 날 훈계하는 거야? 제정신이야? 그럼 당신 담배는 어쩔래? 성냥은? 당신이 열일곱 살짜리 여자애한테 보낸 망할 놈의 쪽지는 어떡할 거냐고? 당신은 왜 먼저 나한테 와서 털어놓지 않은 건데? 지금 죄를 짓고 숨긴 게 누군데 그래?"

재닌의 고드름 같은 말이 알코올로 따뜻한 보호막을 두른 그를 사정없이 찔러댔다. 물론 그녀가 옳았다. 성인군자인 척하는 그는 누구인가? 모든 것을 시작한 사람은 바로 그였다. 감추고, 거짓말하고, 비밀로 하고. 이마부터 종아리까지, 그의 모든 근육이 오그라들고 축 처지는 기분이 들었다. "당신 말이 맞아." 그가 말했다. "당신한테 먼저 말했어야 했어. 오래전에 말이야."

그의 사과 비슷한 발언에 화가 누그러졌는지, 재닌의 깊게 패었던 미간의 가장자리가 뭉툭해졌다. "그럼 말해봐. 전부 다."

아내한테 메리와의 일을 털어놓는 순간을 그토록 두려워했음에도 불구하고 막상 이렇게 되고 나니 이상하게도 무엇보다 안도감이 먼저 찾아왔다. 그는 불임 치료가 너무 스트레스여서 충동적으로 담배를 샀다는 진실 고백으로 이야기를 시작했다. 제 살 깎아 먹기 전략이었다. 이것을 인정하면 싸움에서—사실, 결혼생활 전체에서—입지가 흔들릴 것이다. 하지만 거짓말이란 바로 그런 것이었다. 이렇게 수치스러운 진실을 하나씩 던져줘야 진짜로 숨기고 싶은 것으로부터 관심을 돌릴 수 있었다. 나약한 진실 부스러기들로 거짓말을 단단히 고정한 뒤 세부 내용만 살짝 비틀어 그럴듯한 이야기를 만들어낸다. 얼마나 쉬운가? 그는 개울가에서 담배를 피우는 자신을 본 메리에게 그녀가 미성년자임에도 불구하고 담배 한 대를 빌려줬고(진실) 그래서 죄책감이 들기에(진실, 담배 때문은 아니지만) 다시는 안 그러겠다고 다짐했다고(거짓) 말했다. 하지만 메리가 친구들과 피울 담배를 더 사달라고 부탁하며(거짓) 담배

전달을 위해(거짓) 만나자는 쪽지를 보내기 시작했고(진실) 그는 열 번은 받은 듯한(진실) 그녀의 쪽지를 모두 무시하다가(거짓) 결국에는 전부 끝내야겠다고 결심하고(다시, 담배 때문은 아니지만, 진실) 마지막 쪽지에 적힌 대로 그녀한테 끝내야겠으니 그날 저녁 8시 15분에 만나자고 한 거라고(진실) 말했다.

"그럼 내가 찾은 담배가 당신이 첫날 샀다는 그 담배야?" 재닌이 물었을 때 맷은 그래, 맞아, 당연하지, 한 갑밖에 안 샀어, 하고 말한 다음(거짓) 그가 한 말들 가운데 가장 진실이면서 진실이 아닌 말을 했다. "어쨌든 딱 한 번뿐이었어."(끔찍하고 굴욕감이 드는 '그 일'이 딱 한 번, 메리의 생일날 그녀가 그의 위로 쓰러졌을 때 한 번뿐이었다는 말은 진실이었지만 그것이 담배 이야기라는 건 진실이 아니었다.)

그가 이야기를 마치고 일 분 동안 재닌은 아무 말이 없었다. 그녀는 탁자 너머에 앉아 그의 얼굴에서 뭔가를 읽어내려는 것처럼 말없이 쳐다보기만 했다. 그 역시 그런 그녀를 쳐다보면서 믿기 싫으면 말라고 도발하듯 계속 눈을 맞추고 있었다. 결국 그녀가 시선을 거두며 말했다. "그럼 폭발이 있기 전 그날, 내가 쪽지를 찾았을 때 왜 나한테 말하지 않은 거야?"

"당신이 그애를 알잖아. 그애 부모님과도 친분이 있으니 당신은 말해줘야 한다는 의무감을 느낄 거고, 난 그 정도로 큰일은 아니라고 생각했어. 귀찮긴 했지만 뭐……" 그는 어깨를 으쓱했다. "당신은 어떻게 알았어? 인턴이 아니었다는 거 말이야."

"그다음날 병원 주차장에서 당신 차를 지나다가 차 안에서 8시 15분에 만나자는 그 쪽지를 봤어." 거짓말이었다. 그가 쪽지를 보이는 곳에 펼쳐놓았을 리 없다. 그날 아침에 그의 호주머니며, 이메일이며, 쓰레기통까지 샅샅이 뒤졌을 게 틀림없었다.

"HBOT는 8시가 넘어서 끝나니까," 그녀가 계속 말했다. "만날 사람이 그리 많지 않겠다 싶었어. 당연히 병원 인턴은 아닐 거고. 그래서 당신 차 안을 찾아보다가 SAT 단어 어쩌고 하는 쪽지를 찾아낸 거야. 그걸 보니까 누군지 감이 왔어."

맷은 그 쪽지를 기억했다. 늘 와이퍼 아래 쪽지를 끼워두던 메리가 그날은 비가 와서 그의 차 밑에 달린 자석 홀더에 있는 보조키로 차문을 열고 운전대에 쪽지를 붙여놓았다. 쪽지에 그려넣은 스마일 표정을 보고 그녀의 순진무구함에 웃음 짓던 기억이 떠올랐다.

"그럼 왜 나한테 말하지 않았어?" 맷은 비난조가 아니라 호기심에 묻는 것처럼 들리게 조심하면서 살살 물었다.

"모르겠어. 그냥 뭐가 뭔지 모르겠어서 직접 가서 눈으로 확인하려고 그랬던 것 같아. 하지만 잠수가 지연되고 메리가 혼자 있길래 그래서 그냥……" 재닌은 고개를 숙이고 자신의 손을 내려다보면서 손금 봐주는 사람처럼 손가락 끝으로 손금을 따라 그리고 있었다. "당신은 어떻게 안 거야?"

"어젯밤에 메리를 찾아가서 얘기했어. 에이브가 메리의 증언에 대해 말하길래 지난 일 년 동안 대화가 없었으니 그애가 무슨 말을 할지 들어봐야겠다 싶어서."

거의 못 알아볼 정도로 천천히 고개를 끄덕이는 재닌에게서 맷은 그동안 메리와 대화가 없었다는 그의 말에 슬쩍 내비친 안도감을 본 것 같았다. "난 그애가 아무것도 기억 못하는 줄 알았어." 재닌이 말했다. "영한테 그렇게 들었으니까."

"폭발 당시 일은 그런 것 같아. 하지만 그날 저녁에 당신이……" 맷은 적당한 표현을 찾고 있었다. "찾아갔던 일은 분명하게 기억하고 있었어. 이미 당신이 나한테 다 말한 줄 알고 별 얘긴 안 하더라." 맷은 목구멍을 넘어오고 싶어 안달이 난 다음 말을 억지로 삼켰다. '제기랄, 왜 나한테 말하지 않은 거야?' 일찍이 그는 부부간의 싸움이 시소와 같다는 걸 배웠다. 책임을 물을 땐 조심스럽게 균형을 잡을 필요가 있었다. 한 사람한테 너무 많은 책임을 물어 땅바닥으로 툭 떨어지게 하면 상대가 일어나서 가버리는 바람에 자신도 엉덩방아를 찧을 수 있었다.

재닛은 손톱 주변의 살을 깨물었다. 잠시 후 그녀가 말을 꺼냈다. "그럴 필요를 못 느꼈어. 내 말은, 당신한테 말해야 한다는 것 말이야. 사람들이 죽고, 당신은 화상을 입고, 그애는 혼수상태에 빠진 마당에 그까짓 쪽지나 그애를 찾아갔던 일 모두 너무 멍청하게 느껴졌어. 하찮은 일처럼 말이야. 이제 더는 중요하게 느껴지지 않아서 그랬어."

당신이 범죄가 일어난 시각에 범행 도구를 들고 범죄 현장인 그곳에 있었다는 사실만 빼면 그렇지, 맷은 속으로 생각했다. 경찰은 굉장히 중요하게 생각할지도 모른다.

자신의 변명이 어떻게 들릴지 맷의 생각을 읽은 것처럼 재닛이 말했다. "경찰이 담배에 대해 물었을 때 뭔가를 말할까도 생각했지만 내가 무슨 말을 하겠어? 열일곱 살짜리를 붙잡고 내 남편한테 쪽지 좀 그만 보내라고 말하려고 한 시간이나 운전해서 찾아갔다고? 아, 그러고 보니 떠나기 전에 그애한테 담배와 성냥을 줬는데 그게 화재를 일으킨 것과 동일한 종류인 것 같다고?"

줬다. 맷은 상대의 면상에 내던진 걸 무슨 선물을 준 것처럼 들리게 말하는 재닛의 단어 선택에 놀라면서도 그 말에 담긴 더 큰 의미를 포착했다. '줬다'는 단어는 받는 사람, 즉 메리가 문제의 물건을 손에 넣었다는 뜻이었다. "잠깐만, 그러니까 당신이 메리한테 그것들을, 음, 준 다음 그애가 그걸 떨어뜨리거나 해서 놔두고 갔어? 아니면 당신이 그애한테 주고 먼저 와버린 거야?" 이제 술기운이 두뇌까지 퍼져 제대로 생각하기 힘들었지만 어쩐지 이건 중요한 문제처럼 느껴졌다.

"뭐라고? 나는 모르지. 그게 뭐가 중요한데? 우리 둘 다 자리를 떴어. 내가 기억하는 건, 그것들을 가지고 당신 주변에 알짱거리지 말고 당신한테 쪽지든 뭐든 아무것도 보내지 말라고 말한 게 전부야."

재닌은 다른 말도 했다. 숲에 두고 온 담배에 관해서, 그리고 엘리자베스 그 미친 여자가 때마침 그 순간 그 담배들을 발견하고 살인에 이용했다는 걸 생각하면 역겹다는 말. 하지만 맷의 머릿속은 온통 누가 마지막으로 그 담배들을 소유했는지에만 꽂혀 있었다. 재닌이 가졌다고 생각했을 때 그는 재닌이 불을 질렀을 가능성을 생각했다. 하지만 재닌이 먼저 떠났고 메리가 그것들을 지닌 마지막 사람이었다면 메리가 그랬을 가능성도……

"내일," 재닌이 말했다. "에이브가 음성 샘플을 남기러 오래."

"뭐라고?"

"그 상담원 남자한테 들려줄 수 있게 내 목소리를 녹음하겠대. 웃기지도 않아. 일 년 전에 나눈 이 분짜리 대화야. 일 년이나 지났는데 그 남자가 목소리를 기억하는 게 말이 돼? 내 말은, 그 사람은 통화한 사람이 남자인지 여자인지도 모른다며. 아는 거라고는 억양이 없는 평범한 영어를 구사한다는 것뿐이라는데. 게다가 얼마나 많은 사람들이 당신 휴대폰을 잠깐 슬쩍할 수 있을지 생각해봐. 난 정말 에이브의 속을 모르겠어."

억양이 없는 평범한 영어. 그의 휴대폰을 잠깐 슬쩍한다. 그 순간, 맷의 머릿속에 한 가지 간과해왔던 사실이 떠올랐다. 가능성조차 고려하지 않아 여태 잊고 있던 사실.

메리는 그의 차 보조키가 어디에 있는지 알고 있었다. 그녀라면 얼마든지 그의 차문을 열고 그의 휴대폰을 사용할 수 있었다. 게다가 메리는 완벽한 영어를 구사했다. 억양 따윈 없었다.

재판: 넷째 날

2009년 8월 20일 목요일

재닌

인터넷 기사에 따르면 거짓말탐지기는 별것 아니었다. 몸을 이완하고 호흡을 조절해 심박수와 호흡수와 혈압을 낮출 수만 있으면 누구나 마음껏 거짓말할 수 있다! 하지만 아무리 요가 자세를 하고, 파도를 상상하고, 정화 호흡을 시도해봐도 소용없었다. 맷의 휴대폰을 떠올리는 것만으로도(통화는 말할 것도 없고) 잔잔한 시냇물 같던 그녀의 혈액은 래프팅용 5급 급류로 급변했다. 마치 위험을 감지하고 즉시 탈출할 필요가 있어서 공황 모드로 전환된 심장이 요동치는 것 같았다.

그녀의 온갖 잘못과 거짓말에도 불구하고 고작 보험사에 걸었던 전화 한 통 때문에—통화 그 자체도 아니고 그날 남편과 휴대폰이 바뀐 사실 때문에—그녀의 세계가 무너질 판이라니 아이러니했다. 더 아이러니한 사실은 그 전화를 걸 필요가 없었다는 것이다. 간단히 인터넷 검색을 하거나, 사실 그냥 생각만 해봤어도 될 일이었다. 방화가 보장되지 않는 화재보험이 어디 있겠는가? 그러나 박이 처음에 담배 얘기를 계속하더니 나중엔 확답을 피했고 어쩌면 그들의 거래가 실수였을지 모른다는 소리를 하면서 거슬리게 하는 바람에 홧김에 보험사에 전화를 걸었다. 잠깐 확인만 할 생각으로. 그런데 하고많은 날 중 하필이면 그날 맷의 휴대폰을 썼다니! 그가 그녀의 휴대폰을 집어간 게 다른 날이었다면, 혹은 그녀가 사무실 전화를 썼다면(책상 앞에 있었고 전화기가 바로 그 옆에 있었는데!) 그 빌어먹을 통화 목록에서 뭔가가 나올 일도 없고 모든 게 다 괜찮았을 것이다.

이틀 전, 섀넌이 처음 그 방화 전화 문제를 제기했을 때 진실을(물론, 전부가 아니라 그 통화에 관한 부분만이라도) 털어놓았어야 했다. 에이브한테 가서 미라클 서브마린에 투자한 부모님의 돈이 확실히 보호되는지 확인하고 싶었다고, 그럴듯한 이유를 대면서 고백할 수도 있었다. 그럼 그들은 정신없는 남편이 아침에 휴대폰을 잘못 집어간 일로 난데없이 박을 살인자로 몰아가는 섀넌의 열성에 한바탕 웃고 넘어갔을지도 모른다. 하지만 변호사가 박을 추궁하는 것을 보니, 초점을 바꿔 그녀의 전화를 수사하고, 그녀의 동기에 의문을 제기하고, 그녀의 통화 기록을 뒤지고, 그러다 '기지국'까지 자세히 들여다볼지도 모른다는 생각에 오금이 저렸다. 폭발이 일어나기 불과 몇 분 전 재닌이 현장에 있었고, 그날 밤 그 캐멀 담배가 그녀의 손에 있었고, 그것에 대해 일 년 동안 거짓말을 해온 사실을 알게 되면 섀넌은 어떻게 할까? 그 보험사 전화에 득달같이 달려들지 않을까? 그것이 재닌이 방화와 어쩌면 살인을 저지른 동기의 증거라면서 말이다.

아무것도, 아무 말도 하지 않는 건 쉬웠다. 그리고 한번 때를 놓치고 나니 나중에는 더 밝힐 수가 없었다. 헌신을 요구하는 것, 그것이 거짓말의 문제였다. 한번 거짓말을 하면 자신의 이야기를 계속 고수해야 했다. 어젯밤, 에이브가 그녀를 앉혀놓고 휴대폰이 바뀐 것까지 일의 자초지종을 들이밀었을 때 그녀는 생각했다. 그가 안다. 그가 전부 안다. 그런데도 사실을 인정할 수가 없었다. 거짓말을 들키는 엄청난 굴욕을 그녀 스스로 뒤집어쓸 수는 없었다. 에이브가 그녀의 통화 모습이 담긴 영상처럼 반박할 수 없는 증거를 제시했대도 재닌은 끝까지 부인하며 누가 저를 모함한 거예요, 저 비디오는 가짜예요! 같은 말도 안 되는 주장을 펼쳤을 것이다. 그것은 거짓말을 향한 일종의 충성이었다. 그녀 자신을 향한 충성이기도 했다. 에이브가 더 많은 증거를 제시할수록—고객 센터 상담원을 찾았다, 곧 녹음 파일을 확보할 거다—그녀는 더욱 확고해졌다. 저는 아닙니다.

어젯밤, 맷이 고백하고 진실에 호소한 뒤 그녀는 그에게 털어놓을까 고민했다. 하지만 왜 그 통화를 숨겼는지 설명하려면 모든 것을 말해야 했다. 박과의 거래는 물론이고 그 거래를 비밀로 하기로 한 결정과 여러 개의 계좌로 분산시켜 몇 달에 걸쳐 조심스럽게 투자금을 마련한 사실을 숨기기 위해 부부의 예금 거래 내역서를 빼돌렸다는 것까지도 말이다. 그렇게 되면 그들의 결혼생활이 무사할 수 있을지 확신이 서지 않았다.

그렇다고 해도 그녀는 말했을지 모른다. 메리와의 일에 대한 맷의 고백이 자신이 생각했던 것만큼 추악했다면 그녀 역시 그에게 모든 것을 털어놓았을 것이다. 하지만 실상 그의 이야기는 부정이라 할 것도 없이 너무나 무해했고, 그래서 폭발 당일에 그녀가 (심히 절제된 표현으로) 과민반응했던 것이 전부 미련하게 느껴져서 그럴 수 없었다.

이제 그녀는 살인 사건을 맡은 검사의 사무실에 음성 샘플을 남기기 위해 떠나야 하는 처지가 되었다. 그 부분이 걱정되는 건 아니었다. 상담원이 일 년 전에 이 분 동안 통화했던 그녀의 목소리를 알아들을 리 만무했다. 하지만 거짓말탐지기라니! (그녀의 집을 나서며 에이브는 대수롭지 않다는 듯 "음성 샘플로 결정이 안 나면 거짓말탐지기도 있으니까요!" 하고 말했다.) 한쪽에서만 투명하게 보이는 거울 앞에 앉아 기계에 꽁꽁 묶인 채 제 몸이―허파가, 심장이, 혈액이―자신을 배신할 것을 알면서 연이은 질문에 '아니요'라고 대답하는 건 어떤 기분일까?

그녀는 이겨내야 했다. 그러는 수밖에 없었다. 거짓말탐지기를 통과하는 방법을 다룬 기사에, 신발에 압정을 넣고 밟으면서 초반의 '통제' 질문에 대답하면 거짓말을 할 때도 통증이 동일한 생리학적 반응을 유발하기 때문에 진실과 거짓 대답을 구분할 수 없게 된다고 말하고 있었다. 그럴듯했다. 어쩌면 통할지도 모른다.

재닌은 웹브라우저를 닫았다. 인터넷 설정으로 들어가 검색 기록을 삭제하고 로그오프한 뒤에 컴퓨터를 종료했다. 그런 다음 까치발을 하고 안방으로 들어가 맷을 깨우지 않도록 주의하며 압정을 찾기 위해 벽장으로 향했다.

맷

꿈에서 메리는 늘 그녀가 입고 있던 옷차림이었다. 지난여름 그들이 마지막으로 만난 그녀의 열일곱 살 생일에 입었던 새빨간 여름 원피스. 꿈에서 늘 그러하듯이 맷은 그녀에게 아름답다고 말하며 키스했다. 처음엔 부드럽게, 다문 입술을 그녀의 다문 입술에 살포시 포갰고 점점 거칠게 그녀의 아랫입술을 빨아서 도톰한 속살을 입술로 쥐어짰다. 스파게티처럼 가느다란 원피스 끈을 내리고 그녀의 가슴을 만지며 말랑한 유두가 거칠고 단단하게 굳어가는 감촉을 느낀다. 바로 이때가 꿈속의 그가 이것이 꿈이라는 사실을 자각하는 순간이다. 오직 꿈속에서만 그의 손가락은 무언가를 느낄 수 있었다.

현실에서 그는 그 원피스를 못 본 체했다. 폭발이 일어나기 전 수요일, 그가 평소와 같은 시간(저녁 8시 15분)에 개울가를 찾았을 때 메리는 통나무에 앉아 한 손에는 불붙은 담배를 들고 다른 한 손에는 플라스틱 컵을 든 채 길고 고된 하루를 마친 나이든 여자처럼 어깨를 축 늘이고 있었다. 그녀의 외로움에는 전염성이 있었다. 맷은 그런 그녀를 품에 안고, 그 고독을 다른 무언가로—무엇이든—바꿔주고 싶었다. 그러나 그 대신 옆에 앉아서 마음에 없는 가벼운 말투를 꾸며내 인사했다. "잘 있었니?"

"같이 마셔요." 그녀가 투명한 술이 가득 담긴 컵을 건넸다.

"이게 뭐……?" 그는 미처 말을 끝내기도 전에 냄새를 맡고 웃음을 터뜨렸다. "복숭아 슈냅스? 장난하는 거야? 이런 거 마신 지 십 년은 넘었겠다." 대학 때 사귀던 여자친구가 좋아하던 과일향 술이었다. "난 이건 못 받겠다." 그는 컵을 돌려줬다. "넌 술 마시려면 아직 오 년이나 남았어."

"정확히는 사 년이에요. 오늘이 제 생일이거든요." 그녀는 컵을 도로 밀었다.

"우와." 무슨 말을 해야 할지 몰랐던 그가 말했다. "친구들이랑 축하 파티라도 해야 하는 거 아냐?"

"SAT 반 애들한테 물어봤는데 다들 바쁘대요." 그의 눈빛에서 연민을 느꼈는지 그녀는 어깨를 으쓱하더니 짐짓 명랑한 체하며 말했다. "그래도 뭐 아저씨도 왔고, 나도 여기 있잖아요. 자, 그러니까 마셔요. 딱 한 번만요. 생일인데 설마 저 혼자 마시게 둘 건 아니죠? 그럼 재수없다나 뭐 그렇대요."

미련한 생각이었다. 그런데도 그녀의 모습이, 입술을 죽 늘여서 윗니와 아랫니가 훤히 보일 정도로 활짝 웃고는 있지만 울었는지 눈은 퉁퉁 부은 유리알 같아서, 윗부분을 보고 아랫부분을 맞춰야 하는 어린이 퍼즐이 잘못 맞춰져 슬픈 이마에 행복한 입이 붙어버린 그림이 떠올랐다. 그녀의 가짜 미소를, 추켜진 눈썹에 뒤섞인 희망과 애원을 바라보면서 그는 그녀의 컵에 컵을 부딪쳤다. "생일

축하해." 그리고 술을 벌컥 들이켰다.

　그렇게 둘은 한 시간, 또 한 시간 앉아서 마시고 얘기하고, 얘기하고 마셨다. 메리는 그에게 지금은 항상 영어로만 말하지만 꿈은 여전히 한국어로 꾼다고 말했다. 맷은 그녀에게 이 개울에 오면 어릴 적 키우던 강아지가 떠오른다고, 강아지가 죽었을 때 이런 개울가에 묻어줬다고 말했다. 저녁 하늘이 주홍빛으로 붉게 물들었는지(메리) 보랏빛으로 붉게 물들었는지(맷) 논쟁하며 어느 게 더 나은지 얘기했다. 메리는 사람 많은 서울이—교실도, 버스도, 거리도—싫었는데 지금은 너무 그립다고, 여기 있으면 평화로운 게 아니라 그냥 외롭고 어쩔 땐 길을 잃은 듯한 기분이 든다고 했다. 그녀는 여기서 학교를 다시 시작하는 게 얼마나 두려웠는지 모른다고, 나이가 비슷한 동네 애들한테 안녕, 하고 인사를 해도 아무도 대답하지 않는다고, 다들 그저 '망할 네 고향으로 돌아가' 하는 표정으로 멀뚱히 쳐다만 본다고, 나중에 그애들이 부모님의 사업을 '짱깨 무당집'이라고 욕하는 걸 들었다고 말했다. 맷은 재닌이 입양을 생각도 하지 않으려 한다고, 집에 아내와 단둘이 있기 싫어서 휴가도 다른 날에 맞춰 신청한다고 말했다.

　열시쯤 되어 석양이 서서히 자취를 감추고 마침내 어둠이 찾아왔을 때 메리가 어지럽다며 일어섰고 물을 마셔야겠다고 말했다. 덩달아 맷도 일어서면서 어차피 가야 할 시간이라고 말하는데 바위에 걸려 비틀거리던 메리가 그를 향해 넘어졌다. 붙잡아주려던 맷도 함께 휘청거리는 바람에 둘은 같이 땅에 고꾸라졌고 그들은 웃음을 터뜨렸다. 메리는 맷의 몸 위에 있었다.

　일어나려고 했지만 둘 다 어찌나 취했던지 몸이 더 뒤엉켰고, 그의 사타구니를 누르던 그녀의 허벅지가 움직였을 때 맷은 발기했다. 그러지 않으려고 애를 쓰며 맷은 자신은 서른셋이고 메리는 열일곱이라고, 제발, 이러면 중범죄야, 하고 속으로 되뇌었다. 하지만 문제는 그가 서른이 넘은 것처럼 느껴지지 않는다는 거였다. 병원의 십대 자원봉사자들이 "선생님" 하고 부르면 그렇게 나이를 먹은 것 같지 않은데 어쩌다 이런 소리를 듣게 됐을까, 하는 그런 기분이 아니었다. 복숭아 슈냅스 때문일지도 몰랐다. 알코올이 문제가 아니라(물론 알코올의 영향도 있었겠지만), 타는 듯이 목을 타고 넘어가 위장 속에 뜨겁게 가라앉은 그것의 찌를 듯한 단내가 코와 입에서 맴돌았기 때문일 것이다. 그래서인지 단거리 타임머신을 타고 고등학교 때로 돌아가 여자애와 술에 취해 몇 시간이고 서로의 몸을 더듬다가 자위만 하고, 다시 현재로 돌아와 저질 술에 거나하게 취해서는 대학 때 이후 처음으로 별것 아닌 말들을 주저리주저리 떠들고 난 기분이 들었다―그는 어려진 느낌이었다. 게다가 어디서 본 적도 없는 대놓고 꼬시는 듯한 원피스를 입은 메리도 결코 순진한 애처럼 보이지는 않았다.

그래서 키스했다. 아니 메리가 먼저 했던가? 그의 머리는 흐물흐물해져서 생각 따윈 할 수 없었다. 나중에, 그 순간에 대한 기억을 떠올리며 메리가 그의 생각만큼 열정적이지 않았을지도 모른다는 단서를 찾아 한 장면, 한 장면 세밀하게 분석해봤지만―몸을 꿈틀거리며 피하려고 했나? 싫다고, 소심하게라도 중얼거렸나?―사실 그는 자신의 몸에 닿은 그녀의 신체 부위 외에는 아무것도 의식하지 못했고, 그녀의 반응, 그녀의 소리, 그녀의 움직임은 전혀 고려 대상이 아니었다. 맷은 눈을 감고 모든 신경세포를 집중해 키스를 음미했다. 그녀의 입술과 혀와 치아의 낯선 감각에 더해 십대 시절로 돌아간 것만 같은 비현실적인 감각이 전해졌다. 그 순간이, 그것의 순전한 물질적 감각이 사라지는 것을 원치 않았기에 그는 그녀의 몸에 팔을 둘렀다. 한쪽 팔로는 머리를 감싸 그녀의 입이 자신의 입에서 떨어지지 않게 했고, 다른 팔은 둔부에 둘러 몸을 비비는 십대들처럼 그녀의 골반을 자신의 골반으로 끌어당겼다. 음낭에서 솟아오르는 묵직한 압력이 쌓이고 또 쌓이는 게 느껴졌다. 분출해야만 했다. 지금 당장. 그는 계속 눈을 감은 채 바지 지퍼를 내리고 메리의 손을 붙잡아 자신의 속옷 안으로 밀어넣었다. 손으로 그녀의 손가락을 둥글게 감싸서 자신의 성기를 꼭 감싸 쥐게 하고는 위에서 아래로 리듬감 있게 움직였다. 익숙한 자위와 익숙하지 않은 입술과 손바닥의 말랑한 감촉이 그를 극도의 흥분 상태로 몰아넣었다.

빨리, 너무 빨리, 그는 사정했다. 수축으로 인한 극도로 강렬한 욱신거림이 다리 아래로 발끝까지 얼얼한 전류를 보내는 듯 짜릿하고 달콤한 통증을 선사했다. 알코올이 시끄럽게 윙윙거리며 그의 귓전을 울렸고 번쩍거리는 하얀 섬광에 눈꺼풀 안쪽이 타들어가는 것 같았다. 나약해진 기분으로 그는 메리의 머리와 손을 잡았던 힘을 풀었다.

세상이야 빙글빙글 돌게 내버려두고 그대로 드러누워버렸는데 가슴팍을 누르는—머뭇거리듯 미약한—뭔가가 움찔거리는 것이 느껴졌다. 그는 눈을 떴다. 고개를 가눌 수 없고 세상은 빙빙 도는 와중에 그의 가슴 위에 올려진 작은 손, 그녀의 손, 메리의 손이 보였다. 떨고 있었다. 바로 위에는 달걀 모양으로 벌어진 메리의 입과 커다랗게 툭 불거진 눈이 있었다. 끈적이는 제 손을 쳐다보던 메리의 눈은 그에게 시선을 돌렸다가, 여전히 발기한 그의 성기를 쳐다봤다. 공포. 충격. 하지만 무엇보다, 이게 다 무슨 일인지 이해가 안 된다는 듯한, 제 손가락에 묻은 것이 무엇인지 모르겠다는 듯한, 그의 바지 사이로 삐져나온 그 물건이 뭔지 모른다는 듯한 어린아이 같은 혼란. 어린 소녀.

맷은 달아났다. 어떻게 도망쳤는지 기억나지 않는다. 어떻게 몸을 일으켰는지는 고사하고, 그렇게 술에 취한 몸으로 어떻게 운전대를 잡고 집으로 돌아왔는지도 기억나지 않았다. 다음날 눈을 떴을 때 숙취가 온몸을 강타했고, 순간적으로 그는 그 사건이 술기운에 조작된 환각 같은 것이기를 절박하게 희망했다. 하지만 바지에 남은 정액 얼룩과 신발 밑창에 낀 진흙은 그가 기억하는 것이 실재하는 사건이라고 말하고 있었다. 수치심이 휘몰아쳤다. 그의 귀가 다시 웅웅거렸고 눈에서 하얀 섬광이 일렁였다.

그날 밤 이후 맷은 메리와 이야기한 적이 없었다. 노력은 했지만—그녀한테 설명하고 용서를 구하려고(솔직히 말하면, 다른 사람한테 말했는지 떠보려고) 했지만—메리가 갖은 애를 써서 그를 피해 다녔다. 힘들게—SAT 교실까지 가서 그녀의 차를 찾아서—쪽지를 몇 번 건네기도 했지만 메리는 왜 우리가 그 얘길 해야 하는지 모르겠어요. 그냥 없었던 일처럼 잊어버리면 안 돼요?라는 답장을 남겼다. 그러나 그는 잊어버릴 수 없었다. 그녀가 그렇게 쉽게 그를 용서하게 내버려둘 수 없었다. 그래서 이제는 유명해진 그 H-마트 쪽지를 남기게 된 것이다. 그의 아내가 그녀의 얼굴에 내던지며 비난했던 쪽지. 그녀가 그를 스토킹한다며!

그 소동이 있고 일 년이 지났지만 그날 밤의 수치심과 죄책감과 굴욕감은 좀체 떠날 줄 몰랐다. 대개는 단단한 매듭으로 얽히고설킨 채 그의 내장 속에 무력하게 가라앉아 있었지만 메리를 떠올릴 때면, 어떨 땐 떠올리지 않아도, 그냥 밥을 먹거나 운전을 하거나 TV를 보는 중에도 그 매듭진 수치심이 밖으로 튀어나왔다.

그날 밤을 마지막으로 그는 오르가슴을 느낄 수 없었다. 단지 메리 때문만은 아니었다. 메리와의 일에 폭발이 더해지고 곧바로 절단 수술이 이어지니ー원, 투, 스리 펀치를 맞은 것처럼ー남아 있던 성욕이란 성욕은 모조리 나가떨어졌다. 그렇다고 섹스를 시도하지 않은 건 아니었다. 하지만 처음으로 평소처럼 부부의 전희를 시도하면서ー엄지손가락으로 재닌의 유두를 빙빙 문지르면서ー그는 깨달았다. 자신이 아무것도 느낄 수 없다는 것을. 그는 자신의 손길이 너무 거친지 너무 약한지 가늠할 수 없었고, 젖은 느낌으로 아내가 준비됐는지조차 확인할 수 없었다. 치료사가 야구 글러브를 낀 것 같은 손으로 타자를 치는 법, 밥을 먹는 법, 심지어 항문을 닦는 법까지 알려줬었다. 그러나 어떻게 아내를 만족시키면 되는지, 대체 애정 기술 같은 건 알려주지 않았다. 그의 인생에 또하나의 요소가 폭발로 인해 망가졌다는 사실을 깨닫자 그는 소리를 지르고 싶었다. 그렇게 그는 발기할 수 없게 되었다.

재닌이 입으로 시도해봤고, 일 분 정도 효과가 있나 싶었는데 그가 실수로 눈을 떠버렸다. 어렴풋한 달빛 너머로, 고개를 위아래로 까닥거리는 재닌의 기다란 커튼 같은 머리카락이 보였다. 메리가 떠올랐다. 그의 몸에서 몸을 일으키던 그녀의 얼굴에서 찰랑이던 검은 머리카락. 그의 성기가 곧바로 물컹해졌다.

그것이 맷의 발기불능의 서막이었다. 착한 재닌은 시도를 멈추지 않았다. 예전에는 여자 망신을 다 시킨다며 조롱했던 것들ー앞섶이 벌어진 네글리제와 딜도와 포르노 같은 것ー까지 동원했지만 그 무엇도 침대에서 그가 느끼는 어설프고 무능한 감정과 메리를 향한 수치심을 채워주지 못했고 결국 그는 아무것도 제대로 하지 못했다. 심지어 혼자서도 말이다. 한번은 (재닌과의 시도에 실패한 뒤 성기능을 영영 상실할지 모른다는 충격에 화장실에서) 혼자 시도해보았는데 자신의 손이 너무 낯설게 느껴졌다. 성기를 문지를 때마다 손에 난 상처의 매끄러운 촉감과 울퉁불퉁한 촉감이 동시에 강렬해져서 도무지 자위하는 것 같지 않았다. 성기를 잡은 게 눈에는 보이지만 손으로 느낄 수는 없었던 탓에, 몽롱한 기분에 자신을 만지는 게 자신이 아닌 타인이라는 느낌이 더해져 새로운 스릴이 찾아왔다. 그러나 곧 이런 생각이 들었다. 지금 낯선 남자가 만져주는 생각을 하면서 흥분하는 건가?

몇 차례, 몽정할 뻔도 했다. 과거에는 (한심하게 사춘기로 돌아간 보람도 없이 덧없는 찰나의 희열을 느끼느니) 아예 안 하느니만 못하다고 생각했지만, 지금은 오르가슴이 죽은 게 아니라 잠시 쉬는 중이라는 걸 확인하고 싶은 마음에 간절히 바라게 되었다. 문제는, 꿈에 늘 메리가 침입하고 그의 자아 깊숙이 내재한 소아성애/강간죄 탐지기가 그를 깨운다는 것이었다. 하지만 오늘밤엔 달랐다.

오늘밤, 그는 끝까지 갔다. 그녀의 팬티를 벗겼다. 그녀가 그의 바지와 속옷을 벗기게 했다. 그녀의 위에 올라탔을 땐 불구가 된 손으로 그녀의 다리를 벌려서 들어올리며 말했다. "네가 날 망가뜨렸어." 그러자 그녀가 말했다. "아저씨가 먼저 날 망가뜨렸으니까요." 그런 다음엔 그녀의 엉덩이를 들고 안으로 자신을 밀어넣었다. 더 거칠게. 더 축축하게. 수년간, 아니 이제껏 느껴본 것 중 가장 진짜 같은 느낌이었다. 그가 사정하자 꿈속의 메리는 울부짖으며 일만 개의 유릿조각들로 산산이 부서졌다. 작은 유리-메리 조각이 슬로모션으로 날아올라 그의 피부를 관통하고 그의 몸에 알알이 박혔다. 얼얼한 열기와 순전한 기쁨이 그의 사지로 퍼져나갔다.

"여보, 깼어?" 재닌이 부르는 목소리가 그를 깨웠다. 이불을 움켜쥐면서 계속 자는 체하는 그가 돌아눕자 아내는 음성 샘플 때문에 일찍 나간다고 말했다. 아내가 떠날 때까지 그는 꼼짝 않고 누워 있었다. 그녀의 차가 진입로를 빠져나가는 소리가 들리자 일어나서 화장실로 향했다. 그는 수돗물을 틀고 속옷을 문질러 빨기 시작했다.

영

잠에서 깬 영의 눈에 맨 처음 비친 것은 햇살이었다. 나무 벽에 창문 구실로 비스듬히 터놓은 구멍은 너무 작아서 볕이 충분히 들지 않았다. 그러나 지금같이 해가 딱 맞는 자리에 들어서는 아침이면, 수목 위로 떠오른 태양을 중간에 떡하니 걸친 그들의 임시방편 창문이 완벽한 정사각형 액자가 되어 일조량이 급증했다. 속이 꽉 차 보일 만큼 강렬한 사각의 빛줄기가 창문 1미터 반경에 쏟아진 뒤 산산이 부서지면서 여린 빛으로 판잣집을 가득 메워 동화 같은 분위기를 자아냈다. 일광의 장막 위를 둥둥 떠다니는 티끌들이 반짝반짝 빛났다. 새들이 지저귀고 있었다.

산간벽지에 살다보면 어젯밤처럼 달도 뜨지 않는 밤에는 어두워도 너무 어두운 게 문제였다. 단순히 빛이 부족해 캄캄한 게 아니라 나름의 질감과 형상을 갖춘 본격적인 어둠이 찾아왔다. 칠흑 같은 어둠이 너무 절대적이어서 눈을 뜨나 감으나 별 차이가 없었다. 어젯밤 내내 영은 뜬눈으로 누워서 지붕을 두들기는 빗소리를 들으며 눅눅한 공기를 들이마셨고, 박을 흔들어 깨우고픈 충동을 참고 있었다. 그녀는 행동하기에 앞서 하룻밤은 자면서 문제를 고민해봐야 한다고 믿는 사람이었다. 이상하게도 미국 신문기사들은 지혜랍시고 하루가 지나가기 전에 갈등을 해결하라는 상식에 반하는 소리를 해댔다("절대 화난 채로 잠자리에 들지 마세요!"). 밤은 다투기엔 최악의 시간이었다. 어둠이 불안을 강화하고 의혹을 고조시키기 때문이다. 반면에 기다리면, 보다 상쾌하고 합리적이고 너그러운 정신으로 깨어날 수 있었고 시간의 경과와 새로운 날의 활기가 묵은 감정을 가라앉히고 무력하게 했다.

음, 늘 그런 건 아니었다. 이번 같은 경우, 새날이 밝았지만—비가 그치고, 구름이 걷히고, 공기가 가벼워졌지만—지난밤의 근심거리는 하찮아지기는커녕 오히려 그 반대였다. 시간이 지나면서 되레 변화한 세상 속에서, 그녀의 남편이 거짓말쟁이이며 어쩌면 살인자일지 모른다는 현실이 공고해진 것 같았다. 몽환적이고 흐릿했던 지난밤에는 새로운 현실이 진짜가 아닐지도 모른다는 가능성이 있었지만, 명료한 아침이 찾아오자 그것 또한 자취를 감췄다.

영은 자리에서 일어났다. 박의 베개 위에는 쪽지가 놓여 있었다. 바람 좀 쐬러 나가. 8시 반까지 올게. 그녀는 시계를 들여다보았다. 8시 4분. 그의 말을 확인하기 위해 계획했던 일들—이웃인 스피넘 씨를 찾아가기, 서울의 아파트 목록을 보낸 부동산 중개인한테 전화하기, 도서관 컴퓨터로 남편이 동생과 주고받은 이메일 검색하기—을 시도하기에는 너무 이른 시각이었다. 하나를 제외하면. 메리한테 그날 저녁에 아빠와 한 일을 분 단위로 정확히 물어보기.

영은 메리의 공간에 쳐진 샤워 커튼 밖에서 발을 두 번 구른 뒤—그들만의 노크였다—한국어로 말했다. "메리야, 일어나." 영

어로 말하건("엄마 말은 아무도 못 알아들어!") 한국어로 말하건
("그러니 영어가 그 모양이지. 연습 좀 열심히 해!") 메리의 심기를
건드리기는 매한가지일 테지만 이런 대화를 외국어로 나누는 핸디
캡은 피하고 싶었다. 영어에서 한국어로 바꾸면 그녀의 아이큐는
두 배가 되고 능변과 장악력도 생겼으므로, 세부 내용을 전부 캐내
려면 한국말을 쓸 필요가 있었다. "일어나라니까." 그녀는 다시 발
을 구르며 더 크게 말했다. 대답이 없었다.

불현듯 오늘이 메리의 생일이라는 사실이 기억났다. 한국에서
는 딸의 생일이 되면 요란을 떨면서 밤새 팻말과 색 테이프로 집을
꾸민 뒤 아침에 일어난 딸을 놀라게 해주었다. 미국에 와서는—가
게 영업시간으로 인해 생활에 필수적인 일 이외에는 여유가 없었기
에—계속하지 못했지만, 어쩌면 메리는 기념비적인 열여덟 살 생
일만큼은 뭔가 특별한 걸 기대하고 있을지 몰랐다. "생일 축하해."
영이 말했다. "열여덟 살 된 우리 딸 얼굴 좀 보고 싶은데. 들어가
도 되니?"

아무런 기척이 없었다. 이불 바스락거리는 소리도, 코웃음도, 곤
히 잠자는 숨소리도. "메리야?" 영은 커튼을 걷었다.

메리는 거기 없었다. 지난밤과 변함없이 수면 매트는 한쪽 구석
에 말려 있었지만 베개와 담요는 보이지 않았다. 메리는 여기서 자
지 않았다. 하지만 어젯밤에 분명 돌아왔다. 자정 무렵 자동차 헤
드라이트 불빛이 창문에 비쳤고 현관문이 덜컹 열렸었다. 그런 다
음 다시 나갔는데 영이 못 들은 것일까?

영은 밖으로 뛰어나갔다. 차는 제자리에 있었지만 메리는 안에
없었다. 창고로 뛰어갔다. 비어 있었다. 하지만 걸어서 갈 수 있는
반경에는 밤을 보낼 만큼 마른 곳이 없었을 텐데……

그때 머릿속에 떠오르는 이미지가 있었다. 어두운 강철관 속에 등을 대고 누워 있는 딸의 모습.

　어젯밤에 메리가 어디서 잤는지 알 것 같았다.

*

　처음에 영은 안으로 들어가지 않았다. 헛간 모퉁이에 서서 메리를 부르려고 입을 벌렸는데 퀴퀴한 분필냄새 같은 것이 나면서 타버린 살과 그을린 머리카락이 떠올랐다. 그럴 리 없다고—불이 난 지 일 년이나 지났다고—속으로 되뇌며 그녀는 헛간 안으로 들어갔다. 시선을 떨구고 화재의 흔적과 눈을 마주치지 않으려 노력했지만 그건 불가능했다. 벽의 절반이 소실되었고, 바닥이라고 남은 공간에는 태풍으로 인해 진흙물이 고여 있었다. 천장의 무너진 틈새로 쏟아지는 한 폭의 햇살에 체임버가 박물관의 전시품처럼 스포트라이트를 받고 있었다. 두꺼운 강철 벽은 화재에도 살아남았지만 물빛 페인트에는 기포가 생겼고 유리 창문은 산산조각나 있었다.

　지난여름 대부분을 메리는 이곳에서 잤다. 처음에는 판잣집에서 모두 함께 잤지만 메리의 불평—너무 일찍 불을 끈다, 너무 일찍 알람이 울린다, 아빠가 코를 곤다 등등—은 끝이 없었다. 영이 임시로 지내는 거라면서 한국에서는 모두 한방에서 자기도 했고, 그게 전통인데 그런다고 한소리하면 메리는 (영어로) "아, 우리가 가족이었을 때 말이지?" 하고 되받아쳤다. "한국 전통이 그렇게 좋으면 그냥 돌아가면 안 돼? 어떻게 이게," 메리는 팔을 휘둘러 판잣집 전체를 가리켰다. "예전보다 나은 거야?"

　영은 자기만의 공간이 없다는 게 얼마나 힘든지 안다고 말하고 싶었다. 엄마 아빠도 프라이버시가 없어서 부부간의 다른 일은커녕 싸움도 맘껏 할 수 없다고 털어놓고 싶었다. 그러나 메리가 대놓고 반항적으로 조롱하며 눈알을 굴리면서 영 앞에서는 경멸을 숨기는 시늉도 할 필요가 없다는 듯 최소한의 존중도 보이지 않자 치명적인 분노가 치밀었고, 메리를 낳지 말 걸 그랬다는 생각까지 하게 되었고, 절대 하지 않을 거라고 맹세했던 엄마들의 클리셰를 외쳤다. 먹을 것도 쉴 곳도 없이 사는 애들도 있는데 고마운 줄도 모르고 왜 이렇게 이기적이니? (말하고 생각하는 와중에도 후회하게 될 말이나 생각을 하게 만드는 것, 그것이 바로 사춘기 딸들의 전매특허 기술이었다.)

다음날, 메리는 엄마와 싸울 때마다 하던 행동을 했다. 박한테는 알랑방귀를 뀌고 영한테는 톡톡 쏘는 것. 영은 무시했지만 (자식의 교묘한 술수를 전혀 분간하지 못하는) 박은 메리의 애정 공세를 즐겼다. 영은 메리가 말하는 기술을 보고 놀랐다. 무심한 듯 조심스럽게, 소심하면서도 되레 미안한 듯한 말투로 메리는 잠자리가 너무 불편하다고 말하면서 체임버 안에서 자도 되겠느냐는 해결책을 박이 스스로 떠올린 아이디어처럼 고려해보게 했다. 폭발이 일어나기 전까지 매일 밤 메리는 그곳에서 잤다.

병원에서 퇴원한 날 밤, 메리는 판잣집 구석의 그녀의 자리에서 잠을 잤다. 하지만 영이 일어났을 때 메리는 보이지 않았다. 헛간을 빼고 모든 곳을 뒤져봤지만 딸은 어디에도 없었다. 영은 메리가 헛간에 빙빙 둘러진 노란색 저지선 테이프를 넘었을 거라고는 생각하지 못했다. 사람이 산 채로 타 죽은 강철관 안은커녕 근처에도 못 갔을 거라고 생각했다. 하지만 헛간 벽에 시커멓게 뚫린 구멍 옆을 지나다가 체임버 근처에서 얼핏 손전등 불빛을 보았다. 해치를 열고 안에 들어간 영은 체임버 안에서 등을 대고 누워 있는 메리를 발견했다. 베개도, 매트도, 담요도 없이. 그녀의 외동딸이 두 팔을 옆구리에 딱 붙이고 미동도 없이 눈을 감고 누워 있었다. 영은 관 속에 누운 시체를, 화장장을 떠올렸다. 그녀는 비명을 질렀다.

이후로 둘은 그날 일에 대해 언급하지 않았다. 메리는 굳이 설명하지 않았고 영도 굳이 묻지 않았다. 메리는 다시 구석자리로 돌아와 매일 밤 그곳에서 잤고, 그걸로 끝이었다.

지금까지는. 이제 영은 또다시 해치를 열고 있었다. 녹슨 경첩이 끼익하면서 가느다란 빛줄기가 새어들었다. 메리는 그곳에 없었다. 하지만 머물렀던 건 분명했다. 그녀의 베개와 담요가 안에 있었고 메리의 것처럼 보이는 기다란 검은 머리카락 두 개가 베개 위에 X자로 겹쳐져 있었다. 담요 위에 갈색 봉투가 놓여 있었다. 어젯밤에 박이 오늘 버리겠다며 판잣집 문 옆에 두었던 봉투였다. 귀가한 메리가 발견한 것일까?

영은 체임버 안으로 기어들어갔다. 봉투 안을 들여다보려고 고개를 숙인 순간, 무슨 소리가 들렸다. 자갈 밟는 소리와 마른 나뭇가지가 톡톡 부러지는 소리. 발소리. 헛간을 향해 뛰어오는 것처럼 빨랐다. 고함. 박의 목소리. "매희야, 기다려. 내 말 좀 들어봐." 다시 발소리, 쿵 하는 소리. 메리가 넘어진 것일까? 그런 다음엔 가까이서, 바로 바깥에서 들리는 듯한 울음소리.

영은 밖에 나가서 무슨 일인지 확인해야 한다는 걸 알았지만 밖에서 벌어지는 상황—화가 난 것 같은 메리가 박에게서 도망치고 그런 메리를 박이 쫓아오는—이 그녀의 발목을 붙들었다. 영은 봉투 안을 확인했다. 틴 케이스. 서류들. 그녀의 생각이 맞았다. 메리가 담배와 아파트 목록을 본 것이다. 메리도 그녀가 그랬던 것처럼 그에게 가서 따진 걸까?

딸각거리는 박의 휠체어 소리가 가까워졌다. 영은 숨기 위해 해 치를 닫았지만 입구의 틈새로 밖을 내다볼 수 있었다. 어둠 속에서 몸을 가누다가 메리의 베개에 손이 닿았다. 축축했다.

휠체어 소리가 멈췄다. "매희야," 한국어로 말하는 박의 목소리 가 헛간 바로 밖에서 나는 듯 가깝게 들렸다. "나도 이루 말할 수 없을 만큼 후회하고 있어."

영어로 말하는 메리의 목소리가 떨렸고 눈물에 목이 메어 말이 뚝뚝 끊겼다. "아빠가 그 일이랑…… 관련이 있단…… 말은 믿을 수…… 없어. 말이…… 안 된단…… 말이야."

잠깐의 침묵 뒤에 박의 목소리가 들렸다. "나도 아니었으면 좋겠 지만 그게 사실이야. 그 담배와 성냥. 내가 그런 거야." 그는 틴 케 이스 이야기를 하고 있었다. 분명했다. 거기에 성냥이 없었던 것만 빼면.

메리가 영어로 말하는 소리가 들렸다. "하지만 어쩌다 그게 여기 있게 된 건데? 이 넓디넓은 땅에서 어쩌다 이렇게 제일 위험한 곳 에 딱 떨어지게 된 거냐고?" 그 순간 영은 그들의 목소리가 들려오 는 곳이 어디인지 떠올랐다. 헛간 뒤편, 산소 탱크들이 있던 자리 였다.

한숨. 길지 않지만 무거운 소리—두려움과 계속 침묵하고 싶은 절박함이 어린 한숨. 영은 그 한숨이 영영 그치지 않아 박이 입을 열고 다음 말을 하지 않아도 되기를 바랐다.

"내가 여기 놔뒀으니까." 박이 말했다. "내가 산소관 바로 아래 이 자리를 골랐어. 잔가지와 마른 나뭇잎들을 모은 것도 나야. 내가 여기에 성냥과 담배를 놔뒀어."

"아냐." 메리가 말했다.

"맞아. 전부 내가 한 거야." 박이 말했다. "내가 그랬어."

*

내가 그랬어.

그 말에 영은 메리의 베개에 머리를 기댔고, 그녀의 뺨이 축축한 메리의 눈물 자국에 닿았다. 눈을 감으니 몸이 빙빙 도는 것 같았다. 아니, 체임버가 도는 것일지도 모른다. 빠르게, 더 빠르게, 바늘 끝처럼 점점 작아지는 체임버가 그녀를 으스러뜨릴 것 같았다.

내가 그랬어. 전부 내가 한 거야.

이해할 수 없는 말들, 이제 끝장이라는 뜻인데 어쩌면 저렇게 태연하게 말할 수 있을까? 어쩌면 저렇게 차갑게 사람 둘이 죽은 화재를 저지른 게 자신이라고 인정할 수 있을까? 숨을 쉬고 말을 할수가 있을까?

이제 메리의 울음은 발작에 가까웠고, 그 소리가 혼미한 영에게 그동안 간과했던 사실을 일깨워주었다. 메리는 방금 제 아빠의 살인 자백을 들었다. 영을 휘청거리게 한 충격에 그녀의 딸이 허우적대고 있었다. 영의 눈이 번쩍 떠졌다. 달려나가서 메리를 품에 안고 그들이 사랑하는 이가 저지른 끔찍한 짓을 알게 된 고통을 나누며 함께 울고 싶었다. 그 순간 영의 귀에 부모가 아파하는 아이를 달랠 때 내는 쉬잇 하는 소리가 들려왔고, 그녀는 박한테 가서 메리에게서 떨어지라고, 당신 죄로 우리까지 더럽히지 말고 제발 좀 내버려두라고 외치고 싶었다. 그때 메리가 말했다. "왜 하필 여기야? 아빠가 다른 데를 골랐으면……"

"시위대 때문이야." 박이 말했다. "엘리자베스가 전단을 보여주면서 시위대가 우리를 방해하려고 불을 지를 거라고 하길래, 그때 생각했어. 경찰이 전단에 나온 곳에서 담배를 찾으면 시위대가 곤란해지겠구나 싶어서." 당연했다. 얼마나 편리한가. 불을 지르고 시위대를 탓하고 보험금을 타낸다. 자신을 괴롭힌 사람들에게 죄를 뒤집어씌우는 고전적인 수법이었다.

"하지만 풍선 때문에 경찰이 시위대를 데려갔잖아." 메리가 말했다. "굳이 또 그럴 필요가 있었어?"

"시위대가 전화했었어. 경찰이 훈방해줬다면서 앞으로는 환자를 전부 내쫓을 때까지 매일같이 찾아올 거고 이제 아무도 자기들을 막을 수 없다고. 그들을 진짜 곤경에 빠뜨려서 영영 쫓아버릴 극단적인 조처를 취해야 했던 거야. 네가 그 근처에 있을 거라고는 상상도 못했어. 게다가……" 그의 목소리가 흔들렸고, 영의 머릿속은 그날의 이미지로 가득찼다. 헛간으로 달려가는 메리가 고개를 돌렸고, 눈 깜짝할 사이에 아이의 얼굴이 주홍빛 화염에 휩싸이면서 폭발과 함께 몸이 붕 떠올라 허공에 정지했다.

메리 역시 그 순간에 사로잡혀 있는 것 같았다. 그녀가 말했다. "계속 생각했어. 분명 HBOT에서 에어컨소리가 안 났어. 너무 조용했어." 영 또한 평상시의 에어컨 소음이 사라진 덕분에 먼 데서 나는 개구리 울음소리를 들었던 기억이 났다. 폭발이 있기 전에는 숨막힐 듯한 순전한 정적만이 흐르고 있었다.

"전부 내가 그런 거야." 박이 말했다. "시위대를 엮으려고 내가 정전을 일으켰어. 그게 시작이었어. 잠수 지연부터 그날 저녁에 어긋난 일 모두. 그렇게 많은 일들이 한꺼번에 틀어질 거라곤 생각도 못했어. 누군가가 죽게 될 거라곤 꿈에도 생각 못했어."

영은 버젓이 산소가 흐르고 있는데 어떻게 불을 지를 생각을 할 수 있었느냐고, 말해보라고 소리를 지르고 싶었다. 그러면서도 남편을 믿었다. 그는 분명 제시간에 모두를 빼낼 계획이었을 것이다. 그래서 불길이 번지기 전에 서서히 타오르도록 담배를 이용한 것이다. 그래서 그녀가 산소를 끌 동안 밖에 남으려고 했던 것이다. 아직 산소가 켜져 있을 8시 20분이 되기 전에 불길이 너무 커지지 않도록 확실히 하려고. 그는 사람들한테 겁은 주지만 아무도 다치지 않게 서서히 불을 내는 완벽한 계획을 세웠다. 그러나 계획이 예정대로 흘러가는 법이 없다는 게 문제였다. 계획은 언제나 그랬다.

한동안 정적이 흘렀고 떨리는 목소리의 메리가 영어로 말했다. 들릴락 말락 한 작은 목소리여서 영은 겨우 들을 수 있었다. "헨리와 킷 생각이 떠나질 않아."

"그건 사고였어." 박이 말했다. "그걸 잊으면 안 돼."

"하지만 전부 내 잘못인걸. 내가 이기적이고, 한국으로 돌아가고 싶어했기 때문이야. 아빠 다 잘될 거라고 했는데 내가 우기고 불평만 하다가 그만……" 그리고 메리가 울음을 터뜨렸지만 영은 전부 알아들었다. 결국 박은 딸의 소원을 들어주기로 했고, 그걸 실현할 유일한 방법이라고 생각한 선택을 한 것이다.

누군가가 옆구리를 강타한 것처럼 쓰러질 듯한 기분이 들었다. 아무리 생각해도 말이 안 된다며 그녀의 신경을 거슬리게 했던 건 바로 '왜'라는 문제였다. 그렇다, 박이 시위대를 싫어한 건 맞았다. 시위대가 사라졌으면 했던 것도 맞았다. 하지만 왜 하필 불이란 말인가? 그들의 사업은 순탄했고, 그러니 그걸 망가뜨릴 이유가 전혀 없었다. 꼭 그래야만 했다면 모를까. 메리가 아빠한테 한국으로 돌아가자고 사정사정했던 것이다. 방화는 시위대를 향한 분노 때문에 우발적으로 생각해낸 게 아니었다. 그는 계획했다. 이제야 전부 말이 됐고, 모든 것이 들어맞았다. 방화 문의 전화, 서울 아파트 목록—모든 것이 그의 계획의 일환이었다. 마침 시위대가 등장했고 그는 완벽하게 속일 그 기회를 놓치지 않았다.

지난여름 내내 아빠를 쫓아다니며 한국으로 돌아가고 싶다고 절박하게 우는 메리를 떠올리자 영의 가슴은 작은 새가 콕콕 쪼는 것처럼 아렸다. 왜 메리는 그녀를 찾아오지 않았을까? 왜 엄마한테 오지 않았을까? 한국에서는 오후만 되면 함께 공기놀이를 했고 메리에게 장난을 친다는 남자애들 이야기나 수업중에 몰래 읽었다는 책에 대한 이야기를 듣곤 했다. 그때의 친밀감은 어디로 가버린 것일까? 다시는 되찾을 수 없이 증발해버렸을까? 아니면 그저 십대 시절을 거치며 하나의 추억으로 단단히 봉인돼버린 것일까? 영은 메리가 미국을 좋아하지 않고 한국으로 돌아가고 싶어하는 걸 알았지만 오직 불퉁한 행동이나 툭툭거리는 불평에서 짐작으로 알았을 뿐이었고, 진짜 속내를 털어놓는 비밀 이야기는 오직 박에게만 허락된 게 분명했다. 게다가 박 역시 그녀와는 상의 한마디 없이 메리가원하는 것을 들어주기 위해 위험한 계획을 감행했다—이십 년을 함께 산 아내의 의견은 들어보지도 않고 혼자 그런 결정을 내렸다. 배신당한 기분이었다. 딸과 남편의 배신. 그녀가 누구보다 사랑하고 신뢰하는 두 사람의 배신.

"에이브한테 말해야 해." 메리가 말했다. "당장. 더는 엘리자베스가 그런 고문을 당하게 놔둘 수 없어."

"나도 그 생각을 수없이 했어." 박이 말했다. "하지만 재판이 거의 다 끝나가. 그녀가 유죄를 받지 않을 가능성이 커. 재판이 끝나면 우린 이사가서 새로 시작하면 돼."

"그러다 엘리자베스가 유죄를 받으면? 그럼 처형당할 거라고!"

"그렇게 되면 내가 자백할게. 보험금이 나올 때까지만 기다렸다가 너랑 네 엄마가 안전한 곳으로 피신하면 내가 에이브를 찾아갈 거야. 엘리자베스가 하지도 않은 일로 감옥살이를 하게 내버려두지 않아. 그럴 수는 없지." 박은 침을 삼켰다. "내가 많은 걸 그르쳤지만 누구도 해할 의도는 없었어. 누구도. 그걸 명심해."

메리가 말했다. "하지만 엘리자베스가 이미 고통받고 있잖아. 자기 아들을 죽였다는 재판을 받고 있어. 얼마나 고통스럽겠어. 난 더는 보고만……"

"내 말 잘 들어." 박이 말했다. "이런 일이 일어나서 나도 끔찍해. 돌이킬 수만 있다면 뭐든 하겠어. 하지만 엘리자베스도 같은 기분일 거라고는 생각하지 않아. 불은 지르지 않았을지 몰라도 그녀는 헨리가 죽길 바랐어. 그러니 이렇게 돼서 잘됐다고 생각할 거야."

"어떻게 그런 말을 할 수가 있어?" 메리가 말했다. "사람들이 엘리자베스가 헨리를 학대했다고 하는 건 알지만, 애가 진짜로 죽길 바랐다고 말하는 건……"

"그렇게 말하는 걸 내가 두 귀로 똑똑히 들었어. 인터폰이 켜진 줄도 모르고 그녀가 그렇게 말했어." 박이 말했다.

"뭐라고 했는데?"

"테리사한테 헨리가 죽었으면 좋겠다고 했어. 애가 죽는 환상을 떠올린다고."

"뭐? 언제? 그런데 왜 아무 말도 안 했어? 그런 증언은 안 했잖아."

"에이브가 하지 말랬어. 테리사가 증언대에 서면 그때 물어봐서 테리사를 놀라게 하고 진실을 전부 끄집어낼 계획이야." 그래서 영은 듣지 못한 것일까? 그녀가 테리사의 친구이니 행여나 무슨 말을 할까봐 에이브가 염려해서? 그녀한테 거짓말을 하지 않은 사람이 하나라도 있는 걸까?

"여기서 중요한 건," 박이 말했다. "엘리자베스가 헨리의 죽음을 바랐다는 사실이야. 그녀는 애를 학대했어. 어쨌거나 학대 혐의로 기소할 거고, 어차피 이미 재판을 받는 중이야. 한 주 더 재판을 받는다고 뭐가 달라지겠어? 그리고 유죄 평결이 나면 아빠가 자백한다고 했잖아. 약속할게."

진심일까? 아니면 그저 메리의 입을 다물게 하려고 하는 말일까? 그러다 평결이 유죄로 나오면 또다른 핑계를 대고 엘리자베스가 죽게 내버려두는 건 아닐까?

"이제 들어가기 전에 아빠랑 약속해." 박이 말했다. "내 말대로 하는 거다. 아무한테도 말하지 마. 네 엄마한테도 말이야. 알겠지?"

자기 이야기가 나오자 영의 심장은 거세게, 빠르게 쿵쾅거리기 시작했다. 박이 말했다. "매희야, 대답해. 내 말 알아들었어?"

"아니. 엄마Um-ma한테는 말해야 해." 언제나처럼 메리는 영어로 말했지만 '엄마'라는 말을 썼다. 그녀를 그렇게 부른 게 얼마 만이던가? 딸이 저 자신을 분노로 꽁꽁 싸매기 전에는 그녀를 그렇게 불렀다. "엄마가 의심한다며. 그날 저녁 일을 물어보면 어떡해? 내가 뭐라고 대답해야 하는데?"

"지금껏 말한 대로 해. 그날 일은 흐릿해서 기억이 안 난다고."

"아니, 엄마한테도 말해야 할 것 같아." 어린 소녀가 하는 말처럼 메리의 목소리는 작고 떨리고 확신 없이 들렸다.

"안 돼." 어찌나 크게 말했는지 그의 말은 영의 귀청까지 울렸지만 그는 이내 흥분을 가라앉히려는 듯 말을 멈추고 심호흡을 했다. "아빠를 위해서, 매희야. 제발 내 말대로 해줘." 그의 말투에서 꾹 참고 있는 티가 났다. "내 결정이고, 내 책임이야. 네 엄마가 알면……"
그가 한숨을 내쉬었다.

침묵이 흘렀고, 영은 메리가 고개를 끄덕였다는 것을 알았다. 계속 버텼으면 박이 끝까지 괴롭혔을 것이다. 잠시 후 발소리와 휠체어 움직이는 소리가 났다. 소리는 점점 가까워졌다가 헛간을 지나쳐 집 쪽으로 멀어져갔다. 영은 그들이 집에 들어갈 때까지 기다렸다가 도망칠까 생각했다. 아니면 그들을 따라 집으로 들어가서 아무것도 못 들은 체하며 어떻게 나오나 지켜볼까 하는 생각도 했다. 둘 다 비겁한 행동이라는 걸 알았지만 그녀는 너무 피곤했다. 그저 세상과 단절된 채 이곳에 남아 빙빙 도는 것이 멈추기를, 모든 것이 지나가고 아무것도 아닌 일이 돼버리기를 기다리며 죽은 듯이 누워만 있으면 얼마나 편할까?

그러나 안 된다. 아무것도 하지 않을 수는 없었다. 박이 자신을 따돌리고 지금보다 더 상관없는 사람 취급을 하게 내버려둘 순 없었다. 영은 해치를 세게 밀었다. 철문이 열리면서 끼익하는 불협화음이 그녀의 귀청을 갈랐고 비명을 지르고 싶어졌다. 몸을 일으키려다가 체임버의 강철 천장에 머리를 찧었다. 징을 때린 듯이 쿵 하는 소리가 두개골에 울려퍼졌다.

발소리가 천천히 조심스럽게 헛간 안으로 들어왔다. 박은 아무것도 아니라고, 아마 동물일 거라고 말했지만 메리가 그녀를 불렀다. "맘, 엄마야?" 두려움에 흠뻑 젖은 딸의 목소리에는 또다른 무언가가 있었다. 어쩌면 희망일지도.

천천히, 영은 몸을 일으켰다. 기어서 체임버를 나간 뒤 일어섰다. 그들 모녀만의 것인 이 상실의 고통을 함께 나누기 위해 영이 메리에게 손을 내밀었다. 메리는 그런 영을, 시냇물처럼 얼굴에 흘러내리는 영의 눈물을 쳐다보았지만 그녀를 향해 걸음을 내딛지는 않았다. 그 대신, 허락을 구하는 듯 제 아빠를 쳐다봤다. 박이 손을 내밀었고, 메리는 잠시 주저하다가 영한테서 멀어져 박에게로 다가 갔다.

순간 기억이 떠올랐다. 아기인 메리를 가운데 두고 영과 박이 서로 손을 내밀며 딸을 부르던 기억. 아기 메리는 언제나 박에게 기어 갔다. 영은 상처받지 않은 척하고 웃고 손뼉을 치면서, 속으로는 다른 남자들과 달리 남편이 딸과 저렇게 가까우니 얼마나 놀라운지, 딸과 더 많은 시간을—온종일을!—보내는 사람은 그녀인데 딸은 어쩌면 저렇게 자주 보지도 못하는 아빠만 따르는지 생각했다. 그들의 관계는 늘 이런 식으로 불균형했고, 심지어 지금도 영만 외딴 조난자처럼 홀로 먼발치에 떨어진 가느다란 삼각형 대형이었다. 어쩌면 외동아이를 키우는 모든 가정이 이렇게 불균형한 친밀함의 구조를 가졌을 것이고, 그에 따른 질투는 삼인 가족에게는 피할 수 없는 것일지 모른다. 결국 모든 변이 진정으로 균등한 등변삼각형은 이론에서만 존재할 뿐, 현실 세계에서는 불가능했다. 영은 남편과 떨어져 다른 대륙에서 딸과 단둘이 지내다보면 이러한 불균형 구조가 바뀔 거라고 기대했었는데, 아이러니하게도 그때마저 남편이 영보다 메리의 얼굴을 더 자주 보았다. 그들은 이 주에 한 번, (인터넷이 없는 식료품점에서 영은 쓸 수 없는) 스카이프를 통해 만났다. 그들 가족의 균형은 언제나 부녀 쪽으로 치우쳐 있었다. 과거에도 그랬고, 지금도 여전히 그랬다.

영은 그들을 바라보았다. 끔찍한 일을 저지르고도 일 년이나 숨겼다가 아내가 아니라 딸에게 비밀을 떠넘기는 휠체어에 앉은 남자. 그 옆에 서 있는 얼굴에 상처가 난 소녀. 그 상처를 남긴 범죄를 저지른 아빠를 이미 용서한 소녀. 언제나 제 아빠만 택하고, 엄마 품으로 뛰어들어야 할 정도로 끔찍한 폭로를 듣고도 여전히 제 아빠 편만 드는 소녀. 그녀의 남편과 딸. 그녀의 해와 달. 그녀의 뼈와 골수. 그들 없이는 그녀의 삶도 있을 수 없지만 언제나 가닿을 수 없는 불가사의한 존재들. 가슴속 깊은 곳에서 찌릿한 통증이 느껴졌다. 심장 안의 모든 세포가 질식해서 서서히 죽어가는 듯한 통증이었다.

박이 영을 쳐다보았다. 그녀는 남편이 시들어가는 해바라기처럼 고개를 숙이고 참회할 것을 기대했다. 그녀의 눈을 똑바로 쳐다보지도 못한 채 자신의 죄를 고백하며 용서를 구하리라 예상했다. 하지만 대신에 박은 말했다. "여보, 거기 있는 줄 몰랐어. 뭐하고 있었던 거야?" 비난조도, 초조한 어조도 아니었고 계속 거짓말로 상황을 모면할 수 있을 것인지 그녀를 시험하려는 듯 태연한 척 꾸민 말투였다. 그런 남편과, 괴상하게 진짜처럼 보이는 그의 가짜 미소를 쳐다보다 영은 뒤로 휘청거렸고, 갑자기 바닥이 사라져 진공 속으로 곤두박질치는 기분이 들었다. 이 공간에서, 이 죽음과 거짓말의 폐허에서 빠져나와야만 했다. 발밑에 타다 남은 나무판자가 편편하지 않아서 영은 비틀거리며 난기류를 만난 비행기 통로를 걷는 것처럼 팔을 벌리고 균형을 잡아야 했다. 그녀는 박과 메리를 지나쳐 오래전에 죽은 나무 그루터기로 걸어가 눈물을 훔쳤다.

"그렇군. 당신도 들었지?" 박이 말했다. "여보, 당신이 이해해야 해. 당신한테 부담 주기 싫었고 결과적으로는 잘 풀릴 가능성도 있을 것 같아서……"

"잘 풀려?" 영이 돌아서서 박을 노려보았다. "어떻게 이게 잘 풀릴 수가 있어? 아이 하나가 죽었어. 다섯 아이가 엄마를 잃었고. 죄

없는 여자가 살인죄로 재판을 받고 있어. 당신은 이제 휠체어 신세지. 게다가 메리는 자기 아빠가 살인자라는 걸 알고 평생을 살아가야 해. 이런 상황에서 도대체 뭐가 잘 풀린다는 건데?" 말을 멈추고 정적 속에 메아리치는 자신의 말을 들을 때까지, 영은 자신이 소리를 지르고 있었다는 사실을 자각하지 못했다. 목구멍이 쓰라리고 따가웠다.

"여보," 박이 말했다. "안으로 들어와. 들어와서 이야기해. 당신도 이해할 거야. 다 잘될 수 있어. 지금은 그냥 아무 말도 하지 말고 지켜보기만 하면 돼."

영은 뒤로 물러서다 나뭇가지를 밟았고, 그 바람에 비틀거리다 넘어질 뻔했다. 순간 메리와 박이 동시에 몸을 숙이며 손을 내밀었다. 영은 그녀를 지탱하고 붙잡기 위해 양옆에서 뻗어나온 딸과 남편의 손을 보았다. 그들의 얼굴을 바라보았다. 그녀가 사랑하는 이 아름다운 사람들이 개울을 따라 이어지는 오솔길 기슭에 서 있었고, 그들 뒤로 키가 큰 나무 그늘이 캐노피처럼 드리워져 있었으며, 나뭇잎 사이로 반짝이는 햇살이 환하게 비추고 있었다. 그녀의 삶이 무너져내린 이 아침이 얼마나 아름답던지 신이 그녀 따위는 전혀 중요하지 않다는 듯 조롱하는 것 같았다.

메리가 그녀를 보며 말했다. "엄마, 제발." 한국말로 다정하게 '엄마'라고 부르는 소리에 영은 메리를 품에 안고 예전처럼 엄지손가락으로 딸의 눈물을 닦아주고 싶었다. 그래, 하고 대답하고 그들의 손을 잡으며 비밀로 영원히 굳게 지켜질 그 연대에 동참할 수 있다면 얼마나 편할까 하고 생각했다. 문득 고개를 든 영의 눈에, 여덟 살 난 소년과 그를 지키려던 한 여인을 집어삼킨 화염에 시커멓게 탄 잠수함이 그녀 쪽을 내다보고 있는 게 보였다.

안 된다고, 그녀는 고개를 내저었다. 뒤로 한 발짝, 한 발짝, 또 한 발짝, 영은 그들의 손이 닿지 않는 곳까지 물러났다. "당신은 나한테 이래라저래라 할 자격 없어." 그녀가 말했다. 그런 다음 영은 남편과 딸을 뒤로하고 돌아서서 걸어갔다.

맷

맷은 법정에서 메리를 찾았다. 그녀를 만나길 원했다. 아니, 딱히 원했다기보다는 필요했다. 통증을 멈추기 위해 신경 치료를 원하는 건 아니지만 충치를 제거할 필요는 있는 것처럼. 최근 뉴스("아들에게 락스를 먹인 '살인자 엄마' 재판")의 영향인지 법정은 평소보다 붐볐지만 유씨 가족은 보이지 않았다. 맷은 이상하다고 생각했다.

재닌은 벌써 도착해 있었다. "음성 샘플을 내고 왔어. 오늘 상담원 남자한테 들려줄 거래." 아내의 속삭이는 말을 들으며 맷은 자신의 차문을 열고 휴대폰에 손을 댈 수 있었던 메리를 떠올렸고 속이 뒤틀릴 정도로 불안해졌다.

에이브가 고개를 돌렸다. "오늘 유씨 가족 봤어요?"

맷은 고개를 저었다. "오늘이 메리 생일일 거예요. 축하해주고 있는 거 아닐까요?" 재닌이 말했다.

메리의 생일. 뭔가가 잘못된 것 같은 불길한 예감이 들었다. 자동차 열쇠에 대한 깨달음, 어젯밤 꿈, 그리고 메리의 생일까지, 불길한 일이 한꺼번에 몰려왔다. 열여덟 살의 메리, 이제 법적으로 성인이다. 그 말인즉슨 정식 기소가 가능하다는 뜻이었다. 제기랄.

하이츠 형사가 반대 심문을 받기 위해 걸어나왔다. 섀넌은 아침 인사나 안부를 묻는 데 시간을 허비하지도, 자리에서 일어나 웅성거리는 소음이 잦아들 때까지 뜸을 들이지도 않았다. 그저 자리에 앉은 채 대뜸 질문을 던졌다. "증인은 엘리자베스 워드를 아동 학대범으로 생각했습니다, 맞죠?"

방청객들은 대체 어디서 들려오는 질문인지 파악하려는 듯 주위를 두리번거렸다. 하이츠 역시 당황한 기색이었다. 종이 울리면 링이라도 한 바퀴 돌 것으로 기대했다가 별안간 얼굴로 날아든 펀치를 얻어맞은 권투 선수 같은 표정이었다. "저는, 음⋯⋯ 그랬던 것 같네요. 맞습니다." 그녀가 대답했다.

섀넌은 여전히 자리에 앉아서 말했다. "그리고 동료들에겐 이렇게 말하셨죠. 이 사건에서는 그 점이 중요하다고, 학대 신고 말고는 동기가 없다고 말입니다."

하이츠는 인상을 찌푸렸다. "그런 기억은 없습니다."

"기억이 없다고요? 2008년 8월 30일에 본 사건에 대한 회의에서 화이트보드에 '학대 없음=동기 없음'이라고 적은 기억이 나지 않는다는 말씀입니까?"

하이츠는 침을 꿀꺽 삼켰다. 잠시 후 그녀가 헛기침을 했다. "네. 그건 기억합니다만⋯⋯"

"확인 감사합니다, 형사님. 이제," 섀넌이 자리에서 일어났다. "일반적으로 아동 학대 신고가 어떻게 처리되는지 설명해주시죠." 앞으로 걸어나오는 섀넌의 발걸음은 정원을 산책하는 것처럼 느긋하고 여유로웠다. "심각한 신고가 접수되면 수사가 끝나기 전에 아동을 부모로부터 분리하기도 한다던데, 맞습니까?"

"네, 심각한 피해 위협이 인정되면 수사 종결시까지 위탁가정에 아동을 임시로 배치하는 긴급 명령권을 확보하려고 노력합니다."

"심각한 피해 위협의 인정이라." 섀넌은 증인석을 향해 걸음을 옮겼다. "이 사건의 경우, 엘리자베스에 대한 익명의 신고를 받고도 증인은 헨리를 가정에서 분리하거나 그럴 시도조차 하지 않았습니다. 맞습니까?"

하이츠는 입을 꾹 다문 채 눈도 깜빡이지 않고 섀넌을 쳐다봤다. 한참 뒤 그녀가 대답했다. "맞습니다."

"그렇다면 헨리가 상당한 피해 위험에 처해 있다고 판단한 건 아니라는 뜻이네요. 그렇습니까?"

하이츠는 에이브를 한 번 넘겨다본 뒤 다시 섀넌을 보면서 눈을 깜빡였다. "그건 저희 사전 평가에 따른 판단이었습니다. 본격적인 수사를 시작하기 전에요."

"아, 그렇군요. 수사를 닷새 동안 진행하셨습니다. 그 기간에 언제라도 헨리가 실제로 학대를 당하는 정황이 포착되면 아동 보호를 위해 가정에서 분리할 수 있고, 또 그렇게 했을 겁니다. 그게 증인의 일이죠?"

"네, 그렇습니다만……"

"하지만 그렇게 하지 않으셨지요." 섀넌은 장벽으로 돌진하는 불도저처럼 앞으로 나아갔다. "신고가 접수되고 닷새 동안 증인은 헨리를 집에 머무르게 했습니다. 맞습니까?"

하이츠는 입술을 깨물었다. "그건 평가 단계에서 저희가 분명 실수한 부분입니다만……"

"증인," 섀넌이 끼어들며 언성을 높였다. "제가 한 질문에만 대답해주시죠. 저는 지금 증인의 업무 성과를 묻는 게 아닙니다. 하지만 증인의 상관이나 죽은 아이를 대신해 소송할 의향이 있는 변호사들은 증인이 방금 인정한 과실에 관심이 있을지도 모르겠네요. 어쨌든 제가 하고 싶은 질문은 이겁니다. 닷새간의 수사를 마친 뒤 증인은 엘리자베스가 헨리에게 심각한 피해 위협이 되는 아동 학대범이라는 확인을 했습니까, 못했습니까?"

"못했습니다." 기가 꺾인 듯한 하이츠가 맥없이 대답했다.

"감사합니다. 그럼 증인의 수사 내용을 들여다보도록 하죠." 섀넌은 이젤 위에 텅 빈 포스터를 올려놓았다. "어제 증인은 네 종류의 학대를 수사했다고 했습니다. 방임, 정서적 학대, 신체적 학대, 그리고 의학적 학대, 맞습니까?"

"네."

섀넌은 포스터에 표를 그리고, 세로 단에 네 가지 항목을 적어넣었다. "증인은 킷 커즐라우스키와 교사 여덟 명, 상담사 네 명, 의사 두 명, 그리고 헨리의 아버지를 면담했습니다. 맞습니까?"

"네."

섀넌은 가로 단 상단에 면담자들을 적어넣었다.

	부	교사 8인	상담사 4인	의사 2인	킷
방임					
정서적 학대					
신체적 학대					
의학적 학대					

"면담자들 가운데 엘리자베스가 헨리를 방임한다는 우려를 표한 사람이 있습니까?" 섀넌이 물었다.

"아니요."

섀넌은 방임이라고 표시된 행에 X자를 다섯 번 적은 뒤, 행 전체를 가로질러 줄을 그었다. "그럼 킷을 제외하고 정서적 혹은 신체적 학대에 대한 우려를 표명한 사람이 있습니까?"

"없습니다." 하이츠가 대답했다.

"사실, 작년에 헨리의 담임이었던 교사는 이렇게 말했습니다. 증인이 메모한 내용을 그대로 읽겠습니다. '엘리자베스는 자녀에게 정서적으로나 신체적으로나 트라우마를 남길 엄마가 절대 아니다.' 맞습니까?"

하이츠는 탄식에 가까운 한숨을 내쉬었다. "네."

"감사합니다." 섀넌은 그 두 항목에 해당하는 행에서 킷의 칸만 빼고 모두 X자를 써넣었다. "마지막으로 의학적 학대입니다. 이 부분에 주목하셨으니 면담자 전원에게 상세히 물어보셨을 거라고 생각합니다." 섀넌은 매직펜을 내려놓았다. "그러니 한번 들어보죠. 여기 적힌 열다섯 명의 다른 면담자들이 제기한 의학적 학대 사례를 전부 말씀해주시죠."

하이츠는 아무 대꾸도 없이 강한 반감이 섞인 표정으로 섀넌을 쳐다보기만 했다.

"증인, 대답해주시겠어요?"

"문제는, 면담자들은 피고인이 헨리에게 행한 이른바 의학적 치료라는 것에 대해 전혀 모르고 있었다는 겁니다. 그래서……"

"네, 헨리의 치료에 대해선 곧 다루기로 하고요. 그러기에 앞서 방금 증인의 대답은 여기 열다섯 명의 다른 면담자들이 엘리자베스가 의학적 학대를 저질렀다고 생각하지는 않았다는 말처럼 들리는데요. 맞습니까?"

한숨을 내쉬는 하이츠의 콧구멍이 벌름거렸다. "네."

"감사합니다." 섀넌은 마지막 행에도 X자를 적은 다음, 배심원들이 표를 잘 들여다볼 수 있도록 뒤로 물러섰다.

	부	교사 8인	상담사 4인	의사 2인	킷
~~방임~~	X	X	X	X	X
정서적 학대	X	X	X	X	
신체적 학대	X	X	X	X	
의학적 학대	X	X	X	X	

섀넌은 포스터를 가리켰다. "자, 헨리를 가장 잘 알고, 아이의 안녕을 바라는 열다섯 명의 전문가들이 엘리자베스는 어떤 방식으로도 헨리를 학대하지 않았다는 데 동의했습니다. 그럼 이제 문제의 한 사람에 대해 이야기해보죠. 킷이 실제로 엘리자베스가 정서적 학대를 저질렀다고 비난했습니까?"

하이츠는 인상을 찌푸렸다. "그보다는 피고인이 헨리한테, 너는 짜증나는 애고 모두가 너를 싫어한다고 말한 게 아동에게 해를 끼친 것이 아닌지 의문을 제기했다고 보는 게 더 타당합니다."

"그러니까 정서적 학대에 대한 의문을 제기했다는 거군요." 섀넌은 킷과 정서적 학대 항목이 만나는 칸에 물음표를 적어넣었다. "그럼 이 부분에 대한 증인의 의견은 어떻습니까? 학대가 맞다고 봅니까? 저도 자녀를 키우고, 제 딸은 한창 사춘기입니다만. 제 말은 그러니까, 저 역시 이따금 딸한테 넌 버릇없고, 못됐고, 완전 밉상이니까 당장에 버릇을 고쳐먹지 않으면 나중엔 친구도 없고, 결혼도 못하고, 직업도 없는 외톨이가 될 거라고 말할 때가 있다는 말입니다." 배심원 몇이 낄낄거리며 고개를 끄덕였다. "제가 '올해의 엄마 상' 같은 걸 받을 자격이 없는 건 알겠는데 이런 일로 자녀를 엄마로부터 떼놓기도 하나요?"

"아니요. 말씀하신 대로 이상적이진 않습니다만, 학대 수준으로 보기는 어렵습니다."

섀넌이 미소를 지으며 정서적 학대 행에 줄을 그었다. "이제, 신체적 학대를 보죠. 킷이 실제로 엘리자베스가 신체적 학대를 가했다고 말했습니까?"

"아니요. 그저 아이의 팔에 긁힌 상처를 보고 의문을 제기했을 뿐입니다."

섀넌은 신체적 학대와 킷이 교차하는 칸에 물음표를 적었다. "아이와 면담했을 때 헨리는 그것이 이웃집 고양이한테 긁힌 상처라고 말했습니다. 그렇지 않습니까?"

"그렇습니다."

"실제로 증인은 헨리와의 면담 기록에 이렇게 적었더군요. '신체적 학대 주장을 뒷받침할 만한 증거 없음', 맞습니까?"

"맞습니다."

섀넌은 신체적 학대 행에 줄을 그었다. "이제 의학적 학대만 남았네요. 본 혐의는 엘리자베스가 행한 대체 치료법, 그중에서도 특히 킬레이션 정맥주사 요법과 MMS에 집중돼 있는 거죠?"

"맞습니다."

섀넌은 표 안에 킬레이션과 MMS("락스")를 써넣었다. "먼저 사과드리지만, 제가 이 분야에는 문외한이라 그런지 의학적 학대가 성립하려면 엄마가 아이에게 해를 입혔는지부터 따져봐야 할 것 같습니다. 그러니까 실제로 아이를 아프게 했는지, 혹은 병세를 더 악화시켰는지 여부 말입니다. 안 그렇습니까?"

"일반적으로는 그렇습니다."

"바로 그 점 때문에 헷갈리는데요. 헨리가 전보다 훨씬 더 건강해졌는데 어떻게 아이의 치료를 학대라고 볼 수 있는 거죠?"

하이츠가 몇 차례 눈을 깜빡거렸다. "그 사실 여부는 확신할 수 없습니다."

"아니라는 말씀입니까?" 이렇게 되묻는 섀넌의 얼굴에서 맷은 아이처럼 이것 봐! 하는 듯이 신이 난 표정을 읽을 수 있었다. "헨리가 세 살 때 자폐 진단을 내렸던 조지타운병원 자폐클리닉의 신경외과의를 아십니까?"

"네, 헨리의 의료 기록에서 봤습니다." 맷은 모르고 있었다. 그는 늘, 킷한테 들은 내용을 바탕으로, 헨리의 '자폐'가 엘리자베스의 머리에서 나왔을 거라고 짐작하고 있었다.

"바로 그 의료 기록에 동일한 신경외과의가 작년 2월부로 헨리에게 더이상 자폐 특성이 없다고 진단한 내용도 있었을 텐데요?"

"네."

"그럼, 자폐였다가 자폐가 아니게 됐으니 건강이 나빠진 게 아니라 좋아진 거군요. 안 그렇습니까?"

"사실, 해당 신경외과의는 오진 가능성을 시사했습니다."

"헨리의 증상 개선이 달리 설명할 수 없을 만큼 너무 대단해서요? 대부분의 아이들은 헨리처럼 개선되지 않으니까 그렇다, 뭐 이런 말씀입니까?"

"음, 어쨌든 해당 의사는 방대한 양의 언어 및 사회 치료가 증상 개선에 영향을 끼쳤을 가능성이 크다고 말했습니다."

"방대한 양의 치료라 함은 엘리자베스가 고집스럽게 예약해서 매일같이 헨리를 태우고 다녔던 그 치료들 말씀입니까?" 섀넌은 또 한번 엘리자베스가 대단한 어머니인 양 추켜세우며 말했다. 그 말을 들은 맷은 짜증이 나기보다는 여태 자신이 오해했는지 자문하게 되었다. 엘리자베스의 집착에는 그럴 만한 이유가 있었고, 그 집착 덕분에 헨리가 자폐아에서 비자폐아가 된 것일까?

하이츠의 주름이 한층 깊어졌다. "그런 것 같습니다."

"다른 측면에서도 헨리의 건강은 호전되었습니다. 세 살 때 잦은 설사로 인해 체중이 하위 2퍼센트에 속했던 아이가 여덟 살에는 위장장애 없이 40퍼센트 안에 들었습니다. 증인도 의료 기록에서 그 점을 확인하셨죠?"

하이츠의 얼굴이 상기되었다. "그런 문제가 아닙니다. 진짜 문제는 이른바 치료라고 했던 행위들이 결과와 관계없이 의학적 학대에 해당할 만큼 위험하고 불필요했다는 점입니다. 게다가 화재 위험성이 잘 알려진 HBOT 같은 치료가 헨리에게 해로운 결과를 끼쳤다는 점도 잊지 말아야죠. 바로 죽음 말입니다."

"그렇습니까? 공인 시설에서 HBOT 치료를 받는 것이 의학적 학대에 해당하는 건 저도 몰랐네요." 섀넌은 방청석을 향해 몸을 틀었다. "오늘 이 자리에 미라클 서브마린의 환자 가족들이 스물에서 서른 분 정도 와 계신 걸로 압니다. 그러니까 방금 하신 말씀은 여기 계신 분들도 자녀에게 위험한 치료를 받게 한 아동 학대 혐의로 수사할 거라는 뜻으로 들리는데요. 그런 뜻이 맞나요?"

맷은 곁눈으로도 방청석에 앉은 수많은 여자들이 이리저리 고개를 돌리며 서로를, 엘리자베스를 쳐다보는 게 보였다. 그들은 엘리자베스가 비난받는 것과 동일한 죄목으로 자신들이 궁지에 몰릴 거라고는 전혀 생각하지 못한 모양이었다. 그래서 엘리자베스를 그토록 열성적으로 사악한 살인자라고 확신하는 것일까? 그녀가 고의로 불을 지르지 않았더라면 지금쯤 그들의 자녀가 겨우 운이 나빴다는 이유로 안전한 집이 아닌 관 속에 누워 있을지도 모를 일이니까?

하이츠가 말했다. "아니요, 물론 아닙니다. 그렇게 하나만 따로 떼놓고 볼 수는 없습니다. HBOT뿐만이 아닙니다. 피고인은 킬레이션 정맥주사를 놓거나 락스를 마시게 하는 것 같은 극단적인 행위들을 했어요."

"아, 그렇죠. 그럼 다시 그것들을 살펴보죠. 킬레이션 정맥주사는 FDA에서 승인한 치료법입니다. 맞습니까?"

"네, 하지만 중금속중독 치료용이지요. 헨리와는 아무 상관 없어요."

"증인은 다양한 형태의 중금속 물질을 체내에 주입한 쥐가 자폐증과 유사한 사회적 이상행동을 보이다가 킬레이션 치료를 받은 뒤 다시 정상이 되었다고 보고한 브라운대학의 연구를 아십니까?"

맷은 모르는 연구였다. 사실일까?

"아니요, 그런 연구는 들어본 적이 없습니다."

"정말요? 해당 연구를 게재한 〈월 스트리트 저널〉의 기사를 제가 증인의 수사 보고서 파일에서 찾았는데요. 수은과 납을 비롯한 여타 중금속 수치가 헨리 체내에서 높게 나왔다는 검사 결과지 바로 옆에서요."

하이츠는 더는 말을 하지 않으려는 듯 입술을 꼭 다물었다.

새넌이 말했다. "연구에 참여했던 의사이자, 스탠퍼드 대학병원에서 근무중이며 스탠퍼드 의과대학의 교수이기도 한 안젤리 홀 박사는 자폐 특성이 있는 아이들에게 다름 아닌 킬레이션 요법을 사용하는 걸 아십니까?"

맷에게 생소한 이름이었지만 저 정도 자격이라면 누가 그 사람의 정통성에 이의를 제기할 수 있단 말인가?

"아니요, 그 의사는 알지 못합니다." 하이츠가 말했다. "하지만 최근에 킬레이션 정맥주사를 맞은 자폐아가 사망한 사건은 알고 있습니다."

"자격을 상실한 의사의 과실 때문이었다죠?"

"그렇다고 들은 것 같네요, 네."

"의료인의 과실은 사람들을 죽이기도 하죠." 새넌은 배심원들을 향해 몸을 틀었다. "바로 지난달만 해도 한 소아과 의사가 타이레놀 복용량을 착각하는 바람에 한 아동이 사망했다고 합니다. 증인께 여쭤보죠. 타이레놀은 아동을 사망에 이르게 할 수 있는 위험 약물로 보이는데, 제가 내일 제 아이한테 타이레놀을 먹인다면 그것도 의학적 학대라고 하시겠습니까?"

"킬레이션은 타이레놀이 아닙니다. 피고인은 헨리한테 일반적으로 병원에서만 취급하는 위험한 의약품인 DMPS를 투약했습니다. 다른 주의 자연주의 요법 치료소를 통해 우편으로 받은 약물입니다."

"그렇다면 증인은 그 다른 주의 자연주의 요법 치료소라는 곳이 닥터 홀의 진료소이며, 닥터 홀이 헨리에게 써준 처방전으로 엘리자베스가 약을 추가로 주문한 사실을 알고 있습니까?"

놀란 하이츠의 눈썹이 추켜올라갔다. "아니요, 그건 몰랐습니다."

"그럼 증인은 스탠퍼드에서 강의하는 신경외과 전문의가 처방한 약물을 아이한테 주는 것이 의학적 학대라고 보십니까?"

하이츠는 한동안 입술을 꾹 다물고 생각하고 있었다. 맷은 받아 쳐요, 멍청하게 있지 말고, 라고 외치고 싶었다. "아니요." 하이츠가 대답했다.

"좋습니다." 섀넌은 표 안에 킬레이션이라고 적은 글씨에 줄을 그었다. "이제 이른바 락스 치료만 남았군요. 형사님, 락스 성분의 화학 공식을 아십니까?"

"모릅니다."

"증인의 보고서 안에 적혀 있는데요. NaClO이고, 차아염소산나트륨으로 읽습니다. 그럼 엘리자베스가 헨리한테 먹인 미네랄 용액이자, 증인이 락스라고 부르는 MMS의 화학 공식은 아십니까?"

하이츠가 살짝 인상을 찌푸렸다. "이산화염소입니다."

"네, ClO_2입니다. 사실 생수에도 몇 방울 정도 희석돼 있는 성분입니다. 증인은 생수회사들이 이 성분을 활용해 병에 담긴 생수를 정수한다는 사실을 알고 있습니까?" 섀넌은 배심원들을 향해 몸을 틀었다. "우리가 슈퍼마켓에서 구입하는 생수에도 증인이 '락스'라고 부르는 MMS 용액과 같은 성분이 들어 있다는 말입니다."

에이브가 일어나서 말했다. "재판장님, 지금 누가 증언을 하고 있는 겁니까?" 그러나 개의치 않고 말을 이어나가는 섀넌의 목소리는 커졌고, 말은 점점 더 빨라졌다. "이산화염소는 약국 선반에서 흔히 볼 수 있는 항균제에도 들어 있습니다. 약국에서 그런 것들을 사는 부모를 전부 체포하실 겁니까?"

에이브가 또다시 말했다. "이의 있습니다. 제가 계속 참으려고 했습니다만, 변호인은 근거 없는 추정들로도 모자라 증인의 전문 분야도 아닌 온갖 질문으로 증인을 너무 몰아붙이고 있습니다. 하이츠 형사는 의사가 아니고 화학자나 의학 전문가도 아닙니다."

끓어오르는 분노로 섀넌의 얼굴이 붉어졌다. "제 주장의 요점이 바로 그것입니다. 존경하는 재판장님, 증인인 하이츠 형사는 전문가가 아니며―근거도 없이―위험하고 불필요하다고 하는 이 치료들에 대해 아무것도 모르고 있습니다. 게다가 들여다보기만 하면 자신의 수사 파일에서 전부 확인할 수 있었던 기본적인 지식조차 알려고 하지 않았습니다."

"이의를 인정합니다. 호그 변호인은 추후에 피고인측 전문가를 소환하도록 하고, 지금은 증인의 업무 범위에 있는 기록들에 집중하도록 하세요." 판사가 말했다.

섀넌이 고개를 끄덕였다. "그렇게 하겠습니다, 재판장님." 그녀는 몸을 틀었다. "증인은 직접 수사를 개시할 수 있는 권한이 있죠? 한 사건을 수사하는 도중에, 예를 들어 다른 부모의 학대 정황을 포착하면 새로운 사건을 진행할 수 있습니까?"

"물론입니다. 저희가 혐의를 어떻게 포착했는지는 중요하지 않습니다."

"그런 경우라면," 섀넌이 말했다. "증인은 온라인 채팅을 통해 많은 부모가 본인의 관할 구역에서 킬레이션 정맥주사 요법과 MMS를 동시에 행한다는 증거를 확보했을 텐데요? 그렇지 않나요?"

하이츠 형사가 "네"라고 대답하기 전에 그녀의 시선이 잠깐 방청석을 향했다.

"그 부모들 가운데 증인이 의학적 학대 혐의로 수사한 사람은 몇 명이나 됩니까?"

형사의 시선이 다시 방청석을 스쳤다. "없습니다."

"그건 증인이 MMS와 킬레이션 요법을 아동 학대로 보지 않기 때문이죠. 그렇지 않습니까?" 섀넌은 말하지 않았지만 맷은 그녀의 머릿속에 있는 말을 읽을 수 있었다. 그 치료들이 학대라면 여기 있는 사람 절반이 이미 감옥행이니까요.

하이츠가 섀넌을 쏘아보고 섀넌 역시 맞받아 쏘아보는 통에 그들의 째려보기 다툼이 몇 초를 넘겼다. 어색한 수준을 넘어 고통스러울 지경까지 갔을 때 하이츠가 대답했다. "그렇습니다."

"감사합니다." 섀넌이 말했다. 그리고 의도적으로 천천히 표를 향해 걸어가 의학적 학대라고 적힌 마지막 행에 크고 두꺼운 줄을 그었다.

맷은 엘리자베스를 쳐다보았다. 변함없는 그녀의 얼굴은 여전히 무표정한 가면을 쓰고 있었다. 어제 하이츠 형사가 그녀를 아무 이유 없이 아들을 대상으로 고통스러운 실험을 감행한 가학적인 학대범으로 묘사했을 때도 그녀는 내내 저 가면을 쓰고 있었다. 그러나 이번에는 무정한 게 아니라 마비된 것처럼 보였다. 비탄에 빠져 넋이 나간 것처럼 보였다. 순간, 아침에 일어났을 때부터 생각했던 일이 맷의 뇌리를 스쳤다. 에이브한테, 그리고 어쩌면 섀넌한테도 말해야 한다. 전부는 아니어도 적어도 메리와 보험사 전화, 그리고 H-마트 쪽지에 관한 부분이라도 말이다. 담배 이야기는 상황을 봐서 결정할 수 있을 것이다. 하지만 먼저 메리를 찾아서 경고해줘야 한다. 그녀가 먼저 에이브를 찾아가 자백할 기회를 줘야만 한다.

맷은 재닌의 어깨를 두드렸다. "지금 가봐야 해." 그가 입 모양으로 말하며 일 때문이라는 듯 호출기를 가리켰다. 재닌이 속삭였다. "그래 가봐, 내가 나중에 말해줄게."

그는 자리에서 일어나 법정을 나섰다. 나가는 길에 그는 섀넌이 이제 너덜너덜해진 표에 손짓하는 걸 보았다. "증인," 그녀가 말했다. "이전에 말씀드린 부분을 확인하고자 합니다." 섀넌이 표에 무언가를 적더니 말했다. "동료들과의 회의에서 증인이 적은 게 맞죠?"

맷은 문간에 멈추어 돌아보았다. 하이츠가 "네, 맞습니다" 하고 대답한 후에야 섀넌은 뒤로 물러섰고 마침내 포스터가 그의 시야 안으로 들어왔다. 학대의 목록이 모두 지워진 최상단에 섀넌은 두꺼운 매직펜으로 학대 없음=동기 없음을 적고 동그라미를 쳐놓았다.

학대 없음 = 동기 없음

	부	교사 8인	상담사 4인	의사 2인	킷
방임	X	X	X	X	X
정서적 학대	X	X	X	X	?
신체적 학대	X	X	X	X	?
의학적 학대	X	X	X	X	킬레이션 MMS("록스")

엘리자베스

그녀는 휴회 시간에 법정 밖에서 그들을 발견했다. 자폐아 엄마 모임에서 나온 상당한 규모의 대표단—스무 명, 아니 서른 명 정도의 여자들. 그들을 마지막으로 본 건 헨리의 장례식으로, 엘리자베스가 아직 비극을 당한 엄마로 여겨질 때였다. 그들의 연민과 비애가(그리고 어쩌면 자기 아이는 살아 있다는 우월감을 느껴버린 데서 오는 죄책감이) 그녀에게 집중되었다. 체포되고 뉴스가 터진 다음에는 캐서롤을 들고 찾아오는 발길이 끊겼다. 그녀는 그들 중 몇명은 재판을 보러 올 거라고 기대했었지만 이번주 내내 아무도 보지 못했다.

그런데 이제, 그들이 나타났다. 왜 오늘일까? 혹시 최근의 뉴스가 '특수아동 보모를 종일 고용할 만큼' 그들의 호기심을 자극한 것일까? 아니면 오늘 월례 모임이 있었나? 그렇지, 오늘이 목요일이었다. 그래서 다 같이 현장학습이라도 하기로 한 걸까? 그것도 아니면…… 혹시 그런 건 아닐까? 헨리가 받은 치료에 '의학적 학대'

라는 꼬리표가 붙었다는 말을 듣고―자녀에게 같은 치료를 하는 그들 다수가―그녀를 지지하기 위해 나서려는 걸까?

여자들은 흐트러진 원형으로 서서 대화를 나누거나 벌집 주변의 꿀벌처럼 주위를 서성거렸다. 법정으로 돌아가는 엘리자베스가 그들과 가까워졌을 때 통화중이던 한 여자가―엘리자베스보다 먼저 이른바 락스 치료를 처음 시작한 일레인이―고개를 들고 그녀를 발견했다. 일레인의 눈썹이 추켜올라갔고 반가운 듯 입술이 늘어지면서 미소가 지어졌다. 엘리자베스는 미소로 화답하며 여자들이 모인 곳으로 방향을 틀었다. 가슴팍에서 팔딱거리는 심장이 고동쳤고 희망에 휩싸인 전신이 붕 뜨는 기분이었다.

그때 일레인이 미소를 거두고 여자들 쪽으로 돌아서더니 무언가를 속삭였다. 이제 여자들 전부가 그녀 쪽을 힐끔거렸다. 썩어가는 시체를 보듯이―궁금해 죽겠지만 역겹다는 표정으로―그들의 시선은 그녀에게 꽂혔다가 이내 달아났고 역한 냄새를 맡은 것처럼 얼굴이 일그러졌다. 일레인의 올라간 눈썹과 미소가 당연히 놀라움과 당황 때문이라는 사실을 엘리자베스가 미처 깨닫기도 전에 여자들은 엘리자베스를 등지고 옹송그리며 한데 뭉쳤고 어찌나 단단하게 모였는지 자기들끼리 한꺼번에 무너질 것 같았다.

새넌이 입 모양으로 말했다. "자, 가요." 엘리자베스는 고개를 끄덕이며 그들에게서 물러났으나 다리가 무거우면서도 속이 텅 빈 것처럼 느껴져 걷기가 힘들었다. 수년간 그녀가 엄마로서 소속감을 느낀 건 저 모임뿐이었다. 저곳에서만 유일하게 "저 여자가 그……자폐아 엄마야. 왜 있잖아, 온종일 몸만 흔드는 애"라고 수군대며 (언제나 수군거리며) 그녀를 동정하지 않았고, 정중하게 피해 다니지도 않았다. 반대로 그 모임에서 그녀는 난생처음 힘이라는 것을 경험했다. 이전에도 성취의 경험이 없지는 않았지만—학교에서 우등상도 받아봤고, 직장에서 성과금도 타봤지만—그런 건 일벌들의 성공이었고 자기 부모만 알아주는 조용한 성취였다. 반면 자폐아 엄마들의 세계에서 엘리자베스는 록스타였다. 기적을 낳는 사람이었고 핵심 회원들 가운데 우두머리였다. 그녀가 바로 모두가 꿈꾸는 '회복된 아이'의 엄마였기 때문이다. 다른 아이들처럼 말도 못하고, 사회성도 없고, 어디 내놓기 힘들 정도로 엉망이었다가 몇 년만에 일반 학급과 치료 완료의 영역으로 옮겨간 아이. 헨리는 우리 아이에게도 언젠가 저런 변화가 찾아오겠지, 하고 우러러보는 롤모델이자 희망의 결정체였다.

그토록 커다란 존경과 시기의 대상이 되자니 황홀한 기분이었지만 (익숙지는 않았던 터라) 창피하기도 해서 엘리자베스는 헨리의 진전에 있어 자신의 역할을 축소하려 애썼다. "어쩌면," 그녀는 모임에서 말했다. "헨리가 차도를 보인 건 치료 때문이 아닐지도 몰라요. 타이밍이 맞아떨어진 거죠. 대조군이 없으니 아무도 모르는 거예요." (정말 그렇게 생각하는 건 아니었지만 상관관계가 인과관계와 동일하지는 않다는 그녀의 논리는 그녀를 이성적인 사람으로 보이게 했고, 덕분에 믿지 않는 사람들도 그녀를 '대체 의료광'으로 폄하하는 일이 드물었다.)

그러나 엘리자베스의 설명에도 불구하고 사실상 모임 내 모든 엄마들이 생의학 경쟁에 뛰어들었고 앞다투어 자녀들에게 동일한 치료를 받게 했다. 그것은 '엘리자베스의 치료법'이라 불렸고, 엘리자베스가 자신도 남들한테 추천받은 요법에 헨리의 검사 결과를 토대로 약간 수정을 가한 것뿐이라고 말려봐도 소용없었다. 많은 아이들이 (헨리처럼 빠르고 극적이진 않아도) 차도를 보였다. 엘리자베스가 진정한 여왕벌이자 모두가 의지하는 전문가로 거듭난 순간이었다. 법정 밖에 서 있던 여자들 모두 그녀에게 이메일을 보내 조언을 구했고, 커피를 나누며 머릿속을 들여다보려 했으며, 검사 결과를 해석하는 데 도움을 청했고, 감사의 표시로 머핀과 기프트 카드를 보냈다.

한때 한데 모여 그녀를 칭송하던 여자들이 이제는 그녀를 등지고 그 어느 때보다 똘똘 뭉쳐 비난의 화살을 겨누고 있었다. 한때 신적인 존재였던 그녀가 이제는 처지가 바뀌어 외톨이로 전락했다. 그녀를 향한 여자들의 반응은 마치 며칠 뒤면 사형수가 될 사람을 대하는 듯했다.

*

법정에 앉아서 엘리자베스는 이젤에 놓인 표를 쳐다보았다. 학대라는 추악한 단어에 시선이 꽂혔다.

아동 학대. 저것이 지금껏 그녀가 해온 일이었을까? 이웃집에서 처음 꼬집은 이후 다시는 그러지 않겠다고 스스로 다짐했지만—그녀는 긍정적 양육 태도를 지지했고 위협은 물론 꾸짖는 것조차 안 된다고 믿었지만—시간이 갈수록 좌절감은 쌓여만 갔다. 부정적인 행동은 무시하고 긍정적인 행동은 칭찬하면서 몇 주, 몇 달이라는 인내의 시간을 보내고 나면 어느 순간 역조를 만난 것처럼 치솟는 분노가 그녀를 때려눕히고 달콤한 표출을 열망하게 했고, 그러면 헨리의 보드라운 살을 쥐고 비틀거나 고함을 지르고 싶어졌다. 그러나 결코 매를 들거나 손찌검하거나 병원에 데려가야 할 만한 부상을 초래한 적은 없었다. 결국엔 피를 보고 뼈를 부러뜨리는 그런 것들이 아동 학대가 아니던가? 못마땅한 아들의 행동을 멈추게 할 요량으로 정신이 번쩍 들 정도로만 일시적인 고통을 줬던 그녀의 티 안 나는 비법들이 아니라? 그게 엉덩이를 때리는 것과 무슨 차이가 있을까?

엘리자베스는 부정행위가 없었음을 확인해주는 X자들을 쳐다보면서 자신을 비롯해 표에 이름을 올린—헨리를 보호하는 것이 임무인—사람들이 제 소임을 다하지 못했다는 생각에 헨리를 떠올리며 비통에 빠졌다. 섀넌이 "에이브가 하이츠를 재직접 심문할 거예요. 하지만 걱정하지 말아요. 이제 그녀의 학대 주장은 아무도 안 믿으니까" 하고 말했을 때는 그토록 굳게 믿고 있는 섀넌이 약간 측은하기까지 했다.

에이브는 표를 향해 곧장 다가갔다. 그는 학대 없음=동기 없음을 가리키며 말했다. "증인, 이 문구를 쓸 때 피고인이 헨리를 학대하지 않았다면 아이를 살해할 의도도 없다는 의미로 쓰신 겁니까?"

"아니요, 당연히 아닙니다." 하이츠가 대답했다. "학대 전적이 없는 부모가 자녀를 해하거나 심지어 살인까지 저지른 사건들이 꽤 있었습니다."

"그렇다면 무슨 뜻이었습니까?"

하이츠는 배심원들을 쳐다보았다. "맥락을 이해하셔야 합니다. 저희가 본격적인 아동 학대 수사를 시작하기도 전에 피해 아동과 목격자가 살해되었습니다. 저는 수사 인력 보충을 요청하던 참이었고, 그래서……" 그녀는 부끄러운 사실을 털어놓기 위해 용기를 끄집어내야 하는 것처럼 깊은 한숨을 내쉬었다. "그때 당시는 여전히 수사 초기 단계였기 때문에 제 주장을 관철하기 위해 단순화해서 쓴 것입니다. 지금 나온 동기는 학대 신고뿐이다, 그러니 우리는 더 많은 수단을 동원해야 한다, 뭐 그런 뜻으로요."

에이브가 이해심 많은 선생님처럼 미소를 지었다. "그러니까 더 많은 인력과 자원 배치를 위해 상관을 설득할 요량으로 썼다는 말씀이군요. 다들 동의하던가요?"

"아니요. 사실, 피어슨 형사가 그 문구를 지우고 저한테 시야가 좁다면서 학대 신고는 동기의 증거가 되며 유일한 증거도 아니라고 했습니다. 확실히 그때부터 우리는 훨씬 더 많은 동기 증거들을 확보했습니다. 피고인의 인터넷 검색 기록, 메모, 킷과의 다툼 등이 있죠. 그러니 '학대 없음, 고로 동기 없음'이라는 말은 절대 성립하지 않습니다."

에이브는 빨간색 매직펜을 꺼내 표 위에 적힌 학대 없음=동기 없음에 두꺼운 줄을 그었다. 그러고는 뒤로 물러났다. "이제 호그 변호인이 꼼꼼히 정리한 표의 남은 부분도 살펴보죠. 변호인은 면담자들이 인지하지 못했으니 학대가 없었다고 주장합니다. 숙련된 심리학자이자 아동 학대 사건의 전문 수사관으로서 증인이 보기에도 그렇습니까?"

"아니요." 하이츠가 대답했다. "학대범들이 범죄 증거를 효과적으로 은폐하고 피해 아동을 꼬드겨 동조하게 만드는 경우가 더러 있었습니다."

"이 사건에서도 그런 은폐 증거를 찾았습니까?"

"네. 피고인은 헨리의 담당의는 물론이고 아이의 아버지한테도 킬레이션 정맥주사나 MMS 투약 사실을 밝히지 않았습니다. 그로 인해 죽은 아이들이 있다는 사실도요. 이는 고의적인 은폐이자 학대의 전형적인 특징입니다."

엘리자베스는 자기는 아무것도 숨긴 적 없고, 그저 고지식한 의사와의 피곤한 말씨름을 피하려던 것뿐이라고 외치고 싶었다. 게다가 빅터는 세세한 설명을 원하지 않았다. 그는 그녀를 믿는다고 했고, 병원 예약을 따라다니거나 연구 기사를 볼 시간이 없다고 했다. 하지만 '고의적인 은폐'라는 말이 그녀를 붙들었다. 고약한 말이었다, 소아과에 갈 때마다 헨리에게 주의를 주며 느꼈던 죄책감 가득한 그 느낌처럼. "의사 선생님한테 다른 선생님 이야기는 하지 말자. 선생님이 질투하면 안 되잖아. 알았지?"

에이브가 하이츠를 향해 발걸음을 옮겼다. "전에도 고의적인 은폐를 언급하셨는데요, 심리학자이자 수사관으로서 왜 그 말을 그렇게 중요하게 보십니까?"

"그 말이 행위의 의도와 이어지기 때문입니다. 부모가 아이한테 특정 행동을 하면 엉덩이를 맞는다고 말한 경우를 생각해보죠. 아이가 특정 행동을 하면 부모는 엉덩이를 때립니다. 그런 체벌은 통제할 수 있고 예측 가능합니다. 배우자가 이에 대해 알고 있고, 아이도 친구들한테 말할 수 있어요. 많은 부모들이 그렇게 합니다.

의료 행위 역시 마찬가지입니다. 자녀가 아파서 치료를 받아야 하면 의사나 배우자와 함께 상의해서 결정하지요. 그건 괜찮습니다. 하지만 부모가—치료든 체벌이든—어떤 행위를 고의로 숨긴다면 그건 부모 자신도 그 행위가 옳지 않다는 걸 알고 있다는 말이 됩니다."

엘리자베스는 내면에서 뭔가가 터지는 듯한 느낌이 들었다. 이를테면 너무 강렬하게 빛나던 전구가 한순간에 꺼져버려서 눈과 귀가 가려진 것 같았다. 그녀는 자신이 악을 쓰던 것과 꼬집은 것이, 다른 부모들이 이야기하고 가끔 사람들이 보는 데서도 하는 행동—고함을 지르고 엉덩이를 때리고 머리를 쥐어박는 것—과 어떻게 다른지 생각했다. 그것들은 분명 달랐다, 다른 줄로만 알았다. 그런데 아니었나? 그녀도 원치 않았고 안 하겠다고 스스로 다짐했지만, 참지 못하고 저질러버린 것이었나? 그 둘의 차이는 일반 사람들이 저녁식사 전에 마티니를 한잔하는 것과 알코올중독자가 같은 행위를 하는 것의 차이와 같았다. 물리적인 행위는 같다 해도 맥락—그 뒤에 숨은 의도와 그에 따른 여파—이 사뭇 달랐다. 통제력의 상실, 예측 불가성. 그런 뒤엔 은폐.

"증인의 전문가적 식견으로 보기에 여기 X자들이," 에이브가 표를 가리켰다. "학대가 없었음을 의미합니까?"

"절대 아닙니다."

에이브는 다시 매직펜을 꺼내 세로 단 제목 줄에 줄을 그었다. "세로 단은 어떻습니까?" 그가 말했다. "변호인은 학대의 종류를 구분하고 종류별로 하나씩 지워나갔습니다. 그것이 아동 학대 사건을 분석하는 유효한 방법이라고 할 수 있습니까?"

"아니요. 각각의 혐의를 그런 식으로 분리해서 볼 수는 없습니다. 예를 들어, 부모가 자녀에게 짜증난다, 사람들이 널 싫어한다고 말했다면 그것 자체로는 학대가 아닙니다. 아이의 팔을 할퀴었다고 해도 그것만으로는 학대가 성립하지 않을 수 있습니다. 억지로 MMS를 마시게 하거나 킬레이션 주사를 맞힌 것도 마찬가지죠. 하지만 모든 것을 종합해보면 패턴이 생기고, 개별적으로 봤을 때 무해해 보이던 것들이 사실은 그렇게 무해하지 않을 수도 있는 겁니다."

"그것이 헨리를 즉시 가정에서 분리할 수 없었던 이유입니까?"

"네, 바로 그 때문입니다. 뼈가 부러진다든지 명백한 상해가 확인되는 경우에는 결단을 내리기가 쉽죠. 하지만 이렇게 각각의 사건이 미심쩍고 미묘한 경우에는 다양한 정황을 검토해야 하고 전체적인 그림을 봐야 하기에 시간이 걸립니다. 애석하게도 저희가 미처 결론을 내리기 전에 헨리가 사망했습니다."

"종합해보면," 에이브가 말했다. "학대를 항목별로 구분하고 각각의 항목에서 학대가 없었다는 걸 확인해도 그것이 진짜 학대가 없었다는 증거는 아니라는 뜻입니까?"

"네, 절대 아닙니다."

에이브는 학대 항목들에 줄을 그었다. "그럼 이 표는 사실상 쓸모없게 됐군요. 치워버리기 전에 의학적 학대 부분을 한번 살펴보죠. 변호인은 오직 킬레이션 정맥주사와 MMS만 언급했는데 그래도 되는 건가요?"

"아니요. 그것들은 헨리가 받은 치료들 가운데 가장 위험한 것일 뿐입니다. 여기서 다시 한번 말씀드리지만, 하나의 과정을 개별적으로 들여다봐서는 안 됩니다." 그녀가 배심원단을 향해 고개를 돌렸다. "예를 하나 들겠습니다. 항암 치료를 생각해보세요. 암에 걸린 아이한테 한다면 당연히 의학적 학대가 아닙니다. 하지만 멀쩡한 아이한테 항암 치료를 받게 한다면 얘기가 다르죠. 여기서 짚고 넘어가야 할 것은 위험성뿐 아니라 적절성 여부입니다."

"그렇다면 암을 극복한 아이의 경우는 어떻습니까? 그래야 올바른 비유일 것 같은데요. 헨리도 한때는 자폐 진단을 받았다가 지금은 아니니까요."

"맞습니다. 암을 극복한 아이한테 항암 치료를 받게 하는 건 전형적인 대리 뮌하우젠 증후군입니다. 저희는 그것을 '의학적 학대'로 봅니다. 대표적인 뮌하우젠 사례는 심각한 질병을 앓던 아동이 병에서 회복한 경우에 발생합니다. 병원이나 의사들과 상호작용이 끊긴 보호자가 이를 재개하기 위해 아이가 계속 아픈 것처럼 보이도록 증상을 꾸며내는 거죠. 이 사건에서도 헨리는 더이상 자폐 성향이 없다는 진단을 받았습니다. 하지만 피고인은 이를 받아들이지 않았고 헨리를 데리고 계속 의사를 찾아가거나 필요하지 않은 위험한 치료를 받게 했습니다. 본인이 계속 관심을 받을 수 있도록 말입니다."

엘리자베스는 자폐아 엄마 모임을 떠올렸다. 킷이 묻곤 했었다. "왜 계속 이 짓을 하고 다니는 거니? 왜 아직도 우리 모임에 나오는 거야?" 이제야 그녀는 대답할 수 있게 되었다. 그녀는 그만두고 싶지 않았다. 난생처음 자신이 최고이자 모두의 부러움을 받는 대상이 된 그 세계에 속해 있는 게 좋았다. 지난여름 헨리가 HBOT 치료를 받았던 것도, 아이가 산 채로 타 죽게 된 것도 전부 그녀의 자아도취 놀음 때문인 걸까?

속이 뒤집어졌다. 눈을 감고 손바닥으로 배를 누르며 구토를 참고 있는데 누군가 피해자에게서 직접 들어볼 필요가 있다고 말하는 게 들렸다.

엘리자베스는 눈을 떴다. 섀넌이 이의를 제기하며 일어서자 판사가 말했다. "기각합니다. 이의는 기록합니다." 이에 섀넌은 엘리자베스의 손을 꼭 쥐며 속삭였다. "미안해요. 이건 막을 수 없었어요. 준비됐어요?" 엘리자베스는 안 된다고, 무슨 일인지도 모르겠다고, 몸이 안 좋으니 당장 여기서 나가야겠다고 말하고 싶었지만 에이브가 이젤 옆에 놓인 TV의 전원을 켰다.

하이츠가 말했다. "폭발 하루 전날, 캠프에 있던 헨리와 인터뷰한 영상입니다." 에이브가 리모컨의 버튼을 눌렀다.

화면 가득, 클로즈업으로 찍힌 헨리의 머리가 등장했다. 거대한 TV 화면을 가득 채운 아들 얼굴의 실물 크기 영상이 어찌나 선명한지 엘리자베스는 숨이 턱 막혔다. 여름 햇살이 아이의 코와 뺨에 남긴 희미한 주근깨 자국까지도 훤히 들여다보였다. 고개를 숙인 헨리에게 화면 밖에서 나는 목소리—하이츠 형사—가 말했다. "헨리, 안녕." 여전히 턱은 내린 채 시선을 드는 헨리의 커다란 눈이 큐피 인형의 눈처럼 더 커다랗게 떠졌다.

"안녕하세요." 높은 음으로 응답하는 헨리의 목소리에는 호기심과 동시에 경계심이 묻어났다. 아이가 입을 벌리자 앞니 사이로 틈이 보였다. 주말에 빠졌던 이의 흔적. 엘리자베스가 세상 모르고 자는 아들의 얼굴을 건드리지 않게 조심하면서 베개 밑에서 꺼낸 뒤 이빨 요정이 준 것처럼 달러 지폐 한 장을 남겨놓았던 그 치아였다.

"헨리는 몇 살이지?" 보이지 않는 하이츠의 목소리가 물었다.

"저는 여덟 살입니다." 헨리가 프로그램된 반응을 보이는 로봇처럼 기계적이고 정중하게 대답했다. 헨리의 시선이 향한 곳은 카메라도, 카메라의 뒤나 옆에 있었을 하이츠 형사도 아니었다. 아이는 천장을 보고 있었고 마치 프레스코 천장 벽화를 세밀히 관찰하는 것처럼 시선이 이리저리 흔들렸다. 순간 엘리자베스는 아들을 한 번이라도 꾸짖지 않고는 대화를 나눈 기억이 전혀 없다는 걸 깨달았다. "헨리, 멍하게 있지 마, 엄마를 봐야지, 항상 말하는 사람을 보라고 했잖아!" 그녀의 말은 독액처럼 뿜어져나왔다. 왜 그렇게 아이의 시선이 향하는 곳에 집착했을까? 왜 한 번도 아이와 그냥 말하지 않았을까? 무슨 생각을 하느냐고 왜 물어보지 않았을까? 네 아빠와 눈 색깔이 똑같다고 왜 그냥 말해주지 않았을까? 지금 그녀는 눈물이 앞을 가렸고 헨리는 르네상스 그림 속 성모마리아를 우러러보는 천사처럼 보였다. 왜 한 번도 저 천진함을, 저 아름다움을 그냥 보지 못했을까?

"헨리, 팔에 긁힌 상처 말이야. 어쩌다 그런 거니?" 하이츠 형사가 묻자 헨리는 고개를 저으며 말했다. "고양이가요. 이웃집 고양이가 나를 할퀴었어요."

엘리자베스는 눈을 질끈 감았다. 아이의 작은 입술 사이로 그녀가 한 거짓말이 흘러나오자 목구멍에서 씁쓸하고 짜디짠 맛이 넘어왔다. 헨리의 팔에 긁힌 자국은 고양이의 짓이 아니었다. 시간당 120달러나 하는 작업 치료에 이미 십이 분이나 늦었던 날, 그러니까 24달러를 낭비했던 날 그녀가 직접 자기 손톱으로 할퀸 것이었다. 언어치료에도 늦게 생겨서 그녀는 헨리한테 서둘러 차에 타라고 말했었다. 하지만 헨리는 멀뚱히 서서 멍한 눈으로 하늘만 쳐다보면서 머리를 빙빙 돌리고 있었다. 그녀는 헨리의 팔을 붙잡고 말했다. "엄마 말 못 들었어? 망할 놈의 차에 당장 타라니까, 빨리!" 헨리가 팔을 비틀며 빠져나가려 하는데도 그녀는 놔주지 않았다. 그녀의 손톱이 헨리의 피부를 긁었고 얇은 피부 조직이 오렌지 껍질처럼 벗겨졌다.

영상에서 하이츠가 물었다. "고양이가 그랬어? 어떤 고양이가? 어디서?"

헨리는 같은 말을 반복했다. "고양이가요. 이웃집 고양이가 나를 할퀴었어요."

"헨리야, 누가 그렇게 말하라고 시킨 것 같은데 사실은 그게 아니잖아? 힘든 거 알지만 아줌마한테 사실대로 말해줘야 해."

헨리는 다시 천장을 올려다보았고 아이의 흰자를 가로지르는 붉은 핏줄이 보였다. "상처는 고양이가 그랬어요. 그 고양이는 못된 고양이예요. 그 고양이는 검은 고양이예요. 고양이는 귀가 희고 발톱이 길어요. 고양이 이름은 까망이예요."

사실 그녀는 헨리한테 거짓말하라고 시킨 적이 없었다. 그저 그런 척만 했다. 순간의 화가 가시고 침착함을 되찾았을 때 엘리자베스는 헨리에게 다른 이야기를 들려주었다. 그것은 "미안해. 엄마가 널 다치게 했지. 아팠니?"가 아니었고, "왜 말을 안 듣니? 안 그럼 이럴 필요도 없잖아"도 아니었다. 그녀는 그냥 이렇게 말했다. "어머, 우리 아들. 이 상처 좀 봐. 또 고양이랑 논 거야? 조심했어야지."

놀랍게도 그녀는 이렇게 지어낸 이야기를 사실처럼 들려줌으로써 헨리가 자신의 기억을 의심하도록 속일 수 있었다. 하늘에 뜬 두 개의 무대를 오가며 어떤 연극이 더 진짜 같은지 고민하는 것처럼 고개를 쳐든 헨리의 시선은 앞뒤로 흔들렸다. 그 모습에서 엘리자베스는 혼란을 읽었다. 더 놀라운 사실은, 그녀가 그런 식으로 이야기를 계속하며 극적이지 않게 반복하면 헨리의 기억이 왜곡되면서 새로운 살이 붙은 또다른 이야기가 탄생한다는 것이었다. 그렇게, 헨리의 머릿속에서 만들어진 고양이는 기억의 조작과 함께 이름과 색깔과 반점이 있는 진짜 고양이가 되었고, 엘리자베스에게 그것은 자신이 직접 가한 신체적 고통보다 더 진짜처럼 느껴졌다. 그녀는 가스라이팅으로 아들을 망가뜨리는 나쁜 엄마였다.

영상에서 하이츠가 말했다. "엄마가 그렇게 말하라고 시켰니?"

헨리가 대답했다. "우리 엄마는 날 사랑해요. 하지만 저는 짜증 나는 아이예요. 전 모든 걸 어렵게 만들어요. 내가 없으면 엄마 인생은 훨씬 나았을 거예요. 엄마랑 아빠가 이혼도 안 했을 거고 전 세계로 여행을 다녔을 거예요. 저는 태어나지 말았어야 해요."

오, 맙소사. 아이가 정말로 저렇게 생각했을까? 내가 저런 생각을 하게 만들었을까? 사악한 생각을 한 적은 있었지만(모든 엄마가 그렇지 않은가?) 언제나 곧바로 후회했다. 맹세코 헨리에게 저런 말을 한 적은 없었다. 그런데 아이는 어쩌다 저런 생각을 하게 됐을까?

하이츠가 말했다. "엄마가 그렇게 말했니? 헨리? 엄마가 너를 할퀸 거야?"

헨리는 카메라를 똑바로 쳐다보았고, 커다랗게 뜬 눈의 홍채는 우윳빛 수영장에 뜬 파란 공 같아 보였다. 헨리는 아니라고 고개를 저었다. "이 상처는 고양이가 그랬어요. 이웃집 고양이가 나를 할퀴었어요. 그 고양이는 못된 고양이예요. 고양이는 나를 싫어해요."

그녀는 리모컨을 낚아채 영상을 꺼버리고 싶었다. TV 코드를 뽑거나 바닥으로 내동댕이쳐서 부숴버리고 싶었다. 아이를 할퀸 것보다 훨씬 더 끔찍하고 참을 수 없는 저 거짓말이 헨리의 입에서 흘러나오는 것만 멈출 수 있다면 뭐든지 할 수 있었다. 엘리자베스는 입을 벌리고 외쳤다. "그만해, 그만……" 늘어지는 그녀의 말이 법정을 빙 돌아 다시 돌아오는 것 같았다. 그녀의 폭발에 충격을 받은 판사의 벌어진 입이 보였고, 그가 판사봉을 두들기며 "정숙, 법정에서 정숙하세요"라고 말하는 소리가 들렸지만, 그녀는 멈추지 않았다. 엘리자베스는 일어서서 눈을 질끈 감고 두 손으로 귀를 막으며 외쳤다. "고양이는 없어! 고양이는 없다고!" 목이 따갑게 아파올 때까지, 헨리의 목소리가 더는 들리지 않을 때까지 그녀는 같은 말을 크게, 더 크게, 외치고 또 외쳤다.

맷

그는 차 안에 앉아서 메리가 혼자 있는 틈을 노리고 있었다. 영이 집에 없는 것은 확인했다. 이곳에 도착했을 때 메리가 박을 도와 집안으로 들어가는 건 봤지만 차는 없었기 때문이다. 그는 보이지 않는 곳에 차를 대고 삼십 분가량 앉아서 무슨 일이 일어나기만을 기다렸다—메리가 혼자 밖으로 나오거나, 박이 홀로 자리를 뜨거나, 그가 인내심이든 용기든 뭐라도 끄집어내서 차 밖으로 궁둥짝을 뗄 만한 일 말이다.

결국 더위가 그를 차 밖으로 밀어냈다. 땀범벅이 되어서 불쾌한 것만이 아니라 손이 문제였다. 그는 손바닥에 땀이 나지 않았다. 그저 진홍색으로 변하고 뜨거워질 뿐이었고, 플라스틱처럼 매끈한 줄무늬의 상처들이 열을 가두어 피부 속을 굽는 것 같았다. 그 고통은 가짜라고, 신경이 모두 죽었다고 속으로 되뇌었지만 통증이 점점 심해져서 참을 수가 없었다. 그는 밖으로 나왔다. 허벅지 안쪽이 가죽 시트에 들러붙었으나 개의치 않으며 벌떡 일어섰고, 피부가 쓸

려서 따갑든 말든 통증이 옮겨간 것이 오히려 감사했다

손깍지를 끼고 머리 위로 기지개를 켜면서 손안의 끓는 피가 아래로 흘러내리는 기분을 상상했다. 그 자리에 서서 십 분쯤 서성거리며 기다리는 것 말고 다른 방법이 없을까—돌이라도 던져 메리한테 신호를 보내야 하나?—궁리하는데 어디선가 타는 냄새가 났다. 내 머리가 또 장난을 치는구나, 그는 그렇게 생각했다. 화재 현장에 이렇게 가까이 있다보니 떨리는 심장과 들끓는 피가 그날 밤 냄새의 기억을 불러온 것으로 생각했다. 그는 억지로, 저멀리 있는 헛간을 응시했다. 뼈만 남은 외벽이며, 그 안에 기우뚱하게 놓인 잠수함이 검게 그을린 채 숯검정 사이로 원래의 하늘색을 드문드문 내비치는 모습을 보면 그의 머리도 받아들일 것이다. 불이 나지 않았다고. 연기는 없다고.

그는 뒤로 돌아 울창한 소나무 군락을 향해 서서 깊게 숨을 들이마셨다. 신선하고 맑은 녹음의 향을 기대하며 제 머리에 대고 똑똑히 보라고 할 참이었다. 하지만 타는 냄새는 여전했다. 그리고 뭔가가 더 있었다. 멀리서 어렴풋이 들려오는 쉬익 소리. 탁탁 터지는 소리. 그는 주위를 둘러보았다. 그리고 마침내 눈으로 확인했다. 보일락 말락 한 기둥 모양으로 피어오르다 파란 하늘에서 가녀린 줄기로 흩어지는 그것은 연기였다.

그는 잠깐 안도감을 느끼다가—환각이 아니다, 내가 미친 게 아니다—이내 공황에 빠졌다. 불이다. 유씨네 집인가? 나무에 가려서 도통 알 수가 없었다. 젠장, 돌아서서 당장 차로 가. 도망쳐. 머릿속의 목소리가 말하고 있었다. 그는 차 안에 있는 휴대폰을 떠올렸고 그걸로 119에 신고하는 것이 현명하다고 생각했다.

하지만 그러지 않았다. 달렸다. 연기를 향해, 소나무 군락을 향해. 가까이 다가가자 연기가 유씨 집 앞에서 나는 것 같아 그쪽으로 달렸다. 타닥거리는 소리가 점점 커졌지만 다른 소리도 들렸다. 목소리들. 박과 메리의 것이었다. 공포에 질려 비명을 지르거나 도움을 청하는 것이 아니라 차분히 무언가를 의논하고 있었다.

맷은 달음질을 멈추려고 했지만 이미 늦었다. 그가 막 모퉁이를 돌았을 때 그들이 고개를 들었다. 박이 헉하는 소리를 냈다. 메리는 꺅 소리지르며 뒷걸음질을 쳤다.

불은 그들 앞에 놓인 녹슨 양철통―쓰레기통인가?―안에 나 있었다. 양철통이 박의 휠체어와 같은 높이여서 눈앞에서 솟구치는 불길이 박의 얼굴에 번쩍이는 주홍색 불빛을 드리웠다. 박이 입을 열었다. "맷, 여긴 어쩐 일이에요?"

무슨 말이든 해야 한다는 걸 알았지만 아무 생각도 나지 않았고 움직일 수도 없었다. 뭘 태우고 있는 걸까? 담배? 증거를 인멸하는 건가? 왜 하필 지금일까?

맷은 반투명한 불의 장막에 가린 박의 얼굴을 쳐다보았다. 불꽃이 그의 턱을 핥는 것 같았다. 헨리의 얼굴에 난 불이 떠올랐고 구역질이 났지만 한편으로는 의문이 들었다. 어떻게 박은 두려운 기색 하나 없이―화염이 살결에 비치고 열기가 세포를 관통할 만큼―저렇게 불 가까이 다가갈 수 있을까? 불꽃 너머로 박의 날카로운 광대뼈가 기이하리만치 사악해 보였고, 맷은 산소관 아래에서 성냥개비를 마찰 면에 대고 긁는 그의 모습을 상상해버렸다. 상상은 진짜 같았다. 믿을 수 있을 만큼 생생했다.

"맷, 무슨 일로 왔어요?" 박이 다시 물으며 일어서려는 듯 손바닥으로 휠체어를 세게 짚었다. 맷은 의사들이 박의 신경이 멀쩡한데 왜 여태 마비가 안 풀리는지 모르겠다고 했다던 영의 말이 떠올랐다. 단박에 그는 알아차렸다. 하반신마비인 체하는 박은 금방이라도 일어서서 그를 공격할 것이다.

"맷?" 박이 재차 물으며 다시 휠체어를 짚었다. 맷의 온몸 근육이 팽팽하게 긴장했고, 그가 뒤로 물러서며 전력으로 도망칠 준비를 하는데 박이 ―여전히 앉아서― 휠체어를 굴려 양철 쓰레기통을 돌아 앞으로 나왔다. 박의 전신을 눈으로 확인하고서 맷은 그가 자갈밭을 지나기 위해 휠체어를 그토록 세게 짚었다는 것을 깨달았다.

맷은 목소리를 가다듬었다. "법원에 갔다 오는 길이에요. 오늘 안 오셨길래 확인차 들렀어요. 괜찮은 거예요?"

"네, 괜찮습니다." 박이 슬쩍 양철통을 쳐다본 뒤 말했다. "메리의 생일이라 이러고 있습니다. 애가 열여덟 살이 됐어요. 한국에는 어릴 적에 쓰던 물건들을 태우는 전통이 있습니다. 이제 어른이 됐다는 상징이죠."

"그렇군요." 맷이 대꾸했다. 여태껏 한국 애들의 열여덟 살 생일 파티를 숱하게 다녔지만 그런 말은 들어본 적이 없었다.

그의 생각을 읽기라도 한 듯 박이 덧붙였다. "아마 제 고향에만 있는 풍습일 겁니다. 영도 잘 모르더라고요. 혹시 들어보셨습니까?"

"아니요, 하지만 멋지네요. 재닌의 조카가 곧 열여덟 살이 되는데 말해줘야겠어요." 그렇게 대답하며 맷은 거짓말을 숨기기 위해 '전통 풍습'을 들먹이던 장인과 장모를 떠올렸다. 그는 박의 어깨 너머에 있는 메리를 쳐다보았다. "생일 축하한다."

"고맙습니다." 메리는 양철통으로 시선을 돌렸다가 다시 그를 보더니 아니라는 듯 고개를 저었다. "재닌도," 그녀는 잠시 머뭇거렸다. "같이…… 왔어요?" 다시 메리는 고개를 저으며 인상을 썼고 커다래진 그녀의 눈에 담긴 의미를 ―애원인지, 위협인지― 그는 읽을 수 없었다. 어느 쪽이든 메시지는 분명했다. 재닌한테 우리가 뭔가를 태우더란 말은 하지 말아요. 제발요든 안 그럼 가만있지 않겠어요든 그는 신경쓰이지 않았다.

"응, 차에서 기다리고 있어." 그가 말했다. 거짓말을 하면서도 그는 이 상황에서 무사히 빠져나와야 한다는 생각에 굉장히 초조해지는 걸 느꼈다. "이만 가봐야겠어요. 재닌이 슬슬 걱정할 것 같네요. 어쨌든 별일 없다니 다행입니다. 내일 뵙도록 하죠." 그는 자리를 뜨기 위해 돌아섰다. "다시 한번 생일 축하한다, 메리."

걷는 동안 그의 등으로 쏟아지는 그들의 시선이 느껴졌지만 맷은 뒤돌아보지 않았다. 그저 계속 걸었고, 그들의 집을 지나 나무숲을 뚫고 헛간의 잔해를 지났으며 마침내 차에 올랐다. 그는 차문을 잠그고 시동을 걸고 주행 기어를 넣은 다음 액셀을 밟아 그대로 줄행랑을 쳤다.

테리사

그녀만이 유일하게 재판정에 남아 있었다. 마지막 혼돈의 십 분 동안─엘리자베스가 고양이에 대해 울부짖고, 섀년의 보조들이 엘리자베스를 밖으로 끌어내는 가운데 판사가 판사봉을 두들기며 점심 휴정을 선언하자 전화기를 붙들고 통화하며 우르르 달려나가는 기자들을 피해 다들 서둘러 법정을 빠져나가려고 자리를 뜨는 와중에─테리사는 정적을 염원했다. 고요해지길 바랐다. 무엇보다 혼자 있고 싶었다. 공연히 밖에 나가서 (분명) 가십거리를 찾아 이 카페 저 카페 옮겨다니고 있을 여자들과 마주치고 싶지 않았다. 물론 그들은 염려하는 척, 자신들의 고자질 행위를 헨리와("그렇게 오래 학대를 당했다니!") 킷을("아이가 다섯…… 성녀야, 정말!") 위한 정의 실현으로 공들여 가장하겠지만 실제로는 타인의 고통을 훔쳐보면서 흥분하고 즐거워하는 관음증 환자들에 지나지 않았다.

아니, 그녀는 텅 빈 법정이 주는 평온함에서 벗어나고 싶지 않았다. 온도만 빼면 말이다. 재판중일 때는 더웠다. 땀을 뻘뻘 흘리는 방청객들이 내뿜는 열기를 막아내는 건 낡은 에어컨 두 대로는 어림도 없어서, 그녀는 반소매 원피스를 입었고 스타킹도 신지 않았다. 하지만 사람들이 빠져나가고 나니 법정 안은 몹시 썰렁했다. 아니면, 헨리의 얼굴을 보고 한기가 든 건지도 모른다. 어린아이답게, 여드름이나 주름처럼 세월이 차차 남기게 될 흔적 하나 없이 완벽하고 보송한 피부의 헨리는 '고양이'가 자기를 싫어한다고, 팔을 할퀴었다고 말했고, 그 모습을 지켜보던 엘리자베스는 무너져내리면서 고양이는 없다고 말했다…… 그게 무슨 뜻일까? 그녀가 '고양이'라는 뜻일까? 테리사는 몸을 떨면서 손바닥으로 양팔을 문질렀다. 손바닥이 축축해서 오싹함이 더해졌다.

오른쪽 앞자리 창문을 통해 널찍한 빛줄기가 새어들었다. 그녀는 통로를 건너 햇빛이 비치는 검사측 탁상 바로 뒷자리로 갔다. 늘 앉던 자리였다. 햇살이 지나는 길목에 앉아 눈을 감고 고개를 들어 온기를 느꼈다. 눈부신 백색광이 감긴 눈꺼풀을 뚫고 들어온 탓에 깜빡거리는 붉은 점들이 빙빙 도는 듯한 환시가 보였다. 에어컨 두 대가 웅웅거리는 소리는 점점 거세질 모양이었다. 소라껍데기에 대고 파도 소리를 들을 때처럼, 휘몰아치는 백색소음이 고막 안에서 이리저리 튀며 천상의 속삭임을 만들어냈다. 엘리자베스의 목소리 유령이 말했다. 고양이는 없어. 고양이는 없다고.

"테리사?" 뒤에서 나는 목소리가 그녀를 불렀다. 반쯤 열린 문틈으로, 허락 없이 들어오기가 겁나는 어린아이처럼 영이 안을 들여다보고 있었다.

"오, 안녕." 테리사가 말했다. "오늘은 안 오는 줄 알았어요."

영은 대답 없이 입술만 깨물었다. 그녀는 평소처럼 블라우스에 치마 차림이 아니라 속셔츠처럼 보이는 옷에 고무줄 바지를 입고 있었다. 머리는 여느 때와 같이 올려 묶었지만 자다 일어난 사람처럼 잔머리가 흘러내리고 헝클어진 모습이었다.

"영, 무슨 일 있어요? 안으로 들어오지 그래요?" 영을 불러들이면서 테리사는 속으로 웃긴다고 생각했다. 주제넘기는, 자기 집도 아니면서. 하지만 불안해 보이는 영을 달래기 위해 뭐라도 해야 했다.

영은 고개를 끄덕인 뒤 통로를 따라 걸어왔지만 규율을 위반하는 사람처럼 주춤거렸다. 형광등 불빛 아래서 보니 안색이 흙빛이었다. 허리의 고무줄이 늘어져서 몇 발짝 걸을 때마다 바지를 추켜야 했다. 가까이 다가온 영은 고개를 왼쪽으로 돌렸다가 다시 테리사를 보면서 혼란스러운 표정을 지었고, 테리사는 자신이 왜 자리를 바꾼 건지 영이 궁금해한다는 걸 깨달았다. 당연했다. 누구든 지금의 테리사를 본다면 그녀가 검사측으로 자리를 옮겨 어떤 의사를 표명한다고 생각할 것이다. 젠장. 유언비어는 이렇게 시작되는 것이었다. 벌써 인터넷에 특종 기사가 올라왔대도 놀랍지 않을 것 같았다("살인자 엄마의 변덕쟁이 친구 '또다시' 자리를 바꾸다").

테리사는 몸짓으로 창문을 가리켰다. "추워서 자리를 옮겼어요. 이쪽이 볕이 잘 드네요." 그녀는 자신의 말이 방어적으로 들리는 게 싫었고 그렇게 느껴지는 건 더 싫었다.

영은 고개를 끄덕인 뒤 살짝 실망한 기색의 얼굴로 자리에 앉았다. 그녀는 급해서 제대로 신발을 신을 정신도 없었던 모양으로, 낡은 로퍼를 슬리퍼처럼, 뒤축을 접어서 신고 있었다. 입술은 부르트고 눈가에는 눈곱이 끼어 있었다.

"영, 괜찮아요? 박은 어딨어요? 메리는요?"

영이 눈을 끔뻑거리더니 입술을 깨물었다. "아프대요. 배가요."

"저런, 안됐네요. 쾌차하길 바랄게요."

영은 고개를 끄덕였다. "전 늦게 도착했어요. 엘리자베스가 소리 지르는 걸 봤어요. 저기 앉은 사람들이," 그녀는 뒤쪽을 가리켰다. "엘리자베스가 자백한 거래요. 그녀가 헨리를 할퀴었다고요."

테리사는 마른침을 삼켰다. 고개를 끄덕였다. "그래요."

영은 안심하는 표정이었다. "그럼 당신은 엘리자베스가 유죄라고 생각하겠네요."

"뭐라고요? 아니요. 사람을 할퀸 것과 죽인 것은 많이 다르죠. 그러니까 내 말은, 할퀸 것은 사고였을 수도 있다는 거예요." 테리사는 말은 그렇게 했어도, 정말 사고였다면 엘리자베스가 그렇게 무너질 리 없다는 걸 알았다. 이제 에이브가 엘리자베스를 가리키며 배심원들한테 말할 모습이 눈에 훤했다. "여기 이 여인, 자기 아들을 해한 폭력적인 어머니는, 우리 모두 보았다시피, 신경쇠약 직전의 불안정한 상태였고 사건 당일에는 아동 학대 혐의로 경찰이 찾아온 뒤 친구와 큰 다툼까지 벌이면서 정신적 외상을 입었습니다. 그런 피고인이 그런 일을 겪었던 날에 갑자기 폭발해버렸다고 한다면 그게 과장일까요?"

영이 말했다. "만약 엘리자베스가 학대는 했지만 불은 지르지 않았다면 그래도 처벌받아야 한다고 생각해요? 사형이 아니라 징역형이라도요?"

"나도 모르겠어요." 테리사가 한숨을 내쉬었다. "엘리자베스는 하나뿐인 아들을 끔찍하게 잃었어요. 세상이 전부 그녀를 비난하고. 친구들도 모두 등을 돌렸죠. 이제 그녀의 인생에 남은 건 아무것도 없어요. 그런 일을 다 겪었는데 만약 불을 지르지 않았다면요? 그렇다면 무슨 짓을 했든 그녀는 이미 충분한 벌을 받았다고 하겠어요."

영은 벌겋게 상기된 얼굴로 눈물을 삼키려고 연신 눈을 깜빡였지만 그런 노력에도 불구하고 눈물이 줄줄 흘렀다. "하지만 그녀는 헨리가 죽길 바랐잖아요. 저도 영상을 봤어요. 세상에 어떤 엄마가 자기 아들한테 죽었으면 좋겠다는 말을 해요?"

테리사는 눈을 감았다. 헨리의 영상에서 그녀를 가장 괴롭혔던 장면이었고, 그래서 떠올리지 않으려고 계속 노력하고 있었다. "나도 헨리가 왜 그런 말을 했는지 모르지만, 엘리자베스가 그렇게 말했을 거라고는 생각하지 않아요."

"그렇지만 박이 엘리자베스가 당신한테 똑같은 말을 하는 걸 들었다고 했어요. 헨리가 죽었으면 좋겠다고요. 그런 환상이 있었던 거래요."

"박이요? 하지만 어떻게……" 말은 그렇게 했지만 한구석에 밀어났던 기억이 그녀를 찾아왔다. 가끔은 헨리가 죽었으면 좋겠다 싶을 때가 있어. 그런 환상을 떠올리곤 해. 어두운 체임버 안에서 주변에 듣는 귀가 없을 때 속삭이는 목소리로 한 말인데 가만…… "오 맙소사, 우리가 얘기하는 걸 헨리가 듣고 박한테 말한 거예요? 하지만 어떻게? 애는 멀찍이 앉아서 비디오를 보고 있었는데."

"그러니까 사실이라는 거네요. 엘리자베스는 헨리가 죽길 바란다고 얘기했어요." 영의 말은 질문이 아니라 단정이었다.

"아니요, 그런 게 아니에요. 그녀는 그런 뜻이 아니었어요." 그날 메리와 있었던 일을 전부 말하지 않고는 그 일을 설명하기 어려웠다. 하지만 다른 사람도 아니고 영한테 어찌 그 말을 한단 말인가? "오 하느님, 설마 에이브도 알아요?"

영은 억지로 입을 봉할 것처럼 입술을 굳게 다물었지만, 하얗게 변한 입술이 갑자기 벌어지면서 말이 툭 튀어나왔다. "네. 그에 대해 당신한테 물어볼 거예요. 재판중에요."

그 일을 설명해야 한다니, 사람들한테 맥락을 이해시켜야 한다니, 그게 가능하긴 할까? "어떻게 들릴지 알지만…… 그런 게 아니에요. 진짜 그런 뜻으로 한 말이 아니었어요." 테리사가 말했다. "엘리자베스는 그저 저를 도우려고 그런 거예요."

"어떻게 자기 아들이 죽었으면 좋겠다는 말이 당신을 돕는다는 거죠?"

테리사는 고개를 저었다. 아무 말도 할 수 없었다.

영이 가까이 다가왔다. "테리사," 그녀가 말했다. "말해줘요. 무슨 뜻인지 알고 싶어요. 알아야겠어요."

테리사는 영을 바라보았다. 그 이야기를 해주고 싶지 않은 사람을 하나 꼽으라면 그게 바로 영이었다. 그러나 영의 말이 맞는다면 에이브는 재판중에 모두가 듣는 앞에서 테리사의 입을 열게 할 것이고, 그녀가 한 말은 한 시간도 채 안 돼서 인터넷을 쓰는 모두에게 퍼져나갈 것이다.

테리사는 고개를 끄덕였다. 어쨌거나 영이 알게 될 일이었고, 그렇다면 직접 말해주는 게 맞았다. 테리사는 영이 이야기를 듣고 자신을 싫어하지 않기만 바랄 뿐이었다.

*

그날 테리사는 아주 우울한 상태였다. 저녁 잠수 시간에 맞춰 평소처럼 집을 나섰지만 8월이면 가끔 그렇듯이 도로에 사실상 차가 하나도 없어서 HBOT에 사십오 분이나 일찍 도착해버렸다. 소변이 급했지만 테리사는 유씨네 화장실을 사용하겠다고 부탁하고 싶지 않았다. 그들이 거절해서가 아니라—오히려 적극 권장했다—여기저기 널린 상자들에 대해 연신 양해를 구하며 '임시로'나 '곧 이사한다'는 말을 반복하는 영의 태도가 되레 그녀를 민망하게 하기 때문이었다.

그녀는 길 아래로 내려가 외딴곳에 차를 댔다. 이런 때를 위해 밴에 넣어두는 휴대용 소변기를 사용했다. 역겨운 거 맞았다. 하지만 주유소에 차를 대고, 로사의 휠체어를 밴에서 내리고, 친절한 할머니 타입의 여성을 찾아 (휠체어가 들어가기에는 너무 좁은 화장실을 쓰는 동안) 아이를 봐달라고 맡겨야 하는 대안보다는 나았다. 그러고 나면 볼일을 본 뒤에 로사의 병이 무엇이고 나아질 기미는 있는 것인지, 테리사가 얼마나 기특한 엄마인지 등등 잇따르는 질문을 피할 수 없었고, 그런 다음에는 로사의 휠체어를 실은 뒤 다시 밴에 고정해야 했다. 피곤할 뿐 아니라 십오 분이나 걸렸다. 이 분이면 족할 오줌 누는 일에 십오 분씩이나! 다른 '더 큰' 일이 많았기에 이 정도로 징징거려서는 안 되는 걸 알았다. 그러나 이런 일상적인 수치들, 뭉텅이로 허비되는 몇 분들이 그녀를 무너뜨렸고, '일반' 부모들은 자기들이 얼마나 운이 좋은지 모를 거라는 생각을 하게 했다. 물론 젖먹이를 키우는 엄마들은 그녀의 심정을 조금이나마 이해하겠지만 한시적일 때는 뭐든 참을 만하다. 하지만 이 짓을 죽을 때까지 해야 한다는 걸 알면서 매일같이 해봐라. 팔순이 넘어서도 쉰 살 먹은 아픈 딸을 데리고 그때는 또 무슨 치료인지도 모를 치료실에 데려가는 길에 망할 놈의 밴에 쭈그리고 앉아 오줌을 누면서 내가 죽으면 누가 내 딸을 돌봐주나 걱정한다고 생각해보란 말이다.

그녀는 소변을 보기 위해 밖으로 나왔다. 로사는 잠들어 있었고 아이를 움직이지 않고는 소변기를 빼낼 수 없어서 결국 차 밖으로 나와 창고 뒤편에 수풀로 둘러싸여 남들 눈에 띄지 않는 곳으로 향했다. 바지를 내리려는 순간 창고 안에서 전화벨소리가 들렸다.

"여보세요, 잠깐만." 벽 너머에서 여자애 목소리가 들려왔다. 유씨 딸 메리 같았다. 테리사는 가만히 서 있었다. 여기서 소변을 볼 수는 없는 노릇이었다. 창고 안에서 소음—상자를 옮기는 것 같은?—이 났다. 그리고 같은 목소리가 말했다. "이제 말해. 미안."

정적. "상자 좀 다시 옮기느라고. 내가 몰래 감춰두는 거 있잖아, 왜." 웃음소리.

정적. "맙소사, 알면 기절하실걸. 근데 절대 몰라. 봉투에 싸서 상자에 넣고 그 위에 다른 상자를 또 올려놨는데 어떻게 알겠어?" 또 웃음소리.

정적. "응, 슈냅스 팬찮지. 근데 말이야, 돈은 다음주에 줘도 되니?"

정적. "아니, 빼오긴 했지. 근데 아빠가 알았어. 완전 난리더라. 내가 다른 데에 끼워놨나봐. 내 말은, 아빠가 지갑에 꽂힌 카드 순서까지 외우고 다니는 강박증 환자인 줄 어떻게 알았겠니?" 코웃음.

정적. "아니, 엄마 지갑 찾아서 너한테 줄 현금만 슬쩍하면 돼. 다음주야, 약속할게."

정적. "좋아, 안녕. 아, 잠깐만. 부탁 하나 더 해도 돼?"

웃음소리. "그래, 다른 부탁." 정적. "누가 나한테 뭘 보낸다는데, 별건 아니야. 근데 부모님이 보는 건 싫어서. 혹시 너희 집 주소 알려줘도 될까? 네가 수업 때 가져다주면 되잖아."

정적. "아니, 아니. 그냥 아파트 목록이야. 부모님 깜짝 선물로 드리려고." 정적. "오, 고마워. 너 정말 짱이다. 아, 그리고 말인데,

수요일에 어떨지 아직 몰라? 있잖아, 내 생일……" 정적. "아, 알았어. 물론 이해하지. 걱정 마. 데이비드한테 내 안부도 전해줘."

딸각하고 폴더폰이 닫히는 소리가 나고, 메리가 과장된 말투로 징징거리며 어리광을 부리는 친구를 흉내내는 소리가 들렸다. "오 맙소사, 데이비드 때문에. 내가 데이비드를 얼마나 사랑하는지 말했지? 그래서 안 될 것 같아. 데이비드가 전화할지도 모르니까 네 생일 저녁엔 못 가겠어." 다시 평소의 목소리로. "나쁜 년." 한숨소리. 침묵.

테리사는 천천히 뒤로 물러나 밴으로 갔다. 조용히 차문을 닫고 몇 분간 운전한 다음 차를 세웠다. 고개를 돌려 로사를 쳐다봤다. 아직 자는 아이의 머리가 헝겊 인형의 그것처럼 푹 꼬꾸라져 있었다. 일정하게 곤히 내뱉는 숨소리에서 연하게 쉰 소리가 났다. 코를 곤다기엔 나직하고 휘파람보다는 부드러운 소리. 순진한 소리. 아기처럼 달콤하고 아름다웠다.

로사와 메리는 동갑이었다. 바이러스가 뇌를 망가뜨리지만 않았으면 로사도 저렇게 술을 마시고, 친구 아닌 친구와 작당 모의를 하고, 그녀의 돈을 슬쩍하면서, 엄마들이 내 자식은 절대 안 하게 해달라고 기도하는 짓을 하고 다녔을까? 물론 로사는 그럴 리 없었다. 그녀의 기도는 효험이 있었고 평생 보장까지 받았다. 그런데 그녀는 왜 울음을 그치지 못하는 것일까?

문제는, 다른 사람들 인생에서 그런 부러워할 것 없는 뜻밖의 일들이 그녀를 가장 괴롭게 한다는 점이었다. 연휴만 되면 흠잡을 데 없이 완벽한 인생을 자랑하느라 축구 유니폼을 입고 트로피를 든 아들 사진과 바이올린과 메달을 든 딸 사진, '행복해 죽겠어요' 하는 표정으로 이를 훤히 드러내며 웃고 있는 부모의 사진을 모아 붙여서 "대단한 우리 아들딸의 놀라운 성취를 기념하며!"라는 자랑 문구까지 넣어 보내오는 안부 카드쯤이야 가짜니까, 하며 무시할 수 있었다.

하지만 평범한 일들, 기념할 거리도 없는 나쁜 일일지라도 자라 나는 아이들이 남기는 인생의 족적들—이를테면 눈알을 굴리거 나 방문을 쾅 닫거나 "엄마가 내 인생을 망쳤어" 하고 외치는—그 런 것들을 놓치는 게 테리사는 너무나도 슬펐다. 사춘기에 접어든 칼로스가 예기치 않게 조울증에 가까운 객기를 부리기 시작할 때 는 로사는 안 저럴 테니 얼마나 다행이야, 하는 생각까지 했었다. 하지 만 그건 여러 밤을 지새우며 갓난애한테 젖을 물리는 것과 같은 일 이었다. 지긋지긋한 게 맞았다. 제발 멈춰달라고 기도했던 것도 맞 았다. 그러나 진심은 그게 아니었다. 그런 일들은 정상이라는 뜻이 었고 아무리 나쁘다고 해봤자 정상은 그것을 갖지 못한 사람에게 는 아름다운 것이었다. 그러니 지금, 로사가 엄마 지갑에서 20달러 를 슬쩍한 걸 알아챌 일이나 누군가의 뒤에서 "나쁜 년"이라고 말 할 일은 없다는 사실이 테리사의 속을 긁었고, 욱신거리는 위경련 을 일으켰다. 테리사는 그 모든 걸 겪고 싶었고, 유씨 부부는 그럴 수 있다는 게 싫었다. 그녀는 차를 몰고 떠나 다시는 그들의 얼굴을 보고 싶지 않았다.

그러나 물론 그럴 수는 없었다. 테리사는 HBOT로 되돌아가 영 과 박에게 웃어 보인 뒤 체임버 안으로 들어갔다. (TJ가 아파서) 킷 은 못 왔고 (그녀가 올 때는 도로가 텅텅 비어 있었는데도 차가 막 힌다는) 맷도 결석이어서 그녀와 엘리자베스 둘뿐이었다. 해치가 닫히자마자 엘리자베스가 물었다. "괜찮니? 무슨 일 있어?"

테리사는 대답했다. "응. 아니, 내 말은, 아무 일 없어. 그냥 피곤해서 그래." 그러면서 입꼬리를 귀 쪽으로 올리고 입술을 죽 당겼다. 울지 않으려고 할 때, 오, 제발. 내 거지같은 인생을 남은 평생 이런 기분으로 살아야 한다는 것 말고 다른 생각을 하자, 하면서 침을 삼키고 연방 눈을 깜빡일 때는 자연스러운 미소를 담당하는 근육의 움직임을 기억해내기가 어려웠다.

"알았어." 엘리자베스가 말했다. "알았어." 두 번이나 "알았어" 하고 말하는 게 마치 점심시간에 다른 데 가서 앉으라는 말을 들은 여학생이 상처받지 않은 척하는 것 같아서, 테리사는 비밀을 털어놓고 싶은 기분이 들었다. 아니면 체임버의 분위기 때문이었을지도 모른다. DVD의 불빛이 깜빡이고 내레이터의 어르는 목소리가 울려퍼지는 컴컴하고 텅 빈 그곳이 어쩐지 고해성사실처럼 느껴졌다. 테리사는 침 삼키기와 눈 깜빡이기를 그만두고 아이들한테서 멀찍이 떨어져 이야기를 시작했다.

그녀는 엘리자베스에게 그녀의 하루에 대해, 치료실에서 치료실로 운전해 다니는 것과 잠든 로사와 소변기에 대해 말했다. 열두 해 전에는 다섯 살 먹은 로사가 건강했었다고, 그러다 이틀 동안 출장을 다녀왔더니 혼수상태가 돼 있었다고 말했다. 로사를 쇼핑몰에 데려가고, 손을 씻기지 않고, 덜 익은 닭고기를 먹인 (지금의 전)남편을 얼마나 원망했는지 모른다고 말했다. 의사들이 로사는 아마 죽을 거라고, 죽지 않는다면 회복이 불가능한 심각한 뇌손상을 입게 될 거라고 했다고도 말했다.

죽거나 혹은 뇌성마비에 지적 장애이거나. 죽는 건 안 돼요, 다른 건 다 상관없으니까 제발, 죽는 것만은 안 돼요, 그녀는 기도했다. 그러나 아주 잠시, 잠깐 몇 초 정도는 평생 뇌손상으로 사는 것에 대해 생각하기도 했다. 그녀의 어린 딸이 사라지고 딸의 부재를 상기시

커줄 껍데기만 남는다. 온종일 딸을 보살피다보면 평범한 삶도 잔 가지처럼 부러질 것이다. 직업도, 친구도, 은퇴도 없이.

"애가 죽길 바란 건 아니야. 당연히 아니지. 그냥 생각만 했어, 난 그냥……" 끔찍한 생각을 쫓기 위해 테리사는 눈을 감았다. "로사를 살려달라고 기도했어. 그랬더니 살아준 거야. 얼마나 감사 했는데, 정말이야. 그런데……"

"그런데 기도가 옳았을까 하는 의문이 들었겠지." 엘리자베스가 말했다.

테리사는 고개를 끄덕였다. 로사의 죽음은 테리사를 망가뜨리고 그녀의 삶도 파괴했을 것이다. 하지만 그랬다면 관을 내려다보며 작별인사를 건네는, 마지막이라는 사치는 누릴 수 있었을 것이다. 그러고 나서 종내 그녀는 일어섰을 테고 삶도 다시 일으켰을 것이 다. 그러나 지금은 일어서 있기는 했지만 하루하루 조금씩, 조금씩 무너지는 내리막 지옥에 떨어진 거나 마찬가지였다. 이게 더 나은 게 맞을까? "어떤 엄마가 이런 생각을 하니?" 테리사가 말했다.

"오, 테리사. 넌 좋은 엄마야. 단지 오늘은 일진이 사나웠던 것뿐 이고."

"아니. 난 나쁜 인간이야. 애들도 전남편이 키우는 게 더 나을지 몰라."

"그만, 미련하게 굴지 마." 엘리자베스가 말했다. "자, 봐. 얼마 나 힘든지. 우리 애들 같은 아이들의 엄마 노릇을 하는 건 힘든 일 이야. 내 말은, 킷이 나는 수월하다고 말하는 거 알아. 하지만 하나 도 안 쉽게 느껴져. 나도 늘 걱정하고, 어디든 운전해서 다녀야 하 고, 이것 다음에 또다른 것을 시도하는데다 하루에 두 번씩 이 잠수 까지……" 그녀는 고개를 내저으며 쓴웃음을 짜냈다. "맙소사, 너무 싫어. 지친다고. 내가 이런데 감당할 게 훨씬 많은 넌 어떤 기분일지 정말 상상도 못하겠어. 진심이야. 네가 어떻게 해내는지 모르겠어. 난 정말 널 존경해. 킷도 같은 생각일 거야. 너는 정말 훌륭한 엄마야. 늘 로사를 참아주고 친절하게 대해주잖아. 딸을 위해 네 인생을 전부 희생하는 것도 그렇고. 그래서 사람들이 널 마더 테리사라고 부르는 거야."

"그럼 이제 알겠네. 그거 다 연기야." 테리사가 눈을 깜빡였고 뜨거운 눈물이 그녀의 뺨을 적셨다. 익숙한 수치심이 찾아왔다. 마더 테리사라니, 말도 안 된다. "맙소사, 나 왜 이러니? 너한테 이런 얘기를 하고 있다니 믿기지가 않네. 미안해, 난 그저……"

"무슨 말이야? 아냐. 난 네가 말해줘서 기뻐." 엘리자베스는 테리사의 팔을 쓰다듬었다. "더 많은 엄마들이 이렇게 말할 수 있었으면 좋겠어. 우리는 서로 추한 것, 남들한테 말하기 부끄러운 것을 허심탄회하게 털어놓을 필요가 있어."

테리사가 고개를 저었다. "뇌성마비 지원 모임에서 이런 이야기를 들으면 어떻게 나올지 상상도 안 가는걸. 날 쫓아내겠지, 아마. 다른 엄마들은 이런 생각 안 하고 사는 것 같아."

"장난하니?" 엘리자베스가 그녀를 쳐다봤다. "이리 와봐." 그녀는 아이들에게서 최대한 멀리 떨어져 해치와 인터폰 바로 옆으로 향했다. 목소리를 낮춘 그녀가 말했다. "킷이 TJ와 열에 대해 말했던 거 기억해?"

테리사가 고개를 끄덕였다. 한동안 킷은 고열을 앓고 난 뒤 일부 아이들의 자폐 특성이 완화됐다는 현상에 관해 이야기했고, TJ도 아팠을 때 박치기를 멈추고 한 음절짜리 단어를 말하기까지 하다가 열이 내리자 다시 원래대로 돌아갔다는 말을 하면서 비통해했다.

("단 하루라도 TJ가 이런 애가 될 수 있다는 걸 보고 나니까 놀라우면서도 괴로웠어.")

엘리자베스는 말을 이어갔다. "헨리는 그 반대야. 그애는 아프면 완전히 멍해져. 저번에는 말을 못하더니 일 년 동안 안 그러다가 갑자기 몸까지 다시 흔들더라고. 계속 그럴까봐 너무 무서웠어. 난 깜짝 놀라서 애한테 소리를 질렀고, 그러면 애가 정신이 들 것 같아서 심지어는……" 그녀는 시선을 떨구고 자기 자신에게 안 된다고 말하는 것처럼 고개를 저었다. "어쨌든 나도 내가 왜 이 아이를 낳았을까? 하는 생각을 할 때가 있다는 말이야. 얘만 안 태어났어도 내 인생이 훨씬 나았을 텐데. 지금쯤 임원이 됐을 거고 빅터와 이혼도 안 했을 거고 전 세계로 여행이나 다니면서 살 텐데. 증상 회귀에 대한 조사 따윈 집어치우고 피지섬 여행이나 찾아봤을 텐데."

테리사가 말했다. "그건 아무것도 아니야. 배우를 두고 환상을 갖는 거나 마찬가지잖아."

엘리자베스는 고개를 저었다. "그 이후로는 진짜 좌절할 때 가끔씩 애가 없어졌으면 하는 생각도 해. 헨리가 죽는 상상까지 한 번 했다니까. 안 아프게, 자다가 뭐 그런 식으로. 그럼 내 인생은 어떨까? 그렇게 나쁘기만 할까?"

"엄마," 헨리가 불렀다. "DVD 끝났어요. 다른 것 틀어주면 안 돼요?"

"당연히 틀어줘야지, 우리 아들." 엘리자베스는 인터폰으로 박에게 다른 DVD를 틀어달라고 말한 다음 영상이 시작되길 기다렸다가 테리사한테 속삭였다. "어쨌든 내 말은 우리 모두 그런 순간이 있다는 거야. 하지만 그건 말 그대로 순간일 뿐이고 금방 지나가는 거지. 그러고 나면 넌 로사를 사랑하고 난 헨리를 사랑하고, 우리 둘 다 애들을 위해서라면 뭐든 할 수 있고 모든 걸 희생하는 엄마로 돌아가잖아. 그러니 우리의 아주 작은 일부가 아주 잠깐의 시간 동안 그런 생각들이 들자마자 쫓아버렸다고 해서 그게 그렇게 나쁜 거니? 그냥 인간적인 거 아니야?"

테리사는 엘리자베스와 그녀의 친절한 미소를 보면서 자신이 혼자라는 생각이 들지 않게 기분을 맞춰주려고 그런 이야기를 꾸며낸 건 아닐까 생각을 했다. 그녀는 또 생각했다. 오래전 로사의 몸이 땅속에서 구더기에 점령당해 이제는 뼈만 남아 있다면 그녀의 인생은 어떻게 달라졌을까? 저편에서 어항 같은 산소 헬멧을 쓰고 헨리와 나란히 앉아 TV 불빛에 완전히 사로잡혀 있는 로사가 보였다. 그녀의 딸은 아마도 지금쯤 술을 마시면서 데이비드나 다른 뭔가에 대한 친구 문제로 속을 끓이고 있을 메리와 같아질 일이 없었다. 그 대신 여기 앉아서 공룡 소리에 까르륵거리며 웃고 있는 로사도 나쁘지 않은 것 같았다.

*

그날, 그리고 이후로도 몇 번이나 (특히 혼수상태였던 메리가 아무 뇌손상 없이 깨어난 직후에) 테리사는 영한테 메리의 비행에 대해 이야기하는 상상을 했다. 자랑스러운 딸이 그녀의 생각만큼 부모를 기쁘게 하는 결점 없는 자식의 표본은 아니라는 사실을 깨닫는 영을 본다면 얼마나 통쾌할지 생각했다. 그리고 지금, 마침내, 그럴 수 있는 절호의 기회가 찾아왔다. 더군다나 순전히 테리사의 옹졸함 때문이 아니라 '내 자식이 죽었으면 좋겠어'라는 대화의 맥락을 설명해야 한다는 명분도 있었다. 그러나 그녀는 말할 수 없었다. 너무나 지치고 혼란스러워 보이는 영의 얼굴을 보면서 테리사는 메리의 이름 대신 '맥도널드에서 본 어떤 애'라고 말했다.

테리사의 말을 듣고 영이 말했다. "그러니까 박이 맞았네요. 엘리자베스는 헨리가 죽었으면 좋겠다고 했어요. 세상에 어떤 엄마가 그런 말을 하죠?"

테리사는 아무 감정 없이 모든 이야기를 마쳤으나, 이제 목구멍에 응어리가 걸렸다. 그녀는 침을 삼켰다. "나도 로사를 두고 그렇게 말했어요. 내가 먼저 말했다고요."

영이 고개를 저었다. "아니요, 당신은…… 당신의 상황은 많이 달라요."

다르다니 뭐가요? 테리사는 묻고 싶었다. 하지만 그럴 필요가 없었다. 알고 있었으니까. 영의 생각은 다른 사람들의 생각과 같았다. 로사는 죽는 게 더 낫다. 헨리랑은 다르다. 헨리의 목숨은 귀중하고, 그 엄마는 아들의 죽음을 바라선 안 된다. 그것이 하이츠 형사가 식당에서 한 말의 의미였다. 테리사는 말했다. "어떤 장애든, 장애가 있는 아이를 키우는 건 힘들어요. 직접 겪어보지 않고는 이해할 수 없을 거라고 생각해요."

"메리도 두 달간 혼수상태였어요. 그렇지만 난 내 딸이 죽길 바란 적은 없어요. 뇌손상을 입는다고 해도 살아주길 바랐다고요."

메리는 간호사들이 수발을 들어주는 병원에 있었잖아요, 테리사는 외치고 싶었다. 영은 몇 달이 몇 년이 되면 자신도 변한다는 사실을, 모든 걸 직접 하게 되면 다르다는 것을 이해하지 못했다. 테리사는 영에게 상처를 주고 싶었다. 저 혼자만 성인군자인 척 올라가 있는 받침돌을 치워버리고 싶었다. "그거 알아요?" 테리사가 말했다. "내가 들었다는 애. 그 막 나간다던 여자애. 걔가 바로 메리예요."

말을 끝마치기도 전에, 영의 얼굴이 혼란스러운 상처투성이 표정으로 구겨지기도 전에 테리사는 그 말을 한 것을 후회했다. 영이 말했다. "메리요? 맥도널드에서 메리를 봤어요?"

"아니요. 창고에서요."

"우리 창고 말이에요? 메리가 뭐하고 있었는데요?"

이제 테리사는 바보 같다고 느꼈다. 다른 십대들도 하는 어리석은 행동을 가지고 여자애 하나를 궁지에 빠트려서 뭐하겠는가? "아무것도 아니에요. 그냥 상자를 옮기고 있더라고요. 그맘때 애들이 어떤지 알잖아요. 자기 물건을 숨긴다고 비밀 장소를 찾고 그러죠. 칼로스도 똑같이 그랬……"

"숨겨요? 무슨 상자요?"

"몰라요. 난 밖에 있었어요. 그냥 메리가 전화로 누군가한테 상자 안에 몰래 감춰둔 게 있다고 하는 것만 들었어요."

"감춰요? 마약 말인가요?" 영의 눈이 동그래졌다.

"아뇨. 그런 건 아니었어요. 그냥 돈인 거 같던데. 메리가 아빠 지갑에서 카드를 빼간 걸 박한테 들켰다고 했어요. 그래서……"

"지갑에서 카드를요? 박한테 들켰다고요?" 버튼 하나를 누르면 세피아 색감으로 바뀌는 사진처럼 영의 얼굴에서 순식간에 핏기가 가셨다. 분명했다. 박은 영한테 메리가 돈을 훔쳤다는 말을 하지 않았다. 의도치 않게 영의 인생에서 또다른 결함의 증거를 발견한 테리사는 약간 고소한 기분이 들었다. 일말의 수치심을 느낀 그녀는 이어서 말했다. "영, 너무 걱정하지 말아요. 애들은 다 그래요. 칼로스도 매번 내 지갑에서 돈을 빼가는걸요."

영은 너무 화가 나서 말이 안 나오는지 한 대 얻어맞은 표정이었다.

"영, 미안해요. 내가 괜한 소리를 했네요. 근데 진짜 별일 아니에요. 그러니까 제발 잊어버려요. 메리는 착한 애예요. 그애가 말했는지 모르겠는데 지난여름에는 부모님을 위해 아파트를 찾아준다고 부동산 중개인한테 연락하기도 했나봐요. 깜짝 선물이라던데 어찌나 생각이 깊은지⋯⋯"

영은 손톱이 박히도록 테리사의 팔을 꽉 붙들었다. "아파트요? 서울에요?"

"네? 아니, 그건 몰라요. 왜 서울이겠어요? 내 생각엔 이 근처일 것 같은데요."

"하지만 당신도 모르는 거죠? 제대로 못 본 거죠?"

"네, 그냥 아파트 목록이라고만 했어요. 어딘지는 말 안 하고요."

영은 눈을 감았다. 테리사의 팔을 움켜쥔 손에 힘이 들어가는 것으로 보아 비틀거리는 것 같았다.

"영? 괜찮아요?"

"나도⋯⋯" 영이 눈을 뜨고는 몇 차례 깜빡거렸다. 그녀는 미소를 지어보려고 했다. "나도 몸이 안 좋은 것 같아요. 집에 가봐야겠어요. 에이브한테 오늘 못 와서 죄송하다고 전해줄래요?"

"세상에. 내가 집까지 태워다줄까요? 나 지금 시간 있어요."

영은 고개를 저었다. "아니요, 테리사. 이미 많이 도와줬잖아요. 당신은 참 좋은 친구예요." 영은 그녀의 손을 꼭 쥐었고, 온몸에 수치심이 퍼진 테리사는 영의 고통을 덜어줄 수 있다면 뭐든 할 수 있을 것처럼 절박해졌다.

영이 통로를 반쯤 걸어갔을 때 테리사가 그녀를 불러 세웠다. "말해준다는 걸 깜빡할 뻔했네요." 영이 고개를 돌렸다. "오전에 에이브가 그러는데 맷의 휴대폰으로 방화 전화를 건 사람은 억양이 없는 영어를 썼대요. 그러니까 박은 아니에요."

영의 입이 벌어졌고 눈썹이 일그러지면서 찡그리는 표정이 되었다. 동공이 이리저리 흔들리는 그녀가 말했다. "억양이 없어요?" 그녀는 그게 무슨 뜻인지 모르는 것처럼 묻더니, 앞에 있던 표들이 무슨 의미인지 물었고, 그다음에는 인상이 풀어지고 시선도 일정해졌다. 영은 눈을 감고 입술을 꿈틀거렸다. 꼭 웃을 것도 같고 울 것도 같았지만, 테리사는 알 수 없었다.

"영? 괜찮은 거 맞아요?" 테리사가 자리에서 일어나 영에게 가려 했지만 영은 눈을 뜨고서 다가오지 말라고 애원하듯 고개를 저었다. 그러고는 아무 말 없이 테리사를 등지고 문을 향해 걸어갔다.

엘리자베스

정신을 차리고 보니 그녀는 낯선 방의 딱딱한 의자에 앉아 있었다. 어디에 있는 걸까? 잠들었거나 정신을 잃었던 것 같지는 않은데 이곳까지 온 기억이 전혀 나지 않았다. 분명 운전해서 집에 가는 길이었는데 정신을 차려보니 벌써 차고에 와 있고, 실제로 운전했던 기억은 전혀 나지 않을 때처럼 말이다.

엘리자베스는 주위를 둘러보았다. 아담한 방에는 접이식 의자 네 개와 TV 선반 크기의 탁자 하나가 방의 절반을 차지하고 있었다. 밋밋한 회색 벽. 닫힌 방문. 창문도, 환풍구도, 에어컨도 없다. 유치장 같은 곳에 갇혀 있는 걸까? 정신병원 병실인가? 왜 이렇게 덥고 갑갑한 걸까? 어지러웠고 숨을 쉴 수가 없었다. 불현듯 어떤 기억이 떠올랐다. "헨리 너무 덥다. 헨리 숨막힌다." 기억 속 헨리가 말했다. 언제일까? 아직 대명사를 혼동하면서 '나'라는 표현을 쓸 줄 모르던 다섯 살 때가 틀림없었다. 헨리가 죽고 나서는 늘 이런 식이었다. 그녀가 보고 들은 모든 것, 헨리와 하등 관계가 없는 모든 것이 아들의 기억을 캐냈고 그녀로 하여금 그 기억 속을 떠돌게 했다.

기억을 물리려고 애써봤지만 어쨌거나 그때의 장면이 머릿속에 떠올랐다. 엘모 캐릭터 수영복을 입은 헨리가 이동식 적외선 사우나 안에 앉아 있다. 이런 방안에 있다보니—열기와 숨막히는 엄격함과 칸막이 안에 갇힌 듯한 느낌이—그녀의 집 지하실에 설치한 사우나를 떠올리게 한 모양이다. 사우나에 처음으로 들어가본 헨리가 한 말이었다. "헨리 너무 덥다. 헨리 숨막힌다." 그녀는 애써 인내심을 끌어올리며 땀으로 독소를 빼내야 한다고 설명했지만 헨리가 문을—헨리에게 필요하다고 전남편을 설득하기 위해 전화를 몇 번이나 했는지 모를 1만 달러짜리 사우나실의 새 문을—발로 차 열었을 때는 더는 못 참고 소리를 지르고 말았다. "제기랄! 왜 문을 부수고 그래!" 안 부서진 걸 알면서도. 헨리는 울기 시작했고, 엉엉 우는 아이의 눈물이 콧물과 만나 미끌미끌한 눈물 콧물 범벅이 된 얼굴을 보자 순전한 증오심이 치밀었다. 잠시뿐이었고 나중에 두고두고 후회하면서 눈물을 흘린 그런 순간이었지만, 그때만큼은 다섯 살 난 아들이 너무 싫었다. 자폐가 있어서. 모든 걸 어렵게 만들어서. 그녀가 아들을 싫어하게 만들어서. "그만해, 울보야. 당장. 씨발. 안 그쳐!" 그렇게 말한 뒤 사우나실 문을 쾅 닫아버렸다. 헨리는 씨발fucking이라는 말의 뜻을 몰랐고 그녀도 전에는 써본 적 없었지만 그 말을 하고 나니 굉장히 통쾌한 데가 있었다. 입으로 내뱉은 f와 k의 음이 거칠게 파열하는 소리에 쾅 하고 문 닫히는 소리가 더해져 그녀의 분노가 배출되었고, 그녀는 어느 정도 진정을 되찾았다. 다시 돌아가 엄마가 미안하다고 말하며 아이를 안아주고 싶었지만 무슨 염치로 아들의 얼굴을 본단 말인가? 그냥 아무 일도 없었던 것처럼 삼십 분 뒤에 울릴 타이머 소리를 기다렸다가 울거나 소리를 질렀던 이야기는 하지 않고 용감하다고 칭찬해주면 될 일이었다. 그럼 추했던 일은 연기처럼 전부 사라질 것이다.

이후에는 그녀가 언제나 사우나실에 함께 들어가주었고 주의를 돌리기 위해 농담을 하거나 우스운 노래를 불러주기도 했지만 헨리는 사우나에 정을 붙이지 못했다. 아이는 매일 사우나에 들어갈 때마다 말했다. "헨리는 용감해. 헨리는 울보 아니야." 그러면서 울지 않으려고 할 때처럼 눈을 빠르게 깜빡거렸다. 사우나 안에서 아이가 눈물을 닦으면 엘리자베스는 목구멍에 걸린 것을 삼키면서 말했다. "우와, 우리 아들 땀 많이 흘렸네. 눈에도 들어간 것 좀 봐!"

그때 기억을 떠올리니 의문이 들었다. 헨리는 정말 엄마 말을 믿었던 걸까? 가끔은 그녀의 말에 대꾸할 때도 있었다. "헨리 땀 많이 흘렸다." 웃으면서. 아들의 미소는 엄마가 운다고 소리를 지르지 않으니 안심이 되어 지은 진짜 미소였을까, 아니면 눈물을 땀인 척하려고 가짜로 지은 미소였을까? 그녀는 아들을 겁주는 못된 엄마인 걸까, 아니면 아들을 거짓말쟁이로 만드는 사이코 엄마일까? 아니면 둘 다일까?

문이 열렸다. 어쏘 변호사 애나와 함께 들어오는 섀넌의 등뒤로 익숙한 법원 복도가 보였다. 그럼 그렇지. 그들은 변호인 회의실 가운데 하나에 있었던 거였다.

섀넌이 말했다. "애나가 선풍기를 찾았어요, 나는 물을 좀 가져왔고요. 아직도 안색이 창백하네요. 자, 물 좀 마셔요." 섀넌은 불구자를 대하듯 엘리자베스의 입술에 컵을 대고 기울였다.

엘리자베스가 컵을 밀어냈다. "됐어요. 그냥 더운 것뿐이에요. 이 안에서는 숨을 못 쉬겠어요."

"알아요, 미안해요." 섀넌이 말했다. "원래 쓰던 회의실보다 훨씬 작아서 그래요. 하지만 창문이 없는 곳은 여기밖에 없어요."

왜 창문이 없어야 하는지 물으려던 엘리자베스는 기억해냈다. 찰칵거리는 카메라 불빛들, 섀넌이 몸으로 엘리자베스를 가렸고 기자들은 끝없이 질문 세례를 퍼부었다. 고양이가 없다는 게 무슨 말입니까? 이웃집에 고양이가 있었습니까? 고양이를 키운 적이 있습니까? 고양이를 좋아하십니까? 헨리에게 고양이 알레르기가 있었나요? 고양이 발톱을 뽑는 수술에 찬성하십니까?

고양이. 할퀸 자국. 헨리의 팔. 아이의 목소리. 아들의 말……

순간 눈앞이 깜깜하고 정신이 흐릿해지더니 기절할 것 같은 느낌이 들었다. 산소가 필요했다. 그녀는 탁자에 고정된 작은 선풍기 앞에 얼굴을 갖다댔다. 변호사들은 눈치채지 못한 것 같았다. 그들은 음성 메시지와 이메일을 확인하고 있었다. 엘리자베스는 공기의 흐름에 집중했고 선풍기 날개는 빠르게 회전하고 있었다. 잠시 후 머리로 혈액이 순환되면서 두피가 얼얼해졌다. "그럼 이게 엘리자베스의 손톱 사진이에요?" 애나가 말했고 섀넌이 대꾸했다. "젠장, 배심원들이 분명……" 엘리자베스는 양손으로 귀를 막고 눈을 감은 채 윙윙 돌아가는 선풍기 소리에 집중했다. 그렇게 집중하면 그들의 목소리는 걸러지고 오직 헨리의 목소리만 남을 것 같았다. 전 세계로 여행을 다녔을 거예요. 저는 태어나지 말았어야 해요. 고양이는 나를 싫어해요.

"고양이는 나를 싫어해요." 그녀는 작은 소리로 말했다. 헨리는 상상의 고양이를 말한 것일까, 아니면 자신을 할퀴고 상상의 이야기 속에서 '고양이'가 되어버린 제 엄마를 말한 것일까? 정말로 엄마가 자신을 싫어한다고 생각했을까? 그리고 여행이라는 말은 대체…… 그녀는 딱 한 번 테리사한테만 말했었다. DVD를 보고 있던 헨리에게서 멀찍이 떨어져 아이한테는 안 들리게 속삭이는 소리로. 그런데도 들었다. 속삭이는 소리로 가끔은 아들이 죽기를 바란다고 했던 그녀의 고백이 강철 벽에 부딪히고 메아리쳐 헨리의 귀에까지 들어갔다.

어디선가 소리는 영원한 각인을 남긴다는 내용을 읽은 적 있었다. 바닷물에 조약돌을 던지면 잔물결이 한없이 이어지는 것처럼, 가까운 물체를 통과한 음조의 진동이 양자 준위에서 영원토록 지속된다는 것이다. 그녀의 말이, 그 추악한 소리가 벽의 원자를 통과한 것일까? 그것을 듣게 된 헨리의 고통이 아이의 뇌에 스며든 것처럼? 그래서 헨리가 같은 장소, 같은 벽에 둘러싸여 앉아 있었던 마지막 잠수 날, 그 추악함과 고통이 충돌해 빚어진 폭발이 아이의 신경세포를 날려버리고 아이를 내면부터 불태워버린 것일까?

문이 열리고 또다른 어쏘 변호사인 앤드루가 들어왔다. "루스 와이스가 한대요!"

"정말? 잘됐네." 섀넌이 말했다.

엘리자베스가 고개를 들었다. "시위대 말인가요?"

섀넌은 고개를 끄덕였다. "그녀한테 박이 협박했다고 증언해달라고 부탁했어요. 그게 우리 변……"

"하지만 그녀가 한 짓이잖아요. 그 여자가 불을 지르고 헨리를 죽였어요. 당신도 알잖아요." 엘리자베스가 말했다.

"아니요, 난 몰라요." 섀넌이 말했다. "당신이 그렇게 생각하는 건 알아요. 하지만 다 끝난 일이에요. 그들은 경찰서에서 곧장 D.C.로 돌아갔고 기지국 신호로 저녁 9시경에 그들이 D.C.에 있었다는 사실이 확인됐어요. 그러니까 그들이 그랬을 리가……"

"찌고 그러는 건 수도 있잖아요." 엘리자베스가 말했다. "한 사람이 남아서 불을 지르는 동안 남은 사람들이 휴대폰을 전부 가져가 알리바이를 만들어줬을 수도 있어요. 아니면 진짜 빨리 운전해서 십오 분 만에 도착했을 수도 있고요. 아니면……"

"그랬다는 증거가 전혀 없어요. 반면 박이 그랬다는 증거는 넘쳐나고요. 지금 우린 재판중이에요. 그러니 우리한테 필요한 건 추정이 아니라 증거라고요."

엘리자베스는 고개를 저었다. "경찰도 나한테 똑같이 했어요. 진짜 내가 했는지 여부는 중요하지 않았고, 그냥 내가 기소하기 제일 쉬운 용의자였을 뿐이라고요. 당신도 지금 똑같은 짓을 하는 거예요. 시위대 뒤를 캐야 한다고 내가 그렇게 말했는데도 증명하기 너무 어렵다는 이유로 그들을 포기하는 거잖아요."

"그렇다면 어쩔 건데요?" 섀넌이 말했다. "진짜 범인 뒤를 쫓아다니는 건 내 일이 아니에요. 내 일은 당신을 변호하는 거라고요. 당신이 그들을 싫어하든 말든 난 관심 없어요. 배심원들이 박을 그럴듯한 용의자로 보고 무죄 평결로 돌아서는 데 도움을 줄 수만 있다면, 그들이 이제 당신의 제일 친한 친구들이에요. 게다가 당신은 친구를 좀 만들어야 해요. 오늘 그 난리를 치는 바람에 그나마 있던 아군도 다 떨어져나갔으니까. 소문에 의하면 벌써 테리사도 에이브 편으로 돌아섰대요."

"소문이 아니라 사실이에요." 앤드루가 말했다. "조금 전에 지나가다 봤어요. 테리사가 혼자 법정에 남아 있었는데 일어서더니 자리를 바꿔서 검사측에 앉았어요."

테리사, 그녀의 마지막 남은 유일한 친구. 고양이 상처 소동이 테리사에게 혐오감을 준 것이다. 그랬겠지, 당연히.

"젠장," 섀넌이 말했다. "왜 자리 옮기는 헛짓거리를 하면서 그렇게 호들갑을 떠는지 모르겠네. 지금쯤 에이브가 얼마나 기고만장해 있을지 안 봐도 뻔해."

애나가 말했다. "저희가 방금 만나고 왔는데요, 다음 증인으로 테리사를 부를 거래요. 우리를 당황하게 하려는 전략 같아요. '그녀가 들은 아주 흥미로운 내용이 배심원들을 사로잡을 겁니다.'" 애나는 코맹맹이 남부 억양을 흉내냈다. "완전 재수없어요."

"생각을 해봤는데 말이야," 섀넌이 말했다. "테리사가 들은 내용을 증언한다고 했잖아, 그럼 전문법칙의 예외*라는 거지. 그러니까……"

"엘리자베스가 한 말일 거란 말씀이세요?" 애나가 말했다.

"내 추측으로는 그래." 섀넌이 엘리자베스를 향해 몸을 틀었다. "테리사한테 무슨 책잡힐 만한 말 한 적 있어요? 에이브 하는 짓을 보니까 범죄나 다름없는 말일 것 같은데."

그것밖에 없었다. 체임버에서 나눴던 대화. 수치스럽고 비밀스러운 그 말들을 둘이서만 속삭이는 소리로 주고받은 건 아무한테도 말하지 말라는, 다시는 입 밖에 꺼내지도 말라는 뜻이었다. 테리사가 그 말을 공개적인 법정에서 반복하고 그래서 곧 인터넷과 신문을 통해 세상에 퍼질 예정이라니, 엘리자베스는 떠올리기도 싫었다.

그녀는 찌를 듯한 배신감을 느꼈다. 테리사를 찾아가 어떻게 똑같은 말을 하고 똑같은 생각을 해놓고 그렇게 등을 돌릴 수 있느냐고 따져 묻고 싶었다. 섀넌한테 테리사도 로사가 죽었으면 좋겠다

---

* 전문법칙에는 일부 예외 조항이 있는데, 그중 하나가 원진술자가 재판 당사자(예를 들어 형사 재판의 피고인 등)일 경우다.

고 했었다고 얘기하고 싶었다. 법정에서 테리사가 섀넌한테 갈가리 찢기는 꼴을 보면 얼마나 통쾌할까? 자애로운 마더 테리사가 한 번쯤 나쁜 엄마 역할을 맡는 걸 보면 말이다.

하지만 테리사는 나쁜 엄마가 아니었다. 그녀는 자기 자식을 할퀴지 않았다. 울고불고 토할 만큼 고통스러운 치료를 억지로 받게 하지도 않았다. 속으로는 무슨 생각을 하고 무슨 말을 했든 아이로 하여금 엄마가 자신을 싫어한다는 생각이 들게 하지 않았다. 테리사가 그녀를 버리는 건 당연했다. 마침내 엘리자베스가 얼마나 역겨운 사람인지 깨닫게 되었고 엄마 노릇을 하지 못한 그녀에게 헨리를 위해 법의 심판을 받게 하고 싶은 것이다.

"엘리자베스, 뭐 생각나는 거 없어요?" 섀넌이 재차 물었다.

그녀는 고개를 저었다. "아니요, 아무것도요."

"어쨌거나 계속 생각해봐요. 뭔지 알아야겠으니까. 안 그러면 즉흥적으로 반대 심문하는 수밖에 없어요." 섀넌은 어쏘들을 향해 몸을 틀었다.

반대 심문. 그녀의 귀에 벌써 들리는 것 같았다. "엘리자베스가 그 말을 하기 전에 무슨 일이 있었죠? 보통은 오, 나 오늘 머리 잘랐어, 라고 한 다음 불쑥 헨리가 죽었으면 좋겠어, 라는 말을 하진 않잖아요. 안 그래요? 제가 궁금한 건, 테리사 당신도 그런 말을 했나요? 그런 생각을 해본 적 있습니까?" 테리사의 가장 내밀한 생각을, 엘리자베스가 어르고 달래야만 털어놓을 법한 그녀의 사적인 말들을 생판 모르는 남들이 잣대질할 생각을 하니 속이 메스꺼웠다. 테리사가 그 이야기를 털어놓아서 그녀 자신과 로사와 칼로스에게 고통을 안기고 그 말들이 세상에 퍼지는 일만은 막아야 했다. 하지만 어떻게 막는단 말인가?

섀넌이 엘리자베스를 쳐다보며 말했다. "작년 여름에 헨리와 단둘이 시간을 보냈던 사람들의 이름을 대봐요. 상담사나 보모나…… 그리고 빅터가 주말에 놀러온 적은 없었나요?"

"왜요?"

"음, 그냥, 당신이 한 말을 다른 식으로 해석할 수도 있으니까요. 우리는 '고양이가 없다'는 그 말이 무슨 뜻인지 브레인스토밍중이에요. 왜 그 사람이 그런 말을 했을까?"

"그 사람?" 엘리자베스가 말했다. "그 사람은 나예요. 내가 그 말을 했고 여기 있다고요. 그냥 나한테 직접 물어보지 그래요?"

아무도 말하지 않았다. 그럴 필요가 없었다. 물어볼 필요가 없어서 그들은 묻지 않은 것이다. 명백한 일이었고 그들도 답을 알고 있었지만 그걸 어떻게 포장할지 '브레인스토밍'하는 과정에서 진실에 구속받고 싶지 않은 거다.

"알겠어요." 엘리자베스가 말했다. "어쨌든 내가 말해주죠. 그게 무슨 말이었냐면……"

섀넌이 손을 쳐들었다. "됐어요. 필요 없어요." 그녀는 한숨을 내쉬었다. "당신이 무슨 뜻으로 한 말이건 상관없어요. 어차피 당신이 한 말은 증거가 못 돼요. 판사가 배심원들한테 무시하라고 했어요. 이상적인 세계에서는 그러면 끝이겠죠. 하지만 현실에서는 달라요. 배심원들도 인간이니 당신의 말에 영향을 받지 않았을 리 없어요. 그래서 나는 당신 말고 다른 아동 학대범을 떠올릴 만한 대안을 제시해서 그 영향을 상쇄해야 해요."

엘리자베스는 마른침을 삼켰다. "하지만 어떻게…… 그 대안이라는 게 뭔데요?"

"다른 사람이 아이를 학대했을 가능성을 제기하는 거죠." 섀넌이 대답했다. "헨리가 지켜주려는 누군가가 있고, 당신은 그 누군가의 학대를 의심했었고, 그러다 헨리가 그 사람 편을 드는 걸 보니까 당신은 너무 화가 나서 법정에서 신경쇠약을 일으킨 거예요."

"뭐라고요? 그러니까 무고한 사람을 골라서 아동 학대를 뒤집어씌우겠다는 거예요? 누구를요? 선생님? 상담사? 빅터? 아니면 빅터의 부인? 맙소사, 섀넌!" 엘리자베스가 말했다.

"뒤집어씌우는 게 아니에요." 섀넌이 대꾸했다. "그냥 가정해보는 거죠. 배심원들이 당신을 보면서 할 생각들에서 주의를 돌리게 하는 것뿐이에요. 애초에 그들이 해서는 안 되는 생각이니까. 우린 그저 당신이 왜 그런 말을 할 수 있었는지 이론상 가능한 근거를 제시하고요."

"안 돼요. 그건 미친 짓이에요. 사실이 아닌 거 당신도 알잖아요. 당신도 내가 애를 할퀴었다고 생각하죠? 그런 거 알아요."

"내가 어떻게 생각하건 그건 중요하지 않아요. 중요한 건 내가 어떤 증거를 제시할 수 있는지, 어떤 주장을 내세울 수 있는지예요. 그리고 난 그저 보기 흉하다고 해서 물러서지는 않을 거예요. 내 말 알아들어요?"

"아니요." 엘리자베스가 일어섰다. 머리에서 피가 빠져나가면서 방이 줄어드는 것처럼 보였다. "그러면 안 돼요, 섀넌. 그냥 이 일은 누가 방화를 했는지와 무관하다는 입장을 고수해요. 배심원들을 그렇게 설득할 수 있잖아요."

"아뇨, 못해요." 마침내 섀넌의 말을 감싸고 있던 억지 침착의 치장이 벗겨졌다. "내가 아무리 얼굴이 시퍼레지도록 말해도 배심원들은 한번 당신이 헨리를 학대했다고 생각하면 누가 진짜 불을 질렀든 간에 당신 편을 들지 않으려고 할 거예요. 당신을 벌하고 싶어할 거라고요."

"그럼 그러라고 해요. 어차피 난 그래도 싸요. 당신이 죄 없는 사람을 끌어들이는 꼴은 못 봐요."

"하지만 배심원들은……"

"그만해요." 엘리자베스가 말을 끊었다. "나 이제 그만하고 싶어요. 유죄를 인정할래요."

"뭐라고요? 지금 무슨 말을 하는 거예요?"

"미안해요. 진심이에요. 하지만 더는 못하겠어요. 저 안에 들어가서 일 초도 서 있을 자신이 없어요."

"알았어요, 알았어." 섀넌이 말했다. "진정해요. 그게 그렇게 괴로우면 안 할게요. 그냥 할퀸 상처는 궁극적으로 누가 방화했는지와 관련 없다는 데만 집중하고……"

"상관없어요." 엘리자베스가 말했다. "그것만이 아니에요. 전부다요. 헨리의 상처, 박, 시위대, 테리사, 비디오, 전부 관두고 싶어요. 유죄를 인정할래요. 오늘 당장."

아무 말도 하지 않고 그저 콧구멍으로 깊은숨을 들이쉬며 입을 꾹 다물고 있는 섀넌은 폭발하지 않으려고 안간힘을 쓰는 것처럼 보였다. 마침내 입을 뗐을 때는 심통을 부리는 아기를 달래려는 엄마처럼 몹시 느릿느릿 말했다. "오늘 너무 많은 일이 있었어요. 내 생각엔 좀 쉬는 게 좋겠어요. 우리 모두요. 내가 판사한테 가서 오늘은 휴정해달라고 부탁할 테니 오늘밤에 자면서 곰곰이 생각해보도록 해요."

"그래도 바뀌는 건 없을 거예요."

"좋아요. 내일도 같은 생각이면 같이 판사한테 가요. 그래도 이 문제는 신중하게 생각해봐야 해요. 나를 봐서 그 정도는 해줄 수 있죠?"

엘리자베스는 고개를 끄덕이며 말했다. "알았어요. 내일." 속으로는 마음이 바뀌지 않을 걸 알면서도. 그들이 그녀를 감옥에 넣고 용광로에 열쇠를 던져버린다 해도 그녀는 신경쓰지 않을 것이다. 이제 곧 모든 것이 끝난다고 생각하니 조금 전에 받았던 충격이 가라앉고 흐릿했던 정신이 되돌아왔다. 마치 쥐가 났던 발이 얼얼하고 간지럽게 조금씩 마비가 풀리다가 완전히 쥐가 풀리면 쓰라린 느낌과 비슷했다. 하지만 그런 느낌이 몸 전체에 든다는 것이 달랐다. 갑자기 그녀는 이마 선을 따라 난 끈적거리는 땀과 축축해진 팔 밑에 신경이 쓰였다. "화장실에 갈래요. 세수를 해야겠어요." 그녀는 대답을 기다리지 않고 회의실을 나섰다.

그녀는 복도로 나오자마자 몇 발짝 앞에 떨어진 전화부스 안에서 영을 발견했다. 그녀가 서 있는 자리에서는 영의 옆얼굴만 보였는데, 파리하게 시든 안색과 끈이 잘린 꼭두각시 인형처럼 축 처진 어깨가 눈에 들어왔다. 법정에서 박의 휠체어를 끌던 영의 모습이 떠올랐다. 헨리와 킷을 돕다가 몸이 마비된 남자. 엘리자베스가 고용한 변호사는 이제 그녀에게 쏟아지는 비난의 화살을 돌리기 위해 박을 비방할 참이었다.

엘리자베스는 멈춰 서서 영을 기다렸다. 몇 분 뒤 전화를 끊은 영이 밖으로 나왔다. 그들의 눈이 마주친 순간, 영은 헉하는 소리를 냈고 놀라움에 눈이 동그랗게 커졌다. 아니. 놀라움 이상이었다. 그건 두려움이었다. 그리고 엘리자베스가 딱히 알아차리기 힘든 뭔가가 더 있었다. 떨리는 입술, 찌푸린 이맛살, 축 처진 눈가. 슬픔과 후회 같아 보였지만 그럴 리 없었다. 잘못 봤겠지. 한 단어를 너무 오래 보고 있으면 안녕 같은 간단한 단어도 낯설게 느껴져 어떻게 발음하는지도 기억나지 않는 것처럼 말이다. 영의 얼굴에 나타난 표정은 그녀의 가족을 절망으로 몰아넣은 데 대한 순전한 적대감일 수밖에 없었다.

엘리자베스가 그녀를 향해 발걸음을 옮겼다. "영, 정말 미안하다는 말을 하고 싶었어요. 변호사가 박을 비난할 줄은 몰랐어요. 박한테도 미안하다고 전해줘요. 이번주가 통째로 없어졌으면 하는 심정이에요. 곧 전부 끝날 거예요. 약속해요."

"엘리자베스, 나는……" 영은 무슨 말을 해야 할지 모르겠다는 듯 입술을 깨물고 시선을 피했다. "전부 빨리 끝났으면 하는 바람이에요." 마침내 입을 연 영은 그렇게 말한 뒤 가버렸다.

내일요! 엘리자베스는 영의 등에 대고 외치고 싶었다. 내일 내가 유죄를 인정할게요. 그 말은 결국 그녀의 입에서 터져나왔다. "내일 내가 유죄를 인정할게요." 그녀는 가만히, 소리를 내서 말했다. 말도 안 되는 일이었다. 그녀는 결혼식이 아니라 사형장으로 보내질 예정이었다. 하지만 마음을 먹었다는 안도감이 부풀어 흥분으로 바뀌었고, 친구라도 만나 그 소식을 나누고픈 기분이 들었다. 그뿐 아니라, 영에게 사과하고 나니 죄책감도 어느 정도 빠져나갔다. 그걸로 확실해졌다. 가능한 한 빨리 모든 것을 끝내고 싶다는 그녀의 결정은 옳았다.

엘리자베스는 화장실로 가 휴지를 뜯어 얼굴에 묻은 땀을 닦았다. 나가는 길에 판사를 만나러 가는 섀넌과 앤드루와 마주쳤다. 애나는 여전히 회의실 안에서 통화중이었다. 그녀가 회의실 안으로 들어오자 애나는 노트북을 닫으며 입 모양으로 "잠깐만요, 문 앞에 있을게요" 하더니 밖으로 나가버렸다.

엘리자베스는 책상에 앉아 손바닥을 선풍기 앞에 대고 물기를 말했다. 새너의 노트북 아래 깔린 서류 더미에 눈길이 갔고, 웬지 읽어보고 싶은 충동이 생겼다. 뭐하러? 이제 다 상관없는 일이었다. 그들의 전략도, 주장도, 증인들도 전부 무의미해졌다. 그녀는 주위를 둘러보다 구석에 놓인 섀넌의 핸드백과 서류가방 옆에서 자신의 핸드백을 발견했다. 어디에 두고 왔는지 궁금하던 참이었다. 핸드백을 가지러 가는 길에 섀넌의 서류가방 주머니에 든 리걸 패드를 보았다. 비뚤게 삐져나와 있는 노트 속 문구의 일부가 그녀의 시선을 사로잡았다. 유죄 인정 변—

유죄 인정 변경? 유죄 인정 변수? 유죄 인정 변론?

엘리자베스는 손가락으로 그 문구를 알아볼 정도로만 리걸 패드를 툭 건드렸다. 왼쪽 상단에 섀넌의 깔끔한 글씨체로 유죄 인정 변별력?이라고 적혀 있었다. 그녀는 노트를 집어들었다. 섀넌의 글씨체로 적힌 항목들이 보였다.

- 유효한 유죄 인정 신청—'인지한 상태. 자발성 & 변별력' 심신박약일 경우? (애나)
- 변호인이 의뢰인의 유죄 인정을 심신박약을 근거로 번복한 사례 (앤드루) ('법정 사기'로 간주된 유죄 인정 사례 제시)
- 이해 충돌, 사임 먼저? – 도의적 책임 (애나)
- 심신상실 감정 – C 의사와 상담, 오늘 저녁! (섀넌)

유죄 인정. 심신상실. 의뢰인의 유죄 인정을 번복. 갑자기 목구멍이 좁아지고 블라우스 깃이 목을 누르는 것 같은 느낌이 들며 토할 것 같았다. 급히 윗단추를 풀고 깊이 심호흡을 하면서 폐로 산소를 들여보냈다.

오늘밤은 자면서 곰곰이 생각해보자고 섀넌은 말했다. 그래도 생각이 변하지 않으면 내일 같이 판사를 찾아가자고 했다. 하지만 그녀는 엘리자베스가 유죄를 인정하게 놔둘 생각이 없었다. 내일도. 언제라도. 그녀는 의뢰인을 상대로 공세를 퍼부을 예정이었다. 우리 의뢰인이 미쳤어요, 법정에서 사기를 치는 거예요, 재판을 계속하기 위해 필요한 말이라면 뭐든 할 계획이었다. 다시 그녀를 끌고 가서 헨리의 비디오를 끝까지 보게 만들 참이었다. 테리사가 그들이 남모르게 나눈 수치스러운 생각을 털어놓게 할 작정이었다. 빅터나 누구든 손쉬운 상대를 찾아 거짓말로 그들에게 아동 학대 혐의를 뒤집어씌울 계획이었다. 박을 탓하고 그를 진창으로 떠밀 것이고, 더 최악인 건, 그렇게 하는 데 시위대를 활용할 생각이었다.

시위대. 루스 와이스. '떳떳한자폐아엄마'. 그 여자를 떠올리니 익숙한 증오심이 너무도 강렬하게 치밀어 어지러웠고, 중심을 잡기 위해 벽을 짚어야만 했다. 그 여자가 단지 자신의 주장을 관철하고 엘리자베스를 (실제로는 자신의 양육 방식 정당화에 불과한) '자폐증 이론'으로 전향하게 하기 위해 그녀의 어린 아들을 불에 태워 죽였다. 그런 여자를 막지 못한 건 엘리자베스의 잘못이었다. 여자가 자폐아 채팅방까지 찾아와 스토킹하고 협박하고 악담을 퍼붓고 심지어 아동보호국까지 끌어들였는데도, 엘리자베스는 악화되는 상황을 무시하고 사태가 걷잡을 수 없게 되도록 내버려두면서 그 여자가 결과에 대한 걱정 없이 극단적인 행동을 취할 수 있는 빌미를 제공했다. 그리고 이제, 엘리자베스의 대책 없음과 비겁함으로 인해 루스 와이스는 살인을 저지르고도 무사히 빠져나가 박이라는 새로운 피해자에게 크나큰 시련을 주려 하고 있었다.

안 된다. 그렇게 되도록 내버려둘 수는 없었다.

그녀는 자리에서 일어나 주위를 서성거렸다. 밖으로 나가야 했지만 기어나갈 창문은 없었고, 애나가 바로 문밖에서 지키고 있었다. 어찌어찌 법원을 빠져나간다 해도 뭘 할 수 있겠는가? 그녀에겐 차가 없었고 그렇다고 거리에 택시가 다니는 것도 아니었다. 택시를 부를 수는 있겠지만, 그녀가 없어진 걸 들키기 전에 택시가 도착할지도 의문이었다. 그렇다 해도 뭔가를 해야 했다.

엘리자베스는 핸드백을 집어들었다. 그러다 옆에 있던 섀넌의 핸드백을 건드렸고 안에 든 내용물이 움직였다. 그 쨍그랑 소리에 엘리자베스의 머릿속 깊은 곳에 잠들어 있던 어떤 이미지가 떠올랐다. 그녀가 이미 오래전에 했어야 했던 행동을 하는 그녀 자신의 이미지가……

그녀는 섀넌의 가방을 집어서 일어섰다. 어디로 가야 할지 무엇을 해야 할지 알고 있었다. 누군가에게 들키기 전에 신속하게, 그녀 자신의 마음이 바뀌기 전에, 그냥 하기만 하면 된다.

맷

맷과 재닌은 판사실 밖에 나란히 서서 에이브를 기다리고 있었다. 그들 곁에 서 있는 더 젊은 커플은 빈번하게 키스를 나누며 여자의 반지를 함께 감상하는 것으로 보아 혼인하기 위해 대기중인 것 같았다. 그들은 재닌과 그가 이혼하려나보다고 생각할지 몰랐다. 잔뜩 인상을 찌푸린 재닌이 속삭이는 소리로 "당장 말하라니까. 대체 우리가 왜 여기 있느냔 말이야?" 하고 윽박지르는 동안 그는 굳게 입을 다물고 고개만 내젓고 있었으니 말이다.

재닌에게 말하고 싶지 않은 건 아니었다. 문제는 그가 재닌을 너무 잘 안다는 데 있었다. 그녀는 에이브한테 사실을 전부 털어놓지는 말자고 고집을 부릴 것이었다. 이를테면 그녀가 그날 밤 현장에 있었던 사실이나 그가 메리와 담배를 피웠던 사실까지는 말이다. 정확히 어떻게 말할지 입을 맞추고 연습을 하자고도 할 것이었다. 그러나 맷은 사실을 감추고 짜맞추고 열거하는 데 신물이 났다. 그저 에이브를 만나서 빌어먹을 결과야 어찌되든 전부 털어놓아야만 했다.

에이브와 섀넌은 각자 부하 직원 한 명을 달고 걸어나왔다. "에이브, 지금 당장 할말이 있어요." 맷이 말했다.

"그래요. 오늘은 이제 휴정입니다. 그러니 이 방을 써도 됩니다." 에이브가 복도 건너편에 있는 회의실 문을 열었다.

섀넌이 눈썹을 추켜세웠고, 맷은 어쩌면 에이브보다 섀넌이 더 알 필요가 있다는 생각이 들었다. 하지만 그의 자백이 에이브의 법률 기술 필터를 거치고 난 뒤 그녀한테 실제로 전달되는 부분은 얼마나 될까? 애초에 그 어떤 기만적인 계략도 피하고 싶어서 재닌한테도 미리 말하지 않은 것 아니었나? "호그 변호사님도요. 두 분께 같이 말씀드리고 싶습니다." 맷이 말했다.

에이브가 고개를 저었다. "그건 별로 좋은 생각 같지 않군요. 제가 먼저……"

"아니요." 맷은 섀넌이 꼭 들어야 한다고 확신하며 말했다. "두 분 다 계시지 않는다면 아무 말도 하지 않겠습니다. 그리고 장담하는데 들어서 나쁠 건 없을 겁니다." 그는 재닌을 끌고 회의실 안으로 들어갔고 섀넌이 그 뒤를 따랐다. 문간에 선 에이브는 그런 그들을 노려보며 씩씩거리고 있었다.

섀넌이 리걸 패드를 꺼내며 말했다. "시작하시죠." 그리고 에이브를 향해 말했다. "가실 거면 문 좀 닫아주시겠어요?"

에이브의 눈이 당장이라도 그녀를 죽일 것처럼 일그러졌고, 결국 그는 안으로 들어와 맷의 건너편에 앉았다. 그는 수첩이나 펜을 꺼내지도 않고 그저 등을 기대고 앉아 팔짱을 낀 채 말했다. "좋습니다. 들어보죠."

맷은 탁자 아래로 재닌의 손을 잡았다. 그녀는 손을 홱 뿌리치면서 입안에 뭔가 쓴맛이 나는 것을 뱉지 않으려는 듯 입술을 오므렸다. 맷은 심호흡을 했다. "보험사 전화 말입니다. 방화 문의했던 거요."

에이브가 팔짱을 풀고 몸을 앞으로 내밀었다.

"기억나는 게 있습니다. 메리가 제 차문을 열 수 있었습니다. 제가 비상용 열쇠를 어디에 두는지 알고 있었거든요." 맷은 에이브를 쳐다보았다. "억양이 없는 영어도 그렇고요."

"잠깐만요." 섀넌이 말했다. "지금 그 말씀은……"

"그뿐만 아니라," 맷은 중간에 멈추면 계속하지 못할 것 같아서 섀넌의 말을 끊었다. "메리가 지난여름에 담배를 피웠습니다. 캐멀이요."

에이브가 말했다. "그걸 안다는 건……"

"제가 같이 했습니다. 제 말은, 흡연 말입니다." 맷은 뺨에 번지는 열기를 느꼈고, 혈액이 피부 표면으로 너무 몰리지 않게 모세혈관이 수축되지 않으면 했다. "원래는 안 피우는데 딱 한 번 충동적으로 담배를 샀던 날이 있습니다. 잠수 시작 전에 그 담배를 피우는데 메리가 나타나서 제가 한 대 줬습니다."

"그러니까 한 번뿐이네요." 에이브가 질문이라기보다는 정의하듯이 말했다.

맷은 재닌을 쳐다보았다. 두려움과 희망이 서려 있는 아내의 얼굴을 보며 그는 딱 한 번뿐이었다고 말했던 지난밤의 대화를 떠올렸다. "아니요. 그러다 개울가에서 담배를 피우는 습관이 들었고, 이따금 메리가 나오면 그녀를 만나기도 했습니다. 지난여름 통틀어 열두 번쯤 될 겁니다."

재닌의 입이 동그랗게 벌어졌다. 그녀는 어젯밤에 남편이 거짓

말했다는 사실을 깨달았다. 또다시 말이다.

"그때마다 둘 다 흡연했습니까?" 섀넌이 물었다.

맷은 고개를 끄덕였다.

"캐멀을요?" 그녀가 말했다.

맷이 다시 고개를 끄덕였다. "그리고 맞습니다. 그 담배들을 세 븐일레븐에서 샀습니다."

"맙소사." 에이브는 고개를 내두르며 한 대 치고 싶은 것처럼 탁 자를 내려다보았다.

섀넌이 말했다. "그러니까 엘리자베스가 찾은 캐멀 담배와 성 냥……"

"찾았다고 주장하는." 에이브가 정정했다.

그런 그가 날파리라도 되는 듯 섀넌은 허공에 손사랫짓을 하며 맷에게 계속 집중했다. "닥터 톰프슨, 그것들에 대해 뭘 알죠?"

맷은 (의미심장한 말투로 그의 말을 인용하며) 그런 '만남' 동안 또 뭘 했는지와 메리가 정확히 몇 살인지 같은, 그가 내심 두려워했 던 질문들을 하지 않는 섀넌에게 물밀듯한 감사의 마음을 느꼈다. 그는 섀넌의 눈을 똑바로 쳐다보며 말했다. "그 담배와 성냥은 제 것입니다. 제가 샀어요."

"그럼 8시 15분에 만나자고 적혀 있던 H-마트 쪽지는요?" 섀넌 이 물었다.

"제 것입니다. 제가 메리한테 보낸 쪽지입니다. 그만하고 싶었거 든요. 제 말은, 끊고 싶었습니다. 담배 말이에요. 메리한테 말해줘 야 할 것 같아서, 그리고 나쁜 습관을 들이게 해서 사과하고 싶은 마음에 그 쪽지를 보낸 겁니다. 폭발 당일 아침에 메리가 '좋다'는 답장을 제게 보냈습니다."

"맙소사, 환장하겠네." 에이브는 텅 빈 벽을 바라보며 고개를 저었다. "지금껏 내가 H-마트 쪽지 얘기를 할 때마다 당신은……" 에이브는 입을 다물었다.

"그럼 그것들이 어떻게 숲속에서 엘리자베스가 발견한 장소에 있게 된 거죠?" 섀넌이 물었다.

맷은 이 부분을 가볍게 넘겨야 했다. 그 자신의 이야기에서는 결과야 어찌되든 개의치 않고 마구 쏟아낼 수 있지만 다음에 나올 부분은 그가 아닌 재닛의 이야기였다. 그는 재닛을 흘끗 쳐다보았다. 멍한 표정으로 탁자를 내려다보는 그녀의 안색은 냉장 보관된 시체처럼 창백하기 그지없었다. "그게 왜 중요한지 모르겠네요." 맷이 말했다. "거기 있었으니까 거기서 발견됐겠죠. 그것들이 거기까지 어떻게 갔는지가 왜 중요합니까?"

"그게 왜 중요하냐면 여기 계신 검사님께서," 섀넌이 에이브를 노려보았다. "엘리자베스가 그 담배와 성냥을 이용해 방화를 저질렀다고 거듭 주장하고 있기 때문이지요. 그러니 우리는 누가 그것들을 가지고 있다가 사용하고 남은 것을 버려서 엘리자베스가 줍게 된 건지 알아야겠습니다."

맷이 말했다. "그런 거라면 저는 문이 잠긴 HBOT에 갇혀 있었으니까 아닙니다."

"제가 그랬어요. 제가 가져가서 메리한테 줬어요." 재닛이 말했다. 맷은 그런 그녀를 쳐다보지 않았다. 자신을 이런 상황에 빠뜨린 그를 향한 원망이 가득할 아내의 눈을 보고 싶지 않았다.

"뭐라고요? 언제요?" 섀넌이 물었다.

"폭발 직전에 8시쯤이요." 재닛의 목소리가 미세하게 떨렸고, 그게 꼭 추위로 몸을 떠는 것처럼 느껴져서 맷은 아내를 품에 안고 온기를 나눠주고 싶었다. "남편한테 여자가…… 뭔가 있는 것 같아서…… 어쨌든 그날 이 사람 차를 뒤졌어요. 글러브박스며, 바닥에 떨어진 쓰레기며, 트렁크며 전부. 그러다 그것들을 찾은 거예요."

맷은 손을 뻗어 재닌의 손을 꼭 쥐었다. 그저 쪽지를 찾았다고만 할 수 있었는데 그녀는 그러지 않았다. 그의 물건을 뒤졌다고 인정하며 자세한 사정을 설명하는 그녀의 태도는 마치 용서처럼 느껴졌다. 마치 전부 그의 잘못만은 아니라고, 둘 다 미련한 짓을 했다고 말하는 것 같았다.

"그날 밤 본인이 미라클 크리크에 있었다고 말하는 겁니까?" 섀넌이 물었다.

재닌이 고개를 끄덕였다. "맷한테는 말하지 않았어요. 전 그저 둘이 왜 만나는 건지 알고 싶었을 뿐이에요. 어쨌든 남편이 전화로 잠수가 지연됐다는 걸 알려줬고, 거기서 메리를 봤어요. 그애를 붙잡고 그 물건들을 전부 주면서 남편한테 나쁜 영향을 끼치지 말고 가만히 놔두라고 말한 다음 집으로 돌아왔어요."

"다시 한번 정리해보죠." 섀넌이 말했다. "그러니까 폭발까지 삼십 분도 안 남은 시간에 메리 유가 캐멀 담배와 세븐일레븐 성냥을 소지한 채 헛간 근처에 혼자 있었다는 말입니까? 지금 그 말을 하는 거예요?"

재닌은 시선을 떨구고 고개를 끄덕였다.

섀넌은 에이브를 향해 몸을 틀었다. "지금 기소 취하하시죠? 안 그러면 제가 심리 무효 청구를 하고요."

"뭐라고요?" 에이브는 벌떡 일어섰고, 잃었던 혈색이 돌아왔다. "극단적으로 이러지 말아요. 수상쩍은 일이 좀 있었다고 해서 당신 의뢰인이 당장 무죄라는 뜻은 아니니까. 어림없지."

"이건 고의적인 사법 방해라고요. 위증은 말할 것도 없고요. 당신네 주요 증인이, 증언대에서 말이에요."

"아니, 아니, 아니죠. 누구의 담배였고, 누구의 쪽지였는지는 그저 미스터리하고 부수적인 흥미 요소에 불과합니다. 당신 의뢰인은 아들을 없애고 싶어했고, 화재 발생 시간에 범행 도구를 소지한 채 혼자 있었어요. 지금 여기서 나온 말들로 그런 사실이 바뀌진 않습니다."

섀넌이 말했다. "아니죠, 이제 메리 유는……"

"메리 유는 폭발로 인해 거의 죽을 뻔했던 아이입니다." 에이브가 주먹으로 탁자를 쳤고, 섀넌의 펜이 굴러갔다. "어쨌든 그애한테는 동기가 없어요."

"동기가 없어요? 이것 보세요. 지금 저 사람들 하는 말 못 들었어요? 유부남이랑 바람난 사춘기 소녀라잖아요. 남자한텐 차이고, 그 부인이랑 맞짱까지 떴어요. 제대로 모욕을 당한데다 화까지 났으니 그 남자를 죽이고 싶었는데 어머, 어쩐다, 실수로 폭발시킨 곳에 그 남자가 있었네? 지금 장난해요? 전형적인 살인 미스터리 소재잖아요. 게다가 그애가 직접 전화해서 확인한 130만 달러짜리 보험금이라는 보너스는 차치하더라도 말이죠."

"우리는 바람을 피운 게 아닙니다." 맷이 겨우 말했고, 큰 소리는 아니었지만 섀넌이 고개를 홱 쳐들었다. "뭐라고요?"

그가 다시 한번 말하려던 순간, 재닛이 끼어들면서 뭔가를 말했다. 고개를 숙인 채 거의 속삭이는 수준의 아주 작은 소리로 전화에 대해 뭔가 말한 것 같았다.

에이브는 들은 모양이었다. 그가 재닛을 쳐다보며 말했다. "지금 뭐라고 했어요?" 충격이 그의 말과 얼굴을 덮쳤다.

재닌은 눈을 감고 깊은 한숨을 내쉰 뒤 다시 눈을 떴다. 그녀는 에이브를 쳐다보았다. "제가 전화를 걸었다고요. 메리가 아니에요. 검사님 말이 맞아요. 그날 맷과 제 휴대폰이 바뀌었어요."

에이브의 입이 천천히 벌어졌다가 굳어버렸고, 아무 말도 나오지 않았다.

재닌은 맷을 향해 몸을 돌렸다. "내가 박의 사업에 10만 달러를 투자했어."

10만 달러를 투자했다? 재닌이 방화에 대해 문의하는 전화를 걸었다? 그것들은 그의 예상과는 너무 거리가 멀어서 그의 두뇌로는 이해할 수도 없고, 어떻게 연관이 되는지 전혀 헤아릴 수도 없었다. 맷은 그 말들이 나온 아내의 입술을 응시했다. 재닌의 팽창한 검은 동공은 홍채를 거의 뒤덮을 듯했고 새빨개진 귓불은 뺨 아래로 축 늘어져 있었으며 그녀 얼굴의 모든 요소가 입체파 화가의 초상화처럼 각기 다른 방향으로 기울어져 있었다.

그녀가 계속 말했다. "좋은 투자처라고 생각했어. 환자들이 줄을 섰고, 모두 계약서에 서명을 한데다 보증금까지 지불했으니까. 게다가⋯⋯"

맷이 눈을 깜빡거렸다. "우리 돈을 갖다 쓴 거야? 지금 그 말이야? 나한테 한마디 상의도 없이?"

"우리 너무 많이 싸웠잖아. 또 싸우고 싶지 않았어. 당신이 HBOT를 너무 반대하고, 그 말만 하면 치를 떠니까. 당신은 분명 싫다고 할 것 같은데 내가 보기에는 생각할 필요도 없어 보였어. 박이 우리 돈을 제일 먼저 갚는다니까 사 개월 뒤 다시 채워넣으면 당신은 돈이 없어진지도 모를 거고, 우린 매달 우리 몫의 투자 수익을 배당받는 거지. 그 돈을 전부 통장에만 묵혀두고 있었고, 딱히 어디에 필요한 것도 아니었잖아."

섀넌이 헛기침을 했다. "저기요. 제가 유능한 결혼 상담사 연락처를 드릴 테니까 그 문제는 나중에 얘기하시고, 다시 방화 문의 전화로 돌아가죠. 이 이야기가 대체 그 전화와 무슨 상관이 있는 거죠?" 그녀가 물었고, 맷은 또 한번 섀넌에게 고마운 마음이 들었다. 덕분에, 아내가 그에게 또다시 거짓말을 했다는 사실과 그 이유가 잠재적인 싸움을 피하고 싶어서였다는 사실로부터 주의를 돌릴 수 있었다. 아내의 이유는 그가 거짓말한 이유—그애를 그만 만나고 싶지 않아서—보다 더 나은 것일까, 아니면 그 반대일까?

재닌이 말했다. "잠수 치료가 시작되고 몇 주 뒤에 박이 숲에서 담배꽁초와 성냥개비들을 찾았다고 했어요. 십대들이 그런 것 같다는데 헛간 주변에서 담배를 피우는 걸 걱정하더라고요. 그가 고압산소가 흐른다는 사실을 알리고 흡연을 금지하는 경고문을 붙이는 게 좋을지 저한테 조언을 구했습니다. 의논을 하다가 경고문은 걸지 않기로 했는데 그래도 제 돈이 들어가 있으니 걱정이 됐어요. 처음에 박이 보험 가입을 원하지 않길래 제가 보험 없이는 투자하지 않겠다고 했었어요. 그런데 제 비위를 맞추려고 싸구려 기본 보험을 든 건 아닐까, 어린애들이 장난으로 불을 질렀을 때 보상을 안해주면 어쩌지, 하는 생각이 들더라고요. 그래서 제가 전화를 했고, 상담원 남자가 자사 보험 상품에는 방화 보장이 꼭 들어가니 안심하라고 했습니다. 그게 다예요."

한동안 아무도 입을 열지 않았고, 맷은 두뇌에 끼어 있던 안개가 걷히고 세상이 아주 조금 밝아지는 기분이 들었다. 그렇다, 재닌은 거짓말을 했다. 하지만 그도 했다. 재닌의 잘못을 알고 나니 어쩐지 위안이 되었다. 그것이 그의 죄에 따른 죄책감을 덜어주었고, 둘의 기만은 시모의 깃을 상쇄했다.

에이브가 말했다. "그러니까 그 말은……"

그때 누군가가 노크를 하며 문을 열었다. 에이브의 부하 직원이었다. "방해해서 죄송합니다만, 피어슨 형사가 찾습니다. 누가 엘리자베스가 밖에 혼자 서 있는 걸 봤다고 전화했답니다."

"그게 무슨 뜻이죠? 엘리자베스는 우리 팀과 같이 있는데요." 섀넌이 말했다.

"아닙니다." 그가 말했다. "피어슨 형사가 방금 물어봤는데, 그녀가 나갔다고 했답니다. 변호사님이 돈을 줬다는 얘기를 하던데요."

"뭐요? 제가 왜 그녀에게 돈을 주겠어요?" 섀넌은 에이브와 함께 뛰어나가면서 말했다. 그들 뒤로 끼익거리며 문이 닫히고, 철컥하고 걸쇠가 걸렸다.

*

재닌은 탁자 위에 팔꿈치를 지지대처럼 올리고 두 손으로 얼굴을 감쌌다. "하느님, 맙소사."

맷은 뭔가를 말하려고 입을 벌렸지만 무슨 말을 해야 좋을지 몰랐다. 고개를 숙이고 손을 내려다보는데, 두 손을 맞대고 꼭 움켜쥐어서 손바닥에 난 흉터들이 서로 밀리고 짓눌려 있는 것이 보였다. 머릿속에 화재, 헨리의 머리와 사형수가 된 엘리자베스가 떠올랐다.

"당신이 알아야 할 게 있어." 재닌이 말했다. "폭발 전에 박이 이미 2만 달러를 갚았고, 보험금을 수령하는 대로 나머지 8만 달러도 바로 갚겠다고 했어. 행여 일이 틀어지면 내 은퇴 연금을 빼서 줄게."

8만 달러. 그는 아내의 얼굴을 쳐다보았다. 그녀의 눈에 어린 진심과 눈썹 사이에 깊게 팬 미간 주름을 보고 그는 웃고 싶어졌다. 그런 폭발이 일어났는데 빌어먹을 그깟 8만 달러 때문에 이 난리라니. (그녀가 맞았다.) 그는 없어진지도 모르는 돈이었다. 웃는 대신 고개를 끄덕이며 그가 말했다. "이번 일로 모든 걸 다시 생각해보게 됐어. 에이브한테는 말할 기회가 없었지만, 오늘 박과 메리가 뭔가를 태우는 걸 봤어. 내 생각에 담배인 것 같아. 당신도 알지 왜, 거기 있는 양철 쓰레기통 말이야."

재닛이 그를 쳐다보았다. "오늘 거길 찾아갔어? 언제? 병원에 간다고 했던 시간에?"

맷은 고개를 끄덕였다. "아침에, 에이브한테 전부 말해야겠다고 결심했거든. 메리한테 경고 정도는 해줘야 한다고 생각했어. 그런데 거기 도착했더니 그들이 뭔가를 태우고 있어서 그런 생각이 들더라고. 어쩌면……" 그는 고개를 저었다. "어쨌든, 그길로 곧장 이리로 와서 당신을 찾은 거고……"

"그리고 날 궁지로 내몰았지. 경고 한마디 없이."

"미안해. 진심이야. 그냥 다 털어놓고 싶었는데 바로 말하지 않으면 또 그런 용기가 안 날 것 같아서 두려웠어."

재닛은 아무 말도 하지 않았다. 그저 인상을 찌푸리고 마치 모르는 사람처럼, 그런데 낯이 익은 것처럼 그를 쳐다보고만 있었다.

"뭐라고 말 좀 해봐." 결국 그가 말을 꺼냈다.

"내 생각에," 그녀가 천천히 말했다. 단어 하나하나가, 음절들이 톡톡 끊겼다. "우리가 일 년이나 서로에게 뭔가를 숨겼다면 결혼생활에 좋은 신호는 아닌 것 같아."

"하지만 그 얘긴 어젯밤에 다 했잖……"

"게다가 어젯밤 서로한테 전부 말했다고 했으면서도 여전히 숨기는 게 있었다는 건 정말로 좋은 신호가 아니라고 생각해."

맷은 깊게 숨을 들이마셨다. 그녀가 옳았다. 그도 알고 있었다. "미안해."

"나도 미안해." 그녀는 침을 삼킨 뒤 또다시 두 손으로 얼굴을 감싸더니 마른 때를 밀듯 얼굴을 세게 문질렀다. 그때 핸드백 안에서 진동이 울렸고, 그녀는 손을 넣어 휴대폰을 꺼냈다. 휴대폰 화면을 들여다보던 재닌은 일그러진 미소를 지었다. 슬픔과 피로가 뒤섞인 희미한 미소였다.

"뭔데 그래?"

"불임클리닉. 예약 확인 문자인가봐." 잊고 있었다. 오늘 재판이 끝나면 그들은 클리닉에 가서 시험관 시술을 시작할 예정이었다.

재닌은 자리에서 일어나 구석으로 걸어가더니 벌을 서는 아이처럼 구석을 바라보고 섰다. "거긴 가면 안 될 것 같아."

맷이 고개를 끄덕였다. "다시 예약할래? 내일은 어때?"

벽에 기댄 그녀는 더는 떠받치고 있을 힘도 없다는 듯 벽에 머리를 댔다. "아니. 모르겠어. 난 그냥…… 내가 이걸 계속할 수 있을지 모르겠어."

맷은 그녀의 뒤로 가서 팔을 둘렀다. 밀어낼지도 모른다는 각오를 했지만 재닌은 가만히 있었고, 그의 품에 기대서 그가 두 팔로 그녀를 감싸안을 수 있게 해주었다. 그들은 한동안 그렇게 서 있었다. 그의 심장 고동이 그녀의 등에 전해졌고, 그의 가슴에 얼얼한 느낌이 번졌다. 그것은 슬픔이었지만 동시에 평온이었고, 안도감이기도 했다. 그것은 그녀의 피부에도 스며들었다. 앞으로 그들은 할 말이 많았다. 서로에게, 경찰에게, 에이브에게, 그리고 어쩌면 판사에게까지도. 각자에 관한, 그리고 둘에 관한 더 많은 질문들을 하

고, 또 받게 될 것이었다. 거기에 불임클리닉은 없었다. 다음날에
도, 다음주에도. 하지만 그러기 전에, 지금만큼은 이 순간을 음미하
고 싶었다. 그와 그녀가 하나되어, 단둘이서만 아무 말도, 아무 생
각도 하지 않고 아무 계획도 없이 그저 서로의 곁에 있어주기만 하
면 되는 지금 이 순간을.

뒤에서 문이 열렸고, 발소리가 들렸다. 재닌은 깜빡 잠들었다 깬
사람처럼 화들짝 놀랐다. 맷이 뒤를 돌아보았다. 에이브가 서류가
방을 집어들고 밖으로 뛰어나가고 있었다.

"에이브? 뭐 잘못됐어요? 무슨 일이에요?" 맷이 물었다.

"엘리자베스요." 에이브가 대답했다. "아무데도 없어요. 사라졌
어요."

엘리자베스

　차 한 대가 그녀를 쫓아오고 있었다. 네모난 은빛 세단으로 별 특징은 없는 차여서 그녀는 사복 경찰이 타고 있는 상상을 했다. 파인버그에서부터 뒤를 따라오기에 진정하자고, 점심시간 이후에 동네를 빠져나가는 누군가의 차일 거라고 속으로 되뇌었다. 하지만 엘리자베스가 아무렇게나 차를 꺾었을 때도 뒤의 차는 그녀를 따라 꺾었다. 차가 어느 정도 거리를 유지하고 있어서 안에 탄 사람이 누구인지는 보이지 않았다. 그녀는 속도를 줄였다가 올리고 다시 줄였지만 뒤에 오는 차는 계속 일정한 거리를 유지했고, 그것 또한 사복 경찰들이나 할 법한 행동으로 보였다. 눈앞에 공터가 나왔다. 그녀는 공터에 차를 댔다. 잡히면 잡히는 것이지 계속 이렇게 갈 수는 없었다. 신경이 너무 예민하고 날카로워져 있었다.

　그 차는 속도를 늦추긴 했지만 계속 전진했다. 엘리자베스는 분명 차가 멈추고 차창이 내려가면서 〈맨 인 블랙〉 스타일의 선글라스를 쓴 남자들이 경찰 배지를 들고 모습을 드러낼 거라고 예상했지만 차는 그녀를 지나쳐 갔다. 안에는 젊은 연인이 타고 있었고, 남자가 운전하고 여자는 지도를 들여다보고 있었다. 그들의 차는 포도 간판이 서 있는 커다란 진입로가 나오는 옆길로 들어섰다.

관광객들. 그럼 그렇지. 렌터카를 타고 버지니아 와이너리 표지판을 따라가는 이들이었다. 엘리자베스는 자동차 시트에 등을 기대고 천천히 깊은숨을 들이마시며 섀넌의 차를 훔치기로 결심한 순간부터 갈비뼈를 때리는 심장의 고동을 멈추려고 애썼다. 여기까지 오면서 맞닥뜨린 모든 일촉즉발의 위기를 생각하면 기적이나 다름없었다. 회의실에서 섀넌의 자동차 열쇠를 핸드백에 넣었을 때 애나가 안으로 들어오는 바람에, 생리대가 필요한데 섀넌이 자기 지갑에서 동전을 꺼내 쓰라고 했다는 거짓말로 위기를 넘겼다. 다행히 애나는 화장실까지 동행하겠다고 고집을 부리지 않았지만, 경호원 두 명이 법원 출입문을 지키고 있어서 한 무리의 사람들이 나타날 때까지 기다려야 했다. 그녀는 사람들이 소지품 검사를 받는 동안 몰래 출입구를 통과했다. 섀넌의 차를 쉽게 찾았으나 주차요원이 부스를 지키고 있었다. 요금을 내야 한다는 사실을 잊고 있어서—현금이 있나?—주차원 남자가 그녀를 알아보고 그녀가 운전하면 안 된다는 사실을 눈치채면 어쩌나 걱정이 들었다. 그녀는 글러브박스에서 섀넌의 선글라스와 모자를 꺼내 썼다. 모자챙을 아래로 당겼고, 요금을 낼 때는 시선을 돌렸지만 "실례합니다만 혹시……" 하는 소리를 분명히 들었고, 그 즉시 차를 출발시켰다.

시내를 통과할 때가 가장 큰 위기였다. 뒷골목으로 지날 계획이었는데 자폐 모임 엄마들이 깔깔거리고 있는 모습이 보였고, 그래서 반대편으로 차를 틀자 혼잡한 메인 스트리트가 나왔다. 그녀는 모자챙을 이마까지 내리고 골디락스* 속도로—주목을 피해 획

지나갈 정도로는 빠르지만, 속도위반으로 걸릴 만큼 빠르지는 않게—운전했다. 보행자들 때문에 두 번 차를 세웠는데 두번째 정차했을 때는 커다란 가방을 짊어지고 가는, 사진사인가 싶은 남자가 그녀의 얼굴을 살피려는 듯 실눈을 뜨고 그녀 쪽을 쳐다봤다. 서둘러 지나가고 싶었지만 횡단보도에서 젖먹이를 안은 엄마가 유아차를 끌고 가면서 미적거렸다. 아이 엄마는 세 발짝 내디딜 때마다 멈춰서 엇나가는 유아차를 바로잡았다. 남자가 그녀를 향해 다가오는 순간 횡단보도가 비었고, 엘리자베스는 차를 출발시키면서 그가 아무한테도 알리지 않기를 바랐다.

그리고 이제 여기까지 와버렸다. 파인버그를 빠져나오자 주위에 차가 보이지 않았다. 그녀는 자신이 어디에 있는지 알 수 없었고, 다른 사람들도 알 리가 없었다. 시계를 들여다봤다. 12시 46분이었다. 법원을 떠난 지 이십 분. 사람들이 그녀의 부재를 알아차리고도 남을 시간이었다.

그녀는 섀넌의 내비게이션에 크리크 트레일을 입력했다. I-66과 미라클 크리크를 잇는 도로로, 지난여름 그녀가 무수히 왕복했던 길이었다. 가려는 방향에서는 조금 벗어났지만 아는 도로를 탈 필요가 있었다. 게다가 아무도 그곳에서 그녀를 찾지는 않을 것이었다. 경찰이 그녀가 미라클 크리크로 향했다고 추측하더라도 직선로를 탔을 거라 생각할 것이었다.

크리크 트레일은 구불구불한 시골길이었다. 아스팔트 포장이 군데군데 움푹 패어 있고 차량 두 대가 겨우 지날 만한 양방향 도로

---

* 곰 세 마리가 사는 집에 들어간 골디락스라는 소녀가 너무 뜨겁지도, 너무 차갑지도 않은 죽을 골라 먹었다는 영국의 전래동화에서 유래한 표현으로, 한쪽으로 치우치지 않은 적당한 상황이나 정도를 가리킬 때 자주 쓰인다.

로, 양옆에 줄지어 선 높이 20미터가량의 키가 큰 나무들이 보호 덮개 같은 초록빛 그늘을 드리우고 있었다. 나무 터널 롤러코스터, 헨리는 그렇게 부르곤 했다. 기분이 이상했다, 이 도로 위에 있다니. 마지막으로 이곳을 달린 건 물론, 폭발 당일이었다. 그날도 오늘처럼, 억수 같은 비가 퍼부은 뒤 찾아온 화창한 날이었다. 머리 위에 드리운 나뭇잎 캐노피를 가르며 한줄기 햇살이 쏟아졌고, 차창에 튀긴 진흙탕 물이 눈물 모양 자국을 남겼다. 그러니까 이 길로 접어들었던 그 마지막날 헨리가 살아 있었다는 이야기다. 헨리가 그녀의 뒤에 앉아 재잘거리고, 그들이 내뱉은 숨결이 차 안에서 한데 섞이고, 아들이 내뱉은 공기가 그녀의 폐로 스며들었을 걸 생각하니 운전대를 붙잡은 손에 힘이 들어가며 주먹 뼈가 뾰족하게 불거졌다.

눈앞에 U자 모양 화살표가 그려진 밝은 노란색 표지판이 나왔다. 헨리가 제일 좋아했던 급커브 지역을 알리는 표지판이었다. 폭발 당일 아침, (아동보호국 직원이 찾아온 일로 밤잠을 이루지 못한 탓에) 머리가 깨질 듯한 두통을 앓으며 바로 이 지점을 지나고 있을 때 엘리자베스는 이 도로가 정말 싫다고, 굽이굽이 이어진 커브길 때문에 토할 것 같다고 불평했다. 헨리는 웃으며 말했다. "그치만 신나는걸요. 나무 터널 롤러코스터 같아요!" 고성으로 깔깔거리는 헨리의 웃음소리가 그녀의 관자놀이를 찔렀고 아이를 한 대 후려치고 싶은 기분이 들었다. 그녀는 싸늘한 말투로 그게 얼마나 무신경한 말인지 지적한 뒤 엄마 말을 큰 소리로 따라 하라고 말했다. "엄마가 아프다니 유감이에요. 제가 뭐 도와드릴까요?" 헨리는 "유감이에요, 엄마. 제가 도와줘요?" 하고 말했다. 그러자 그녀는 "아니, 그게 아니라 '엄마가 아프다니 유감이에요. 제가 뭐 도와드릴까요?'야. 다시 해봐"라고 말했다. 그녀는 헨리가 그 말을 토씨 하나 틀리지 않게 연속으로 스무 번 반복하게 했고, 한 글자라도 틀리면 맨 처음부터 다시 시작하게 했다. 그녀가 다시 하라고 할 때마다 헨리의 목소리는 점점 심하게 떨렸다.

사실 그녀의 표현이 특별히 대단할 건 없었고, 헨리가 한 말과 비교해서 기능상 차이도 없었다. 엘리자베스는 그저 자신의 좌절감에 대한 보상으로 헨리를 찔끔찔끔 괴롭히고 싶었을 뿐이었다. 하지만 왜? 그날 그녀는 헨리가 (사회성 치료를 사 년이나 받았는데!) 아직도 눈치가 없다고 확신했다. 이제, 그 순간이 지나고 헨리 없이 생각해보니 아이의 웃음을 그저 엄마의 기분을 풀어주려는 시도나 단순한 장난으로 쉬이 해석할 수도 있었다는 생각이 들었다. 여느 여덟 살 남자애들이 까칠한 엄마를 대할 때처럼 말이다. 사실 이 도로에 '나무 터널 롤러코스터'라는 별명을 붙인 건 정말이지 창의적이었다. 왜 그땐 그걸 몰랐을까? 어쩌면 그녀가 자폐의 잔재로 여겼던 모든 것은 그저 어린애들 특유의 미성숙함이 아니었을까? 다른 엄마들이라면 기분에 따라 짜증이 나기도 하고 귀엽게 여기기도 했을 일인데 엘리자베스는—헨리의 병력 때문에, 혹은 그녀가 늘 지쳐있어서—아이의 행동 전부가 거슬리기만 했던 것은 아닐까?

그때 다람쥐 한 마리가 튀어나왔고, 그녀는 핸들을 꺾어 어렵지 않게 그것을 피했다. 지난여름 적어도 하루에 한두 마리씩은 꼭 마주쳤던 터라 그녀는 이곳 생물들이 익숙했다. 사실, 이쯤 어딘가에서 사슴과 마주친 일로 인해 HBOT가 폭발하기 불과 몇 시간 전 HBOT를 그만둬야겠다는 결정을 내렸었다. 아침 잠수를 마치고 집으로 돌아가는 길이었다. 시위대의 협박, 킷과 싸운 일을 생각하느라 정신이 팔려서 사슴을 너무 늦게 발견하는 바람에 브레이크를 밟았지만 도로를 벗어나 바위와 충돌했고, 그 탓에 타이어 정렬이 틀어졌다. 차가 기우뚱한 것 같아 헨리를 캠프에 내려준 다음 정비소에 들를 시간을 내려고 했다. 하지만 그날은 시위대 전단에서 본 HBOT의 화재 가능성을 조사하고 박의 규정(면 소재 옷만 허용, 종이와 금속 소지 금지)이라면 충분히 유사 사고를 예방할 수 있겠다는 결론을 내리는 데 이미 두 시간을 허비했다. 그녀는 벽에 붙여놓은 그날의 일정표를 쳐다보았다.

7:30	HBOT로 출발 (헨리, 차에서 아침)
9:00~10:15	HBOT
11:00~3:00	캠프 (장보기, 헨리 저녁 준비)
3:15~4:15	언어치료
4:30~5:00	시표 추적 훈련
5:00~5:30	감정 ID 숙제
5:30	HBOT로 출발 (헨리, 차에서 저녁)
6:45~8:15	HBOT
9:00~9:45	귀가, 사우나, 샤워

일정표에서 빈 시간을 찾으며, 처음으로 그녀는 이러한 일정이 헨리에게 얼마나 피곤한 일일지 생각했다. 그녀보다 훨씬 더 피곤할 것 같았다. 헨리가 이 치료에서 저 치료로 이동하는 동안 차 안에서 먹는 것 말고 언제 마지막으로 식탁에 앉아 제대로 식사했는지조차 기억나지 않았다. 언어치료와 작업치료부터 감각 통합 훈련과 뉴로피드백까지, 깨어 있는 모든 시간이 유창한 발화와 손글씨와 일정한 눈맞춤을 위한 훈련으로 채워져 있었고, 아이는 쉴 틈 없

이 자신에게는 버거운 일들에 매달려야 했다. 하지만 헨리는 불평한 번 한 적이 없었다. 그저 시키는 대로 잘 따라주었고, 날이 다르게 성과를 보여주었다. 그게 아이로서는 얼마나 대단한 일인지 엘리자베스는 단 한 번도 깨닫지 못했다. 아들을 향한 분노와 자기 연민으로 속을 끓이느라 바빴기 때문이다. 왜 밝고, 안아주는 걸 좋아하며, 학교 성적이 좋고 친구가 많아서 플레이데이트에 늘 초대받는 아이가 되어주지 못하는지, 왜 자신이 바라던 그런 아이가 아닌지. 엘리자베스는 자폐가 있는 것, 그로 인해 그녀가 울고 조사하고 운전해야 하는 것 모두를 헨리의 탓으로 돌렸다. 자신이 아이한테 상처를 준 것까지도……

그녀는 다시 고개를 들고 9:30~3:30 캠프 이외에는 아무것도 없는 내일의 일정표를 상상했다. 단 하루라도 서두르지 않고, 늦지 않고, 제발 부탁이니 멍하게 있지 좀 말고 빨리 움직이라고 헨리한테 소리지르지 않아도 되는 날. 단 한 시간이라도 아무것도 할일이 없어서 낮잠을 자거나 TV를 볼 수 있는 날. 무엇보다 헨리가 게임을 하거나 자전거를 탈 수 있는 날. 시위대와 킷이 말하던, 헨리한테 필요하다는 것이 바로 그런 것 아니었을까? 엘리자베스는 노트에 HBOT는 더는 안 돼!라고 썼고, 어찌나 세게 밑줄을 그었는지 펜이 종이를 뚫었다. 그 단어들에 동그라미를 치다가 몸속 장기가 붕 뜨면서 황홀한 무중력 상태가 되는 기분이 들었고, 그만둬야 한다는 걸 깨닫게 되었다. 치료도, 훈련도, 이리저리 바쁘게 사는 것도 전부 그만두자. 미워하는 것도, 탓하는 것도, 상처 주는 것도 그만하자.

남은 오후는 들뜬 기분으로 보냈다. 그녀는 헨리의 언어치료 선생님에게 전화를 걸어 그날 치료를 취소했다(게다가 제시간에 전화한 덕분에 두 시간 이내 취소 수수료도 피할 수 있었다). 그런 다음 아마 세번째인가로, 캠프의 정규 해산 시간에 헨리를 데리러 갔다. 곧장 집으로 와서는 시력 훈련과 사회성 기술 숙제를 지도하는 대신 헨리가 소파에 털썩 주저앉아 유기농 코코넛밀크 아이스크림을 먹으며 (디스커버리와 내셔널 지오그래픽 채널 가운데 온당한 프로그램에 한해서) 원하는 것을 보게 해주었다. 그사이에 그녀는 헨리가 다니는 모든 치료 교실의 취소 규정과 홈페이지를 검색했고—너무 많았다!—차례대로 하나씩 규정에 따라 취소 이메일을 보냈다.

미라클 서브마린 하나만 문제였다. 마흔 번의 잠수 치료를 선불로 지불해 할인을 받은데다, 박의 '규정과 방침' 문서를 아무리 읽어봐도 환불에 관한 내용은 없었다. 게다가 당일 취소는 환불 불가였다. 100달러를 쓰레기통에 버리는 셈이었다. 그건 싫었다(그녀가 제일 싫어하는 것이 쓸데없는 돈 낭비였다). 그렇다고 마음을 바꿀 정도는 아니었지만 그녀는 꺼림칙했고, 모든 걸 그만두자고 결정하며 부푼 기분이 가라앉는 바람에 헨리를 죽음에 이르게 한 일련의 결정과 행동들 가운데 첫번째 실수를 저지르게 되었다. 바로 박한테 (이메일 대신) 전화를 건 것이다. 계약을 양도받을 사람을 찾아볼 테니 일부라도 환불을 해달라고 제안해볼 생각이었다. 그러나 이상하게도 헛간 번호로 전화를 걸었을 때 아무도 받지 않았고 자동응답기마저 꺼져 있었다. 전화를 끊고 박의 휴대폰으로 걸려는 찰나에 그녀의 전화벨이 울렸다.

발신자를 확인했다면 받지 않았을 것이다. 그러나 확인하지 않았다(그것이 두번째 실수였다). 부재중 전화를 확인한 박이 다시 걸었으려니 하면서 전화를 받았다. "여보세요, 박, 통화가 돼서 다행이에요. 저기……" 그때 킷이 끼어들면서 말했다. "엘리자베스, 나야. 할말이 있는데……" 엘리자베스가 말을 잘랐다. "킷, 나 지금 얘기하고 있을 시간이 없어." 그리고 전화를 끊으려는데 킷이 말했다. "잠깐만, 끊지 마, 제발. 네가 화난 거 아는데 난 아니야. 내가 아동보호국에 전화한 게 아니라고. 네가 내 말 안 믿을 거 같아서 온종일 인터넷을 찾아보고 사람들한테 전화를 돌려서 알아냈어. 누가 그랬는지 알아."

엘리자베스는 못 들은 척하고 전화를 끊을까 했지만 호기심이 그녀를 이기는 바람에—세번째 실수—계속 전화를 들고 있었고 킷이 이러쿵저러쿵하는 소리를 끝까지 들었다. 킷은 자폐아 채팅방을 서로 대조해 모임이 점점 무력화되는 걸 마뜩잖게 생각하는 시위자를 찾아냈고 그녀한테서 그들만의 채팅방 비밀번호를 얻어낸 뒤, 짜잔! 보물단지를 찾아냈다. '떳떳한자폐아엄마'가 엘리자베스의 위험한 '이른바 치료'에 대해 불평한 것부터 미라클 서브마린에서의 시위를 조직한 계획이 줄줄이 나왔고, 마지막으로 스모킹 건인 지난주에 아동보호국에 전화를 했다는 자랑까지 전부 거기에 있었다.

엘리자베스는 한마디도 하지 않고 듣고만 있다가 킷이 말을 마치자 퉁명스럽게 고맙다고 말한 뒤 전화를 끊고 저녁으로 특별히 준비하고 있었던 피자를 보러 갔다. 코코넛 가루로 직접 만든 도우에 가짜 '치즈'(실제로는 분쇄한 콜리플라워)를 올린 '피자'는 헨리가 가장 좋아하는 음식이었다. 식탁에 앉아 저녁식사를 위해 특별히 꺼내놓은 고급 접시 위에 피자 한 조각을 얹는 그녀의 손이 분노와 증오로 부들부들 떨렸다. 루스 와이스가 자신을 싫어하는 건 알고 있었다. 하지만 모임 전체가 뒤에서 험담을 하고 그녀를 끌어내릴 계획을 세웠다니 치가 떨렸다. 모욕적이었다. 그녀는 은발의 여자가 독기어린 말을 퍼부으며, 엘리자베스와 헨리의 인생을 망치든 말든 신경도 쓰지 않고 아동보호국에 그녀를 '학대범'으로 신고한 뒤 무슨 일이 있어도 엘리자베스를 멈추게 할 거라고 으스댔을 모습을 상상했다. 오늘밤 엘리자베스가 나타나지 않으면 또 뭐라고 할까? 샴페인이라도 꺼낼까? 코르크를 따고 사악한 아동 학대범을 처단한 시위대의 성공을 자축하며 축배를 들까?

안 될 일이었다. 오늘밤은 빠지면 안 된다. 자칭 '떳떳한자폐아엄마'라고 잘난 척하는 그 혐오스러운 여자가 이겼다고 생각하게 내버려둘 수 없었다. 괴롭힘 주동자로 하여금 그녀가 꽁지를 감췄다고 생각하면서 통쾌해하게 놔둘 수는 없었다. 그것만이 아니었다. 킷과의 통화로 인해 조금 전까지 충동적으로 부풀었던 흥이 완전히 깨져서 더는 들뜬 기분이 느껴지지 않았고, 순간적인 변덕으로 헨리의 선생님들과 한마디 상의도 없이 하나부터 열까지 모두 취소해버린 자신의 결정이 얼마나 경솔하고 무책임하며 시건방졌는지 알 것 같았다. 돈 한푼 돌려받지 못할 텐데 오늘 저녁 HBOT까지 취소한다니, 말이 되는가? HBOT가 해로운 것도 아닌데 말이다. 이미 100달러나 냈는데 까짓것 잠수 한 번 더 간다고 뭐 그리 대수겠는가? 한 번만 더 참고 운전해서 오늘까지 갔다 오면, 이제 끝이라는 걸 아니까 기대감이 고조되어 제대로 된 마무리를 할 수 있을지 모른다. 게다가 다른 사람들한테 헨리를 봐달라고 부탁하고 잠수 시간 동안 밖에 앉아 있을 수도 있었다. 킷도 아팠을 때 그랬던 적이 있었다. 그동안 평온히 사색할 수 있는 개울가로 가서 자신의 선택이 옳은지 되짚어볼 수 있었다. 무엇보다 은발 여자의 얼굴을 볼 수 있었다. 그 여자한테 그녀의 계획과 아동보호국에 전화한 것에 대해 전부 안다고 말한 뒤 지금이라도 관두지 않으면 괴롭힘으로 고소하겠다고 말할 것이다.

엘리자베스는 이미 차려놓은 이인용 식탁 차림과 차가운 와인 옆에 놓인 크리스털 잔을 바라본 뒤, 헨리의 접시에 얹었던 피자 밑에 뒤집개를 밀어넣었다. 그로부터 일 년 동안, 그녀는 매일 밤 잠을 자려고 눕거나 혹은 이따금 아침에 눈을 떴을 때, 다시 눈을 감고서 그 순간 자신이 해야 했던 행동을 하는 평행우주 속의 자신을 머릿속에 그렸다. 고개를 내두르고, 다신 볼 일 없는 그런 멍청한 여자한테 휘둘리지 말자고 자신을 타이른 뒤, 피자를 도로 접시에 놓고 헨리를 불러 저녁을 먹는 엘리자베스. 다른 우주 속의 그녀는 저녁을 먹고 와인을 마신 뒤 헨리를 품에 끼고 소파에 웅크리고 앉아 〈살아 있는 지구〉를 보다가 테리사로부터 불이 났다는 전화를 받는다. 친구들이 안타까워 눈물을 흘린 그녀는 헨리의 이마에 키스하며—오늘 당장!—그만두기로 결정한 데 대해 하늘에 감사한다. 그리고 몇 달 뒤, 루스 와이스의 살인 재판을 보고 집으로 돌아오는 길에 단지 그 여자를 괴롭히려는 마음에 그 마지막 잠수에 갈 뻔했다는 생각을 하며 몸서리를 친다.

하지만 그녀가 갇혀 있는 현실에서, 그녀는 피자를 접시에 그대로 두지 않았다. 대신 고급 접시 위에 있던 그 피자를 뒤집개로 들어서 차에 가지고 탈 수 있는 일회용 종이 접시에 얹었다—그것이 네번째 실수이자 그날 이후 그녀가 매일같이, 매시간, 매분, 몇 번이고 반복해서 곱씹고 후회했던, 헨리의 운명을 결정지어버린 돌이킬 수 없는 절대적인 실수였다. 그런 다음 그녀는 아들을 불렀다. "헨리, 신발 신어. 마지막으로 잠수함 타러 갈 거야." 전부 차에 싣다가 크리스털 잔에 반사된 반짝이는 조명과 예쁘게 차려놓은 식탁을 떠올리니 속이 쓰렸다. 그 자리에서 뒤로 돌아 집안으로 들어가고픈 충동을 느꼈지만, 그 여자가 멍청한 은발 머리를 까딱거리며 그녀를 조롱하고 우쭐한 미소를 지을 것을 생각하니 그럴 마음이 싹 가셨다. 그녀는 침을 꿀꺽 삼킨 뒤 헨리한테 서두르라고 말하고는 애써 내일을 생각했다. 내일이면 모든 것이 달라질 것이다.

하지만, 그녀는 그전에 보상받고 싶었다. 개울가에서 마실 와인과 초콜릿을 챙겼다. 9시 반에 집에 오면 계획했던 축배를 들기엔 너무 피곤할 테고, 역겨운 시위대가 모든 걸 망치게 내버려둘 수는 없었다. 보통은 헨리가 〈바니〉를 못 보게 하려고 "머리에 넣는 정크푸드나 다름없어"라고 말하면서 아이를 DVD 화면이 보이는 창문에서 멀찍이 떨어져 앉혔지만 이번에는 특별히 TJ 옆에 앉아서 보게 해줬다. 맷한테 헨리를 도와달라고 부탁했지만 그는 언짢아 보였고, 너무 폐를 끼치고 싶지는 않아서 직접 안으로 기어들어가 튜브를 산소 밸브와 연결하고 아이에게 헬멧을 씌워주는 등 모든 준비를 해줬다. 헨리한테 어른들 말씀 잘 들으라고 말한 뒤에는 뺨에 입을 맞추고 머리를 쓰다듬고 싶었지만 아이가 이미 헬멧을 쓰고 있어서 하는 수 없이 그냥 기어나왔고, 그렇게 헛간을 나섰다. 그것이 그녀가 살아 있는 헨리를 본 마지막 순간이었다.

십 분 뒤, 개울가에 앉아 마침내 와인을 마시게 된 엘리자베스는 이번 잠수 시간엔 엄마는 밖에 있을 거라고 말했을 때 헨리가 보였던 반응을 생각했다. 헨리는—목 주변에 달린 고리가 목을 졸라서 토할 것 같다고—싫어했던 헬멧을 쓰고 있었지만 표정은 편해 보였다. 아이는 행복해했다. 마음을 놓았다. 만족을 모르고 끊임없이 잔소리만 하는 엄마로부터, 그녀로부터 한 시간이나마 해방되어서. 엘리자베스는 와인을 벌컥 들이켰고 톡 쏘는 차가운 산미가 거칠어진 목구멍을 부드럽게 달랬을 때는 헨리가 나오자마자 아이의 헬멧을 홱 벗기고 두 팔로 감싸안으며 사랑한다고, 보고 싶었다고 말하는 걸 생각했다. 그러고는 웃을 것이다. 그래 맞아, 떨어진 지 한 시간밖에 안 됐는데 보고 싶었다니 우습지? 하지만 진심이었다.

알코올이 동맥을 타고 빠르게 퍼지면서 그녀의 모공에 온기가 번졌고 내면이 해동되는 것처럼 손가락이 얼얼했다. 그녀는 흐릿한 제비꽃 빛깔로 어둑해져가는 하늘을 올려다보았다. 뽀얀 아이싱처럼 순백색으로 피어오른 뭉게구름에 시선을 고정한 채 내일은 아침으로 컵케이크를 만들면 좋겠다고 생각했다. 헨리가 왜 그걸 만들었냐고 물어보면 웃으면서 기념하려고 만들었지, 하고 대답할 것이다. 그녀는 이렇게 말할 것이다. 자주 표현은 못했어도, 어쩌면 아예 안 했을 수도 있지만, 너는 엄마의 보물이라고, 너를 많이 아낀다고, 너를 사랑해서, 걱정이 돼서 엄마가 너무 흥분했는데 이제 안 그럴 테니 새로운 삶을 시작하자고. 완벽한 삶은 아닐 것이다. 그 누구도, 그 무엇도 완벽하지는 않으니까. 그렇지만 그녀에겐 헨리가 있고 헨리에겐 그녀가 있으니 괜찮을 것이다. 어쩌면 손가락으로 아이싱을 찍어 아이 코에 묻히는 바보 같은 장난을 할지도 모른다. 그래서 헨리가 웃으면—빠진 앞니 자리에 하얗게 돋아난 작은 새 이를 훤히 드러내며 아이답게 활짝 웃으면—아들의 볼에 입을 맞출 것이다. 그냥 뽀뽀가 아니라 통통한 볼이 뭉개지도록 입술을 꾹 누르고 두 팔로 아들을 꼭 끌어안은 채 헨리가 허락하는 한 언제까지고 그 달콤한 기분을 만끽할 것이다.

*

물론, 그런 일은 그 어느 것도 일어나지 않았다. 컵케이크도, 입 맞춤도, 새 이도 없었다. 대신 그녀는 아들의 시신을 확인했고, 관과 묘비를 골랐고, 아들의 살인죄로 체포되었고, 그녀를 정신병원으로 보낼지 사형장으로 보낼지 논쟁하는 신문 사설들을 읽었으며, 이제는 훔친 차를 타고 그녀 때문에 아들이 산 채로 타 죽은 동네를 향해 달리고 있었다.

더 미치겠는 건 바로 그녀가—자존심에, 증오감에, 우유부단함에, 인색함에—아들을 죽음으로 내몰았다는 사실이었다. 정말로 잠수 한 번 더 나가는 것으로 시위대를 이겼다고 할 수 있을 줄 알았나? 선불로 낸 환불 불가의 100달러, 정말 그 100달러 때문에 아들을 죽였나? 도착했을 때 그곳에 더는 시위대가 없었고 잠수마저 연기된데다 에어컨이 나오지 않는 걸 알았는데 왜 곧바로 떠나지 않았나? 게다가 담배와 성냥을 발견하고 흡연을 하다니! 산소가 흐르는 옆에서! 왜 즉시 화재를 떠올리지 못했을까? 이미 마신 술 때문에? 아니면 시위대가 경찰서에 갇혀 있다니까 승리감에 들떠서? 오전에 박한테 그 여자들이 얼마나 위험한지 경고해놓고도 왜 그들이 사람들이 다 떠난 이후에 불을 지를 공산이 크다는 생각은 못했을까? 도대체 왜 그들이 명분을 위해 무슨 짓까지 할 수 있는지 과소평가했을까?

엘리자베스는 갓길에 차를 세웠다. 이제 아무래도 상관없었다. 순간 이동할 평행우주가 있는 것도 아니고 시간을 되돌려줄 타임머신도 없었다. 이번주 내내 상황이 점점 암울해져갈 때 모든 것을 끝내고 싶었지만 여태 그녀를 지탱해준 건 헨리를 위해 복수할 생각과 새년이 사악한 루스 와이스의 죄를 밝혀내는 걸 볼 수 있다는 기대감뿐이었다. 이제 새년이 시위대를 뒤쫓는 걸 거부한 마당에 무슨 희망이 남았겠는가?

그녀는 버튼을 눌러 새년의 자동차 지붕을 뒤로 젖혔다. 웃긴 일이었다. 법원에서만 해도 그렇게 자기 차가 있었으면 했는데 이제는 컨버터블을 타고 있어서 얼마나 다행인지 모른다고 생각하고 있으니 말이다. 이편이 일을 그르칠 위험이 훨씬 적었다. 미라클 크리크와 파인버그를 가르는, 해발고도가 높은 이 언덕배기까지 올라오면 시원해지리라 기대했지만 지붕을 젖히자마자 습한 공기가 그녀를 엄습했다. 그녀는 안전벨트를 풀고 시트를 뒤로 젖힐지 앞으로 당길지 고민했다. 한편으로는 에어백과 너무 가까이 붙으면 위험할 것 같았고, 그렇다고 너무 젖히고 앉으면 충돌시 추락할 확률이 높을 것 같았다. 시트는 그대로 두기로 하고 안전벨트를 다시 맸다. 벨트를 풀었을 때 차에서 나는 딩딩거리는 소음이 거슬렸기 때문이다.

이제 준비는 끝냈고 가야 할 때가 왔지만, 그녀는 망설이고 있었다. 미처 고려하지 못한 일들이 너무 많았다. 혹시 실패하면 어쩌지? 아니 성공하더라도, 새년이 명예를 회복시켜준답시고 빅터와 할퀸 상처의 그 끔찍한 연관성을 제기하면 어쩌지? 그녀가 없으니 이제 에이브가 박의 뒤를 캐기로 하면? 그냥……

엘리자베스는 눈을 질끈 감고 고개를 저었다. 이런 헛생각을 집어치우고 이미 행동에 옮겼어야 했다. 사실, 그녀는 겁쟁이였다. 본능을 믿지 않고 신중함이라는 가면 뒤에 비겁함을 숨기고 사는 내성적인 우유부단함의 결정체. 그것이 바로 헨리가 죽은 진짜 이유였다. HBOT를 끝내야 한다는 걸 알았지만 겁이 나서, 늘 그랬듯 뭐 잊은 게 없는지 확인했고, 멍청한 장단점 목록을 만들었고, 모든 만일의 사태를 상상하며 어물쩍거렸다. 그러면서 아들을 괴롭혔고, 학대했고, 엄마가 자신을 싫어한다고 생각하게 했으며, 와인을 홀짝이면서 초콜릿이나 먹는 동안 아들은 타 죽으라고 체임버 안으로 내몰았다. 이제는 계획을 재개하고 그녀가 해야 할 일, 지난 일 년 내내 해야 한다고 생각했던 일을 실행에 옮길 차례였다. 장단점 따위는 생각하지 말고, 분석하지 말고, 주저하지도 말고.

엘리자베스는 운전대를 움켜쥐고 전진하기 시작했다. 도로를 따라 이어진 나무들과 가드레일을 피해 핸들을 꺾자 가죽과 맞붙은 손가락에서 맥박이 느껴졌다. 눈앞에 '주의'라는 문구가 적힌 노란색 표지판이 나왔다. 그곳이 바로 앞에 있다는 뜻이었다. 처음 그곳을 지나던 날, 그녀는 이상한 끌림을 느꼈다. 절벽에 서면 아래로 뛰어내리고 싶어지는 충동과 비슷한 끌림. 나무들이 갑자기 사라지고 찌그러진 가드레일이 주저앉아 있는 그 커브길을 보면서 그녀는 모든 짐을 내려놓고 텅 빈 공간으로 향하는 구름판 같은 저곳을 향해 직진해서 붕 날아오르면 얼마나 편할까, 하고 생각한 적이 있었다.

속도를 늦춰 커브를 돌자 정면에 그곳이 보였다. 지금쯤 고쳤으면 어쩌나 걱정했는데 다행히 아직 그대로 있었다. 가드레일이 찌그러진 그곳. 회색 가드레일이 구름판처럼 편편하게 뭉개져 있었다. 한줄기 햇빛이 스포트라이트처럼 내리쬐는 그곳이 그녀를 반기며 어서 오라고 손짓하는 것 같았다. 버튼을 눌러 안전벨트를 풀자 그녀의 손목에서, 무릎 뒤에서, 두개골에서 둥둥 울리는 심장의 고동이 느껴졌다. 그녀는 액셀을 꾹 밟았다. 그때 보았다. 커브길 너머로, 가운데 구멍이 뚫린 둥그런 솜털 같은 구름을. 지난여름, 그녀기 지기 보라고 손짓하가 헨리가 웃으면서 "꼭 앞니 빠진 내 입 같아요!"라고 했던 그 구름이었다. 그 말을 듣고 감탄한 그녀는 웃어젖혔다. 헨리의 말이 맞았다. 정말 헨리의 입 모양이었다. 그녀는 아들을 번쩍 들어올린 뒤 꼭 끌어안으며 아이의 뺨에 생긴 보조개에 입을 맞췄다.

구름 앞으로 가까이 다가가자 대기의 열기와 햇살이 파도처럼 물결쳤다. 마치 하늘의 투명 커튼이 이리로 날아오라고, 어서 불길로 오라고 그녀를 초대하며 환영하는 듯했다. 상체가 숙여진 그녀는 타이어가 납작한 가드레일을 밟을 때 보았다. 저 아래서 눈부신 햇살을 뿜어내는 아름다운 골짜기를. 마치 신기루처럼.

박

그는 기다리는 건 질색이었다. 물이 끓는 것이든, 회의의 시작이든, 기다림은 그의 능력 밖의 무언가에 의지해야 한다는 말이었고, 그 말이 오늘만큼 와닿는 경우도 드물었다. 박은 아내가 어디 있는지 짐작도 못한 채, 차도 휴대폰도 없이 집안에 꼼짝없이 갇혀 기다리는 수밖에 없었다. 메리와 모든 것을 태워버린 뒤에는 달리 할일도 없어서 부녀는 집안에 앉아 보리차를 마시며 기다렸다. 아니, 차를 마신 건 그 혼자뿐이었다. 메리도 머그잔에 차를 따르기는 했지만 전혀 마시지 않았다. 그녀는 TV 화면을 보듯 멀뚱히 머그잔을 쳐다보다가 이따금 후 불면서 컵 안의 황금빛 액체에 잔물결을 일으켰다. 그는 뜨겁지 않다고, 찻물이 한 시간이나 뜨거울 수는 없다고 말할까 하다 그만두었다. 숨막히는 기다림의 중압을 해소하고픈 메리의 심정을 이해했고, 그 역시도 그저 기다리기만 할 것이 아니라 서성일 수라도 있었으면 좋겠다고 생각했다. 신체 마비는—다른 문제도 많았지만—그것이 문제였다. 이토록 좀이 쑤실 정도로 꼼짝도 못하는 시간에 휠체어를 앞뒤로 왔다갔다하는 것만으로는 몸이 근질거려서 죽을 것 같은 고통을 해소할 수 없었다.

오후 2시 30분, 마침내 영이 집안으로 걸어들어왔을 때 아내가 돌아왔다는, 경찰 없이 혼자 돌아왔다는 안도감이 그를 감쌌다. (메리한테는 엄마가 신고할 리 없으니 걱정하지 말라고 했지만, 아내의 얼굴을 보자 자신조차 그다지 확신하지 못했다는 걸 깨달았다.) "여보, 어디 갔었어?" 박이 말했다.

영은 대답 없이 심지어 그에게 눈길도 주지 않고 냉랭하게 가만히 앉아 있기만 해서 그의 가슴에 얼얼한 충격을 안겼다.

"여보." 그가 말했다. "걱정했잖아. 누구 만났어? 누구랑 얘기한 거야?"

그러자 영은 박을 쳐다보았다. 그녀가 상처를 받았거나 두려워 보였다면 그는 그녀를 달랠 수 있었을 것이다. 화가 나서 히스테리를 부리며 소리를 지르면 맞설 준비가 돼 있었다. 하지만 마네킹처럼 무표정하고 근엄한 얼굴로 입도 꿈쩍하지 않는 이 여자는 그가 이십 년을 봐온 그의 아내가 아니었다. 너무나 잘 알지만 알아보기 힘든 그 얼굴을 쳐다보며 박은 두려워졌다.

"전부 다 말해." 그녀의 목소리는 그녀의 얼굴만큼이나 단호했다. 감정의 고저가 실린 음조를 찾아볼 수 없었고, 그것이 빠지고 나니 아내의 목소리에 알맹이가 없어진 것 같았다.

박은 마른침을 삼키고 애써 침착한 목소리로 말했다. "당신도 이미 알잖아. 그렇게 가버리기 전에 내가 메리한테 한 말을 전부 들었잖아. 대체 어딜 갔던 거야?"

영은 대답하지 않았고, 그의 질문을 들은 것 같지도 않았다. 그저 그의 눈에 시선을 고정한 채 빤히 쳐다보기만 해서 박은 레이저

광선이 눈과 뇌를 뚫는 것처럼 화끈거리는 열기를 느꼈다. "내 눈 똑바로 보고 전부 말해. 이번엔 진실을 말해줘."

그는 영이 먼저 말하길 바랐다. 그녀는 들은 이야기를 그대로 전하면서 화를 누그러뜨릴 것이고, 그도 나름의 이야기를 짜맞출 수 있으니 말이다. 하지만 분명했다. 영은 먼저 입을 열지 않을 것이었다. 그는 고개를 끄덕인 뒤 탁자에 두 손을 올렸다. 어젯밤 그녀는 바로 그 자리에 창고에서 찾은 봉투를 집어던졌고, 그는 즉흥적으로 그럴싸한 이야기를 지어냈었다. 아침 이후 그녀는 그 이야기가 전부 거짓이라는 생각을 했을 것이다. 그러니 거기서부터 시작해야 했다.

"어젯밤엔 내가 거짓말했어." 그는 말했다. "서울 아파트 목록은 동생을 위한 게 아니었어. 화재 이후에 우리가 가서 살려고 알아본 거야. 거짓말해서 미안해. 당신을 지켜주고 싶었어."

이렇게 약점과 속죄의 뜻을 내비치면 아내가 누그러지리라 기대했다. 그런데 웬걸, 그녀의 동공은 칠흑 같은 점으로 수축하고 시선은 딱딱하게 굳어서 그는 마치 범죄자가 된 듯한 기분이 들었다. 바로 그것이 그의 목적이었다고, 아내가 자신을 악당으로 믿게 해야 한다고 속으로 되뇌면서 박은 진실과 거짓을 버무린 이야기를 이어나갔다. 부동산 중개인에게 전화했는데 한국으로 돌아가기에는 돈이 모자랐다. 그래서 필요한 돈을 마련하기 위해 방화를 결심했고 (수사에 대비해 다른 사람의 휴대폰으로) 방화 조항을 확인하는 전화를 걸었다.

시위대 부분은―진실만 말하면 돼서―쉬웠다. 그는 그날 있었던 일을 영에게 말했다. 아무것도 하지 않는 경찰에 좌절감을 느낀 그가 풍선으로 정전을 일으키는 계획을 세웠다. 그게 성공하자 그는 잠시 안심했지만, 그 시위대 여자가 협박 전화를 걸어 다시 돌아와서 더 큰 소란을 피우겠다고 했다. 그래서 전단에 나온 그대로 담배를 놔두고 시위대에게 방화를 뒤집어씌워서 두 번 다시 근처에 얼씬도 못하게 진짜 곤경에 빠트릴 계획을 세웠다.

말하는 중간에 그는 끼어들지 말라는 경고로 이따금 메리와 눈을 마주치려 했는데, 딸의 시선은 보리차가 넘실거리는 머그잔에 고정되어 있었다. 그가 이야기를 마치자 잠시 긴 침묵이 찾아왔고, 이어 영이 입을 열었다. "뭐 빠트린 거 없어? 그게 진짜 진실의 전부야?" 그녀의 얼굴은 차분해 보였지만 슬픔 덩어리를 절박한 희망으로 감싼 듯한 목소리에서는 애원이 느껴졌다. 그는 물론 아니라고 말하고 싶었고, 아내가 알기를, 그가 돈을 위해 사람들의 목숨을 위험에 처하게 할 사람이 아니란 걸 아내가 알아주기를 바랐다.

하지만 그렇게 말하지 않았다. 세상에는 진실보다 중요한 게 있었다. 아내와의 사이에서도 말이다. "그래, 그게 전부야." 그렇게 답하면서 박은 속으로 아내를 위해 이편이 더 낫다고 되뇌었다. 진짜 진실, 진실 전부를 알게 되면 그녀는 분명 절망할 것이다. 아내를 지켜야 했다. 그것은 한 가정의 가장인 그의 임무이자 숭고한 의무였다. 무슨 일이 있어도 가족을 지켜야 한다. 그것이 사랑하는 여자로 하여금 자신을 피도 눈물도 없는 범죄자로 생각하게 하는 일일지라도. 게다가 그에게도 책임이 있었다. 시위대에게 방화 미수죄를 뒤집어씌울 계획을 세운 건 바로 그 자신이었다. 그날 담배에 불을 붙이고 붉어진 담배 끝에서 한줄기 연기가 피어오르는 걸 지켜보고 있었을 때, 불과 몇 센티미터 떨어진 곳에 순산소가 흐르고 있다는 생각에 심장이 걷잡을 수 없이 세차게 고동쳤지만 그는 모든 것을 계산했으니 그 무엇도 잘못될 리 없다고 확신하며 계획을 감행했다. 자만. 그것은 가장 극악한 죄였다.

영은 울지 않으려는 것처럼 빠르게 눈을 깜빡거리며 말했다. "그러니까 전부 당신이 그랬다고? 누구 도와준 사람도 없이, 아무와도 상관없이 당신 혼자 그런 거라고?"

그는 영에게서 시선을 떼지 않으려고 노력했다. "그래. 아무도 몰라. 위험한 일이니까 아무도 끌어들이고 싶지 않았어. 전부 나 혼자 한 거야."

"당신이 맷의 휴대폰으로 보험회사에 전화했어?"

"그래." 그는 대답했다.

"서울 일로 부동산 중개인한테도 전화했고?"

"맞아."

"창고에 아파트 목록을 숨긴 것도 당신이야?"

그는 고개를 끄덕였다.

"당신이 캐멀 담배를 사서 틴 케이스 안에 숨겨놨어?"

박은 고개를 끄덕였고, 짧은 간격으로 연이어 날아오는 질문에 고개만 끄덕이고 있자니 머리를 까닥거리는 인형이 된 기분이 들었다. 어쩜 자신이 거짓말한 부분만 콕 집어 질문하는지 초조한 기분이 들기도 했다. 법정에서의 섀넌처럼, 질문에 질문을 던지며 함정으로 몰아가는 건 아닐까?

"그 담배로 정말 불을 낼 생각이었던 거야? 시위대를 곤경에 빠트리는 것만이 아니라 진짜로 보험금을 탈 생각이었어?"

물에 빠졌는데 수면 위로 떠오르는 길이 보이지 않는 것처럼 현기증이 났다. "그래." 자신에게조차 겨우 들릴 정도로 나직한 목소리로 그는 간신히 대답했다.

영은 눈을 감았다. 창백하고 고요한 그녀의 얼굴을 보고 그는 시체를 떠올렸다. 그녀는 눈을 감은 채로 말했다. "이리 돌아오는 길에 어쩌면, 정말 어쩌면 당신이 나한테 솔직하게 말해줄지도 모른다고 기대했어. 그래서 내가 뭘 알아냈는지 말하지 않았던 거야. 당신한테 직접 말할 기회를 주고 싶어서. 나 하나 속이자고 그렇게 복잡한 이야기를 지어내느라 애쓰는 당신을 보니까 화를 내야 할지, 감탄을 해야 할지 모르겠어."

방안의 공기가 모조리 빠져나간 듯한 느낌이었다. 그는 숨을 들이마시며 생각하려고 노력했다. 뭘 알아냈을까? 뭘 알 수 있었을까? 그냥 넘겨짚는 것이다, 분명히. 심증은 있지만 그게 다일 것이다. 그러니 현재의 입장을 고수해야 한다. 침묵과 부정. "무슨 소리를 하는지 모르겠네. 전부 말했잖아. 나한테 뭘 더 어떻게 해달라는 거야?"

눈을 뜨는 영의 눈꺼풀이 마치 극적인 효과를 위해 한 번에 1밀리미터씩만 올라가는 무거운 커튼이라도 되는 양 서서히 올라갔다. 그녀는 그를 쳐다봤다. "진실." 영이 말했다. "진실을 말해줘."

"진실을 말했어." 그는 역정을 내려고 했지만 그의 입에서는 누군가 멀리서 외친 소리의 메아리처럼 아득하고 미약한 소리가 나왔다.

뭔가를 결심한 듯 영의 미간이 좁아졌다. 마침내 그녀가 입을 열었다. "에이브가 보험사에 누가 전화했는지 알아냈어."

눈알이 타들어가는 듯이 뜨거워서 박은 눈을 깜빡이고 시선을 피하고픈 욕구와 싸워야 했다.

"전화를 건 사람은 억양이 없는 완벽한 영어를 구사했대. 당신일 리 없어."

생각이 극도로 빠르게 휘몰아쳤지만 그는 애써 평정을 유지했다. 부정하자. 계속 그렇게 밀고 나가야 한다. "당연히, 그 사람 착각이겠지. 하루에 수백 통씩 전화를 받는 사람이 일 년 전에 한 번 들었던 목소리를 어떻게 기억하겠어?"

영은 탁자 위에 뭔가를 올려놓았다. "아파트 목록을 보냈던 부동산 중개인을 만나고 오는 길이야. 똑똑히 기억하더라. 한국으로 돌아가려는 사람은 드문데다가, 어린 여자애가 전화한 경우는 더 드물어서 기억한대."

박은 애써 영에게 시선을 고정하며 목소리에 노기를 실었다. "그래서 내 말이 거짓말이라는 거야? 생판 모르는 사람 몇이 일 년 전에 들은 목소리를 착각한 걸 가지고?"

영은 대꾸하지도, 그의 언성에 맞춰 목소리를 높이지도 않았다. 시종일관 그 거슬리는 차분한 어조로 그녀가 말했다. "어젯밤에 내가 그 아파트 목록을 들이밀었을 때 당신은 놀란 것처럼 보였어. 당신의 비밀 창고를 들켰으니 당연히 놀란 걸 거라고 생각했어. 그런데 그게 다가 아니었어. 그 아파트 목록은 당신도 본 적 없는 거라 놀랐던 거야." 박이 고개를 저었지만 영은 멈추지 않았다. "그리고 그 틴 케이스도."

"이제 그게 내 것인 걸 알잖아. 볼티모어에서 당신 손으로 직접 나한테 줬잖아. 그래서 내가……"

"강씨 가족에게 돌려줄 다른 물건들과 모아서 메리한테 돌려주라고 시켰지." 내장 속에서 꿈틀거리는 공포심이 속을 긁어댔다. 그건 말한 적 없었다. 그녀는 그걸 어떻게 알았을까?

그의 의문에 대답이라도 하듯 영이 말했다. "오늘 그들과 통화했어. 강씨 아저씨가 메리가 와서 물건을 돌려준 걸 기억하더라. 그렇게 살뜰한 딸을 둬서 좋겠다면서 말이야." 영은 메리를 흘끗 쳐다봤다. "물론 그 사람들도 메리가 담배가 든 틴 케이스를 빼돌렸다는 건 모르고 있었어. 아무도 몰랐지. 어젯밤까진 당신도 그게 볼티모어에 있는 줄 알았으니까."

그는 목구멍을 타고 넘어오는 쓴 물을 삼켰다. "내가 메리한테 강씨에게 돌려주고 오라고 물건을 준 건 맞아. 사실이야. 하지만 그 전에 케이스는 따로 챙겼어. 창고에 그걸 숨겨놓은 건 바로 나라고!"

"그건 사실이 아니야." 확신에 찬 영의 말투에 그의 위장이 뒤틀렸다. 넘겨짚는 거라면, 그녀는 일생일대의 연기를 하는 것이다. 하지만 어떻게 알고 저렇게 확신할까? 그가 말했다. "당신이 어떻게 알아? 그냥 넘겨짚는 거잖아. 아니라니까."

영은 메리를 향해 몸을 돌렸다. "네가 창고에서 통화하는 걸 테리사가 들었어." 보리차만 쳐다보고 있던 메리가 머그잔을 얼마나 세게 쥐었는지 잔이 깨질 것 같았다. "네가 친구 집 주소로 그 아파트 목록을 받은 거 알아. 아빠의 ATM 카드를 몰래 쓴 것도 알고. 창고 맨 밑에 있는 상자에 모든 걸 숨겨놨던 것도 알아." 영은 박에게로 시선을 돌렸다. "다 알아." 그녀가 말했다.

박은 계속 부정하고 싶었지만 구체적인 증거가 너무 많이 나왔다. 신빙성을 유지하려면 적어도 무언가는 인정해야 했다. "알았어. 아파트 목록은 메리 것이 맞아. 서울로 돌아가고 싶다고 나한테 보여줬었어. 그런데 그것 때문에 전부 잘못된 것처럼 애가 죄책감을 느끼잖아. 애초에 방화 계획을 세운 건 나인데 말이야. 그래서 내가 모든 잘못을 떠안고 싶었어. 메리가 짊어진 짐을 덜어주고 싶었다고. 그것도 이해 못해?"

"모든 잘못을 떠안고 싶은 마음은 이해하지만 당신은 그럴 수 없어. 난 당신을 알아. 당신은 아무리 작은 불이라도, 아무리 진압할 수 있는 불이어도 환자들이 안에 있는데 지를 사람이 아니야. 그러기엔 너무 조심스러운 사람이야, 당신은."

그는 아내의 입에서 그 두려운 말이 나오지 않도록 계속 말을 해야만 했다. "나도 당신 말이 맞았으면 좋겠지만 진짜 내가 했어. 인정해. 당신이 생각하는 그 진실이 뭔지 모르지만 메리가 연관됐다고 생각하는 것 같은데, 당신도 오늘 아침에 내가 메리한테 자백한 것 다 들었잖아. 애가 얼마나 충격을 받았는지도 들었을 거고. 우린 당신이 듣고 있는 줄도 몰랐어. 일부러 들으라고 꾸민 말이 아니라고."

"그래. 꾸민 말이 아니란 거 알아. 당신이 메리한테 진실을 말했다는 거 나도 믿어."

"그럼 전부 내가 했다는 것도 알겠네. 담배도, 성냥도, 거기다……"

"생각해봤어. 아주 많이." 영이 말했다. "당신이 했다고 말했던 거 전부, 생각하고 또 생각해봤어. 장소를 고르고, 잔가지를 모아 장작더미를 만들고, 성냥개비를 놓고, 담배를 올려놨다는 이야기. 불을 지르기까지의 구체적인 전말. 그런데 하나가 빠졌어."

박은 아무 말도 하지 않았다. 할 수 없었다. 숨도 쉴 수 없었다.

"가장 중요한 한 가지. 그리고 계속 생각했지. 당신이 왜 그걸 빠트렸을까?"

그는 고개를 저었다. "대체 무슨 말을 하는지 모르겠네."

"실제로 불을 붙인 걸 말하는 거야."

"그것도 당연히 내가 했지. 내가 담뱃불을 붙였어." 그는 말했다. 하지만 익숙한 기억이 그를 덮쳤다. 그날 저녁 시위대가 전화를 걸어 다시 돌아와서 끝장을 보겠다고 조롱했을 때의 충격. 전단을 보고 그들이 사업장을 불태워버리려고 한 것처럼 꾸며야겠다는 아이디어를 냈던 것. 그때 마침, 숲속의 텅 빈 그루터기에 담배꽁초와 성냥개비가 잔뜩 들어 있었던 게 기억났던 것. 그리로 달려가 꽁초들 가운데 제일 긴 것과 멀쩡한 성냥갑 하나를 주워 왔던 것. 나뭇가지들을 쌓아올렸던 것. 담배에 불을 붙여 일 분간 타게 놔뒀던 것. 장갑을 낀 손으로 담배 끝을 문질러 불을 껐던 것.

그의 머릿속을 들여다보기라도 한 듯이 영이 말했다. "당신은 담배에 불을 붙였지만 금방 꺼버렸어. 경찰이 그 상태로 발견하길 바랐으니까. 시위대가 불을 지르려고 했는데 담배가 너무 일찍 꺼지는 바람에 실패한 것처럼 보이게 말이야. 당신은 불을 내지 않았어. 그럴 생각이 없었어."

박은 두려웠다. 너무 뜨거워서 차갑게 느껴지는 공포가 사방으로 마수를 뻗으며 그의 신체를 장악했다. "말도 안 되는 소리. 그럼 내가 왜 하지도 않은 일을 했다고 하겠어?"

"유인책으로." 그녀가 말했다. "내가 계속 파헤치면 결국 알게 될까봐 두려워서 내 주의를 돌리려고 한 거야."

그는 숨을 내쉬었다. 침을 삼켰다.

"난 진실을 알아." 영이 말했다. 간신히 들릴 만큼 나직한 목소리였다. "나에 대한 최소한의 예의로 솔직히 말해줘. 내 입으로 말하고 싶진 않아."

"당신이 아는 게 뭔데?" 그가 말했다. "뭘 안다고 생각하는 건데?"

영은 눈을 깜빡인 뒤 메리를 향해 몸을 돌렸다. 그 순간 영의 평정심이 깨지고 고통으로 얼굴이 일그러졌다. 그전까지는 그도 확실히 알지 못했다. 하지만 아내가—세상에서 가장 슬픈 얼굴로 아주 자애롭게—딸을 바라보는 모습에서 그는 깨달았다. 그녀가 모든 것을 알았다는 것을.

그가 뭔가를 해볼 틈도 없이, 그만하라고, 아무 말도 하지 말라고, 그 충격적인 말을 꺼내 기정사실로 만들지 말라고 애원하기 전에, 영은 메리의 얼굴로 손을 내밀어 흐르는 눈물을 닦아주었다. 그녀의 손길은 실크를 다림질하듯 섬세하고 부드러웠다.

"네가 한 거 알아." 그의 아내가 그들의 딸에게 말했다. "네가 불을 지른 거 알아."

메리

2008년 8월 26일 저녁 8시 7분, 폭발이 있기 십팔 분 전에 한참 동안 숲을 헤치고 달리던 그녀는 가지가 흐드러진 버드나무에 기대서 있었다. 재닌이 담배와 성냥과 구겨진 쪽지를 집어던졌을 때 메리는 가능한 한 침착한 목소리를 짜내서 말했다. "무슨 말인지 모르겠어요." 그러고는 재닌을 등지고 반대편을 향해 걸어갔다. 한 발짝, 또 한 발짝, 일정한 보폭을 유지하는 데 집중하며, 뛰거나 소리치고 싶은 욕구를 억눌렀다. 손톱자국이 나도록 주먹을 꼭 쥐고 이로 혀를 꽉 깨물면서, 살을 뚫고 피가 나기 직전까지 힘을 주고, 또 주었다. 오십 보까지 세면서 걸었을 때는 더는 참을 수 없어 뛰기 시작했고, 종아리 근육이 욱신거리고 눈물이 앞을 가리도록 전속력으로 뛰다가 정신이 아찔하고 다리가 후들거릴 때쯤 버드나무를 붙잡고 주저앉아 펑펑 울었다.

창녀. 재닌은 그녀를 그렇게 불렀다. 걸레 같은 스토커. "순진한 어린애인 척 눈을 깜빡거리고 머리카락을 배배 꼬았겠지. 그런데 우리 솔직해지자. 네가 한 짓이 뭔지 너나 나나 다 알잖아?" 재닌이 말했다. 아빠가 보고 본받으라고 했던 여자, 아빠가 미국에서 그녀를 가르치고 싶었던 이유라고 했던 그녀의 롤모델, 재닌에게서 도망쳐 이곳에 앉아 생각해보니, 그녀가 할 수 있었던, 해야 했던 말이 마구 떠올랐다. 담배를 가져온 것도, 같이 피우게 한 것도 모두 맷이었다. 만나자는 쪽지도 맷이 먼저 보내기 시작했다. 물론 그녀가 이곳에서 혼자 외로웠던 것도, 그래서 말동무가 되어준 그가 고마웠던 것도 사실이다. 그런데 유혹이라니! 훔쳤다니! 다정한 친구인 양 접근했다가 진짜 속내를 드러내더니 그녀를 붙들고 입속에 혀를 들이밀고 소리도 못 지르게 한 게 누군데? 사람을 꼼짝 못하게 하고 그녀의 손을 자기 바지 속에 집어넣고, 아프도록 손을 움켜쥐고 위아래로 움직이는 기계처럼 이용한 게 누군데?

하지만 메리는 아무 말도 하지 않았다. 그저 가만히 서서 재닌이 내뱉는 역겨운 말들이 그녀의 피부에 스며들고 두뇌를 파고들면서 내면에 줄기를 뻗치고 뿌리내리도록 잠자코 듣고만 있었다. 그런데 재닌이 틀렸다고, 잘못한 건 맷이라고, 자신은 피해자일 뿐이라고 속으로 되뇌고 있는 지금, 내면의 목소리가 속삭였다. 그 관심을 즐겼던 건 아니니? 이따금 쳐다보는 그의 시선을 느꼈고, 어쩌면 네가 재닌보다 더 매력적이라는 사실에 만족했던 건 아니야? 게다가 생일에는 일부러 야한 옷을 입고 그에게 술을 마시자고 했고, 네가 꿈꿔왔던 진짜 첫키스의 느낌 그대로, 그가 부드럽고 로맨틱하게 키스하니까 너도 그 키스에 응했잖아? 그리고 잠시 동안, 그날 밤 일이 틀어지기 전까지, 서로의 눈동자를 바라보며 사랑해, 하고 속삭이는 동화 같은 결말과 손발이 오그라드는 무언가를 상상했던 거 아냐? 지금으로선 생각조차 할 수 없는 그런 것들을?

한심하리만치 순진했던 희망은 생일날 밤에 당한 굴욕으로 전부 씻겨내려갔다고 생각했지만, 맷은 일주일에 걸쳐 하루에도 몇 번씩 쪽지를 보내고 SAT 교실까지 찾아왔고 희망은 또다시 소생했다. 결국 그를 만나기로 한 그녀는 용기를 북돋기 위해 아빠의 소주를 벌컥벌컥 들이켠 다음 개울가로 걸어갔다. 그때, 백만분의 일 초쯤, 그녀의 일부—머릿속 역겨우리만치 유치한 부위 중에서도 극히 작은 일부—는 맷이 개울가에 서서 그녀를 기다리다가 사랑을 고백하고, 그녀 없이는 살지 못하겠다는 절박한 심정을 토로하고, 생일 저녁에는 만취와 열정이 뒤섞여 잠시 미쳤었다며 다시는 그러지 않겠다고 말하는 장면을 상상했다. 그 순간, 위장 속에서 소주가 울렁거리고 기대감에 심장이 쿵쾅거리던 바로 그때, 그녀는 재닛을 보았다. 그 순간의 충격, 그 굴욕적인 깨달음. 모든 것이 아내가 자신을 대신해 그녀한테 꺼지라고 호통칠 수 있도록 꾸민 함정이었다니! 이제 와 그 생각을 하며 머릿골의 눈 안쪽에서부터 퍼지는 통증을 막기 위해 버드나무 껍질에 이마를 꾹 누르고 있자니 수치심이 거품처럼 모든 장기에 그득그득 차올라 위협적으로 넘실거렸고, 할 수만 있다면 사라지고 싶은 기분이 들었다. 맷과 재닛을 두 번 다시 보지 않아도 되는 곳으로 도망치고만 싶었다.

그때 어떤 소리가 들렸다. 집 방향에서 나는 아득한 노크 소리. 재닛이다. 도덕적인 자기 남편을 당신의 걸레 같은 딸이 유혹하고 스토킹한다고 따지려고 재닛이 그녀의 집 문을 두드리는 게 틀림없었다. 메리는 자기 부모가 재닛이 쪽지와 담배를 들이밀면서 딸을 유부남한테 성적으로 집착하는 한심한 여자애로 몰아붙이는 걸 들으며 경악한 얼굴로 문간에 서 있는 것을 상상했다. 그 생각에 다시금 수치심과 공포가 번뜩하고 그녀를 스쳤지만 이번엔 뭔가 더 있었다. 그것은 분노였다. 자신의 외로움을 이용하고 그것을 역겨운 무언가로 왜곡해놓고도 부인한테는 거짓말한 맷을 향한 분노. 메리의 이야기는 들어보지도 않고 자기 남편의 결백을 무턱대고 믿어버린 재닌을 향한 분노. 그녀를 고향에서, 친구들에게서 떼어내 이런 수모를 당하게 한 부모를 향한 분노. 그리고 무엇보다 말 한마디 못하고 이런 일이 벌어지게 내버려둔 그녀 자신을 향한 분노. 안된다. 더는 안 된다. 그녀는 자리에서 일어나 집을 향해 걸었다. 맷이 한 짓을 전부 듣지도 않고 마음대로 그녀를 평가하게 내버려두지는 않을 참이었다.

그때였다. 수치심과 더불어 과거 자신의 무력감에 분노하며 집으로 걸어가는 길에 두통까지 그녀를 집어삼키려 하던 그때, 그녀는 보았다. 헛간 뒤편에 놓인 작고 흰 막대를. 담배였다. 그것은 헛간을 태우고 미라클 서브마린을 파괴할 만한 불을 지르기에 안성맞춤인 자리에 떡하니 놓여 있었다. 불과 일주일 전에 그녀가 꿈꾼 그런 불이었다.

*

그 아이디어가 떠오른 건 그녀의 열일곱 살 생일날이었다. 그날 저녁 그들의 술자리가 (차마 이름을 붙이기도 싫은) 그 짓거리로 끝난 뒤 맷은 도망쳤고, 메리는 버드나무 가지가 흐드러진 은신처로 도피해, 바위에 앉은 건지 누운 건지 모를 자세로 줄담배를 피우며 울거나 토하고 싶은 심정을 애써 누르고 있었다.

담배를 서너 개비쯤 피운 뒤, 그녀는 꽁초를 버리고 담뱃갑에 다시 손을 뻗었다. 콧구멍에서 아른거리는 복숭아 슈냅스의 느글거리는 단내와 톡 쏘는 정액 비린내가 뒤섞인 냄새를 중화하기 위해서는 담배를 계속 피워야 했다. 가능한 한 빨리 다음 담배에 불을 붙이려 집중했고, 세상이 빙빙 돌고 알코올 범벅이 된 위장이 뒤집어지는 걸 막으려면 머리와 상체가 동시에 흔들리지 않게 고정하고 있어야 했다. 하지만 여전히 손가락이 벌벌 떨려서 머리를 움직이지 않고는 아무것도 보이지 않았고, 그 바람에 불을 붙이다가 성냥을 떨어뜨리고 말았다.

불은 번지지 않았다. 물가에 떨어진 성냥불은 금방 꺼졌다. 하지만 덕분에 그녀의 시선은 땅으로 향했다. 조금 떨어진 곳에 피어 있는 불꽃이 메리의 눈에 띄었다. 보아하니 아까 던진 담배꽁초가 나뭇잎더미로 떨어진 모양이었다. 곧바로 신발로 밟아 꺼야 한다는 걸 알았지만 무언가가 그녀를 멈춰 세웠다. 그녀는 불 앞에 쭈그리고 앉아서 주홍색과 푸른색과 흑색이 뒤엉킨 불꽃이 빙글빙글 돌면서 점점 커지는 것을 바라보다가, 그녀의 입술로 떠밀려오는 맷의 치아, 콕콕 찌르며 그녀의 입술을 벌려서 싫어요라는 그녀의 말을 목 안쪽으로 밀어넣던 그의 혀를 떠올렸다. 그가 그녀의 손가락을 자신의 바지 안으로 쑤셔넣던 것, 그녀의 손을 위아래로 움직이고 쥐어짜는 물건인 양 이용하던 것, 한 번 손이 위아래로 왔다갔다할 때마다 끙끙거리던 그의 신음에 뒤섞여 복숭아 쉰내가 올라와 그녀가 그의 혀에 대고 기침을 하던 것, 무엇보다 개울가에서 손이 벌게지도록 문질러 씻었지만 아직도 들러붙어 있는 그의 미지근하고 끈적거리는 정액이 솟구치던 것을 기억했다. 그의 바지 지퍼에 긁힌 자국이 그녀의 손을 가로지르며 하얀 선으로 남아 있었다. 그날 낮에 자신이 SAT 반 친구들한테 얼마나 멍청하게 굴었는지도 생각났다. 모두가 그녀의 생일날 저녁에 못 온다고 하자 그녀는 상관없다고, 실은 어차피 저녁에 남자를 만나기로 했다고, 의사라고 말했다. 친구들은 그저 섹스만 원하는 늙은 변태처럼 들린다고 놀렸고, 그녀는 아니라고, 점잖은 사람이라고, 그녀의 고민을 잘 들어주고 걱정해주는 친구라고, 그에게도 나름의 고충이 있다고 말했다. 친구들은 웃으며 그녀에게 순진하다고 했는데 그들이 옳은 거였다.

메리는 남은 슈냅스를 불에 부어버렸다. 술이 불에 닿은 순간, 쉭 하는 소리를 내며 불꽃이 일어났고, 불길이 그녀에게 손길을 뻗어 그녀를 집어삼키고 모든 것을 파괴할 것 같은 야성적인 쾌감이 느껴졌다. 맷, 친구들, 부모님, 그녀의 인생. 전부 사라졌다.

불꽃은 거의 곧바로 꺼졌고, 소화 직전의 발악은 일 초도 채우지 못했다. 자리를 뜨기 전 그녀는 불씨가 완전히 꺼졌는지 확인했다. 하지만 그날 밤, 체임버에서 잠을 자면서 그녀는 불이 나는 꿈을 꿨다. 버드나무 숲에서 시작된 불이 번지면서 헛간을 집어삼켰고, 그녀의 가족을 이 지긋지긋한 동네에 붙들어놓은 사업과 사라졌으면 좋겠는 그 남자가 파괴되었다. 아침에 일어나서는 그 생각을 하지 않았고, 지난밤의 일을 머리에서 지워버리기 위해 SAT 공부와 입시 준비, 그리고 서울 집 알아보기에 매진하며 바쁘게 지내려고 애썼지만 거의 일주일이 지난 지금, 헛간 바로 옆에서 그것을 발견한 것이다. 펼쳐진 성냥갑 한가운데에 떡하니 자리한 나뭇가지와 마른 낙엽들 위로 툭 튀어나온 담배 한 개비. 마치 선물처럼 느껴졌다, 그녀를 위한 제물. 운명이 그녀에게 손짓하며 담배에 불을 붙이라고 유혹하는 것 같았다. 어서 오라고, 어서 하라고, 불과 몇 분 전에 맷의 아내에게 스토커라는, 창녀라는 소리를 듣는 수모를 당하지 않았느냐고, 수치심과 분노가 너의 내면을 불태웠으니 지금 네게 필요한 것은 바로 이것이라고. 그러니까 전부 불태우고 다 파괴해비리리고.

메리는 그것을 향해 다가갔다. 이내 사라질 신기루에 다가가듯 천천히, 조심스럽게. 장작더미 앞에 쭈그리고 앉아서 그녀는 떨리는 손으로 담배를 집어들었다. 머리 한쪽 구석에서, 담배에 불이 붙었던 흔적이 있는 게 꼭 누군가 불을 붙였는데 장작더미에 불이 옮겨붙기 전에 꺼진 것 같다는 생각이 들었지만 누가, 왜 그랬느냐 하는 질문은 그로부터 한참이 지난 뒤에야 떠올랐다. 병원에서 깨어난 이후에, 그리고 그다음 일 년 동안 그녀는 그 질문에 사로잡힐 터였다. 하지만 당시에는 신경쓰이지 않았다. 중요하지 않았다. 중요한 건 담배에는 불이 붙어야 하고, 장작더미는 화염에 휩싸여야 한다는 것뿐이었다. 그녀는 슈냅스가 닿았을 때 쉭쉭거리던 개울가의 불꽃을 떠올렸고, 그 불이 주던 따뜻한 위안을 생각했으며, 다시한번 그것을 느끼고 싶었다. 느껴야 했다.

메리는 성냥갑을 집어서 성냥개비 하나를 꺼낸 뒤 마찰 면에 대고 그었다. 성냥에 불이 붙자 그것을 재빨리 장작더미 위에 있는 성냥갑과 담배의 한가운데에 놓았다. 성냥갑에 완전히 불이 붙고 담배의 끝이 벌겋게 타올랐다. 가슴속 깊이 온기가 느껴졌다. 그때와 같은 위안이었다. 그녀는 불꽃에 가만히 입김을 불면서 그녀의 숨결을 머금은 불길이 장작으로 옮겨붙길 바랐다. 마른 낙엽에서 재부스러기가 떨어지고 나른한 연기가 피어올랐다. 얼굴이 뜨겁게 달아올랐다. 그녀는 장작더미가 완전히 불길에 휩싸이는 것을 기다렸다가 일어나서 한 걸음, 한 걸음 뒤로 물러섰다. 시선은 불에 고정한 채 그것이 더 크고, 더 높고, 더 뜨거운 화염이 되어서 옆에 있는 허름한 건물과 그 안의 모든 것을 파괴하길 바랐다.

몸을 돌려 집을 향해 걷는데, 마법 같던 순간이, 현실 같지 않은

476

비현실적인 기분이 사라졌다. 8시 15분이 넘은 시각이었으니 환자들은 모두 돌아갔다. 그렇다, 그리고 환자 전용 주차장이 비어 있는 것도 확인했고, 재닛 역시 잠수가 아까 끝났다고 말했었다. 하지만 아빠가 헛간에 남아 청소를 하고 있으면 어떡하지? 아니, 헛간도 비어 있는 게 분명했다. 아빠는 청소를 마친 후에 항상 에어컨을 껐는데 지금 에어컨이 꺼져 있었고, 시끄러운 환풍기 소리도 없었으며, 조명도 전부 꺼져 있었다. 그래도 여전히 심장이 쿵쾅거렸고, 그녀는 자신이 무슨 짓을 저질렀는지 생각했다. 방화, 범죄, 경찰, 감옥, 그리고 그녀의 부모님. 그녀는 걸음을 멈추고 다시 돌아가서 불길이 걷잡을 수 없이 커지기 전에 발로 밟아서 꺼야 할지 고민했다.

"매-희-야. 매-희-야!" 엄마의 고함소리가 집에서 들려왔다. 분명 그녀가 없어져서 화가 난 목소리였다. 그 소리는 돌팔매질을 하듯 그녀의 가슴을 쳤고, 그 신랄한 여섯 음절로 단단히 감싼 엄마의 못마땅함이 고스란히 전해졌으며 바로 그 순간, 다시 살아난 메리의 분노가 불을 피우고 걸음을 걸으며 되찾았던 평정심을 앗아가버렸다. 그녀는 발길을 돌려 도망쳤다.

당장 담배 생각이 절실해서 창고 근처에 거의 다다랐을 무렵 그녀는 밖에서 휴대폰을 콕콕 누르고 있는 아빠를 보았다. 아빠는 고개를 들더니 말했다. "아, 잘됐다. 마침 전화하려던 참이었는데. 네가 도와줘야겠다." 그는 휴대폰을 귀에 대고 가까이 오라고 손짓했다. 그러더니 몇 분 뒤에 전화에 대고 말했다. "당신은 애를 꼭 안 좋게만 보더라. 메리 여기서 나 도와주고 있어. 그리고 건전지는 부엌 싱크대 밑에 있어. 하지만 환자들 놔두고 가면 절대 안 돼. 내가 메리를 보내서 가져가라고 할게." 아빠는 몸을 틀어 그녀를 향해 말했다. "메리, 가봐라, 지금 당장. D 건전지 네 개 챙겨서 헛간으로 가져다줘." 그런 다음 다시 전화에 대고 말했다. "내가 곧 가서 환자들을 꺼내줄 거야. 당신 명심해, 아무 말도 하면…… 여보? 여보세요? 듣고 있는 거야? 여보!"

환자들. 꺼내준다. 헛간.

그 단어들이 회오리바람처럼 메리의 머리 주위를 빙빙 돌며 어지럽게 했다. 그녀는 돌아섰다. 그리고 뛰었다, 다리가 허락하는 한 가장 빠른 속도로. 제발, 하느님, 제발, 불이 번지지 않게 해주세요. 이게 꿈이게 해주세요. 악몽이라고 해주세요. 아빠 말을 잘못 이해한 거라고 해주세요. 어떻게 헛간 안에 환자들이 있을 수 있단 말인가? 마지막 잠수는 한참 전에 끝났는데, 재난이 그렇다고 했는데. 에어컨이 꺼져 있었다. 불도 꺼져 있었다. 차도 한 대 없었는데. 대체 무슨 일이 일어난 것일까?

그녀는 숨을 쉴 수 없었고, 더이상 뛸 수조차 없었다. 소주가 넘어와 목구멍이 따끔거렸고, 땅바닥은 파도처럼 위아래로 물결쳤으며 금방이라도 쓰러질 것 같은 기분이 들었다. 멀리 어딘가에서 엄마가 그녀를 부르는 소리가 들렸지만 무시하고 계속 달렸다. 헛간에 다다랐을 때 그녀는 조명이 꺼져 있는 것을 보았다. 텅 빈 주차장, 꺼진 에어컨, 조용했다. 너무 조용했다. 아무 소리도 들을 수 없었다. 그런데…… 오, 맙소사, 헛간에서 소리가 새어나오고 있었다. 누군가 망치질을 하는 것 같은 희미한 소리, 그리고 헛간 뒤편에서는 불길이 타닥거리며 목재를 뜯어먹고 있었다. 헛간 뒤에서 연기가 피어올랐고, 모퉁이를 돌아 헛간 뒷벽을 마주했을 때는 얼굴이 화끈거리는 화염을 느낄 수 있었다. 뜨거웠다. 너무 뜨거워서, 그녀의 머리는 당장 저 앞으로 가라고, 가서 벽에 몸을 던지라고, 네 몸을 던져서라도 불을 끄라고 외치고 있었음에도 불구하고 더는 가까이 갈 수가 없었다.

그때 그녀를 부르는 엄마의 목소리가 들렸다. "매희야." 나긋하고 부드럽게. 그녀는 몸을 틀어 자신을 응시하는 엄마를 바라보았다. 몇 년 동안 보지 못한 사람처럼 엄마는 눈도 깜빡이지 않고 넋을 잃은 채 그녀를 쳐다보고 있었다. 펑 하는 폭발 직전에, 그녀의 몸이 공중에 떠오르기 직전에, 그녀는 엄마가 두 팔을 활짝 벌리고 그녀에게 다가오는 것을 보았다. 그녀도 엄마를 향해 달려가고 싶었다. 엄마를 끌어안으며 더 꼭 껴안아달라고, 모든 게 괜찮다고 말해달라고 하고 싶었다. 어릴 때 늘 그랬던 것처럼, 엄마가 그녀의 '엄마Um-ma'였을 때 늘 그랬던 것처럼.

영

영이 딸을 살인자로 몰아세우는 그 말을 꺼내자마자 메리가 고개를 들어 그녀의 눈을 바라보았고, 딸애의 얼굴을 구긴 주름은 안도감에 편편하게 누그러졌다. 마침내 진실이었다.

박이 정적을 깼다. "무슨 미친 소리야!"

영은 남편을 쳐다보지 않았다. 딸의 눈에서도, 그 안에서 본 것─엄마를 향한 절실함, 엄마에게 털어놓고 교감하고픈 갈망─에서도 눈을 뗄 수 없었기 때문이다. 매일의 일과를 논의하는 와중에 교환한 찰나의 눈맞춤을 넘어 이토록 진솔하고 친밀하게 교감해본 것이 언제던가? 그러한 교감이 모든 것을 바꿔놓았고, 그것은 이상한 느낌을 넘어 마법처럼 느껴지기까지 했다. 심지어─늘 그렇듯이 박과 영은 한국어로 말하고, 메리는 영어로 말하는 상황에서도─과거에는 어색하게 느껴졌던 언어적 괴리감이 지금은 그들만의 언어체계가 형성된 것처럼 친밀감을 배가시켰다.

박이 말했다. "당신 도대체 무슨 말을 하는 거야? 그러니까 우리가 공모했다고? 내가 모든 걸 계획하고 메리한테 제일 위험한 부분을 시켰다는 말이야, 지금?"

"아니." 영이 말했다. "그 생각도 해봤지만, 생각하면 할수록 더 분명해졌어. 당신이 환자들을 안에 두고 불을 질렀을 리가 없어. 난 당신을 알아. 당신은 사람들의 목숨을 가지고 그런 짓을 할 냉혈한이 아니야."

"그럼 메리는 냉혈한이라는 거야?"

"아니. 메리도 절대 사람들의 목숨을 위태롭게 하지 않을 거란 거 난 알아." 영은 다 안다는 듯 부드러운 손길로 딸의 얼굴을 쓰다듬었다. "하지만 얘가 헛간이 비어 있는 줄 알았다면, 잠수가 다 끝나고 안에 아무도 없는 줄 알았던 거라면……"

메리의 얼굴에 남아 있던 주름이 단번에 걷히고 눈에 눈물이 가득 고였다. 엄마가 알아줘서, 아니 그보다는 이해해줘서 고마운 마음. 용서해줘서.

영은 손을 내밀어 딸의 눈물을 닦아주었다. "그래서 계속 너무 조용하다고 말했던 거였어. 혼수상태에서 깨어난 뒤 그 말을 반복하는 널 보고 의사들은 네가 폭발 당시 상황에서 헤어나지 못하는 거라고 생각했지만 그게 아니야. 넌 그저 기계가 전부 꺼져 있었는데 어떻게 산소가 작동중이었으며 안에 사람이 있었던 건지 의문을 가진 거였어. 정전이 된 줄 몰랐던 거지."

"하루종일 밖에 있었으니까." 메리가 말했다. 며칠간 아무 말도 안 한 사람처럼 잠긴 목소리였다. "집에 왔을 때 주차장에 차가 없었어. 그래서 잠수가 끝난 줄 알았어. 산소도 꺼졌고, 헛간도 비어 있을 거라고 생각했어."

"물론 그랬을 거야." 영이 말했다. "이전 잠수가 지연되는 바람에 주차장이 꽉 차서 다음 시간 잠수 인원들은 공터에 차를 대야 했어. 전 시간 잠수 환자들이 떠나면서 주차장이 비었던 거고. 네가 그걸 무슨 수로 알았겠니?"

"공터 주차장도 확인했어야 했어. 아침에는 거기에 주차했다는 걸 알았는데……" 메리가 고개를 저었다. "이제 다 소용없어. 내가 불을 지른 거 맞아. 사고가 아니었어. 내가 한 거야. 작정하고 그랬어. 전부 내 잘못이야."

"매희야." 박이 말했다. "그런 말 하지 마. 네 잘못이 아니야……"

"당연히 애 잘못이지." 영이 말했다. 박은 그런 그녀를 쳐다보았다. 충격으로 벌어진 그의 입은 어떻게 그런 말을 할 수 있느냐고 말하는 듯했다. 영은 메리에게 말했다. "네가 사람들을 죽이려고 그랬다는 말이 아냐. 그럴 줄은 생각도 못했을 거야. 하지만 네 행동에는 결과가 뒤따랐고, 그 책임은 너한테 있어. 너도 안다는 거 알아. 그동안 네가 얼마나 괴로워했는지, 네가 흘린 눈물, 엄마는 다 봤어. 법원에 가서 네 선택이 얼마나 많은 사람의 삶을 파괴했는지 보는 게 죽을 만큼 힘들었을 거야."

메리는 고개를 끄덕였다. 자신의 잘못을 알아주는 그 말에 새로운 안도의 물결이 메리의 얼굴을 휩쓸었다. 영은 이해할 수 있었다. 때로는 잘못을 저질렀는데 남들이 아무 잘못도 없다는 취급을 할 때 제일 참기 힘들다. 어린애로 대하는 것 같고 모욕당하는 기분이 든다.

"병원에서 처음 눈을 떴을 때," 메리가 말했다. "어쩌면 모든 게 내 상상일지도 모른다고 생각했어. 기억이 안 났던 게 아니야. 그날 밤 일은 생생하게 기억났어. 그전에 무슨 일이 있었고, 난 그 일 때문에 너무 화가 났어. 그렇게 화가 난 건 처음이었는데 헛간 옆을 지나가다 담배와 성냥을 본 거야. 처음부터 그럴 생각은 없었어. 그런데 그것들이 거기 있는 걸 보니까 마치…… 무슨 운명처럼 그 순간 내가 해야 할 일이 바로 그 일인 것처럼 느껴졌어. 전부 불태우고 파괴하는 것 말이야. 그리고 불을 질렀을 때 기분이 너무 좋았어. 잠깐 그곳에 남아서 불을 보고 입김을 불다가 불이 헛간에 옮겨붙는 걸 내가 확인했어." 메리가 영을 쳐다보았다. "그런데 너무 혼란스러웠어. 산소가 꺼져 있을 때는 산소 탱크가 폭발하지 않을 줄 알았거든. 그래서 계속 생각했지. 전부 꿈일 거야, 혼수상태에 빠져서 기억이 어긋난 걸 거야. 그랬더니 말이 되는 것 같더라. 그게 아니라면 담배가 대체 왜 거기 있었겠어?"

"그래서 한 번도 나서지 않았던 거니? 넌 정말 몰랐던 거야?" 영이 목소리에서 의구심을 지우며 조심스럽게 물었다. 메리가 얼마나 그렇게 믿고 싶어했는지 알 수 있었다. 진정으로, 자신의 기억이 가짜라고 내치다 오늘에야 박에게서 그 담배가 진짜고 어쩌다 그 자리에 있게 된 건지 설명을 들은 것이다.

메리는 푸른 하늘을 비추는 그들의 가짜 창문을 향해 고개를 돌렸다. 숨을 깊게 들이마시더니, 제 아빠를, 그리고 엄마를 쳐다본 뒤 슬픈 미소를 살짝 지어 보였다. "아니, 알았어." 메리는 고개를 저었다. "그냥 멍청하게 군 거야. 진짜 일어난 일이란 건 나도 알았어."

"그럼 왜 한 번도 나서지 않았어?" 영이 말했다. "왜 나나 아빠한테 곧장 말하지 않은 거야?"

메리가 입술을 깨물었다. "말하려고 했어. 깨어난 뒤에 에이브가 병원으로 찾아온 그날. 하지만 그러기 전에 나한테 엘리자베스에 대한 말을 해줬잖아. 엘리자베스가 헨리를 죽이려고 계획한 증거를 경찰이 확보했다고 말이야. 그래서 난 진짜 엘리자베스가 그런 줄 알았어. 그녀가 나뭇가지를 쌓고, 담배와 성냥을 거기 놔뒀다고 생각했어. 불을 붙인 다음 산소 탱크가 폭발할 때 근처에 있지 않으려고 도망간 건 줄 알았어. 그런데 바람이 불거나 해서 우연히 불이 꺼져버린 걸 내가 발견한 거라고 생각했어. 내가 진짜 화재를 시작한 게 아니라는 생각이 드니까 기분이 한결 나아지더라. 엘리자베스가 그런 거다, 그러니까 책임은 그녀에게 있다. 내가 다시 불을 붙인 건 엄밀히 말하면 엘리자베스가 시작한 일을 마무리할 수 있게 해준 것뿐이라고 말이야."

영이 말했다. "그래서 엘리자베스가 재판을 받는 걸 알고 안심했니?"

메리가 고개를 끄덕였다. "마음속으로는 그녀가 유죄라고 생각했어. 그녀가 자초한 일이고, 담뱃불이 꺼지지 않았으면 어차피 그렇게 될 일이었으니까 그래도 싸다고 생각했어. 아마 누군가가 자신의 계획에 끼어들었다는 건 알지도 못할 거라고 생각했어. 엘리자베스는 자기 계획이 성공해서 모든 일이 계획대로 된 줄 알 테니까. 덕분에 죄책감을 덜 수 있었어. 그런데……" 메리가 눈을 감으며 한숨을 내쉬었다.

"그런데 이번주에 엘리자베스를 봤지."

메리가 고개를 끄덕이며 눈을 떴다. "막상 보니까 에이브가 한 말이랑 달랐어. 재판에서 너무 많은 의혹이 나왔고, 엘리자베스가 한 게 아니면 어쩌지? 하는 생각이 처음으로 들었어. 만약에 전부 다른 누군가가 꾸민 짓이고 엘리자베스는 화재와 아무 상관도 없는 거라면?"

"그러니까 이번주 전까지는 그녀가 무죄일지도 모른다는 생각을 아예 못했던 거야?" 그것이 영의 추측이었고 바라던 바였지만, 그녀의 딸이 무고한 사람을 고의로 음해하지 않았다는 사실을 확인하는 일은 중요했다.

"응. 어제부터 어쩌면……" 메리는 입술을 깨물며 고개를 내저었다. "다른 사람일지도 모른다고 생각하게 됐어. 그래도 여전히 엘리자베스일 가능성은 높다고 생각했고. 그런데 오늘 아침에 아빠가 자기가 그랬다고 한 거야. 그때 처음으로 그녀가 한 게 아니란 걸 알았어."

"그럼 당신은?" 영은 박을 향해 돌아섰다. "당신은 언제 메리란 걸 안 거야? 언제부터 애를 덮어주고 있었던 거냐고?"

"여보, 나도 계속 엘리자베스가 그런 줄 알았어. 여태껏 그녀가 내 장작더미 옆을 지나다 불을 붙인 줄 알았다고. 하지만 어젯밤에 당신이 창고에서 찾은 물건들을 보여줬을 때 헷갈리기 시작했어. 의심은 들었지만 어떻게 메리를 이 일에 끼워넣을 수 있겠어? 생각하는 것만으로도 너무 겁이 나서 그냥 덮은 거야. 어제 집에 왔을 때 당신이 창고에서 가져온 종이봉투를 메리가 봤고, 오늘 아침에 나한테 전부 털어놨어. 그래서 담배를 거기 둔 건 엘리자베스가 아니라 나였다고 말한 건데 당신이 그걸 들은 거야."

이제 전부 말이 됐다. 모든 퍼즐이 너무도 명쾌하게 맞아떨어졌다. 하지만 그렇게 해서 맞춰진 그림은 무엇일까? 해결책은 있을까?

그에 답하듯 메리가 말했다. "에이브한테 전부 말해야 한다는 거 알아. 이번주 초에 에이브의 사무실에서 거의 말할 뻔했는데 사형 생각을 하니까 너무 두려워서 나는……" 메리의 표정이 수치심과 회한으로 일그러졌다. 거기엔 분노도 있었다.

"너한테는 아무 일도 없을 거야." 박이 말했다. "엘리자베스가 유죄 선고를 받으면 내가 했다고 할 거야."

"안 돼." 영이 말했다. "메리가 자백해야 해. 지금 당장. 엘리자베스는 결백해. 아들을 잃었는데, 그 아들을 죽였다고 재판까지 받고 있는 거잖아. 누구도 그런 고통을 당해서는 안 돼."

박이 고개를 저었다. "그렇다고 아무 죄가 없는 순진한 엄마도 아니잖아. 당신은 내가 뭘 아는지 몰라. 엘리자베스가 불을 지르진 않았을지 몰라도 분명……"

"당신이 무슨 말 하려는지 나도 알아. 헨리가 죽었으면 좋겠다고 말하는 걸 들은 거잖아. 하지만 테리사가 전부 설명해줬어. 그녀는 그런 뜻으로 한 말이 아니야. 그냥 엄마들이라면 누구나 갖는 그런 감정에 대해 한 말이었어. 나도 느낀 적 있어, 그런 감정……"

"당신도 자식이 죽었으면 했다는 거야?"

영이 한숨을 내쉬었다. "우리 모두 수치스러운 생각을 하잖아." 그녀는 메리의 손을 잡고 손깍지를 끼었다. "엄만 널 사랑해. 병원에서 고통스러워하는 널 보면서 얼마나 가슴이 아팠는지 몰라. 할 수만 있다면 내가 대신 아프고 싶었어. 그렇지만 그 순간들이 너무 좋았어. 네가 날 필요로 하고, 밀어내지 않는 널 돌볼 수 있게 된 게 너무 오랜만이라 기뻤고 나는……" 영은 입술을 깨물었다. "네가 낫지 않았으면, 네가 이대로 조금만 더 아팠으면 하고 바란 적이 있어."

메리는 눈을 감았고, 가득 고인 눈물이 뺨을 타고 흘러내렸다. 영은 계속 그녀의 손을 꼭 쥐고 말했다. "그리고 우리 참 많이 싸웠잖니? 가끔은 그냥 네가 내 인생에서 사라졌으면 하고 바랐던 순간들이 있었어. 너도 나에 대해 똑같은 생각을 했을 거라고 믿어. 하지만 진짜 그런 일이 일어나면 난 못 견뎠을 거야. 게다가 남들이 그런 내 생각을 알게 되고 내 자식이 죽은 책임을 나한테 묻는다면…… 난 내가 살 수 있을지 모르겠어." 그녀는 박을 쳐다봤다. "그런 일을 엘리자베스한테 겪게 하고 있는 거야. 그러니 끝내야 해. 당장."

박은 휠체어를 밀고 창가 쪽으로 갔다. 창문 구멍이 그의 머리 위에 있어서 밖을 내다볼 수는 없었지만 박은 벽을 마주한 채로 앉아 있었다. 잠시 후 그가 입을 열었다. "꼭 그래야겠다면 내가 불을 질렀다고 해야 해. 나 혼자 한 거라고. 내가 담배를 거기 놓아두지만 않았어도 메리는 아무것도 안 했을 거야. 그러니 내가 책임지는 게 맞아."

"안 돼." 영이 말했다. "에이브가 메리와 담배, 서울 아파트 목록에 대한 연결고리를 찾아낼 거야. 결국 전부 밝혀질 일이라고. 지금 다 털어놓는 게 나아. 사고였어. 그러니까 그도 이해할 거야."

"자꾸 사고라고 하는데," 메리가 말했다. "그건 사고가 아니야. 내가 고의로 불을 지른 거야."

영이 고개를 저었다. "넌 사람을 다치게 하거나 죽일 생각이 없었어. 계획한 게 아니잖아. 순간적으로 흥분해서 홧김에 불을 지른 것뿐이야. 미국 법에서 그게 중요할지는 모르지만 나한텐 중요해. 인간적이니까. 이해할 수 있……"

"쉬이이잇." 박이 말했다. "누가 왔어. 차 소리가 났어."

영이 달려가 박의 머리 위로 밖을 내다보았다. "에이브야."

"잘 들어. 지금은 아무 말도 하면 안 돼. 아무도, 아무것도 말하지 마." 박이 말했지만 영은 그를 무시하고 문을 열었다. "에이브!" 그녀가 그를 불렀다.

에이브는 아무 말도 하지 않고 그저 걸어서 집안으로 들어왔다. 얼굴은 상기되어 있었고, 구불거리는 머리카락에는 땀방울이 맺혀 있었다. 그는 영의 가족을 하나둘 차례로 쳐다봤다.

"무슨 일 있어요?" 영이 말했다.

"엘리자베스 일입니다." 그가 말했다. "그녀가 죽었어요."

*

엘리자베스가, 죽었다니. 하지만 아까 그녀를 봤는데, 대화를 나눴는데. 어떻게 그녀가 죽었단 말인가? 언제? 어디서? 왜? 영은 아무 말도 할 수 없었고, 움직일 수도 없었다.

"어떻게 된 거죠?" 박이 물었다. 목소리가 떨렸고 멀게 느껴졌다.

"교통사고가 났어요. 불과 몇 마일 떨어진 곳입니다. 가드레일이 부서진 커브길이 있었는데 차가 도로를 벗어나 그대로 돌진했어요. 그녀 혼자였고요. 우리 생각에……" 에이브가 말을 멈추었다. "아직 이르지만, 자살로 추정할 만한 근거가 있습니다."

영은 자신이 내는 헉 소리를 들었고, 무릎이 풀리는 걸 느꼈다. 놀랐고, 심지어 충격까지 받았다는 걸 깨달았지만 한편으로는 놀랍지 않았다. 자살이었다. 당연히 그랬다. 엘리자베스의 얼굴에 떠올랐던 표정, 그녀의 목소리, 짙은 회한이 느껴졌지만 확고했었다. 돌이켜보면—아니, 솔직히 말해서 그때 그 순간에도—명백했다.

"엘리자베스를 봤어요." 영이 말했다. "저한테 미안하다고 했어요. 그리고," 그녀는 박을 쳐다보았다. "이 사람한테 미안하다고 전해달랬어요." 잿빛이었던 박의 얼굴에 수치심이 뒤덮였다.

"뭐라고요? 그게 언젭니까? 어디서요?" 에이브가 물었다.

"법원에서요. 아마 12시 반쯤이었을 거예요."

"그럼 엘리자베스가 사라지기 직전입니다. 사과를 했다면……

말이 되네요." 에이브가 고개를 저었다. "그녀는 오늘 법정에서 일종의 신경쇠약을 일으켰습니다. 듣자 하니 유죄를 인정하려고 했다더군요. 제 생각엔 죄책감이 너무 커서 재판을 지속하기 어려웠던 것 같습니다. 자기 변호사가 비난하는 대상이 박인 것으로 미루어볼 때 특히나 박을 향한 죄책감이 컸던 것으로 생각하면 이해가 되네요."

엘리자베스, 박을 향한 죄책감. 죄책감으로 인한 죽음.

"그럼 이 사건은 끝나는 겁니까?" 박이 물었다.

"재판은 분명 끝입니다." 에이브가 말했다. "저희로서는 자백을 확정할 만한 유언장이나 그런 걸 찾아봐야겠죠. 영한테 했다는 사과가 그쪽으로 무게를 실어줄 겁니다. 하지만……" 에이브는 메리를 흘긋 쳐다봤다.

"하지만 뭐요?" 박이 말했다.

에이브가 몇 차례 눈을 깜빡인 뒤 말했다. "공식적으로 사건을 종결하기 전에 몇 가지 확인할 사항이 있습니다."

"어떤 사항이요?" 박이 말했다.

"조금 전에 맷과 재닛이 제공한 새로운 정보들이나, 아직 설명이 필요한 부분들이 있어요." 그의 목소리는 별것 아니라는 듯 무심했지만, 반응을 살피려는 것처럼 메리한테 집중하는 모습은 영을 불안하게 했다. 게다가 '맷과 재닛'을 강조하는 그의 어조에는 숨은 뜻이 있었다. 얼굴을 붉히는 것으로 보아, 메리는 그 숨겨진 메시지를 이해한 듯했다.

"어쨌든," 에이브가 말했다. "추가 질의를 위해 자리를 마련할 겁니다. 그러는 동안, 분명 충격적인 일일 테니 추스를 시간이 필요하시겠죠. 부디 여러분을 비롯해 다른 피해자들이 평안을 되찾고 일상으로 돌아갈 수 있기를 바랍니다."

피해자들. 그 말에 동요한 영은 움찔하고 놀라지 않도록 스스로를 다잡아야 했다. 다리에 힘이 풀리는 기분이었다. 오랜 시간 서 있었던 것처럼 다리가 아렸다.

에이브가 떠나고, 영은 문에 몸을 기댄 채 마감이 안 된 거친 나무 면에 이마를 대고 있었다. 눈을 감고 불과 몇 시간 전 법원에서 만났던 엘리자베스를 떠올렸다. 그때 영은 이미 메리가 이 일을 저질렀고 엘리자베스는 결백하다는 사실을 알고 있었다. 엘리자베스가 느끼는 수치심과 외로움이 보였지만 영은 그녀가 자신에게 사과하게 내버려두었고, 아무 말도 하지 않았다. 지금이라도 곧바로 자백해서 엘리자베스가 더는 고통받게 해서는 안 된다고 말하고 있었지만, 그럴 기회가 주어졌을 때, 진실을 말할 수 있었을 때, 영은 그렇게 하지 않았다. 그녀는 도망쳤다. 그리고 엘리자베스가 죽었다.

등뒤에서 박이 길고 무거운 한숨을 내쉬었다. 폐로 산소를 흘려보내기가 힘에 부치는 것처럼 그의 한숨이 한 번, 또 한번 이어졌다. 그러다 다시 한국어로 말하기 시작했다. "우린 아무도 몰랐으니까……" 그의 목소리가 갈라졌다. 잠시 후 그가 목을 가다듬었다. "아무래도 맷과 재닌이랑 대화해서 에이브 말이 무슨 뜻인지 알아보는 게 좋겠어. 마지막으로 이번 한 번만 무사히 넘기면, 어쩌면……"

영은 목구멍에 먼지가 낀 기분이었다. 처음엔 그냥 간지러운 수준이었는데 박이 에이브한테 어떻게 말해야 할지 계속 이야기하는 동안 점점 거슬리기 시작했고 나중에는 더는 견딜 수 없어 웃든지, 울든지, 둘 다 하든지 해야 했다. 그녀는 양손으로 주먹을 쥐고 눈을 질끈 감은 뒤 법정에서 엘리자베스가 했던 대로―그게 오늘 아침이었나?—소리를 질렀다. 목구멍이 아프고 숨이 턱 막힐 때까지. 그런 뒤 눈을 뜨고 뒤로 돌아섰다. 그녀는 박을 쳐다보면서, 단 오 분도 엘리자베스의 죽음을 애도하지 않고 은폐할 계획만 궁리하는 그 남자에게 한국어로 말했다. "우리가 한 짓이야. 우리가 엘리자베스를 죽였어. 죽으라고 우리가 그녀를 떠밀었다고! 그런데 당신은 아무렇지도 않아?"

박이 시선을 피했다. 그의 얼굴은 크나큰 수치심으로 일그러졌고, 영은 그런 그를 쳐다보는 것이 고통스러웠다. 그의 옆에서 메리가 울고 있었다. 그녀가 말했다. "아빠 탓하지 마. 전부 내 잘못이야. 내가 불을 질러서 사람들을 죽였어. 내가 곧바로 자백했어야 했는데 계속 가만히 있었어. 그래서 엘리자베스도 죽은 거야. 다 나 때문이야."

"아니야." 박이 메리에게 말했다. "넌 엘리자베스가 헨리를 죽이려고 불을 지르려던 건 줄 알고 말하지 않은 거잖아. 아침에 그녀가 그런 게 아니라는 말을 듣자마자 넌 에이브를 찾아가려고 했어. 그런 너를 내가 막지만 않았어도……" 박의 목소리가 잦아들었다. 얼굴이 허물어지는 걸 막기 위해 안간힘을 쓰는 것처럼 그는 눈을 꾹 감고 이를 악물었다.

"우리 모두 변명거리는 있어." 영이 말했다. "오늘 아침까지, 당신도 메리도 엘리자베스한테 죄가 있는 줄 알았고 벌을 받아도 괜찮다고 생각했잖아. 그리고 어쩌면, 지금까지의 상황으로 미루어볼 때 그건 이해할 수 있어. 하지만 그렇다고 해서 우리가―서로에게, 그리고 에이브에게―거짓말했다는 사실은 바뀌지 않아. 지난 일 년간 우린 너무 많은 거짓말을 했고, 무엇이 옳고 그른지, 무엇이 상관이 있고 없는지 우리 멋대로 결정했어. 그러니까 우리 책임이야."

박이 말했다. "끔찍한 비극이 일어났어. 과거를 되돌릴 수만 있다면 나도 뭐든지 하겠어. 하지만 그럴 수 없잖아. 우리가 할 수 있는 일은 과거를 잊고 나아가는 것뿐이야. 이상하게 들리겠지만 이건 우리 가족에게 내려진 선물이야."

"선물?" 영이 말했다. "지금 아무 죄 없는 여자가 고통받다가 목숨을 끊었는데 선물이라고 했어?"

"당신 말이 맞아. 내가 말실수했어. 내 말은 그저 우리가 더는 나설 필요가 없어졌다는 뜻이야. 엘리자베스가 죽었어. 그 사실은 이제 변하지 않아. 그러니까……"

"그러니까 그녀의 자살을 행운으로 여기고 잘 활용해야 한다는 뜻이야?"

"아니, 하지만 지금 와서 자백해봤자 무슨 소용이 있겠어? 그녀에게 가족이 있다면, 누군가 이 일로 영향을 받는 사람이 있다면 또 모르지만 그런 것도 아니잖아."

영은 사지에서 피가 빠져나가고 근육의 힘이 풀리는 기분이 들었다. 보이지 않는 손이 목을 조르는 것처럼 목에 뭔가가 걸린 듯한 기분이 들었다. "그러니까 아무 말도 하지 말고 엘리자베스가 불을 지른 척하자고? 그럼 죄도 그녀와 함께 사라질 거니까 우리는 보험금이나 챙겨서 L.A.로 떠나고 메리는 거기서 대학에 가면 된다는 말이야? 그게 당신 계획이야?"

"이 일로 아무한테도 해가 되지 않을 거야. 이제 끝이야." 그가 말했다.

"당신이 그렇게 믿는 거 알아. 하지만 당신 처음 계획도 그럴 줄 알았던 거잖아. 산소관 아래 담배를 놔둬도 아무한테도 해가 되지

않을 거라고 생각했지만 결국 두 사람이 죽었어. 당신 두번째 계획
은 엘리자베스가 재판을 마치는 거였지만 그녀 역시 죽었지. 그런
데 이제 세번째 계획에서도 모든 것이 괜찮을 거라고 또 확신하는
거야? 얼마나 더 많은 사람이 죽어야 알겠어? 당신은 결과를 장담
할 수 없어. 처음엔 사고였지만 전부 감추려고만 하다가 결국 우리
모두 살인자가 돼버린 거 모르겠어?" 영은 목이 아팠다. 그녀는 자
신이 소리를 지르고 있고, 메리는 흐느껴 울고 있다는 사실을 깨달
았다. 기억하는 한 처음으로, 메리가 우는 모습을 보고도 딸의 고통
을 덜어주고 싶은 마음이 들지 않았다. 메리가 고통스러워하길 바
랐다. 자신이 저지른 일을 생각하고 견딜 수 없는 수치심을 느끼길
바랐다. 그렇지 않은 대안은 생각할 수도 없었다. 그러지 않는다면
그녀의 딸은 괴물이었다.

메리는 탁자에 팔꿈치를 얹고 두 손으로 얼굴을 가리고 있었다.
영은 그런 딸의 손을 얼굴에서 뗐다. "엄마 봐." 영이 말했다. "어
린애처럼 괴물이 나오는 악몽이라도 꾼 것이길 바라왔겠지. 하지만
피할 수 없어." 영은 박을 쳐다보았다. "입다물고 있으면 아무에게
도 해가 되지 않을 줄 알았어? 당신 딸을 봐. 이 일이 아이를 죽이
고 있어. 메리는 도망칠 게 아니라 자기가 한 일을 직면해야 해. 이
대로 벗어나면 메리가 얼마나 평온해질 것 같아? 당신이나 나는 편
해질 것 같아? 이 일은 끝까지 메리를 쫓아다니고 결국은 망가뜨릴
거야."

"여보, 제발." 박이 휠체어를 밀고 와서 영의 두 손을 잡았다. "이
건 우리 딸의 일이야. 메리 인생은 이제 시작이라고. 이대로 감옥에
보내서 인생을 망치게 내버려둘 순 없어. 침묵하는 게 괴로울 거라
면 우리가 괴로워하면 돼. 그게 부모의 도리잖아. 한 생명을 세상으

로 내보냈을 때 우리가 받아들이기로 한 의무는 우리 아이를 보호하고, 필요하다면 뭐든지 희생하는 거였어. 우리 딸을 고발할 수는 없어. 그럴 바엔 내가 전부 했다고 말하겠어. 내가 희생할 거야."

"나라고 메리를 구할 수만 있다면 백 번인들 목숨을 못 내놓을 줄 알아?" 영이 말했다. "메리가 감옥에 있는 걸 보면 얼마나 괴로울지, 얼마나 대신 거기 있고 싶을지 모를 것 같냐고? 하지만 힘들어도 해야 할 일은 해야 해. 힘든 일을 해내는 법을 애한테 가르쳐줘야 한다고."

"철학 논쟁을 하자는 게 아니잖아!" 박이 손으로 탁자를 내리치며 좌절감에 절규했다. 그는 잠시 눈을 감고 숨을 깊게 들이쉬더니 억지로 침착함을 짜내며 천천히 말했다. "이건 우리 딸의 일이야. 난 애를 감옥에 보낼 수 없어. 내가 이 집의 가장이니까 나한테 결정권이 있어. 이 일은 내가 정해. 그러니까 아무 소리 말아."

"아니." 영이 말했다. 그녀는 메리를 돌아보며 딸의 손을 잡았다. "너도 이제 성인이야. 생일이 지났고 열여덟 살이 되어서가 아니라 너도 겪을 만큼 겪었으니까 하는 말이야. 이건 네가 결정할 문제야. 나나 네 아빠가 정해줄 수 있는 일이 아니야. 난 네 마음을 편하게 해줄 생각도 없고, 네가 내켜하지 않는다면 에이브를 찾아가라고 협박하지도 않을 거야. 네가 결정해야 해. 에이브를 찾아가든 말든, 그건 너한테 달렸어. 네 책임이고, 네가 말해야 하는 진실이야."

"그럼 얘가 아무 말도 안 하면 당신도 조용히 있을 거야? 이대로 에이브가 사건을 종결하게 놔둘 거냐고?"

"그래." 영이 말했다. "하지만 당신이 아무 말도 하지 않는다면 가만있지 않을 거야. 돈은 어찌되든 상관없어. 이제 거짓말은 안 할 거야. 에이브가 물어보면 당신이 한 일은 말하지 않아도, 엘리자베스가 불을 지르지 않은 것만은 확실하다고 말해서 누명을 벗겨줄 거야. 그녀한테 그 정도는 해줘야 해."

"그럼 에이브가 누가 했느냐고 물어볼 텐데. 당신한테 어떻게 확신하느냐고 물어볼 거라고." 박이 말했다.

"말할 수 없다고 할 거야. 대답을 거부하면 돼."

"어떻게든 말하게 할걸? 당신을 감옥에 처넣을 거라고."

"그럼 감옥에 가지 뭐."

박이 한숨을 내쉬었다. 무거운 분노의 한숨이었다. "그럴 필요가 없잖아! 당신만……"

"그만해." 영이 말했다. "이제 줄다리기는 지쳤어." 그녀는 메리를 향해 몸을 틀었다. "매희야, 이건 너희 아빠와 나를 고르라는 게 아니야. 누구 편을 들 필요는 없어. 너 자신과 싸워서 어떤 것이 옳은지 스스로 결정하고 선택해야만 해. 네가 그랬잖아. 기억 안 나니? 한국에서 열두 살이던 네가, 아직 어릴 때, 미국에 가기 싫다면서 엄마는 엄마 인생을 남이 정하는 대로 무턱대고 따른다고 했잖아. 그때 널 혼내면서 아빠 말을 들으라고 했는데 사실 난 참 부끄러웠어. 네가 정말 대견했고. 요즘 그 생각을 정말 자주 해. 그때 내가 내 의견을 말했다면 어땠을까……" 영은 시선을 떨구고 고개를 저었다.

그녀는 손가락으로 메리의 머리를 빗겨주며 긴 머리가 얼굴 옆으로 늘어지게 했다. "난 우리 딸 믿어. 침묵하면서 사는 게 어떤 건지 네가 더 잘 알 거라고 생각해. 마침내 아빠 엄마한테 진실을 털어놓았을 때 느꼈던 안도감을 알 거야. 불과 며칠 전에 내가 보험금 얘기를 꺼내면서 이사하면 대학에 갈 수 있을 거라고 했을 때, 네가 헨리와 킷이 죽었는데 어떻게 그런 생각을 할 수 있는지 물었잖아. 그 생각을 해봐. 엘리자베스를 생각해. 그 생각을 하면서 용기를 내봐."

박이 말했다. "그런다고 그들이 살아 돌아와? 당신은 아무 보람도 없이 메리한테 인생을 망치라고 하는 거야."

"아무 보람도 없지 않아. 옳은 일을 하는 건 보람 없는 게 아니야." 영은 일어섰다. 그리고 남편과 딸을 등지고 돌아서서 문 쪽으로 발걸음을 옮겼다. 한 발짝, 또 한 발짝, 메리가 멈추라고, 기다리라고, 같이 가자고 외칠 때까지 걸음을 멈추지 않았다. 하지만 아무도 아무 말도, 아무 행동도 하지 않았다.

환한 바깥으로 나오자 강렬한 햇빛이 따가워서 저절로 눈이 찡그려졌다. 바깥 공기는 여느 8월의 오후처럼 무겁고 축축 늘어졌다. 몇 시간 뒤로 예고된 폭풍우의 기색도 없이 하늘이 아주 맑았다. 쨍쨍한 햇빛 아래 기압과 온도가 이대로 점점 높아져서 십 분간 비바람을 쏟아내고 나면, 압력을 덜어내고 선선한 저녁을 준비하게 될 것이다. 그리고 내일이 오면 같은 순환이 반복될 것이다.

집안에서 낮은 소리가 새어나왔다. 그녀는 박이 할 게 뻔한 말들을 듣지 않기 위해 계속 걸었다. 그는 엄마가 제정신을 찾을 때까지 조금만 참으라고 할 것이다. 그녀는 근처에 있는 나무로 걸어갔다. 오랜 상처를 뒤덮은 흉터 조직처럼 울퉁불퉁한 옹이가 줄기에 가득한 오크나무였다.

등뒤에서 끼익 문이 열리고 그녀를 향해 다가오는 발소리가 났지만 영은 딸의 얼굴에 떠오른 것을 확인하는 것이 두려워 계속 나무만 쳐다보고 있었다. 발소리가 멈췄다. 가볍게 어깨를 누르는 손길이 느껴졌다. "나 무서워." 메리가 말했다.

영의 눈에 눈물이 핑 돌았다. 그녀는 몸을 돌렸다. "나도 그래."

메리는 고개를 끄덕이며 입술을 깨물었다. "내가 자백하면 아빠가 자기가 돈 때문에 전부 고의로 그런 거라고, 내 이야기는 사고처럼 보이려고 내가 전부 꾸며낸 거짓말이라고 할 거래. 에이브한테 그렇게 말하면 아빠는 결국 사형을 받고 말 거래."

영은 눈을 감았다. 박은 영리했다. 그는 사람이 또 죽는다고, 그게 자신일 거라고 딸을 협박했다. 영은 눈을 뜨고 메리의 두 손을 잡았다. "그런 일은 없게 하자. 에이브한테 아빠가 협박한 것까지 전부 말하면 돼. 에이브는 믿을 거야. 믿을 수밖에 없을 거야."

메리가 눈을 깜빡거렸다. 영은 딸이 울 줄 알았으나 메리는 그 대신 입술을 죽 늘여 옅은 미소를 지어 보였다. 갑자기 떠오르는 기억이 있었다. 다섯 살이나 여섯 살쯤, 어린 매희가 떼를 쓰길래 영이 나긋하게 실망했다고 말하자 애가 옷장에서 손수건을 하나 들고 와 눈물을 닦고 미소를 지어 보이며 말했다. "나 봐봐, 엄마. 이제 나 안 울어." 그때의 매희는 지금의 메리와 같은 품위가 있었다. 영은 딸을 아주 꼭 껴안아주었다.

잠시 후, 여전히 영의 어깨에 얼굴을 파묻은 채로 메리가 처음으로 한국어로 말했다. "나랑 같이 가줄래? 아무 말도 안 해도 되는데 그냥 내 옆에 있어줄 수 있어?"

눈물에 목이 메서 말이 안 나왔다. 영은 아무것도 못하고 그저 딸을 더 꼭 껴안으며 딸의 머리를 쓰다듬었고 연신 고개를 끄덕이기만 했다. 곧 그녀는 딸의 몸을 살짝 떼서 제대로 서게 한 다음, 사랑한다고 말하고 기꺼이 같이 가서 진실을 말할 때 그 곁에 서 있겠다고 할 것이다. 그것이 얼마나 고통스럽든지 간에. 그동안 엄마 노릇을 못해서, 볼티모어에서 몇 년이나 혼자 내버려둬서, 그녀의 편을 들어주지 못해서 미안하다고 말하고, 할 수만 있다면 다시는 혼자 두지 않겠다고 말할 것이다. 그리고 남아 있는 질문을 하고, 하지 못한 이야기를 할 것이다. 그 모든 것을 결국엔 할 것이다. 일 분 뒤에, 한 시간 뒤에, 하루가 지난 뒤에. 하지만 지금으로서는 여기 이렇게 서서 품에 안긴 딸의 무게를 느끼고, 목덜미에 불어오는 딸의 숨결을 느끼는 것이 그녀에게 필요한 전부였다.

그후

───

2009년 11월

영

    그녀는 헛간 밖 나무 그루터기에 앉아 있었다. 아니, 헛간이 있었던 자리라고 하는 게 맞았다. 어제 새 주인이 헛간을 부수고 완전히 치워버린 터였다. 이제 남은 것이라고는 땅바닥에 드러누운 채 쓰레기장 어딘가로 옮겨지길 기다리는 잠수함뿐이었다. 초목에 방치된 강철과 철사의 조화가 흡사 공상과학영화의 한 장면을 연상시켰다.

    이때가 영이 하루 중에서 가장 좋아하는 시간이었다. 이른아침, 일러도 너무 일러서 밤과 낮이 뒤섞이는 시간. 아직 덜 찬 달의 빛이 비쳤다. 한줄기 어렴풋한 달빛이 잠수함 위에 내려앉았다. 그녀는 어디가 그을린 데고, 어디가 페인트 자국이고, 어디가 삐뚤빼뚤하게 깨진 창문인지 제대로 분간할 수 없었다. 그저 빛에 비친 (혹은 빛이 없어 드러난) 잠수함의 윤곽만 보일 뿐이어서, 작년에 페인트를 새로 칠해 번쩍거리던 때와 다를 게 없어 보였다.

    6시 35분, 잠수함은 여전히 어슴푸레한 검은색 타원형 물체로만 보였지만 저멀리 하늘은 날이 밝아왔다. 영은 고개를 들고 구름을 쳐다보았다. 가장자리가 얼핏 복숭앗빛으로 물든 회색 구름을 보면서 그녀는 서울발 뉴욕행 비행기에서 구름을 내다보며 느꼈던 이질감을 떠올렸다. 그때 난생처음 비행기를 타봤다. 창문을 통해 비행기가 두툼한 구름 속으로 날아오르는 동안 멀어져가는 고국을 지켜봤었다. 기체가 구름층 위로 완전히 떠올랐을 땐 지평선까지 널리 펼쳐진 구름들의 일관된 모습, 다른 듯하면서도 같고, 제멋대로인 듯하면서도 규칙적인 모습이 아름다워 황홀경에 빠졌다. 비행기의 매끈한 금속 날개가 구름의 아른거리는 테두리를 스치며 살짝 펄럭이더니 이내 솜털 같은 구름 뭉치를 한 치의 오차 없이 말끔하게 갈랐고, 이에 영은 뭔가가 잘못된 기분이 들었다. 자신이 하늘에 있으면 안 될 것 같은 기분. 자만심처럼 느껴졌다. 그녀가 속해 있던 자연스러운 땅을 저버리고 이질적인 기계에 올라 중력을 거부하며 낯선 대륙으로 터전을 옮겨간다는 것이.

6시 44분, 하늘이 부드러운 연보라색으로 물들었다. 해와의 결투에서 어두운 밤은 지고 있었다. 이제 잠수함의 그을린 부분이 보일락 말락 했지만, 아직은 어스레해서 그림자처럼 보이기도 하고, 금속 면에 이끼가 자라난 것처럼 보이기도 해서 잠수함이 숲속 풍경화의 일부처럼 느껴졌다.

6시 52분, 이제 하늘은 갓 태어난 아이의 방에 칠할 법한 섬세한 푸른빛을 띠었다. 한때는 젖은 것처럼 번뜩거리다가 이제는 얼룩덜룩해진 잠수함의 물빛 페인트 색깔이었다.

6시 59분, 울창한 수풀을 통과한 눈부신 아침햇살 한 폭이 순식간에 잠수함 위로 떨어졌다. 마치 연극의 주인공을 비추는 무대조명의 스위치가 켜진 듯했다. 잠시, 너무나 밝은 햇살이 에둘러 싼 잠수함에 후광이 비치면서 모든 결함이 감춰졌다. 하지만 정면을 똑바로 응시하며 눈동자를 고정하고 초점을 맞추려 애쓰고 있던 영의 눈에는 범죄의 증거들이 보였다. 사방이 검게 그을린 잠수함 표면과 마치 울었던 것처럼 녹아내린 유리 창문, 지팡이를 쥔 노인처럼 기우뚱한 몸체까지.

영은 눈을 감고 호흡했다. 들이쉬고, 내쉬고. 일 년이나 지났는데도 아직 잠수함 사체에 들러붙어 있는 재 냄새와 불에 탄 살 냄새가 아침 이슬과 뒤엉켜 숯냄새처럼 느껴졌다. 어쩌면 그녀의 상상일지도 모른다. 그날의 미립자들이 그녀의 폐에 스며들어 지금 이 순간, 체임버에서 타 죽은 사람들의 세포를 호흡하는 거라고 그녀의 양심이 말하는 것일지도 모른다.

영은 개울가로 시선을 돌렸다. 울긋불긋한 잡목림에 가려 개울물은 보이지 않았고, 나뭇잎들은 페인트 통을 든 어린아이들이 뛰놀며 흘린 것처럼 일정한 패턴이 없이 빨갛고 노란 물이 들어 있었다. 그녀는 그 나무들 너머에 앉아 있는 메리를 상상했다. 물가에서 불과 몇 센티미터 떨어진 곳에 발을 올리고 앉아 맷 톰프슨과 담배를 피우며 웃는 메리, 그리고 다른 날 밤에는, 악을 쓰는 그의 아내에게 스토커라는, 창녀라는 소리를 듣는 메리.

이상했다. 메리의 완전한 자백을—아니, 그보다는 자백들이라고 해야겠다, 방화와 중죄모살*에 대해 유죄를 인정하는 과정에서 에이브에게, 국선 변호인에게, 판사에게 여러 번 반복해야 했으니—듣기 전에는 그녀가 무슨 벌이든 달게 받아야 한다고 생각했

---

* 강도, 방화 등의 중죄를 범하는 순간 살인의 의도나 예측 없이 범한 살인. 미국 법에서는 이 경우에도 살인죄가 인정될 수 있다.

었나. 하지만 메리의 박이 감옥에 있는 지금 와서 생각해보니 그날 밤 일어난 일과 인과관계가 있는 다수가 무혐의를 받은 상황에서 메리에게만 내려진 징역형—최소 십 년—이 과연 정당한가에 대한 의문이 들었다. 물론, 메리가 불을 지른 것은 맞았다. 하지만 재난이 잠수가 끝났고 맷이 떠났다고 거짓말만 하지 않았어도 그러지 않았을 것이다. 박이 그곳에 담배와 성냥을 놔두지만 않았더라도 그럴 수는 없었을 것이다. 그리고 맷, 그가 이 모든 인과의 근원에 있었다. 그만 아니었어도, 그가 메리한테 한 행동과 재난한테 한 거짓말만 아니었어도 그들은 폭발 당일 저녁에 그들이 한 일을 하지 않았을 것이다. 심지어 박이 산소관 아래 놔둔 담배마저도 맷이 움푹한 나무 그루터기에 버린 것이었다. 그런데도 법은 재난을 그저 방관자로 판단했고 아무 죄도 적용하지 않았다. 박과 맷 역시 화재를 일으킨 면에서는 아무런 혐의가 인정되지 않았다. 박은 십사 개월 징역형을, 맷은 집행유예 및 보호관찰 명령을 받았지만 둘 다 위증죄와 사법 방해죄에 따른 것이었다. 맷과 재난이 이혼한다는 말을 듣고 어느 정도는 위안이 되었지만, 아무리 애를 써봐도 맷이 그녀의 딸한테 한 짓에 대해 아무런 처벌도 받지 않았다는 사실은 용서가 안 됐다.

그리고 그녀 자신 역시 빼놓을 수 없었다. 여기까지 오는 동안 수많은 순간에, 그녀가 다르게 해야 했었고, 할 수 있었던 선택들이 있었다. 그날 헛간에 남아 제때 산소만 껐어도, 지난 일 년간 에이브한테 거짓말만 안 했어도, 그리고 무엇보다 그 마지막날 엘리자베스한테 모두 털어놓기만 했어도. 영은 이 모든 것을 에이브에게 말하며 자신도 감옥에 보내달라고 애원했지만 에이브는 전부 '관련 없음'이라며 기소를 거부했다.

아침 7시가 되자 그녀의 손목시계 알람이 울렸다. 들어가서 남은 짐들을 싸야 할 시간이었다. 그날 아침 이 시간 즈음 시위대가 도착했었고 모든 것이 시작되었다. 딱히 그들을 탓하는 건 아니다. 하지만 그들만 안 왔어도 지금쯤 헨리와 킷과 엘리자베스는 모두 살아 있었을 것이다. 박이 정전을 일으킬 일도 없었고, 잠수가 지연되지도 않았을 것이며, 산소가 제시간에 꺼져 메리가 불을 지른 시간 즈음엔 환자들이 모두 돌아간 뒤였을 것이다. 애초에 박이 근처에 담배를 둘 일이 없었으니 메리가 불을 지르지도 않았을 테지만.

이 비극의 가장 극적이면서 얄궂은 부분이 바로 거기에 있었다. 그날 일어난 일 전부가 그저 좋은 사람의 단 한 번의 실수가 초래한 예기치 못한 결과라는 것. 한번은 테리사가 자신을 가장 괴롭히고 늦은 밤까지 잠 못 이루게 하며 치료법에 목을 매게 하는 이유가 바로 로사는 아플 필요가 없었다는 사실이라고 말한 적이 있었다. 만약 유전적 결함을 가지고 태어난 아이였다면 그녀도 단념하고 살았을 것이다. 하지만 건강했던 아이가 제때 치료하지 못한 병으로 인해—일어나지 말았어야 할 일이 일어나서—그 지경이 되었다. 비정상적인 일이었고, 피할 수 있는 일이었다. 같은 논리로 영은 메리가 그 일을 고의로 저지른 것이면 했다. 물론 딸이 악인이길 바란 것은 아니니 진심은 아니었지만, 메리가 한 번 실수를 저지른 선량한 인간이라는 사실을 알기에 너무 가혹하게 느껴졌다. 마치 운명이 작정하고 메리가 성냥에 불을 붙일 수밖에 없게끔 그날의 일들을 전부 조작한 것 같았다. 정전, 잠수 지연, 맷의 쪽지, 재닛과의 조우, 그리고 박의 담배까지, 너무 많은 조각들이 맞춰져야 했다. 그것들 가운데 하나만 어긋났어도 지금쯤 엘리자베스와 킷은 헨리와 TJ를 학교에 데려다주고 있었을 것이다. 메리는 대학에 들어갔을 것이다. 미라클 서브마린은 여전히 운영중일 것이고, 영과 박은 오늘의 치료 일정을 준비하고 있었을 것이다.

하지만 그런 게 바로 인생이었다. 모든 인간은 백만 개의 경우의 수가 얽히고설킨 결과물이었다. 백만 개의 정자 가운데 하나가 정확한 시간에 난자에 도달해 탄생하는 인간은 천분의 일 초라도 어긋났다면 완전히 다른 인간이 되고 만다. 하나씩 놓고 보면 하찮기 짝이 없는 사소한 것들 수백 개가 모여서—우정과 사랑이 싹트고 사고와 병이 생기는—좋은 일도, 나쁜 일도 일어나기 마련이다.

영은 붉게 단풍이 든 나무로 걸어가 바닥에 떨어진 낙엽들 가운데 가장 밝은 이파리 세 장을 주웠다. 행운을 기원하는 붉은 낙엽. 메리가 출소하는 십 년 뒤에 이 나무들은 어떤 모습일지 궁금했다. 메리는 이십대 후반의 나이일 것이다. 여전히 대학에 가고, 사랑에 빠지고, 자녀를 가질 수 있는 나이다. 그런 것들을 희망해볼 수 있었다. 그때까지 영은 매주 메리를 찾아갈 것이다—지난 몇 달간의 일로 한 가지 잘된 일이 있다면 그건 딸과의 관계가 회복되고 무르익었다는 사실이다. 그녀는 대학 시절 가장 좋아했던 철학 교재들을 메리에게 가져다주고, 면회 때마다 둘만의 북클럽을 하듯 그 안에 담긴 내용을 토론했다. 영은 한국어로, 메리는 영어로. 그런 그들을 다른 죄수들은 어리둥절한 표정으로 쳐다보았다.

박을 대하는 것은 어려웠다. 특히나 처음에는, 고집불통이었던 그에게 너무 화가 난 나머지 쉽지 않았지만 영은 억지로라도 남편을 정기적으로 찾아갔다. 면회가 거듭되면서 화재와 엘리자베스 일뿐 아니라 딸과 아내를 침묵하게 하려 했던 시도까지도 잘못을 인정하고 깊이 반성하는 남편을 보면서 마음이 누그러졌다. 시간이 더 흐르면, 그를 만나고 대화를 나누는 게 더 쉬워질지도 모른다.

그때가 되면 용서할 수 있을지도 모른다.

테리사가 도착했고, 그녀는 인부들이 로더 크레인이라고 부르는 건설 장비 옆에 차를 댔다. 그녀 혼자였다. "로사는 교회 친구들한테 맡겼어요?" 포옹으로 인사를 나누며 영이 물었다.

테리사는 고개를 끄덕였다. "네. 오늘 할일이 좀 많아야죠." 그녀의 말은 사실이었다. 그들은 이미 영의 짐 대부분을 테리사의 손님방으로 옮겨놓은 터였지만("손님방이라고 하지 말아요. 이제 당신 방이에요." 테리사는 계속 말했다) 정오에 있을 건물 개관식을 위한 섀넌의 체크리스트를 완료하려면 아직도 이런저런 할일들이 열두 개쯤 더 남아 있었다. 지난주 〈워싱턴 포스트〉 기사에 따르면 참석자 수가 세 배나 늘었고, 그들 중에는 D.C. 지역의 자폐아 엄마 모임 회원들과 과거 미라클 서브마린 환자들의 가족 다수, 에이브 및 그의 직원들을 비롯해 담당 형사들과 경찰서 직원들과—마지막으로 놀랍게도—빅터도 있었다. 이 모든 일을 가능하게 한 사람이 빅터였으니 어찌 보면 당연했다. 그는 (기이한 반전으로) 엘리자베스의 유산을 전부 상속받게 되었을 때 상속을 원치 않는다면서, 엘리자베스라면 그 돈이 자폐 아동과 관련된 좋은 일에 쓰이길 바랄 거라며 섀넌한테 도와줄 수 있겠느냐고 물었다. 섀넌은 이를 테리사와 논의했고, 두 사람은 영의 도움을 받아 특수아동들에게 치료는 물론, 보육 서비스와 주말 캠프를 제공하는 비거주 '거점 공간'인 '헨리의 집'을 만들기로 했다.

"보여줄 게 있어요." 테리사가 영에게 가방을 건넸다.

그 안에는 무난하지만 멋스러운 짙은 갈색 스테인 칠을 한 나무 액자들에 담긴 세 명의 사진이 들어 있었다. 엘리자베스와 헨리, 그리고 킷. 액자 아래에 그들의 이름과 생몰년이 새겨져 있었다. "건물 로비의 헌정 명패 아래 걸어두면 좋을 것 같아요." 테리사가 말했다.

영의 목에 물컹한 것이 걸렸다. "아름답네요. 정말 딱이겠어요."

그들 앞에서, 인부들이 체임버를 철거할 준비를 하고 있었다. 그들이 체임버 곳곳에 케이블을 연결하는 모습을 보니 영은 작년에 다른 인부들이 그 자리로 체임버를 운반해 와서 설치하고 고정하던 모습이 떠올랐다. 박은 그들의 사업을 '미라클 크리크 웰니스 센터'라고 명명할 계획이었지만 소형 잠수함을 닮은 체임버를 보면서 영이 '미라클 서브마린'을 제안했었다. 그녀는 박을 돌아보며 다시 말했다. "미라클 서브마린, 그렇게 부르는 게 좋겠어." 박이 미소를 지으며 좋은 이름이라고, 더 나은 것 같다고 말하자 영은 그 안에 들어가 순산소를 마시며 몸을 치유하는 아이들을 상상하며 희열을 느꼈다.

크레인이 삐 소리를 내며 체임버를 들어올리더니 트럭에 싣기 위해 중심을 잡았다. 크레인의 붐대가 내려가면서 강철 체임버가 트럭의 바닥면에 닿는 순간 쾅 하고 울리는 둔탁한 소리에 영은 움찔했다. 텅 빈 헛간 터를 쳐다보고 있자니 가슴 한가운데가 찌릿한 통증이 온몸으로 퍼졌다. 그들의 희망과 계획이 전부 사라졌다.

인부들이 체임버를 트럭에 고정하는 동안 영은 고개를 숙여 가방 속 사진들을 바라보면서 '헨리의 집'을 생각했다. 그것을 가능케 한 사람들의 목숨과 고통—영과 그녀의 가족은 절대 보상하지 못할 것이다. 설령 그렇다 해도 영은 TJ를 매일 만날 것이다. TJ를 태우고 '헨리의 집'을 오갈 것이며 치료 중간에 아이를 돌봄으로써 TJ의 아빠와 누나들에게 잠깐의 휴식을 제공하고 그들의 삶에 조금이나마 힘을 보탤 것이다. 그뿐 아니라 테리사의 곁에서 로사는 물론이고,

로사와 TJ와 헨리 같은 아이들을 돌보는 일을 거들 것이다.

테리사가 손을 내밀어 그녀의 손을 잡았다. 영은 눈을 감고 왼손으로는 친구의 따뜻하고 고운 손을, 오른손으로는 가방의 부드러운 손잡이를 느꼈다. 트럭이 덜거덕거리더니 또다시 삐 소리를 냈고, 영은 눈을 떴다. 불에 타서 죽은 땅 너머로, 서서히 멀어져가는 잠수함의 사체 너머로 저멀리, 노랗고 푸르른 야생화의 군락이 드넓게 펼쳐졌다. 그 꽃밭을 바라보며 영은 마음속 절망의 자리를 대체하는 무거우면서도 가벼운 무언가를 느꼈다. 그것은 '한Han'이었다. 그것에는 영어로 된 동의어도, 번역할 수 있는 말도 없었다. 그것은 사무치는 슬픔과 회한이었다. 영혼 깊이 스며든 비탄과 그리움이었다. 동시에 그것에는 용수철 같은 회복력과 희망이 있었다.

영은 테리사의 손을 꼭 쥐었고 덩달아 꼭 쥐어주는 친구의 손길을 느꼈다. 그들은 손을 맞잡고 나란히 서서 미라클 서브마린이 멀어져가는 모습을 함께 지켜보았다.

첫 책은 빚을 많이 지기 마련인데 그중에서도 내가 가장 큰 빚을
진 사람은 나의 남편, 짐 드란이다. 이 책을 집필하는 모든 단계에
서 남편은 나의 독자이자, 청취자이자, 편집자이자, 상담사이자, 법
정 장면 자문위원이자 우리집 요리사와 운전기사로서 수많은 역할
을 해주었고, 커피와 오믈렛과 마티니를 비롯해 책의 다음 장으로
넘어가기 위해 내게 필요한 것이라면 무엇이든 만들어내 내가 글을
쓰는 책상으로 가져다주었다. 당신 없이 내가 뭘 할 수 있었을까?
이 책을 쓸 수 없었을 것은 분명해. 아니, 아무것도 쓸 수 없었을 거
야. 수년 전 나에게 내가 글을 쓰는 사람이라고 말해준 게 바로 당
신이었으니까. 내게 그러한 믿음을 주고 시도해볼 수 있는 도구와
공간을 제공해준 당신에게 고마워.

수북이 쌓인 원고들 가운데 이름 없는 초심자를 선택해주고, 이
책을 믿어주고 열렬한 지지자가 되어준 나의 슈퍼스타, 탁월한 에
이전트 수전 골롬에게 감사의 뜻을 표한다. 그녀를 비롯해 라이터

스 하우스의 식구들인 마야 니콜렉, 머라이어 스토벌, 대니얼 벌코위츠, 세이디 레스닉이 긴 여정의 매 순간 나를 지지해주고 이끌어주었다.

누구보다 영민한 편집자이자 출판인인 세라 크릭턴. 그녀 덕분에 이 책이 탄생했다. 그녀와 처음 대화했을 때 얼얼했던 그 기분! 게다가 이 책을 다음 수준으로, 그다음, 또 그다음 수준으로 끌어올리기 위해 필요한 것이 무엇인지 그녀는 정확히 알고 있었다. 나를 독려해준 그녀에게 감사의 마음을 전한다. 그리고 FSG의 굉장한 일류 팀원들, 무엇보다 나 김, 데브라 헬판드, 리처드 올리올로, 리베카 케인, 케이트 샌퍼드, 벤저민 로젠스톡, 피터 리처드슨, 존 맥기, 찬드라 울베르와 엘리자베스 슈레프트. 나의 언어를 내가 언제나 자랑스러워하게 될 이토록 아름다운 책으로 바꿔준 그들에게 정말 고맙다.

FSG의 영업이사인 스펜서 리에게 이 책을 포용하고 지지해준 데 대해 감사드린다. 그리고 내 홍보 담당인 킴벌리 번스, 로천 시버스, 이제 막 함께 일하게 되었지만 이 모든 여정에서 나를 이끌어주는 그들의 전문적인 도움을 받을 수 있어 난 정말 행운아다. 베로니카 잉걸과 대니얼 델 발레를 비롯해 이 책이 세상에 나올 수 있게 힘써준 영업팀, 마케팅팀, 그리고 홍보팀의 모든 일원에게 감사의 인사를 전한다.

내 글쓰기 모임의 베스 톰프슨 스태퍼드, 페르난도 마니보그, 캐럴린 셔먼, 데니스 데즈먼드, 존 베너, 그리고 장거리 명예 회원 아민 아마드까지, 터무니없는 초고가 교정쇄가 될 때까지 무수한 원고와 수정 작업을 거치는 동안 나와 함께해주어서 고맙다. 그리고 프로세코 와인. 우린 프로세코의 활약을 빼놓으면 안 된다.

마리 명옥 리, 한없이 너그럽고 발이 넓은 그녀가 참 많은 작가들, 편집자들, 에이전트 친구들에게 나를 소개해주었다. 그리고 친애하는 말라 그로스먼, 수전 로스웰, 수전 커츠, 메리 베스 피스터. 내 책의 첫 독자이자 열렬한 치어리더인 그들은 수없이, 공황 상태로 건 내 모든 전화에 응해주었고, 제목을 짓는 것부터 작가 사진을 고르는 것까지 모든 일에 도움을 주었다. 그들은 나의 자매들이자 무엇과도 바꿀 수 없는 친한 친구들이다.

그들뿐만 아니라 이 책이 지금의 모습을 가질 수 있게 도와준 많은 사람들. 내게 진솔한 초반 피드백을 해준 니콜 리 아이더, 마리아 에이스벌, 캐서린 그로스먼, 바버라 에스트먼, 샐리 레이니, 릭 에이브러햄, 메리 앤 맥로린, 칼 니컬스, 페이스 돈브랜드, 조너선 커츠. 폭발과 지문에 대한 질문에 인내심 있게 답해준 존 길스트랩과 마크 버긴. (관련해서 남은 오류가 있다면 그건 전부 나의 잘못이다.) 문학 에이전트와 출판이라는 미지의 세계에서 나를 인도해준 애니 필브릭, 수전 케인, 줄리 리스콧-하임스, 에런 마틴, 린다 로이그먼, 코트니 센더. 그리고 내 와인 창고를 계속해서 수시로 채워준 미시 퍼킨스, 카라 김, 줄리 라이스. 더불어 내게 꼭 필요했던 지지와 안정감을 주었던 나의 '노 부담 노 죄책감' 북클럽과 '페어 웨더 하이킹 엄마' 모임.

그리고 마지막으로 내가 가슴 깊이 사랑하는 분들. 나의 부모님 애나 김과 존 김. 나의 엄마 아빠. 한국에서 당신들의 삶을 버리고 오로지 내 미래를 위해 가족의 터전을 이국땅으로 옮겨온 두 분께 감사드린다. 그분들의 이타심과 사랑은 언제나 내게 놀라움과 영감을 선사한다. 미국이라는 땅에서 우리 가족에게 선뜻 집을 내어준 나의 이모와 이모부 헬렌 조와 필립 조. 그분들이 없었으면, 말 그대로, 나는 이 자리에 있을 수 없었다. 그리고 나의 세 아들. 글을 쓰는 내 삶의 혼란과 광기를 날마다 참아주고, 내게 포옹과 입맞춤을(어떤 땐 자진해서!) 해주었을 뿐 아니라 아찔한 걱정거리와 분노의 좌절감과 제정신이 아닌, 참을 수 없는 사랑과 보호라는 인간의 감정을 두루 경험할 수 있게 해줌으로써 나의 글에 양분을 제공해준 너희에게 고마워. 언제나 자랑스럽게 생각한단다. 사랑해. 너희는 내게 일어난 기적이야.

그리고 이제, 한 바퀴 돌아서 다시 짐. 내 글의 첫 독자이자 마지막 독자이며, 내 인생의 동반자인 내 사랑. 이미 말한 거 알아. 하지만 또 말해야겠어. 당신 없이는 아무것도 못했을 거야. 고마워, 내 사랑. 언제나.

   일을 일로, 그저 관성적으로 할 때도 있지만 번역은 아무래도 이야기를 다루는 일이다보니 일하는 동안에는 이야기에 빠져 사는 낭만이 있다. 그렇게 현실과 담쌓고 차분한 환경에서 고요한 마음으로 이야기만 생각하면 좋으련만 번역가의 삶에도 외면하기 힘든 풍파가 닥친다. 이 소설을 번역하는 동안 나는 그런, 지나고 보니 글로 쓸 수 있게 된 풍파를 겪었고 그 와중에 번역하고 있었던 이 이야기가 나를 떠받치고 있는 느낌이 들었기에 그 시간에 대한 조금 사적인 소회를 남기려 한다.

   『미라클 크리크』의 번역 의뢰를 받았을 때 나는 캐나다에 있었다. 수년 전에 완치됐던 동생의 병이 재발했다는 소식을 듣고 한국으로 돌아가는 비행기 표를 끊어놓은 참이었다. 동생이 병원에 같이 있어줬으면 좋겠다고 말했을 때 나는 일 초도 망설이지 않고 그러겠다고 대답했다. 대단히 희생적인 언니여서가 아니다. 전에도 동생의 병간호를 했었는데 수술한 날 밤 침대에 친친 감겨 꼼짝할 수 없었던 동생이 목이 말라 날 깨웠더랬다. 물 묻힌 거즈로 입술 좀 적셔달라고(동생은 물 한 모금 삼킬 수 없었다). 그런데 내가 아무리 깨워도 안 일어나더라고, 동생은 지금도 한 번씩 우스갯소리로 원망한다. 나는 동생이 그 말을 할 때마다 멋쩍게 웃는데 속으로는 쓰디쓰다. 동생이 또 아프다고 했을 때 그 말은 청천벽력같이 들렸는데 한편으로는 이번에야말로 동생을 잘 보살필 기회라는, 그런 이기적인 생각이 들었다. 그래서 번역 의뢰가 반갑긴 했지만 못할 것 같은 마음이 컸다. 동생을 돌보면서 다른 일에 전념할 수 있을 것 같지 않았고 그러고 싶지도 않았다. 이런 사정을 편집자님께 전했을 때 병원에서는 일 걱정을 하지 않아도 될 만큼 시간을 넉넉히 주셔서 책을 맡을 수 있었다.

한국으로 떠날 채비를 하면서 몇 주 동안은 산책을 참 많이 했다. 캐나다에 살면서 제일 좋은 점을 꼽으라면 나는 두말할 것 없이 트레일trail을 꼽는다. 인위적으로 조성한 산책로가 아니라 사람의 발자취를 따라 어쩌다 길이 되어버린 숲속 오솔길. 바람결에 찰랑거리는 나뭇잎소리, 이름 모를 산새가 우는 소리, 마른 나뭇가지를 지르밟는 내 발소리를 들으며 우거진 녹음 속을 걷다보면 자연을 왜 '마더 네이처Mother Nature'라고 하는지 알 것 같았다. 한국에 가기 전에 원 없이 걸으리라 다짐했던 내가 그즈음 자주 걷던 트레일의 이름은 '이글 크리크'였는데 그 옛날, 독수리 무리가 자주 앉아 쉬는 모습을 보고 누군가 이름을 붙였을 이글 크리크에도 작은 개울이 흐른다. 산책하다 이따금 나는 그 개울가에 앉아 한국 생각, 동생 생각, 그리고 미라클 크리크의 사람들을 생각했다.

미라클.

우리말로 기적은 평범한 일상을 사는 사람들에게는 복권에 당첨될 확률을 논하는 것처럼 뜬구름 잡는 소리일 테지만 절박한 이들에게는 먹고사는 문제만큼이나 가깝고 현실적이고 절실한 단어다. 기적의 개울이 흐르는 숲에 기적의 잠수함을 운영하는 한인 가족이 이주한다. 그리고 이들을 따라, 아픈 아이를 둔 엄마들이 피리 소리에 홀린 것처럼 몰려든다. 고압산소 체임버는커녕 동양인도 몇 번본 적 없는 미라클 크리크의 주민들은 미라클 서브마린을 '짱깨 무당집'이라고 부른다. 그러나 아픈 자녀를 차에 태우고 하루 두 번, 왕복 서너 시간 거리를 오가는 절박한 엄마들에게는 그곳만큼 기적이 엄연한 실체로서 현현하는 공간은 없다.

이들이 모두 신비한 기적의 효험을 경험하고 해피엔딩으로 막을 내리면 좋으련만 얄궂게도 기적은 절실하다고 해서 딱히 살갑게 손을 내밀지 않는다. 되레 그것을 바란 것 자체가 죄악이나 되는 듯 미라클 서브마린의 관계자들이 천벌을 받는 듯한 형국이 펼쳐진다. 아픈 아이와 헌신적인 어머니가 죽고 운영자인 박은 불구가 된다. 그리고 이러한 파국의 책임 소재를 가리기 위한 재판이 열린다. 기적의 무게를 모르는 '운좋은' 사람들의 잣대로 미라클 서브마린 사람들의 행적을 되짚는 재판을 따라가다보면 어쩐지 마녀재판을 지켜보는 듯한 기분이 든다.

한국에 가는 날을 일주일여 앞두고 내가 예약한 항공편은 취소되었다. 코로나가 전 세계로 확산된 탓이었다. 항공사 콜센터 직원은 추후 공지가 있을 때까지 무기한 운행 중지라고 했다. 나는 그 '무기한'이라는 말이 낯설고 실감이 안 나서 (나중에 콜센터 통화 연결이 하늘에 별 따기가 되어서 엄청 후회했지만) 그냥 전화를 끊었다. 한국 사정을 모르는 건 아니었기에 경각심이 없진 않았지만 상황이 이토록 급속도로 악화되리라고는 전혀 예상하지 못했다. 캐나다에서는 여행 금지가 선포된 다음날 봉쇄 조치가 내려지고 곧바로 마트에 생필품이 동나고 전 국민이 마트는커녕 집밖 출입도 마음 편히 할 수 없는 처지가 되었다. 나는 나름대로 몸부림을 쳐보았지만 기약 없이 기다리는 것 외엔 할 수 있는 일이 거의 없었다.

그때부터는 정말 전투적으로 걸었다. 먹고 자고 번역하고 남은 시간은 계속 걸었던 것 같다. 걸으면서 되도록 현실의 상황은 생각하지 않으려고 기를 쓰다보니 머릿속은 저절로 그날그날 번역했던 이야기들로 가득찼다. 미라클 크리크의 풍경, 영을 닮았다는 메리의 오밀조밀한 생김새, 파인버그의 샬레 스타일 상점까지. 책에 나오는 모든 것을 머릿속으로 세세히 그리며 그 안에서 피어오르는 풍요로운 감정을 온몸으로 느꼈다. 그러다 문득 내가 유독 유씨 가족에게 집착하고 있다는 사실을 깨달았다. 나는 그들이 범인이 아니기를 바라고 어서 빨리 이 고난에서 벗어나 진정한 아메리칸 드림을 이루기를 응원했다. 그건 아마도 내가 영이 이웃에게서 본 '예의바른 불친절'과 박이 경험한 언어를 잃고 어린애가 된 기분, 메리가 느낀 진짜 자아를 잃어버린 느낌을 모르지 않는 이민자이기 때문일 것이다. 그런가 하면 나는 기적의 무게를 조금은 아는 사람이기도 하다. 그래서 이 책을 생각하다보면 나는 어느새 현실의 고민과 불안으로 돌아와 있었다. 그러나 어쩐지 전부 헤쳐나갈 수 있을 것 같은 희망감과 함께.

우여곡절 끝에 나는 한국에 들어와 동생을 간호하고 번역을 끝내고 이렇게 후기를 쓰고 있다. 당초 계획과는 달리 병원에서도 번역을 했는데 딱히 일의 진척은 없었어도 간간이 들여다볼 수 있는 무언가가 있어 오히려 다행이었다. 어느 이른새벽에는 수술을 마치고 곤히 잠들어 있던 동생의 얼굴과 병원 통창 너머로 펼쳐지는 한강 전경을 번갈아가며 쳐다보았다. 그때의 하늘도 모든 것이 끝나고 영이 보았던 하늘처럼 분 단위로 모습을 바꿨고 가슴이 아릴 정도로 아름다웠다. 나는 줄곧 엘리자베스의 선택과 영의 선택을 생각하고 있었다. 나라면 그렇게 할 수 있을까? 나라도 그렇게 할까? 그러나 영이 본 것과 같은 하늘을 바라보던 그 순간, 나는 그들의 선택을 존중하기로 했다.

강물처럼, 개울물처럼 시간은 흐르고 모든 것이 나름의 자리를 찾아간다. 미라클 크리크의 남은 사람들도 서먹했던 관계를 회복하고 진심을 나누는 사이가 되었다. 엄청난 불행과 비극을 겪고도 반목하지 않고 서로를 아끼게 된 것, 어쩌면 그것이 그들에게 찾아온 기적이 아닐까? 내 동생도 이제 건강해졌다. 수술 후 불과 며칠 만에 이제 정말 괜찮은 것 같다고 병상에서 두 팔을 펼치고 날갯짓을 해 보이던 내 기적 같은 동생에게 이 책의 번역을 바친다.

2021년 11월
이동교

옮긴이 **이동교**
국민대학교 국어국문학과와 이화여자대학교 통역번역대학원 한영전공 번역학과를 졸
업했다. 현재 전문 번역가로 활동하고 있으며, 옮긴 책으로 『위스퍼 네트워크』 『이상한
날씨』 『나의 삶이라는 책』 등이 있다.

문학동네 세계문학

미라클 크리크

1판 1쇄 2021년 12월 15일 | 1판 2쇄 2021년 12월 31일

지은이 앤지 김 | 옮긴이 이동교
기획 이현자 | 책임편집 윤정민 | 편집 홍유진 오동규
디자인 이효진 이원경 | 저작권 박지영 이영은 김하림
마케팅 정민호 정진아 김혜연 정유선 | 홍보 김희숙 함유지 이소정 이미희
제작 강신은 김동욱 임현식 | 제작처 영신사

펴낸곳 (주)문학동네 | 펴낸이 염현숙
출판등록 1993년 10월 22일 제406-2003-000045호
주소 10881 경기도 파주시 회동길 210
전자우편 editor@munhak.com | 대표전화 031) 955-8888 | 팩스 031) 955-8855
문의전화 031) 955-3579(마케팅) 031) 955-2634(편집)
문학동네카페 http://cafe.naver.com/mhdn | 트위터 @munhakdongne
북클럽문학동네 http://bookclubmunhak.com

ISBN 978-89-546-8412-5 03840

www.munhak.com